JOURNAL D'UN VAMPIRE

Tome 5

L.J. Smith a écrit de nombreux romans et séries best-sellers pour adolescents dont *Journal d'un vampire* (adapté à la télévision), *Le Cercle secret*, *Un jeu interdit*, *Night World* et *Prémonitions*, numéro 1 des ventes du *New York Times*. Elle adore rester assise devant un feu crépitant à Point Reyes, en Californie, et se balader sur les plages qui entourent cette région. Elle aime recevoir des commentaires de la part de ses lecteurs (info@ljanesmith.net) et espère qu'ils visiteront son site internet (www.ljanesmith.net).

Paru au Livre de Poche :

JOURNAL D'UN VAMPIRE, 1

JOURNAL D'UN VAMPIRE, 2

JOURNAL D'UN VAMPIRE, 3

JOURNAL D'UN VAMPIRE, 4

JOURNAL D'UN VAMPIRE, 6

L.J. SMITH

Journal d'un vampire

Tome 5

TRADUIT DE L'ANGLAIS (ÉTATS-UNIS) PAR MAUD DESURVIRE

HACHETTE

Titre original :

THE VAMPIRE DIARIES : THE RETURN : MIDNIGHT

ISBN : 978-2-253-19520-7 – 1re publication LGF

Pour Anne, celle qui chuchote à l'oreille des animaux

Avec tous mes remerciements à la princesse Jessalyn,
La seule et l'unique,
Et à Louise Beaudry,
pour son aide précieuse sur les termes français.

1

Cher Journal,

J'ai si peur que j'arrive à peine à tenir ce stylo. J'écris en script plutôt qu'en attaché, comme ça je maîtrise mieux.

Qu'est-ce qui me terrifie autant ? te demandes-tu. Si je te répondais « Damon », tu ne me croirais pas, surtout si tu nous avais vus il y a quelques jours. Mais, pour comprendre, laisse-moi t'expliquer deux ou trois choses.

Connais-tu l'expression « les jeux sont faits » ?

Cela signifie que tout peut arriver. TOUT. De sorte que même celui qui connaît les probabilités et prend les paris n'accepte plus aucune mise. Car un élément imprévisible s'est introduit dans le tableau. Et il est désormais impossible de deviner l'issue de la situation.

Voilà où j'en suis. Voilà pourquoi mon cœur cogne si fort dans ma gorge, ma tête, mes oreilles et le bout de mes doigts.

Rien ne va plus.

Tu vois à quel point j'ai peur ? Même en script, mon écriture est illisible. Imagine que mes mains tremblent comme ça quand je serai devant lui ? *Je risque de lâcher le plateau. De l'énerver. Alors on pourra s'attendre à tout.*

En fait, mes explications ne sont pas très claires. Je devrais plutôt commencer par là : Damon, Meredith, Bonnie et moi sommes revenus. On est allés au Royaume des Ombres, et aujourd'hui on est de retour avec une sphère d'étoiles... et Stefan.

Stefan a été entraîné là-bas par les jumeaux kitsune, *Shinichi et Misao, des esprits malins qui ont l'apparence de renards. Ils lui ont dit qu'en s'y rendant il pourrait mettre fin à sa malédiction et redevenir humain.*

C'était un piège.

Ils l'ont laissé croupir dans une prison pourrie, sans nourriture, ni lumière, ni chaleur... jusqu'à ce qu'il soit à l'agonie.

Mais Damon, qui était très différent à l'époque, a accepté de nous accompagner pour essayer de le retrouver. Et... oh, je n'ose même pas te décrire cet endroit ! Bref, l'important c'est qu'on a fini par localiser Stefan, en retrouvant entre-temps la clé des jumeaux maléfiques dont on avait besoin pour le libérer. Le pauvre... il n'avait plus que la peau sur les os. On l'a sorti de là en le transportant sur sa paillasse, que Matt a brûlée par la suite tellement elle était infestée de bestioles. Ce soir-là, on lui a fait prendre un bain, on l'a mis au lit et... on l'a nourri. Oui, oui : avec notre propre sang. Tous les humains ont accepté de lui en donner un peu, excepté Mme Flowers qui, elle, s'est chargée de préparer des cataplasmes pour les zones de son corps les plus décharnées.

C'est dire à quel point ils l'avaient affamé.

Je les aurais bien tués de mes propres mains ou bien à l'aide de mes pouvoirs – pour ça, encore aurait-il fallu que je sache m'en servir correctement. Je sais qu'il existe une incantation pour les Ailes de la Destruction, mais j'ignore de quelle façon on doit la formuler.

Enfin bon, Stefan a fini par reprendre des couleurs à force d'être alimenté exclusivement de sang humain, et c'est bien le principal. (J'avoue lui avoir donné quelques doses supplémentaires qui n'étaient pas prévues au programme, or je ne suis pas sans savoir que mon sang est différent : comme il est beaucoup plus nourrissant, ça lui a fait un bien fou.)

Il s'est vite rétabli, donc, et le lendemain de notre retour il a même réussi à se lever pour aller remercier Mme Flowers de ses soins.

En revanche, les autres et moi, c'est-à-dire tous les humains, on était épuisés. On ne se posait même pas de questions sur le fameux bouquet parce qu'on pensait qu'il n'avait rien de spécial. C'était un kitsune *bienveillant, voisin de cellule de Stefan avant son évasion, qui nous l'avait offert au moment où on quittait le Royaume des Ombres. Ou, pour être plus exact, c'est à Stefan qu'il l'avait donné.*

Bref, ce matin-là, Damon était réveillé. Évidemment, il ne pouvait pas participer à la guérison de Stefan en lui donnant de son sang, mais, sincèrement, je pense qu'il l'aurait fait s'il avait pu. Eh oui, il était comme ça à l'époque.

C'est pour ça que je ne comprends pas pourquoi j'ai aussi peur aujourd'hui. Comment peut-on être terrifiée à ce point par une personne qui vous a embrassée plusieurs fois en vous appelant « mon amour », « mon ange », « ma princesse » ? Une personne dont les yeux brillaient de malice quand elle riait avec vous? Qui vous a tenue dans ses bras quand vous aviez peur et vous a assuré qu'il n'y avait rien à craindre tant qu'elle serait là? Une personne qu'il suffisait de regarder pour savoir ce qu'elle pensait? Qui vous a protégée, quel que soit le prix à payer, pendant des jours et des jours?

Je connais bien Damon. Je connais ses défauts, mais je sais aussi comment il est au fond. Et il n'est pas celui qu'il prétend être. Il n'est ni froid, ni arrogant ou cruel. Ça, c'est une façade, une armure qu'il enfile comme un vêtement pour se protéger.

Le problème, c'est que je ne suis pas sûre que lui *en ait conscience. Et aujourd'hui il est si désorienté qu'il pourrait bien changer et devenir exactement comme ça.*

Ce que j'essaie de dire, c'est que, ce matin-là, Damon était le seul debout. Lui seul s'est intéressé au bouquet. S'il a bien un défaut, c'est la curiosité.

Il a retiré tous les talismans qui protégeaient la gerbe de fleurs, au centre de laquelle se trouvait une unique rose, noire comme du charbon. Ça faisait des années qu'il essayait d'en trouver une, juste pour le plaisir des yeux, je crois. Mais, en voyant celle-ci, il l'a humée... et pffuit! *la rose s'est volatilisée.*

Tout à coup, il a eu des sortes de vertiges, il ne sentait plus rien, et tous ses autres sens étaient anesthésiés aussi. C'est là que Sage – ah, j'ai oublié de parler de lui, c'est un vampire grand et beau comme un dieu –, là que Sage, donc, lui a dit d'inspirer à fond pour que l'air emplisse bien ses poumons.

Comme font les hommes pour respirer, tu vois...

J'ignore combien de temps il a fallu à Damon pour intégrer qu'il était redevenu humain pour de vrai, que ce n'était pas une blague et que personne ne pouvait rien y faire. La rose noire était destinée à Stefan ; elle aurait dû exaucer son souhait. Alors, quand Damon a compris que la magie avait opéré sur lui au lieu de son frère...

À cet instant, je l'ai vu me dévisager et me mettre dans le même sac que tous ceux de mon espèce – espèce qu'il avait fini par haïr et mépriser avec le temps.

Depuis, je n'ose plus le regarder en face. Je sais qu'il y a encore quelques jours il m'aimait. J'ignorais que l'amour pouvait se changer en... eh bien, en tout ce qu'il ressent désormais à son propre égard.

On aurait pu penser que ce serait facile pour lui de redevenir vampire. Le problème, c'est qu'il veut être aussi puissant qu'avant, et personne parmi ceux qui sont susceptibles d'échanger leur sang avec lui n'a ce pouvoir. Donc Damon est condamné à rester comme ça jusqu'à ce qu'il trouve un illustre vampire, robuste et puissant, qui accepte de procéder à sa transformation.

Parallèlement, chaque fois que je regarde Stefan dans les yeux, ces yeux vert émeraude brûlant de confiance et de gratitude, je suis terrorisée aussi. Terrorisée que, pour une raison ou pour une autre, on me le reprenne brusquement, on l'arrache à moi d'un coup. Et aussi... qu'un jour il découvre les sentiments que j'ai fini par éprouver envers Damon. J'ignore moi-même ce qu'il représente à mes yeux aujourd'hui. Mais je suis incapable... de résister... à mon attirance pour lui, même si dorénavant il me déteste.

Et voilà, bien joué, je pleure ! Dans cinq minutes, il faut que j'aille lui apporter à dîner. Il doit être affamé. Pourtant, quand Matt lui a monté quelque chose à manger, un peu plus tôt dans la journée, Damon lui a jeté le plateau à la figure.

Oh, je vous en supplie, faites qu'il ne me haïsse plus !

Je sais, c'est très égoïste de ma part de parler uniquement de ce qui se passe entre Damon et moi. Notamment parce qu'à Fell's Church la situation est pire que jamais. Chaque jour, davantage d'enfants sont possédés, rendent leurs parents fous de terreur, et ces derniers se mettent de plus en plus en colère contre leur progéniture infernale. Je préfère ne pas imaginer ce qui se passe en ce moment même. Si rien ne change, toute la ville sera anéantie, à l'instar de celles qui l'ont été avant au passage de Shinichi et Misao.

En parlant de lui... Shinichi a prédit plein de choses au sujet de notre groupe, concernant des secrets qu'on se serait cachés les uns aux autres. À vrai dire, je ne suis pas sûre de vouloir entendre la réponse à toutes ces énigmes.

Quelque part, on a de la chance. On a la famille Saitou pour nous aider. Tu te souviens d'Isobel, qui s'était fait des piercings horribles quand elle était possédée ? Elle va mieux depuis, on est devenues très proches, ainsi qu'avec sa mère, Mme Saitou, et sa grand-mère Obaasan. Elles nous fabriquent des amulettes – des formules magiques pour écarter le mauvais œil, qu'elles rédigent sur des Post-it ou des petites fiches. On leur est tellement reconnaissants de leur aide. Un jour, peut-être, on pourra les remercier comme elles le méritent.

Elena Gilbert posa son stylo à contrecœur. Refermer son journal signifiait qu'elle allait devoir affronter ce qu'elle venait d'écrire.

Toutefois, sans trop savoir comment, elle réussit à se traîner jusqu'en bas, dans la cuisine, et à prendre le plateau-repas des mains de Mme Flowers, qui l'encouragea d'un sourire.

Sur le chemin de la remise, elle s'aperçut que ses mains tremblaient si fort que tout le plateau cliquetait. Il n'y avait pas d'accès au local depuis l'intérieur de la maison, donc, si on voulait voir Damon, il fallait sortir par-devant, puis longer la pension jusqu'à l'extension bâtie près du potager. *La tanière de Damon*, comme l'appelaient maintenant les autres.

En passant dans le jardin, elle jeta un coup d'œil furtif au trou dans le parterre d'angéliques ; c'était le portail à présent désactivé par lequel ils étaient revenus du Royaume des Ombres.

Arrivée devant le local, elle hésita. Elle tremblait toujours et savait que ce n'était pas la meilleure façon de faire face à Damon.

« Détends-toi, se dit-elle. Pense à Stefan. »

Le revers que ce dernier avait subi avait été brutal quand il avait compris qu'il ne restait plus rien de la rose. Mais il avait vite retrouvé l'humilité et la bonté qui le caractérisaient, et avait caressé la joue d'Elena en lui disant que son bonheur était simplement d'être à ses côtés, qu'il ne demandait rien de plus que cette proximité. Des habits propres, un bon repas et même la liberté : tout ça valait la peine de se battre, bien sûr, mais c'était *elle* qui comptait plus que tout. Elena en avait pleuré.

D'un autre côté, elle savait que Damon n'avait pas l'intention d'en rester là. Il serait sans doute prêt à tout, à tous les risques… pour redevenir celui qu'il était.

D'ailleurs, ce fut Matt qui suggéra la sphère d'étoiles comme solution. Il ignorait tout de la rose noire ou de cette sphère, jusqu'à ce qu'on lui explique que cette dernière, qui appartenait sûrement à Misao, contenait une bonne partie de son pouvoir, sinon la totalité, et que sa luminosité augmentait à mesure qu'elle absorbait l'énergie des vies qu'elle prenait. Quant à la rose, elle avait probablement été créée à partir d'un fluide issu d'une sphère d'étoiles similaire, mais personne ne savait dans quelle proportion ni si ce fluide se combinait à d'autres ingrédients. Les sourcils froncés, Matt avait alors posé une question cruciale : si la rose pouvait transformer un vampire en être humain, une sphère d'étoiles pouvait-elle changer un humain en vampire ?

Elena n'avait pas été la seule à remarquer la façon dont Damon avait lentement relevé la tête, ni la lueur dans ses yeux tandis qu'ils traversaient la pièce pour examiner la sphère gorgée de pouvoirs. Elena entendait son raisonnement d'ici. Matt faisait peut-être complètement fausse route… mais, s'il existait un endroit où un humain pouvait être sûr de croiser des vampires puissants, c'était bien le Royaume des Ombres. Or il y avait justement un portail dans le jardin de la pension. Il était désactivé pour l'instant… faute d'énergie, justement.

Contrairement à Stefan, Damon n'aurait pas le

moindre scrupule quant aux conséquences s'il devait utiliser tout le fluide de la sphère, ce qui occasionnerait la mort de Misao. Après tout, elle était l'un des deux démons qui avaient laissé Stefan se faire torturer.

Les jeux étaient donc faits.

« Tu as peur, soit. Mais maintenant, secoue-toi ! se raisonna Elena avec acharnement. Cela fait presque quarante-huit heures que Damon est dans cette pièce, et qui sait ce qu'il manigance pour récupérer la sphère d'étoiles. Mais il faut quand même bien que quelqu'un le force à manger, et, quand tu dis *quelqu'un*, rends-toi à l'évidence, il s'agit de toi. »

Elle se tenait devant la porte depuis si longtemps que ses genoux commençaient à se bloquer. Elle prit une profonde inspiration et frappa.

Elle n'obtint pas de réponse, et aucune lumière ne s'alluma à l'intérieur. Damon était humain, et il faisait plutôt sombre dehors à présent.

— Damon ?

À la base, elle voulait l'appeler à voix haute ; au final, elle avait chuchoté.

Toujours pas de réponse, ni de lumière.

Sa gorge se serra. Il était forcément là.

Elle frappa plus fort. Rien. Finalement, elle essaya d'ouvrir… et constata avec horreur que ce n'était pas fermé à clé. La porte s'ouvrit, révélant un intérieur aussi sombre que la nuit qui enveloppait Elena, comme la gueule d'un abysse.

Elle sentit le fin duvet de sa nuque se hérisser.

— Damon, j'entre, réussit-elle à chuchoter.

C'était comme si son calme pouvait la convaincre qu'elle était seule dans la pièce.

— Tu vas me voir apparaître à contre-jour. Je ne vois rien, donc ça te laisse tout l'avantage. Je transporte un plateau avec du café très chaud, des biscuits et un steak tartare sans assaisonnement… Tu devrais sentir l'odeur du café.

Bizarre. D'instinct, Elena sentait qu'il n'y avait personne devant elle attendant qu'elle lui tombe littéralement dessus. « D'accord, pensa-t-elle. Commence par avancer très lentement. Un pas après l'autre… Voilà, je dois être au beau milieu de la pièce maintenant, mais il fait encore trop sombre pour y voir quelque chose. Avance encore… »

Un bras ferme surgit dans le noir, s'enroulant fermement autour de sa taille, et un couteau fit pression sur sa gorge.

Elena distingua un enchevêtrement gris fugace, après quoi l'obscurité s'abattit massivement sur elle.

2

Elena eut un trou noir pendant une poignée de secondes, pas plus. Quand elle revint à elle, rien n'avait changé. Pourtant elle se demandait comment elle avait fait pour ne pas avoir la gorge tranchée par la lame du couteau.

Comme elle n'avait pas pu s'empêcher d'écarter brusquement les bras, elle savait que le plateau avec les plats et la tasse de café avait fait un vol plané dans le noir. Mais à présent elle reconnaissait cette poigne, elle reconnaissait cette odeur et elle comprenait la raison du couteau. Tant mieux, car elle était à peu près aussi fière de s'être évanouie que Sage l'aurait été à sa place. Peureuse, elle, *jamais*.

Alors elle s'adjura intérieurement de se laisser aller dans les bras de Damon, en prenant toutefois soin d'éviter son arme. Pour lui prouver qu'elle ne représentait aucune menace.

— Salut, princesse, chuchota une voix de velours à son oreille.

Un frisson la parcourut, mais pas de peur. C'était plutôt un trouble au creux de son ventre. Pour autant, son agresseur ne desserra pas sa prise.

— Damon… dit-elle d'une voix rauque. Je suis là pour t'aider. Je t'en prie, laisse-moi faire. Pour ton bien.

Aussi abruptement qu'elle l'avait saisie, la poigne de fer libéra sa taille. Le couteau s'écarta de sa gorge, mais la sensation cuisante et vive qu'il laissa sur sa peau suffit à lui rappeler que Damon n'hésiterait pas à s'en servir. À défaut d'avoir des crocs.

Un déclic se fit entendre et, tout à coup, une lumière vive éclaira la pièce.

Lentement, Elena se retourna. Même à cet instant, avec sa mine blême et défaite de n'avoir rien mangé, Damon était si beau qu'elle eut l'impression de sentir son cœur dégringoler dans le vide. Ses cheveux bruns qui lui tombaient dans tous les sens sur le front ; ses traits ciselés, sublimes ; sa bouche sensuelle, arrogante, à cet instant pincée en un rictus maussade…

— Où est-elle, Elena ? demanda-t-il de but en blanc.

Inutile de préciser *quoi*. Damon savait qu'elle n'était pas idiote et que tout le monde, à la pension, lui cachait délibérément la sphère d'étoiles.

— C'est tout ce que tu as à me dire ? chuchota Elena.

Elle vit son regard s'adoucir inexorablement tandis qu'il avançait d'un pas vers elle, comme si c'était plus fort que lui, mais en un clin d'œil il retrouva sa mine sévère.

— Réponds-moi, et peut-être qu'ensuite je te parlerai.

— Je… D'accord. Eh bien, on a mis en place un système, il y a deux jours, expliqua-t-elle doucement. On tire au sort, et la personne qui pioche le papier marqué d'un X prend la sphère posée au centre de la table de la cuisine. Ensuite, chacun part dans sa chambre et y reste jusqu'à ce que celui qui a la sphère l'ait cachée. Ce n'était pas moi aujourd'hui, donc je ne sais pas où elle est. Mais tu peux toujours… me fouiller.

En prononçant les derniers mots, elle sentit son corps se replier sur lui-même, devenir mou, impuissant, vulnérable.

Damon tendit le bras et glissa lentement une main sous ses cheveux. Il pourrait lui fracasser la tête contre le mur ou la projeter à l'autre bout de la pièce. Ou tout simplement lui serrer le cou entre son couteau et sa main jusqu'à la décapiter. Elena savait qu'il était d'humeur à passer ses nerfs sur un humain, mais elle ne broncha pas. Elle resta silencieuse. Et se contenta de le regarder dans les yeux.

Toujours très lentement, il se pencha vers elle et effleura ses lèvres des siennes… Les yeux d'Elena se fermèrent d'eux-mêmes. Mais là encore, en un claquement de doigts, il grimaça et retira sa main.

Subitement, Elena repensa au repas qu'elle lui avait apporté et se demanda ce qu'il était devenu. À première vue, le café brûlant lui avait éclaboussé la main, le bras et une cuisse de son jean. La tasse et la soucoupe étaient en morceaux par terre. Le plateau et les biscuits avaient valsé derrière un fauteuil. En revanche, l'assiette de steak tartare avait miraculeusement atterri à l'endroit, sur le canapé. Des couverts jonchaient le sol.

Elena sentit sa tête et ses épaules s'affaisser sous le poids de la peur et de la souffrance. Dans l'immédiat, tout se résumait à ça pour elle : la peur et la souffrance l'accablaient. D'habitude elle ne pleurait pas facilement, mais là, elle ne put contenir les larmes qui lui montèrent aux yeux.

« C'est pas vrai ! » pesta Damon en silence.

C'était bien *elle*. Elena.

Il était tellement persuadé qu'on l'espionnait, que l'un de ses nombreux ennemis avait fini par le retrouver et lui tendait un piège… quelqu'un qui aurait découvert qu'il était maintenant aussi faible qu'un enfant…

Ça ne lui avait pas traversé l'esprit une seconde qu'il puisse s'agir d'*elle* – jusqu'à ce qu'il serre son petit corps d'un bras et sente le parfum de ses cheveux tandis que, de l'autre, il tenait une lame parfaitement lisse contre sa gorge.

Alors il avait appuyé d'un coup sur l'interrupteur et vu ce qu'il savait déjà. Incroyable ! Il ne s'était pas trompé ! Il se trouvait dans le jardin quand il avait vu la porte de la remise s'ouvrir. Il avait tout de suite pensé à un intrus, mais, ses sens n'étant plus ce qu'ils étaient, il avait été incapable de l'identifier.

Rien ne pouvait excuser sa réaction. Il avait terrifié Elena et au lieu de s'excuser, égoïstement, il avait tenté de lui arracher la vérité dans son unique intérêt.

À présent, sa gorge…

Son regard fut attiré par le mince filet rouge qui perlait sur son cou, à l'endroit où le couteau l'avait entaillée quand elle avait sursauté avant de s'effondrer pile sur la lame. Avait-elle perdu connaissance ? Il l'ignorait. Mais, s'il n'avait pas eu le réflexe d'écarter aussitôt le couteau, elle aurait pu mourir sur le coup, dans ses bras.

Il n'arrêtait pas de se répéter qu'il avait confiance

en elle. Qu'il s'était juste mépris sur le visiteur. Mais il n'était pas convaincu lui-même.

— J'étais dehors, et tu es bien placée pour savoir que nous autres, humains, ne voyons rien dans le noir, se justifia-t-il, conscient de paraître indifférent, sans remords. C'est comme si j'étais constamment dans du coton, Elena : je ne vois rien, je ne sens rien, je n'entends rien ! J'ai autant de réflexes qu'une tortue, et je suis affamé.

— Et si tu me prenais un peu de sang ? proposa-t-elle avec un calme surprenant.

— Pas question.

Damon s'efforça de ne pas regarder le ruban de couleur rubis qui s'écoulait de sa gorge blanche et délicate.

— Je me suis déjà coupée, insista-t-elle.

Elle s'était coupée ? Elle-même ? Diable ! Cette fille était vraiment ahurissante ! pensa Damon. À l'entendre, ce n'était rien, juste un petit accident domestique.

— Tant qu'on y est, autant que tu essaies, pour voir quel goût a le sang humain pour toi aujourd'hui.

— Non.

— Tu sais très bien que tu vas le faire. Et je le sais aussi. Mais on n'a pas beaucoup de temps et mon sang ne va pas couler éternellement. Allez, Damon… après tout ce que… La semaine dernière encore…

Il la regardait trop, il en était conscient. Pas seulement le filet de sang dans son cou, mais aussi sa beauté éclatante, merveilleuse, comme si le fruit d'un rayon de soleil et d'un rayon de lune était entré dans la pièce et l'inondait de lumière avec bienveillance.

Les yeux mi-clos, il lâcha un sifflement et l'empoigna par les bras. Il s'attendait à ce qu'elle ait un mouvement de recul, comme quand il était arrivé par surprise dans son dos. Mais pas du tout. Au contraire, une lueur incandescente sembla jaillir dans les grands yeux indigo d'Elena. Et ses lèvres s'entrouvrirent, machinalement.

Damon savait que c'était involontaire. Il avait eu des années pour étudier les réactions des femmes, et savait à quoi s'en tenir quand un regard se posait d'abord sur ses lèvres avant de remonter vers ses yeux.

« Je ne vais pas *encore* l'embrasser. Je ne peux pas. Si elle me perturbe à ce point, c'est uniquement par faiblesse *humaine*. Elle n'a pas conscience de sa jeunesse et de sa beauté. Mais un jour elle comprendra. En même temps… je pourrais lui faciliter les choses et lui expliquer tout de suite, disons, accidentellement. »

Comme si elle lisait dans ses pensées, Elena ferma les yeux, laissa sa tête retomber en arrière, et subitement il se retrouva à la soutenir presque tout entière dans ses bras. Elle renonçait à toute prudence, pour lui montrer qu'en dépit de tout elle avait encore confiance en lui, qu'elle…

… l'aimait encore.

Damon se pencha vers elle sans même savoir ce qu'il allait faire. Certes, il avait une faim de loup ; elle le tenaillait comme de puissantes serres. Elle lui donnait le tournis, le rendait… incontrôlable. Pendant près d'un siècle et demi, il avait été porté à croire que la seule chose capable d'assouvir cet appétit était la fontaine écarlate d'une artère entaillée. Alors, une voix sinistre, provenant peut-être directement de la Cour des Enfers, lui chuchota qu'il pourrait imiter certains vampires et lui lacérer la gorge comme un loup-garou.

Un bout de chair fraîche le soulagerait peut-être. Bon sang ! Mais qu'est-ce qu'il pouvait faire, si près de ses lèvres, si près de sa gorge en sang ?

Deux larmes s'échappèrent des longs cils noirs d'Elena et glissèrent sur ses joues avant de se perdre dans ses cheveux dorés. Damon se surprit à en goûter une, spontanément.

Aussi pures qu'autrefois, constata-t-il. En même temps, c'était à prévoir ; Stefan était encore trop faible pour s'occuper d'elle. Mais, au-delà de cette pensée cynique, une image flotta dans son esprit, avec ces quelques mots en légende : une âme aussi pure que de la neige vierge.

Brusquement, la faim qu'il éprouvait changea du tout au tout. Maintenant il en était sûr, la seule chose qui pourrait l'assouvir se trouvait à portée de main. Avec l'urgence du désespoir, il chercha les lèvres d'Elena, les trouva et baissa la garde pour de bon. Ce qu'il désirait plus que tout était là, devant lui, et, même si elle tremblait, Elena ne le repoussa pas.

Leur proximité était telle à présent qu'il fut aussitôt enveloppé de son aura, une aura aussi lumineuse que les cheveux dont il caressait doucement les pointes. Il jubila de la sentir frissonner de plaisir, et s'aperçut parallèlement qu'il pouvait lire dans ses pensées. Elena avait toujours eu une forte capacité de projection et, pour sa part, la télépathie était le seul pouvoir qu'il lui restait. Pour quelle raison ? Il n'en avait pas la moindre idée. Mais le fait est qu'il avait encore cette faculté. Et, à cet instant, il avait diablement envie de se mettre à l'écoute de sa princesse.

Sacrée nana ! Si impulsive ! Elle lui avait offert son

cou, s'abandonnant sans retenue, repoussant tout raisonnement, si ce n'est qu'elle voulait l'aider, exaucer ses désirs. Et elle était désormais bien trop absorbée par leur baiser pour réfléchir à la suite des événements, ce qui était assez surprenant venant d'elle.

Elle est amoureuse de toi, lui souffla l'infime part de lui-même encore capable de discernement.

Peut-être, mais elle ne te l'a jamais avoué ! Pourquoi ? Parce que c'est Stefan qu'elle aime vraiment ! répliqua son instinct.

Elle n'a pas besoin de l'avouer. Elle te le *prouve*. Ne fais pas semblant de n'avoir jamais rien soupçonné !

Mais, et Stefan… !

Crois-tu qu'elle pense une seconde à Stefan, là ? Elle a accueilli à bras ouverts la faim de loup qui te dévorait. Ce n'est pas par caprice, ni pour t'offrir un repas sur le pouce ou parce qu'elle se considère comme ta donneuse attitrée. C'est juste Elena, telle qu'elle est, telle qu'elle vit les choses.

Dans ce cas, j'ai profité d'elle. Si elle est amoureuse, elle est sans défense. Ce n'est encore qu'une enfant. Je dois réagir.

À ce stade de leur étreinte, même la petite voix de sa raison n'arrivait plus à se faire entendre. Elena ne tenait quasiment plus sur ses jambes. Damon allait devoir se décider : la faire asseoir ou… lui donner une chance de faire machine arrière.

Elena ! Elena, bon sang, réponds ! Je sais que tu m'entends !

Damon ?... La voix télépathique d'Elena était à peine audible. *Alors tu... tu comprends mieux maintenant... ?*

Absolument, princesse. Je t'ai influencée, donc je suis bien placé pour comprendre.

Tu... quoi ? Non, c'est faux, tu mens !

Pourquoi je ferais ça ? Bizarrement, mes pouvoirs de télépathie sont aussi puissants qu'avant. Mes intentions n'ont pas changé. Mais toi, jeune fille, tu devrais réfléchir un peu. Je n'ai pas besoin de ton sang. Je suis humain et, pour l'heure, je meurs de faim. En revanche, la foutue bidoche que tu as apportée ne me fait pas du tout envie.

Elena s'écarta ; il ne la retint pas.

— Je sais que tu mens, répéta-t-elle à voix haute.

Elle le regarda droit dans les yeux, les lèvres enflées par leur baiser prolongé.

Damon enferma cette vision d'elle à l'intérieur du rocher lourd de secrets qu'il trimbalait partout avec lui. Puis il la fixa de son regard d'ébène le plus insondable.

— Pourquoi je mentirais ? Je considère simplement que tu mérites de pouvoir faire ton propre choix. À moins que tu n'aies déjà décidé de laisser tomber le frangin pendant qu'il est hors service ?

La main d'Elena se leva brusquement, puis elle la laissa retomber.

— OK, tu m'as influencée, reconnut-elle, amère. Je ne suis pas dans mon état normal. Jamais je n'abandonnerais Stefan... encore moins quand il a besoin de moi.

Voilà, c'était *ça* le feu sacré qui animait Elena, telle était la cruelle réalité ! Il pouvait maintenant s'asseoir et se laisser ronger par l'amertume pendant que l'âme innocente face à lui écoutait sa bonne conscience.

Tout en se faisant cette réflexion, Damon ressentait déjà l'aura vacillante d'Elena s'éloigner de lui et, subitement, il s'aperçut qu'il n'avait plus le couteau. Aussi horrifié que réactif, il l'arracha des mains d'Elena et l'écarta de sa gorge. Son emportement fut tout aussi impulsif :

Ça va pas, non ? Qu'est-ce qui te prend ? Tu veux te suicider à cause de ce que j'ai dit ? Cette lame est plus tranchante qu'un rasoir, bon sang !

— Je me faisais juste une petite entaille…

— Une entaille qui aurait pu gicler comme un geyser !

Il avait la gorge nouée mais avait retrouvé sa langue, c'était déjà ça.

Elena avait repris ses esprits, elle aussi.

— Écoute, Damon, tu sais comme moi qu'il va falloir que tu y goûtes à nouveau avant d'essayer d'avaler quoi que ce soit. Je le sens qui coule à nouveau dans mon cou. Ne le gâche pas, cette fois.

Elle ne disait que la vérité. Encore heureux, elle ne s'était pas blessée grièvement. De la nouvelle entaille qu'elle s'était faite avec tant d'imprudence s'écoulait du sang frais. Effectivement, ce serait stupide de le gâcher.

À présent totalement objectif, Damon agrippa Elena par les épaules. Il lui souleva le menton pour contempler sa gorge ronde et tendre ; plusieurs petites coupures vermeilles suintaient abondamment.

Son instinct séculaire lui soufflait que c'était là, à cet endroit précis, qu'il pourrait se régaler de nectar et d'ambroisie, se nourrir et s'enivrer. Et ce fut à cet endroit précis que ses lèvres se posèrent… juste pour goûter…

Il releva la tête, s'efforçant tant bien que mal d'avaler, bien déterminé à ne pas cracher. Ce n'était pas… pas totalement répugnant. Il pouvait comprendre que les humains, avec leurs perceptions restreintes, veuillent profiter de la diversité animale. Cela dit, ce truc coagulant au goût minéral… ce n'était pas du sang ! Rien à voir avec le bouquet parfumé, la richesse grisante, la saveur sucrée, veloutée, provocante, vivifiante et *indicible* qu'il aimait tant.

C'était un peu comme une mauvaise blague. Il fut tenté de mordre Elena, d'érafler sa carotide d'un coup de canine pour y faire une minuscule égratignure, sentir le sang jaillir contre son palais et ainsi comparer, s'assurer qu'il ne passait pas à côté de l'authentique nectar. D'ailleurs, il était plus que tenté : il était déjà à l'œuvre. Sauf que, problème : il ne se passa rien. Aucune effusion de sang, rien du tout.

Il s'interrompit en pleine action. Certes, il avait bien fait une petite griffure dans le cou d'Elena… mais c'était à peine si elle avait transpercé la couche extérieure de son épiderme.

Verdict : ses dents étaient émoussées.

Alors Damon pressa la langue contre une de ses canines, l'adjurant intérieurement de s'allonger, l'implorant de toute son âme étriquée et frustrée de s'aiguiser.

Toujours rien. Aucun changement. Remarquez, il avait passé la journée à essayer. L'air malheureux, il laissa retomber doucement la tête d'Elena.

— C'est tout ? s'étonna-t-elle d'une voix mal assurée.

Elle se donnait tant de mal pour se montrer courageuse. Pauvre âme innocente, condamnée par son amant diabolique !

— Recommence, Damon. Mords plus fort, n'hésite pas.

— Pas la peine, rétorqua-t-il sèchement. Tu ne sers à r…

Elle faillit s'écrouler. Il la maintint debout, tout en lui chuchotant d'un ton hargneux à l'oreille :

— Tu m'as très bien compris. Mais peut-être que c'est ça qui te chagrine : tu préfères jouer les plats de résistance plutôt qu'être ma princesse ?

Elena se contenta de secouer la tête sans un mot. Elle se laissa porter, posant la tête contre son épaule. Pas étonnant qu'elle ait besoin de souffler après tout ce qu'il lui avait fait subir. De là à savoir si elle trouvait son épaule confortable… ça, ça le dépassait.

Sage ! Damon diffusa cette pensée rageuse sur toutes les ondes auxquelles il avait accès, comme il l'avait fait toute la journée. Si seulement il arrivait à lui mettre le grappin dessus, tous ses problèmes seraient résolus. *Sage, où est-ce que tu es, bon sang !?*

Pas de réponse. Pour ce qu'il en savait, Sage avait réussi à réactiver le portail du Royaume des Ombres, celui-là même qui trônait à présent, inopérant et inutile, dans le jardin de Mme Flowers. Et qui laissait Damon en plan ici. Sage avait le don de partir à une vitesse sidérante.

Pourquoi est-ce qu'il était parti, d'ailleurs ?

Une injonction impériale ? Il en recevait parfois. De la part du Maudit qui vivait à la Cour des Enfers, au fin fond du Royaume. Dans ces cas-là, qu'il soit en pleine discussion, en plein ébat ou n'importe quoi d'autre, Sage devait partir là-bas sur-le-champ. Jusqu'ici, il était toujours arrivé à temps, Damon n'en doutait pas. Et pour cause : Sage était encore en vie.

Le jour où la petite enquête de Damon sur le bouquet avait tourné à la catastrophe, Sage avait laissé poliment un mot sur la cheminée, remerciant Mme Flowers pour son hospitalité, et confiant même son énorme chien Sabre et son faucon Serre aux bons soins de la maison. Il avait filé, comme à son habitude, de façon aussi imprévisible que le vent et sans dire au revoir. Il s'était sans doute dit que Damon trouverait facilement une solution à son problème. Ce n'était pas les vampires qui manquaient à Fell's Church. Il y en avait une ribambelle. Le croisement des lignes d'énergie dans le sol les attirait constamment en temps normal.

Problème : en ces temps-ci, lesdits vampires étaient tous infestés de malachs, ces parasites contrôlés par les deux jumeaux maléfiques. Dans la hiérarchie des vampires, on ne pouvait pas tomber plus bas.

Et il allait sans dire que Stefan était hors course. Un, il était trop faible : le simple fait d'essayer de transformer Damon l'achèverait. Deux, il en voulait trop à ce dernier de lui avoir « volé son humanité », même si cette colère était susceptible de s'atténuer à la longue. Et trois, Stefan n'accepterait de toute façon jamais de le faire, sous prétexte que, pour lui, être un vampire était une malédiction.

Les humains ne savaient rien de ces choses car le sujet ne les concernait pas, jusqu'au jour où, d'un coup, ils savaient tout, d'instinct – en général parce qu'ils venaient justement d'être transformés. La hiérarchie des vampires était stricte, allant des bons à rien indignes de leur condition jusqu'aux aristocrates aux dents longues. Les Anciens appartenaient à cette dernière catégorie, tout comme d'autres vampires particulièrement illustres ou puissants.

Damon voulait que sa transformation soit accomplie par le genre de femme que Sage fréquentait, et il était bien décidé à ce que ce dernier lui trouve une demoiselle de haut rang, une vampire digne de lui.

Mais d'autres questions le tourmentaient, et il avait passé deux jours sans dormir à y réfléchir. Le *kitsune* qui avait offert le bouquet à Stefan avait-il réellement pu concevoir une rose capable de transformer la première personne qui la humerait en humain, *de façon permanente* ? Cela aurait été le rêve de Stefan.

Durant des jours et des jours, ce *kitsune* avait écouté les divagations de son frère, n'est-ce pas ? Il avait entendu Elena pleurer devant sa cellule. Il avait vu les deux tourtereaux ensemble, Elena donnant la becquée à un Stefan mourant, le nourrissant de son sang à travers un barbelé tranchant comme un rasoir. Allez savoir quelle idée ce renard s'était fourrée dans sa petite tête poilue en préparant cette rose qui avait soi-disant guéri Damon de sa *pseudo*-malédiction. Si cette guérison s'avérait irréversible…

… et Sage injoignable…

Damon prit soudain conscience du fait qu'Elena avait froid. Étrange, vu que la nuit était douce ; pourtant elle frissonnait sans arrêt. Il fallait qu'il lui donne sa veste, sinon…

Elle n'a pas *froid*, lui souffla une petite voix au fond de lui. Et puis elle ne frissonne pas, elle *tremble*. À cause de tout ce que tu lui as fait endurer.

Elena ?

Tu m'as complètement oubliée. Tu me tenais dans tes bras, mais tu as oublié que j'étais là...

Si seulement, pensa-t-il, amer. *Ton nom est gravé sur mon âme.*

Damon fut subitement fou de rage, mais cette rage était différente de celle qu'il éprouvait contre les *kitsune*, contre Sage ou contre le reste du monde.

Celle-ci lui noua la gorge et lui serra la poitrine.

Elle le poussa à prendre la main ébouillantée d'Elena qui se couvrait à vue d'œil de taches écarlates, pour l'examiner. Vampire, il aurait tout de suite su quoi faire : calmer ses brûlures avec sa langue froide et soyeuse pour générer une réaction chimique et accélérer la cicatrisation. Mais là… il ne pouvait rien faire.

— Ça ne me fait pas mal, le rassura Elena.

Elle était maintenant capable de tenir debout toute seule.

— Tu mens, ma princesse. Vu la façon dont tes sourcils sont relevés, tu souffres. Et ton pouls fait des bonds…

— Tu arrives à le sentir sans me toucher ?

— Je le vois sur tes tempes. Ce sont les *vampires* qui sentent ces choses-là.

Le ton qu'il employa pour insister sur ce mot qui le définissait encore, du moins en théorie, était particulièrement acerbe.

— Tu t'es blessée à cause de moi et je ne peux rien faire pour t'aider. Mais…

Il haussa les épaules.

— Tu es une belle menteuse. Au sujet de la sphère d'étoiles, j'entends.

— Tu arrives encore à deviner quand je mens ?

— Facile, mon ange, soupira-t-il d'un ton las. Soit tu es l'heureuse détentrice de la sphère aujourd'hui... soit tu sais qui l'est.

Une fois de plus, Elena baissa la tête avec consternation.

— Sinon, conclut-il plus légèrement, c'est que toute ton histoire de tirage au sort était un mensonge.

— Pense ce que tu veux, dit-elle, retrouvant au moins son sens de la repartie. Et, tant que tu y es, débrouille-toi avec cette pagaille.

Alors qu'elle s'apprêtait à partir, il eut une révélation.

— Mme Flowers !

— Raté, le rembarra-t-elle.

Elena, je ne faisais pas allusion à la sphère. Je t'en donne ma parole. Tu sais bien que c'est difficile de mentir par télépathie...

Oui, et pour cette raison je sais aussi que, s'il y a bien une chose au monde pour laquelle tu... tu as... de l'expérience...

Elle fut incapable de finir sa phrase, d'aller sur ce terrain. Elle savait que, pour lui, donner sa parole était sacré.

Tu peux toujours rêver que je te dise où elle se trouve, reprit-elle. *Et, crois-moi, Mme Flowers ne t'en dira pas plus.*

— Je te crois, n'empêche qu'il faut qu'on aille la voir.

Il la prit dans ses bras sans effort, puis enjamba les débris de vaisselle. Machinalement, Elena enroula ses bras autour du cou de Damon pour se maintenir en équilibre.

— Mon amour, mais qu'est-ce que tu fais… ?

Les yeux écarquillés, Elena s'interrompit, plaquant sa main ébouillantée sur sa bouche.

Dans l'embrasure de la porte, à moins de deux mètres d'eux, se trouvait la petite Bonnie McCullough, tenant dans la main une bouteille de vin de Magie Noire, un breuvage non alcoolisé mais étrangement grisant. Dès qu'elle vit Elena, son expression changea du tout au tout. Elle était arrivée euphorique. Elle était maintenant sous le choc. Incrédule. Pourtant, il n'y avait pas de quoi. Elena devina tout de suite ce qu'elle pensait. Toute la maison s'était évertuée à mettre Damon à l'aise et lui, pendant ce temps, il en profitait pour voler ce qui appartenait légitimement à Stefan : Elena. En plus, il avait visiblement menti sur le fait qu'il n'était plus un vampire. Quant à elle, elle ne se défendait même pas. Pire ! Elle l'appelait « mon amour ».

Bonnie lâcha la bouteille et partit en courant.

3

Damon bondit, abandonnant aux caprices de la gravité Elena, qui essaya de se mettre en boule pour amortir l'impact.

Le résultat fut surprenant, presque miraculeux. Elle atterrit sur une fesse sur le canapé, à l'opposé de l'assiette de steak tartare. Cette dernière rebondit légèrement, de trois ou quatre centimètres peut-être, puis reprit sa place.

Elena eut même la chance d'avoir une vue imprenable sur le dénouement du sauvetage héroïque, à savoir Damon plongeant pour rattraper le précieux élixir juste avant que la bouteille ne se fracasse par terre. Il n'avait peut-être plus ses réflexes phénoménaux de vampire, néanmoins il restait bien plus rapide que le commun des mortels. Bondir alors qu'il la tenait dans ses bras, avoir la présence d'esprit de la lâcher sur quelque chose de mou, puis plonger et saisir la bouteille au vol juste avant qu'elle ne tombe : chapeau !

Mais autre chose prouvait que Damon n'était plus un vampire : il n'était pas invulnérable aux chocs sur surface dure. Elena s'en rendit compte en l'entendant suffoquer et essayer de reprendre son souffle sans y parvenir.

Elle fouilla ses souvenirs à toute vitesse, en quête

d'accidents impliquant des sportifs... et subitement elle se rappela un jour où Matt avait eu le souffle complètement coupé. Son entraîneur l'avait empoigné par le col et lui avait donné un grand coup dans le dos.

Alors elle se précipita vers Damon et le prit sous les bras pour le retourner. Usant de toutes ses forces, elle le hissa en position assise. Puis elle joignit fermement les mains. Imitant Meredith, qui avait été lanceuse dans l'équipe de baseball du lycée Robert E. Lee et détenait une moyenne de points mérités de 0,225, elle leva le bras et frappa Damon aussi fort que possible dans le dos.

Bingo !

Damon se mit à respirer bruyamment. En bon petit soldat, Elena s'agenouilla et essaya de réarranger sa tenue. Dès qu'il retrouva une respiration normale, elle sentit son corps se raidir à nouveau. Avec douceur, il serra les mains d'Elena dans les siennes. Elle se demanda s'il était possible qu'ils soient allés si loin, au-delà des mots, que ces derniers leur manqueraient désormais constamment.

Qu'est-ce qui s'était passé déjà ? Damon l'avait soulevée dans ses bras, peut-être à cause de sa jambe ébouillantée, ou peut-être parce qu'il avait décrété que c'était Mme Flowers qui détenait la sphère d'étoiles. C'est là qu'elle avait dit : *« Mon amour, mais qu'est-ce que tu fais ? »* Comme ça, de but en blanc. Et, au milieu de sa phrase, elle-même avait entendu le « mon amour », qui n'avait pourtant aucun rapport avec un truc qui se serait passé entre eux avant ! Mais ça, personne ne le croirait. En vérité c'était involontaire, un simple lapsus.

Seulement, elle avait dit ça devant la personne la plus susceptible de prendre ses paroles au sérieux et à cœur. Bonnie était partie sans qu'elle ait le temps de s'expliquer.

Mon amour. N'importe quoi ! Dire qu'en plus ils venaient de recommencer à se disputer !

Quelle ironie. Surtout que Damon était sérieux au sujet de la sphère, il comptait bien la retrouver. Elle l'avait vu dans ses yeux.

Pour l'appeler « mon amour », il fallait être très… éperdument…

Oh, non…

Elena se mit à pleurer tout doucement. Des larmes révélatrices. Elle savait qu'elle n'était pas au mieux de sa forme. Trois jours qu'elle dormait mal – trop d'émotions conflictuelles, et beaucoup trop de frayeur à cet instant.

Mais ce qui la terrifiait surtout, c'était de découvrir que quelque chose de fondamental avait changé chez *elle*.

Elle n'avait rien demandé. Tout ce qu'elle voulait depuis le début, c'était que les deux frères cessent de se bagarrer. Elle était faite pour aimer Stefan, c'était une certitude pour elle ! Autrefois, il voulait se marier avec elle. Bon, certes, entre-temps elle était devenue successivement un vampire, un fantôme, puis une réincarnation tombée du ciel, mais elle avait bon espoir qu'un jour il soit tout autant disposé à épouser la nouvelle Elena.

Cependant, entre ce nouveau sang qui coulait dans ses veines et qui était comme du propergol pour un vampire comparé au sang lambda de la plupart des autres filles et ses nouveaux pouvoirs, les Ailes de la Rédemption par exemple, auxquels elle ne comprenait strictement rien et qu'elle était incapable de maîtriser, Elena était perplexe. Quoique, dernièrement elle avait capté un début de formule qu'elle savait liée aux Ailes de la Destruction. Ça, pensa-t-elle d'un air sombre, ça pourrait bien lui servir un de ces jours.

Naturellement, bon nombre de ces pouvoirs s'étaient déjà révélés efficaces sur Damon, qui n'était plus simplement un allié mais était aussi un *ennemi*, une fois de plus. Un ennemi qui voulait dérober quelque chose dont tous les habitants de Fell's Church avaient besoin.

Elena n'avait pas cherché à tomber amoureuse de lui, cependant... si c'était déjà le cas ? Si elle n'arrivait pas à refréner ses sentiments pour lui ? Qu'est-ce qu'elle pourrait y faire ?

Silencieuse, elle resta assise à pleurer, consciente qu'elle ne pourrait jamais lui parler de tout ça. Question émotions, il était doué pour anticiper et garder son sang-froid, mais pas dans ce cas précis, elle en était persuadée. Si elle lui ouvrait son cœur, elle n'aurait pas le temps de dire ouf qu'il la kidnapperait. Il considérerait qu'elle avait fait une croix sur Stefan, de la même façon qu'elle l'avait momentanément oublié ce soir.

— Pardonne-moi, Stefan... murmura-t-elle.

Elle ne pourrait jamais se confier à ce dernier non plus. Pourtant, celui qui faisait battre son cœur, c'était lui. *Stefan.*

— Il faut qu'on se débarrasse de Shinichi et Misao, et vite, dit Matt d'un ton maussade. J'ai intérêt à retrouver la forme, si je ne veux pas que la fac du Kentucky me renvoie mon dossier avec un coup de tampon rouge : « Refusé. »

Assis dans la cuisine douillette de Mme Flowers, Meredith et lui grignotaient des biscuits au gingembre tout en regardant la vieille dame préparer avec zèle un carpaccio de bœuf (la seconde des deux seules recettes à base de bœuf cru que son vieux livre de cuisine proposait).

— Stefan se rétablit bien ; dans deux jours il pourra peut-être même retâter un peu du ballon. Si toutefois les gens de cette ville voulaient bien arrêter d'être tous complètement tarés, ajouta Matt avec sarcasme. Et puis si les flics voulaient bien arrêter de me harceler pour la pseudo-agression de Caroline, ça m'arrangerait aussi.

Lorsqu'il mentionna Stefan, Mme Flowers jeta un coup d'œil au contenu du chaudron qui mijotait sur la cuisinière depuis un bon moment. Il dégageait à présent une odeur si redoutable que Matt ne savait pas lequel des deux frères était le plus à plaindre : celui qui écoperait de l'énorme pile de viande crue ou celui qui essaierait, sous peu, de ne pas recracher ce que contenait cette marmite.

— En résumé, sous réserve que tu sois encore en vie d'ici là, tu seras content de quitter Fell's Church le moment venu ? demanda calmement Meredith.

Matt eut l'impression de s'être pris une claque.

— Tu plaisantes, pas vrai ?

De son pied nu et bronzé, il titillait gentiment Sabre qui grognait de plaisir.

— Avant, je compte bien échanger quelques passes avec Stefan ! C'est le meilleur ailier que j'aie connu…

— Et il le *restera*, souligna Meredith, insistant

bien sur l'idée de futur. Je ne crois pas qu'il y ait beaucoup de vampires qui pratiquent le foot, Matt, alors ne t'avise même pas de suggérer qu'Elena et lui te suivent dans le Kentucky. Je te préviens, je ne vais pas te lâcher et, de mon côté, j'essaierai de les faire venir avec moi à Harvard. De toute façon, Bonnie nous a déjà devancés puisque son « institut universitaire », comme elle dit, est beaucoup plus près de Fell's Church et de tout ce qui les attache à cette région.

— Parle surtout pour Elena, rétorqua Matt sans pouvoir s'en empêcher. Pour Stefan, tout ce qui compte, c'est d'être avec elle, peu importe où.

— Allons, allons, intervint Mme Flowers. Prenons les choses comme elles viennent, voulez-vous ? Ma*man* dit que nous devons garder nos forces. Elle me paraît soucieuse et, comme vous le savez, elle peut prédire tout ce qui va arriver.

Matt hocha la tête, mais sa gorge se serra quand il voulut reprendre la discussion avec Meredith :

— Je parie que tu as hâte de partir dans ta prison de bourge ?

— Si ce n'était pas Harvard… Si seulement je pouvais repousser d'un an sans perdre ma bourse…

La voix de Meredith s'estompa, mais l'émotion qu'elle contenait était indubitable.

Mme Flowers lui tapota l'épaule.

— Pensons plutôt à Stefan et Elena. Vu que tout le monde la croit morte, elle ne peut pas vivre ici.

— Je crois qu'ils ont renoncé à l'idée de partir très loin, reprit Matt. À mon avis, maintenant, ils se considèrent comme les gardiens de la ville. Ils se débrouilleront. Elena n'aura qu'à se faire la boule à zéro !

Il s'efforçait de rester léger, mais chaque phrase qu'il prononçait tombait à plat.

— Mme Flowers parlait de la fac, répliqua Meredith d'un ton tout aussi pesant. Tu crois qu'ils vont jouer les super héros la nuit et se contenter de glander le reste du temps ? S'ils veulent s'inscrire quelque part, même dans un an, c'est aujourd'hui qu'ils doivent y réfléchir.

— OK… Pourquoi pas Dalcrest, alors ?

— C'est où ?

— Tu sais, ce petit campus à Dyer. Ce n'est pas immense, mais leur équipe de foot est vraiment… Enfin, bref, je suppose que Stefan n'en aurait rien à faire de leur niveau sportif. En tout cas, ce n'est qu'à trente minutes d'ici.

— Oui, je vois où c'est maintenant que tu en parles. Ils ont peut-être des athlètes hors pair, mais ce n'est clairement pas la fac la plus prestigieuse du pays, et encore moins Harvard.

Meredith, elle qui était si secrète, qui ne faisait jamais de sentiment, semblait avoir des trémolos dans la voix.

— Je sais, acquiesça doucement Matt.

L'espace d'un instant, il prit sa petite main froide et la serra. Son étonnement redoubla quand il la vit entrecroiser ses doigts glacés dans les siens et se cramponner à sa main.

— D'après ma*man*, notre destin va bientôt frapper, ajouta sereinement Mme Flowers. Le principal, à mon sens, c'est de protéger cette bonne vieille ville. Ainsi que ses habitants.

— Bien sûr. On va faire notre maximum. Heureusement qu'on a des alliés qui s'y connaissent en démons japonais.

— Orime Saitou…

La vieille dame hocha la tête en souriant faiblement.

— Dieu la bénisse pour ses amulettes.

— Oui, Dieu bénisse les Saitou.

L'air sombre, Matt pensa à la grand-mère et à la mère du même nom.

— Je crois qu'elles vont devoir nous en préparer tout un stock.

Mme Flowers allait lui répondre quand Meredith, toujours plongée dans ses pensées, reprit la parole :

— Vous savez, Stefan et Elena n'ont peut-être pas renoncé à leur projet de voyage en fin de compte. Et, vu qu'à ce stade aucun de nous ne sait s'il vivra assez longtemps pour faire des études…

Elle haussa les épaules avec tristesse.

Matt lui serrait toujours la main quand Bonnie arriva en trombe dans l'entrée, l'air bouleversé. Elle essaya bien de filer dans les escaliers, mais Matt lâcha Meredith et tous deux se précipitèrent pour l'intercepter. En un clin d'œil, tout le monde était sur le qui-vive. Meredith saisit Bonnie par le bras. Mme Flowers, un torchon encore dans les mains, les rejoignit dans l'entrée.

— Qu'est-ce qui s'est passé, Bonnie ? C'est Shinichi et Misao ? On est attaqués ?

Meredith posa la question calmement, mais avec le sérieux nécessaire pour désamorcer l'hystérie.

Un frisson fulgurant traversa Matt de part en part. Personne ne savait vraiment où étaient les deux démons en ce moment même. Peut-être dans le fameux buisson, dernier vestige de la vieille forêt, ou peut-être juste ici, à la pension.

— Elena !? paniqua-t-il. Elle est toujours dehors avec Damon ? Ils sont blessés ? Shinichi les a eus ?

Bonnie ferma les yeux et fit signe que non de la tête.

— OK, du calme, respire à fond, Bonnie, ordonna Meredith. Dis-nous quel est le problème : Shinichi ? La police ? Va jeter un œil à la fenêtre, lança-t-elle à Matt.

Bonnie continuait de secouer la tête.

Matt ne vit aucun gyrophare, ni le moindre signe d'une attaque.

— Bon, si personne ne nous attaque, insista Meredith, explique-nous ce qui se passe.

Bonnie secoua encore la tête de façon exaspérante.

Les regards de Matt et de Meredith se croisèrent au-dessus de ses boucles rousses.

— La sphère d'étoiles, murmura subitement Meredith.

— Le salaud ! lâcha Matt avec hargne au même instant.

— Elena lui a tout dit ?

Matt s'efforça de repousser la vision qui lui vint tout de suite à l'esprit : Damon les narguant d'un signe de la main, et Elena souffrant le martyre à ses pieds.

— Elle a peut-être croisé un des gamins possédés en plein délire ? hasarda Meredith.

Elle jeta un coup d'œil en biais à Bonnie, tout en serrant fort la main de Matt.

Perplexe, ce dernier hasarda une théorie maladroite :

— Si ce fumier essayait de mettre la main sur la sphère, Bonnie ne se serait pas enfuie ! Elle n'est jamais aussi courageuse que quand elle a peur. Et, à moins qu'il n'ait tué Elena, elle n'a aucune raison de…

Endossant le mauvais rôle, Meredith finit par brusquer un peu Bonnie :

— Parle-nous, bon sang ! Il s'est forcément passé quelque chose pour que tu sois dans cet état. Inspire à fond et raconte-moi ce que tu as vu.

Soudain, dans un déluge de mots, Bonnie déballa tout :

— Elle… elle l'a appelé « mon amour », bafouilla-t-elle en serrant à deux mains la main libre de Meredith. Et elle avait du sang plein le cou. Alors, je l'ai lâchée ! J'ai laissé tomber la bouteille de Magie Noire !

— Allons, la rassura gentiment Mme Flowers. Inutile de pleurer pour une bouteille cassée. On n'aura qu'à…

— Vous ne comprenez pas ! hoqueta Bonnie. Je les ai entendus discuter en arrivant – j'étais obligée d'y aller tout doucement, parce qu'on trébuche facilement là-bas. Ils parlaient de la sphère d'étoiles ! Au début, j'ai cru qu'ils se disputaient mais… elle avait les bras autour de son cou. Et lui qui prétendait ne plus être un vampire ! Tu parles ! Elena avait des traces de sang plein le cou, et lui en avait plein la bouche ! Dès que je suis arrivée, il l'a soulevée et lâchée sur le canapé, mais j'ai eu le temps de tout voir. À tous les coups, elle lui a donné la sphère ! *Et je vous répète qu'elle l'a appelé « mon amour » !*

Échangeant un regard, Matt et Meredith rougirent et s'empressèrent de détourner les yeux. Si Damon était redevenu vampire – s'il avait réussi on ne sait comment à trouver la cachette de la sphère – et si Elena lui avait apporté « à manger » pour en fait lui donner son sang…

Meredith n'en finissait pas de chercher une explication.

— Bonnie… tu es sûre que tu n'exagères pas un peu ? D'ailleurs, qu'est devenu le plateau de Mme Flowers ?

— Il… il y en avait partout. Ils l'avaient balancé ! Mais il la tenait, je vous dis : une main sous ses genoux et une dans son cou. La tête d'Elena était tellement penchée en arrière que ses cheveux recouvraient toute l'épaule de Damon !

Il y eut un silence tandis que chacun essayait d'imaginer différentes positions correspondant à cette description.

— Tu veux dire qu'il la tenait de force ? suggéra Meredith, qui se mit subitement à chuchoter.

Matt comprit pourquoi. Stefan était sûrement endormi à l'étage, et Meredith n'avait aucune envie de le réveiller.

— NON : ils se regardaient ! s'écria Bonnie. Dans les yeux !

Mme Flowers essaya de tempérer les choses :

— Ma petite Bonnie, peut-être qu'Elena est tombée et que Damon a dû la rattraper en vitesse.

Cette fois, Bonnie répliqua d'un ton implacable et sans bafouiller :

— Possible. On aurait dit une de ces femmes qu'on voit sur les couvertures de ces romans de gare idiots – comment on appelle ça déjà ?

— À l'eau de rose ? devina Meredith sans enthousiasme, à défaut d'une autre réponse.

— C'est ça ! À l'eau de rose. Voilà comment il la tenait ! Ce que je veux dire, c'est qu'on sait tous qu'il s'est passé quelque chose entre eux pendant notre séjour au Royaume des Ombres, mais moi je pensais que tout ça s'arrêterait quand on aurait retrouvé Stefan. Et en fait, pas du tout !

Matt devint blême.

— Tu insinues qu'au moment où on parle Elena et Damon sont en train… de s'embrasser ?

— Je n'insinue rien du tout ! Tout ce que je dis, c'est qu'ils parlaient de la sphère d'étoiles, qu'il la tenait dans ses bras comme une jeune mariée et qu'elle ne le repoussait pas !

Frissonnant d'horreur, Matt sentit les ennuis arriver et, au regard de Meredith, il devina qu'elle aussi. Et pour cause : il aperçut Stefan en haut de l'escalier et, en tournant la tête, il vit, en même temps que Meredith, Damon surgir par la porte de derrière, celle qui donnait sur la cuisine.

Qu'est-ce qu'il fichait là ? Damon écoutait aux portes maintenant ? fulmina Matt en silence.

À tout hasard, il essaya quand même de sauver la situation vis-à-vis de Stefan.

— Salut champion ! Tenté par un petit remontant à base de sang ? lança-t-il, aussitôt consterné par son ton exagérément chaleureux.

« C'est dingue, pensa-t-il en parallèle. À peine trois jours qu'il est sorti de prison et il a déjà l'air en pleine forme alors qu'il n'avait plus que la peau sur les os. Aujourd'hui, il fait simplement… mince. Il est même assez beau gosse pour faire encore tourner la tête de toutes les filles. »

Appuyé sur la rampe, Stefan lui sourit faiblement. Malgré la pâleur de son visage, son regard était étonnamment alerte, ses yeux brillant d'un vert éclatant comme deux pierres précieuses. Il n'avait pas l'air troublé, et le cœur de Matt se serra d'autant plus pour lui. Comment lui annoncer la nouvelle?

— Elena est blessée, affirma Stefan.

Soudain il y eut un blanc, silence total, et tout le monde se figea.

— Mais Damon ne pouvait pas l'aider, alors il l'a amenée ici.

— Exact, confirma froidement Damon derrière Matt. Je ne pouvais rien faire pour elle. Si j'étais encore vampire… mais ce n'est plus le cas. Elena s'est brûlée… entre autres. Du coup, j'ai tout de suite pensé poche de glace et cataplasme. Désolé de réfuter toutes vos subtiles théories.

— Doux Jésus ! s'écria Mme Flowers. Vous voulez dire que ma petite Elena attend dans la cuisine d'être soignée?

Elle partit précipitamment.

Stefan descendit quelques marches.

— Madame Flowers ! lança-t-il. Elle s'est brûlé le bras et la cuisse. Elle dit que c'est parce que Damon ne l'a pas reconnue dans le noir et qu'il l'a fait sursauter. Il pensait qu'un ennemi s'était introduit dans la pièce et il l'a légèrement coupée à la gorge avec un couteau. On sera dans le salon si vous avez besoin d'aide.

— Elena est peut-être innocente, Stefan… mais lui *pas*, s'entêta Bonnie. Tu le dis toi-même : il l'a brûlée et il lui a mis un couteau sous la gorge. Moi j'appelle ça de la torture ! Il l'a peut-être menacée pour lui arracher des aveux. Peut-être qu'il la fait chanter et qu'on n'en sait rien !

Stefan rougit étrangement.

— C'est difficile à expliquer, murmura-t-il. J'essaie constamment de me boucher les oreilles, mais… certains de mes pouvoirs se sont renforcés… plus vite que ma capacité à les maîtriser. La plupart du temps, je dors, donc ce n'est pas gênant. Je dormais encore il y a cinq minutes. Mais je me suis réveillé et j'ai entendu Elena dire à Damon que Mme Flowers n'avait pas la sphère d'étoiles. Elle était bouleversée et blessée… et, de là où j'étais, je pouvais sentir à quel endroit elle avait mal. Ensuite c'est toi que j'ai entendue, Bonnie. Tes dons de médium sont décidément très puissants. Et après je vous ai tous entendus débattre au sujet d'Elena…

« Bon sang… On nage en plein délire », pensa Matt. Baragouinant des excuses du genre « C'est vrai, c'est notre faute », il suivit Meredith dans le salon, sans réfléchir, comme si ses pieds étaient reliés aux sandales italiennes de son amie par un fil invisible.

Mais, et tout ce sang sur les lèvres de Damon… ?

Il y avait forcément une explication concrète à ça. À en croire Stefan, Damon avait blessé Elena avec un couteau. De là à expliquer qu'elle ait du sang partout dans le cou… Pour Matt, ce n'était pas la signature d'un vampire. Il avait joué les donneurs auprès de Stefan des dizaines de fois ces derniers jours, et le procédé était toujours très net, sans traces.

Bizarre, aussi, qu'aucun d'entre eux n'ait pensé une seule seconde que, même depuis le dernier étage, Stefan était susceptible de lire directement dans leurs pensées.

Est-ce qu'il les écoutait en permanence ? s'interrogea de nouveau Matt.

— J'essaie de ne pas le faire, à moins d'y être invité ou d'avoir une bonne raison, expliqua soudain Stefan. Mais si quelqu'un mentionne le nom d'Elena, qui plus est d'un ton contrarié, là, c'est plus fort que moi. C'est comme quand on est dans un lieu bruyant, où on a du mal à s'entendre : bizarrement, dès que quelqu'un prononce votre nom, vous l'entendez tout de suite.

— En psychologie, ça s'appelle l'effet cocktail party, précisa Meredith.

Elle parlait d'une voix calme quoique apparemment pétrie de remords, tout en tentant de réconforter Bonnie qui était toujours sous le choc. Matt sentit son cœur se serrer.

— Appelle ça comme tu veux, le sens reste le même : Stefan peut lire dans nos pensées quand ça lui chante.

— Pas exactement.

Stefan sembla se crisper.

— À l'époque où je me nourrissais de sang animal, je n'en avais pas la force, à moins de faire un gros effort de concentration. D'ailleurs, les amis, vous serez peut-être contents de savoir que je compte retourner chasser dès demain, après-demain au plus tard, en fonction de l'avis médical de Mme Flowers.

Il lança un regard lourd de sens autour de lui, s'attardant sur son frère, qui était appuyé contre le mur près de la fenêtre, l'air décontracté et singulièrement menaçant à la fois.

— Pour autant, je n'oublierai pas ceux qui m'ont sauvé la vie alors que j'agonisais. Pour cette raison, merci aux concernés, et, bon… j'espère qu'on pourra fêter ça un de ces quatre.

Il plissa les yeux et tourna la tête. Les filles furent immédiatement émues, même Meredith renifla.

Damon poussa un gros soupir désagréable.

— Du sang animal ? Ouais, génial. Tu as raison, frangin, affaiblis-toi un max, garde-toi juste trois ou quatre donneurs consentants à disposition. Comme ça, quand viendra l'heure de l'épreuve de force contre Shinichi et Misao, tu seras à peu près aussi efficace qu'un mouchoir mouillé.

Bonnie sursauta.

— Une épreuve de force ?… Quand ?

— Dès que Shinichi et Misao seront prêts, répondit laconiquement Stefan. Toute la ville est censée être réduite en cendres. À mon avis, ils ne vont pas vraiment me laisser le temps de me rétablir. Mais je ne peux pas continuer à vous demander votre sang, à toi, à Meredith… et à Elena. Vous en avez déjà fait assez, et je ne sais même pas comment vous remercier.

— Moi je sais : en retrouvant toutes tes forces, répliqua Meredith, toujours aussi calme et posée. Mais avant, je peux te poser quelques questions ?

Debout près d'une chaise, Stefan attendit qu'elle se soit installée sur l'étroit sofa, avec Bonnie quasiment sur les genoux, avant de s'asseoir à son tour.

— Je t'écoute.

4

— Premièrement : est-ce que Damon dit vrai ? demanda Meredith. Est-ce que du sang animal risquerait sérieusement de t'affaiblir ?

Stefan sourit.

— Pas plus qu'avant, répondit-il. J'aurais toujours la force de faire ça par exemple.

Il se pencha vers la cheminée, qui se trouvait juste sous le coude de Damon, en murmurant distraitement « Tu permets » et attrapa le tisonnier.

Damon leva les yeux au ciel. Mais quand son frère, d'une main preste, tordit le tisonnier en forme de U puis le redressa et le reposa à sa place, Matt aurait juré voir son visage d'habitude si impassible s'assombrir d'une jalousie hostile.

— Et c'était du fer, complimenta Meredith, un matériau résistant à toute force surnaturelle.

Stefan s'écarta du feu, tandis que Damon applaudissait mollement.

— Pas étonnant : ça fait trois jours qu'il s'enivre du sang des quatre charmantes filles que vous êtes, railla-t-il. Sans compter que notre chère Elena est devenue une centrale nucléaire à elle toute seule. Quatre… Oups, Blatte, *sono spiacente* : je n'ai pas fait exprès de te compter dans les filles. Ne le prends pas mal.

— Il n'y a pas de quoi, riposta Matt, les dents serrées.

S'il pouvait, rien qu'une fois, lui faire ravaler son sourire éclatant, il pourrait mourir tranquille, songea-t-il.

— Mais, en vérité, tu es devenu un donneur… très… dévoué envers mon cher frangin, n'est-ce pas ? le provoqua encore Damon.

Ses lèvres se contractèrent un peu, comme s'il se retenait de sourire uniquement grâce à un sang-froid absolu.

Matt fit deux pas en avant, secoué par une furieuse envie de se planter devant lui et de le défier du regard. Mais, quand il avait ce genre de pensées, il y avait toujours une petite voix dans sa tête pour lui crier : *« Alerte, danger, suicide ! »*

— C'est vrai, répondit-il plutôt, d'un ton aussi détaché que possible. J'ai donné mon sang à Stefan autant que les filles. C'est mon ami et, il y a encore deux jours, on aurait dit qu'il sortait d'un camp de concentration.

— Naturellement, murmura Damon, l'air calmé.

Il poursuivit d'une voix plus douce :

— Mon frangin a toujours eu du succès avec les deux… disons, *bords*, pour ne pas choquer ces dames. Même avec les *kitsune* mâles. Résultat : regardez dans quel état je me retrouve !

Matt vit littéralement rouge, comme s'il regardait Damon à travers une brume de sang.

— À ce propos, où est passé Sage, Damon ? reprit Meredith. Lui, c'est un vampire. Si on le retrouvait, tes problèmes seraient résolus, je me trompe ?

Bien envoyé ! Comme toujours avec elle. Damon répliqua en plantant ses yeux noirs impénétrables dans ceux de Meredith :

— Moins tu en sais sur Sage, mieux c'est. À ta place, je ne parlerais pas de lui à la légère : il a des amis haut placés en Enfer. Mais, pour répondre à ta question : non, je ne laisserai pas Sage me transformer en vampire. Ça ne ferait que compliquer les choses.

— Toujours est-il que Shinichi nous a souhaité bonne chance pour découvrir qui il est vraiment. À ton avis, qu'est-ce qu'il a voulu dire par là ?

Damon haussa les épaules d'un geste plein d'aisance.

— Mon avis ne regarde que moi. Sage a toujours traîné dans les bas-fonds les plus sordides du Royaume.

— Mais pourquoi il est parti, alors ? explosa Bonnie. Dis-moi que ce n'est pas à cause de nous, Damon ! Pourquoi il nous a laissé Serre et Sabre, hein ? Et… Oh, Damon, si tu savais comme je m'en veux !

Elle se laissa glisser du sofa pour s'agenouiller par terre en baissant la tête, de sorte qu'on ne vit plus que ses boucles rousses. Appuyée sur ses petites mains blanches, on aurait dit qu'elle allait baiser le sol devant lui.

— Tout est ma faute, et maintenant vous êtes tous fâchés. Mais c'était tellement horrible que… forcément, j'ai imaginé le pire.

La tension jusque-là palpable dans la pièce disparut d'un coup. Presque tout le monde laissa échapper un petit rire. C'était du Bonnie tout craché, et si spontané de leur part à tous. Humain, en somme.

Matt voulut la prendre dans ses bras pour la rasseoir

dans le fauteuil, mais, quand Bonnie n'allait pas bien, Meredith restait sa meilleure ressource. Sans compter que deux autres paires de bras eurent la même idée et furent plus rapides que lui. D'un côté les longues mains fines et hâlées de Meredith, de l'autre des doigts masculins encore plus fuselés.

Matt serra le poing. « Laisse faire Meredith », se raisonna-t-il et, presque sans le vouloir, son poing maladroit barra la route aux mains tendues de Damon. Meredith souleva Bonnie et se rassit avec elle sur le sofa. Au regard que Damon lui lança, Matt comprit qu'il n'insisterait pas.

— Il faut que tu lui pardonnes, Damon, arbitra Meredith, toujours impartiale, sans prendre de gants. Sinon, je crois qu'elle ne va pas en dormir de la nuit.

Ce dernier haussa les épaules, froid comme la glace.

— Un jour… peut-être.

Matt sentit ses muscles se raidir. Il fallait être un sacré salaud pour dire ça devant Bonnie. Parce que, évidemment, elle entendait tout.

— Va te faire voir, marmonna Matt.

— Pardon ?

Le ton de Damon fut brusquement cinglant, dénué de toute nonchalance et fausse politesse.

— Tu m'as très bien compris, répliqua Matt avec hargne. Mais, si tu veux, on peut sortir pour que je t'explique le fond de ma pensée, ajouta-t-il, bravache.

Derrière lui, on entendit un *non !* plaintif de Bonnie, et un *chut* modéré de Meredith. Stefan tenta bien de les retenir d'un *ça suffit* autoritaire, mais il fut ensuite pris d'une quinte de toux. Alors Matt et Damon en profitèrent pour foncer vers la porte.

Il faisait encore bon dehors, sur la véranda.

— Alors c'est là qu'on se bat ? lâcha Damon avec indolence quand ils eurent descendu les marches et accédé à l'allée de gravier.

— Ça me va très bien, rétorqua Matt, sur ses gardes.

Quelque chose lui disait que Damon n'hésiterait pas à lui faire un coup bas.

— Oui, pas trop loin, c'est parfait.

Damon affichait un sourire éclatant, disproportionné.

— Comme ça tu pourras appeler mon frangin à l'aide et il viendra vite à ta rescousse. En attendant, on va d'abord s'occuper du problème de ton incursion dans mes affaires, et du fait que tu…

Matt lui balança un coup de poing en pleine figure.

Il ne savait pas où Damon voulait en venir, mais le fait est que, quand on demande à un type de venir s'expliquer dehors, la suite est logique : on se jette sur lui. On ne reste pas là à faire la causette. Sinon, on risque de se faire taxer à vie de lâche, voire pire. Ce n'est pas à Damon qu'il allait l'apprendre.

Remarquez, avant, on avait beau l'insulter tant qu'on voulait, il savait toujours repousser les attaques…

« Avant, il se serait contenté de me briser tous les os de la main un par un et de me torturer pendant des heures, supposa Matt. Mais aujourd'hui… j'ai presque autant de réflexes que lui et il s'est bêtement fait prendre par surprise. »

Matt fit jouer ses articulations avec précaution. Bien sûr, ce n'était jamais agréable de frapper quelqu'un, mais, si Meredith avait pu venir à bout de Caroline, il pouvait très bien en faire autant avec…

Damon ? Merde, c'est lui que je viens d'assommer ?

Il lui sembla alors entendre la voix de son vieil entraîneur : « Cours, Honeycutt ! Tire-toi. Quitte cette ville. Change de nom. »

Déjà tenté. Échec complet. Merci bien, pensa Matt, aigri.

Cependant, Damon n'avait rien d'un démon surgi de l'Enfer avec des yeux de dragon et une force de taureau enragé, prêt à anéantir Matt. Entre ses cheveux ébouriffés et ses bottes couvertes de terre, il avait plutôt l'air abasourdi et outré.

— Espèce d'ignare… de sale gamin…

Damon passa à l'italien.

— Écoute, le coupa Matt. Je suis là pour me battre, OK ? D'ailleurs, un jour, le type le plus malin que je connaisse m'a dit : « Si tu veux te battre, discute pas. Mais, si tu veux discuter, range tes poings. »

Alors qu'il se relevait et ôtait les cardères sauvages et autres plantes épineuses plantées dans son jean noir délavé, Damon voulut grogner, mais le son qui sortit de sa bouche fut assez décevant. Peut-être était-ce dû à la nouvelle forme de ses canines. Ou bien à son manque de conviction. Matt avait vu suffisamment de types vaincus pour savoir que cette bataille était gagnée. Il fut saisi d'une étrange exaltation. Incroyable, il allait rester en un seul morceau ! L'événement était à marquer d'une pierre blanche.

« Bon, et maintenant ? se demanda-t-il. Je suis censé lui tendre la main ou… ? » La réponse ne se fit pas attendre : *Si ça te dit de tendre la main à un crocodile temporairement KO, vas-y ! Après tout, t'as pas besoin de tes dix doigts, si ?*

Tant pis, décida-t-il en tournant les talons en direction de la maison. Jusqu'à sa mort (qui, certes, n'allait peut-être pas tarder), il se souviendrait de ce précieux moment.

En entrant, il se cogna contre Bonnie qui sortait à toute vitesse.

— Qu'est-ce que tu lui as fait, Matt ? s'écria-t-elle en jetant des coups d'œil nerveux autour d'elle. Et toi, tu es blessé ?

Il enfonça le poing dans la paume de sa main d'un geste sec.

— Il est par terre là-bas, ajouta-t-il avec complaisance.

Bonnie partit en courant.

Bon. La soirée avait été moins spectaculaire que prévu. Mais quand même assez réussie.

*

— Ils… *quoi* ? balbutia Elena à Stefan.

Des cataplasmes froids maintenus par des pansements serrés lui enveloppaient le bras, la main et la cuisse (Mme Flowers avait préalablement coupé son jean en short) et la vieille dame essuyait à présent le sang séché dans son cou avec des plantes médicinales.

Son cœur battait fort, et pas seulement à cause de la douleur. Elle non plus ne s'était pas rendu compte que Stefan était susceptible d'entendre tout ce qui se passait dans la maison quand il était réveillé. Heureusement qu'il dormait, pensa-t-elle, mal à l'aise, quand

Damon et elle… Nooon, stop ! Il fallait absolument qu'elle arrête de penser à ça, et tout de suite !

— Ils sont sortis se battre, répéta Stefan. C'est stupide, je sais. Mais c'est aussi une question d'honneur. Je ne peux pas m'en mêler.

— Eh bien, moi je peux… si vous avez terminé, madame Flowers.

— Oui, ma petite Elena.

La vieille dame enroula un bandage autour de sa gorge.

— Avec ça, tu devrais échapper au tétanos.

Elena allait se relever mais s'interrompit.

— Je croyais qu'on l'attrapait avec des lames rouillées ? Dam… celle-ci avait l'air toute neuve.

— Avec des lames *sales*, rectifia Mme Flowers.

Elle lui montra une bouteille qu'elle tenait dans la main.

— Mais ça, c'est la recette personnelle de grand-ma*man*, qui a sauvé bon nombre de blessés depuis des… des années.

Elena fut surprise.

— Je ne vous avais jamais entendue parler de votre grand-mère. Elle était… guérisseuse ?

— Eh oui, acquiesça Mme Flowers. On l'a même accusée de sorcellerie. Mais, lors de son procès, ils n'ont rien pu prouver. Il paraît que ses accusateurs n'ont même pas été capables de tenir un discours cohérent.

En tournant la tête, Elena croisa le regard intrigué de Stefan. Ils savaient tous les deux que Matt risquait d'être traîné de force devant un tribunal véreux pour avoir prétendument « agressé Caroline Forbes en étant sous l'emprise d'une puissante et mystérieuse drogue». Tout ce qui était lié de près ou de loin à un tribunal les intéressait. Mais, en voyant l'air soucieux de Stefan, Elena décida de ne pas approfondir la question et serra simplement sa main.

— Il faut qu'on y aille. On reparlera de votre grand-mère plus tard, d'accord? Quelque chose me dit qu'elle était fascinante.

— Je n'ai gardé d'elle que le souvenir d'une vieille grincheuse solitaire qui ne supportait guère les idiots et qui considérait quasiment tout le monde comme tel, répondit Mme Flowers. Je crois que j'étais partie pour suivre ses traces jusqu'à ce que je vous rencontre, mes enfants. Grâce à vous, j'ai ouvert les yeux et ça m'a fait réagir. Je vous suis très reconnaissante.

— C'est nous qui le sommes.

Elena serra la vieille dame dans ses bras et sentit son cœur faire un bond en croisant de nouveau le regard, cette fois amoureux, de Stefan. Il semblait certain que tout finirait bien… pour elle.

Je m'inquiète pour Matt, lui souffla-t-elle par la pensée. *Damon a encore beaucoup de réflexes, et tu sais qu'il ne porte pas du tout Matt dans son cœur.*

Ça... répondit Stefan avec un sourire ironique, *je crois que c'est le moins qu'on puisse dire. Mais, à mon avis, attends de voir lequel des deux revient blessé avant de t'inquiéter.*

Elena le dévisagea, étonnée, puis resongea un instant au garçon impulsif et athlétique qu'était Matt. Finalement, elle sourit aussi. Elle se sentait à la fois coupable… et rassurée. Stefan savait toujours la rassurer. À cet instant, elle eut envie d'en faire autant pour lui.

Dans le jardin, Bonnie était en train de s'humilier. En dépit de la situation, elle ne pouvait s'empêcher de se dire que Damon était vraiment beau, qu'il était farouche, ténébreux, féroce et... séduisant. Malgré elle, elle repensait aux fois où il lui avait souri, où il s'était moqué d'elle, et où il était venu à son secours à sa demande pressante. Elle avait toujours cru qu'un jour... Mais aujourd'hui elle avait l'impression d'avoir le cœur brisé.

— Si je pouvais, je m'arracherais la langue, Damon. Je n'aurais jamais dû tirer des conclusions trop vite.

— Tu t'es imaginé que j'étais en train de piquer Elena à Stefan. Normal, ironisa Damon avec lassitude. C'est le coup classique, avec moi.

— Non, justement. Tu as tout fait pour sortir Stefan de prison. Chaque fois qu'il y avait un danger tu l'as affronté seul, et tu nous as toujours protégées. Tout ça tu l'as fait sans réfléchir qu'à...

Subitement, Bonnie sentit des mains robustes lui serrer les poignets et il y eut une avalanche de clichés dans sa tête. Une poigne de fer. Ferme comme des sangles d'acier. Impossible d'y échapper.

Puis un déluge glacial s'abattit sur elle.

— Tu ne sais rien de moi ! lâcha Damon. Ni de ce que je veux, ni de ce que je fais. Qui te dit que je ne manigance pas quelque chose en ce moment même ? Que je ne t'entende plus jamais dire des trucs pareils, et ne va pas croire que je t'épargnerai si tu te mets en travers de mon chemin.

Il se releva et laissa à terre Bonnie, qui le suivit fixement des yeux. Elle s'était trompée tout à l'heure : son cœur n'était pas brisé, il était en miettes.

5

— Je croyais que tu voulais sortir pour raisonner Damon ? s'étonna Stefan.

Toujours main dans la main avec lui, Elena venait de tourner brusquement à droite et de s'engager dans l'escalier branlant qui menait aux chambres du premier et, au-dessus, à la mansarde de Stefan.

— Eh bien, à moins qu'il ne trucide Matt et prenne la fuite, il sera toujours temps de lui parler demain.

Elle tourna la tête vers Stefan, les joues creusées de deux jolies fossettes.

— Je t'ai écouté, tu vois. Et puis j'ai réfléchi : Matt est un footballeur plutôt costaud, et maintenant ils sont à armes égales puisqu'ils sont tous les deux humains, pas vrai ? Et, de toute façon, c'est l'heure de ton dîner.

— Mon dîner ?

Stefan sentit ses canines réagir d'instinct, si vite qu'il en fut gêné. Il fallait vraiment qu'il touche deux mots à Damon et qu'il veille à bien lui faire comprendre qu'il n'était qu'un invité à la pension, rien de plus ; cela dit, ça pouvait effectivement attendre demain. Cette discussion serait peut-être même encore plus efficace une fois que Damon aurait évacué toute sa colère.

Il appuya sur l'extrémité de ses dents avec sa langue

pour essayer de les rétracter, mais à peine stimulées elles s'étaient déjà aiguisées et dépassaient sur sa lèvre inférieure. Passé la douleur, la sensation était maintenant très agréable. Tout ça en réponse à un simple mot : *dîner*.

Elena lui lança un regard taquin par-dessus son épaule, en riant doucement. Elle faisait partie de ces femmes qui ont la chance d'avoir un rire magnifique. Mais ce rire-là était clairement malicieux, à l'image de l'enfant espiègle et rusée qu'elle avait été. Stefan eut envie de la chatouiller pour l'entendre encore ; envie de rire avec elle, de la prendre dans ses bras et d'exiger qu'elle lui explique ce qui l'amusait tant.

— Qu'est-ce qu'il y a, mon amour ? demanda-t-il plutôt.

— J'en connais un qui a les crocs, répliqua-t-elle innocemment.

Et elle pouffa encore.

L'espace d'une seconde, il resta à la regarder, émerveillé, et soudain, la main d'Elena lui échappa. Son rire résonna dans son sillage comme une cascade d'eau vive sur des rochers, tandis qu'elle s'élançait en courant dans l'escalier, autant pour le taquiner que pour lui montrer qu'elle était en pleine forme, devina-t-il. Si elle avait trébuché ou été prise de vertiges, il aurait décrété qu'un énième don de sang serait nocif pour elle, elle le savait très bien.

Pour l'instant, ça ne semblait faire de tort à aucun de ses amis, sinon il aurait exigé le repos dudit ami. Même Bonnie, pourtant aussi fragile qu'une libellule, ne paraissait pas s'en porter plus mal.

*

Elena monta l'escalier à toute vitesse, consciente que Stefan souriait dans son dos et n'éprouvait pas la moindre méfiance à son égard. Elle ne le méritait pas, et c'est bien pour ça qu'elle tenait d'autant plus à lui faire plaisir.

— Et toi, tu as dîné ? demanda-t-il quand ils arrivèrent dans sa chambre.

— Depuis longtemps : du rôti de bœuf… cuit.

Elle sourit.

— Qu'est-ce que Damon a dit quand il a finalement compris que c'était toi et qu'il a vu le plateau que tu avais apporté ?

Elena s'efforça de rire à nouveau, mais les larmes lui montèrent brusquement aux yeux ; normal, entre ses brûlures et ses entailles encore douloureuses, et l'épisode avec Damon, elle avait de bonnes raisons de pleurer.

— Il a appelé ça de la *bidoche*. C'était un steak tartare. Écoute, je n'ai pas très envie de parler de lui, maintenant.

— Bien sûr, je comprends, mon amour.

Stefan se sentit aussitôt piteux. Il se donnait un mal fou pour ne pas paraître affamé… mais il n'arrivait même pas à contrôler ses canines.

Et apparemment Elena n'était pas d'humeur à flirter. Elle se hissa sur le lit, puis déroula avec précaution le bandage que Mme Flowers venait de lui poser autour du cou.

Stefan eut l'air subitement inquiet.

Mon amour…

Il s'interrompit brusquement.

Qu'est-ce qu'il y a ?

Elle l'observa tout en continuant d'enlever son pansement.

Eh bien... si je le prenais plutôt à ton bras ? Tu souffres déjà beaucoup et je ne veux pas toucher au traitement antitétanique de Mme Flowers.

Mais si, il reste encore plein de place à côté !

Mais si je mords sur ces entailles...

Une fois de plus, il s'interrompit.

Cette fois, Elena le dévisagea. Elle le connaissait par cœur. Il avait une idée en tête.

Dis-moi ce qui te tracasse.

Stefan la regarda dans les yeux, puis approcha sa bouche de celle d'Elena.

— Je peux les cicatriser, chuchota-t-il, mais… ça signifierait les rouvrir pour les refaire saigner. Ce sera douloureux.

— Et ça pourrait surtout t'empoisonner ! le coupa durement Elena. Tu vois bien que Mme Flowers a mis une crème…

Le petit rire que Stefan laissa échapper lui fit l'effet de doux picotements le long du dos.

— On ne se débarrasse pas d'un vampire aussi facilement, tu sais. À part un coup de pieu dans le cœur, rien ne peut nous tuer. Mais je ne veux pas te faire mal, même si c'est pour ton bien. Je pourrais t'hypnotiser pour que tu ne sentes rien…

— Non, surtout pas ! Je m'en fiche d'avoir mal. Tant que tu as tout le sang qu'il te faut.

Stefan la respectait assez pour savoir qu'il ferait mieux de ne pas insister. En plus, il ne pouvait plus vraiment se retenir. Il la regarda s'allonger, puis s'étendit près d'elle et se pencha pour atteindre les entailles auréolées de taches vertes dans son cou. Il les lécha avec douceur, et avec une certaine hésitation au début, puis sa langue soyeuse s'attarda plus longuement sur chacune des plaies. Il serait incapable d'expliquer le processus, ni quels agents chimiques il déposait dessus. C'était aussi naturel que le fait de respirer pour un humain.

Au bout d'une minute, il redressa la tête, l'air amusé.

Quoi ? Qu'est-ce qui se passe ?

Elena sourit en sentant son souffle lui chatouiller le cou.

Ton sang est aromatisé à la citronnelle, constata Stefan. *Apparemment, la recette miracle de grand-ma*man *est à base de citronnelle... et d'alcool ! On dirait du vin à la citronnelle !*

Et c'est bon ou pas ? demanda Elena, un peu inquiète.

Oui, comme toujours. Mais je préfère quand même ton sang au naturel. Tu n'as pas trop mal ?

Elena se sentit rougir. Damon avait soigné sa joue de la même façon à l'époque où ils étaient au Royaume des Ombres, quand elle avait fait un rempart de son corps pour éviter un énième coup de fouet à une esclave en sang. Elle savait que Stefan était au courant de cette histoire et il se doutait sûrement, chaque fois qu'il la regardait, que la balafre blanche quasi invisible sur sa pommette avait été caressée avec tout autant de douceur jusqu'à cicatrisation.

Comparé à ça, ces éraflures ne sont rien, le rassura-t-elle.

Mais un brusque frisson la parcourut aussitôt.

Stefan, je... Je ne t'ai jamais demandé pardon pour avoir protégé Ulma au risque de ne pas pouvoir te sauver à temps. Et aussi... pour avoir dansé pendant que tu mourais de faim et continué de faire des mondanités afin de trouver la clé des jumeaux...

Qu'est-ce que tu veux que ça me fasse ? répondit-il d'un ton faussement fâché, tandis qu'il refermait avec douceur une entaille sur sa gorge. *Tu as fait tout ce qu'il fallait pour me retrouver alors qu'à la base c'est moi qui t'avais laissée seule ici. Tu ne crois pas que je peux comprendre ? Je ne méritais pas d'être sauvé...*

Je t'interdis de dire ça ! rétorqua Elena, la voix subitement étranglée par les sanglots. *Au fond, je crois que... je savais que tu me pardonnerais, sinon je n'aurais pas supporté le contact de tous ces bijoux que je portais, ils m'auraient brûlé la peau. Tu sais, pour te retrouver, il a fallu qu'on te piste comme des chiens de chasse, et on était terrorisés à l'idée que le moindre faux pas signe peut-être ton arrêt de mort... ou le nôtre.*

Stefan la tenait à présent fermement contre lui.

Comment te faire comprendre ? Tu as renoncé à tout, même à ta liberté, pour moi. Vous avez accepté d'être esclaves. Et toi... tu as été « punie »...

Comment... comment tu le sais ? Qui te l'a dit ? bredouilla Elena en s'agitant.

Toi, mon amour. Dans ton sommeil, tes rêves.

Mais... c'est Damon qui a souffert à ma place. Ça aussi, tu le sais ?

Il y eut un moment de flottement avant que Stefan réponde : *Ah... Je vois... Et, non, je l'ignorais.*

Comme des bulles, des bribes de souvenirs du Royaume des Ombres remontèrent à l'esprit d'Elena.

Cette cité en toc, à l'éclat illusoire, où l'on glorifiait autant un coup de fouet répandant une gerbe de sang sur un mur qu'une poignée de rubis éparpillés sur le trottoir…

Mon amour, n'y pense plus. Tu m'as retrouvé, tu m'as sauvé, et maintenant on est ici, ensemble.

Une fois la dernière entaille refermée, Stefan posa la joue contre la sienne.

C'est tout ce qui compte pour moi : toi et moi, ensemble.

Elena était si heureuse d'être pardonnée qu'elle en avait presque le tournis, cependant… quelque chose en elle avait changé et n'avait cessé de croître durant toutes ces semaines passées au Royaume des Ombres. Un sentiment pour Damon qui n'était pas simplement dû au fait qu'elle avait eu besoin de son aide. Un sentiment qu'elle avait cru que Stefan comprenait. Et qui pourrait même changer les rapports entre eux trois. Mais, aujourd'hui, Stefan semblait persuadé que tout allait redevenir comme avant, avant son enlèvement.

Enfin… à quoi bon se tracasser à propos de l'avenir, alors que cette soirée suffisait à la faire pleurer de joie ?

C'était ça, le sentiment le plus fantastique au monde : être avec lui. Alors elle lui fit promettre à maintes reprises que plus jamais il ne l'abandonnerait pour se lancer dans une nouvelle quête, même pour quelques jours, quelle qu'en soit la cause.

Entre-temps, elle oublia toutes les questions qui la préoccupaient. Ils avaient toujours été au paradis dans les bras l'un de l'autre. Ils étaient faits pour être ensemble. Plus rien n'avait d'importance maintenant qu'elle était chez elle.

N'importe où, mais avec Stefan : c'était là, chez elle.

6

Bonnie fut incapable de s'endormir après sa discussion avec Damon. Elle avait besoin de parler à Meredith, mais ne trouva qu'une bosse inerte et sourde dans son lit.

Sa première idée fut de descendre dans la cuisine et de se pelotonner avec une tasse de chocolat chaud dans le séjour, seule avec sa détresse. En général, elle gérait mal la solitude.

Mais en fin de compte, une fois au rez-de-chaussée, elle alla directement dans le séjour, sans passer par la cuisine. Tout était sinistre et étrange dans l'obscurité silencieuse. Allumer une lumière assombrirait le reste de la pièce. Cependant, d'une main tremblante, elle tourna l'interrupteur de la liseuse, près du canapé. Maintenant l'idéal serait qu'elle se trouve un bon livre, par exemple…

Elle se cramponnait à son oreiller comme à un ours en peluche, quand la voix de Damon se fit entendre à côté d'elle :

— Mon pauvre petit pinson. Tu ne devrais pas veiller si tard, tu sais.

Bonnie sursauta, les lèvres pincées.

— J'espère que tu n'as plus mal, dit-elle froidement.

Elle prit un air digne, mais se doutait qu'elle n'était pas très convaincante. En même temps, qu'est-ce qu'elle pouvait faire d'autre ?

En vérité, elle n'avait aucun intérêt à essayer de tenir tête à Damon, c'était perdu d'avance, elle le savait très bien.

Damon lui aurait bien répondu « Moi, mal ? À cause de cette petite broutille entre hommes ? »

Sauf que justement, un homme, c'est ce qu'il était. Et, oui, il avait mal.

Plus pour longtemps, se promit-il en observant Bonnie du coin de l'œil.

— Je croyais que tu ne voulais plus jamais me voir, hasarda-t-elle, le menton tremblant.

Ça lui semblait presque trop cruel de profiter d'un petit pinson si vulnérable. Mais avait-il vraiment le choix ?

« Je lui revaudrai ça un jour, d'une façon ou d'une autre, je le jure, se promit Damon en silence. En attendant, autant faire en sorte que ça se passe bien. »

— Ce n'est pas ce que j'ai dit, objecta-t-il en espérant que Bonnie ait oublié les termes exacts de leur dispute.

Il aurait bien aimé influencer un peu cette femme-enfant, mais… il n'avait plus ce pouvoir. Il n'était qu'un homme désormais.

— Tu as dit que tu ne m'épargnerais pas si tu me recroisais sur ton chemin.

— Écoute, je venais de me faire boxer par un gamin et, même si je ne m'attends pas à ce que tu comprennes, sache que ça ne m'était pas arrivé depuis l'âge de douze ans, quand j'étais encore un môme.

Le menton de Bonnie tremblait toujours, mais ses larmes avaient séché.

« Effectivement : jamais aussi courageuse que quand elle a peur », constata Damon.

— Je suis surtout inquiet pour les autres, reprit-il.

— Quels autres ? s'étonna Bonnie en clignant des yeux.

— Si tu savais ! C'est fou le nombre d'ennemis qu'on a tendance à se faire en un siècle et demi. Je ne sais pas… c'est peut-être moi. Ou bien c'est juste le destin d'un vampire…

— Mais non, tu n'y es pour rien !

— Quelle importance ? Longue ou courte, la vie paraît toujours trop brève de toute façon.

— Damon…

— Ne te tracasse pas, mon chaton. Dame Nature a le remède qu'il te faut.

Il sortit de sa poche de poitrine une petite flasque qui sentait indubitablement le vin de Magie Noire.

— Tu l'as récupérée ? Tu es un génie, Damon !

— Une petite goutte ?… À vous l'honneur, madame – au temps pour moi, *mademoiselle*.

— Je ne sais pas trop… La dernière fois, ce truc m'a rendue complètement idiote.

— Mais le *monde* est idiot ! Et la vie aussi. Surtout qu'on s'est fait maudire six fois en l'espace d'une journée.

Damon ouvrit le flacon.

— Allez, d'accord !

Visiblement aux anges à l'idée de « trinquer » avec Damon, Bonnie prit une gorgée avec une extrême délicatesse.

Damon s'étrangla de rire.

— Tu ferais mieux de boire un bon coup, mon pinson ! Sinon on y sera encore demain matin.

Elle inspira profondément, puis but une autre goulée. Environ trois gorgées plus tard, Damon estima qu'elle avait eu sa dose.

Bonnie était maintenant prise de fou rire.

— Je crois… que j'ai assez bu là, non ?

— Quelle couleur tu vois, là-bas ?

— Du rose ? Et du violet ? C'est ça ? Mais il fait nuit, non ?

— Eh bien, l'aurore boréale nous fait peut-être l'honneur de sa présence. Mais tu as raison : je ferais bien de te mettre au lit.

— Oh, non ! Enfin, si ! Mais non ! Si, mais non !

— Chut.

— Chuuuuuuuuut !

Wow, se dit Damon. J'y suis peut-être allé un peu fort.

— Allez, au lit, répéta-t-il d'un ton plus ferme. Viens, je t'emmène dans la chambre du bas.

— Tu as peur que je tombe dans les escaliers ?

— Si on veut. Et cette chambre est beaucoup mieux que celle que tu partages avec Meredith. Maintenant va dormir, et ne parle à personne de notre entrevue.

— Même pas à Elena ?

— À personne. Sinon… je pourrais me fâcher.

— Surtout pas ! Je ne dirai rien, Damon, je le jure sur ta vie !

— C'est le cas de le dire, murmura ce dernier. Dors bien.

Un voile de brouillard, éclairé par la lune, enveloppait la maison comme un cocon. Une mystérieuse silhouette, fine et encapuchonnée, profita de l'obscurité avec une agilité telle qu'elle serait passée inaperçue même si quelqu'un avait été à l'affût. Or personne ne l'était.

7

Installée dans sa nouvelle chambre au rez-de-chaussée, Bonnie était très perplexe. Le fameux breuvage la faisait toujours rire bêtement avant de l'abrutir de sommeil, mais bizarrement, ce soir, son corps refusait de se détendre. Elle avait mal à la tête.

Elle s'apprêtait à allumer la lampe de chevet quand une voix familière chuchota :

— Qu'est-ce que tu dirais d'une petite infusion pour calmer ta migraine ?

— Damon… c'est toi ?

— J'en ai préparé une avec les plantes de Mme Flowers et je me suis dit que j'allais t'en apporter. Tu es une petite veinarde, pas vrai ?

Si elle avait été plus attentive, Bonnie aurait pu percevoir, derrière son ton léger, quelque chose qui ressemblait presque à du dégoût de soi. Mais elle ne l'était pas.

— Oui, j'ai de la chance, acquiesça-t-elle avec sérieux.

La plupart des infusions de Mme Flowers étaient aussi odorantes que savoureuses. Celle-ci ne fit pas exception, en dépit de la sensation âpre qu'elle laissa sur sa langue.

Non seulement c'était bon, mais en plus Damon lui

tint compagnie le temps qu'elle finisse sa tasse. C'était vraiment gentil de sa part.

Chose étrange, l'infusion ne lui donna pas vraiment envie de dormir, mais plutôt l'impression de ne pouvoir se focaliser que sur une seule chose à la fois. Damon entra de façon diffuse dans son champ de vision.

— Ça te détend un peu ?

— Oui, merci Damon.

De plus en plus bizarre : sa propre voix lui paraissait molle et traînante.

— J'espère que les autres n'ont pas été trop durs avec toi pour ton erreur idiote au sujet d'Elena et moi.

— Non, ça va, je t'assure. En fait, ils étaient surtout curieux de te voir te battre avec Matt…

Bonnie plaqua une main sur sa bouche.

— Pardon ! Je ne voulais pas en reparler, ça m'a échappé !

— C'est rien. Demain j'aurai déjà tout oublié.

Bonnie n'arrivait pas à comprendre qu'on puisse avoir si peur de Damon, lui qui eut la gentillesse de reprendre sa tasse en disant qu'il irait la poser dans l'évier de la cuisine. Tant mieux, parce qu'elle avait la sensation qu'elle n'aurait pas la force de se relever, quand bien même sa vie en dépendrait. Elle se sentait si bien, là. Tellement à l'aise.

— Est-ce que je peux juste te poser une petite question, Bonnie ?

Damon marqua volontairement une pause.

— Je ne peux pas te dire pourquoi, mais… il faut absolument que je retrouve la sphère d'étoiles de Misao, finit-il d'un ton très sérieux.

— Ah… ça, murmura Bonnie de manière confuse.

Elle gloussa.

— Oui, ça. Je suis sincèrement désolé de te le demander à toi, car tu es jeune et innocente… Seulement, je sais que tu me diras la vérité. Où est-elle ?

Avec ces louanges et ces mots réconfortants, Bonnie se sentit pousser des ailes.

— Au même endroit depuis le début, confia-t-elle d'une voix endormie et barbouillée. Ils essaient de me faire croire qu'ils l'ont déplacée… mais, quand je l'ai vu enchaîné… et descendre dans le cellier, j'ai compris que c'était faux.

Dans l'obscurité, on entendit un bref mouvement de boucles, puis un bâillement.

— S'ils comptaient vraiment la déplacer… ils auraient très bien pu me demander de l'emporter ailleurs…

— Ils étaient peut-être inquiets pour toi.

— Pourquoi ?…

Bonnie bâilla de nouveau, sans trop comprendre le sous-entendu.

— Franchement, un vieux coffre à combinaison ? Je leur ai pourtant dit… que ces vieux machins… étaient parfois très faciles à… à…

Elle laissa échapper un soupir, puis sa voix s'éteignit.

— Ravi d'avoir eu cette petite conversation avec toi, chuchota Damon.

Seul le silence lui parvint en écho.

Tirant le drap aussi haut que possible, il le laissa retomber mollement sur Bonnie ; son visage fut à moitié recouvert.

— *Requiescat in pace*.

Puis il quitta la pièce, sans oublier de prendre la tasse.

« Bon, alors... *enchaîné... dans le cellier* », se répéta-t-il d'un air songeur en lavant soigneusement la tasse avant de la ranger dans le placard. Cette phrase était étrange à première vue, mais il avait désormais presque tous les morceaux du puzzle, qui était en fait très facile à reconstituer. Il ne lui restait plus qu'à emprunter douze autres somnifères à Mme Flowers et deux assiettes bien pleines de viande crue. Il avait tous les ingrédients... En revanche, il n'avait jamais entendu parler d'un cellier.

Quelques minutes plus tard, il ouvrait la porte de la cave. Non. Ça ne correspondait pas aux critères du mot « cellier », dont il avait cherché la définition sur son portable. Agacé et conscient qu'à tout instant un des pensionnaires était susceptible de venir chercher quelque chose en bas, Damon fit demi-tour, frustré. En face de la cave, il y avait un panneau en bois sculpté avec minutie, mais rien d'autre.

Plutôt mourir que d'abandonner maintenant. Il retrouverait sa vie de vampire, coûte que coûte. Ce serait ça *ou rien* !

Histoire de ponctuer ses pensées, il donna un violent coup de poing dans le panneau en bois devant lui.

Le son émis lui parut creux.

Immédiatement, toutes ses contrariétés s'envolèrent. Il examina le panneau de plus près. Tiens, tiens, des charnières... qui en toute logique n'avaient rien à faire là. Ce n'était pas un panneau mais une porte. Une porte qui menait sans aucun doute au cellier, et donc à la sphère.

Il ne lui fallut pas longtemps pour trouver à quel endroit enclencher le mécanisme (même humain, il avait gardé une sensibilité tactile hors norme), et alors le panneau pivota. Les escaliers évoqués par Bonnie étaient là. Il cala son paquet sous le bras et entama la descente.

À en croire l'éclairage fourni par la petite lampe électrique qu'il avait piquée dans la remise, la pièce était conforme à sa définition officielle : humide, en terre battue, servant à entreposer fruits et légumes avant l'invention du réfrigérateur. Quant au coffre, il était tel que Bonnie l'avait décrit : un vieux modèle à combinaison tout rouillé, que n'importe quel champion du bidouillage aurait pu ouvrir en une minute montre en main. Il en faudrait environ six à Damon, moyennant un stéthoscope et une concentration extrême (il avait entendu dire qu'en cherchant bien on pouvait trouver à peu près tout et n'importe quoi à la pension et, manifestement, on ne lui avait pas menti), six minutes, donc, pour entendre les gorges de la serrure cliqueter doucement.

Mais d'abord, il avait un molosse à mater. Sabre s'était redressé, éveillé et vigilant dès l'instant où la porte secrète s'était ouverte. Ils avaient certainement utilisé un vêtement appartenant à Damon pour lui apprendre à donner l'alerte sitôt qu'il flairerait son odeur.

Seulement, Damon avait lui aussi des connaissances en botanique et avait mis la cuisine de Mme Flowers sens dessus dessous pour trouver une poignée d'hamamélis, quelques gouttes de liqueur de fraise, des graines d'anis, un peu d'huile de menthe poivrée, et deux ou trois autres huiles essentielles que la vieille dame avait en stock, des douces et des fortes. Mélangé, l'ensemble donnait une lotion âcre qu'il s'était appliquée avec soin sur tout le corps. Cette préparation constituait pour Sabre un fouillis insensé d'odeurs, plus fortes les unes que les autres. Pour le chien qui s'était maintenant rassis, une seule chose était sûre : l'individu qui était accroupi sur les marches et lui lançait de généreuses boulettes de viande et de fines tranches de filet mignon qu'il avalait tout rond à chaque fois ne pouvait pas être Damon. Non sans intérêt, ce dernier regarda l'animal engloutir sa mixture de somnifères écrasés et de viande crue, fouettant joyeusement le sol de sa queue.

Dix minutes plus tard, le cerbère était étalé de tout son long par terre, plongé dans un coma bienheureux.

Six minutes après, Damon ouvrait la petite porte blindée du vieux coffre.

Une seconde plus tard, il en sortait une taie d'oreiller.

À la lueur de la lampe électrique, il constata que cette dernière contenait effectivement une sphère d'étoiles, mais une sphère à moitié pleine.

Allons bon, qu'est-ce que c'était que cette histoire, encore ? Sur le dessus, un trou avait été percé très nettement et rebouché, de sorte qu'aucune autre précieuse gouttelette ne puisse être perdue.

Mais qui pouvait avoir pris le reste du fluide et, surtout, pourquoi ? Damon avait vu de ses propres yeux la sphère débordant de liquide opalescent, à peine quelques jours plus tôt.

Pour une raison ou pour une autre, quelqu'un avait

entre-temps utilisé l'énergie vitale d'environ cent mille individus.

Les autres auraient-ils tenté un quelconque exploit et échoué, au risque de provoquer un tel gâchis ? Stefan était trop bon pour aller jusque-là, Damon en était certain. En revanche…

Sage.

Avec une injonction impériale sur le dos, il était capable de tout. Autrement dit, après que la sphère eut été rapportée à la maison, il avait dû en prendre la moitié et laisser le reste en plan, et Matt ou quelqu'un d'autre avait veillé à la reboucher.

Une telle quantité de pouvoir n'avait pu servir qu'à… activer le portail du Royaume des Ombres.

Très lentement, Damon lâcha un soupir et sourit. Il n'y avait pas trente-six façons de s'introduire dans le Royaume et, en tant qu'humain, il ne pouvait évidemment pas rouler jusqu'en Arizona et emprunter un accès public comme il l'avait fait la première fois avec les filles. Cependant, il avait mieux à sa disposition. Une sphère d'étoiles pour se créer son propre accès privé. À moins d'être l'heureux détenteur de l'un des légendaires passe-partout permettant de se promener à sa guise d'une dimension à l'autre, il n'existait pas d'autre moyen.

Un jour ou l'autre, Mme Flowers trouverait sûrement dans un recoin un autre petit mot de remerciement : cette fois accompagné d'un cadeau littéralement inestimable, quelque chose d'exquis et de précieux, provenant sans doute d'une dimension très éloignée de la Terre. C'était le mode opératoire de Sage.

Tout était calme à l'étage. Les humains comptaient sur leurs compagnons à poils et à plumes pour les protéger. Damon jeta un dernier coup d'œil au cellier qui l'entourait et ne vit qu'une pièce sombre complètement vide, à l'exception du coffre-fort, qu'il décida alors de refermer. Fourrant son propre bazar dans la taie d'oreiller, il tapota Sabre qui ronflait doucement et se retourna vers l'escalier.

C'est là qu'il aperçut une silhouette dans l'embrasure, en haut des marches. Elle s'éclipsa à pas feutrés derrière la porte, mais Damon en avait vu assez pour comprendre.

L'individu était armé d'un bâton de combat presque aussi grand que lui.

Autrement dit, il avait affaire à un chasseur. À un tueur de vampires.

À l'époque, Damon en avait croisé plusieurs, mais brièvement. Selon lui, ils étaient fanatiques, déraisonnables et encore plus stupides que l'humain moyen, en général parce que leur enfance avait été bercée de légendes de vampires aux crocs longs comme des défenses qui égorgeaient toutes leurs victimes. Damon était le premier à admettre qu'il existait effectivement des vampires de cet acabit, mais la plupart étaient moins virulents. D'ordinaire, les chasseurs de vampires travaillaient en groupe, mais Damon avait dans l'idée que celui-ci était seul.

Lentement, il se mit à monter les marches. Il était presque sûr de l'identité du tueur, mais, s'il se trompait, il devrait rapidement esquiver un bâton fusant vers lui comme un javelot. Aucun problème pour un vampire ; un peu plus compliqué pour quelqu'un comme lui, qui n'était pas armé et se trouvait sérieusement désavantagé sur le plan tactique.

Il arriva indemne en haut de l'escalier. C'était justement l'étape la plus dangereuse du parcours, car il suffisait d'un coup porté pile au bon moment pour le faire dévaler jusqu'en bas. Naturellement, un vampire s'en remettrait vite, mais, une fois encore : il n'était *plus* un vampire.

Toutefois, l'ennemi qui l'attendait dans la cuisine le laissa sortir du cellier sans entraves.

Un tueur ayant le sens de l'honneur. Que c'était mignon !

Damon se tourna lentement pour jauger son adversaire. Et fut d'emblée impressionné.

Non par l'agilité incontestable avec laquelle il agitait son bâton de combat comme un karatéka, mais par l'arme en soi. Parfaitement équilibré, le bâton s'empoignait par le milieu, et les motifs incrustés de joyaux autour de la prise prouvaient que son inventeur avait très bon goût. Les deux extrémités témoignaient aussi de son sens de l'humour. Elles étaient en bois de fer, connu pour sa solidité, et tout aussi ornées. En théorie, ce bâton avait la forme de l'une des armes les plus anciennes de l'humanité : la lance à pointe en silex. À cette différence près que de toutes petites pointes, solidement encastrées dans le bois, saillaient à chaque bout. Elles étaient composées de divers matériaux : argent pour les loups-garous, bois pour les vampires, frêne blanc pour les Anciens, fer pour toutes les créatures surnaturelles, et deux ou trois autres projectiles que Damon eut du mal à identifier.

— Elles sont rechargeables, expliqua son ennemi. Injection d'aiguilles hypodermiques à chaque impact. Et, bien entendu, le poison varie selon la race : rapide et efficace pour les humains, aconit pour les loups enragés, etc. Un vrai bijou, cette arme. Dommage que je ne l'aie pas dégotée avant notre rencontre avec Klaus.

Puis l'individu sembla revenir brusquement au concret.

— Alors, Damon, tu décides quoi ? lança Meredith.

8

Damon hocha la tête pensivement, le regard oscillant entre le bâton et la taie d'oreiller dans sa main.

Au fond, il se doutait de quelque chose de ce genre depuis longtemps, non ? Inconsciemment ? Il y avait eu l'attaque du papi, qui s'en était finalement sorti, qui plus est la mémoire indemne. Damon pouvait facilement imaginer la suite : les parents de Meredith préférant ne pas gâcher la vie de leur petite fille avec ce business sordide, hop, changement radical de décor, ils avaient renoncé à leur activité en s'installant dans la tranquille bourgade de Fell's Church.

S'ils avaient su…

Sans doute avaient-ils veillé à ce que Meredith suive des cours d'autodéfense et d'arts martiaux dès son plus jeune âge, tout en lui faisant jurer le secret, même à l'égard de ses meilleurs amis.

Ça alors ! pensa Damon, amusé. Et une énigme de résolue, une ! *Meredith est la reine des secrets, et elle cache bien les siens à ses amis depuis toutes ces années*, avait dit Shinichi. « J'ai toujours su qu'il y avait un truc pas net chez cette fille… Eh bien voilà, on y est. Je mettrais ma main à couper qu'elle est ceinture noire. »

Le silence avait assez duré. Damon le rompit.

Tes ancêtres aussi étaient des chasseurs ? demanda-t-il par télépathie, supposant qu'elle avait ce don. Il attendit un moment… Mais le silence persista. D'accord, pas de télépathie. Tant mieux. D'un signe de tête, il indiqua le bâton.

— Il a dû être fabriqué pour un seigneur ou une lady.

Meredith n'était pas idiote. Elle répondit sans le quitter des yeux, sur ses gardes, prête à le massacrer à tout instant.

— On est des gens ordinaires qui essaient de faire leur boulot correctement pour que des vies humaines soient épargnées.

— Autrement dit, à l'occasion tu zigouilles un vampire ou deux.

— Eh bien, pour l'instant, de mémoire d'homme, le fait de dire « Tu as été un vilain, maman va te mettre une fessée ! » n'a jamais réussi à convertir un vampire au régime végétarien.

Damon fut forcé de s'esclaffer.

— Dommage que tu ne sois pas née plus tôt pour convertir Stefan. Il aurait été ton plus beau trophée.

— C'est ça, rigole. Mais figure-toi que ça existe, les convertis.

— Sûrement. Les gens font beaucoup de promesses quand ils ont une arme pointée sur eux.

— Des gens qui savent au fond d'eux que c'est *mal* de manipuler les autres et de leur faire croire que rien ne se paie.

— Exactement ! Oh, Meredith, laisse-moi te manipuler !

Cette fois, c'est elle qui s'esclaffa.

— Sérieusement, quand je serai redevenu vampire, je t'influencerai pour que tu n'aies plus aussi peur des morsures. Promis, je ne boirai qu'une goutte, pas plus d'une petite cuillère. Mais ça suffira pour te montrer...

— Quoi ? Une jolie maison en pain d'épice imaginaire ? Ou bien un parent mort dix ans plus tôt, qui aurait haï l'idée que tu me voles mes souvenirs pour t'en servir comme appât ? Ou encore la perspective utopique de mettre un terme à la faim dans le monde ?

« Cette fille est redoutable », pensa Damon. À croire qu'elle et ses semblables suivaient aussi un entraînement psychologique ; toute tentative d'influence était peine perdue avec elle. Déterminé à lui prouver que les vampires (ex, présents et à venir) avaient de bons côtés, le courage par exemple, il lâcha la taie d'oreiller et s'empara à deux mains du bâton par une de ses extrémités.

Meredith haussa un sourcil.

— Je rêve ou je t'ai dit que les aiguilles que tu viens de t'enfoncer dans la peau sont toxiques ? À moins que tu n'aies pas écouté ?

Réflexe oblige, elle avait retenu le bâton en l'agrippant à deux mains, en amont de la zone fatale.

— Si, tu m'as prévenu, en effet, acquiesça-t-il d'un air impassible (du moins, il l'espérait).

— Et je crois avoir été claire sur le fait que c'est « aussi toxiques pour les hommes que pour les loups-garous et les autres ». Ça te revient ?

— Oui, oui. Mais le truc, tu vois, c'est que je préférerais mourir que de vivre comme un humain. Alors que le match commence !

À ces mots, Damon se mit à pousser l'arme à double tranchant vers le cœur de Meredith.

Cramponnée au bâton, elle le repoussa aussitôt vers lui. Mais Damon avait trois avantages, dont ils s'aperçurent très vite tous les deux. Un, il était un peu plus grand, et plus costaud même, que la souple et athlétique Meredith ; deux, il avait une meilleure allonge ; et trois, il avait pris une position beaucoup plus agressive. Malgré les picotements des aiguilles dans ses paumes, il poussa brusquement en avant jusqu'à ce que l'extrémité opposée se retrouve à nouveau près du cœur de Meredith. Elle résista avec une force incroyable, et tout à coup, bizarrement, ils furent à égalité.

Levant la tête, Damon s'aperçut avec stupeur qu'elle aussi tenait maintenant le bâton par sa pointe mortelle. Les mains de Meredith ruisselaient de sang, autant que les siennes.

— Pourquoi tu fais cette tête, Damon ? Je t'ai dit que je prenais mon boulot très à cœur.

Meredith était rusée, mais Damon était plus fort. Petit à petit, en dépit de ses paumes meurtries, il tint bon et il poussa, poussa encore et encore. Et Meredith s'entêta, refusant de s'avouer vaincue, jusqu'à ce qu'elle n'ait plus la place de reculer.

Ils étaient là, séparés par la longueur du bâton, Meredith acculée contre le réfrigérateur.

À cet instant précis, Damon n'eut plus qu'une obsession : Elena. Si par hasard il s'en sortait et pas Meredith, que lirait-il dans les yeux indigo de sa princesse ? Et supporterait-il ce que les autres diraient de lui ?

Alors, avec un à-propos exaspérant, comme une joueuse d'échecs renversant son propre roi, Meredith lâcha le bâton, concédant à Damon sa supériorité physique.

Après quoi, n'ayant visiblement pas peur de lui tourner le dos, elle attrapa un pot de baume sur une étagère de la cuisine, en recueillit une bonne cuillerée et fit signe à Damon de tendre les mains. Il fronça les sourcils. Depuis quand pouvait-on neutraliser l'effet d'un poison propagé dans le sang avec de la pommade ?

— Je n'ai pas mis de poison dans les aiguilles destinées aux humains, expliqua Meredith avec flegme. Mais tu t'es méchamment coupé et ce baume est excellent pour ce que tu as. C'est une préparation ancienne, qu'on se transmet depuis des générations.

— Trop aimable de m'en faire profiter, railla Damon de son ton le plus incisif. Et après, quoi ? On remet ça ?

Calmement, Meredith se mit à se masser les mains pour faire pénétrer le baume.

— Non, les chasseurs de vampires ont un code d'honneur. La sphère est à toi, tu l'as gagnée. J'imagine que tu comptes faire exactement ce que Sage a visiblement fait : activer le portail du Royaume ?

— Des Royaumes, nuança-t-il. Sans doute aurais-je dû préciser qu'il n'y en a pas qu'un seul. Moi, tout ce que je veux, c'est redevenir vampire. D'ailleurs, je te propose qu'on continue cette discussion en chemin, puisque je vois que toi aussi tu t'es équipée pour passer incognito.

Meredith était habillée, pour ainsi dire, comme lui, en jean et pull léger noirs. Avec sa longue crinière brune qui ruisselait dans son dos, elle était d'une beauté inattendue. Alors qu'il avait envisagé de la transpercer d'un coup de bâton, comme preuve de sa loyauté envers la communauté vampire, Damon se surprit à hésiter. Si elle ne lui donnait pas de fil à retordre pendant qu'il activait le portail, il lui laisserait la vie sauve, décida-t-il. Il était d'humeur magnanime ; pour la première fois, il avait défié et vaincu la terrible Meredith, et en plus elle faisait preuve de fair-play. D'une certaine manière, ils se ressemblaient un peu, non ?

Avec une galanterie quelque peu ironique, il lui fit signe de passer devant, gardant en sa possession la taie d'oreiller et le fameux bâton.

Tandis qu'il refermait sans bruit la porte d'entrée, il s'aperçut que le jour était sur le point de se lever à l'horizon. Ça tombait à pic. Les joyaux qui ornaient l'arme accrochèrent les premières lueurs de l'aube.

— J'ai une question à te poser, lança-t-il aux cheveux soyeux de Meredith. Tu as laissé entendre que tu ne possédais pas cette petite merveille avant la mort de ce bon vieux Klaus. N'empêche que, toi et ta famille, vous auriez pu nous aider à l'abattre. En précisant, par exemple, que seul le frêne blanc pouvait le tuer.

— Mes parents n'étaient plus très actifs dans l'entreprise familiale… ils ne savaient rien. Ils étaient tous les deux issus de familles de tueurs, bien sûr – il le faut, pour éviter les pages des tabloïds…

— … et les fichiers de la police…

— Je peux parler ou tu veux faire ton numéro de comique tout seul ?

— Soit !

L'air de rien, il souleva le bâton *extrêmement* pointu dans sa direction.

— Je t'écoute.

— Mais, même s'ils avaient choisi de raccrocher,

ils savaient qu'un vampire ou un loup-garou déciderait de s'en prendre à leur fille s'il découvrait son identité. Alors, à l'école, j'ai pris des cours de clavecin et d'équitation, un de chaque une fois par semaine, depuis que j'ai trois ans. Je suis Shihan ceinture noire de karaté et Saseung en taekwondo, je vais peut-être me mettre au kung-fu dragon…

— Soit, soit ! Mais alors, explique-moi comment tu as mis la main sur ce magnifique bâton de combat ?

— Après la mort de Klaus, pendant que Stefan faisait du baby-sitting avec Elena, subitement papi s'est mis à parler, juste par bribes, mais ça m'a poussée à aller faire un tour dans notre grenier. C'est là que je l'ai trouvé.

— Donc, en vérité… tu ne sais pas t'en servir ?

— Je venais de commencer à m'entraîner quand Shinichi a débarqué. Mais, pour être franche, non, je ne sais pas. Cela dit, comme je me débrouille plutôt bien avec un Bô, j'utilise celui-là de la même façon.

— Tu ne t'en es pas servie comme d'un Bô contre moi.

— J'espérais te faire changer d'avis, pas te tuer. Je me serais mal vue expliquer à Elena que je t'avais broyé les os.

Damon se retint d'éclater de rire – enfin, à peine.

— Et donc ? Comment se fait-il qu'un couple de chasseurs de vampires « en préretraite » ait fini par emménager dans une ville bâtie au croisement de centaines de lignes d'énergie ?

— Je suppose qu'ils l'ignoraient. Et Fell's Church avait réellement l'air d'une bourgade tranquille à l'époque.

Ils retrouvèrent le portail tel que Damon l'avait vu

pour la dernière fois : un trou rectangulaire dans la terre aux contours parfaitement définis, d'environ un mètre cinquante de profondeur.

— Maintenant, va t'asseoir là-bas.

Damon indiqua à Meredith un angle du trou, à l'opposé de l'endroit où il posa le bâton.

— Est-ce que tu as réfléchi, ne serait-ce qu'une seconde, à ce qui arrivera à Misao si tu vides tout le contenu de sa sphère ?

— À vrai dire, pas du tout, même pas un dixième de seconde, rétorqua gaiement Damon. Pourquoi ? Tu crois qu'à ma place elle s'en ferait pour moi ?

Meredith lâcha un soupir.

— Non. C'est bien le problème avec vous deux.

— Pour l'instant, c'est *elle* ton problème. Cela dit, peut-être bien qu'un jour je repasserai dans le coin, quand la ville sera détruite, pour avoir un petit tête-à-tête avec son frère et lui expliquer la *vraie* définition d'un serment.

— Encore faudrait-il que tu sois assez puissant pour le vaincre.

— Eh bien vas-y, toi, fais quelque chose. Après tout, c'est ta ville qu'ils ont saccagée, répliqua Damon. Tous ces enfants qui s'entretuent, et maintenant les parents qui s'en prennent à eux…

— C'est soit parce qu'ils sont morts de trouille, soit parce qu'ils sont possédés par ces malachs que les *kitsune* continuent de propager partout…

— Exact, du coup la peur et la paranoïa continuent d'envahir la ville. Le cas de Fell's Church n'est peut-être rien comparé aux autres génocides qu'ils ont engendrés, mais c'est un lieu stratégique…

— À cause du puissant flux de magie souterrain, oui, oui, je sais. Et donc, tu t'en fiches complètement ? Ce qu'ils comptent faire de nous après t'est vraiment égal ? insista Meredith.

Damon songea à la petite silhouette immobile dans la chambre du rez-de-chaussée et éprouva un scrupule malsain.

— Je te l'ai déjà dit, lâcha-t-il d'un ton brusque. Je reviendrai toucher deux mots à Shinichi.

Après quoi, il se mit à verser avec précaution le fluide de la sphère qu'il venait de déboucher dans un des angles du trou. En fait, maintenant qu'il était à pied d'œuvre, il se rendit compte qu'il n'avait aucune idée de la marche à suivre. La procédure normale était peut-être de sauter dans le trou et de vider la sphère au centre. Mais, en toute logique, la forme rectangulaire du trou ne semblait pas anodine. Il décida donc de répartir le fluide aux quatre angles.

Il s'attendait à ce que Meredith cherche une ruse pour tout faire capoter. Qu'elle pique un sprint vers la maison. Au moins, qu'elle fasse du bruit. Qu'elle l'attaque par surprise, à présent qu'il n'était plus armé. Mais, manifestement, son code d'honneur le lui interdisait.

« Quelle fille étrange, pensa-t-il. Cela dit, je vais lui laisser le bâton puisqu'il appartient à sa famille ; de toute façon, je ne survivrai pas cinq minutes avec ça au Royaume. Un esclave qui se trimbale avec une arme, surtout une comme celle-là, n'a aucune chance. »

D'un geste prudent, il versa le reste du fluide *presque* entièrement dans le dernier angle, puis recula pour observer le résultat.

Slaaash ! Un jet de lumière d'un blanc aveuglant. Au début, il ne vit que ça, au propre comme au figuré.

Puis une brusque intuition lui ouvrit les yeux : il avait réussi. Le portail était activé !

— Au Royaume des Ombres, s'il vous plaît. Niveau supérieur, en centre-ville, lança-t-il poliment au portail lumineux. Et si possible une ruelle à l'écart, ce serait parfait.

Il prit son élan pour sauter à pieds joints dans le trou.

Mais il n'atteignit jamais le fond. Au même instant, il reçut un violent coup venant de la droite.

— Meredith ! Je croyais que…

Meredith n'y était pour rien. C'était Bonnie.

— Ah, tu t'es bien foutu de moi ! Ne me dis pas que tu vas retourner là-bas ?

Elle sanglotait et hurlait en même temps.

— Eh si ! Maintenant, lâche-moi avant que le portail ne disparaisse.

Il essaya de repousser sa main. Ça faisait, quoi, une heure environ qu'il l'avait quittée alors qu'elle dormait à poings fermés au point d'avoir l'air morte ? Combien de souffrances ce petit corps pouvait-il encaisser, au juste ?

— Mais tu vas te faire tuer ! Ensuite, c'est Elena qui me tuera ! Mais je serai morte avant toi, parce que je serai encore ici, moi !

Elle était réveillée, ça c'était clair, et parfaitement lucide aussi.

— Bon, l'humaine, tu vas me lâcher, compris ?

Face à sa grimace rageuse, Bonnie eut pour seule réaction d'enfouir la tête dans son blouson et de se cramponner à lui à la manière d'un koala, les jambes enroulées autour des siennes.

« Deux bonnes claques devraient suffire à la déloger », pensa Damon.

Il leva son bras.

9

Damon laissa retomber sa main. Il ne pouvait se résoudre à la frapper. Bonnie était affaiblie, étourdie, et donc incapable de se battre, facile à embrouiller…

« Voilà ! songea-t-il. Je vais me servir de ça ! Elle est tellement naïve… »

— Lâche-moi juste une seconde, que je puisse prendre le bâton… dit-il pour tenter de l'amadouer.

— Sûrement pas ! Si je te lâche, tu vas sauter. Et de quel bâton tu parles, d'abord ? répliqua Bonnie d'une traite.

Lucide, têtue et pas très pragmatique…

Était-ce une impression ou le faisceau de lumière commençait-il à vaciller ?

— Bonnie, je suis très sérieux, reprit Damon tout bas. Lâche-moi, sinon je vais t'y forcer et, crois-moi, ça ne va pas te plaire.

— Fais ce qu'il dit, supplia Meredith à proximité, dans la pénombre. Il part au Royaume des Ombres, et tu vas finir par y aller avec lui si tu t'obstines. Sauf que cette fois vous serez tous les deux esclaves. Alors, attrape ma main !

— Allez, prends sa main ! répéta Damon d'une voix tonitruante.

Aucun doute, le faisceau, de moins en moins lumineux à chaque seconde, faiblissait. Damon sentit Bonnie hésiter et chercher son amie des yeux.

— Je ne peux pas, Meredith…

Ensuite, ce fut la chute.

La dernière fois qu'ils avaient voyagé entre deux dimensions, ils étaient cloîtrés dans une sorte d'ascenseur. Cette fois ils volaient, tout simplement. Il y avait cette lumière d'une part, eux de l'autre, et ils étaient si éblouis que, d'une certaine façon, toute parole était vaine. Seul comptait ce flot sublime de lumière…

Alors ils se retrouvèrent dans une petite rue si étroite qu'ils avaient tout juste la place de tenir l'un en face de l'autre. Les bâtiments autour étaient si hauts qu'il faisait presque nuit en bas.

Non… ce n'était pas le problème, devina Damon. Il se souvenait très bien de cette luminosité rouge sang immuable. Elle ne filtrait d'aucun côté de ce goulet de rue, signe qu'ils étaient en fait au cœur du crépuscule.

— Tu as conscience de l'endroit où on est ? demanda Damon avec brutalité.

Bonnie acquiesça d'un signe de tête, visiblement contente de ne pas avoir eu besoin de lui pour comprendre.

— Au cœur du crépuscule…

— Et merde !

Elle regarda autour d'elle.

— Où ça ? Je ne sens rien, hasarda-t-elle prudemment en examinant ses semelles.

— Rien que pour avoir osé mettre les pieds ici, murmura Damon très lentement, comme pour s'efforcer de se calmer entre chaque mot, on risque de se faire fouetter, étriper et décapiter.

Bonnie se mit à sautiller d'un pied sur l'autre, comme si réduire le temps d'interaction entre ses pieds et le sol pouvait leur être d'un quelconque secours. Elle leva les yeux vers lui, dans l'attente de ses instructions.

Subitement, Damon l'empoigna et la dévisagea, prenant peu à peu conscience de la situation.

— Tu es dans les vapes, finit-il par chuchoter. Tu n'as même pas les idées claires ! Et moi qui essayais de te raisonner alors que, depuis le début, tu dors debout !

— Pas du tout ! protesta Bonnie. Et même… en admettant que ce soit le cas, tu devrais être plus gentil avec moi. C'est ta faute si je suis dans cet état.

Au fond, il fallait bien avouer qu'elle avait raison. C'était lui qui l'avait fait boire, et qui l'avait ensuite droguée à coups de sérum de vérité et de somnifères. Il le reconnaissait, certes, mais ça ne traduisait pas pour autant son état d'esprit du moment : à savoir qu'en aucune façon il ne pouvait aller plus loin avec cette petite créature bien trop gentille.

Évidemment, le plus sage serait de filer de son côté et de laisser cette immense métropole du mal engloutir Bonnie dans son énorme gueule aux crocs malveillants, ce qui arriverait inévitablement si elle faisait trois pas dans la rue sans lui. Mais là encore, au fond, il ne pouvait se résoudre à une telle solution. Et plus tôt il l'admettrait, comprit-il, plus vite il pourrait trouver un endroit où la cacher et commencer à s'occuper de son propre cas.

— C'est quoi, ça ? demanda-t-il en saisissant une de ses mains.

— Ma bague d'opale, répondit Bonnie avec fierté. Elle va avec tout parce qu'elle est multicolore. Je la porte tout le temps ; elle fait à la fois décontractée et habillée.

Bonnie laissa volontiers Damon l'ôter de son doigt pour l'examiner.

— Ce sont des vrais diamants sur le pourtour ?

— Translucides et sans inclusions, acquiesça-t-elle, toujours aussi fière. C'est Lucen, le fiancé de lady Ulma, qui a fabriqué ce bijou, pour que si nécessaire, un jour, je puisse le démonter et revendre les pierres…

Elle s'arrêta net.

— Oh, non ! Ne me dis pas que c'est ce que tu veux faire ?

— Si. Je n'ai pas le choix si je veux avoir une chance de te sortir d'ici vivante, répondit Damon. Si tu protestes encore ou si tu ne fais pas exactement ce que je dis, cette fois je te laisse seule pour de bon. Et alors ce sera ta mort assurée.

Il planta ses yeux mi-clos et menaçants dans les siens.

Bonnie eut brusquement l'air d'un petit animal apeuré.

— D'accord, murmura-t-elle, les cils pleins de larmes. Qu'est-ce que tu comptes faire ?

Trente minutes plus tard, elle était en prison ; du moins c'était tout comme. Damon l'avait installée au premier étage d'un bâtiment, dans une chambre pourvue d'une seule fenêtre fermée par des stores qu'il lui avait rigoureusement interdit d'ouvrir. Après avoir mis en gage l'opale et un des diamants, il avait payé une logeuse aussi enjouée qu'un croque-mort pour qu'elle apporte à manger à Bonnie deux fois par jour, qu'elle l'escorte aux toilettes et que, le reste du temps, elle l'oublie.

— Écoute, dit-il à Bonnie, qui continuait de pleurer en silence après le départ de la femme. J'essaierai de revenir te voir dans trois jours. Si je ne suis pas repassé dans une semaine, c'est que je suis mort. Dans ce cas… Non, arrête de pleurer ! Écoute-moi ! Dans ce cas, utilise ces pierres précieuses et cet argent pour payer ton évasion et aller te réfugier chez lady Ulma, en espérant qu'elle n'a pas changé d'adresse.

Il lui confia une carte et une petite bourse remplie des pièces et des gemmes qu'il leur restait, déduction faite du coût du gîte et du couvert.

— Si on en arrive là – mais je peux quasiment te jurer que ce ne sera pas le cas –, le mieux c'est que tu tentes de partir à pied en journée, quand ça grouille de monde ; avance tête baissée, fais-toi toute petite et ne parle à personne. Tu enfileras cette blouse en grosse toile et tu porteras ce sac de provisions. Croise les doigts pour qu'on ne te pose pas de questions, et essaie de prétendre que tu fais des courses pour ton maître. Ah, oui, j'oubliais…

Damon plongea la main dans la poche de son blouson et en sortit deux petits bracelets d'esclave en fer, qu'il s'était procurés en même temps que la carte.

— Ne les enlève sous aucun prétexte. Ni pour dormir, ni pour manger… *jamais*.

D'un air sinistre, il regarda Bonnie qui était au bord de la crise de nerfs. Elle était en larmes, mais trop terrifiée pour répondre. Dès qu'ils étaient arrivés au Royaume des Ombres, elle n'avait pas attendu les conseils de Damon pour mettre son aura en veilleuse et ses instincts de médium en alerte. Elle était en danger. Elle le savait.

Damon conclut d'un ton un peu plus bienveillant :

— Je sais que ça a l'air compliqué, mais je peux t'assurer que personnellement je n'ai pas l'intention de mourir ici. J'essaierai de venir te voir, mais passer les frontières des divers secteurs est toujours risqué. Surtout sois patiente, et tout ira bien. N'oublie pas que le temps s'écoule différemment ici, par rapport à la Terre. On va peut-être rester des semaines et revenir pour ainsi dire à la minute où on est partis. Et puis, regarde…

Damon balaya la pièce d'un grand geste.

— Des douzaines de sphères d'étoiles ! Tu as de quoi t'occuper !

C'était le modèle le plus ordinaire, celui qui renferme non pas des pouvoirs mais des souvenirs, des anecdotes ou des leçons. Si on en approchait une de sa tempe, on était aussitôt plongé dans le contexte mémorisé par la sphère.

— Mieux que la télé, ajouta Damon. Largement.

Bonnie hocha faiblement la tête. Elle était toujours anéantie, et puis si menue, si pâle, avec une peau si fine et des cheveux d'un éclat si vif sous la lueur écarlate qui filtrait à travers les stores que, comme toujours, Damon se surprit à se laisser attendrir.

— Tu as des questions ? demanda-t-il finalement.

— Mais et toi… tu vas… ? bredouilla Bonnie.

— Aller me procurer les versions vampires du Bottin mondain et du livre des Pairs. Il faut que je me trouve une demoiselle de haut rang.

Après son départ, Bonnie jeta un œil à la pièce qui l'entourait.

Cet endroit était affreux. D'un marron terne et

juste affreux ! Si elle avait essayé d'empêcher Damon de retourner au Royaume des Ombres, c'était parce qu'elle n'avait pas oublié la façon odieuse dont on y traitait les esclaves, pour la plupart des humains.

Mais est-ce qu'il en était conscient ? Hein ? Non, pas du tout. Alors, quand elle avait traversé le faisceau de lumière avec lui, elle s'était dit qu'au pire ils iraient chez lady Ulma, cette femme qu'Elena avait sauvée et qui, comme Cendrillon, avait ensuite retrouvé sa fortune et son rang, et conçu des robes somptueuses pour que les filles puissent assister à des soirées chic. Il y aurait eu des grands lits couverts de draps en satin, et des domestiques pour leur apporter des fraises à la crème fouettée pour le petit déjeuner. Elle aurait pu discuter avec la douce Lakshmi ou le bourru Dr Meggar…

Elle contempla la pièce lugubre, avec sa couche de paille grossière, pourvue d'une simple couverture. D'un geste mou, elle attrapa une sphère d'étoiles, mais en fin de compte elle la laissa tomber par terre.

Subitement, elle fut prise d'une énorme envie de dormir, au point d'en avoir le tournis. Comme si elle avait la tête dans le brouillard. À quoi bon lutter ? Elle s'avança en trébuchant vers la paillasse, s'écroula dessus et s'endormit avant même de s'être glissée sous la couverture.

— C'est ma faute bien plus que la tienne, disait Stefan à Meredith. Elena et moi, on… on devait dormir profondément, sinon il n'aurait jamais réussi son coup. Je me serais aperçu qu'il parlait avec Bonnie. Je me serais rendu compte qu'il t'avait prise en otage. Je t'en supplie, Meredith, crois-moi : tu n'y es pour rien.

— J'aurais dû essayer de t'alerter. Seulement, je ne m'attendais pas une seconde à ce que Bonnie déboule et se jette sur lui comme ça.

Les larmes que Meredith retenait depuis un moment faisaient miroiter ses yeux gris foncé. Elena serra sa main ; elle en était malade pour son amie.

— Tu n'aurais pas pu le vaincre de toute façon, ajouta Stefan d'un ton catégorique. Humain ou vampire, il a de l'expérience : il connaît des coups que tu ne sauras jamais parer. Je t'assure, tu ne dois pas t'en vouloir.

Elena était du même avis. Elle était inquiète de la disparition de Damon… et folle d'angoisse pour Bonnie. Et, parallèlement, la paume lacérée de Meredith qu'elle voulait réchauffer l'intriguait. Le plus étrange, c'est que les plaies semblaient avoir été soignées, comme enduites de pommade. Mais elle n'allait pas embêter son amie avec ça dans un moment pareil. Surtout qu'en fait Elena ne pouvait s'en prendre qu'à elle-même. C'était elle qui avait accaparé Stefan la veille. Ah, ça, pour avoir eu la tête ailleurs… ils avaient totalement fusionné, corps et âmes.

— Enfin bref, la seule fautive c'est Bonnie, et encore, dit Stefan à regret. N'empêche que j'ai peur pour elle. Je doute que Damon soit enclin à la protéger, même si, à l'origine, il n'avait pas l'intention de l'emmener.

Meredith pencha la tête.

— S'il lui arrive quoi que ce soit, ce sera ma faute.

Elena se mordilla la lèvre. Il y avait quelque chose qui clochait. Un truc que Meredith leur cachait. Ses mains étaient vraiment amochées, et Elena n'arrivait pas à comprendre comment elles avaient pu se retrouver dans cet état.

Comme si elle devinait les soupçons d'Elena, Meredith retira sa main et l'examina. Elle observa ses deux paumes, côte à côte. Elles étaient aussi entaillées l'une que l'autre.

Se penchant davantage, elle se plia presque en deux sur son siège. Puis d'un coup elle releva la tête, rejetant le menton en arrière comme quelqu'un qui vient de prendre une décision.

— J'ai quelque chose à vous dire…

— Attends, chuchota Stefan en posant la main sur son épaule. Écoute : une voiture approche.

Elena tendit l'oreille. Très vite, elle aussi entendit un bruit de moteur.

— Elle arrive vers nous, souffla-t-elle, perplexe.

— Pour être matinal comme ça, fit remarquer Meredith, ça ne peut être que…

— … la police, qui vient pour Matt, termina Stefan. Je ferais bien d'aller le réveiller. On va le cacher dans le cellier.

Elena s'empressa de reboucher la sphère d'étoiles quasi vide.

— Matt devrait la prendre avec lui dans…

Elle s'interrompit en voyant Meredith foncer de l'autre côté du cratère. Elle attrapa un long objet fin qu'Elena ne réussit pas à identifier, même en canalisant tout son pouvoir dans ses yeux. En revanche, elle vit Stefan le fixer d'un air stupéfait.

— Il faut aussi cacher ça dans le cellier, affirma Meredith d'un ton d'urgence. Et il y a sans doute des traces de terre qui remontent de l'escalier, et du sang dans la cuisine. À deux endroits.

— Du sang ? bafouilla Elena, aussitôt furieuse contre Damon.

Puis elle secoua la tête et se ressaisit. Dans les lueurs de l'aube, elle aperçut une voiture de police roulant au pas, avançant lentement mais sûrement, comme un grand requin blanc, vers la pension.

— Allons-y, lança-t-elle. Magnez-vous !

Ils partirent à toute vitesse vers la maison en rasant le plus possible les murs.

— Stefan, si tu peux, manipule-les. Meredith, essaie de faire disparaître les traces de terre et de sang. Je m'occupe de Matt ; si c'est moi, il y a moins de chances qu'il me mette son poing dans la figure quand je lui dirai qu'il doit aller se cacher.

Chacun se précipita à son poste. Mme Flowers apparut au milieu de cette agitation, dans sa chemise de nuit en flanelle et son peignoir rose pelucheux, ses chaussons à tête de lapin aux pieds. Quand ils entendirent tambouriner à la porte d'entrée, elle avait déjà la main sur la poignée.

— POLICE ! OUVREZ…

En face d'elle, l'agent se retrouva à brailler dans le vide au-dessus d'une petite vieille qui pouvait difficilement paraître plus frêle et inoffensive. Il finit sa phrase presque en chuchotant.

— … la porte !

— C'est fait, répondit gentiment Mme Flowers.

Elle l'ouvrit en grand, pour qu'Elena puisse découvrir leurs deux interlocuteurs, et pour que ces derniers puissent les voir elles, ainsi que Stefan et Meredith qui arrivaient à l'instant de la cuisine.

— Nous voudrions parler à Matt Honeycutt, annonça la femme.

Elena nota que leur voiture portait la marque du bureau du shérif de Ridgemont.

— Suite à un interrogatoire poussé… sa mère nous a dit qu'on le trouverait sûrement ici.

D'un coup d'épaule, ils contournèrent Mme Flowers et se frayèrent un chemin à l'intérieur. Elena jeta un coup d'œil à Stefan ; il était livide, et la sueur perlait à son front de façon visible. Il fixait la policière, l'air concentré, mais cette dernière continua de parler :

— D'après Mme Honeycutt, ces derniers temps il habite pour ainsi dire ici.

Son collègue brandit un bout de paperasse.

— On a un mandat pour fouiller les lieux, précisa-t-il.

Mme Flowers parut hésiter. Elle tourna la tête vers Stefan, puis son regard dévia vers les filles.

— Et si j'allais nous préparer une bonne tisane ?

Plus blême et crispé que jamais, Stefan n'avait pas quitté la policière des yeux. Elena sentit son estomac se nouer. Malgré tout le sang qu'elle lui avait donné cette nuit, Stefan était encore bien trop faible, qui plus est pour avoir recours à la manipulation mentale.

— Je peux vous poser une question ? dit Meredith de sa voix calme et posée. Ce n'est pas à propos du mandat, ajouta-t-elle en éloignant le document d'un geste. Comment ça va à Fell's Church ? Vous savez où en est la situation là-bas ?

Elle essayait de gagner du temps, devina Elena. Tout le monde se tut pour entendre la réponse.

— C'est le chaos total, répliqua la policière après

un bref silence. On dirait une zone de guerre. Pire même, puisque ce sont les gosses qui…

Elle s'arrêta brusquement, secouant la tête.

— Ce ne sont pas nos affaires. Nous, notre mission, c'est de retrouver un fugitif. D'ailleurs, première chose : en arrivant, on a aperçu un faisceau de lumière très vif. Et ce n'était pas un hélicoptère. Je suppose que vous allez me dire que vous ne voyez pas du tout de quoi je parle ?

« Oh, c'est rien, juste un accès espace-temps », songea ironiquement Elena, alors que Meredith se dévouait pour suggérer, toujours avec calme :

— L'explosion d'un émetteur, peut-être ? Ou bien un éclair exceptionnel ? Vous ne pensez quand même pas à…

Elle baissa la voix pour finir sur un ton de conspirateur :

— … un ovni ?

— Bon, inutile de perdre du temps avec ça, reprit le policier, l'air blasé. Alors, il est où, ce monsieur Honeycutt ?

— Vous pouvez fouiller, allez-y, suggéra Mme Flowers.

Ils n'avaient pas attendu sa permission.

Elena était abasourdie et écœurée. « Ce *monsieur* Honeycutt. » Monsieur, pas « jeune homme » ou juste « Matt ». D'accord, il avait plus de dix-huit ans. Pour autant, est-ce qu'il n'était pas encore considéré comme un « délinquant » mineur ? Et qu'est-ce qu'ils lui feraient si un jour ils le retrouvaient ?

Et puis, il y avait Stefan. Il avait été si sûr de lui… si convaincant quand il avait affirmé se sentir mieux.

Tous ces discours comme quoi il allait retourner chasser des animaux… En vérité, il lui fallait beaucoup plus de sang pour se rétablir.

Elle se mit à réfléchir à toute vitesse à une *stratégie*. Visiblement, Stefan ne serait pas en état d'influencer les deux policiers sans un important don de sang.

Mais si c'était elle qui le lui donnait… L'angoisse qui lui nouait le ventre redoubla et lui provoqua de surcroît la chair de poule… Si elle lui faisait encore boire de son sang, quelles étaient ses chances d'être transformée en vampire ?

Élevées, lui souffla une petite voix froide et rationnelle dans sa tête. *Très* élevées, vu qu'elle avait aussi échangé son sang avec Damon moins d'une semaine auparavant. À plusieurs reprises. Sans retenue.

Par conséquent, elle n'avait pas trente-six solutions. Ces policiers ne trouveraient jamais la cachette de Matt, mais en attendant elle avait un autre problème : d'après ce que Meredith et Bonnie lui avaient raconté, le shérif de Ridgemont était déjà passé à la pension pour les questionner sur lui, et aussi sur la petite amie de Stefan. Or Elena Gilbert était censée être morte depuis neuf mois. Elle n'avait donc rien à faire ici, et quelque chose lui disait que ces deux officiers n'allaient pas les lâcher de sitôt.

Ils avaient besoin des pouvoirs de Stefan. D'urgence. Il n'y avait pas d'autre solution, pas le choix. Stefan. Pouvoirs. Sang humain.

Elle s'approcha discrètement de Meredith, qui avait la tête penchée de côté, comme si elle écoutait les pas d'éléphant des deux policiers dans l'escalier.

— Meredith…

Quand cette dernière se tourna, Elena faillit sursauter sous le choc. Son amie, qui avait normalement le teint mat, était blême, et sa respiration saccadée, superficielle.

Meredith, qui gardait néanmoins un calme apparent, savait déjà ce que son amie allait lui demander. Un don de sang important, qui la laisserait sans doute dans les vapes. Et pas demain, tout de suite. Elle était terrifiée. Pire que ça, même.

« Elle en est incapable, comprit Elena. On est foutus. »

10

Damon escalada tant bien que mal le superbe treillage de roses sous la fenêtre de la chambre de la princesse Jessalyn d'Aubigne. D'après les livres qu'il s'était procurés, c'était une jeune femme très belle, admirée et fortunée, et qui avait le sang le plus noble de tous les vampires du Royaume des Ombres. Par ailleurs, il avait écouté les commérages des gens du coin, et le bruit courait que c'était Sage en personne qui l'avait transformée deux ans auparavant, et qui lui avait offert ce charmant petit château pour qu'elle s'y installe. Cependant, ce bijou d'architecture posait déjà plusieurs problèmes à Damon. À commencer par cette clôture en fil de fer barbelé acéré sur laquelle il avait déchiré son blouson en cuir. Ensuite, il y avait eu ce garde habile et tenace qu'il avait malheureusement été contraint d'étrangler, puis des douves intérieures qui avaient failli le prendre au dépourvu et le faire dégringoler ; et enfin quelques chiens, auxquels il avait refait le coup des tranquillisants, comme avec Sabre, grâce aux somnifères en poudre de Mme Flowers qu'il avait emportés. Il aurait été plus simple de les empoisonner, mais, à ce qu'on disait, Jessalyn avait un gros faible pour les animaux, or il avait besoin d'elle en pleine forme pendant au moins trois jours. Ça devrait suffire à ce qu'elle fasse de lui un vampire, sous réserve qu'ils consacrent ce laps de temps uniquement à cet objectif.

À présent, tandis qu'il se hissait sans bruit en haut du treillage, il ajouta de tête à la liste de ses désagréments les grandes épines de rose qui lui piquaient les doigts. Il répéta aussi la façon dont il allait se présenter à Jessalyn. Elle avait dix-huit ans – et elle les aurait pour l'éternité. Mais elle était encore jeune, puisqu'elle n'avait que deux ans d'expérience en tant que vampire. Rassuré par cette idée, il se glissa silencieusement sur le rebord de la fenêtre.

Toujours sans faire de bruit ni de geste brusque, au cas où la chambre à coucher de la princesse serait surveillée par un énième animal, il écarta plusieurs pans de voilages noirs superposés qui tamisaient la lumière rouge sang du soleil. Ses bottes s'enfoncèrent dans la laine épaisse d'un tapis foncé. En se dégageant des rideaux, il découvrit que le thème décoratif de la pièce était tout simple, l'œuvre d'un expert en contrastes. Noir comme jais et noir de noir.

Ça lui plaisait beaucoup.

Il y avait un lit immense, presque entièrement caché derrière d'autres voilages noirs ondoyants. Le seul moyen d'en approcher était par le pied, où le tissu diaphane était plus fin.

Dans le silence de cathédrale de cette grande chambre, Damon observa la mince silhouette étendue au milieu de douzaines de petits coussins sous les draps de soie noirs.

Elle était aussi ravissante que son château. Des traits fins. Un visage endormi respirant l'innocence. Une cascade aérienne de fins cheveux écarlates encadrait son minois, et quelques mèches s'éparpillaient sur les draps foncés. Elle ressemblait un peu à Bonnie.

Damon était charmé.

Il sortit son couteau, celui-là même qu'il avait mis sous la gorge d'Elena, puis hésita un instant… Non, ce n'était pas le moment de penser à la douce et merveilleuse Elena. Tout reposait maintenant sur la créature aux épaules fragiles qui se trouvait sous ses yeux. Il pointa le couteau vers elle, en le tenant délibérément loin de son cœur, au cas où il faudrait faire couler le sang… puis il toussa.

Rien, pas de réaction. La princesse, qui portait un déshabillé noir révélant des bras aussi fins et diaphanes que de la porcelaine, ne se réveilla pas. Damon remarqua que ses ongles étaient vernis d'un rouge écarlate similaire à sa chevelure.

Les deux bougies piliers posées sur de grands bougeoirs noirs dégageaient un parfum séduisant tout en faisant office d'horloge : plus elles se consumaient, plus il était aisé de deviner l'heure. L'éclairage était parfait, comme tout le reste, si ce n'est que Jessalyn dormait toujours.

Damon toussa une nouvelle fois, plus fort, et donna un léger coup de genou dans le lit.

La princesse se réveilla en sursaut, dégainant aussitôt deux lames de sous ses cheveux.

— Qui est là ?

Elle regardait partout sauf dans la bonne direction.

— Ce n'est que moi, Votre Altesse.

Même si Damon chuchotait, la convoitise dans sa voix était palpable.

— N'ayez pas peur, ajouta-t-il quand elle regarda enfin du bon côté.

Il s'agenouilla au pied du lit.

Il avait mal calculé son coup. Le lit était si large et si haut que son torse et le couteau se trouvaient au-dessous du champ de vision de Jessalyn.

— Je suis prêt à m'ôter la vie ! annonça-t-il bien fort pour être sûr qu'elle comprenne.

Au bout de quelques secondes, la tête de la princesse apparut au-dessus de lui. Elle se tenait en équilibre sur les paumes, les bras écartés et la tête rentrée dans les épaules. À cette distance, Damon put constater qu'elle avait les yeux verts, d'un vert complexe formé d'anneaux et de mouchetures.

Au début, elle se contenta de lâcher un sifflement plein de mépris et de brandir les couteaux qu'elle tenait dans ses petites mains aux ongles écarlates. Damon fut indulgent avec elle. À la longue, elle apprendrait que tout ce cirque n'était pas vraiment nécessaire, que c'était même complètement ringard depuis des dizaines d'années, et uniquement entretenu par les romans de gare et les vieux films d'horreur.

— Me voici à vos pieds, prêt à me tuer, répéta-t-il pour s'assurer qu'elle saisisse bien ses intentions.

— Quoi… comme ça ?

Elle se méfiait.

— Mais qui êtes-vous ? Comment êtes-vous entré ? Et pourquoi vous feriez ça ?

— Le chemin de la folie m'a conduit jusqu'ici. Et je l'ai parcouru en sachant que je ne peux plus vivre avec.

— Avec quoi ? Quelle folie ? Dites, vous comptez

faire ça tout de suite ? demanda la princesse avec sollicitude. Parce que autrement je vais devoir appeler les gardes et… Attendez, faites voir.

Elle s'interrompit, lui prit son couteau des mains avant qu'il n'ait le temps de réagir et en lécha la lame.

— C'est du métal, dit-elle en le lui rendant.

— Je sais.

Damon pencha la tête pour que ses cheveux fassent écran devant ses yeux.

— Je… je suis humain, Votre Altesse.

Observant la réaction de Jessalyn à la dérobée à travers sa frange de cils, il la vit s'égayer.

— Moi qui pensais que vous n'étiez qu'un minable vampire, avoua-t-elle distraitement. Mais maintenant que je vous regarde…

Un bout de langue rose pétale vint lui lécher les lèvres.

— À quoi bon gâcher les bonnes choses, n'est-ce pas ?

En fait, elle ne ressemblait pas « un peu » à Bonnie : elle lui ressemblait trait pour trait. Elle disait ce qu'elle pensait, au moment où elle le pensait. Au fond de lui, il eut envie de rire.

Il se releva, fixant la jeune femme avec toute l'ardeur et la passion dont il était capable… et sentit qu'il était loin du compte. Songer à la vraie Bonnie, seule et malheureuse, lui coupait tous ses effets. Mais qu'est-ce qu'il pouvait faire d'autre ?

Soudain, il sut. Par le passé, pour s'empêcher de penser à Elena, il s'interdisait toute émotion sincère ou tout désir. Cependant, ce qu'il faisait aujourd'hui, ce n'était pas seulement pour lui, c'était *pour elle* aussi.

Elle ne pouvait devenir sa princesse des ténèbres s'il n'était pas un prince.

Cette fois, le regard qu'il posa sur la fille fut différent. Il sentit un petit quelque chose changer dans l'atmosphère.

— Votre Altesse, en théorie, je n'ai même pas le droit de m'adresser à vous.

Il posa exprès un pied botté sur la volute de métal qui formait le cadre du lit.

— Vous savez comme moi que vous pourriez me tuer d'un simple coup… disons, ici…

Il indiqua sa mâchoire du doigt.

— … mais je suis déjà anéanti…

Jessalyn eut l'air confus mais attendit qu'il termine.

— Par amour pour vous. Je suis tombé amoureux dès que je vous ai vue. Vous pourriez me briser le cou, ou oserais-je dire, s'il m'était permis de toucher votre blanche main parfumée, refermer ces jolis doigts autour de ma gorge et m'étrangler. Je vous implore de le faire.

La princesse était maintenant aussi perplexe qu'excitée. En rougissant, elle tendit sa petite main vers Damon, manifestement sans aucune intention de l'étrangler.

— Je vous en prie, il le faut, insista Damon avec sérieux, sans la quitter un instant des yeux. C'est tout ce que je vous demande : mourir entre vos mains plutôt qu'entre celles des gardes, afin que votre merveilleux visage soit la dernière chose que je voie.

— Vous êtes souffrant, décréta Jessalyn, l'air toujours troublé. D'autres déséquilibrés avant vous ont réussi à pénétrer dans l'enceinte de mon château, mais jamais dans ma chambre. Je vais vous confier aux médecins pour qu'ils puissent vous remettre sur pied.

— Je vous en prie…

Damon avait réussi à se glisser derrière le dernier pan de voilage et se dressait à présent au-dessus de la princesse.

— Accordez-moi la mort immédiate plutôt que de me laisser mourir à petit feu. Vous ne savez pas tout ce que j'ai fait. Je rêve sans cesse de vous. Je vous ai suivie d'une échoppe à l'autre quand vous étiez de sortie. Je suis déjà en train de mourir, ravi par votre noblesse et votre éclat, et conscient de n'être rien de plus que le pavé que vous foulez. Aucun docteur ne peut remédier à ça.

Jessalyn parut réfléchir. À l'évidence, personne ne lui avait jamais parlé de la sorte.

Ses yeux verts étaient rivés sur les lèvres de Damon, dont celle du bas saignait encore. Il eut un petit rire dédaigneux.

— L'un de vos gardes m'a attrapé et a essayé à raison de me tuer avant que je n'aille troubler votre sommeil, expliqua-t-il. Malheureusement, il a fallu que je le tue pour parvenir à mes fins.

Il se tenait entre une des grandes bougies et la fille, de sorte que son ombre se projetait au-dessus d'elle.

Jessalyn ouvrit grand les yeux d'un air approbateur, alors même que le reste de son corps semblait plus vulnérable que jamais.

— Ça saigne encore, murmura-t-elle. Je pourrais…

— Faites ce que vous voulez.

Un sourire inattendu et empreint d'ironie apparut sur les lèvres de Damon. Effectivement, elle pouvait faire ce qu'elle voulait de lui.

— Dans ce cas, approche.

Elle tapa sur le matelas.

— Quel est ton nom ?

— Damon.

Il ôta son blouson et s'allongea sur le ventre, le menton appuyé sur un coude, dans la posture d'un homme habitué à ce genre de situations.

— Damon ? C'est tout ?

— Vous pouvez me siffler comme un chien si vous préférez. Je ne suis plus rien aujourd'hui.

Il prit un instant pour penser à Elena et fixer Jessalyn d'un regard envoûtant.

— J'étais un vampire… puissant et fier… sur Terre… mais j'ai été trompé par un *kitsune*…

Il lui raconta une version embrouillée de l'histoire de Stefan, passant sous silence Elena et toutes ces absurdités sur les rêves d'humanité de son frère. Dès qu'il avait réussi à s'échapper de cette prison, expliqua-t-il plutôt, l'homme qu'il était redevenu avait décidé de mettre fin à ses jours.

C'est là qu'il avait croisé la princesse Jessalyn. Il s'était dit qu'en entrant à son service il pourrait s'estimer heureux de son triste sort. Hélas ! en rajouta Damon, cela n'avait fait qu'entretenir ses sentiments honteux pour Son Altesse.

— Aujourd'hui ma folie m'a conduit à vous aborder en personne, dans votre propre demeure. Punissez-moi pour l'exemple, Votre Altesse, de façon à faire trembler les autres infâmes. Faites-moi brûler vif, flageller et écarteler, exhibez ma tête au bout d'une pique, que ceux qui voudraient vous nuire soient les premiers à se jeter sur le bûcher.

Damon était maintenant allongé contre elle, la tête un peu renversée pour mettre à nu sa gorge.

— Ne soyez pas idiot, dit Jessalyn d'une voix brisée. Même les plus vils de mes domestiques tiennent à la vie.

— Ceux qui ne vous voient jamais, peut-être. Les souillons, les valets d'écurie – mais *moi*, je refuse de vivre sachant que vous ne serez jamais mienne.

La princesse toisa Damon, rougit, plongea les yeux dans les siens un instant… puis le mordit.

— Je vais dire à Stefan de descendre dans le cellier, dit Elena.

D'un geste rageur, Meredith essuya du pouce les larmes qui coulaient au coin de ses yeux.

— On ne peut pas faire ça, tu le sais. Avec la police à côté, dans la maison…

— Dans ce cas, c'est moi qui vais le faire…

— Non ! C'est impossible, Elena, et tu le sais très bien, sinon tu ne serais pas venue me trouver.

Elena observa attentivement son amie.

— Meredith, tu lui as donné ton sang depuis le début, chuchota-t-elle. Ça n'a jamais eu l'air de te déranger…

— Il n'en a pris qu'un tout petit peu à chaque fois… moins qu'à n'importe qui. Et toujours au bras. Je me disais que c'était comme une prise de sang chez le docteur. Ça ne me dérangeait pas. Ce n'était pas pire qu'avec Damon au Royaume des Ombres.

— Mais aujourd'hui… ? Qu'est-ce qui se passe ?

Elena la fixa en plissant les yeux.

— Aujourd'hui, reprit Meredith d'un air absent,

Stefan sait que je suis une chasseuse de vampires. Et même que je possède un bâton de combat. Et maintenant… je dois me soumettre à…

Elena eut la chair de poule, l'impression que la distance qui la séparait de Meredith augmentait d'un coup.

— Une chasseuse de vampires ? bredouilla-t-elle, abasourdie. Et c'est quoi, un bâton de combat ?

— J'ai pas le temps de t'expliquer maintenant.

Si Meredith était le plan A et Matt le plan B, il n'y avait vraiment pas le choix. Il fallait qu'Elena soit le plan C. De toute façon, son sang était beaucoup plus puissant que celui des autres, si gorgé de pouvoirs que Stefan n'aurait besoin que d'une…

— *Non*, souffla Meredith, dans un chuintement plutôt étrange vu que ce mot ne contenait aucune sifflante. Ils sont en train de redescendre l'escalier. Il faut qu'on aille voir Stefan tout de suite. Tu peux lui dire de me retrouver dans la chambre au fond du salon ?

— Oui, mais…

— Dépêche-toi !

« Ça ne me dit toujours pas ce qu'est un bâton de combat, pensa Elena en laissant son amie la tirer par les bras. En revanche, un chasseur de vampires, je sais à quoi ça ressemble et ça ne me dit vraiment rien qui vaille. Quant à ce bâton… À l'entendre, on dirait qu'à côté un pieu n'est qu'un vulgaire couteau en plastique. » Malgré sa contrariété, elle transmit ses consignes à Stefan qui raccompagnait les policiers au rez-de-chaussée : *Meredith va te donner tout le sang dont tu as besoin pour pouvoir les influencer. Pas le temps de débattre. Viens vite et, pour l'amour du Ciel, souris et rassure-la.*

Stefan ne parut pas très emballé : *Je ne pourrai pas lui en prendre assez pour fusionner mentalement avec elle. Ça risquerait de...*

Elena perdit patience. Elle était à la fois effrayée, méfiante à l'égard de l'une de ses deux meilleures amies – un sentiment insupportable – et désespérée par l'urgence de la situation. Elle avait vraiment besoin que Stefan la soutienne sans tergiverser. *Dépêche-toi !* Elle n'en dit pas plus, pourtant elle eut l'impression qu'à travers ces deux petits mots, il comprit tout ce qu'elle ressentait car il se montra subitement attentif et d'une grande douceur. *J'arrive, mon amour.*

Pendant que la policière fouillait la cuisine et son collègue le salon, Stefan se faufila dans la chambre d'amis du rez-de-chaussée, où le lit une place était défait. Les lampes étaient éteintes mais, grâce à sa vision nocturne, il distingua très nettement Elena et Meredith près des rideaux. Cette dernière était aussi raide qu'un candidat au saut à l'élastique acrophobe.

Prends la quantité qu'il te faut sans que les conséquences soient irréversibles pour elle ; ensuite, essaie de la faire dormir. Et puis, n'envahis pas trop ses pensées...

Je m'en occupe. Tu ferais mieux de retourner dans l'entrée, qu'ils voient au moins l'un de nous, répondit Stefan en silence. Visiblement, Elena était aussi inquiète pour son amie que sur la défensive à son sujet, d'où son brusque revirement d'humeur et son attention excessive aux détails. En général, son côté directif était plutôt un atout, mais, s'il y avait bien une chose pour laquelle Stefan n'avait pas besoin qu'on lui dise comment procéder, c'était pour boire le sang des autres.

— J'aimerais faire la paix entre nos deux familles, dit-il en tendant la main à Meredith.

Cette dernière hésita, et, bien qu'il ait tout fait pour s'en empêcher, Stefan lut aussitôt dans ses pensées, qui ressemblaient à des petites créatures galopant au fond de son esprit. À quoi s'engageait-elle ? Qu'est-ce qu'il entendait par « famille » ?

Ce n'est vraiment qu'une formalité. Laisse tomber, dit-il par télépathie, essayant de gagner du terrain sur un autre front : qu'elle accepte que leurs pensées entrent en contact.

— Non, répondit Meredith. C'est important. J'ai envie de te faire confiance, Stefan. Rien qu'à toi. Mais tu sais... je n'ai trouvé le bâton qu'après la mort de Klaus.

Stefan réfléchit rapidement.

— Autrement dit, tu ne savais pas qui tu étais ?...

— Si, je savais. Mais mes parents n'ont jamais été actifs dans le milieu. C'est mon grand-père qui m'a parlé du bâton.

Stefan éprouva un brusque soulagement.

— Alors il va mieux ?

— Non... enfin si on veut.

Les pensées de Meredith étaient déroutantes pour Stefan. *Son ton est différent*, constatait-elle. *Il semble sincèrement content que grand-père aille mieux. La plupart des humains s'en ficheraient... du moins un peu.*

— Évidemment que je suis content, confirma Stefan. D'une part, il nous a aidés à sauver notre peau, ainsi que la ville. Ensuite, c'est un homme très courageux : forcément, pour avoir survécu à l'attaque d'un Ancien.

Tout à coup, la petite main glacée de Meredith lui serra le poignet et les mots se mirent à fuser de sa bouche à un rythme effréné que Stefan eut toutes les peines à suivre. Mais, si ses paroles étaient confuses, ses pensées demeuraient limpides et c'est à travers elles que Stefan comprit où elle voulait en venir.

— Tout ce que je sais sur ce qui s'est passé quand j'étais petite, c'est ce qu'on m'a raconté. Mes parents ont dit beaucoup de choses. Ils ont changé ma date d'anniversaire, ou plutôt la date à laquelle on le fêtait, parce qu'un vampire a attaqué mon grand-père et qu'ensuite mon grand-père a essayé de me tuer. Ils ont toujours maintenu cette version. Mais qu'est-ce qu'ils en savent ? Ils n'étaient pas présents – c'est en partie ce qu'ils affirment. Et qu'est-ce qui est le plus probable : que mon grand-père s'en soit pris à moi ou le vampire à lui ?

Elle s'arrêta, essoufflée et tremblante comme une biche aux abois. Cernée, persuadée d'être condamnée et incapable de fuir.

Stefan tendit l'autre main et la posa d'un geste se voulant chaleureux sur celle, glacée, de Meredith.

— Je ne te ferai aucun mal, dit-il simplement. Et je ne remuerai pas tes vieux souvenirs. Ça te va ?

Meredith fit oui de la tête. Après ce récit libérateur, Stefan sentit qu'elle n'aurait plus trop envie de parler.

— N'aie pas peur, murmura-t-il.

Cette phrase rassurante, il l'avait soufflée à plus d'un animal quand il chassait dans la vieille forêt. *Tout va bien. Tu n'as aucune raison de me craindre.*

Elle avait peur, c'était plus fort qu'elle, mais Stefan l'apaisa comme il le faisait avec les habitants des bois, l'entraînant dans le recoin le plus sombre de la pièce, prenant le temps de lui dire des mots gentils alors même que ses canines lui criaient de mordre. Il dut rabattre le col de son chemisier pour dénuder son long cou à la peau mate et, ce faisant, ses paroles tendres et rassurantes, un peu comme celles qu'on utiliserait pour réconforter un bébé, firent progressivement effet.

Quand, enfin, la respiration de Meredith fut plus lente et régulière et ses paupières closes, il usa de toute sa douceur pour enfoncer ses crocs douloureux dans son artère. Elle frissonna à peine. Avec tout autant de douceur, il effleura ses pensées, percevant uniquement ce qu'il savait déjà d'elle : sa vie avec Elena, Bonnie et Caroline. Les fêtes, les cours, les projets, les rêves d'avenir. Des pique-niques. Un coin de baignade dans la nature. Des rires. Une sérénité qui s'étirait comme une grande étendue d'eau. Un besoin de calme, de maîtrise. Tout ceci remontait loin, très loin dans ses souvenirs…

Le tréfonds de sa mémoire était ici, au centre… et Meredith y plongea brusquement. Stefan s'était promis de ne pas s'enfoncer dans son esprit, mais il fut entraîné au fond par ce tourbillon, sans pouvoir rien faire. Les eaux se refermèrent au-dessus de lui et l'aspirèrent à une vitesse fulgurante vers les profondeurs d'une seconde étendue d'eau qui n'inspirait pas la sérénité, mais la furie et la peur.

Alors Stefan découvrit les événements du passé, ceux du présent et ceux qui se répéteraient sans fin, là, dans le silence de l'âme de Meredith.

11

Lorsque la princesse Jessalyn eut bu son content de sang, et Dieu sait qu'elle était assoiffée de ce mets si délicat, ce fut au tour de Damon. Il s'efforça de ne pas s'impatienter en la voyant tressaillir et froncer les sourcils à la vue de son couteau en bois de fer. À l'inverse, il la taquina, plaisanta avec elle, et ils firent les fous sur l'immense lit, et quand enfin il l'attrapa, c'est à peine si elle sentit la pointe de la lame sur sa gorge.

Damon, en revanche, se jeta à pleine bouche sur le sang rouge foncé qui en jaillit. Tout ce qu'il avait accompli jusqu'ici, depuis le vin de Magie Noire qu'il avait servi à Bonnie jusqu'à la sphère d'étoiles qu'il avait vidée aux quatre coins du portail, en passant par les obstacles qu'il avait franchis pour pénétrer dans ce château absolument charmant, il l'avait fait dans ce but. Pour cet instant précis, où son palais pourrait savourer le nectar que représentait du sang de vampire.

Et c'était… divin !

Ce n'était que la seconde fois de sa vie d'humain qu'il le goûtait. La première, bien sûr, c'était Katherine. Comment, après une telle expérience, avait-elle pu partir en catimini, juste vêtue de sa courte robe en mousseline, pour rejoindre le petit garçon inexpérimenté aux yeux écarquillés qu'était son frère ? Ça, il ne se l'expliquerait jamais.

Son agitation gagnait Jessalyn. Il devait empêcher ça à tout prix. Elle devait rester calme et paisible pendant qu'il lui prenait un maximum de sang. Elle ne sentirait absolument rien, mais cela ferait toute la différence pour lui.

S'efforçant de faire abstraction du plaisir à l'état brut qu'il prenait dans ce qu'il faisait, il se mit, avec beaucoup de précaution et de délicatesse, à infiltrer ses pensées.

Il n'eut aucun mal à entrer dans le vif du sujet. Quiconque avait arraché cette jeune fille fragile au monde des hommes et l'avait dotée de sa nature de vampire ne lui avait pas rendu service. Non qu'elle ait eu quelque objection d'ordre moral contre le vampirisme. Elle avait vite pris goût à cette vie, et elle en profitait bien. Elle aurait fait une bonne chasseuse dans la nature. Mais dans ce château ? Avec ces domestiques ? C'était comme si des dizaines de serviteurs prétentieux la regardaient de haut dès qu'elle ouvrait la bouche pour donner un ordre.

Cette chambre, par exemple. Elle aurait aimé y mettre une touche de couleur, juste une tache de violet par-ci, un peu de mauve par-là, mais naturellement, se disait-elle, la chambre à coucher d'une princesse vampire devait *surtout* être *noire*. Quand elle avait timidement évoqué la question des couleurs avec une des domestiques du salon, la fille avait regardé Jessalyn en faisant une moue consternée – à croire qu'elle avait demandé qu'on installe un éléphant au pied de son lit. La princesse n'avait pas eu le courage d'aborder le sujet avec la gouvernante, mais, en moins d'une semaine, trois paniers remplis de coussins noirs comme jais et noir charbon avaient été livrés. Voilà, elle l'avait sa « couleur ». À l'avenir, Son Altesse pourrait-elle avoir la gentillesse de consulter la gouvernante avant d'interroger le personnel sur ses caprices décoratifs ?

Dire qu'elle avait pris ça pour un « caprice », pensa Jessalyn, tout en se cambrant et en glissant ses ongles pointus dans la tignasse soyeuse de Damon. *En plus... oh, et puis ça ne sert à rien. Je ne sers à rien. Je suis une princesse vampire qui connaît son rôle mais qui est incapable de le jouer.*

Vous avez tout d'une vraie princesse, Votre Altesse, la rassura Damon. *Vous avez juste besoin de quelqu'un pour faire respecter vos ordres. Quelqu'un qui ne remette pas en cause votre autorité. Vos domestiques sont-ils des esclaves ?*

Non, ils sont tous libres.

Eh bien, ça rend la tâche un peu plus délicate, mais vous pouvez toujours leur crier après.

Damon était repu, le corps gorgé de sang de vampire. Encore deux jours comme ça et il redeviendrait celui qu'il était, peut-être pas exactement le même, mais presque : un vrai vampire, libre de parcourir le monde à sa guise. Un vampire libre, qui plus est gratifié de pouvoirs et d'un rang princiers. Ça suffisait presque à compenser les horreurs qu'il avait endurées ces deux derniers jours. Du moins, il pouvait toujours essayer de s'en convaincre.

— Écoutez, dit-il brusquement à Jessalyn.

Il lâcha son petit corps pour mieux la regarder dans les yeux.

— Votre merveilleuse Altesse, permettez que je

vous fasse une faveur avant de mourir d'amour, sinon faites-moi tuer pour mon impudence. Acceptez que je vous apporte de la « couleur »… et laissez-moi prendre position à vos côtés si l'un de vos domestiques trouvait à y redire.

Jessalyn n'était pas habituée à ce genre de décision hâtive, mais ne pouvait s'empêcher d'être subjuguée par la fougue de Damon. Elle pencha de nouveau la tête en arrière.

Quand il quitta enfin le ravissant château, Damon sortit par l'entrée principale. Il ne lui restait plus grand-chose de la somme d'argent perçue en échange des pierres précieuses mises en gage, mais cela suffisait amplement pour l'objectif qu'il avait en tête. Il était certain que, la prochaine fois qu'il sortirait, ce serait en catimini.

Il s'arrêta dans une douzaine de boutiques et dépensa jusqu'à sa dernière pièce. Au départ, il comptait faire un détour pour rendre une visite éclair à Bonnie, mais le marché se situait à l'opposé de l'auberge où il l'avait laissée et, en fin de compte, il n'en eut simplement pas le temps.

Sur le chemin du retour, il ne s'inquiéta pas trop. Bonnie avait beau être douce et fragile en apparence, au fond c'était une dure à cuire et il était sûr que son tempérament lui permettrait de patienter et de ne pas sortir pendant trois jours. Elle tiendrait le coup. Damon savait qu'elle en était capable.

Il frappa à la porte du château jusqu'à ce qu'un garde revêche vienne lui ouvrir.

— Qu'est-ce que vous voulez ? lui cracha l'homme au visage.

Bonnie s'ennuyait à mourir. Cela ne faisait que vingt-quatre heures que Damon l'avait laissée – une estimation rendue possible uniquement grâce au nombre de repas qu'on lui apportait, étant donné que l'énorme soleil rouge ne quittait jamais l'horizon et que la luminosité écarlate ne variait jamais, sauf en cas d'averse.

Justement, elle préférerait qu'il pleuve. Ou même qu'il neige, qu'il y ait un incendie, un ouragan ou un petit tsunami. Elle avait bien essayé de s'occuper avec une sphère d'étoiles, mais c'était un mélo ridicule auquel elle n'avait rien compris.

Elle aurait préféré aussi ne jamais avoir tenté de retenir Damon. Si seulement il avait réussi à la repousser avant qu'ils ne tombent tous les deux dans le cratère. Si elle avait attrapé la main de Meredith et lâché celle de Damon…

Dire que ce n'était que le premier jour.

Damon sourit au garde grincheux.

— Ce que je veux ? Mais ce que j'ai déjà, mon vieux ! Une porte ouverte.

Cependant, il n'entra pas tout de suite. Il s'enquit de la princesse et apprit qu'elle était en plein déjeuner. Avec un donneur.

Parfait.

Nouveau coup déférent à la porte, Damon exigeant qu'on lui ouvre en grand. Les gardes ne l'aimaient pas, c'était clair ; ils avaient, à juste titre, fait le lien entre la disparition de leur capitaine et l'intrusion de ce curieux humain. Mais cet étranger avait quelque chose de menaçant, même dans ce monde hostile. Alors ils lui obéissaient.

Peu après, on entendit de nouveau frapper, puis encore une fois, et ainsi de suite jusqu'à ce qu'une douzaine de domestiques aux bras chargés d'emballages en papier kraft humides et odorants escortent silencieusement Damon à l'étage, dans la chambre sombre de Son Altesse.

Dans l'intervalle, Jessalyn avait eu une entrevue interminable et guindée avec deux de ses conseillers financiers, qui lui semblaient aussi âgés l'un que l'autre, bien que leur transformation ait eu lieu quand ils avaient une vingtaine d'années. Leurs muscles étaient atrophiés, faute d'exercice, se surprit-elle à penser. Et, naturellement, ils étaient habillés en noir de la tête aux pieds, à l'exception de leurs jabots, blancs à la lumière du gaz et écarlates sous l'éternel astre rouge sang.

Ils venaient à l'instant de saluer la princesse pour prendre congé quand elle demanda, avec une certaine irritation, où était passé cet humain, le dénommé Damon. Des servantes lui expliquèrent avec un sourire un peu malveillant qu'il était monté… escorté d'une douzaine de femmes… dans sa chambre.

Jessalyn se précipita vers l'escalier et monta les marches à toute vitesse, à une allure aérienne, digne des plus grands vampires. Arrivée devant la porte de style gothique, elle entendit les médisances sourdes de ses dames d'honneur qui chuchotaient entre elles, d'un air indigné. Mais, avant qu'elle n'ait le temps de s'informer de la situation, elle fut absorbée par un immense et délicieux effluve. Ce n'était pas l'odeur succulente et substantielle du sang, mais quelque chose de plus léger, de plus doux, et à cet instant – alors que sa soif de sang était rassasiée – encore plus capiteux et grisant. Elle poussa la porte à deux battants, s'avança dans la pièce puis se figea, stupéfaite.

La chambre noire aux airs de cathédrale était pleine de fleurs. Des massifs de lis, des vases garnis de roses, des tulipes de toutes les couleurs et une profusion de jonquilles et de narcisses, sous une tonnelle odorante de chèvrefeuille et de freesias.

Les marchands de fleurs ambulants avaient fait de cette chambre lugubre et convenue un spectacle aussi somptueux que fantasque. Les domestiques les plus avisés et perspicaces de la princesse les aidaient encore activement à rentrer de grandes urnes très ornées.

En la voyant, Damon s'empressa d'aller s'agenouiller devant Jessalyn.

— À mon réveil, vous étiez parti ! se plaignit la princesse.

Damon sourit faiblement.

— Pardonnez-moi, Votre Altesse. Mais comme de toute façon je vais bientôt mourir, j'ai jugé bon de me lever et d'aller vous chercher ces quelques fleurs. Leurs couleurs et leurs parfums sont-ils à votre goût ?

— Leurs parfums ?

Jessalyn sembla s'attendrir de tout son être.

— On dirait… une symphonie olfactive ! Quant aux couleurs, je n'ai jamais rien vu de tel !

Elle partit d'un grand rire, qui illumina ses yeux verts et agita en cascade ses longs cheveux roux. Puis elle se mit à suivre Damon partout, jusque dans un angle encore mal éclairé de la chambre. Damon dut garder son sang-froid pour ne pas glousser ; on aurait dit un chaton jouant avec une feuille d'automne.

Cependant, une fois qu'ils se retrouvèrent dans ce recoin, emmêlés dans les voilages noirs mais bien loin des fenêtres, Jessalyn prit un air éminemment sérieux.

— Je vais demander qu'on me confectionne une robe de la même couleur que ces œillets pourpre foncé, chuchota-t-elle. Pas *noire.*

— Cela vous ira à merveille, Votre Altesse, murmura Damon. Vous serez éblouissante, audacieuse…

— Peut-être même que je porterai mon corset dessous.

Elle leva vers lui ses grands cils épais.

— Sauf… si vous pensez que ce serait trop ?

— Rien n'est trop pour vous.

Damon s'interrompit un instant pour réfléchir.

— Ce corset… sera-t-il assorti à la robe ou bien noir ?

Jessalyn hésita.

— De la même couleur ? hasarda-t-elle.

Damon hocha la tête avec satisfaction. Lui-même ne voudrait pour rien au monde s'habiller autrement qu'en noir, mais il était prêt à tolérer, voire encourager, les excentricités de la princesse. Elles pourraient bien lui permettre d'accélérer sa transformation.

— J'ai envie de votre sang, dit tout bas Jessalyn, comme pour lui prouver qu'il voyait juste.

— Ici ? Maintenant ? fit mine de s'étonner Damon. Devant tous vos domestiques ?

Cette fois, Jessalyn le surprit réellement. Elle qui avait été si timide jusqu'ici sortit des voilages et tapa dans ses mains pour exiger le silence.

— Tout le monde dehors ! lança-t-elle avec autorité. Vous avez fait de ma chambre un superbe jardin et je vous en remercie.

Elle fit signe à un jeune homme, qui était tout de noir vêtu mais qui avait judicieusement glissé une rose rouge à sa boutonnière.

— L'intendant veillera à ce que l'on vous donne à tous à manger – et à boire – avant votre départ !

Un murmure de louanges s'éleva et fit rougir la princesse.

— Je ferai tinter le cordon si j'ai besoin de vous, ajouta-t-elle à l'attention du jeune homme.

En réalité, ce n'est que deux jours plus tard qu'elle tendit le bras, un peu à contrecœur, pour actionner le cordon. Simplement pour ordonner qu'un uniforme soit préparé aussi vite que possible pour Damon. Celui de capitaine de sa garde.

Au deuxième jour, Bonnie fut contrainte de se rabattre sur les sphères d'étoiles, qui constituaient son unique source de distraction. Après avoir visionné les vingt-huit globes, elle constata que vingt-cinq d'entre eux étaient des mélos du début à la fin, et deux autres recelaient des expériences si abominables qu'elle les catalogua dans un coin de sa tête comme « censurées » ; jamais plus elle ne voudrait les revoir. La dernière sphère s'intitulait *Cinq Cents Contes pour la jeunesse*. Très vite, Bonnie comprit que tous ces récits en immersion pourraient lui être utiles car ils mentionnaient un tas de noms et d'objets propres au Royaume des Ombres. Le fil conducteur de cette sphère était le feuilleton d'une famille de loups-garous baptisés les

Pü-Eht-Bh'el, qu'elle surnomma illico les Poubelles. La série était composée d'épisodes montrant leur vie au quotidien : le jour où ils achetèrent un nouvel esclave au marché pour remplacer celui qui venait de mourir, leurs lieux de prédilection pour chasser des proies humaines, et la fois où Mers Poubelle participa à un important tournoi de *bashik* à l'école.

L'épisode du jour était presque providentiel. Il mettait en scène la petite Marit Poubelle se rendant dans une confiserie et achetant une dragée. Le bonbon coûtait exactement cinq soli. Bonnie put ressentir la séquence dégustation en même temps qu'elle, et ce fut délicieux.

À la fin du récit, avec une précaution extrême, elle jeta un coup d'œil furtif entre les lamelles du store et aperçut l'enseigne d'une devanture en contrebas qu'elle contemplait souvent. Puis elle rapprocha la sphère d'étoiles de sa tempe.

Bingo ! Exactement le même genre de boutique. Elle savait déjà ce qu'elle achèterait et combien ça lui coûterait.

Elle mourait d'envie de sortir de sa chambre confinée et de mettre en pratique ce qu'elle venait d'apprendre. Mais c'est alors que les lumières de la confiserie s'éteignirent sous ses yeux. L'heure de la fermeture, sans doute.

Bonnie balança la sphère d'étoiles à l'autre bout de la pièce. Elle baissa la lumière de la lampe à gaz jusqu'à ce qu'il ne reste qu'une faible lueur, puis se jeta sur la paillasse, remonta la couverture et… se rendit compte qu'elle n'avait pas du tout sommeil. Tâtonnant dans la pénombre rubis, elle remit la main sur la sphère et l'approcha à nouveau de sa tempe.

Le feuilleton des aventures quotidiennes de la famille Poubelle était entrecoupé d'histoires à dormir debout. La plupart étaient si épouvantables que Bonnie eut du mal à aller jusqu'au bout, et, quand elle eut enfin envie de dormir, elle se retrouva allongée à frissonner sur sa paillasse. Cependant, le récit suivant sembla d'emblée différent. Après l'annonce du titre, *Le Corps de Garde du Trésor des Sept Kitsune*, elle entendit un petit poème :

Au milieu d'une plaine verglacée
Se trouve le paradis des kitsune.
Et non loin, le plaisir interdit :
À six portes de là, leur trésor est enfoui.

Rien que le mot *kitsune* était effrayant. Cela dit, pensa-t-elle, l'histoire se révélerait peut-être pertinente.

« Allez, courage », se motiva Bonnie en approchant de nouveau la sphère de sa tempe.

Le début n'avait rien d'horrible. Il s'agissait de deux *kitsune*, une fillette et un garçon, qui étaient partis à la recherche du plus sacré et du plus mystérieux des « Trésors des Sept Kitsune » : le paradis des *kitsune*. Un trésor pouvait être aussi petit qu'une simple pierre précieuse ou aussi grand qu'un univers tout entier, apprit-elle. À en croire le récit, ce trésor-ci se situait dans la moyenne car ce paradis était une sorte de jardin parsemé de plantes exotiques en fleurs et de petits ruisseaux, qui s'écoulaient en gargouillant vers des cascades et se jetaient dans de grands plans d'eau claire.

Tout cela était fabuleux, songea Bonnie, qui vivait la scène de l'intérieur. C'était comme si elle regardait un film qui se déroulait tout autour d'elle et incluait, en plus, les sensations du toucher, du goût et de l'odorat. Ce paradis ressemblait un peu à Warm Springs, ces sources où elle allait parfois pique-niquer avec ses amis.

Dans cette histoire, le garçon et la fille *kitsune* devaient se rendre « dans les entrailles du monde », où une sorte de brèche fendait l'écorce de la dimension supérieure du Royaume – celle où Bonnie se trouvait en ce moment même. Sans trop savoir comment, ils réussirent à descendre les paliers, encore et toujours plus loin, et traversèrent diverses épreuves de courage et d'esprit jusqu'à ce qu'ils atteignent la dernière des dernières dimensions : les Enfers.

L'endroit était totalement différent du Royaume des Ombres. C'était un monde de glace et de neige satinée, de glaciers et de crevasses, entièrement baigné d'un crépuscule bleu émis par trois lunes luisant dans le ciel.

Les jeunes *kitsune* faillirent mourir de faim, car il n'y avait pas grand-chose à chasser pour un renard. Mais ils se débrouillèrent avec les tout petits animaux du froid : des souris, des campagnols blancs et, de temps en temps, des insectes. (« Beurk ! » pensa Bonnie.) Ils survécurent tant bien que mal, puis un jour, à travers le brouillard, ils aperçurent un imposant mur noir. Ils le longèrent jusqu'à ce qu'ils arrivent finalement au pied d'un corps de garde surmonté de grandes flèches voilées par les nuages. Au-dessus du portail, dans une langue ancienne qu'ils eurent bien du mal à déchiffrer, étaient inscrits les mots suivants : *Les Sept Portes.*

Ils pénétrèrent dans une salle qui desservait huit

portes et autres issues, dont celle qu'ils venaient de franchir. Sous leurs yeux ébahis, elles s'éclairèrent l'une après l'autre pour leur révéler sept univers différents, et notamment le paradis des *kitsune*. L'une donnait sur un champ de fleurs magiques, une autre montrait des papillons voletant entre les gerbes d'eau d'une fontaine. Une autre encore débouchait sur une caverne obscure remplie de bouteilles du fameux vin de Magie Noire de Clarion Lœss, et une descendait vers une mine profonde renfermant des pierres précieuses de la taille d'un poing. Et puis il y avait aussi cette porte qui dévoilait la perfection faite fleur : la *radhika* royale. Rose, grappe d'œillets, orchidée : elle changeait sans cesse d'apparence.

Derrière la dernière porte, ils ne distinguèrent qu'un arbre gigantesque mais qui, d'après les rumeurs, abritait un trésor suprême : une sphère d'étoiles gigantesque.

À ce stade, les enfants avaient complètement oublié le but premier de leur périple. Chacun voulait rapporter quelque chose de l'un des sept univers, mais ils n'arrivaient pas à se mettre d'accord. La règle voulait que tout individu ou groupe arrivant jusque-là était autorisé à franchir une seule des portes, puis à ressortir. Mais, alors que la fillette voulait un brin de *radhika* comme preuve de leur passage, le garçon voulait du vin de Magie Noire pour les nourrir sur le chemin du retour. Ils eurent beau débattre pendant des heures, impossible de parvenir à une entente. Alors ils décidèrent finalement de tricher. Chacun passerait une porte en même temps que l'autre, attraperait l'objet convoité, ressortirait d'un bond, et ils repartiraient ensemble à toute vitesse vers la sortie avant que quelqu'un n'ait le temps de les attraper.

Au moment où ils s'apprêtaient à passer à l'action, une voix les mit en garde : « Qu'une seule porte soit franchie, et que les deux visiteurs repartent dans leur pays. »

Les enfants choisirent d'ignorer ce conseil. Aussitôt, le garçon ouvrit la porte qui menait au vin de Magie Noire et, au même instant, la fillette se jeta sur la *radhika* royale. Mais, quand chacun se retourna, il n'y avait plus la moindre trace d'une issue derrière eux. Le garçon avait largement de quoi boire mais se retrouva plongé à jamais dans l'obscurité et le froid, et ses larmes cristallisèrent une à une sur ses joues. La petite fille pouvait admirer la fleur à satiété mais, n'ayant ni à manger ni à boire, elle dépérit peu à peu sous un soleil incandescent.

Bonnie frissonna de délice, telle une lectrice dont les attentes ont été satisfaites. Avec sa morale façon « La gourmandise est un vilain défaut », ce conte ressemblait à ceux des *Livres Bleu et Rouge* qu'elle avait entendus, enfant, assise sur les genoux de sa grand-mère.

Elena et Meredith lui manquaient cruellement. Elle avait une histoire à raconter, mais personne pour l'écouter.

12

— Stefan ! Réponds-moi !

Elena avait fait acte de présence pendant cinq minutes devant les policiers, mais elle était maintenant trop angoissée pour attendre plus longtemps à l'extérieur de la chambre. En réalité, c'était lui qu'ils cherchaient en vain, visiblement sans considérer que leur cible pouvait très bien revenir sur ses pas et se cacher dans une pièce ayant déjà été fouillée.

Elena n'arrivait pas à faire réagir Stefan, qui serrait Meredith dans ses bras, la bouche pressée contre deux petites entailles. Elle dut le secouer par les épaules, les secouer tous les deux, pour les sortir de leur torpeur.

Stefan se redressa brusquement, sans toutefois lâcher Meredith, qui autrement serait tombée, et s'empressa d'essuyer le sang sur sa bouche. Seulement, pour une fois, Elena n'était pas focalisée sur lui mais sur son amie, cette amie qu'elle avait poussée dans les bras de Stefan.

Les yeux clos de Meredith étaient bordés de cernes noirs, presque couleur prune. Ses lèvres étaient entrouvertes et ses cheveux bruns humides par endroits, là où des larmes avaient coulé.

— Meredith ? Merry ?

Ce vieux surnom lui échappa d'un coup. Pour

autant, rien ne laissait penser que son amie l'avait entendue.

— Qu'est-ce qui lui arrive, Stefan ?

— Je l'ai influencée, à la fin, pour qu'elle s'endorme.

Stefan souleva Meredith et alla la poser sur le lit.

— Mais qu'est-ce qui s'est passé ? Pourquoi est-ce qu'elle pleure… Et toi, pourquoi tu fais cette tête ?

Elena n'avait pas pu s'empêcher de remarquer que, en dépit de ses joues rosies, le regard de Stefan était sombre.

— C'est à cause d'un truc que j'ai vu dans ses pensées.

Brusquement, il poussa Elena derrière lui.

— J'en entends un qui arrive. Bouge pas.

La porte s'ouvrit et ce fut le policier qui apparut, rouge et essoufflé. Il venait visiblement de finir son premier tour d'inspection et revenait dans cette pièce par laquelle il avait commencé, avant de fouiller une nouvelle fois tout le rez-de-chaussée.

— Ils sont là tous les deux… mais pas le fugitif, transmit l'homme dans un gros talkie-walkie noir.

La réponse de sa collègue fut brève. Alors il se tourna vers les deux adolescents.

— Bon, maintenant, *toi*, je vais te fouiller…

D'un geste, il désigna Stefan.

— … pendant que ma collègue fouillera tes deux copines.

Il fit un petit signe du menton vers Meredith.

— Qu'est-ce qui lui arrive, d'ailleurs ?

— Laissez tomber, vous ne pourriez pas comprendre, répliqua froidement Stefan.

L'agent parut interloqué. Puis son expression changea, il se ressaisit et s'approcha de Meredith.

Stefan se mit à grogner.

En l'entendant, Elena sursauta. C'était le grondement féroce et sourd de l'animal qui protège sa femelle, sa meute, son territoire.

L'homme au visage rougeaud devint livide. Toujours derrière Stefan, Elena devina ce qu'il voyait face à lui : une bouche pleine de dents bien plus pointues que les siennes et teintées de sang, aussi.

Pitié, que ça ne tourne pas au…

Et si, c'est exactement ce qui arriva : un bras de fer de regards hargneux.

Le policier bafouilla quelques mots à sa collègue :

— Finalement, on va peut-être avoir besoin de ces balles en argent.

Elena en profita pour donner une petite tape à son bien-aimé ; son grognement ressemblait à présent au bruit d'une grosse scie mécanique, qu'elle sentait résonner jusque dans ses propres dents.

— Influence-le, Stefan ! chuchota-t-elle. L'autre arrive et elle a peut-être déjà appelé du renfort.

En sentant la main d'Elena dans son dos, Stefan se calma. Il se tourna face à elle, et son expression d'animal féroce montrant les crocs s'effaça pour laisser place à son beau visage aux yeux verts. Il avait dû prendre une sacrée quantité de sang à Meredith pour être dans cet état, se dit-elle, le ventre noué. Elle ne savait pas trop quoi en penser.

En tout cas, le contrecoup fut flagrant. Stefan se tourna vers le policier.

— Vous allez retourner dans l'entrée et y rester sans

bouger ni parler jusqu'à ce que je vous y autorise, dit-il sèchement.

Puis, sans lever les yeux pour vérifier que l'homme lui obéissait, il enveloppa un peu plus Meredith sous les couvertures.

Elena, en revanche, observa le policier et le vit s'exécuter sans la moindre hésitation. Comme un soldat au garde-à-vous, il tourna les talons et partit dans l'entrée.

Alors seulement, elle se sentit libre d'aller au chevet de Meredith. Le visage de son amie était tout à fait normal, excepté sa pâleur inhabituelle et ces cernes violets.

— Meredith ?

Pas de réponse. Elena suivit Stefan hors de la pièce.

Dans le couloir, ils tombèrent nez à nez avec la policière embusquée qui descendait l'escalier en poussant devant elle la frêle Mme Flowers.

— Tout le monde face contre terre !

Elle poussa encore Mme Flowers avec brutalité.

— À terre, et plus vite que ça !

Mme Flowers faillit s'étaler de tout son long, mais Stefan bondit pour la rattraper, puis se retourna vers la femme. L'espace d'un instant, Elena crut qu'il allait se remettre à grogner. Au lieu de cela, il dit avec un sang-froid extrême :

— Allez rejoindre votre équipier. Pas un geste ni un mot sans ma permission, dit-il avec un sang-froid extrême.

Il accompagna Mme Flowers, qui semblait très secouée, jusqu'à une chaise dans l'angle gauche de l'entrée.

— Est-ce que cette femme… s'en est prise à vous ?

— Non, ça va. Faites-les juste sortir de chez moi, mon petit Stefan, je vous serai infiniment reconnaissante, répondit la vieille dame.

— C'est comme si c'était fait, acquiesça-t-il doucement. Je suis désolé qu'on vous ait causé autant de tort… dans votre propre maison.

Il lança un regard perçant aux deux agents.

— Allez-vous-en et ne revenez pas. Vous avez fouillé les lieux, mais aucun des individus que vous recherchiez n'était présent. Vous estimez que ça ne servirait à rien de poursuivre la surveillance et qu'il serait plus utile que vous alliez donner un coup de main à Fell's Church pour gérer le… comment vous dites, déjà ? Ah oui, le *grabuge*. Vous ne remettrez plus jamais les pieds ici. Maintenant, remontez dans votre voiture et partez.

Elena frissonna ; elle percevait le flux de pouvoir qui enrobait chacun des mots de Stefan.

Comme toujours, ce fut un plaisir de voir des personnes cruelles ou furieuses devenir dociles sous l'influence irrésistible d'un vampire. Les deux policiers restèrent immobiles encore une dizaine de secondes, puis partirent sans un mot.

Elena écouta la voiture s'éloigner, et ressentit soudain un tel soulagement qu'elle manqua de s'écrouler. Stefan la prit par la taille et elle se cramponna à lui de toutes ses forces, consciente que son cœur battait à tout rompre. Elle le sentait cogner dans sa poitrine et jusqu'au bout de ses doigts.

C'est fini. Tout va bien, lui souffla Stefan, et alors une nouvelle émotion la submergea. La fierté. Stefan avait pris la situation en main et chassé ces intrus en toute simplicité.

Merci.

— Je crois qu'il est temps de faire sortir Matt du cellier, ajouta-t-elle tout haut.

Matt n'était pas content du tout.

— Merci pour la planque. Mais bon sang, vous en avez mis du temps ! lança-t-il à Elena quand ils furent remontés. C'était trop long, surtout avec zéro lumière excepté le fond de fluide de la sphère et dans le silence total. Je n'entendais rien d'en bas. Et puis, je peux savoir ce que c'est que ce truc ?

Il brandit le lourd bâton en bois, avec ses extrémités pointues aux formes étranges.

Elena s'affola.

— Tu ne t'es pas blessé au moins ?

D'un geste vif, elle saisit les mains de Matt, laissant le long bâton de combat tomber par terre sans s'en préoccuper. Mais, *a priori*, il n'avait pas la moindre égratignure.

— Je ne suis pas stupide au point de le prendre par les bouts, se défendit ce dernier.

— Meredith si, va savoir pourquoi, rétorqua Elena. Ses paumes étaient tout entaillées. Je n'ai aucune idée de ce que c'est que ce truc.

— Moi je sais, s'immisça calmement Stefan.

Il ramassa le bâton.

— Mais c'est le secret de Meredith.

Au mot « secret », tous les regards se fixèrent sur lui.

— Je veux dire, ça lui appartient, ajouta-t-il rapidement.

— Merci, on avait compris, répliqua Matt avec son habituel franc-parler.

D'un geste de la tête, il rejeta une mèche blonde qui lui tombait dans les yeux pour mieux examiner l'objet. Puis il leva ses yeux bleus vers Elena.

— Je connais cette odeur, c'est de la verveine. Et j'ai ma petite idée sur l'utilité de toutes ces pointes en fer et en argent qui sortent aux extrémités. Je dirais que ça m'a tout l'air d'un bâton de combat géant pour exterminer les sales monstres qui envahissent cette planète.

— Y compris les vampires, compléta Elena.

Elle savait que Stefan était d'une humeur bizarre et elle n'avait aucune envie de voir Matt, pour qui elle continuait d'avoir une profonde affection, étalé par terre avec le crâne fracassé.

— Et même les humains… Je crois que ces pointes plus grandes servent à injecter du poison.

— Quoi ?!

Matt s'empressa de jeter un œil à ses paumes.

— Tu n'as rien, j'ai vérifié, le rassura Elena. En plus, c'est sûrement un poison qui agit très vite.

— Exact, le but étant de t'éliminer sur-le-champ, confirma Stefan. Donc, si tu es encore en vie à l'heure qu'il est, c'est que tu n'as rien à craindre. Maintenant, si ça ne vous ennuie pas, le « sale monstre » va remonter se coucher.

Il partit en direction de la mansarde. Sans doute entendit-il Elena retenir involontairement son souffle, car il se retourna et elle put lire dans son regard qu'il était désolé. Ses yeux étaient des émeraudes ténébreuses, tristes, mais brûlant d'ardeur contenue.

« Je crois qu'on va aller faire la grasse matinée », pensa-t-elle, agitée par une kyrielle de frissons délicieux. Elle serra la main de Stefan, qui pressa la sienne en retour. Elle savait très bien ce qu'il avait en tête ; leur proximité à cet instant lui permettait de capter ses envies, qu'il projetait de façon très explicite, et elle avait aussi hâte que lui de monter à l'étage.

De son côté, les yeux toujours rivés sur le bâton terriblement pointu, Matt s'interrogea à voix haute :

— Quel est le rapport entre ce truc… *et Meredith* ?

— Je n'aurais jamais dû vous en parler, répondit Stefan. Si tu veux en savoir plus, le mieux serait que tu t'adresses directement à Meredith. Mais demain.

— OK, acquiesça Matt, qui eut enfin l'air de comprendre.

En termes d'hypothèses, Elena avait une large avance sur lui. Une arme comme celle-ci servait *forcément* à tuer les monstres de cette planète, sinon à quoi d'autre ? Quant à Meredith, elle qui était aussi gracieuse et athlétique qu'une ballerine en kimono et ceinture noire… Ah, c'était ça ! Les cours de musique ! Meredith les reportait systématiquement si les filles décidaient d'une sortie au même moment ; cela dit, elle trouvait toujours le temps de les prendre au final.

En même temps, on imaginait mal une fille se trimbaler avec un clavecin sous le bras et personne d'autre n'en possédait en ville. Comme Meredith avait dit qu'elle détestait en jouer, ses deux meilleures amies ne lui en parlaient jamais. Ça faisait partie intégrante de l'énigme Meredith.

Et ses cours d'équitation ? Elena aurait mis sa main

à couper que c'était en partie vrai. Meredith aimerait sans doute savoir comment se sauver en vitesse en chevauchant le premier animal à disposition.

Mais alors, si elle ne travaillait ni ses gammes ni ses compétences de cavalière dans le but de figurer dans un western, qu'est-ce qu'elle faisait depuis toutes ces années ?

Elle s'entraînait, devina Elena. Il existait de nombreux dojos dans le coin et, si le début de sa formation remontait à l'époque où ce vampire avait attaqué son grand-père, elle devait être sacrément douée. En y repensant… toutes les fois où elles s'étaient battues contre des créatures effroyables… ces dernières ne quittaient jamais des yeux cette silhouette gris pâle qui ne se faisait jamais remarquer… Elle avait dû en envoyer plus d'une au tapis, ça c'était clair.

Seule question qui restait en suspens : pourquoi est-ce qu'elle ne leur avait jamais montré cette matraque et pourquoi ne s'en était-elle jamais servie dans aucun combat, par exemple contre Klaus ? Elena n'avait pas la réponse, mais elle n'avait qu'à aller interroger directement Meredith. Elle le ferait, demain, à son réveil. En attendant, elle était persuadée qu'il y avait une explication très simple.

Elle tenta d'étouffer poliment un bâillement.

Stefan ? Tu veux bien nous emmener dans ta chambre – mais sans me porter ?

— Je crois qu'on a eu notre dose de stress pour ce matin, conclut ce dernier d'une voix douce. Madame Flowers, Meredith est dans la chambre du bas : elle va sans doute dormir très tard. Matt…

— Je sais ce que tu vas dire : on ne sait pas quelle

va être la suite du programme, alors autant que j'en profite pour aller me reposer.

Matt tendit un bras vers Stefan, qui ne comprit pas tout de suite.

Mon amour, reprends une dose, ça ne peut que te faire du bien, suggéra Elena avec sérieux et sans détour. Je vais dans la cuisine avec Mme Flowers, ajouta-t-elle à voix haute.

Elles s'éloignèrent toutes les deux.

— Remerciez encore Stefan de ma part d'avoir si bien défendu la maison, dit la vieille dame une fois dans la cuisine.

— Il l'a fait parce que, cette maison, il s'y sent comme chez lui, vous savez.

Peu après, elle retourna dans l'entrée, où Stefan remerciait un Matt rougissant.

Puis Mme Flowers appela ce dernier pour qu'il la rejoigne. Dès que Matt fut hors de vue, des bras souples et fermes soulevèrent Elena. Stefan et elle gravirent rapidement l'escalier en bois, dont les marches protestèrent dans un murmure de petits grincements à chacun de leurs pas.

Ça y est, ils étaient enfin seuls dans sa chambre.

Il n'existait pas de meilleur endroit sur Terre, pensa-t-elle. Rien ne leur faisait plus envie que d'être là, tous les deux. Elle leva les yeux alors qu'il baissait les siens et ils se laissèrent aller à un long baiser. Troublée par cette étreinte, Elena se cramponna à ces bras capables de pulvériser le plus dur des granits mais qui se contentaient, à cet instant, de la serrer exactement comme elle l'aimait.

13

Sereinement endormie main dans la main avec Stefan, Elena savait qu'elle était au beau milieu d'un rêve incroyable. En fait, non, ce n'était pas un rêve, c'était une expérience de sortie de corps. Sauf que la sensation était différente, comparée aux fois où elle avait rendu visite à Stefan en prison. Elle filait à travers le ciel à une vitesse telle qu'elle arrivait à peine à distinguer le sol en contrebas.

Elle jeta un œil autour d'elle et, tout à coup, une autre silhouette apparut à côté d'elle.

— Bonnie !

Elle essaya de l'appeler, mais, bien entendu, aucun son ne sortit de sa bouche. On aurait dit un double de Bonnie, version transparente. Comme si quelqu'un l'avait recréée à partir d'une bulle de verre soufflé et avait juste ajouté une légère touche de couleur dans ses cheveux et ses yeux.

Elena réessaya, cette fois par télépathie :

Bonnie ?

Oh, Elena, c'est toi ! Si tu savais comme vous me manquez avec Meredith ! Je suis coincée dans ce trou...

Quel trou ? paniqua Elena malgré elle.

Bonnie grimaça.

C'est pas un vrai trou. Plutôt un taudis. Une

auberge, je crois. Mais je suis enfermée, je n'ai droit qu'à deux repas par jour et un seul aller-retour aux toilettes – et sous escorte en plus...

Mais comment tu t'es retrouvée là ?

Eh bien... Bonnie hésita. *Tout est ma faute.*

Peu importe ! Depuis quand es-tu là, au juste ?

Euh... deux jours. Je crois.

Il y eut un silence. Puis Elena reprit : *Deux jours dans un taudis, ça peut paraître une éternité.*

Bonnie essaya de mieux expliquer ce qu'elle ressentait : *Je m'ennuie tellement et je me sens si seule... Vous me manquez trop !* répéta-t-elle.

Je pensais justement à toi et à Meredith.

Mais Meredith est bien avec toi, non ? Ne me dis pas qu'elle aussi est tombée dans le cratère ?

Non, ne t'inquiète pas ! Elle est toujours à la pension. Elena eut du mal à décider si elle devait, oui ou non, lui parler de Meredith. « Non, peut-être pas tout de suite », se dit-elle finalement.

Elle ne voyait rien, mais sentit qu'elles ralentissaient. *Tu vois quelque chose, toi ?*

Oui, regarde en bas ! Une voiture ! Tu crois qu'on devrait descendre ?

Carrément. On peut se tenir par la main, tu crois ?

Elles constatèrent que non, mais s'efforcèrent quand même de rester le plus près possible l'une de l'autre. L'instant d'après, elles dégringolèrent et passèrent à travers le toit du véhicule.

Hé, mais c'est Alaric ! s'écria Bonnie.

Alaric Saltzman était le petit ami et potentiel futur fiancé de Meredith. Parapsychologue à l'université de Duke, aujourd'hui âgé d'environ trente-trois ans, il préparait son doctorat. Ses cheveux blond vénitien et ses yeux noisette n'avaient pas changé depuis la première fois où Elena l'avait vu, presque un an plus tôt.

Dire que ça fait des lustres qu'on essaie de le contacter, fit remarquer Bonnie.

Je sais. Peut-être que, de cette façon, ça va marcher.

Rappelle-moi où il est censé être en ce moment ?

Dans un endroit bizarre, au Japon. J'ai oublié le nom, mais on n'a qu'à jeter un œil à la carte sur le siège passager.

Ce faisant, les spectres d'Elena et de Bonnie s'emmêlèrent, se traversant l'un l'autre.

En titre, sur le croquis d'une île, on pouvait lire *Unmei no Shima : Île du Destin*. La carte à côté était marquée d'un gros X rouge, avec ces mots en légende : *le Champ des Impures.*

Le quoi ? s'indigna Bonnie. *Qu'est-ce que ça signifie ?*

Je n'en sais rien. Mais écoute, ce brouillard est une vraie purée de pois. En plus il pleut, et cette route est impraticable.

Bonnie passa la tête dehors. *C'est dingue : la pluie me passe carrément à travers ! Mais là, je ne crois pas que ce soit une route.*

Reviens à l'intérieur et regarde un peu, lança Elena. *Il n'y a pas une seule ville sur cette île, juste un nom : Dr Celia Connor, pathologie médico-légale.*

C'est quoi, comme genre de docteurs ?

Je crois que ce sont ceux qui enquêtent sur les crimes, ce genre de choses. Ils déterrent aussi des cadavres pour découvrir la cause de la mort.

Bonnie eut une sueur froide. *Bizarrement, ça ne me dit rien qui vaille.*

Moi non plus. Mais jette un œil dehors. Cet endroit m'a tout l'air d'avoir été habité autrefois.

Il ne restait quasiment rien du village. Juste les ruines de quelques maisons en bois visiblement en train de pourrir, et des bâtiments en pierre calcinés et délabrés. Il y avait aussi un grand édifice recouvert d'une immense bâche jaune vif.

Lorsque la voiture arriva à sa hauteur, Alaric freina, attrapa sa carte ainsi qu'une mallette, puis fila sous la pluie et dans la boue pour aller s'abriter. Elena et Bonnie le suivirent.

Il fut accueilli à l'entrée par une jeune femme noire au visage délicat encadré par des cheveux très courts et lissés. Pas bien grande, à peine la taille d'Elena, elle avait des yeux pétillants et des dents blanches parfaitement alignées qui lui valaient un sourire hollywoodien.

— Docteur Connor ? hasarda Alaric, l'air fasciné.

Ça ne va pas plaire à Meredith, commenta Bonnie.

— Je vous en prie, appelez-moi Celia, répondit la femme en lui serrant la main. Alaric Saltzman, je présume ?

— Alaric tout court, s'il vous plaît… Celia.

Ça c'est sûr, ça ne va vraiment pas plaire à Meredith, renchérit Elena.

— Alors c'est vous le traqueur de revenants ? poursuivit Celia en dessous d'elles. Vous allez pouvoir vous en donner à cœur joie. Cet endroit en est peuplé… du moins l'était. Je ne sais pas si ces fantômes sont ici ou non.

— Intéressant…

— Triste et morbide, surtout. Et franchement étrange, aussi. J'ai fait des fouilles sur toutes sortes de sites, notamment ceux où il y avait des possibilités de génocide. Eh bien, croyez-moi : cette île ne ressemble à aucun autre endroit sur Terre, affirma Celia.

Alaric sortait déjà du matériel de sa mallette : une épaisse pile de papiers, un petit appareil photo et un calepin.

La jeune femme parut amusée.

— Combien vous faut-il de supports pour vos notes ?

Alaric se tapota la tête et la secoua d'un air triste.

— Autant que possible. On commence à manquer de neurones là-haut.

Il jeta un œil autour de lui.

— Vous n'êtes pas seule ici, n'est-ce pas ?

— Excepté le gardien et le type qui me ramène en ferry à Hokkaido, si. Au début, c'était une expédition comme les autres… on était quatorze. Mais ils sont tous morts ou partis les uns après les autres. Je ne peux même pas réinhumer les spécimens, je veux dire les filles qu'on avait déterrées.

— Mais ces gens qui sont partis… ?

— En fait… il y a d'abord eu ces morts inexpliquées. Ensuite, entre ça et les revenants, les autres ont fui. Ils craignaient le pire.

Alaric fronça les sourcils.

— Qui est mort en premier ?

— Parmi les membres de l'expédition ? Ronald Argyll, spécialiste en céramiques. Il examinait deux jarres qu'on avait trouvées… Bref, je vous passe les détails. Il s'est brisé le cou en tombant d'une échelle.

Cette fois, Alaric haussa les sourcils avec étonnement.

— Quel rapport avec les revenants ?

— Pour un homme comme lui, qui était dans le métier depuis presque vingt ans, ça n'avait rien d'un accident.

— Vingt ans ? Et si c'était une crise cardiaque ? Il aurait vacillé d'un coup, et *bim.*

Alaric fit un geste brusque vers le bas.

— Possible. Vous seul saurez peut-être trouver une explication à ces mystères.

La femme, pourtant très élégante et féminine, fit une moue de garçon manqué. D'ailleurs, elle avait le look qui allait avec, constata Elena : jean et chemise bleu et blanc aux manches retroussées sur un caraco blanc.

Alaric sursauta, l'air coupable, comme s'il s'était subitement rendu compte qu'il la dévisageait. Au-dessus de lui, Bonnie et Elena échangèrent un regard.

— Qu'est-il arrivé à tous les insulaires ? Ceux qui avaient construit ces maisons ?

— Ils n'ont jamais été très nombreux à la base. Mon hypothèse est que cet endroit a été baptisé Île du Destin bien avant le désastre sur lequel mon équipe enquêtait. D'après mes découvertes, il y aurait eu une sorte de guerre – civile, j'entends. Entre les enfants et les adultes.

Cette fois, ce fut les yeux écarquillés qu'Elena et Bonnie se regardèrent.

Comme chez nous… commença Bonnie.

Chut. Écoute la suite, la coupa Elena.

— Une guerre civile… entre adultes et enfants ? répéta lentement Alaric. Pour le coup, ça c'est glauque.

— C'est une sorte de processus d'élimination. Vous savez, les sépultures c'est ma passion, qu'il s'agisse de tombeaux ou de simples fosses. Mais ici, les habitants ne semblent pas avoir été victimes d'une invasion. Ils ne sont pas morts de famine ou de sécheresse, il restait encore plein de blé dans le silo. Il n'y avait aucun signe d'épidémie. J'en suis arrivée à la conclusion qu'ils se sont tous entretués : les parents ont assassiné leurs enfants, et vice versa.

— Qu'est-ce qui vous fait croire ça ?

— Vous voyez cette zone plus ou moins carrée, à la périphérie du village ?

Celia la montra du doigt sur une carte plus grande que celle d'Alaric.

— C'est ce qu'on appelle *le Champ des Impures*. C'est le seul endroit qui abrite des tombes dignes de ce nom, ce qui suppose qu'elles ont été construites au tout début du conflit. Par la suite, ils n'ont plus eu le temps de fabriquer des cercueils ou bien plus personne ne s'en est préoccupé, je ne sais pas. Jusqu'ici, on a déterré vingt-deux fillettes et adolescentes, la plus âgée ayant un peu moins de vingt ans.

— Vingt-deux ? Et que des filles ?

— Dans cette zone, oui : que des filles. Les garçons sont venus après, quand ils ont manqué de cercueils. Les corps ne sont pas aussi bien préservés, vu que toutes les maisons ont brûlé ou se sont écroulées, et ils ont été exposés aux intempéries. Les filles étaient inhumées avec soin, voire avec minutie ; par contre, les marques sur leurs corps indiquent qu'elles ont reçu de violents coups à quelques heures de leur mort. Et puis… elles avaient toutes des pieux enfoncés dans le cœur.

Bonnie se protégea brusquement les yeux, comme

pour essayer de faire écran à une vision effroyable. Elena observa Alaric et Celia d'un air sombre.

Ce dernier sentit sa gorge se nouer.

— Des pieux ? demanda-t-il, mal à l'aise.

— Oui. Bon, je sais ce que vous allez imaginer. Mais les Japonais n'ont pas cette culture des vampires. Ce qui s'en rapproche le plus, ce sont les *kitsune*.

Elena et Bonnie se mirent à voltiger nerveusement au-dessus de la carte.

— Et ces *kit-so-machin*... ils se nourrissent de sang ?

— *Kitsune* – k-i-t-s-u-n-e, sans s. La langue japonaise a une façon bien à elle de former le pluriel. Mais, pour répondre à votre question : non. Ce sont des arnaqueurs de premier ordre, qui ont pour habitude, entre autres, de posséder les jeunes filles et les femmes et de pousser les hommes à la destruction, dans une sorte de retour à l'âge de la pierre. Mais tenez... ça se lit presque comme un roman.

Celia tendit un livre au jeune chercheur.

— Je vous crois... Mais ce n'est pas une lecture que je choisirais par plaisir, dit Alaric.

Tous deux eurent un sourire désolé.

— Donc, pour en revenir à ce livre, apparemment une infection a contaminé tous les gosses du village et engendré des combats sanglants. Chose curieuse, les parents n'ont même pas réussi à atteindre leurs barques de pêche qui leur auraient permis de fuir l'île.

Elena...

Je sais ce que tu penses. Au moins Fell's Church n'est pas sur une île.

— Et puis, il y a cette découverte qu'on a faite dans

le sanctuaire du village. Je vais vous montrer… c'est ce qui a causé la mort de Ronald Argyll.

Ils s'enfoncèrent au cœur de l'édifice, jusqu'à ce que Celia s'arrête près de deux grandes jarres sur leur piédestal, entre lesquelles gisait un objet monstrueux. On aurait dit une robe, complètement décolorée par l'usure, mais dont la toile trouée laissait dépasser… des os décharnés. Pire, l'un d'eux pendouillait du haut de l'une des jarres.

— Ronald travaillait dessus dans le champ avant que ce déluge n'éclate, expliqua Celia. C'était probablement le dernier villageois, et il s'est suicidé.

— Comment pouvez-vous en être si sûre ?

— Hm, je vais essayer de vous résumer clairement les notes de Ronald : la prêtresse ici présente ne porte aucune autre marque que celles qui ont entraîné sa mort. Le sanctuaire était un bâtiment en pierre, enfin à l'époque. À notre arrivée ici, on a juste trouvé un amas de dalles dans tous les sens. D'où la nécessité d'une échelle. La suite devient un peu technique, mais Ronald Argyll était un formidable pathologiste et je me fie entièrement à son interprétation des faits.

— C'est-à-dire ?

Alaric filmait les jarres et les ossements.

— Quelqu'un – on ignore qui – aurait saccagé et perforé chacune des deux jarres. Ça se serait passé avant le début du chaos. Le registre du village fait mention d'un acte de vandalisme, l'œuvre d'un mauvais plaisant. Mais, bien après ça, les trous ont été scellés et les jarres rendues à nouveau quasi hermétiques, excepté à l'endroit où la prêtresse avait posé les mains.

Avec un soin infini, Celia souleva le couvercle de la

jarre d'où aucun os ne pendait, révélant alors une paire de phalanges assez longues, un peu moins altérées et couvertes de fragments de tissu qui avaient dû être des gants. De minuscules os de doigts humains, voilà ce que contenait cette jarre.

— Selon Ronald, cette pauvre femme est morte en accomplissant un dernier acte désespéré. Et malin, de surcroît, si on regarde les choses de son point de vue. Elle s'est ouvert les veines – regardez la façon dont le tendon s'est racorni dans le bras mieux préservé – et ensuite elle a laissé ses bras se vider de leur sang dans les jarres. On sait de façon formelle que les fonds portent les marques d'une présence abondante de sang. Elle essayait d'attirer quelque chose à l'intérieur des jarres, ou bien peut-être de faire *revenir* cette chose dedans. Mais ça l'a tuée, et l'argile dont elle espérait sans doute se servir dans ses derniers instants de lucidité a soudé ses os aux jarres.

Alaric passa la main sur son front et frissonna en même temps.

Prends des photos ! lui ordonna Elena, usant de toute sa force de conviction pour que ses pensées lui parviennent. Elle s'aperçut que Bonnie en faisait autant, les yeux fermés et les poings serrés.

Comme s'il les avait entendues, Alaric s'exécuta docilement et se mit à mitrailler à tout-va avec son appareil.

Finalement, il s'arrêta. Mais Elena savait que, à moins d'un coup de pouce du destin, il était peu probable qu'il envoie ces clichés à Fell's Church avant de rentrer, or même Meredith ignorait la date de son retour.

Alors, qu'est-ce qu'on fait ? souffla Bonnie d'une voix angoissée.

Eh bien... mes larmes étaient réelles quand Stefan était en prison.

Quoi, tu veux qu'on lui pleure dessus ?

Mais non. Simplement, vu qu'on ressemble à des fantômes... autant agir en tant que tels. Vas-y, essaie de lui souffler dans la nuque.

Bonnie obéit et elles virent aussitôt Alaric sursauter, regarder autour de lui, puis remonter le col de son coupe-vent.

— Et les autres membres de l'expédition, de quoi sont-ils morts ?

La tête engoncée, il continuait de jeter des coups d'œil nerveux autour de lui.

Celia reprit ses explications, mais les filles n'écoutaient plus. Bonnie continuait de souffler sur Alaric sous différents angles, l'amenant malgré lui vers l'unique fenêtre qui n'avait pas volé en éclats. Sur sa vitre sombre et glacée, Elena avait écrit quelque chose avec le doigt. Lorsqu'elle fut sûre qu'Alaric regardait dans sa direction, elle souffla d'un bout à l'autre de la phrase : *Envoie vite les photos des jarres à Meredith !* Chaque fois qu'il s'approchait de la fenêtre, elle soufflait dessus pour faire réapparaître ses mots.

Finalement, Alaric les vit.

Il fit un bond de presque deux mètres en arrière. Puis il revint lentement, à pas de loup. Elena souffla encore. Cette fois, au lieu de sursauter, il se contenta de se frotter les yeux. Puis il examina la vitre, très prudemment.

— Dites, le chasseur de fantômes, vous êtes sûr que ça va ?

— À vrai dire, je n'en sais rien, reconnut Alaric.

Fermant les yeux, il se pinça l'arête du nez mais, comme Celia venait vers lui, Elena retint cette fois son souffle.

— Je crois avoir lu… un message comme quoi je dois envoyer un double des photos des jarres à Meredith.

Celia haussa le sourcil.

— Qui est-ce ?

— Oh, c'est… une de mes anciennes élèves. J'imagine que ça pourrait l'intéresser.

Il jeta un œil au caméscope dans ses mains.

— Des ossements et des jarres ? s'étonna Celia.

— À en croire votre réputation, ça vous intéressait aussi quand vous étiez plus jeune, je me trompe ?

— Non, c'est vrai. J'adorais observer les oiseaux morts en décomposition, ou dénicher des ossements et essayer de trouver à quel animal ils appartenaient, admit Celia avec une nouvelle moue de garçon manqué. Depuis que j'ai six ans, en fait. J'étais très différente de la plupart des filles de mon âge.

— Meredith aussi, affirma Alaric.

Elena et Bonnie échangèrent un regard particulièrement sérieux. Certes, Alaric venait de sous-entendre que Meredith était une fille spéciale, mais, un, il ne l'avait pas dit explicitement et, deux, il n'avait pas non plus évoqué leur projet de fiançailles.

Celia se rapprocha.

— Alors ? Vous comptez lui envoyer ces photos ?

Alaric s'esclaffa.

— Je crois que cette atmosphère et tout le reste… je ne sais pas : peut-être que mon imagination m'a juste joué un tour.

Celia lui tourna brièvement le dos, et Elena en profita pour souffler une dernière fois sur la vitre. Alaric balança les mains d'un geste résigné.

— Je suppose que l'Île du Destin n'a pas la couverture satellite ? demanda-t-il d'un air désespéré.

— Eh non. Mais le ferry sera de retour demain. Vous pourrez envoyer vos clichés une fois débarqué, si toutefois vous comptez les envoyer.

— Je pense que ce serait mieux, oui.

Au-dessus de lui, Elena et Bonnie lui jetaient des regards noirs.

C'est alors qu'Elena sentit ses paupières s'affaisser.

Oh non, Bonnie, je suis désolée ! Je ne voulais pas partir avant de t'avoir parlé et de m'être assurée que tu allais bien. Mais je tombe... je n'arrive plus à...

Elle réussit, dans un ultime effort, à rouvrir les yeux.

Bonnie était dans la position du fœtus et dormait à poings fermés.

Sois prudente, chuchota Elena, sans vraiment savoir à qui elle s'adressait. Tandis qu'elle dérivait dans les airs, elle repensa à la manière dont Alaric avait parlé à Celia, cette femme sublime et savante, à peine plus âgée que lui. Elle ressentit une appréhension réelle pour Meredith, qui supplanta toutes les autres.

14

Le lendemain matin, Elena remarqua que Meredith était encore pâle et amorphe, et qu'elle adoptait un regard fuyant chaque fois que Stefan regardait par hasard dans sa direction. Mais l'heure était grave. Aussi, dès que la vaisselle du petit déjeuner fut faite, elle convoqua une assemblée dans le salon. Là, Stefan et elle racontèrent à tour de rôle à Meredith ce qu'elle avait loupé de la visite des policiers. Cette dernière sourit faiblement quand Elena expliqua la façon dont Stefan les avait chassés comme de vulgaires chiens errants.

Puis Elena parla de son expérience de sortie de corps. Cela prouvait au moins une chose : Bonnie était en vie et allait relativement bien. Meredith se mordit la lèvre en entendant ce commentaire de Mme Flowers, car ça lui donna d'autant plus envie d'aller récupérer Bonnie en personne au Royaume des Ombres.

Cependant, elle voulait rester pour réceptionner les photos d'Alaric. Si cela pouvait aider à sauver Fell's Church…

À la pension, personne ne pouvait mettre en doute le drame qui s'était déroulé sur l'Île du Destin. Il se passait exactement la même chose ici, à l'autre bout de la planète. Un couple de parents avait déjà fait emmener ses enfants par le Service de Protection de l'Enfance du département de Virginie. Actions punitives et représailles avaient commencé. Combien de temps leur restait-il avant que Shinichi et Misao ne transforment tous les enfants de cette ville en armes meurtrières ou qu'ils ne lâchent la bride à ceux qui l'étaient déjà ? Combien avant qu'un parent hystérique ne s'en prenne à un gosse ?

Assis dans le salon, le groupe débattit de différents plans et tactiques. Au final, ils décidèrent de fabriquer des jarres identiques à celles qu'Elena et Bonnie avaient vues, en croisant les doigts pour arriver à reproduire les inscriptions qu'elles présentaient. Ils étaient convaincus qu'à l'origine les jumeaux maléfiques étaient enfermés dedans et ainsi isolés du reste du monde.

Mais, s'ils avaient autrefois été confinés dans l'espace plutôt restreint de ces jarres, quel atout susceptible de les attirer à nouveau à l'intérieur la petite bande d'amis possédait-elle ?

Des pouvoirs, en déduisirent-ils. Une somme de pouvoirs si prodigieuse que Shinichi et Misao ne pourraient pas y résister. Voilà pourquoi la prêtresse s'était sacrifiée en tentant de les appâter avec son propre sang. Aujourd'hui… ils avaient le choix entre le fluide d'une sphère d'étoiles pleine à ras bord… et le sang d'un vampire éminemment puissant. Voire plusieurs.

Chacun réfléchissait, le visage grave, à cette option. Ils ignoraient quelle quantité de sang serait nécessaire, mais Elena craignait que cela ne dépasse les limites du raisonnable. La prêtresse l'avait certainement appris aux dépens de sa vie.

Un silence s'ensuivit que seule Meredith osa briser :

— Je suis sûre que vous vous posez tous des questions à propos de ça…

Elle fit apparaître son bâton – presque comme par magie, s'étonna Elena. Comment est-ce qu'elle a fait ? Elle ne l'avait pas il y a deux minutes, et maintenant si. Bizarre !

Sous la vive lumière du jour qui éclairait la pièce, tous fixèrent cette arme d'une finesse remarquable.

— Son inventeur devait avoir une imagination sacrément tordue, commenta Matt.

— C'était un de mes ancêtres, répliqua Meredith. Et, sur ce point, je ne peux pas te contredire.

— J'ai une question à te poser, intervint Elena. Si tu l'avais eue dès le début de ton entraînement… Si tu avais été élevée dans cette mentalité de tueuse, est-ce que tu aurais essayé d'éliminer Stefan ? Ou même moi, quand j'étais vampire ?

— J'aimerais pouvoir te répondre franchement, avoua Meredith, d'un regard peiné. Mais j'en suis incapable. Je fais sans cesse des cauchemars à ce sujet. Mais comment affirmer avec certitude que je l'aurais fait si j'avais été différente ?

— Ce n'est pas ce que je te demande. Ma question, c'est : telle que tu es aujourd'hui, si on t'avait entraînée…

— Cet entraînement, c'est du *bourrage de crâne*, la coupa durement Meredith.

Sa façade impassible semblait sur le point de se lézarder.

— OK, laisse tomber. Dis-moi juste si, en possession de cette matraque, tu aurais essayé de tuer Stefan ?

— Ce n'est pas une matraque, ça s'appelle un bâton de combat. Quant à nous, les gens comme ma famille, excepté que mes parents n'étaient plus dans le circuit, on nous appelle des chasseurs de vampires.

Autour de la table, tout le monde retint son souffle. Mme Flowers attrapa la théière posée sur un dessous-de-plat et resservit un peu d'infusion à Meredith.

— Des chasseurs de vampires, répéta Matt avec une certaine délectation.

Il n'était pas difficile de deviner à qui il songeait.

— Tu peux nous appeler des deux façons, ajouta Meredith. Il paraît que, sur la côte ouest, on parle plutôt de tueurs de vampires. Mais, ici, on maintient la tradition.

Elena se sentit brusquement comme une petite fille abandonnée. C'était Meredith, sa grande sœur de toujours, qui disait tout ça. Sa voix devint presque plaintive :

— Mais tu n'as même pas dénoncé Stefan.

— Non, effectivement. Et non, je ne pense pas que j'aurais le courage de tuer quelqu'un, à moins d'avoir subi un lavage de cerveau. Mais je savais que Stefan t'aimait réellement et qu'il ne te transformerait jamais en vampire. En revanche, j'ignorais presque tout de… Damon. Entre autres que tu tenais autant à lui ; d'ailleurs, ça, je crois que personne ne s'en doutait.

La voix de Meredith était tout aussi angoissée que celle de sa meilleure amie.

— Sauf moi, reconnut Elena, les joues toutes rouges et un sourire de travers sur les lèvres. Ne sois pas si triste, Meredith. Les choses ont plutôt bien tourné.

— Être obligé de fuir ta famille et ta ville pa tout le monde te croit morte, tu appelles ça « bien ner » ?

— Oui, tant que je peux être avec Stefan.

Désespérée, Elena fit de son mieux pour chasser Damon de ses pensées.

Meredith la contempla d'un air songeur, puis enfouit son visage dans ses mains.

Quand elle releva la tête, elle se tourna vers Stefan.

— Tu veux leur raconter, ou tu préfères que je le fasse ?

Il sembla pris de court.

— Alors… tu te souviens ?

— Pas plus que ce que tu as lu dans mes pensées. Juste des bribes de souvenirs. Des choses que je veux à tout prix oublier.

— D'accord.

Stefan parut soulagé, mais Elena effrayée. Meredith et lui partageaient un secret ?

— On sait tous que Klaus est venu au moins deux fois à Fell's Church. Il était pour ainsi dire… le mal incarné et, lors de sa seconde visite, il comptait faire un massacre. Il a assassiné Sue Carson et Vickie Bennett.

Elena l'interrompit tout doucement.

— Ou du moins il a aidé Tyler Smallwood à tuer Sue, pour que Tyler puisse être initié en tant que loup-garou. Et ensuite Tyler a mis Caroline enceinte.

Matt s'éclaircit la voix, ayant soudain une idée :

— À votre avis… Caroline aussi doit tuer quelqu'un pour achever sa transformation ?

— Je ne pense pas, répondit Elena. D'après Stefan, le fait qu'elle attende une portée suffit. Dans un sens comme dans l'autre, le sang coulera. Caroline sera un loup-garou à cent pour cent dès que ses jumeaux seront nés, mais elle commencera sans doute à changer malgré elle avant l'accouchement. C'est bien ça ?

Stefan acquiesça d'un signe de tête.

— Oui. Mais, pour en revenir à Klaus : quel était le but de sa première visite, au juste ? Pourquoi avoir attaqué un vieillard, qui plus est un chasseur de vampires, et lui avoir laissé la vie sauve ?

— Mon grand-père, chuchota Meredith.

— D'après ce que je sais, il a semé une telle pagaille dans son esprit que le pauvre homme a ensuite essayé de tuer sa femme et sa petite-fille de trois ans. Vous ne voyez pas qu'il y a un truc qui cloche ?

Cette fois, Elena fut terrorisée. Elle n'avait aucune envie d'entendre la suite. Elle avait un goût de bile dans la bouche ; heureusement, pensa-t-elle, elle n'avait mangé qu'une tranche de pain grillé ce matin. Si seulement elle avait quelqu'un sur qui veiller à cet instant, Bonnie par exemple, ça la soulagerait sûrement.

— Je donne ma langue au chat. Bon alors, dis-nous : c'est *quoi* qui cloche ? lâcha Matt sans prendre de gants.

Le regard de Meredith se perdit de nouveau dans le vide.

— Au risque que ça ait l'air d'un mauvais feuilleton… Meredith a ou avait un frère jumeau, répondit Stefan.

Un silence de plomb s'abattit sur le groupe. Même la ma*man* de Mme Flowers ne pipa mot.

— A ou avait ? reprit Matt, rompant le silence.

— Comment le savoir ? Il s'est peut-être fait tuer.

Imagine si Meredith a assisté à la scène… Ou alors on l'a enlevé. Pour le tuer plus tard ou en faire un vampire.

— Tu crois vraiment que ses parents lui cacheraient un truc pareil ? rétorqua Matt. Ou qu'ils essaieraient de lui faire oublier cet événement ? Tout ça depuis qu'elle a… combien déjà ? Trois ans ?

Mme Flowers, qui était restée silencieuse un bon moment, prit la parole d'une voix triste :

— Notre chère Meredith a peut-être volontairement refoulé la vérité. Difficile de savoir ce qui se passe dans la tête d'un enfant de trois ans. Si ses parents ne l'ont jamais fait aider par un spécialiste…

Elle questionna Meredith du regard.

— C'est contraire au code, répondit cette dernière. D'ailleurs, je ne devrais pas vous raconter tout ça, surtout pas devant Stefan. Mais… avoir des amis si précieux et être obligé de leur mentir constamment… je n'en pouvais plus.

Elena s'approcha pour la serrer dans ses bras.

— On comprend, t'en fais pas. Je ne sais pas ce qui arrivera si à l'avenir tu décides de reprendre le flambeau…

— Je te promets que mes amis ne seront pas sur la liste des victimes, la rassura Meredith. Au fait… Shinichi est au courant. *La reine des secrets qui cache bien les siens depuis toutes ces années*, c'est moi.

— Plus maintenant, lui fit remarquer Elena en la serrant plus fort.

— Au moins, il n'y a plus de secret entre nous, commenta gentiment Mme Flowers.

Elena l'observa du coin de l'œil. Rien n'était jamais

aussi simple. Surtout sachant que Shinichi avait fait tout un tas de prédictions.

Puis, en voyant la douceur du regard bleu ciel de la vieille dame, elle comprit que pour l'heure ce n'était ni la vérité ni les mensonges, ni même les règlements de comptes, qui primaient, mais le réconfort qu'ils pouvaient tous apporter à Meredith. Elle tourna la tête vers Stefan en continuant de serrer son amie, et comprit qu'il pensait la même chose.

Bizarrement, ça la rassura. Si vraiment il n'y avait « plus de secrets entre eux », alors elle devrait tirer au clair ses sentiments pour Damon. Or c'était ce qu'elle redoutait plus que tout, plus que d'affronter Shinichi, ce qui n'était pas peu dire.

— Au moins, on a déjà un tour de potier… se réjouit Mme Flowers. Enfin, encore faut-il que je le retrouve. On a aussi un four céramique au fond du jardin, certes recouvert de trèfle à l'heure actuelle. Autrefois je fabriquais de grands pots de fleurs, mais les enfants possédés ont tout détruit. Je pense que je pourrais reproduire l'urne que vous avez vue si vous m'en faites un dessin. Mais peut-être devrions-nous plutôt attendre les photos de M. Saltzman.

Matt articulait quelque chose en silence à Stefan. Elena ne parvint pas à lire sur ses lèvres mais, juste après, elle entendit la voix de Stefan dans ses pensées. *D'après lui, Damon a affirmé un jour que cette maison était une vraie brocante et qu'en cherchant bien on pouvait trouver tout ce qu'on voulait.*

Damon n'a rien inventé ! s'emporta Elena sans raison apparente. *Je crois que c'est Mme Flowers qui l'a dit elle-même. Ce n'est un secret pour personne.*

La vieille dame continuait de parler d'un ton jovial :

— Quand on aura les clichés, on ira voir les Saitou pour qu'elles nous traduisent les inscriptions.

Meredith se dégagea finalement des bras d'Elena, retrouvant une expression et une voix posées :

— En attendant, on n'a plus qu'à prier pour que Bonnie n'ait pas d'ennuis.

Bonnie était certaine qu'elle saurait éviter les ennuis. Elle avait fait ce rêve étrange, où elle se dépouillait de son enveloppe charnelle et partait avec Elena sur l'Île du Destin. Heureusement, il lui avait semblé que c'était une vraie expérience de sortie de corps et non un rêve prémonitoire auquel elle aurait dû réfléchir pour en comprendre le sens caché. Pour autant, ça ne signifiait pas qu'elle était condamnée ou un truc du genre.

En plus, elle avait réussi à survivre une nuit de plus dans cette chambre miteuse, et, en principe, Damon devait bientôt revenir et la sortir de là. Mais pas avant qu'elle n'ait savouré une autre dragée. Voire deux.

Oui, elle en avait goûté une dans le récit de la veille, mais Marit était une petite fille si sage qu'elle avait attendu le dîner avant d'en reprendre. Le dîner en question faisait l'objet de l'épisode suivant, dans lequel Bonnie s'était plongée dès le réveil. Sauf que ce dernier contenait aussi une scène horrible, où la petite Marit goûtait à mains nues son premier morceau de foie cru, fraîchement chassé par la famille Poubelle. Bonnie s'était empressée d'écarter la sphère d'étoiles de sa tempe, et avait décidé de ne rien faire qui puisse potentiellement l'amener à être la proie d'une future chasse à l'homme.

Mais ensuite, réflexe compulsif, elle avait compté

son argent. Elle avait de quoi faire. Et elle savait où le dépenser. Autrement dit… en route pour des petites courses !

Quand vint l'heure de la pause toilettes, elle réussit à engager la conversation avec le garçon qui l'escortait habituellement à l'extérieur. Elle le fit rougir si violemment à force de caresser son lobe d'oreille que, lorsqu'elle le supplia de lui confier la clé et de la laisser y aller seule, puisque après tout elle connaissait bien le chemin maintenant, il céda, insistant juste pour qu'elle se dépêche.

C'est ce qu'elle fit : elle traversa la rue à toute vitesse et entra en trombe dans la petite boutique qui embaumait tant le caramel fondu, le *toffee* cassé à la main et d'autres odeurs sucrées que, même aveugle, elle aurait su où elle se trouvait.

Elle savait déjà ce qu'elle voulait. Grâce à la description du récit et à l'échantillon qu'avait goûté Marit, elle s'en faisait une idée très précise.

Ronde comme une prune, la dragée convoitée avait un goût de datte, d'amande, d'épices et de miel, et peut-être aussi de raisin. En principe, elle coûtait cinq soli, mais Bonnie avait emporté quinze de ces petites pièces cuivrées en cas de fringale de confiseries.

Une fois à l'intérieur, elle jeta un coup d'œil méfiant autour d'elle. Les clients étaient nombreux dans la petite échoppe, six ou sept peut-être. Une fille aux cheveux bruns était vêtue de la même grosse toile qu'elle et semblait épuisée. Furtivement, elle s'approcha d'elle, puis glissa de force cinq soli dans sa main gercée en se disant : voilà, comme ça elle aussi va pouvoir savourer une dragée ; ça devrait lui redonner un peu le sourire. Effectivement, la fille lui adressa le même genre de sourire que celui que Maman Poubelle faisait à sa fille quand elle avait accompli une action adorable.

Je me demande si je devrais lui parler.

— Il y a du monde, dis donc, chuchota-t-elle en baissant vivement la tête.

— Et encore, c'est rien, répondit la fille à voix basse. Hier, j'ai espéré toute la journée que ça se vide, mais il y avait toujours un client qui entrait quand le dernier sortait.

— Tu veux dire qu'il faut attendre qu'il n'y ait plus personne pour… ?

La brune la regarda curieusement.

— Évidemment. Sauf si c'est une course pour ton maître.

— Comment tu t'appelles ? chuchota encore Bonnie.

— Kelta.

— Moi, c'est Bonnie.

À ce mot, Kelta fut prise d'un fou rire violent quoique silencieux.

Bonnie fut vexée ; elle venait d'offrir une dragée à cette fille, du moins de quoi s'en payer une, et maintenant celle-ci se moquait d'elle.

— Désolée, s'excusa Kelta, une fois remise de son hilarité. Tu ne trouves pas ça drôle que, depuis un an, autant de filles changent de nom pour se faire appeler Aliana, Mardeth ou Bonney ? Certaines esclaves y sont même autorisées !

— Ah bon, mais pourquoi ?

Bonnie posa la question d'un ton si sincèrement perplexe que Kelta répondit du tac au tac :

— Ben, pour coller à l'histoire, tiens ! Pour porter

le nom de celles qui ont tué la vieille Blodeuwedd alors qu'elle saccageait toute la ville.

— Ça a eu tant d'impact que ça ?

— Quoi, tu n'es pas au courant ? Après sa mort, tout son argent est revenu au cinquième secteur où elle vivait, et il en restait même assez aux autorités pour se payer des vacances. C'est de là que je viens. À l'époque, j'étais morte de peur quand on m'envoyait porter un message ou faire une course après la tombée de la nuit, parce qu'elle planait peut-être juste au-dessus de toi et tu ne savais jamais quand…

Kelta glissa toute sa monnaie dans sa poche, puis se mit à mimer des griffes s'abattant sur sa main innocente.

— Bref. Donc toi aussi tu t'appelles Bonney…

Elle sourit, révélant des dents blanches qui contrastaient avec sa peau plutôt terne.

— Du moins, c'est ce que tu prétends.

— Si, je t'assure, acquiesça Bonnie, assaillie par un vague sentiment de tristesse. Je m'appelle bien Bonnie.

Brusquement, elle se dérida.

— Regarde, la boutique est déserte !

— Tiens, oui ! Eh bien, tu portes chance pour une Bonney ! Ça fait deux jours que j'attends.

Elle s'approcha du comptoir avec cran, ce qui rassura beaucoup Bonnie. Puis elle commanda ce qui s'appelait apparemment un bonbon à la gelée sanguine, qui ressemblait à un modèle réduit de dragée Jell-O à la fraise, mais fourré d'un ingrédient foncé. Kelta adressa à Bonnie un sourire en partie caché par ses longs cheveux en désordre, puis s'en alla.

L'homme qui tenait la confiserie n'arrêtait pas de

jeter des coups d'œil vers l'entrée, espérant visiblement qu'un noble client fasse irruption. Toutefois, personne n'arriva, alors il se tourna finalement vers Bonnie.

— Bon, qu'est-ce que tu veux ?

— Juste une dragée, s'il vous plaît.

Bonnie fit de son mieux pour masquer sa voix chevrotante.

L'homme parut d'emblée excédé.

— Montre-moi ton laissez-passer, exigea-t-il avec agacement.

Dès lors, Bonnie comprit que tout allait très mal tourner.

— Allez, montre-le-moi, et plus vite que ça !

Il fit claquer ses doigts, sans quitter des yeux ses livres de comptes.

Bonnie palpa sa blouse en grosse toile en sachant pertinemment qu'elle ne comportait aucune poche, et encore moins un laissez-passer.

— Je croyais que j'en avais besoin uniquement pour franchir les secteurs, bredouilla-t-elle.

L'homme se pencha au-dessus du comptoir.

— Dans ce cas, montre-moi ton titre de libre circulation.

Alors Bonnie fit la seule chose qui lui vint à l'esprit. Elle tourna les talons et détala. Mais elle n'eut pas le temps d'atteindre la porte qu'elle ressentit subitement une douleur cuisante dans le dos, puis tout devint flou et elle s'écroula sans même s'en rendre compte.

15

Bonnie revint à elle lentement, quittant l'obscurité dans laquelle elle avait plongé, et le regretta aussitôt.

Elle se trouvait dans une sorte de lieu à ciel ouvert ; quelques édifices bouchaient l'horizon, où le soleil semblait suspendu pour l'éternité. Plusieurs filles d'environ son âge l'entouraient. Curieux. Si on prenait au hasard un échantillon de femmes dans la rue, on trouverait des fillettes en larmes qui appelleraient leur maman, ainsi que des femmes en âge d'être mères qui s'occuperaient d'elles, et peut-être quelques vieilles dames, aussi. Mais cet endroit ressemblait plutôt à…

Oh, misère : oui, ça avait tout l'air d'un de ces entrepôts à esclaves devant lesquels ils étaient passés lors de leur dernier séjour au Royaume des Ombres. Elena leur avait ordonné d'avancer droit devant, sans regarder ni écouter. Bonnie en était convaincue : elle était à l'intérieur d'un de ces bâtiments et n'avait aucun moyen d'éviter les visages immobiles, les regards terrifiés et les bouches tremblantes qui l'entouraient.

Elle voulait leur parler, trouver une issue – *il y en a forcément une*, soutiendrait Elena si elle était là. Mais, avant toute décision, elle rassembla ses forces et se mit à hurler en silence : *Damon ! Damon, au secours ! J'ai besoin de toi !*

Seul le silence résonna en guise de réponse.

Damon, c'est Bonnie ! Je suis dans un entrepôt à esclaves ! Aide-moi !

Prise d'une intuition, elle baissa ses boucliers psychiques. Son accablement fut instantané. Même ici, à la périphérie de la ville, l'air était saturé de messages plus ou moins longs : des cris d'impatience, de camaraderie, des salutations, des sollicitations. Des conversations plus posées sur diverses choses : instructions, taquineries, anecdotes. Elle n'arrivait pas à tout suivre. Le flot de paroles se transforma en une vague menaçante de parasites, qui semblait à deux doigts de déferler sur elle et de la réduire en mille morceaux.

Subitement, cette cacophonie télépathique s'estompa. Bonnie fut alors en mesure de fixer ses yeux sur une blonde, un peu plus âgée qu'elle et plus grande d'une dizaine de centimètres.

— Dis quelque chose, répéta la fille. Tu te sens bien ?

Apparemment, ça faisait un petit moment qu'elle s'inquiétait.

— Oui, répondit machinalement Bonnie.

« À vrai dire, pas du tout ! » pensa-t-elle.

— Il faut y aller. Ils ont sonné l'heure du dîner, mais tu avais l'air tellement dans les vapes que j'ai attendu le second coup de sifflet avec toi.

« Qu'est-ce que je suis censée répondre ? » *Merci* semblait le moins risqué.

— Merci, murmura Bonnie.

Puis la question lui échappa malgré elle :

— Où est-ce qu'on est, là ?

La fille parut surprise.

— Au dépôt des fugitifs.

C'était donc ça.

— Mais… je ne me suis pas enfuie, protesta Bonnie. Je comptais rentrer tout de suite après avoir acheté ma dragée.

— Je ne suis pas au courant. Moi, en tout cas, c'est ce que j'essayais de faire, mais ils ont fini par m'attraper.

La fille enfonça le poing dans sa paume.

— Je savais bien que je n'aurais pas dû faire confiance à ce maudit porteur. Il m'a conduite directement aux autorités et moi je n'ai rien vu venir.

— Pourquoi ? Les rideaux étaient fermés ?…

Un coup de sifflet strident interrompit Bonnie. La fille la prit par le bras et commença à l'entraîner à l'écart de la clôture.

— C'est le second appel… Il ne faut pas qu'on le rate, sinon après ils nous enferment ici pour la nuit. Je m'appelle Eren. Et toi ?

— Bonnie.

Eren gloussa gentiment :

— Ça me va.

Bonnie se laissa conduire en haut d'un escalier crasseux, puis dans un réfectoire non moins lugubre. Eren, qui semblait avoir décidé de la prendre sous son aile, lui tendit un plateau puis la fit avancer. Bonnie n'eut le droit ni de choisir son plat, ni de refuser les nouilles qui se tortillaient légèrement dans son assiette ; par contre, au dernier moment, elle réussit à chiper un petit pain en rab.

Damon ! Personne ne lui interdisait d'envoyer des messages, alors elle continua. Si elle devait être punie

ça-t-elle. J'ai une nouvelle dans ma chambre. Vous croyez quand même pas qu'elle va dormir à même le sol ?

Une paillasse poussiéreuse passa de main en main jusqu'à la « chambre » d'Eren, à savoir un tas de paillasses déployées en étoile, avec la tête au centre. En échange, Eren fit passer la serviette frétillante que Bonnie lui avait confiée.

— À chacune sa part, dit-elle avec fermeté.

Bonnie aurait été curieuse de savoir si, pour elle, c'était aussi un précepte d'Aliana.

Un coup de sifflet retentit.

— Extinction des feux dans dix minutes ! tempêta une voix grave. Toutes celles qui ne seront pas sur leur paillasse dans dix minutes seront sanctionnées. Demain, c'est la section C qui se lève.

— Ça va, pas la peine de hurler. Tu vas voir qu'on sera sourdes avant même d'avoir été vendues, marmonna Eren.

— Vendues ? répéta bêtement Bonnie.

Bêtement, car elle savait ce qui l'attendait dès l'instant où elle avait compris où elle était.

Eren se tourna pour cracher.

— Ouais, acquiesça-t-elle. Autrement dit, tu as droit à une dernière crise de nerfs, et après terminé. C'est deux par tête, pas plus, mais demain tu regretteras peut-être de ne pas avoir gardé tes larmes pour le jour J.

— Je n'avais pas l'intention de pleurer, se défendit Bonnie avec tout le courage qui lui restait. J'allais te demander de quelle façon ils allaient nous vendre. Est-ce que ça se passe sur l'une de ces horribles places publiques, où on doit se tenir debout sans bouger devant une foule, juste en sous-vêtements ?

— Oui, ce sera le cas pour la majorité d'entre nous, intervint une autre fille d'une voix douce.

Depuis le début, Bonnie l'avait vue pleurer discrètement.

— Mais celles qu'ils estiment être des marchandises d'exception devront attendre. Ils nous feront prendre un bain et enfiler une tenue spéciale, tout ça pour qu'on ait l'air plus présentables devant les clients. Pour qu'ils puissent nous inspecter de plus près.

La fille eut un frisson.

— Souricette, tu fais peur à la nouvelle, la gronda Eren. On l'appelle Souricette parce qu'elle est toujours morte de trouille, expliqua-t-elle à Bonnie.

En silence, la « nouvelle » poussa un cri : *Damon !*

Damon était sur son trente et un dans son nouvel uniforme de capitaine de la garde. Il était élégant, noir sur noir, bordé d'un passepoil plus clair (même lui reconnaissait la nécessité du contraste) et pourvu d'une grande cape.

Mais surtout, Damon était redevenu vampire pour de bon, un vampire aussi puissant et prestigieux qu'il l'avait espéré. Au début, il se contenta de savourer son plaisir, cette satisfaction du travail bien fait. Puis il fit davantage étalage de sa force, poussant Jessalyn, qui se trouvait à l'étage, dans un sommeil plus profond tandis qu'il envoyait des vrilles de pouvoir un peu partout à travers le Royaume, afin de prendre la température dans les différents secteurs.

Jessalyn, justement… elle le mettait face à un

dilemme. Damon avait le sentiment qu'il devrait lui laisser un mot, mais il ne savait pas trop comment s'y prendre.

Qu'est-ce qu'il pourrait bien lui dire ? Qu'il était parti ? Ça, elle le verrait toute seule. Qu'il était navré ? Moui, bon, s'il l'était vraiment, il aurait choisi de rester. Que le devoir l'appelait ailleurs ?

Tiens… et pourquoi pas ? Ça pourrait marcher. Il n'avait qu'à prétexter qu'il devait partir sécuriser sa propriété et que, s'il restait au château, il doutait fort d'arriver à quoi que ce soit. Il lui dirait qu'il serait de retour… bientôt. Mais pas tout de suite. Dans très longtemps, plutôt.

Passant la langue sur une canine, Damon se délecta en sentant sa pointe. Il aurait bien fait une partie de ce fameux jeu vidéo Black Ops *vs*. Vampires. En clair : il avait envie de chasser. Naturellement, ce n'était pas le vin de Magie Noire qui manquait au château, si bien que, lorsqu'il arrêta un domestique pour lui en demander, l'homme lui en rapporta un magnum. Damon en buvait quelques coupes de temps à autre, mais ce qui lui faisait *vraiment* envie, c'était de partir à la chasse. Pas pour chasser un esclave, encore moins un animal, et certainement pas pour flâner dans les rues en attendant de croiser une gente dame avec qui faire plus ample connaissance – ça ne lui semblait pas très fair-play.

C'est à cet instant qu'il se souvint de Bonnie.

En l'espace de trois minutes, il récapitula tout ce qu'il devait faire, y compris la livraison d'une douzaine de roses à la princesse de sa part. Jessalyn lui avait accordé des appointements très généreux, et déjà fait une avance pour le premier mois.

Cinq minutes plus tard, il volait comme une flèche dans la rue. Il lui en fallut quinze autres pour arriver chez la logeuse, celle qu'il avait payée très cher pour veiller à ce que ce qui s'était produit n'arrive justement jamais. Il la saisit par le cou. Au bout d'une minute, la femme lui offrait d'un air sombre la vie de son jeune esclave pas très futé, en guise de compensation. Damon était toujours en tenue de capitaine de la garde. Le sort de ce garçon dépendait de lui : il pouvait le faire tuer, torturer… peu importe. Il pouvait exiger de la logeuse qu'elle le rembourse, même…

— Je me fiche de votre pouilleux ! lâcha-t-il avec hargne. C'est *mon* esclave que je veux récupérer ! Elle vaut…

Là il s'interrompit, tentant de calculer combien de filles ordinaires valait Bonnie. Une centaine ? Un millier ?

— Elle vaut infiniment plus…

Il fut stupéfait d'entendre la femme le couper :

— Dans ce cas, pourquoi l'avoir laissée dans un trou à rats pareil ? rétorqua-t-elle. Ben oui : je sais bien comment sont mes chambres. Si elle était si précieuse, pourquoi vous l'avez installée ici ?

Bonne question. Damon était incapable d'y répondre dans l'immédiat. Disons qu'il avait paniqué de façon un peu insensée – réaction typiquement humaine, selon lui. Il n'avait pensé qu'à lui pendant que Bonnie, son petit pinson si frêle, était enfermée dans cet endroit sordide. Il préféra ne plus y penser ; ça lui donnait des sueurs à la fois brûlantes et glaciales.

Il exigea plutôt que tous les immeubles alentour soient passés au peigne fin. Quelqu'un avait forcément vu quelque chose.

Bonnie avait été réveillée à l'aube et séparée d'Eren et de Souricette. Depuis, elle n'avait qu'une envie : se lâcher, craquer et piquer une crise, tout ça en même temps. Elle tremblait de la tête aux pieds.

Damon ! Aide-moi !

Non loin, une fille avait visiblement du mal à se lever de sa paillasse, et une femme musclée comme un homme s'approcha, armée d'une baguette de frêne blanc, pour lui administrer une correction.

Brusquement, Bonnie eut l'impression d'avoir la tête vide. Elena ou Meredith auraient sans doute essayé d'arrêter cette femme, voire d'enrayer cette énorme machine dans laquelle elles étaient embringuées, mais Bonnie en était incapable. Elle ne pouvait que s'efforcer de ne pas craquer. Une chanson lui trottait dans la tête, même pas une de ses préférées. Elle tournait en boucle, comme un disque rayé, tandis que les esclaves autour d'elle étaient déshumanisées, transformées de force en automates idiots mais bien propres.

Deux autres femmes costaudes, qui avaient sans doute passé leur vie à nettoyer des gamines des rues de leur crasse pour en faire des petites choses toutes roses et impeccables au moins pour une nuit, vinrent frotter vigoureusement Bonnie, sans états d'âme. Devant ses protestations, elles finirent par lui jeter un œil, observant sa peau claire, presque diaphane, maintenant à vif, et s'occupèrent alors de lui laver les cheveux, non sans lui donner l'impression de les lui arracher. Quand ce fut enfin terminé, elles lui donnèrent toutefois une serviette digne de ce nom pour se sécher. Ensuite, dans ce qui apparut comme une gigantesque chaîne de montage aux yeux de Bonnie, des femmes grassouillettes plus gentilles lui ôtèrent sa serviette et entreprirent de l'allonger sur une couche pour la masser avec de l'huile. Au moment où elle commençait à se détendre, on lui demanda de s'essuyer en quatrième vitesse pour enlever l'excédent d'huile. Alors d'autres femmes arrivèrent pour prendre ses mensurations, criant les mesures obtenues l'une après l'autre, et, le temps que Bonnie poursuive son chemin jusqu'au poste habillement, trois robes l'attendaient, pendues à une barre. Une noire, une verte et une grise.

« Je prendrai la verte, ça ira bien avec mes cheveux », décida Bonnie d'un air absent. Mais, après qu'elle eut essayé les trois, une femme emporta la verte et la grise, laissant Bonnie vêtue d'une petite robe noire bustier à jupe boule, ornée d'un bout d'étoffe blanc scintillant au niveau du décolleté.

Vinrent ensuite d'immenses sanitaires, où sa robe fut prudemment couverte d'une blouse blanche en papier qui se déchirait de partout. On la fit asseoir sur un siège près d'un sèche-cheveux sur pied et de quelques fards de base, qu'une femme en chemisier blanc utilisa pour la maquiller à outrance. Puis on ramena le casque du sèche-cheveux au-dessus de sa tête et Bonnie, piquant un mouchoir, en profita pour se débarbouiller un peu, dans les limites de son audace. Elle n'avait envie ni d'être jolie ni d'être vendue. Finalement, elle se retrouva avec des paupières argentées, une touche de rose aux joues et du rouge à lèvres vermeil velouté qu'elle n'arriva pas à estomper.

Après quoi, elle resta simplement assise à peigner ses cheveux avec les doigts jusqu'à ce qu'ils soient secs, ce que l'appareil vétuste annonça d'un *ping!* strident.

L'étape suivante fut un peu comme un jour d'ouverture des soldes dans un grand magasin de chaussures. Les filles les plus fortes ou les plus déterminées réussirent à arracher des modèles des mains des plus faibles et à les essayer une à une en équilibre sur un pied, tout ça pour en fin de compte repartir à la chasse une minute après. Bonnie eut de la chance. Elle repéra très vite une toute petite chaussure noire agrémentée d'un nœud légèrement argenté qui retombait sur le cou-de-pied, et ne la quitta pas des yeux pendant qu'elle passait de main en main jusqu'à ce qu'une fille l'abandonne par terre. Alors elle se jeta dessus pour l'essayer. Dieu sait ce qu'elle aurait fait si ça n'avait pas été sa pointure. Mais, la chaussure lui allant parfaitement, elle se rendit au poste suivant pour obtenir sa jumelle. Tandis qu'elle patientait assise, d'autres testaient des parfums. Elle vit deux filles dissimuler deux flacons pleins dans leur corsage et se demanda alors si elles comptaient les vendre ou essayer de s'empoisonner avec. Il y avait aussi des fleurs. Bonnie avait déjà la tête qui tournait avec les effluves de parfums, quand une femme de grande taille brailla au-dessus d'elle et lui épingla une guirlande de freesias dans les cheveux pour encadrer ses boucles sans lui demander son avis.

La dernière étape fut la plus difficile à supporter. Elle n'avait aucun bijou sur elle et, à la limite, elle aurait bien porté un bracelet avec sa robe. Justement, on lui en donna, pas un mais deux : des bracelets en plastique fins incassables, comportant chacun un numéro. Son matricule à compter de ce jour, lui dit-on.

Des bracelets d'esclave. On l'avait donc lavée, emballée et estampillée dans l'unique but de bien la vendre.

Damon! hurla-t-elle une dernière fois.

Mais quelque chose en elle s'était brisé, et elle savait que dorénavant ses appels à l'aide resteraient sans réponse.

— Elle a été interpellée comme esclave en fuite et confisquée par les autorités, attesta avec impatience le gérant de la confiserie. J'en sais pas plus.

À ces mots, Damon fut confronté à un sentiment un peu nouveau pour lui : une horrible sensation d'angoisse. Il commençait vraiment à croire que, cette fois, il serait juste en termes de timing ; qu'il arriverait trop tard pour secourir son petit pinson. Que, d'ici à ce qu'il la retrouve, les pires scénarios étaient susceptibles de se produire.

Se les imaginer en détail lui était insupportable. Sans parler de ce qu'il ferait s'il ne la retrouvait pas à temps…

Tendant le bras, il saisit le gérant à la gorge et le souleva sans le moindre effort.

— Vous et moi, il faut qu'on discute.

Il braqua ses yeux noirs menaçants sur ceux, exorbités, de sa victime.

— Expliquez-moi comment elle s'est fait embarquer. Inutile de vous débattre. Si vous n'avez fait aucun mal à cette fille, vous n'avez rien à craindre. Sinon…

Il tira l'homme terrifié avec force de l'autre côté du comptoir, avant d'ajouter doucement :

— Sinon, allez-y : débattez-vous comme un diable.

Au final, le résultat sera le même, si vous voyez ce que je veux dire.

On fit monter les filles à bord des plus grands équipages que Bonnie ait jamais vus au sein du Royaume : il y avait de quoi asseoir trois filles minces sur chacune des deux banquettes disposées face à face. Cependant, elle eut un choc désagréable quand, au lieu d'avancer normalement, la cabine tout entière se souleva d'un coup, portée par des esclaves en sueur qui ployaient sous le poids. C'était une chaise à porteurs géante, comme un palanquin ; Bonnie s'empressa d'enlever d'un geste vif la guirlande dans ses cheveux pour y enfouir son visage. Et, accessoirement, y cacher ses larmes.

*

— Est-ce que vous avez la moindre idée du nombre d'institutions, de salles de bal, de spectacles et de théâtres où des filles vont être vendues ce soir ?

La Sentinelle aux cheveux d'or toisa Damon d'un air sardonique.

— Non. Sinon je ne serais pas là à vous poser la question, répliqua-t-il avec un sourire glacial et menaçant.

La Sentinelle haussa les épaules.

— Notre boulot consiste uniquement à veiller sur la tranquillité du Royaume, d'ailleurs vous ne pouvez que constater notre succès. Le problème est que nous ne sommes pas assez nombreux ; ce manque d'effectifs est insensé. Je peux toujours vous donner une liste des lieux de vente aux enchères. Toutefois, comme je vous l'ai dit, je doute que vous soyez en mesure de retrouver votre fugitive d'ici à demain. Et, soit dit en passant, on va vous avoir à l'œil étant donné l'objet de votre requête. S'il s'avère que votre fugitive n'est pas une esclave, elle est la propriété de l'Empereur : aucun humain n'est libre ici. Si elle l'était mais que vous l'avez libérée, comme nous l'a signalé le boulanger d'en face…

— Le marchand de bonbons.

— Peu importe. Alors il était en droit d'utiliser un pistolet hypodermique quand elle a voulu s'enfuir. Croyez-moi, ça vaut mieux pour elle que de devenir la propriété de l'Empereur ; elles ont tendance à finir carbonisées, vous me suivez ? Ce niveau du Royaume se situe très, très bas…

— Mais si c'est bien une esclave, je veux dire *mon* esclave…

— Alors elle sera à vous. Mais avant, il y a des sanctions incontournables. Nous tenons à décourager ce genre de comportements.

Devant le regard inquisiteur de Damon, la femme se déroba et détourna les yeux, perdant brusquement de son autorité.

— Pourquoi ? Je croyais que vous apparteniez à l'autre Cour. Vous savez. La Céleste ?

— Nous essayons d'enrayer les tentatives d'évasion car il y en a eu trop depuis le passage de cette Aliana, expliqua la Sentinelle.

La peur faisait battre son pouls de façon flagrante au niveau de la tempe.

— Les filles qui se font prendre ont d'autant plus de raisons de réessayer… et, au final, ça les épuise.

La Grand Salle était déserte quand, après être sorties de la spacieuse cabine, Bonnie et les autres pénétrèrent dans le château.

— C'est tout nouveau comme endroit, il n'est pas sur les listes, lui glissa subitement Souricette à l'oreille. Peu de personnes seront informées, donc ça ne va pas se remplir tout de suite, pas avant que la fête batte son plein.

Souricette semblait se cramponner à elle en quête de réconfort. Elle faisait bien, seulement Bonnie aussi avait besoin de se raccrocher à quelqu'un. Dès qu'elle aperçut Eren, elle se dirigea vers elle, entraînant Souricette avec elle.

Eren se tenait adossée contre un mur.

— Soit on reste là à faire tapisserie, dit-elle en voyant quelques hommes faire leur entrée, soit on fait semblant de s'amuser comme des folles. Y en a pas une qui aurait une histoire sympa à raconter ?

— Si, moi, répondit distraitement Bonnie.

Elle repensa aux *Cinq Cents Contes pour la jeunesse.*

Les cris impatients ne se firent pas attendre :

— Raconte !

— Oh oui, s'il te plaît !

Bonnie essaya de se remémorer les histoires qu'elle avait vécues.

Mais, surtout, celle du Trésor des Sept Kitsune.

16

— Il était une fois une petite fille et un garçon…

Bonnie fut aussitôt interrompue.

— Comment ils s'appelaient ?

— C'étaient des esclaves ?

— Où est-ce qu'ils vivaient ?

— Des vampires ?

Elle en oublia presque sa détresse et se mit à rire.

— Ils s'appelaient… Jack et… Jill. C'étaient des *kitsune*, et ils vivaient tout au Nord, dans le secteur des *kitsune* autour du Grand Croisement…

Elle poursuivit, non sans de multiples interruptions enthousiastes.

— Et ainsi s'achève la légende des Sept Kitsune… conclut-elle nerveusement.

En rouvrant les yeux, elle s'aperçut que son récit avait attiré pas mal de monde.

— Je crois que la morale de l'histoire, c'est… n'en demandez pas trop, sinon vous finirez sans rien.

Les éclats de rire fusèrent, des gloussements nerveux des filles aux *ah ! ah ! ah !* bruyants de l'attroupement qui s'était formé et se révélait exclusivement masculin, s'aperçut Bonnie.

Une part d'elle-même la poussa instinctivement à afficher un air séducteur ; l'autre la rappela à l'ordre immédiatement. Ces garçons n'étaient pas là pour danser ; c'était des ogres, des vampires, des *kitsune* et même des hommes à moustaches qui ne souhaitaient qu'une chose, l'acheter, elle et sa petite robe noire bouffante, qui aurait pu être jolie en d'autres circonstances mais qui n'avait rien à voir avec les toilettes ornées de pierreries que lady Ulma leur avait confectionnées par le passé. À l'époque, elles étaient comme des princesses, parées de bijoux qui valaient une fortune autour du cou, aux poignets et dans les cheveux, et en plus elles avaient en permanence un farouche protecteur à leurs côtés.

Aujourd'hui, elle ne portait qu'une tenue semblable à une nuisette de pin-up et des petites chaussures fines à nœuds argentés. Elle était sans défense, puisque cette société estimait que seul un homme pouvait avoir autorité sur elle, et pire que tout… elle était esclave.

— Je me demandais…

Un homme aux cheveux dorés s'avança au milieu des filles, qui s'empressèrent de s'écarter sur son passage, excepté Souricette et Eren.

— Je me demandais si vous accepteriez de monter à l'étage avec moi et, pourquoi pas, de me raconter une histoire en privé.

Bonnie s'efforça de ne pas suffoquer. Ce fut son tour de se cramponner à ses deux nouvelles amies.

— Toute requête de ce type doit passer par moi. Personne ne peut emmener une fille sans mon approbation, s'interposa une femme en robe longue au profil bienveillant, presque de madone. Autrement, ce sera considéré comme un vol des biens de ma maîtresse. Et je suis certaine que personne ici ne souhaite être arrêté comme un vulgaire pillard, ajouta-t-elle en riant légèrement.

Un écho de rires tout aussi légers se fit entendre parmi les invités, qui s'avancèrent en jouant des coudes vers la femme dans une sorte de course aux bonnes manières.

— Tu es douée pour raconter les histoires, dit Souricette de sa voix douce. C'est plus sympa de t'écouter que d'utiliser une sphère d'étoiles.

— Là-dessus, je t'approuve, renchérit Eren avec un grand sourire. Tu étais passionnante. Je serais curieuse de savoir si cet endroit existe réellement.

— Eh bien, je ne l'ai pas inventé puisque c'était le contenu d'une sphère, répondit Bonnie. C'est le vécu de cette fille… euh, Jill : ce sont ses souvenirs, je pense. D'ailleurs, je me demande comment ils ont atterri dans la sphère puisqu'elle est censée être morte. Comment a-t-on su ce qui était arrivé à Jack ? J'ai aussi vu un dragon immense qui semblait très réel. Comment ils fabriquent ces histoires à votre avis ?

— Pff, c'est une ruse, marmonna Eren en agitant la main d'un geste dédaigneux. Ils envoient quelqu'un dans un paysage glacial pour planter le décor, probablement un ogre, à cause des intempéries.

Bonnie hocha la tête. Elle avait déjà croisé des ogres à la peau mauve. Ils ne se distinguaient des démons que par leur degré de stupidité. La plupart vivaient en marge de la société du Royaume, et elle se souvenait d'avoir entendu Damon dire avec une moue méprisante que les autres étaient des hommes de main, de vraies brutes.

— Le reste de l'histoire est juste truqué… mais j'ignore comment. Je n'y ai jamais vraiment réfléchi.

Eren leva les yeux vers Bonnie.

— Tu es spéciale, toi, pas vrai, Bonny ?

— Ah bon ?

Sans s'en rendre compte, les trois filles s'étaient un peu déportées, en se tenant toujours les mains. Autrement dit, Bonnie était à présent dos à la salle. Elle n'aimait pas ça. Remarquez, elle n'aimait ni ça ni le reste : ni être esclave ni cette situation. Son pouls commença à s'emballer. Elle avait besoin de Meredith. Et d'Elena. Et de partir d'ici. *Maintenant.*

— Vous feriez mieux de ne plus traîner avec moi, les filles, prévint-elle, mal à l'aise.

— Hein ? s'étonna Eren.

— Pourquoi ?

— Parce que je vais m'enfuir. Il faut que je sorte d'ici. Il le faut.

— Du calme, petite, tempéra Eren. Inspire à fond.

— Non, tu ne comprends pas.

Bonnie baissa la tête pour s'isoler un instant du reste du monde.

— Je ne veux pas appartenir à quelqu'un. Je vais devenir folle.

— Chut, Bonny, ils sont juste…

— Je ne resterai pas ici, pas question !

— Eh bien, c'est bon à savoir, lâcha une voix effroyable dans son dos.

Oh, non ! Pas ça !

— Quand on débute dans un métier, on travaille dur, asséna la femme au visage de madone. On cherche des clients potentiels. On se tient bien, sinon les sanctions tombent.

Sa voix était sucrée comme du miel mais, bizarrement, Bonnie comprit tout de suite que celle, plus brutale, qui leur criait le soir de se trouver une paillasse et de ne plus en bouger appartenait aussi à cette femme.

Une main ferme lui souleva le menton, la forçant à relever les yeux, et lui couvrit la bouche quand elle se mit à crier.

Là, devant elle, avec ses petites oreilles pointues de renard, sa longue queue noire balayant le sol, et son physique par ailleurs humain de garçon ordinaire en jean et pull-over, se tenait Shinichi. Au fond de ses yeux dorés, elle distingua les volutes d'une petite flamme écarlate, parfaitement assortie à la pointe de sa queue et aux mèches rouges qui lui tombaient sur le front.

Shinichi. Il était donc là. Évidemment, puisqu'il pouvait voyager à sa guise entre les dimensions ; il avait encore une sphère d'étoiles pleine, sur laquelle personne n'avait jamais réussi à mettre la main, ainsi que ces clés magiques dont Elena avait parlé. Bonnie se souvint de la fameuse nuit où de simples arbres étaient devenus des monstres capables d'obéir au doigt et à l'œil à ce démon. Elle se rappela aussi la façon dont ses quatre amis lui avaient attrapé chacun un bras et une jambe et avaient tiré de toutes leurs forces, comme s'ils comptaient l'écarteler. Sous ses paupières closes, elle sentit les larmes monter.

La vieille forêt. Shinichi la contrôlait dans ses moindres aspects, de la plante rampante qui vous fait trébucher à l'arbre qui s'abat brusquement sur votre capot de voiture. Avant qu'Elena ait tout détruit excepté ce fourré isolé, ces bois grouillaient de malachs.

Les mains retenues dans le dos, Bonnie entendit quelque chose se fermer avec un petit bruit sec qui avait tout l'air d'être définitif.

Non... je vous en supplie...

Rien à faire. À présent, ses mains étaient solidement attachées. Quelqu'un la souleva – ogre ou vampire, elle ne savait pas – tandis que la ravissante femme tendait à Shinichi une petite clé qu'elle enleva d'un trousseau plein de clés similaires. Shinichi la confia à un ogre imposant, dont les doigts étaient si gros que la clé disparut dans sa main. Puis Bonnie, qui criait toujours, fut emportée à toute allure dans quatre volées d'escaliers au bout desquelles une lourde porte se referma avec fracas derrière eux. L'ogre qui la portait suivit Shinichi, dont la queue lustrée à bout rouge oscillait avec désinvolture, gauche-droite, droite-gauche, à travers un trou dans son jean. Ça, c'est signe de satisfaction, songea Bonnie. Il estime avoir déjà gagné la partie.

Mais, à moins que Damon ne l'ait vraiment totalement oubliée, il en ferait baver à Shinichi pour tout ça. Peut-être bien qu'il le tuerait. Curieusement, cette pensée était réconfortante. Et même, rom…

Mais non, ça n'a rien de romantique, espèce d'andouille ! Débrouille-toi pour te sortir de là ! Ce n'est pas romantique de mourir, c'est *horrible* !

Ils venaient de franchir la porte à double battant qui délimitait un long couloir. Shinichi prit à droite et en remonta un autre, jusqu'au bout. Là, l'ogre utilisa la clé pour ouvrir une porte.

Le plafond de la pièce était équipé d'une lampe au gaz réglable.

— Est-ce qu'on pourrait avoir un peu de lumière,

s'il vous plaît ? demanda Shinichi d'une voix faussement polie.

L'ogre s'empressa d'augmenter l'éclairage au maximum, ambiance interrogatoire et lumière en plein visage.

La pièce était une sorte de grand salon avec mezzanine, un peu comme ce qu'on peut trouver dans les hôtels de catégorie moyenne. Il y avait un sofa et quelques fauteuils en soupente, une fenêtre fermée sur la gauche et une autre sur la droite, derrière laquelle toutes les autres pièces devaient en principe se suivre en enfilade. Cette fenêtre-là n'avait ni rideaux ni stores, et renvoyait à Bonnie l'image de son visage blême. Elle devina tout de suite qu'il s'agissait d'un miroir sans tain. Les gens dans la pièce située derrière pouvaient les voir sans être vus. C'était face à cette pseudo-fenêtre qu'étaient agencés le sofa et les fauteuils.

Tout au bout du salon, au fond à gauche, se trouvait le lit. Rien de très sophistiqué, juste des couvertures blanches qui avaient l'air roses car il y avait de ce côté-là une vraie fenêtre pour ainsi dire alignée avec le soleil, comme toujours posé sur l'horizon. À cet instant, Bonnie le haït plus que jamais. Sous ses rayons, tous les objets de couleur claire de la pièce paraissaient roses, fuchsia ou carrément rouges. Même le nœud de son corsage était devenu rose foncé. Elle allait mourir asphyxiée par cette lumière sanguine.

Au fond d'elle, elle savait que ce type de réflexion était juste un prétexte, que le simple fait de songer qu'elle détesterait mourir entourée d'une couleur aussi vive était une façon d'occulter le reste, et notamment le mot au milieu de la phrase : *mourir*. Mais l'ogre qui la tenait la trimbalait comme un poids plume, et toutes sortes d'idées continuaient de lui traverser l'esprit – des prémonitions, peut-être ? Pitié, faites que non ! Entre autres, une vision d'elle passant à travers cette fenêtre rouge, la vitre volant en éclats sous la force considérable à laquelle son corps était projeté. Mais à quel étage se trouvaient-ils ? Suffisamment haut, en tout cas, pour qu'elle n'ait aucun espoir d'atterrir vivante.

Shinichi sourit, appuyé paresseusement contre la fenêtre en question, jouant avec le cordon des stores.

— Mais qu'est-ce que tu me veux, à la fin ! lâcha Bonnie. Je n'ai jamais pu te faire de mal. Depuis le début, c'est toi qui en fais à tout le monde, à moi y compris !

— Normal, tes amis te protégeaient, murmura Shinichi. Cela dit, j'assouvis rarement ma terrible vengeance sur de ravissantes jeunes femmes aux cheveux flamboyants.

Il se cala davantage contre la fenêtre et l'examina en continuant de parler tout bas :

— Cheveux flamboyants ; cœur pur et vaillant ; peut-être insolent…

Bonnie eut envie de hurler. Il ne se souvenait donc pas d'elle ? Il s'était pourtant clairement souvenu de ses amis puisqu'il avait parlé de vengeance.

— Qu'est-ce que tu me veux ?

— Tu es un obstacle, je le crains. Et je te trouve bien méfiante… quoique charmante. Les rousses sont des femmes si insaisissables !

Bonnie ne trouva rien à répliquer. De ce qu'elle en savait, Shinichi était cinglé. Un cinglé doublé d'un psychopathe extrêmement dangereux. Et ce qu'il aimait par-dessus tout, c'était la destruction.

En un claquement de doigts la fenêtre pourrait se pulvériser… et elle se retrouverait projetée, suspendue dans le vide. Et alors la chute commencerait. Quel effet ça faisait ? Est-ce qu'elle se rendrait compte de quelque chose ou est-ce qu'elle serait précipitée trop vite vers le sol ? Elle espérait juste que l'impact serait efficace.

— Tu sembles avoir beaucoup appris sur mon peuple, reprit Shinichi. Plus que la plupart d'entre nous.

— Je vous en prie, répéta Bonnie avec désespoir. Si c'est à propos de cette histoire… tout ce que je sais sur les *kitsune*, c'est que vous êtes en train de détruire ma ville et…

Elle s'interrompit brusquement, prenant conscience du fait qu'elle devait à tout prix lui cacher ce qu'elle avait appris grâce à son voyage astral. Elle ne devrait jamais parler des jarres devant Shinichi, sinon il saurait qu'elle et ses amis avaient la solution pour l'empêcher de nuire une bonne fois pour toutes.

— Et je sais que vous irez jusqu'au bout, termina-t-elle sans conviction.

— Néanmoins, tu as trouvé une sphère d'étoiles ancienne qui contient des récits sur nos trésors légendaires.

— Quoi ? Tu parles de cette histoire de gamins ? Écoute, fiche-nous la paix et je te la donne.

Elle se rappelait l'endroit exact où elle l'avait laissée à l'auberge, juste à côté de son misérable oreiller.

— Ça, la paix, vous allez l'avoir… mais seulement en temps voulu, rétorqua le démon avec un sourire troublant.

C'était un peu comme quand Damon souriait : il ne fallait pas comprendre « T'inquiète, je ne te ferai aucun mal » mais plutôt « Tiens, voilà mon déjeuner » !

— Je trouve ça… curieux, poursuivit Shinichi, en tripotant toujours le cordon, très curieux, même, qu'au beau milieu de notre petit conflit tu aies le culot de débarquer encore au Royaume des Ombres, seule et apparemment sans crainte, et que tu réussisses à marchander une sphère d'étoiles. Et, comme par hasard, celle qui contient justement tous les détails sur l'emplacement de nos plus précieux trésors. Trésors qui, pour ta gouverne, nous ont été volés il y a très, très longtemps.

« Tu ne t'intéresses qu'à toi, pesta Bonnie en silence. D'un coup, tu joues les patriotes, mais, à Fell's Church, tu nous as clairement fait comprendre que tout ce qui comptait pour toi, c'était de faire du mal aux gens. »

— En ce qui concerne votre petite ville, comme pour bien d'autres au cours de l'histoire, j'ai agi selon les ordres qui m'ont été donnés.

Le cœur de Bonnie fit un bond vertigineux. Il lisait dans ses pensées. Il avait tout entendu pour les jarres !

Le renard maléfique eut un sourire narquois.

— Les villages comme celui d'Unmei no Shima doivent être rayés de la carte, ajouta-t-il. As-tu vu le nombre de lignes d'énergie qui passent dessous ?

Nouveau sourire narquois.

— Sans doute que non, puisque tu n'étais pas *réellement* là-bas.

— Si tu es médium, tu sais que cette histoire de trésors n'était qu'une fiction, répliqua Bonnie. C'était dans une sphère intitulée *Cinq Cents Contes pour la jeunesse*. C'est du bidon !

— Quelle étrange coïncidence dans ce cas, puisque c'est précisément ce que les Portes des Sept Kitsune sont censées abriter.

— C'était intercalé entre plusieurs épisodes d'un feuilleton sur la famille Pou… Pü-Eht-Bh'el. C'est vrai, juste avant, ça parlait d'une gamine qui achetait un bonbon, insista Bonnie. Tu n'as qu'à aller chercher la sphère et vérifier par toi-même au lieu d'essayer de me terroriser !

Sa voix commençait à trembler.

— Elle est à l'auberge juste en face de la boutique où… où je me suis fait arrêter. Vas-y, va la chercher !

— Comme si ce n'était pas déjà fait ! s'impatienta Shinichi. La logeuse s'est montrée assez coopérative après qu'on lui a offert quelques… compensations. Mais aucune trace de cette histoire.

— C'est impossible ! s'écria Bonnie. Où veux-tu qu'elle soit, sinon ?

— C'est bien ce que je te demande.

L'estomac noué, Bonnie ne se démonta pas pour autant :

— Combien de sphères as-tu visionnées dans cette chambre miteuse ?

Le regard de Shinichi se voila brièvement. Elle essaya d'écouter, mais manifestement il communiquait par télépathie avec une personne à proximité, sur une fréquence serrée.

— Vingt-huit, très exactement, répondit-il enfin.

Bonnie eut l'impression d'avoir pris un coup de massue sur la tête. *Non*, elle n'était pas en train de devenir folle. Elle avait vécu elle-même cette histoire. Elle en connaissait tous les détails, des failles dans la roche aux pas laissés dans la neige. Seule explication possible : la vraie sphère avait été volée ou bien… il était passé à côté.

— L'histoire est dedans. Juste avant, ça parle de la petite Marit qui va chez le…

— On a vérifié la table des matières. Il y a bien une histoire concernant une enfant et…

Il eut une moue méprisante.

— Et une confiserie. Mais c'est tout.

Bonnie remua la tête.

— Je vous jure que je dis la vérité.

— Pourquoi devrais-je te croire ?

— Qu'est-ce que ça change ? Comment est-ce que je pourrais inventer un truc pareil ? Et pourquoi je mentirais alors que je sais pertinemment que ça ne ferait qu'aggraver les choses ? Ça n'a aucun sens !

Shinichi la fixa durement. Puis il haussa les épaules, les oreilles rabattues sur son crâne.

— Quel dommage que tu t'obstines.

Bonnie sentit son cœur tambouriner et sa gorge se serrer comme jamais.

— Pourquoi ?

— Parce que, rétorqua froidement Shinichi.

Il remonta les stores d'un coup sec, de sorte qu'elle fut brusquement inondée de lumière rouge sang.

— J'ai peur que nous ne soyons maintenant obligés de te tuer.

L'ogre qui la tenait s'avança d'un bon pas vers la fenêtre. Bonnie se mit à hurler. Pourtant elle savait que, dans ce genre d'endroit, personne ne réagirait.

Mais elle ne savait pas quoi faire d'autre.

17

Meredith et Matt étaient assis à la table du petit déjeuner, qui semblait bien vide sans Bonnie. C'était étonnant de constater la place que ce corps si menu semblait avoir prise et à quel point tout le monde était beaucoup plus sérieux sans elle. Pour Meredith, seule Elena aurait su alléger cette atmosphère pesante. Mais son amie avait en tête un souci qui la préoccupait plus que tout : Stefan, qui s'en voulait terriblement d'avoir laissé son frère enlever Bonnie. Meredith et Matt culpabilisaient eux aussi, notamment car aujourd'hui ils allaient devoir s'absenter, même si ce n'était que pour la soirée : ils avaient tous les deux été rappelés à la maison par leurs parents, qui exigeaient leur présence au dîner.

Mme Flowers cherchait à les rassurer :

— Grâce à votre aide, je vais pouvoir fabriquer nos urnes. Et maintenant que Matt a retrouvé mon tour de potier…

— Je ne l'ai pas vraiment trouvé, marmonna ce dernier. Il était dans la remise depuis le début et il m'est littéralement tombé dessus.

— … et que Meredith a reçu les photos, continua la vieille dame sans relever, photos certainement accompagnées d'un message de M. Saltzman, d'ailleurs… Au fait, ne devrions-nous pas les faire agrandir ?

— Si. Et les montrer aux Saitou pour vérifier que la signification des symboles est bien celle qu'on cherche, acquiesça Meredith. Bonnie n'aura qu'à…

Elle s'arrêta net. Imbécile ! pensa-t-elle. Dire que, en tant que chasseuse de vampires, elle était censée être lucide et maîtresse d'elle-même en toute circonstance. Jetant un œil à Matt, elle s'en voulut terriblement en voyant la peine non dissimulée dans son regard.

— Notre petite Bonnie sera bientôt de retour, termina Mme Flowers pour elle.

« Rien n'est moins sûr, pas besoin d'être médium pour le sentir », se dit Meredith. Elle remarqua que la vieille dame n'était pas intervenue en donnant l'avis de ma*man*.

— On va s'en sortir, lâcha Elena, prenant finalement la relève.

Mme Flowers lui avait lancé un regard de détresse tout en dignité qui ne lui avait pas échappé.

Elena sourit à Matt et à Meredith.

— Écoutez, je sais que vous êtes inquiets pour Stefan et moi, mais vous devrez aussi vous occuper de vos familles. Ne vous en faites pas pour nous. Maintenant, allez-y et, surtout, soyez prudents.

Ils partirent, non sans que Meredith jette un dernier coup d'œil à son amie. Elena hocha doucement la tête puis elle se tourna avec raideur, imitant un soldat portant une baïonnette et prenant la relève de la garde.

Elena permit à Stefan de l'aider à faire la vaisselle ; les autres le laissaient faire plein de petites choses à présent, car il semblait vraiment en meilleure forme. Ils passèrent la matinée à essayer de contacter Bonnie de différentes façons. Mais, ensuite, Mme Flowers demanda à Elena si elle pouvait s'occuper de condamner les dernières fenêtres du sous-sol et Stefan n'y tint plus. Déjà, Matt et Meredith s'étaient chargés d'un travail très dangereux. Ils avaient accroché deux bâches au faîtage de la maison, chacune pendant de part et d'autre du toit principal. Sur chaque bâche, ils avaient reproduit à très grande échelle et à la peinture noire les caractères que la mère d'Isobel écrivait sur les amulettes en forme de Post-it qu'elle continuait de leur fournir. Stefan avait juste eu le droit de les regarder faire et d'émettre des suggestions depuis le belvédère qui surplombait sa mansarde. Mais cette fois...

— Je vais t'aider à fixer les planches, décida-t-il d'un ton sans appel.

Il partit de ce pas chercher un marteau et des clous.

La tâche n'était pas très difficile. Elena tenait les planches pendant qu'il maniait le marteau, et elle était certaine que ses doigts ne craignaient rien avec lui, donc le travail fut très vite achevé.

C'était une journée idéale, claire, ensoleillée, bercée par une brise légère. Elena se demandait ce que faisait Bonnie à cet instant, et si Damon s'occupait correctement d'elle... ou pas du tout. Ces derniers jours, elle semblait incapable de se libérer de ses soucis : au sujet de Stefan, de Bonnie, et de ce sentiment étrange qu'elle devait coûte que coûte savoir où en était la situation en ville. Elle pourrait peut-être se déguiser...

Surtout pas ! objecta Stefan en silence. Tournant la tête, elle le vit recracher des clous qu'il tenait entre ses lèvres, l'air à la fois horrifié et honteux. Visiblement, elle avait projeté ses pensées.

— Je suis désolé, dit-il, mais tu sais mieux que personne que tu ne peux pas aller là-bas.

— Mais ça me rend folle de ne pas savoir ce qui se passe ! protesta Elena après s'être débarrassée des clous qu'elle-même serrait entre ses lèvres. On ne sait rien de rien. Ni ce que devient Bonnie, ni dans quel état est la ville…

— Aide-moi à terminer, et après je m'occupe de toi.

Quand la dernière planche fut fixée, Stefan la souleva du petit remblai sur lequel elle était assise, en la portant non pas comme une jeune mariée mais comme une enfant, en la faisant monter sur ses pieds. Il la fit danser, tourbillonner un peu dans les airs, puis redescendit en la serrant dans ses bras.

— Je sais de quoi tu souffres, dit-il avec sérieux.

Alarmée, Elena leva brusquement les yeux vers lui.

— C'est vrai ?

Il hocha la tête, ajoutant à son inquiétude.

— D'affectionnite. C'est quand un patient tient à tout un tas de personnes et ne peut être heureux que si chacune sans exception est en sécurité et elle-même heureuse.

Sans le quitter des yeux, elle se laissa glisser de ses pieds et recula un peu.

— Certaines plus que d'autres, ajouta-t-elle d'un ton hésitant.

Stefan la reprit dans ses bras.

— Je n'ai pas ta bonté.

Le cœur d'Elena tambourinait, gonflé de honte et de remords d'avoir un jour touché Damon, dansé avec lui, et même de l'avoir embrassé.

— Depuis que tu m'as libéré, tout ce qui m'importe c'est ton bonheur. Si tu es heureuse, je peux vivre et mourir… en paix.

— Si *on* est heureux, corrigea Elena.

— Mieux vaut ne pas tenter le sort. Je me contenterai de ton bonheur.

— Sûrement pas ! Tu ne comprends donc pas ? Si tu disparaissais encore, je serais folle d'inquiétude et je te chercherais partout. Jusqu'en Enfer s'il le fallait.

— Je t'emmènerai partout avec moi dorénavant, s'empressa de la rassurer Stefan. Mais seulement si tu en fais autant.

Elena se décrispa un peu. Elle s'en contenterait, pour l'instant. Tant qu'il était avec elle, elle pouvait tout endurer.

Ils s'assirent, blottis l'un contre l'autre sous le ciel dégagé, à proximité d'un érable et d'un massif de hêtres gracieux agités par le vent. Elle déploya légèrement son aura et la sentit entrer en contact avec celle de Stefan. Submergée par la quiétude, elle en oublia toutes ses idées noires. Presque toutes.

— Je t'ai aimé dès que je t'ai vu, chuchota-t-elle au creux de son cou, mais pas de la bonne façon. Tu te rends compte du temps qu'il m'a fallu pour comprendre ça ?

— Pareil : je t'ai aimée dès le premier jour, mais… j'ignorais qui tu étais vraiment, un peu comme un fantôme dans un rêve. Mais tu m'as assez vite éclairé sur la question, avoua Stefan, manifestement content de pouvoir la flatter. Et on a… tout surmonté. Pourtant on sait que les relations à distance ce n'est pas toujours facile, ajouta-t-il amusé, avant de s'interrompre.

D'un coup, elle le sentit canaliser toute son attention sur elle, ses cinq sens à l'affût, retenant son souffle pour mieux l'écouter.

— Mais il y a Bonnie et Damon, reprit-il avant qu'elle n'ait le temps de dire ou de penser quoi que ce soit. Il faut qu'on les retrouve au plus vite, et mon frère aura intérêt à ce qu'elle soit avec lui, à moins qu'elle n'ait décidé d'elle-même de partir.

— Oui, il y a Bonnie et Damon, répéta Elena, ravie de pouvoir partager ses pensées même les plus sombres avec quelqu'un. Je fais tout pour m'en empêcher, mais je n'arrête pas d'y penser. Je croise les doigts pour qu'ils se soient réfugiés chez lady Ulma. Si ça se trouve, Bonnie est en route pour un bal ou une fête à cet instant. Et peut-être que Damon est en train de se défouler en jouant à Black Ops.

— L'important, c'est que personne ne soit blessé.

Elena se démena pour se blottir davantage dans ses bras. Bizarrement, elle avait besoin… d'être encore plus près de lui. Comme ce jour où, débarrassée de son enveloppe charnelle, elle avait littéralement fusionné avec lui.

Bien sûr, vu leurs états actuels, leurs corps les en empêchaient…

Mais non ! Rien ne les en empêchait. Le sang d'Elena…

Elle ne sut pas trop qui d'elle ou de lui eut l'idée en premier. Elle détourna le regard, gênée de l'avoir ne serait-ce qu'envisagée… et, du coin de l'œil, elle vit Stefan regarder lui aussi ailleurs.

— Je trouve qu'on n'a pas le droit, chuchota-t-elle, d'être aussi heureux alors que les autres vont si mal ou essaient de faire quelque chose pour la ville ou pour Bonnie.

— Non, on n'a pas le droit, acquiesça Stefan, catégorique, mais la gorge un peu nouée quand même.

— Non, renchérit Elena.

— Non…

Brusquement, Stefan la souleva et l'embrassa avec fougue.

Naturellement, Elena n'allait pas le laisser faire sans réagir. Alors elle exigea, le souffle encore court mais presque avec colère, qu'il lui redise « non » et, quand il s'exécuta, c'est elle qui le serra de toutes ses forces et l'embrassa.

— Tu étais heureux, l'accusa-t-elle un moment plus tard. Ne dis pas le contraire, je l'ai senti.

Stefan était bien trop gentleman pour lui faire le même reproche ou la contredire.

— Je n'ai pas pu m'en empêcher. C'était spontané. J'ai senti que nos esprits étaient liés, et ça m'a rendu heureux. Mais ensuite, j'ai repensé à la pauvre Bonnie et…

— Au pauvre Damon ?

— Eh bien, je n'irais pas jusqu'à dire le « pauvre » mais, oui, j'ai pensé à lui.

— Je te félicite.

— On ferait bien de rentrer, maintenant, ajouta Stefan. Au sous-sol, je veux dire. Peut-être qu'on trouvera une autre idée pour leur venir en aide.

— Comme quoi ? Je n'ai plus une seule idée. J'ai tout essayé : la méditation, la prise de contact par projection astrale…

— De neuf heures trente à dix heures trente du

matin, souligna Stefan. Et, de mon côté, j'ai essayé de les contacter par la télépathie sur toutes les fréquences. Ça n'a rien donné.

— Ensuite on a essayé la planche de Ouija.

— Pendant une demi-heure… Résultat : que du charabia.

— Sauf pour la confirmation comme quoi l'argile allait être livrée.

— Ça, je crois que c'est moi qui ai déplacé sans le faire exprès la goutte vers le « oui ».

— Ensuite j'ai essayé de puiser du pouvoir dans les lignes d'énergie sous nos pieds…

— De onze heures à environ onze heures trente, récita Stefan. Pendant que moi j'essayais d'entrer en hibernation pour faire un rêve prémonitoire…

— On a vraiment *tout* essayé, conclut Elena d'un air sombre.

— Et ensuite on a cloué les dernières planches, ajouta Stefan. Ce qui nous a occupés jusqu'à un peu plus tard que midi trente.

— Est-ce que tu as le moindre plan en tête – on doit en être à G ou H à ce stade – qui pourrait nous permettre de leur venir en aide d'une quelconque façon ?

— Non. Honnêtement, je ne sais plus quoi faire, admit Stefan.

Puis, d'un ton hésitant, il ajouta :

— Mme Flowers a peut-être encore du bricolage pour nous ?

Et du bout des lèvres, d'un ton encore plus incertain, il ajouta :

— Ou bien on pourrait aller faire un tour en ville.

— Pas question ! Tu n'es pas encore complètement

d'aplomb, objecta vivement Elena. Et puis, il n'y a plus rien à faire dans la maison.

Soudain, elle envoya tout valser. Ses responsabilités autant que son bon sens. Comme ça, sans réfléchir. Elle se mit à tirer Stefan de force vers la maison pour qu'ils y arrivent plus vite.

— Elena, mais qu'est-ce qui te… ?

Je ne peux plus revenir en arrière ! s'obstina-t-elle. Tant pis, s'il n'était pas d'accord, c'est elle qui le mordrait. Elle avait l'impression d'être envoûtée, au point de risquer de mourir sans le contact de sa peau. Elle avait besoin de le toucher. Besoin qu'il la touche. Qu'ils ne fassent qu'un.

— Elena !

Stefan percevait toutes ses pensées. Il était tiraillé, bien sûr, devina Elena. Il l'était toujours. Mais comment osait-il hésiter pour *ça* ?

Elle fit volte-face vers lui, le regard incendiaire.

— Tu n'en as pas envie, en fait !

— C'est plutôt que je ne veux pas le faire et me rendre compte après que c'est moi qui t'y ai poussée !

— Tu veux dire que tu m'as influencée depuis le début ?

Stefan leva les mains d'un geste défensif et cria à son tour :

— Comment pourrais-je le savoir alors que je te désire tant ?

Ah. Voilà qui était mieux. Du coin de l'œil, Elena perçut un petit scintillement et, en tournant la tête, elle comprit que Mme Flowers venait de refermer discrètement une fenêtre.

Elle lança un regard nerveux à Stefan. Il essayait de

ne pas rougir. S'efforçant de ne pas rire, elle remonta sur ses pieds.

— À défaut d'en avoir le droit… peut-être qu'on mérite une toute petite heure rien qu'à nous ? suggéra-t-elle avec gravité.

— Une heure entière ? chuchota Stefan.

À entendre son ton de conspirateur, on aurait dit qu'une heure était une éternité pour lui.

— Je t'assure qu'on le mérite, insista Elena, toujours fiévreuse.

Elle se remit à le tirer vers la maison.

— Attends.

Stefan la retint puis la prit dans ses bras, cette fois façon jeune mariée, et brusquement ils s'élevèrent dans le ciel à une vitesse fulgurante. Trois étages plus haut, ils atterrirent sur la terrasse du belvédère, au-dessus de sa mansarde.

— C'est fermé de l'intérieur…

Stefan frappa du pied sur la trappe, qui s'ouvrit aussitôt.

Elena fut impressionnée.

Ils se laissèrent dériver jusque dans la chambre, au milieu d'un trait de lumière et de grains de poussière qui ressemblaient à des lucioles ou à des étoiles.

— Je suis un peu nerveuse, avoua Elena.

D'un coup de talon, elle ôta ses sandales et fit glisser son jean et son pull à ses pieds, avant de se glisser dans le lit… où Stefan l'attendait déjà.

« Ils sont plus rapides, pensa-t-elle. Quoi que tu fasses, les vampires ont toujours un temps d'avance. »

Allongée dans le lit, en caraco et sous-vêtements, elle se tourna vers Stefan, soudain terrifiée.

— Tu n'as aucune raison, dit-il. Je ne suis même pas obligé de te mordre.

— Si. Tu sais bien. Mon sang et tous ces effets bizarres qu'il provoque.

— C'est vrai… acquiesça-t-il, comme s'il avait oublié.

Pourtant, Elena aurait mis sa main à couper qu'il se souvenait parfaitement du goût de son sang… Ce sang qui permettait aux vampires d'accomplir des actes autrement impossibles pour eux. L'énergie vitale d'Elena leur rendait temporairement toutes leurs facultés d'humains, et ça il ne risquait pas de l'oublier.

« Ils sont plus malins, aussi », pensa-t-elle.

— Ce n'est pas censé se passer comme ça, Stefan ! Je devrais être en train de défiler devant toi dans un déshabillé doré conçu par lady Ulma, avec les bijoux de Lucen et des talons aiguilles assortis… mais je n'ai rien de tout ça. Et il devrait y avoir des pétales de fleurs éparpillés sur le lit, un peu partout, des boutons de rose dans des petits vases en cristal et des bougies à la vanille blanches.

— Elena, viens par ici, dit doucement Stefan.

Elle se blottit et se laissa envelopper par l'odeur fraîche et épicée de sa peau, sur laquelle persistait une légère odeur de vanille.

Tu es toute ma vie, lui souffla-t-il. *On ne fera rien aujourd'hui. Le temps nous est compté, et tu mérites ton déshabillé doré, tes roses et tes bougies. Et si ce n'est pas grâce à lady Ulma, grâce au décorateur le plus raffiné et le plus coûteux qui existe sur Terre. En attendant… puis-je avoir un baiser ?*

Elena l'embrassa volontiers, si heureuse qu'il soit

d'accord pour patienter. Leur étreinte était douce, réconfortante, et peu importait le léger goût métallique sur ses lèvres. C'était merveilleux d'être avec quelqu'un qui lui apportait exactement ce dont elle avait besoin, que ce soit parce qu'il sondait toutes ses pensées pour anticiper et la rassurer ou juste…

Soudain, il y eut une vive étincelle entre eux. Un éclair de chaleur qui émana de leurs deux corps en même temps et qui poussa Elena, malgré elle, à refermer impulsivement ses dents sur la lèvre de Stefan. Un filet de sang en jaillit.

Stefan l'étreignit plus fort et attendit à peine qu'elle recule avant de serrer à son tour sa lèvre inférieure entre ses dents… Et, alors que la tension était à son comble et semblait s'éterniser, il la mordit avec force.

Elena faillit pousser un hurlement. Invoquer sur-le-champ les Ailes de la Destruction, qu'elle ne maîtrisait pourtant toujours pas. Mais deux choses l'en dissuadèrent. La première : Stefan ne lui avait jamais fait de mal, pas une seule fois. Et la seconde : elle était assaillie par une sensation si ancestrale et magique qu'elle fut incapable d'y résister.

Après quelques ajustements de Stefan, leurs blessures respectives se retrouvèrent alignées. Le sang coulait en abondance de la lèvre d'Elena, et son étroite connexion avec l'entaille plus superficielle de Stefan engendra un contre-courant. Le sang d'Elena se mit à affluer dans la lèvre de Stefan. Et inversement : le sang de ce dernier, gorgé de pouvoir, s'engouffra dans la bouche d'Elena.

Une goutte écarlate enfla et resta un instant accrochée, luisante, à la lèvre d'Elena. Puis la perle de sang glissa dans la bouche de Stefan, et elle sentit la force colossale et intacte de son amour pour elle.

Perdue au milieu de cette tempête qu'ils avaient déclenchée, elle se concentra sur cette sensation unique qu'elle éprouvait. Cet échange de sang particulier, elle en était persuadée, était le procédé originel, la façon dont deux vampires pouvaient unir et leur sang et leur amour et leurs âmes. Elle était happée au cœur de Stefan. Elle sentait son âme, pure et libre, tourbillonner autour d'elle, portée par un millier d'émotions, des larmes du passé aux joies du présent, en toute transparence, sans une trace de méfiance envers elle.

Elle sentit ensuite sa propre âme s'élever à la rencontre de celle de Stefan, elle aussi sans rempart ni crainte. Longtemps auparavant, il avait décelé en elle égoïsme, vanité et ambition… et avait tout pardonné. Dorénavant il la connaissait sous ses multiples facettes et l'aimait tout entière, y compris ses parts d'ombre.

Alors elle le vit, aussi mélancolique, tendre, apaisant et doux qu'un office du soir, déployer un halo protecteur autour d'elle…

Stefan…

Je sais, mon amour…

C'est alors que quelqu'un frappa à la porte.

18

Après le petit déjeuner, Matt chercha sur Internet deux magasins, en dehors de Fell's Church, disposant de la quantité d'argile dont Mme Flowers aurait besoin selon ses estimations et proposant un service livraison. Mais vinrent ensuite l'heure de partir et le trajet en voiture tant redouté *via* les derniers vestiges de la vieille forêt. Il roula jusqu'au petit fourré où Shinichi venait souvent, tel le joueur de flûte de Hamelin version satanique, suivi des enfants possédés qui traînaient les pieds derrière lui, ce talus dans lequel le shérif Mossberg les avait filés et dont il n'était jamais ressorti. Où, par la suite, protégés par des talismans sous forme de Post-it, Tyrone Alpert et lui avaient déterré un fémur complètement rongé.

Il s'était dit que le meilleur moyen de franchir le fourré était d'acheminer son tas de ferraille crachotant par étapes, tranquillement, mais en fin de compte le véhicule affichait plus de quatre-vingt-dix au compteur quand il passa en trombe devant le fourré, réussissant même à amorcer parfaitement le virage suivant. Aucun arbre ne vint lui barrer la route, aucun essaim de bestioles difformes non plus.

Poussant un soupir de soulagement, il poursuivit sa route en direction de chez lui. Il appréhendait les retrouvailles familiales, mais, avant, la simple traversée de Fell's Church fut un tel calvaire qu'il en eut la gorge nouée tout du long. On aurait dit que la ville, cette jolie bourgade paisible où il avait grandi, était un de ces quartiers qu'on voyait à la télé ou sur Internet dévastés par les bombes ou quelque chose de ce genre. En tout cas, par le fait d'explosions ou d'incendies, une maison sur quatre n'était plus qu'un amas de décombres. Quelques-unes tenaient encore à moitié debout, clôturées par des cordons de Rubalise, signe que ce qui s'était passé s'était produit suffisamment tôt pour que la police s'en préoccupe, voire s'en occupe. Autour des débris calcinés, la végétation prospérait de façon étrange : le buisson d'une maison avait poussé au point de déborder sur la pelouse du voisin. Des plantes grimpantes pendillaient d'arbre en arbre, comme dans une jungle préhistorique.

Le domicile des Honeycutt se trouvait au beau milieu d'un grand pâté de maisons peuplé de gosses, qui étaient d'autant plus nombreux en été lors de l'incontournable séjour chez les grands-parents. Matt ne pouvait qu'espérer que cette étape du programme estival soit déjà passée. Sinon… Shinichi et Misao laisseraient-ils les enfants rentrer chez eux ? Il n'en avait aucune idée. Et, le cas échéant, les pousseraient-ils à propager l'épidémie dans leurs villes d'origine ? Y avait-il une fin à tout ça ?

Néanmoins, en remontant la rue de son enfance, Matt ne vit rien d'atroce. Il y avait bien des gamins qui jouaient sur les pelouses de devant ou sur les trottoirs, accroupis au-dessus d'un tas de billes ou perchés dans les arbres. Mais pas la moindre preuve de quoi que ce soit qu'il pourrait qualifier de bizarre.

Ça n'enleva rien à son malaise. Il était maintenant arrivé devant sa maison, celle au vieux chêne majestueux qui donnait de l'ombre au porche, donc le moment était venu d'affronter la situation. La voiture avança en roue libre jusque sous l'arbre et Matt se gara le long du trottoir. Il attrapa un gros balluchon en toile sur la banquette arrière ; cela faisait deux semaines qu'il accumulait le linge sale à la pension, et il ne lui avait pas semblé très correct de demander à Mme Flowers de le laver.

Au moment où il sortit du véhicule, tirant le sac derrière lui, il entendit le chant des oiseaux s'arrêter.

L'espace d'un instant, il se demanda ce qui se passait. Il avait conscience que quelque chose manquait, était en suspens. Ça rendait l'air plus lourd. Même l'odeur de l'herbe semblait différente.

C'est là qu'il comprit. Tous les oiseaux, dont les corbeaux tapageurs qui nichaient dans les chênes, s'étaient brusquement tus.

Tous en même temps.

Matt sentit son estomac se nouer en jetant un œil au-dessus, puis autour de lui. Deux enfants étaient perchés dans le chêne juste à côté de sa voiture. Sa raison essayait obstinément de se raccrocher à ces mots : *Ce sont des enfants. Ils jouent. Tout va bien.* Son instinct, lui, était moins dupe. La main déjà plongée dans sa poche, il en sortit un bloc de Post-it : ces minces bouts de papier qui, d'habitude, neutralisaient la magie noire.

Pourvu que Meredith pense à en redemander à la mère d'Isobel. Son stock était presque épuisé et…

… et il y avait toujours ces deux gosses qui jouaient dans le vieux chêne. Enfin, pas exactement. Ils ne jouaient pas, ils le fixaient. Un des garçons était suspendu la tête en bas par les genoux, l'autre se goinfrait du contenu... d'un sac-poubelle.

Celui qui faisait le cochon pendu observait Matt d'un regard étrangement pénétrant.

— Vous vous êtes déjà demandé quel effet ça faisait d'être mort ? lâcha-t-il subitement.

À ces mots, son glouton de copain releva la tête, les joues barbouillées de traînées rouge vif.

Rouge vif... À l'instar du sang frais. Et... quel qu'ait été le contenu du sac-poubelle, il remuait. Il donnait des coups, s'agitait faiblement, essayait en vain de sortir.

Matt fut pris d'un brusque haut-le-cœur tandis qu'un goût acide lui remontait dans la gorge. Il allait vomir. Le glouton le fixait durement de ses deux prunelles, noires comme un puits sans fond. L'autre souriait.

Puis, comme si un souffle d'air chaud venait de lui chatouiller le dos, Matt sentit le fin duvet de sa nuque se hérisser. Les oiseaux n'étaient pas les seuls à s'être tus. Il n'y avait plus un bruit. Plus le moindre écho d'une chamaillerie, d'une chanson ou d'une discussion d'enfants.

Matt fit volte-face et comprit pourquoi. Ils avaient tous les yeux rivés sur lui. Tous les gosses de la rue, sans exception, le regardaient silencieusement. Alors, avec une précision effrayante, au moment où il se retournait vers les garçons dans l'arbre, tous les autres s'élancèrent dans sa direction.

Mais pas en marchant, non.

En rampant. Tels des lézards. Voilà pourquoi certains d'entre eux avaient l'air de jouer aux billes sur le trottoir. Ils se déplaçaient tous de la même manière, le ventre au ras du sol, les coudes à l'équerre, les mains ressemblant à des pattes antérieures, les genoux tournés en dehors.

Matt avait maintenant un vrai goût de bile dans la bouche. Il tourna la tête pour jeter un œil à l'autre bout de la rue et aperçut un autre groupe qui approchait, ventre à terre, un sourire forcé aux lèvres. À croire que quelqu'un derrière eux leur tirait les joues, si fort que leur rictus leur fendait presque le visage.

Matt remarqua autre chose. Ils s'étaient subitement figés quand il avait tourné la tête. Tant qu'il les regardait, ils ne bougeaient pas. Ils le fixaient, parfaitement immobiles. Mais, dès qu'il leur tourna le dos, il perçut du coin de l'œil leurs silhouettes se remettre à ramper.

Il n'avait pas assez de Post-it pour tous les repousser.

Tu n'y échapperas pas. On aurait dit une voix étrangère dans sa tête. Un message télépathique. Peut-être était-ce parce qu'un épais nuage rouge embrumait désormais totalement son esprit.

Heureusement, son instinct était intact. Il grimpa sur le coffre de sa voiture et attrapa le garçon suspendu à la branche du chêne. Sur le coup, il eut une envie irrésistible et désespérée de le laisser filer. Mais le gosse continua de le fixer d'un air troublant et sinistre, les yeux à moitié révulsés en arrière. Alors il lui flanqua un Post-it sur le front tout en le faisant basculer et atterrir assis sur la voiture.

D'abord pas un mot, ensuite des gémissements. Le gamin devait avoir au moins quatorze ans, mais, environ trente secondes après s'être fait placarder un slogan anti-Satan (format poche) sur le crâne, il pleurait à chaudes larmes, comme un môme.

D'une seule voix, ses copains à quatre pattes émirent un sifflement pareil à celui d'une gigantesque locomotive à vapeur : *Sssssssssssssssss.*

Ils inspiraient et expiraient très vite, comme s'ils se préparaient à une nouvelle métamorphose. Leurs mouvements reptiliens ralentirent. Ils respiraient si fort qu'on pouvait voir leurs côtes se creuser et enfler tour à tour.

Au moment où Matt tourna la tête vers un petit groupe, tous se figèrent, sans cesser de respirer de façon anormale, mais il sentit les autres dans son dos se rapprocher.

Son cœur se mit à cogner dans ses oreilles. Il était capable de se battre seul contre plusieurs, mais pas avec une autre menace dans le dos. Certains semblaient avoir à peine dix ou onze ans. D'autres, quasiment son âge. Et il n'y avait pas que des garçons, nom de Dieu ! Matt se remémora les actes barbares que les filles possédées avaient commis la dernière fois qu'il les avait croisées et éprouva un violent dégoût.

Cependant, il savait que lever les yeux vers le glouton lui donnerait encore plus la nausée. Il entendait des bruits secs de mastication, ainsi que le petit sifflement aigu d'une douleur impuissante et d'une résistance dérisoire à travers le sac.

Il pivota une nouvelle fois pour tenir l'autre clan de reptiles à distance, puis se força à lever la tête. Avec un léger craquement, le sac-poubelle se détacha quand Matt tira dessus, mais le gosse se cramponna à son contenu…

Merde, mais c'est horrible, c'est pas possible ! Un bébé ! Il est en train de dévorer *un bébé* !

Il arracha d'un coup sec le garçon à sa branche et lui flanqua instinctivement un Post-it sur le dos. Et alors, Dieu merci, il aperçut la fourrure. Ce n'était pas un bébé. C'était trop petit pour en être un, même un nouveau-né. En revanche, la petite créature avait bel et bien été dévorée.

Le garçon leva son visage ensanglanté vers Matt, qui le reconnut subitement. Cole Reece. Le jeune Cole âgé d'à peine treize ans, qui habitait à deux pas de chez lui. Dire qu'il le reconnaissait seulement maintenant.

Sous le choc, Cole avait la bouche grande ouverte, les yeux exorbités d'épouvante et de chagrin, les joues ruisselant de larmes et de morve.

— Il m'a fait manger Toby…

Son murmure devint très vite un hurlement :

— Il m'a fait manger mon cochon d'Inde ! Il m'a… mais *pourquoi ? Pourquoi il a fait ça ?* J'ai mangé Toby !

Il vomit aussi sec sur les chaussures de Matt. Un vomi rouge sang.

Vite. Abréger les souffrances de cette pauvre bête, pensa Matt. Mais c'était la chose la plus difficile qu'il ait jamais essayé de faire. Comment s'y prendre ? Avec un bon coup de semelle sur le crâne ? Non, il en était incapable. Il fallait d'abord qu'il essaie autrement.

Matt détacha un Post-it et le déposa, en tentant de ne pas regarder, sur la carcasse de l'animal. En un claquement de doigts, ce fut terminé. Le cochon d'Inde devint tout mou. La formule magique avait neutralisé ce qui l'avait jusqu'ici maintenu en vie.

Matt avait du sang et du vomi plein les mains, mais il s'efforça de ne pas y penser et regarda à nouveau Cole. Les yeux plissés, le jeune garçon sanglotait d'une voix étranglée.

Matt eut alors un déclic.

— À qui le tour ? hurla-t-il en brandissant le bloc de Post-it comme si c'était le revolver qu'il avait laissé à Mme Flowers.

Il se retourna à toute vitesse, en criant toujours :

— Alors, ça vous botte ? Qui en veut ? Josh, t'es partant ?

Il reconnaissait les visages à présent.

— Et toi, Madison ? Bryn ? Allez-y, venez ! Vous voulez la bagarre ? Je vous attends ! *ALLEZ...*

Quelque chose frôla son épaule. Il fit volte-face, prêt à dégainer un Post-it, mais s'arrêta net. Une vague de soulagement monta en lui comme les bulles d'une bouteille d'eau pétillante qu'on viendrait de décapsuler. Il était nez à nez avec le Dr Alpert, le médecin de campagne de Fell's Church. Elle avait garé son SUV à côté de la voiture de Matt, au beau milieu de la rue. À quelques mètres dans son dos, Tyrone, le futur quarterback du lycée Robert E. Lee, assurait ses arrières. Sa sœur, qui allait entrer en deuxième année à l'université, essayait de sortir du SUV, mais elle se figea dès que Tyrone tourna la tête vers elle.

— Jayneela ! hurla-t-il d'une voix rugissante, digne de son surnom de Tyr-minator. Remonte immédiatement et boucle ta ceinture ! Tu sais ce que maman a dit ! Dépêche-toi !

Matt se surprit à agripper les mains chocolat du Dr Alpert. Il savait que c'était une femme *bien*, qui prenait soin des autres et qui avait adopté les jeunes enfants de sa fille quand leur mère divorcée était décédée d'un cancer. Peut-être qu'elle saurait l'aider, lui aussi. Il se mit à bafouiller :

— Il faut à tout prix que je sorte ma mère de là ! Elle vit seule. Il faut que je l'emmène loin d'ici.

Il avait conscience de suer à grosses gouttes ; il espérait juste que ce ne soit pas des larmes.

— Écoute, répondit la doctoresse de sa voix rauque, j'emmène ma famille cet après-midi en Virginie-Occidentale. On va y rester quelque temps chez des parents. Ta mère est la bienvenue.

C'était presque trop facile. Cette fois, Matt n'eut plus de doute : c'étaient bien des larmes qu'il avait dans les yeux. Refusant de se retenir, il les laissa couler.

— Je ne sais pas quoi dire... mais si vous pouviez... Vous êtes une adulte, vous comprenez. Moi, elle ne m'écoutera pas. Vous, si. Tout le quartier est contaminé. Le petit Cole...

Il fut incapable de terminer. Mais le Dr Alpert comprit au premier coup d'œil : le cadavre du petit animal à leurs pieds, le garçon avec du sang sur les dents et dans la bouche, qui continuait de vomir partout.

Elle ne réagit pas. Elle demanda simplement à Jayneela de lui lancer un paquet de serviettes rafraîchissantes depuis le SUV, puis, tenant le garçon nauséeux d'une main, elle lui frotta vigoureusement le visage de l'autre.

— Maintenant rentre chez toi, dit-elle d'un ton sévère.

Elle releva la tête vers Matt, une lueur effroyable dans les yeux.

— Il faut laisser les contaminés partir. Si cruel que cela puisse paraître, ils ne font que transmettre le virus aux rares enfants encore sains.

Matt commença à lui parler de l'efficacité de ses Post-it, mais elle ne l'écoutait déjà plus.

— Tyrone ! Viens par ici, et enterrez cette pauvre bête. Ensuite, Matt, prépare-toi à mettre les affaires de ta mère dans le van. Jayneela, tu obéis à ton frère. Je m'en vais parler à Mme Honeycutt de ce pas.

Elle ne haussa pas beaucoup la voix. C'était inutile avec elle. Tyrone suivit ses instructions à la lettre et donna un coup de main à Matt tout en surveillant les derniers gosses à quatre pattes que le coup de sang de Matt n'avait pas fait fuir.

« Il pige vite, constata Matt. Plus que moi. En fait, c'est comme un jeu. Tant qu'on les regarde, ils ne bougent pas. »

Ils firent le guet et se passèrent la pelle à tour de rôle. La terre à cet endroit était dure comme du béton, blindée de mauvaises herbes. Toutefois, ils réussirent sans trop savoir comment à creuser un trou, et ce travail les aida à tenir le coup psychologiquement. Ils enterrèrent Toby, puis Matt se mit à tourner en rond sur la pelouse, tel un monstre traînant les pieds, pour tenter d'enlever le vomi sur ses chaussures.

Tout à coup, le bruit d'une porte s'ouvrant avec fracas se fit entendre à proximité, et alors il bondit, courant vers sa mère qui essayait tant bien que mal de soulever une énorme valise, beaucoup trop lourde pour elle.

Matt la lui prit des mains et sentit sa mère l'étreindre de toutes ses forces, bien qu'elle ait dû se hisser sur la pointe des pieds pour le tenir dans ses bras.

— Je ne vais pas partir et te laisser tout seul ici, Matt...

— Il est un de ceux qui mettront un terme à ce chaos, déclara le Dr Alpert sans tenir compte de ses inquiétudes. Il va remettre la ville sur pied. Mais, en attendant, nous devons nous en aller pour ne pas le freiner. Matt, pour ton information, j'ai entendu dire que les McCullough s'en allaient aussi. M. et Mme Sulez n'ont pas l'air décidés pour le moment, ni la famille Gilbert-Maxwell.

Elle prononça les deux derniers mots avec une insistance très nette.

Les Gilbert-Maxwell, c'était la famille d'Elena : sa tante Judith, le mari de celle-ci, Robert Maxwell, et sa petite sœur Margaret. Il n'y avait pas de véritable raison de parler d'eux. Mais Matt savait pourquoi le Dr Alpert l'avait fait. Elle se *souvenait*. Elle se souvenait d'avoir vu Elena quand toute cette histoire avait commencé. En dépit de l'acte de purification de la vieille forêt qu'Elena avait accompli alors que le Dr Alpert se trouvait au beau milieu, cette dernière n'avait pas oublié.

— Je préviendrai… Meredith, acquiesça Matt.

Puis, en la regardant bien dans les yeux, il hocha légèrement la tête, l'air de dire : « Je préviendrai Elena aussi. »

— Il y a autre chose à prendre ? demanda Tyrone.

Il était encombré d'une cage à oiseaux, à l'intérieur de laquelle un petit canari affolé battait l'air de ses ailes, ainsi que d'une valise plus petite que la première.

— Non, c'est tout, répondit Mme Honeycutt. Mais comment vous remercier ?

— On verra plus tard, pour les remerciements. En attendant, tout le monde à bord, rétorqua le Dr Alpert. On y va.

Matt étreignit sa mère une dernière fois, puis la poussa doucement vers le SUV, qui avait déjà englouti la cage à oiseaux et la petite valise.

— Au revoir ! cria chacun d'eux.

Tyrone passa la tête par la fenêtre.

— N'hésite pas à m'appeler si je peux vous aider !

Sur ce, la voiture s'éloigna.

Matt avait du mal à croire que c'était fini ; tout s'était passé si vite. Il se précipita par la porte grande ouverte à l'intérieur de sa maison et attrapa sa deuxième paire de baskets, juste au cas où Mme Flowers n'aurait pas de solution pour éliminer l'odeur de celles qu'il avait aux pieds.

Quand il ressortit en trombe dehors, il n'en crut pas ses yeux. En lieu et place du SUV blanc du Dr Alpert, une autre voiture, blanche elle aussi, s'était garée juste à côté de la sienne. Il parcourut rapidement le quartier des yeux. Pas d'enfants. Plus un seul.

Et les oiseaux avaient repris leur chant.

Deux hommes étaient assis dans le véhicule. L'un Blanc, l'autre Noir, et tous les deux en âge d'être des pères inquiets. Quoi qu'il en soit, ils avaient garé leur voiture de façon à lui barrer la route, c'était évident. Matt était forcé d'aller les voir pour leur parler. Il s'élança, et aussitôt les deux hommes sortirent de la voiture en le regardant comme s'il était aussi dangereux qu'un *kitsune*.

Dès cet instant, Matt sut qu'il avait commis une erreur.

— Matthew Jeffrey Honeycutt ?

Bien obligé d'acquiescer.

— Répondez par oui ou non, je vous prie.

— Oui.

Maintenant qu'il était plus près, il voyait mieux l'intérieur du véhicule blanc. C'était une voiture de police banalisée, de celles qui ont un gyrophare dissimulé, prêt à être plaqué sur le toit si les agents tiennent à sortir de l'ombre.

— Matthew Jeffrey Honeycutt, vous êtes en état d'arrestation pour coups et blessures sur la personne de Caroline Beulah Forbes. Vous avez le droit de garder le silence. Si vous y renoncez, tout ce que vous direz pourra être retenu contre vous devant un tribunal…

— Mais enfin, vous n'avez pas vu tous ces gosses ? protesta Matt en criant. Vous en avez forcément croisé un ou deux ! Ça ne vous rappelle rien ?

— Penchez-vous et posez les mains sur le capot.

— Toute la ville va être détruite ! Et vous ne faites rien pour empêcher ça !

— Avez-vous compris vos droits ?

— Et *vous*, vous comprenez ce qui se passe à Fell's Church ?

Cette fois, il y eut un bref silence. Puis, sur un ton parfaitement égal, l'un des deux répliqua :

— Nous, on vient de Ridgemont.

19

Comprenant que chaque seconde était précieuse même si elles semblaient s'étirer à l'infini, Bonnie décida que ce qui devait arriver arriverait quoi qu'elle fasse. Sans compter qu'il y avait une question de fierté dans tout ça. Ça en ferait sûrement rire certains d'entendre ça, pourtant c'était vrai. Malgré les nouveaux pouvoirs d'Elena, c'était Bonnie la plus habituée à affronter la cruauté des ténèbres. Pour une raison ou pour une autre, elle avait toujours survécu jusqu'ici. Mais, très bientôt, il en serait autrement. Et choisir de quelle façon elle partirait, c'était tout ce qui lui restait.

Elle s'entendit pousser une sérénade de cris, qui s'interrompirent progressivement. Voilà, elle ne pouvait rien faire de plus. Rien à part arrêter de crier. Sa décision était prise. Elle partirait la tête haute, rebelle… et silencieuse.

Dès l'instant où elle cessa de crier, Shinichi fit signe à l'ogre qui la tenait au bord de la fenêtre de s'arrêter.

Bonnie l'aurait parié. Ce *kitsune* était un petit tyran. Les tyrans aimaient entendre la douleur ou la détresse de leurs victimes. L'ogre la souleva pour que son visage soit à la hauteur de celui de Shinichi.

— Alors ? Excitée par ce petit voyage sans retour ?

— Comme une puce, railla Bonnie, impassible.

« Hé, mais c'est que je ne me débrouille pas si mal ! » s'encouragea-t-elle. Intérieurement, elle tremblait deux fois plus pour compenser son visage de marbre.

Shinichi ouvrit la fenêtre.

— Pas de regret, vraiment ?

Alors ça, cette fenêtre ouverte, ça changeait beaucoup de choses. Elle n'allait pas se fracasser violemment contre la vitre. Pas avant qu'*elle* ne fonce tête la première et parte en vol plané dans le vide. Elle n'allait rien sentir avant l'impact avec le sol, et ça, personne ne saurait quel effet ça faisait, pas même elle.

« Allez, vas-y, fais-le, qu'on en finisse », se dit-elle. La petite brise tiède qui filtra de la fenêtre lui fit dire que cet endroit – ce marché d'esclaves – où les clients étaient autorisés à passer la marchandise en revue jusqu'à ce qu'ils trouvent leur bonheur était bien trop climatisé.

« Au moins j'aurai chaud, même si ce n'est que pour une seconde à peine. »

En entendant une porte claquer non loin, elle sursauta si fort que l'ogre faillit la lâcher et, quand ce fut leur porte qui s'ouvrit violemment, elle sauta carrément au plafond.

Je le savais ! Ce fut une déferlante d'émotions dans sa tête. *Je suis sauvée !* Il a suffi d'un peu d'audace et maintenant…

Sauf que ce n'était pas son sauveur mais la sœur de Shinichi : Misao, qui avait l'air gravement malade ; livide, elle se cramponnait à la porte pour tenir debout. La seule chose chez elle qui n'était pas voilée de gris, c'étaient ses cheveux noirs brillants aux pointes écarlates, exactement comme son frère.

— Attends ! lança-t-elle à Shinichi. Tu ne lui as même pas demandé pour la…

— Parce que tu crois qu'une petite cruche comme elle sait quelque chose ? Enfin, comme tu voudras.

Il fit asseoir Misao sur le sofa, lui frottant les épaules d'un geste réconfortant.

— Je vais lui poser la question.

C'était donc elle qui se tenait derrière la glace sans tain, devina Bonnie. Elle avait l'air vraiment mal en point. Presque à l'agonie.

— Qu'est devenue la sphère d'étoiles de ma sœur ? demanda Shinichi d'un ton autoritaire.

Bonnie comprit à cet instant à quel point cette histoire formait un tout, avec un début et une fin, et, sachant cela, elle pouvait mourir en toute dignité.

— C'est ma faute, expliqua-t-elle en souriant faiblement à mesure que les souvenirs remontaient. Du moins en partie. Sage l'a ouverte une première fois pour activer le portail et revenir sur Terre. Et ensuite…

Elle leur raconta les faits comme si elle les entendait pour la première fois, précisant que c'était elle qui avait donné les indices nécessaires à Damon pour trouver la cachette de la sphère, et que c'était lui qui l'avait ensuite subtilisée pour accéder au niveau supérieur du Royaume des Ombres.

— C'est un cercle sans fin, ajouta-t-elle en conclusion. Vos actes se retournent contre *vous*.

Alors, bien malgré elle, elle se mit à rire sottement.

En deux enjambées, Shinichi traversa la pièce et se mit à la gifler. Combien de fois, elle l'ignorait. La première suffit à lui couper le souffle et à stopper ses gloussements. Elle en eut les joues si enflées qu'elle avait l'impression de faire la pire crise d'oreillons de sa vie ; son nez, lui, était en sang.

Elle essayait sans cesse de se l'essuyer sur l'épaule, mais en vain, ça continuait de saigner.

— Beurk, finit par lâcher Misao. Détachez-lui les mains et donnez-lui une serviette ou quelque chose.

Les ogres s'exécutèrent sur-le-champ, comme si c'était Shinichi qui l'avait ordonné.

Ce dernier était maintenant assis près de sa sœur et lui parlait d'une voix douce, comme s'il s'adressait à un bébé ou à un animal de compagnie. Mais le regard de Misao, au fond duquel dansait toujours cette minuscule flamme, était lucide et adulte tandis qu'elle fixait Bonnie.

— Où est ma sphère d'étoiles, à présent ? interrogea-t-elle avec une véhémence redoutable.

Bonnie, qui s'essuyait le nez, goûtant au bonheur suprême de ne plus avoir les mains menottées, se demanda pourquoi elle ne tentait même pas d'inventer un mensonge. Par exemple : laissez-moi partir et je vous y conduirai. Puis elle se souvint de Shinichi et de sa foutue télépathie de *kitsune*.

— Comment voulez-vous que je le sache ? fit-elle remarquer en toute logique. Je voulais juste retenir Damon quand on est tombés dans le cratère. Elle ne nous a pas suivis. Pour ce que j'en sais, elle a sûrement roulé dans la pelouse et tout le liquide a dû se répandre.

Shinichi se leva pour la frapper à nouveau, mais elle ne faisait que dire la vérité. Misao répliqua avant lui :

— On sait pertinemment que c'est faux puisque…

Elle dut s'interrompre pour reprendre son souffle.

— … puisque je suis encore en vie.

Elle tourna son visage creux et livide vers son frère.

— Tu as raison. Elle ne nous sert plus à rien à présent. En plus, elle en sait trop. Balance-la par la fenêtre.

Un des ogres s'empara de Bonnie. Shinichi le contourna et apparut face à elle.

— Regarde ce que tu as fait à ma sœur !

Pas le temps de tergiverser. Plus qu'une seconde pour décider si oui ou non elle était vraiment courageuse. Passer à l'acte, d'accord, mais que pouvait-elle dire juste avant, pour partir la tête haute ? Elle ouvrit la bouche, sans trop savoir si c'était un cri ou une phrase qui allait en sortir :

— Et encore, c'est rien comparé à l'état dans lequel elle sera quand mes amis en auront fini avec elle !

Au regard de Misao, elle sut qu'elle avait mis dans le mille.

— Balancez-la ! hurla Shinichi, blême de rage.

Alors l'ogre la fit basculer dans le vide.

Assise aux côtés de ses parents, Meredith essayait de comprendre ce qui n'allait pas. Elle avait accompli sa petite mission en un temps record : agrandissements des inscriptions sur les jarres ; rendez-vous pris par téléphone avec la famille Saitou, qui serait chez elle à midi. Ensuite, elle avait examiné et numéroté les gros plans de chaque caractère sur les photos qu'Alaric avait envoyées.

Les Saitou s'étaient montrées... nerveuses. Pour Meredith, ce n'était pas étonnant vu que leur fille et petite-fille Isobel avait été, bien malgré elle, une des premières possédées à propager le malach meurtrier des *kitsune*. Une des pires victimes était son petit ami attitré, Jim Bryce, qui avait été contaminé par Caroline avant de transmettre le malach à Isobel sans le savoir. Sous l'emprise de Shinichi, il avait présenté tous les terribles symptômes du syndrome de Lesch-Nyhan, s'automutilant les lèvres et les doigts, tandis que la pauvre Isobel avait utilisé des aiguilles usagées, parfois de la taille d'une aiguille à tricoter, pour se percer plus d'une trentaine de zones sur le corps, en plus de se fourcher la langue avec des ciseaux.

Cette dernière était maintenant sortie de l'hôpital et en voie de guérison. Néanmoins, Meredith demeurait perplexe. Elle avait soumis les agrandissements des inscriptions des jarres à l'approbation des aînées Saitou, autrement dit à Obaasan (la grand-mère d'Isobel) et à Mme Saitou (la mère d'Isobel), qui avaient débattu un bon moment en japonais sur chaque caractère. Elle était à peine remontée au volant de sa voiture qu'Isobel était sortie en courant de la maison avec un paquet de Post-it dans la main.

— C'est de la part de maman… en cas de besoin, avait-elle dit essoufflée, de sa nouvelle voix douce et inarticulée.

Meredith avait accepté les amulettes avec gratitude, murmurant d'un air gêné qu'elle leur revaudrait ça.

— Pas la peine… avait haleté Isobel. Par contre, est-ce que je peux jeter un œil aux agrandissements ?

Pourquoi cette respiration saccadée ? Quand bien même elle aurait dévalé les escaliers depuis sa chambre pour la rattraper, ça ne justifiait pas un tel essoufflement. Mais ensuite, Meredith s'était souvenue : d'après Bonnie, Isobel avait un cœur « capricieux ».

— Tu sais, Obaasan est presque complètement

aveugle aujourd'hui, avait confié Isobel, embarrassée. Quant à maman, ça fait longtemps qu'elle a quitté les bancs de l'école… alors que moi je prends des cours de japonais en ce moment.

Meredith fut touchée. Manifestement, Isobel avait estimé qu'il était mal élevé de contredire un adulte en public. Mais ensuite, assise dans la voiture, elle avait étudié chaque agrandissement, transcrivant au dos un caractère similaire quoique résolument différent. Ça lui avait pris vingt minutes. Meredith était restée admirative devant les symboles complexes que seuls quelques traits différenciaient.

— Comment est-ce que tu fais pour tous les mémoriser ? Vous vous écrivez comme ça au quotidien ? Comment vous faites ? avait-elle lâché d'une traite.

— On utilise des dictionnaires.

Pour la première fois, Isobel avait ri doucement.

— Non mais sérieusement… Mettons que tu veuilles écrire correctement une lettre, surtout ne pas utiliser le Thesaurus ou le vérificateur d'orthographe…

— Je m'en sers tous les jours pour écrire tout et n'importe quoi ! avait plaisanté Meredith.

Ça avait été un moment sympa, d'échange de sourires et de quiétude. Oubliés, les soucis. Le cœur d'Isobel avait eu l'air de se porter à merveille.

Puis cette dernière était repartie en hâte, et son départ avait laissé Meredith face à un petit rond humide sur le siège passager. Une larme. Mais pourquoi Isobel pleurerait-elle ?

Parce que tout ça lui rappelait les malachs ou bien Jim ?

Parce qu'il lui faudrait plusieurs opérations de

chirurgie esthétique pour que sa chair soit intégralement reconstituée ?

Toutes les hypothèses qui lui venaient à l'esprit ne tenaient pas debout. Sans compter qu'elle devait se dépêcher d'aller chez elle, même si de toute façon elle aurait du retard.

C'est seulement à ce moment-là qu'un détail lui avait sauté aux yeux. Les Saitou savaient qu'elle était amie avec Matt et Bonnie. Pourtant, personne n'avait demandé de leurs nouvelles.

Bizarre.

Et encore, elle était loin d'imaginer ce qui l'attendait dans sa propre famille…

20

D'habitude, Meredith trouvait ses parents drôles, loufoques mais adorables. Ils prenaient, à tort, beaucoup de choses au sérieux, du genre « Ma chérie, assure-toi de bien connaître Alaric avant de… de… ». Meredith n'avait aucun doute sur son futur fiancé, qui faisait aussi partie de ces gens un peu fous, attachants et galants, qui tournaient autour du pot sans jamais en venir à l'essentiel.

Aujourd'hui, elle était surprise de voir qu'aucun cortège de voitures n'encadrait la vieille demeure familiale. Les voisins étaient peut-être contraints de rester chez eux pour en découdre avec leur progéniture. Elle verrouilla son Acura, consciente du précieux contenu que lui avait fourni Isobel, et sonna à la porte d'entrée. Ses parents étaient partisans des chaînes de sécurité.

Janet, la gouvernante, parut contente de la voir mais tendue. « À tous les coups… devina Meredith, ils ont découvert que leur fille unique si obéissante a mis le grenier à sac. Ils veulent peut-être récupérer le bâton de combat. J'aurais mieux fait de le laisser à la pension. »

Mais elle ne prit conscience de la gravité de la situation qu'une fois dans le salon, en découvrant le grand fauteuil La-Z-Boy collection prestige, autrement appelé le trône de son père, *vide*. Contrairement à son habitude, ce dernier était assis sur le canapé, tenant son épouse en larmes dans ses bras.

Meredith avait pris le bâton avec elle et, quand sa mère l'aperçut, elle se mit à pleurer de plus belle.

— Écoutez, commença Meredith, pas la peine d'en faire tout un drame. J'ai ma petite idée sur ce qui s'est passé à l'époque. Libre à vous de me raconter la vraie version de notre agression à grand-mère et moi. Mais, si j'ai été… en quelque sorte contaminée…

Elle s'interrompit, interloquée. Son père tendait la main vers elle, comme si l'état quelque peu pestilentiel des habits qu'elle portait ne le gênait pas. Elle s'approcha lentement, mal à l'aise, et le laissa l'étreindre sans se soucier visiblement de son costume Armani. Devant sa mère était posé un verre largement entamé qui semblait contenir du Coca, mais, de l'avis de Meredith, *pas seulement*.

— À l'époque, nous espérions que cet endroit serait paisible, déclama M. Sulez.

Dans sa bouche, la moindre phrase prenait des airs de discours solennel. À force, on s'y habituait.

— Jamais nous n'aurions pensé que…

Il s'arrêta. Meredith en fut déconcertée. Son père ne s'interrompait jamais en pleine allocution. Il n'était pas du genre à marquer une pause. Et certainement pas du genre à pleurer.

— Papa ! Papa, mais qu'est-ce qui se passe ? Des gosses se sont pointés ici ? Complètement fous ? Ils s'en sont pris à quelqu'un ?

— Il faut que nous te racontions tout depuis le début, avoua lentement son père.

Le désespoir dans sa voix laissait entendre que son discours n'aurait plus rien de solennel.

— Depuis le jour où vous avez été… attaquées.

— Par ce vampire. Ou grand-père. Ou qui sais-je encore ?

Long silence. Puis sa mère vida son verre d'une traite et appela la gouvernante :

— Janet, un autre, s'il vous plaît.

— Allons, Gabriella… la gronda gentiment son mari.

— 'Nando… c'est au-dessus de mes forces. Imaginer que *mi hija inocente*…

— Écoutez, je vais vous faciliter la tâche : je sais déjà que… eh bien, d'abord, que j'avais un frère jumeau.

Ses parents prirent un air horrifié. Ils s'agrippèrent l'un à l'autre, le souffle coupé.

— Qui te l'a dit ? demanda son père. Qui pouvait le savoir à la pension ?

Pause. Chacun recouvra son calme.

— Personne, papa, personne. Je l'ai découvert toute seule… En fait, grand-père m'a parlé.

C'était en partie vrai. Il lui avait bien parlé. Mais pas de son frère.

— Enfin, bref, c'est comme ça que j'ai trouvé le bâton. Mais le vampire qui s'en est pris à nous est mort. C'était lui le tueur en série, celui qui a tué Vickie et Sue. Il s'appelait Klaus.

— Et tu penses qu'il n'y avait qu'un seul *vampire* ? intervint brusquement sa mère.

Elle prononça le mot à l'espagnole, ce que Meredith trouvait toujours plus effrayant. *Vamm-piro.*

L'Univers sembla commencer à tourner lentement autour d'elle.

— Ce n'est qu'une supposition, ajouta son père. On ne peut pas affirmer avec certitude qu'il y en avait d'autres, hormis celui qui était très puissant.

— Mais comment se fait-il que vous soyez au courant pour Klaus ?

— On l'a vu. C'était lui le plus puissant. Il a tué les gardes de l'entrée du premier coup. Ensuite nous avons déménagé. Nous espérions que tu n'aurais jamais à savoir pour ton frère.

Le père de Meredith se frotta les yeux.

— Ton grand-père nous a parlé, juste après l'attaque. Mais le lendemain… plus rien. Il était devenu muet.

Sa mère enfouit sa tête dans ses mains. Elle ne la releva que pour rappeler Janet :

— Un autre, *por favor* !

— Tout de suite, madame.

Meredith chercha dans les yeux bleus de la gouvernante une explication à tous ces mystères, mais n'y trouva que de la compassion. Janet s'éloigna avec le verre vide, sa tresse blonde à la française s'agitant dans son dos.

Elle se retourna vers ses parents, aux yeux et aux cheveux si foncés, à la peau si mate. De nouveau blottis l'un contre l'autre, ils la fixaient.

— Maman, papa, je sais que c'est très difficile à entendre, mais je vais pourchasser le même genre d'individus que ceux qui s'en sont pris à grand-père, à grand-mère et à mon frère. C'est dangereux, mais je dois le faire.

Elle prit brusquement une position de taekwondo.

— Ce n'est pas pour rien que vous m'avez fait suivre un entraînement.

— Tu oserais agir contre l'avis de ta famille ? s'écria sa mère.

Meredith s'assit. Elle avait fait le tour des souvenirs que Stefan et elle avaient déterrés.

— Si je comprends bien… Klaus ne l'a pas tué. Il a enlevé mon frère.

— Cristian, précisa sa mère d'une voix plaintive. Ce n'était qu'un *bebecito*. Trois ans, il avait ! C'est là qu'on vous a trouvés tous les deux… et tout ce sang… mon Dieu…

M. Sulez se leva, non pas pour discourir, mais pour agripper d'une main l'épaule de sa fille.

— Nous pensions qu'il serait plus facile de ne rien te dire… que tu ne garderais aucun souvenir de cette scène. Et c'est le cas, n'est-ce pas ?

Les larmes montaient aux yeux de Meredith. Elle se tourna vers sa mère pour essayer de lui dire en silence qu'elle était perdue.

— Quoi ? Klaus était en train de boire mon sang ? hasarda-t-elle.

— Non ! cria son père.

Derrière eux, Mme Sulez se mit à marmonner des prières.

— Alors, c'est qu'il buvait celui de Cristian.

Meredith était maintenant à genoux par terre, cherchant en vain le regard de sa mère.

— Non ! s'écria à nouveau son père.

Sa voix s'étrangla.

— *¡La sangre !* souffla sa mère en se couvrant les yeux. Tout ce sang !…

— *Mi querida*...

En pleurs, son père retourna auprès d'elle.

— Papa !

Meredith le suivit et lui secoua le bras.

— Tu dis non à tout ! Je ne comprends rien ! *Qui* buvait du sang ?

— Mais *toi* ! C'était toi ! hurla sa mère. Celui de ton propre frère ! *Dio mio,* quelle horreur !

— Gabriella !

Mme Sulez fondit en larmes.

Et sa fille fut prise de vertiges.

— Je ne suis pas un vampire ! Je les chasse et je les tue, c'est ça que je fais !

— Klaus a dit, murmura son père d'une voix rauque : « Veillez à lui en donner une cuillerée par semaine. Si vous voulez qu'elle reste en vie, s'entend. Vous n'avez qu'à essayer le boudin noir. » Il était hilare.

Meredith n'eut pas besoin de demander s'ils avaient suivi son conseil. À la maison, ils mangeaient du boudin noir une fois par semaine. Elle y était habituée depuis toute petite. Pour elle, ça n'avait rien de particulier.

— Mais pourquoi ? chuchota-t-elle d'une voix entrecoupée. Pourquoi est-ce qu'il ne m'a pas tuée ?

— Je n'en sais rien ! rétorqua son père. Pas plus aujourd'hui qu'à l'époque ! Cet homme avait du sang partout sur lui – le tien, celui de ton frère, on n'en savait rien ! Et, à la dernière minute, il vous a attrapés tous les deux mais tu lui as mordu la main jusqu'au sang. Ça le faisait rire, mais rire... ! De voir tes dents plantées dans sa peau et tes petites mains qui le repoussaient ! Et il a dit : « Bon, elle, en fin de compte, je vous la laisse, mais vous avez du souci à vous faire pour son avenir. En revanche, le petit, je l'emmène. » Et là, j'ai eu l'impression d'avoir été brusquement désenvoûté, parce que j'ai essayé de te prendre dans mes bras, et j'étais prêt à me battre contre lui pour vous défendre toi et ton frère. Mais je n'ai rien pu faire ! Dès l'instant où je t'ai attrapée, je n'ai pas pu faire un geste de plus. Impossible de bouger d'un pouce. Et il a quitté la maison, toujours hilare, en emportant ton frère Cristian.

Meredith prit le temps de réfléchir. Pas étonnant qu'ils n'aient jamais voulu organiser de fête d'anniversaire à cette date. Sa grand-mère était morte, son grand-père à moitié fou, son frère disparu et elle… quoi ? Elle comprenait mieux pourquoi ils lui fêtaient toujours son anniversaire avec une semaine d'avance.

Elle s'efforça de garder son calme. Le monde s'écroulait autour d'elle, mais tant pis. Il le fallait. Rester calme, c'est ce qui l'avait maintenue en vie depuis toujours. Sans même réfléchir, elle se mit à respirer très lentement, inspirant par le nez, expirant par la bouche. De longues, longues inspirations salutaires. L'apaisement affluant dans son corps tout entier. Seule une petite part d'elle-même entendait encore sa mère :

— Nous sommes rentrés tôt ce soir-là car j'avais la migraine…

— Chut, *querida*… voulut l'interrompre son père.

— Nous sommes rentrés plus tôt que prévu, s'entêta sa mère. *¡O Virgen Bendecida!* Qu'aurions-nous trouvé si nous étions revenus plus tard ? Nous t'aurions perdue, toi aussi ! Mon bébé ! Mon bébé avec du sang sur les lèvres…

— Mais nous sommes rentrés à temps pour la sauver, ajouta le père de Meredith d'une voix voilée, comme s'il essayait de tirer sa femme de sa torpeur.

— *Si, gracias, Princesa Divina, Virgen pura y impoluta*...

Mme Sulez était inconsolable.

— Papa ! dit Meredith d'un ton pressant.

Elle souffrait de voir sa mère dans cet état, mais il fallait à tout prix qu'elle en sache davantage.

— Est-ce que par hasard tu l'as revu ? Ou est-ce que tu as entendu parler de lui ? Mon frère, Cristian ?

— Ça oui, répondit M. Sulez. On a vu quelque chose.

Sa femme poussa un cri.

— *'Nando*, non, je t'en prie !

— Il faudra bien qu'elle apprenne la vérité un jour ou l'autre, rétorqua-t-il.

Il alla fouiller parmi des chemises cartonnées sur son bureau.

— Tiens, regarde ça ! lança-t-il à sa fille.

Meredith écarquilla les yeux, totalement incrédule.

Au Royaume des Ombres, Bonnie ferma les yeux. Il y avait beaucoup de vent au dernier étage du grand bâtiment où elle se trouvait. Ce fut la seule pensée qui lui traversa l'esprit quand elle fut projetée du rebord de la fenêtre puis brusquement rattrapée et tirée en arrière. Dans son dos, l'ogre riait et la voix odieuse de Shinichi résonnait :

— Tu ne crois quand même pas qu'on va te laisser t'en tirer sans un interrogatoire *approfondi* ?

Bonnie entendit la phrase sans la comprendre,

jusqu'à ce que, subitement, elle percute. Ses ravisseurs allaient la faire souffrir. La torturer. Lui ôter toute bravoure.

Dans son souvenir, elle avait crié au visage du renard. Mais, pour l'heure, elle sentit juste une légère explosion de chaleur derrière elle et ensuite, si incroyable que cela puisse paraître, vêtu d'une grande cape bardée d'insignes qui lui donnait des airs de prince militaire, Damon surgit.

Damon.

Inutile de préciser qu'elle ne l'attendait plus depuis longtemps. Pourtant il était bien là, à lancer son fameux sourire aussi éclatant qu'éphémère à Shinichi, qui le regardait fixement, l'air sidéré.

— J'ai bien peur que Mlle McCullough n'ait un autre rendez-vous dans l'immédiat, annonça Damon. Moi, en revanche, je peux rester vous mettre une raclée *sur-le-champ*. Comprenez-moi bien : au premier que je vois quitter cette pièce, je vous tue tous, et à petit feu. Merci de votre attention et au plaisir !

Les autres n'eurent pas le temps de se remettre du choc de son arrivée que Bonnie et lui partirent comme des flèches. Damon fonça, non pas en revenant sur ses pas comme s'il battait en retraite, mais tout droit, un bras protecteur tendu devant lui, les enveloppant tous les deux d'un faisceau sombre mais sublime de pouvoir. Ils fracassèrent le miroir sans tain et se retrouvèrent presque à l'autre bout de la pièce suivante avant que Bonnie ne constate qu'elle était vide. Puis ils passèrent au travers d'une fenêtre élaborée, une projection vidéo en trompe-l'œil qui donnait l'illusion d'avoir vue sur l'extérieur, et volèrent au-dessus d'un corps allongé sur un lit. Ensuite… ce ne fut qu'un enchaînement de chocs, en tout cas pour Bonnie ; c'est à peine si elle entrevit ce qui se produisait dans chaque pièce. Et finalement…

Les collisions cessèrent net. Elle se retrouva cramponnée à Damon en position de koala – non, elle n'avait pas l'air idiote – tandis qu'ils volaient haut, très haut dans le ciel. Et, se mobilisant tout autour d'eux, des femmes arrivèrent dans les airs à bord de petits appareils hybrides, mi-motos, mi-Jet-Ski. Et sans roues, donc. Les engins étaient tous dorés, à l'instar des cheveux de chaque pilote.

— Des Sentinelles ?

Ce fut le premier mot que Bonnie souffla à son sauveur après qu'il eut fait sauter un tunnel dans la façade de l'imposant bâtiment à esclaves pour les sortir de là.

— Obligé ! Je n'avais pas la moindre idée de l'endroit où les méchants avaient pu t'emmener et quelque chose me disait qu'on n'aurait pas toute la nuit. En fait, cette adresse de vente aux enchères était la dernière étape de notre liste. En fin de compte… on a eu de la veine.

Pourtant il avait l'air un peu bizarre. Presque… ému.

Bonnie sentait de l'eau sur ses joues, mais le liquide se dispersait trop vite pour qu'elle puisse l'essuyer. Damon la tenait de sorte qu'elle ne pouvait pas voir son visage, et c'était peu dire qu'il la serrait fort.

Mais il était là ! En chair et en os. Il avait appelé la cavalerie et, en dépit de l'impasse télépathique qui plombait toute la ville, il l'avait retrouvée.

— Ils t'ont fait du mal, n'est-ce pas, mon petit pinson ? J'ai bien vu… la tête que tu faisais, dit-il d'une voix étrangement troublée.

Elle ne sut pas quoi répondre. Mais, subitement, ça ne la dérangeait plus qu'il la serre si fort. Elle se surprit même à l'étreindre aussi.

D'un coup, sans crier gare, Damon l'arracha à sa posture de koala et la souleva pour l'embrasser doucement sur les lèvres.

— Je vais y retourner et le leur faire payer !

— Non, n'y va pas, protesta mollement Bonnie.

— Non ?

Damon était perplexe.

— Non, répéta Bonnie.

Elle avait besoin de lui à ses côtés. Ce que Shinichi allait devenir, elle s'en fichait. Une douceur se diffusait en elle, alors que dans sa tête tout se bousculait. C'était bien dommage mais, sous peu, elle serait dans les vapes.

En attendant, elle était encore lucide sur trois points cruciaux. Mais elle craignait de l'être nettement moins dans peu de temps, quand elle se serait évanouie.

— Est-ce que tu as une sphère d'étoiles sur toi ?

— J'en ai même vingt-huit, se vanta Damon.

Puis il la regarda d'un air interrogateur.

Ce n'était pas du tout le sens de la question : Bonnie faisait allusion à une sphère vierge, sur laquelle ils pourraient s'enregistrer.

— Tu peux retenir trois choses pour moi ?

— Sans problème.

Cette fois, Damon déposa un baiser tendre sur son front.

— D'abord, tu as gâché ma mort, qui aurait pu être très belle.

— On peut y retourner pour que tu retentes ta chance, si tu veux.

La voix de Damon était moins émue à présent, plus proche de sa voix habituelle.

— Secundo, tu m'as laissée croupir dans cette auberge immonde pendant une semaine…

Comme si elle lisait littéralement dans ses pensées, elle vit cette phrase lui faire l'effet d'un coup de pieu dans le cœur. Il la serrait si fort qu'elle arrivait à peine à respirer.

— C'est… ce n'était pas mon intention. Je comptais vraiment revenir au bout de quatre jours, mais c'est vrai, je n'aurais jamais dû te laisser.

— Tertio.

Bonnie baissa la voix pour chuchoter :

— Je suis convaincue qu'aucune sphère d'étoiles n'a été volée. Qui peut voler quelque chose qui n'a jamais existé, dis-moi ?

Elle leva les yeux vers lui. Damon la fixa d'une façon qui, en temps normal, l'aurait électrisée. Il était bouleversé, ça se voyait comme le nez au milieu de la figure. Mais, à ce stade, la lucidité de Bonnie ne tenait plus qu'à un fil.

— Et… quarto…

Elle cogita un moment.

— Comment ça quarto ? Tu avais dit trois choses.

Damon esquissa un petit sourire, intrigué.

— Il faut que je le dise…

Elle laissa sa tête retomber sur l'épaule de Damon, rassembla ses dernières forces et se concentra.

Damon relâcha un peu son étreinte.

— Je ne capte qu'un murmure très faible. Parle-moi normalement. Les autres sont loin.

Mais Bonnie était têtue. Elle se recroquevilla sur

elle-même, puis lui expédia sa pensée comme un boulet de canon. Visiblement, Damon la reçut cinq sur cinq.

Quarto, je connais le chemin du légendaire Trésor des Sept Kitsune. Il comprend entre autres la plus grande de toutes les sphères d'étoiles jamais conçue. Mais, si on la veut, on a intérêt à partir... tout de suite.

Puis, sentant qu'elle en avait assez dit, elle s'évanouit.

21

Quelqu'un cognait sans relâche à la porte de Stefan.

— Ça doit être un pivert, supposa Elena entre deux coups. C'est leur truc de toquer, non ?

— Sur une porte à l'intérieur d'une maison ? s'étonna Stefan.

— Ne fais pas attention, il finira par partir.

Après un bref répit, les coups reprirent de plus belle.

— J'y crois pas, ronchonna Elena.

— Tu veux que je te rapporte sa tête ? chuchota Stefan. Décapitée, je veux dire ?

Elena réfléchit. À mesure que les coups redoublaient, l'inquiétude prit le pas sur son agacement.

— Au point où on en est, autant aller vérifier si c'est bien un oiseau.

Stefan se laissa rouler jusqu'au bord du lit, enfila son jean et alla ouvrir d'un pas chancelant. Quiconque était derrière la porte allait passer un sale quart d'heure, compatit d'avance Elena.

Les coups recommencèrent.

Stefan ouvrit la porte avec une telle violence qu'il faillit l'arracher de ses gonds.

— C'est quoi ce raf…

Il s'arrêta, modérant son ton :

— Madame Flowers ?

— Elle-même, acquiesça la vieille dame.

Elle fit exprès de ne pas voir Elena, qui s'était enveloppée d'un drap et se tenait dans son champ de vision.

— C'est cette pauvre Meredith, expliqua Mme Flowers. Elle est dans tous ses états et elle dit qu'elle doit te parler de toute urgence, Stefan.

Comme un train aiguillé à distance, les pensées d'Elena bifurquèrent en douceur. Meredith ? *Dans tous ses états ?* Qui exigeait de voir Stefan ? Pourtant, Elena en était certaine, Mme Flowers avait dû lui signaler avec tact qu'il était… extrêmement occupé dans l'immédiat, non ?

Ses pensées étaient encore solidement reliées à celles de Stefan.

— Merci de m'avoir prévenu, madame Flowers, dit-il. Je vous rejoins dans une minute.

Accroupie de l'autre côté du lit, Elena se rhabilla aussi vite que possible tout en émettant une suggestion à Stefan par télépathie.

— Ça vous ennuierait de lui préparer une bonne infusion – enfin… une tisane, quoi ? ajouta Stefan en bafouillant.

— Pas du tout, mon garçon. Très bonne idée, approuva Mme Flowers. Et, au cas où vous croiseriez Elena, pourriez-vous lui dire que Meredith la demande, elle aussi ?

— Entendu.

Stefan referma vite la porte.

Elena lui laissa le temps d'enfiler sa chemise et ses chaussures, puis ils se dépêchèrent de descendre à la cuisine, où Meredith était non pas en train de siroter une bonne infusion mais de tourner comme un lion en cage.

— Qu'est-ce qui…

— Je vais te dire ce qui ne va pas, Stefan Salvatore ! le coupa-t-elle d'emblée. Ou plutôt non, c'est toi qui vas me le dire ! Tu as lu dans mes pensées tout à l'heure, donc tu dois être au courant. Tu as forcément vu… compris… qui j'étais.

Toujours en prise avec les pensées de Stefan, Elena perçut son désarroi.

— Qu'est-ce que je suis censé avoir compris ? demanda Stefan gentiment.

Il tira une chaise pour la faire asseoir à la table de la cuisine.

Le simple fait de se poser, de marquer un temps d'arrêt pour répondre à un geste de courtoisie, sembla apaiser un peu Meredith. Cependant, Elena pouvait sentir sa peur et sa souffrance comme le goût d'une lame d'acier sur sa langue.

Meredith se laissa faire quand son amie la serra dans ses bras et se calma davantage, redevenant peu à peu celle qu'ils connaissaient plutôt qu'une bête enragée. Mais son conflit intérieur était si viscéral et perceptible qu'Elena ne pouvait se résoudre à se détacher d'elle, alors même que Mme Flowers disposait quatre grandes tasses autour de la table et prenait place sur la chaise que Stefan lui présentait.

Ce dernier s'installa après elle. Il savait qu'Elena allait rester – debout, assise ou partageant la chaise avec Meredith : quoi qu'il en soit, ce serait elle qui déciderait, pas lui.

Mme Flowers ajouta du miel dans sa tasse et remua

doucement avant de passer le pot à Stefan, qui le tendit à Elena ; elle en versa juste une petite cuillerée dans l'infusion de Meredith, comme son amie l'aimait, et mélangea doucement à son tour.

Le son raffiné et ordinaire de deux petites cuillères tintant discrètement parut détendre encore plus la jeune fille. Elle saisit la tasse que lui tendait Elena, en prit d'abord une petite gorgée, puis but à longs traits.

Elena sentit Stefan pousser intérieurement un soupir de soulagement tandis que la colère de Meredith semblait redescendre encore d'un cran. Poliment, lui aussi but une petite gorgée de cette infusion chaude mais non brûlante, aromatisée de baies naturellement sucrées et de diverses plantes.

— C'est très bon. Merci, madame Flowers, murmura Meredith.

Elle avait presque retrouvé un comportement humain à présent.

Elena se sentit plus sereine. Suffisamment pour rapprocher sa tasse, y verser une bonne dose de miel, remuer et en avaler une grande gorgée. Rien de tel pour apaiser les esprits échauffés.

C'est un mélange de camomille et de concombre, lui souffla Stefan.

— Camomille-concombre, ça détend, répéta Elena à voix haute.

Elle hocha la tête d'un air entendu, puis rougit face au sourire approbateur de Mme Flowers.

S'empressant de boire une nouvelle gorgée, elle regarda Meredith se resservir et eut presque l'impression que tout allait bien. Meredith semblait avoir totalement repris ses esprits. Elena serra la main de son amie dans la sienne.

Seul bémol : les humains étaient moins effrayants que les monstres, certes, par contre ils avaient la faculté de pleurer. Or, Meredith, qui ne pleurait jamais, se mit subitement à trembler et des larmes coulèrent dans sa tasse.

— Tu sais ce que c'est que du *morcillo*, pas vrai ? lança-t-elle finalement à Elena.

Cette dernière hocha la tête avec hésitation.

— On en a mangé parfois chez toi en ragoût, non ? Et en *tapas* aussi ?

Durant toute leur enfance, Elena avait vu passer le fameux boudin noir espagnol en plat ou en amuse-gueule chez son amie, et elle était habituée aux délicieuses bouchées, dont seule Mme Sulez connaissait le secret de préparation.

Elena sentit le cœur de Stefan se serrer. Son regard oscilla plusieurs fois entre lui et Meredith.

— Il s'avère que ce n'était pas le plat préféré de ma mère, reprit Meredith, en se tournant cette fois vers Stefan. Et si mes parents ont changé ma date d'anniversaire, c'était pour une bonne raison.

— Vas-y, raconte tout, suggéra Stefan avec douceur.

Là, Elena capta quelque chose de nouveau. Un mouvement puissant, comme une vague… à la fois longue et légère, qui déferlait en plein cœur des pensées de Meredith. Ça disait : *Dis tout et reste calme. Sans colère. Ni crainte.*

Mais ce n'était pas de la télépathie. Meredith n'entendait pas ses mots au sens littéral, elle les *éprouvait*, dans son cœur et son corps.

C'était de la manipulation mentale. Elena n'eut pas le temps d'assommer son bien-aimé d'un coup de tasse pour avoir osé influencer une de ses amies que Stefan s'expliqua :

Meredith souffre, ajouta-t-il, uniquement à son attention. *Elle est effrayée et en colère. Elle a de quoi, mais il lui faut du calme. Je n'arriverai sans doute pas à la maîtriser, mais je vais faire de mon mieux.*

Meredith s'essuya les yeux.

— Il s'avère aussi que ce qui s'est passé… la fameuse nuit de mes trois ans… n'était pas du tout ce que je croyais.

Elle leur répéta ce que ses parents lui avaient raconté, et tout ce que Klaus avait fait. Révéler cette histoire, même posément, détruisait un à un tous les éléments bénéfiques qui l'avaient aidée à garder son calme. Elle se remit à trembler. Avant qu'Elena ne puisse poser la main sur son bras, elle se leva et se mit à arpenter la pièce.

— Il a ri en disant que j'aurais besoin de sang chaque semaine, du sang animal, sinon je mourrais. Il ne m'en fallait pas beaucoup. Juste une cuillerée ou deux. Et ma pauvre mère ne voulait pas perdre un enfant de plus. Alors elle a suivi son conseil. Mais qu'est-ce qui se passerait si j'en buvais plus, Stefan ? *Le tien*, par exemple ?

Stefan réfléchit, essayant désespérément de se rappeler si, au cours de ses années d'expérience, il était déjà tombé sur ce cas de figure. En attendant, il répondit à l'aspect le plus simple du problème.

— Si tu buvais mon sang en quantité suffisante, tu deviendrais un vampire. Mais comme n'importe qui.

Disons que, dans ton cas… il n'en faudrait peut-être pas beaucoup. Par conséquent, ne laisse aucun vampire te convaincre d'un échange de sang. Il suffirait d'une fois.

— Alors je n'en suis pas un ? Pas encore ? Même pas en partie ? Est-ce qu'il existe plusieurs races de vampires ?

— De toute ma vie, je n'ai jamais entendu parler de « races » chez les vampires, à l'exception des Anciens. Mais je peux t'assurer que tu n'en as pas l'aura. Et qu'en est-il de tes dents ? Est-ce que tu peux allonger tes canines ? En général, il vaut mieux faire un essai sur de la chair humaine. Mais pas sur la tienne.

Elena s'empressa de proposer son bras, poignet tourné vers le haut côté veines. Fermant les yeux pour se concentrer, Meredith fit un effort considérable, qu'Elena ressentit à travers Stefan. Leur amie rouvrit les yeux, puis la bouche. Elena observa attentivement ses canines. Elles avaient bien l'air un peu pointues, mais comme chez n'importe qui, non ?

Avec précaution, elle approcha un doigt pour en tâter une.

Léger pinçon.

Très surprise, elle retira son doigt et l'ausculta. Une toute petite goutte de sang apparut.

Tous la regardèrent enfler d'un air fasciné. Alors Elena rendit son verdict sans prendre le temps de réfléchir :

— Tu as des dents de chaton.

Meredith eut un geste agacé et se remit à faire les cent pas comme une furie.

— Je n'en serai jamais un ! Jamais, vous entendez ?

Je suis une tueuse de vampires, pas une des leurs ! Plutôt mourir !

Elle était on ne peut plus sérieuse. Elena sentit d'avance le bâton de combat s'enfoncer entre les côtes de son amie et se planter dans son cœur. Meredith irait chercher sur Internet le meilleur moyen de ne pas se rater. Du bois de fer et du frêne blanc transperceraient son cœur, la faisant taire à jamais… consumant le mal qu'elle incarnait.

Reste calme ! L'influence psychologique de Stefan la submergea.

Mais, calme, elle ne l'était plus.

— Avant ça, il faudra que je tue mon propre frère.

Elle balança une photo sur la table de cuisine de Mme Flowers.

— Il se trouve que Klaus ou quelqu'un a envoyé ça depuis que Cristian a quatre ans, chaque fois à la vraie date de mon anniversaire. *Pendant des années !* Sur chaque cliché, on voyait très bien ses dents de vampire. Et ce n'étaient pas des dents de « chaton » pour le coup. Et un jour les envois ont cessé, quand j'avais environ dix ans. Mais, sur ces photos, on le voyait vieillir ! Avec des dents pointues ! Et finalement, l'an dernier, celle-ci est arrivée.

Elena bondit pour attraper la photo, mais Stefan était plus près et surtout plus rapide. Il la fixa d'un air ébahi.

— Vieillir ? balbutia-t-il.

Elle sentit à quel point il était secoué… et envieux. Personne ne lui avait donné cette possibilité.

Elena jeta un œil à Meredith, qui continuait de tourner en rond, puis revint à Stefan.

— Pourtant, c'est impossible, non? lui lança-t-elle. Je croyais que, dès qu'il y avait morsure, c'était fini… que plus jamais on ne grandissait, ni en âge ni en taille.

— C'est ce que je croyais aussi. Mais Klaus était un Ancien, et qui sait ce dont ils sont capables? soupira Stefan.

Damon va être furieux quand il l'apprendra, commenta Elena en privé, en attrapant la photo même si elle venait de la voir à travers les yeux de Stefan. Damon avait toujours jalousé la taille de son frère, et celle de tous les garçons en général.

Elle alla apporter la photo à Mme Flowers et l'examina avec elle. Elle représentait un garçon extrêmement séduisant, aux cheveux aussi foncés que ceux de Meredith. Sa ressemblance avec elle tenait à la forme de son visage et à sa peau mate. Il portait un blouson de moto et des gants, mais pas de casque, et affichait un sourire enjoué, à la denture très blanche. On voyait clairement que ses canines étaient longues et pointues.

Elena observa tour à tour Meredith et la photo. Pour elle, la seule différence notable était la couleur des yeux de ce garçon, qui semblait plus claire. Exception faite de ce détail, ça sentait le jumeau à plein nez.

— D'abord je le tue, répéta Meredith d'un ton las. Ensuite je me suicide.

Elle revint en trébuchant vers la table, et s'assit en manquant de renverser sa chaise.

Elena la contourna, attrapant au vol les deux tasses devant elle pour éviter que, dans sa maladresse, elle ne les envoie valser d'un revers de bras.

Meredith… maladroite. C'était bien le comble. Elena ne l'avait jamais vue avoir un geste gauche ou disgracieux. Il y avait de quoi s'inquiéter. Cela avait-il un quelconque rapport avec le fait qu'elle soit un vampire, du moins en partie ? Ou avec ses dents de chaton ? Elle lança un regard inquiet à Stefan et comprit qu'il était lui-même très perplexe.

Sans même se consulter, ils se tournèrent tous les deux vers Mme Flowers. La petite dame se contenta de leur adresser un sourire contrit.

— Faut que je le tue… Que je le trouve et que je le tue d'abord, marmonnait Meredith.

Sa crinière brune pencha vers la table et vint se poser sur ses bras.

— Le trouver… mais où ? Grand-père… ? Cristian… mon frère…

Elena l'écouta sans rien dire, jusqu'à ce que seul le souffle léger de sa respiration soit audible.

— Vous l'avez droguée ? chuchota-t-elle à Mme Flowers.

— Ma*man* pensait que c'était la meilleure chose à faire. C'est une fille solide et en bonne santé. Une bonne nuit de sommeil ne lui fera pas de mal. Parce que, je suis navrée de vous le dire, mais nous avons un problème plus urgent.

Elena jeta un coup d'œil à Stefan et vit la peur assombrir son visage.

— Quel problème ?

Rien ne filtrait du lien qui la connectait aux pensées de Stefan. Il l'avait rompu.

Elle se retourna vers leur hôte.

— Quel problème ?!

— Je suis très inquiète au sujet du petit Matt.

— Oui, acquiesça Stefan.

Il parcourut la table des yeux, comme pour souligner le fait que Matt était absent. Il essayait de protéger Elena des décharges de frissons qui l'agitaient.

Elena ne paniqua pas tout de suite.

— Je crois que je sais où il est, annonça-t-elle d'un ton enjoué.

Elle venait de se souvenir d'anecdotes qu'il avait racontées sur son séjour à Fell's Church pendant qu'elle et les autres étaient au Royaume des Ombres.

— Chez le Dr Alpert. Ou en train de faire la tournée des maisons avec elle.

Mme Flowers secoua la tête, un pâle sourire sur les lèvres.

— J'ai bien peur que non, ma petite Elena. Sophia, le Dr Alpert je veux dire, m'a appelée pour me prévenir qu'elle emmenait la mère de Matt, ta famille, ainsi que d'autres personnes, loin de Fell's Church. Je la comprends parfaitement… Mais Matt n'était pas du voyage. Elle a dit qu'il comptait rester et se battre. Ça remonte aux alentours de midi et demi.

Les yeux d'Elena pivotèrent machinalement vers la pendule de la cuisine. Un sentiment de terreur lui retourna l'estomac et se propagea à toute vitesse jusque dans ses doigts. La pendule indiquait 16 h 35. Quatre heures s'étaient écoulées ! Non, il y avait forcément une erreur. Stefan et Elena étaient encore en pleine étreinte à peine quelques minutes plus tôt. Le coup de sang de Meredith n'avait pas duré aussi longtemps. C'était impossible !

— Cette horloge… est détraquée !

Alors qu'elle en appelait à Mme Flowers, elle entendit simultanément la voix télépathique de Stefan : *C'est à cause de moi. Je voulais qu'on prenne notre temps. Mais je me suis laissé absorber... Ce n'est pas ta faute, Elena !*

— Si ! rétorqua-t-elle à voix haute. Je n'avais pas l'intention d'oublier mes amis tout l'après-midi ! Et... et Matt ne s'amuserait jamais à nous foutre la trouille en nous faisant attendre son coup de fil ! J'aurais dû l'appeler au lieu de...

Elle regarda Stefan d'un air malheureux. L'unique sentiment qui l'animait à cet instant, c'était la honte cuisante d'avoir délaissé Matt.

— J'ai bien essayé son portable, reprit Mme Flowers doucement. C'est ma*man* qui me l'a suggéré tout à l'heure, à midi et demi. Mais il n'a pas répondu. J'ai réessayé chaque heure depuis. Ma*man* ne veut rien dire de plus, excepté qu'il est temps que nous prenions les choses en main.

Elena se jeta au cou de la vieille dame et versa quelques larmes sur la douce dentelle en batiste de son chemisier.

— Vous avez fait tout le travail à notre place. Je vous en remercie. Mais maintenant il faut qu'on parte à sa recherche.

Elle fit volte-face vers Stefan.

— Tu veux bien mettre Meredith dans la chambre du bas ? Enlève-lui juste ses chaussures et allonge-la sur le lit. Madame Flowers, si vous devez rester seule ici, on vous laisse Sabre et Serre pour veiller sur vous. On restera en contact par portable. On va fouiller toutes les maisons de Fell's Church une par une... Mais, avant, je crois qu'on devrait d'abord faire un détour par le talus de la vieille forêt...

— Attendez, ma petite Elena.

Mme Flowers avait les yeux fermés. Elena attendit, gigotant nerveusement. Stefan réapparut, après avoir installé Meredith comme convenu.

Subitement, la vieille dame sourit, les yeux toujours clos.

— Ma*man* dit qu'elle fera tout son possible pour vous deux, étant donné que vous êtes si dévoués à votre ami. Elle dit que Matt n'est plus à Fell's Church. Et elle dit aussi : « Emmenez le chien. Le faucon veillera sur Meredith en votre absence. »

Mme Flowers rouvrit les yeux.

— Cependant, il ne serait pas inutile de tapisser sa fenêtre et sa porte de Post-it, ajouta-t-elle. Juste au cas où.

— Non, répondit Elena d'un ton catégorique. Désolée, mais il est hors de question que je vous laisse avec un faucon pour seule protection. On vous emmène toutes les deux, couvertes d'amulettes si ça vous chante, et on n'a qu'à emmener les deux animaux aussi. Au Royaume des Ombres, ils faisaient équipe contre Blodeuwedd quand elle essayait de nous tuer.

— OK, trancha brusquement Stefan.

Il connaissait suffisamment Elena pour savoir qu'un débat d'une demi-heure pouvait s'ensuivre et qu'elle ne céderait pas d'un pouce. Mme Flowers devait s'en douter aussi, car elle se leva et partit se préparer.

Stefan porta Meredith jusqu'à la voiture. Elena siffla tout doucement pour appeler Sabre, qui arriva presque instantanément à ses pieds, l'air plus imposant que jamais, et elle le fit monter en quatrième vitesse dans la chambre de Matt. Elle était d'une propreté décevante, mais Elena extirpa quand même un caleçon coincé entre le lit et le mur. Elle le tendit à Sabre pour qu'il le renifle, et constata dans l'intervalle qu'elle ne tenait plus en place. Finalement, elle fonça au dernier étage, dans la mansarde, attrapa son journal sous le matelas et se mit à griffonner quelques lignes.

Cher Journal,

Je ne sais pas quoi faire. Matt a disparu. Damon a emmené Bonnie au Royaume des Ombres, mais est-ce qu'il veille sur elle au moins ?

Impossible de le savoir. On n'a aucun moyen d'activer un accès pour les retrouver. J'ai peur que Stefan ne le tue à son retour et, si jamais il arrive quelque chose à Bonnie, moi aussi j'aurai des envies de meurtre. Bon sang, mais quel foutoir !

Et Meredith dans tout ça... Il s'avère qu'elle a plus de secrets que nous tous réunis.

La seule chose que Stefan et moi puissions faire, c'est nous serrer les coudes et croiser les doigts. On combat Shinichi depuis si longtemps ! J'ai le sentiment que... la fin approche. Et ça me fait peur.

*

— Elena !

L'appel de Stefan provenait du rez-de-chaussée.

— On n'attend plus que toi !

Elle rangea rapidement son journal sous le matelas. Puis elle retrouva Sabre, qui l'attendait en haut des escaliers, et le suivit en bas au pas de course.

Mme Flowers avait enfilé deux manteaux couverts d'amulettes.

Dehors, Stefan émit un long sifflement qui fut accueilli par un *keeeeeeeee* strident au-dessus d'eux. Une petite silhouette noire décrivant des cercles apparut dans le ciel d'août strié de blanc.

— Il nous comprend, expliqua brièvement Stefan, les yeux rivés sur le faucon.

Il grimpa au volant de sa Porsche tandis qu'Elena s'installait derrière lui et Mme Flowers à l'avant, sur le siège passager. Étant donné que Stefan avait attaché Meredith au milieu de la banquette arrière, Sabre avait tout le loisir de passer sa tête pantelante par la vitre.

— Bon, dit Stefan par-dessus le ronronnement du moteur, où est-ce qu'on va, exactement ?

22

— Ma*man* a dit : pas à Fell's Church, répéta Mme Flowers à Stefan. Et ça vaut pour la vieille forêt.

— OK. Mais alors, s'il n'est pas là-bas, où est-ce qu'il peut être, à votre avis ?

— Eh bien… murmura Elena. C'est sûrement la police, vous ne croyez pas ? Ils ont dû l'arrêter.

Son cœur se serra, et son ventre avec.

Mme Flowers poussa un soupir.

— Je le crois aussi. Ma*man* aurait dû me prévenir, mais il y a de drôles de parasites dans l'atmosphère.

— Pourtant le bureau du shérif est bien à Fell's Church. Du moins ce qu'il en reste.

— Et si c'était la police d'une ville voisine ? Celle qui a envoyé ces agents l'autre jour…

— Ridgemont, présuma Elena d'une voix accablée. C'est de là que venaient ceux qui ont perquisitionné la pension. Et de là aussi que venait Mossberg, d'après Meredith.

Elle jeta un œil à son amie à côté d'elle, mais Meredith ne réagit pas.

— C'est là-bas que le père de Caroline a tous ses pontes d'amis… Idem pour le père de Tyler Smallwood. Ils sont membres de ces cercles d'hommes où on se salue par des poignées de main secrètes et tout.

— Et est-ce qu'on sait un minimum ce qu'on fera, une fois sur place ? demanda encore Stefan.

— J'ai plus ou moins un plan A, admit Elena. Mais je ne sais pas si ça marchera : tu pourras peut-être nous le dire.

— Vas-y, explique-moi.

Elena leur soumit son idée. Stefan l'écouta et dut réprimer une envie de rire.

— Je crois que ça devrait le faire, trancha-t-il en reprenant son sérieux.

Elena commença aussitôt à réfléchir aux plans B et C pour qu'ils ne se retrouvent pas coincés si jamais le premier échouait.

Ils durent traverser Fell's Church pour rejoindre la route de Ridgemont. Les yeux embués de larmes, Elena découvrit les ruines des maisons incendiées et les arbres calcinés. C'était sa ville, elle avait tout fait pour la protéger à l'époque où elle était un esprit. Comment avait-elle pu se retrouver dans cet état ?

Et surtout, arriveraient-ils un jour à la remettre sur pied ?

Elle frissonna sans pouvoir s'arrêter.

*

La mine sombre, Matt prit place dans la salle de réunion des jurés. Il y avait déjà mis les pieds il y a longtemps de ça, et savait que les fenêtres étaient condamnées de l'extérieur. Pas étonnant, c'était le même topo au tribunal de Fell's Church. Toutefois, il avait testé la solidité de ces planches et savait que, s'il le voulait, il pouvait facilement s'échapper.

Mais ça ne lui disait rien.

Il était temps pour lui d'affronter ses problèmes personnels. Il était déjà décidé à le faire avant que Damon n'emmène les filles au Royaume des Ombres, mais Meredith l'en avait dissuadé.

Matt savait aussi que M. Forbes, le père de Caroline, copinait avec toutes les forces de l'ordre et représentants du système juridique du comté. Tout comme M. Smallwood, le père du véritable coupable. Ils ne risquaient donc pas de lui accorder un procès équitable. Mais, quel que soit le type de procès, à un moment ou à un autre ils seraient au moins obligés de l'écouter.

Et alors ils entendraient toute la vérité, rien que la vérité. Ils ne le croiraient peut-être pas sur le coup. Mais plus tard, si les jumeaux de Caroline étaient aussi incontrôlables que les bébés loups-garous ont la réputation de l'être, eh bien… à ce moment-là, ils repenseraient aux propos de Matt.

Il faisait le bon choix, il en était convaincu. Même si, pour l'heure, il avait la sensation d'avoir du plomb dans l'estomac.

Au pire, qu'est-ce qu'ils peuvent me faire ? se demanda-t-il, et il fut dépité d'entendre la voix de Meredith lui revenir en écho : « Ils peuvent te mettre en prison. Pour de vrai. Tu as plus de dix-huit ans. C'est peut-être une bonne nouvelle pour un vrai criminel qui a roulé sa bosse, un dur à cuire avec des tatouages faits maison et des biceps gros comme un tronc, mais toi, ça ne va pas te plaire, crois-moi. » Et aussi, après vérification sur Internet : « Matt, en Virginie, c'est passible de la prison à vie. Et le minimum, c'est cinq ans. Je t'en prie, Matt, ne les laisse pas te faire ça ! Parfois, c'est vrai quand on dit que prudence est mère de sûreté. Ils ont toutes les cartes en main, alors que nous on avance, les yeux bandés dans le noir… »

Elle s'était particulièrement creusé la cervelle pour faire des métaphores incohérentes et tout, se souvint Matt, abattu. « Mais ce n'est pas vraiment comme si je me portais volontaire, là. Je parie qu'ils savent que ces planches ne sont pas très solides, mais, si je m'évade, qui sait jusqu'où je serai poursuivi ? Alors que, si je reste, j'aurai au moins l'occasion de dire la vérité. »

Il ne se passa rien avant un long moment. Matt devinait à la lumière qui filtrait entre les planches qu'on était en plein après-midi. Un homme entra et lui proposa un tour aux toilettes et un Coca. Il accepta les deux, mais exigea aussi un avocat et le coup de fil auquel il avait droit.

— Tu vas en avoir un, d'avocat, grommela l'homme quand il ressortit des toilettes. Un commis d'office.

— Ce n'est pas ce que je demande. Je veux un vrai avocat. Un que je choisis *moi*.

L'homme prit un air blasé.

— Un gosse comme toi n'a pas les moyens. Tu te contenteras de celui qu'on te donnera.

— Ma mère a de l'argent. Si elle était là, elle voudrait que j'aie l'avocat de la famille, pas un petit jeune tout juste sorti de la fac de droit.

— Que c'est touchant, railla l'homme. Maman te manque. Mais, à l'heure qu'il est, je parie qu'elle a fait toute la route jusqu'à Clydesdale avec la toubib noire.

Matt se figea.

Confiné dans cette salle, il s'efforça tant bien que mal de réfléchir. Comment savaient-ils que sa mère et le Dr Alpert étaient parties ? La formule « toubib noire » lui laissa un sale goût dans la bouche quand il la repassa dans sa tête ; un goût plutôt vieillot et tout simplement infect. Si la femme médecin avait été un homme blanc, ça aurait paru stupide de dire « avec le docteur blanc ». Un peu comme dans un vieil épisode de *Tarzan*.

Une colère intense monta en lui. Tout autant que la peur. En boucle dans son esprit tournaient les mots *surveillance*, *espionnage*, *complot*, *étouffer l'affaire*. Et *plus futé*, aussi.

Il devait être cinq heures passées, heure à laquelle tous les employés habituels du tribunal avaient plié bagage, quand on l'emmena en salle d'interrogatoire.

Pour les deux fonctionnaires qui essayèrent de le cuisiner dans la pièce exiguë équipée d'une petite caméra vidéo dans un angle du mur, parfaitement visible en dépit de sa taille, tout ça n'était qu'un jeu, comprit-il.

À tour de rôle, l'un criait qu'il ferait aussi bien de cracher le morceau, l'autre jouait la carte de la compassion avec des allégations du type : « La situation a dérapé, pas vrai, p'tit ? On a une photo du suçon qu'elle t'a fait. Un beau petit lot, cette gamine, hein ? » Le tout accompagné de clins d'œil. « Je te comprends. Mais ensuite, elle a commencé à t'envoyer des signaux contradictoires… »

Pour Matt, ce fut la goutte d'eau qui fait déborder le vase.

— *Non*, on ne sortait pas ensemble et, *non*, elle ne m'a pas fait de suçon. Par contre, quand je dirai à Forbes qu'on a traité sa fille de « beau p'tit lot », avec clins d'œil et tout le bazar, j'en connais un qui se fera virer. Les « signaux contradictoires », c'est vous qui en parlez, moi je ne les ai jamais vus. Je sais reconnaître un non quand j'en entends un, autant que vous, et je sais aussi que *non*, ça signifie NON !

Cette réplique donna lieu à un petit tabassage en règle. Matt fut surpris, quoique pas tant que ça, vu la façon dont il venait de les menacer et de se payer leur tête.

Ensuite, ils semblèrent renoncer et le laissèrent seul dans la salle d'interrogatoire, qui, contrairement à celle des jurés, n'avait aucune fenêtre. Juste pour la caméra, Matt se mit à répéter une phrase comme un disque rayé : « Je suis innocent, et on me refuse mon droit à un appel et à un avocat. Je suis innocent… »

Ils finirent par revenir le chercher. Flanqué des deux flics, le gentil et le méchant, il fut introduit dans une salle d'audience déserte. Enfin non, pas complètement, s'aperçut-il. Quelques journalistes se tenaient au premier rang, dont un ou deux armés d'un carnet à croquis prêt à l'emploi.

Quand Matt vit la scène, exactement comme dans un vrai procès, et qu'il imagina les portraits qu'on ferait de lui, comme ceux qu'il voyait parfois à la télé, le poids qu'il avait sur l'estomac laissa place à des palpitations affolées.

En même temps, porter l'affaire au grand jour, c'était ce qu'il voulait, non ?

On l'amena à une table vide. De l'autre côté de l'allée centrale, plusieurs hommes bien vêtus se tenaient devant une table similaire, chacun avec un tas de papiers sous les yeux.

Mais ce qui retint l'attention de Matt à cette table, ce fut Caroline. Il ne la reconnut pas tout de suite. Elle portait une robe en coton gris perle. Gris, comme par hasard ! Mais pas un seul bijou, et un maquillage très discret. La seule couleur visible était celle de ses cheveux : un cuivré auburn. Ils semblaient être redevenus comme avant, et non plus mouchetés tels qu'ils l'avaient été au début de sa transformation. Aurait-elle fini par maîtriser son apparence ? C'était mauvais signe.

Et finalement, d'un air de marcher sur des œufs, les jurés firent leur entrée. Ils savaient forcément que tout ça n'était pas foncièrement légal, pour autant ils s'avancèrent, au nombre de douze, suffisamment nombreux pour remplir les bancs qui leur étaient destinés.

Matt prit conscience du fait qu'un juge était assis à la chaire en hauteur, devant lui. Est-ce qu'il était là depuis le début ? Non…

— Veuillez vous lever pour accueillir le juge Thomas Holloway, annonça un huissier d'une voix tonitruante.

Matt s'exécuta, tout en se demandant si le procès allait réellement démarrer sans son avocat. Mais, avant que tout le monde n'ait le temps de se rasseoir, la porte à double battant de la salle d'audience s'ouvrit dans un fracas et une montagne de dossiers sur pattes entra en hâte ; derrière apparut ensuite une jeune femme d'une vingtaine d'années, qui laissa tomber son barda sur la table derrière lui.

— Maître Gwen Sawicki… Présente ! lâcha-t-elle d'une voix essoufflée.

Un peu comme une tortue, le juge Holloway tendit le cou pour la faire entrer dans son champ de vision.

— Vous avez été engagée pour représenter la défense ?

— Si votre honneur en convient, oui… il y a de cela trente minutes. J'ignorais que nous siégions en séance nocturne, Votre Honneur.

— Ne faites pas la coquette avec moi ! répliqua sèchement le juge Holloway.

Il poursuivit, permettant aux avocats de l'accusation de se présenter, tandis que Matt s'attardait sur le terme « coquette ». Encore un de ces mots, pensa-t-il, qu'on n'employait jamais à l'égard d'un homme. Un coquet, on le disait pour rire. Alors qu'une coquette, ça passait très bien. Pourquoi ? Mystère.

— Appelez-moi Gwen, chuchota une voix dans son dos.

En tournant la tête, Matt découvrit une fille aux yeux noisette et aux cheveux châtains relevés en queue-de-cheval. On ne pouvait pas dire qu'elle était jolie, mais elle paraissait honnête et franche, ce qui faisait d'elle la plus belle personne présente dans cette salle.

— Moi c'est Matt… Enfin, ça vous le savez.

— Carolina, c'est votre petite amie ?

Discrètement, Gwen lui montra une photo de l'ancienne Caroline à une fête, juchée sur des talons aiguilles et des jambes bronzées interminables, relayées *in extremis* par une minijupe noire en dentelle. Son corsage blanc était si moulant au niveau de la poitrine qu'il semblait avoir bien du mal à contenir les atouts dont la nature l'avait dotée. Quant à son maquillage, il était tout sauf discret.

— Elle s'appelle Caroli-*ne* et on n'est jamais sortis ensemble, par contre c'est bien elle : la vraie Caroline, chuchota Matt. La fille qu'elle était avant que Klaus débarque et s'en prenne à son petit copain, Tyler Smallwood. Il faut que je vous explique ce qui s'est passé quand elle a appris qu'elle était enceinte…

Elle avait pété un câble, voilà ce qui s'était passé. À l'époque, personne ne savait où était Tyler, s'il était mort après l'ultime combat contre Klaus, devenu un loup-garou en cavale… Bref. Alors Caroline avait essayé de mettre ça sur le dos de Matt, jusqu'à ce que Shinichi fasse son apparition et devienne son petit ami.

Sauf que Shinichi et sa sœur Misao lui avaient joué un tour cruel, en lui faisant croire que Shinichi allait l'épouser. Quand elle avait compris qu'il se fichait royalement d'elle, Caroline avait piqué la crise de sa vie et tenté à tout prix de faire de Matt son bouche-trou.

Matt fit de son mieux pour tout expliquer à Gwen, pour qu'elle puisse le raconter à son tour aux jurés, mais la voix du juge Holloway les interrompit :

— Vu l'heure tardive, nous nous passerons des débats préliminaires, décréta-t-il. L'accusation souhaite-t-elle appeler son premier témoin ?

— Attendez ! Objection ! cria Matt, sans tenir compte du fait que Gwen le saisissait par le bras pour le faire taire.

— Tu ne peux pas contester les décisions du juge ! siffla-t-elle dans son dos.

— Et le juge ne peut pas me faire ça ! rétorqua Matt.

Il tira d'un coup sec sur son tee-shirt, qu'elle agrippait entre ses doigts.

— Je n'ai même pas encore eu l'occasion de m'entretenir avec cette avocate de l'assistance judiciaire !

— Peut-être auriez-vous dû accepter son aide plus tôt.

Le juge prit une petite gorgée de son verre d'eau, puis avança brusquement la tête vers Matt.

— N'est-ce pas ?

— C'est ridicule ! s'exclama Matt. Vous m'avez empêché d'appeler mon avocat !

— Le prévenu a-t-il demandé à appeler quelqu'un ? répliqua sèchement l'homme en parcourant la salle des yeux.

Les deux policiers qui avaient passé Matt à tabac secouèrent la tête gravement. Puis l'huissier, que Matt reconnut tout à coup comme étant le type qui l'avait retenu dans la salle des jurés pendant près de quatre heures, répondit lui aussi par la négative, hochant la tête de gauche à droite. Ils étaient là, tous les trois, à faire signe que non de la tête, presque à l'unisson.

— Dans ce cas, puisque vous ne l'avez pas demandé, vous avez perdu ce droit, trancha le juge.

Toujours ce ton sec ; on aurait dit qu'il ne savait pas s'exprimer autrement.

— Vous ne pouvez pas l'exiger en plein procès. Bien, comme je le disais…

— Je proteste ! cria Matt encore plus fort. Ils mentent tous ! Vous n'avez qu'à consulter les vidéos de mon interrogatoire ! Je n'ai pas arrêté de dire…

— Maître… Faites taire votre client, sinon je retiendrai l'outrage à la cour !

— Il faut vous taire, maintenant, ordonna la jeune avocate à Matt.

— Personne ne me forcera à la fermer ! Vous n'avez

pas le droit de faire ce procès alors que vous ne respectez aucune règle !

— *La ferme !*

Le juge Holloway éleva la voix de façon surprenante.

— Le prochain qui fait un commentaire sans avoir reçu ma permission expresse sera inculpé d'outrage à la cour, et sera puni d'une nuit de prison et de cinq cents dollars d'amende.

Il marqua une pause, en regardant autour de lui pour s'assurer que ses paroles avaient été comprises.

— Bien ! Que l'accusation fasse entrer son premier témoin.

— Nous appelons Caroline Beulah Forbes à la barre.

Cette dernière avait changé de silhouette, comparée à la photo de Gwen. Son ventre avait maintenant la forme d'un avocat à l'envers. Matt entendit des murmures derrière lui.

— Caroline Beulah Forbes, jurez-vous que le témoignage que vous allez apporter sera la vérité, toute la vérité, rien que la vérité ?

Au fond de lui, Matt tremblait. Était-ce surtout de colère, de peur ou une juste combinaison des deux ? Il l'ignorait. Mais le fait est qu'il se sentait comme un geyser prêt à exploser, pas nécessairement parce qu'il le voulait, mais parce qu'il était sous l'emprise d'influences qui le dépassaient totalement. Matt le gentil, le calme, le soumis, il l'avait laissé quelque part en chemin. Maintenant il était Matt le rageur, le déchaîné, et personne d'autre.

Issues d'un monde vaguement extérieur, des voix

s'insinuèrent petit à petit dans ses rêveries. Et l'une d'elles en particulier, aussi piquante et irritante qu'une ortie.

— Pouvez-vous identifier parmi les personnes présentes dans la salle le garçon que vous avez cité comme étant votre ancien petit ami Matthew Jeffrey Honeycutt ?

— Oui, répondit doucement la voix épineuse. Il est assis à la table de la défense, en tee-shirt gris.

Matt releva brusquement la tête et regarda Caroline droit dans les yeux.

— C'est faux et tu le sais ! On n'est jamais sortis ensemble. Pas une seule fois.

Le juge, qui semblait s'être assoupi, se réveilla d'un coup.

— Huissier ! lança-t-il d'un ton brusque. Maîtrisez le prévenu immédiatement.

Matt se crispa. Il entendit son avocate protester, puis se retrouva subitement immobilisé pendant qu'on le bâillonnait avec du gros scotch.

Il se débattit, essaya de se lever. Alors ils le ligotèrent à la chaise en dévidant le rouleau de ruban autour de sa taille.

— S'il se sauve avec cette chaise, vous la rembourserez de votre poche, *miss* Sawicki, commenta le juge quand ses hommes en eurent fini avec Matt.

Ce dernier sentait Gwen trembler à côté de lui. Mais pas de peur, non. Il reconnut tout de suite son air de Cocotte-Minute à deux doigts d'exploser, et comprit qu'elle serait la prochaine. Et ensuite le juge l'inculperait pour outrage à la cour, et alors qui le défendrait, hein ?

Il croisa son regard et secoua la tête d'un air catégorique. Puis il continua de se dévisser le cou, atterré, à chaque mensonge que Caroline débitait.

— Ce qui se passait entre nous devait rester secret, raconta-t-elle sagement, en arrondissant le pan de sa robe grise. Tyler Smallwood, mon ex-petit ami, aurait pu le découvrir. Et alors il aurait… Enfin, disons que je ne voulais pas qu'il y ait un problème entre eux.

« Ouais, fais gaffe où tu mets les pieds, pensa Matt avec amertume, parce que le père de Tyler a probablement autant d'appuis que le tien dans cette salle. Plus, même. » Il déconnecta un moment, jusqu'à ce qu'il entende l'accusation poser *la* question :

— Est-ce qu'il s'est passé quelque chose d'inhabituel lors de cette fameuse soirée ?

— Eh bien, on est allés faire un tour en voiture. Dans le coin de la pension… personne ne nous verrait là-bas… Et c'est vrai, j'ai bien peur de lui avoir fait un… un suçon. Mais après j'ai voulu rentrer, et lui ne s'arrêtait plus. J'ai dû le repousser comme je pouvais. Je l'ai griffé avec mes ongles…

— L'accusation souhaite produire la pièce à conviction numéro deux, à savoir une photo des profondes marques d'ongles sur le bras du prévenu…

Matt croisa le regard de Gwen, qui lui parut abattue. Elle lui montra une photo conforme à son souvenir : les entailles laissées par les dents de l'énorme malach, quand il avait réussi à retirer son bras de sa gueule.

— La défense stipulera que…

— Accordé.

— Mais j'avais beau crier et me débattre, il était trop fort, et je… je pouvais rien…

Caroline rejeta la tête en arrière, tourmentée par la honte qui la hantait. Des larmes coulèrent sur ses joues.

— Votre Honneur, la *prévenue* a peut-être besoin d'une pause pour se refaire une beauté, suggéra Gwen âprement.

— Jeune fille, vous commencez à m'échauffer. L'accusation peut s'occuper toute seule de ses clients – je veux dire, de ses témoins…

Matt avait griffonné un maximum de notes sur sa version des faits, sur une feuille vierge, pendant que Caroline faisait son cinéma. Gwen les avait maintenant sous les yeux.

— Donc, reprit-elle, votre ex, Tyler Smallwood, n'est pas et n'a jamais été…

Elle déglutit nerveusement.

— … un loup-garou ?

Entre deux larmes honteuses, Caroline émit un petit rire.

— Bien sûr que non. Les loups-garous n'existent pas.

— Tout comme les vampires.

— Non, les vampires n'existent pas non plus, si c'est ce que vous insinuez. Qu'est-ce que vous croyez ?

Caroline jeta des coups d'œil dans tous les recoins de la salle.

Gwen se débrouillait bien, remarqua Matt. Le vernis lisse et sage de Caroline commençait à s'écailler.

— Et les gens ne reviennent jamais d'entre les morts… Pas de nos jours, en tout cas, poursuivit la jeune avocate.

— Ça…

Une pointe de malice s'était glissée dans la voix de Caroline.

— Vous n'avez qu'à aller à la pension de Fell's Church, et vous verrez qu'une fille du nom d'Elena Gilbert vit là-bas alors qu'elle est censée s'être noyée l'an dernier, le jour de la fête des Fondateurs, après le défilé. Elle était Miss Fell's Church, évidemment.

Un murmure se fit entendre parmi les journalistes. Le surnaturel, ça se vendait mieux que n'importe quel sujet, surtout si une jolie fille était impliquée. Matt aperçut un sourire satisfait gagner toutes les lèvres au premier rang.

— Silence ! Miss Sawicki, tenez-vous-en aux faits dans l'affaire qui nous occupe !

— Oui, Votre Honneur.

Gwen sembla contrariée.

— OK, Caroline, revenons au jour de l'agression présumée. Après coup, suite à ce que vous venez de nous raconter, avez-vous appelé la police ?

— J'avais… trop honte. Mais ensuite, je me suis rendu compte que je pouvais tomber enceinte ou attraper une maladie épouvantable, alors j'ai compris qu'il fallait que j'en parle à quelqu'un.

— Mais cette maladie n'était pas la lycanthropie – autrement dit, la faculté de se transformer en loup-garou, n'est-ce pas ? Puisque ça n'existe pas.

Gwen jeta un coup d'œil anxieux à Matt, qui la regarda d'un air désolé. Il avait espéré que, si on forçait Caroline à parler sans cesse de loups-garous, elle finirait par s'agiter de plus en plus. Mais elle semblait totalement maîtresse d'elle-même à présent.

Le juge, lui, avait l'air furieux.

— Jeune fille, je ne tolérerai pas qu'on tourne mon tribunal en dérision avec ces histoires absurdes !

Matt fixa le plafond. Il allait faire de la prison. Plusieurs années. Pour un crime qu'il n'avait pas commis. Qu'il ne commettrait jamais. Et en plus, maintenant, des journalistes iraient peut-être fouiner du côté de la pension et casser les pieds à Elena et à Stefan. Et merde ! Caroline avait réussi son coup, en dépit du serment qu'elle avait signé avec son propre sang de ne jamais trahir leur secret. Damon l'avait signé lui aussi. L'espace d'un instant, Matt regretta qu'il ne soit pas là pour les venger. Peu importe combien de « Blatte » il devrait encaisser, pourvu que Damon surgisse.

Mais point de Damon en vue.

Alors il s'aperçut que le ruban adhésif qui lui serrait la taille était suffisamment bas pour qu'il puisse se plier et s'écraser le front sur la table devant lui. Ce qu'il fit sans hésiter. *Bang*.

— Si votre client souhaite l'immobilisation totale, miss Sawicki, il est possible…

C'est alors que tout le monde entendit. Comme un écho, mais à retardement. Et beaucoup plus fracassant que le bruit d'un crâne heurtant une table.

BANG !

Puis un autre.

BANG !

Puis vint le bruit dérangeant et lointain de portes violemment ouvertes, comme enfoncées au bélier.

À ce stade, il aurait été encore temps pour l'auditoire de prendre la fuite. Mais pour aller où ?

BANG ! Une autre porte, non loin, s'ouvrit d'un coup.

— Silence ! Silence dans la salle !

Des bruits de pas résonnèrent sur le parquet du couloir.

— Silence !

Mais personne, pas même un juge, ne pouvait empêcher autant de personnes de marmonner. Qui plus est à une heure avancée de la soirée, dans une salle d'audience fermée à clé, après tous ces propos sur les vampires et les loups-garous…

On entendit les pas se rapprocher, une porte grincer et claquer.

Un murmure… incertain… parcourut la salle. Caroline retint son souffle, agrippant son ventre arrondi.

— Barrez-moi ces portes ! Huissier ! Verrouillez tout !

— Les barrer comment, Votre Honneur ? Elles ne se ferment que de l'extérieur !

Quoi que cela ait été, c'était tout près…

Les portes de la salle d'audience s'ouvrirent lentement. Matt posa une main rassurante sur le poignet de Gwen, tendant le cou pour regarder derrière lui.

Dressé de toute sa hauteur dans l'embrasure, Sabre apparut, l'air, comme toujours, beaucoup plus gros qu'un chien ordinaire. Mme Flowers s'avançait à ses côtés ; Stefan et Elena fermaient la marche.

Cliquetis de pas lourds à mesure que Sabre approchait, seul, de Caroline, qui respirait et frissonnait de plus en plus fort.

Silence de mort dans l'assemblée à la vue de cette bête imposante, de son pelage noir d'ébène et de son regard ténébreux et brillant, qui les observait tranquillement.

L'animal poussa un soupir, l'air boudeur.

Autour de Matt, les gens gesticulaient comme s'ils étaient en proie à des démangeaisons. Il regarda la scène fixement et vit Gwen l'imiter, tandis que les halètements du public cédaient le pas à la suffocation générale.

Finalement, Sabre leva la truffe vers le plafond et émit un long hurlement.

Ce qui s'ensuivit ne fut pas beau à voir de l'avis de Matt. Il préféra ne pas regarder le nez et la bouche de Caroline s'allonger en saillie pour former un museau. Ni ses yeux se rétracter en deux petites fentes profondes bordées de poils.

Pas plus que ses mains et ses doigts, qui se contractèrent pour ensuite se déployer en grosses pattes aux griffes noires s'agitant de façon incontrôlable.

Cependant, l'animal qui finit par apparaître était magnifique. Matt ignorait ce qu'était devenue la robe grise, si Caroline l'avait désintégrée, si elle s'était carrément dénudée ou quoi. En revanche, il vit un superbe loup gris bondir du banc de la défense pour aller lécher les bajoues de Sabre, puis se rouler par terre et s'ébattre autour de l'imposant chien, qui jouait manifestement le rôle de chef de meute.

Sabre émit alors un grognement sourd. Le loup qu'était Caroline frotta tendrement son museau contre le cou du chien.

La même scène se reproduisit un peu partout dans la salle. Les deux procureurs, trois des jurés… le juge en personne…

Ils se transformaient tous, non pas pour attaquer, mais pour forger leurs liens sociaux avec l'imposant chien, le mâle dominant, en quelque sorte.

— On lui a parlé en chemin, expliqua Elena à Matt entre deux jurons, alors qu'elle essayait d'enlever le scotch dans ses cheveux. On lui a dit de ne pas être agressif et de n'arracher aucune tête – Damon m'a raconté avoir fait ça un jour.

— On voulait éviter le carnage, continua Stefan. Et on savait qu'aucun animal ne serait aussi imposant que lui. Alors on s'est appliqués à faire ressortir tous ses instincts de loup – tiens, Elena, tire par ce bout. Désolé, Matt.

Brûlure du sparadrap qu'on arrache d'un coup sec… Matt plaqua la main sur sa bouche. Mme Flowers se chargea de couper l'adhésif qui le retenait à la chaise à coups de ciseaux. Subitement, il fut entièrement libéré et eut une envie irrépressible de crier. Mais il se contenta de remercier ses trois sauveurs en les serrant dans ses bras.

Gwen, la pauvre, était en train de vomir dans une poubelle. Et encore, elle avait de la chance de s'en être trouvé une, constata Matt. Un des jurés, lui, rendait ses tripes par-dessus la rambarde du box.

— Je vous présente Mlle Sawicki, annonça-t-il fièrement. Elle est arrivée en retard au procès, mais elle m'a bien défendu.

— Il a dit « Elena », chuchota Gwen quand elle put enfin articuler.

Elle fixait un petit loup au poil dégarni par endroits, qui descendit en claudiquant de la tribune du juge pour aller faire le fou autour de Sabre, lequel acceptait avec dignité toutes les démonstrations du genre.

— Elena, c'est moi, dit cette dernière, interrompant son embrassade avec Matt.

— Celle qui est censée… être morte ?

Elena prit la peine de donner une accolade à l'avocate.

— J'ai l'air morte, d'après vous ?

— Je… je ne sais pas. Non. Mais…

— Cela dit, j'ai une jolie pierre tombale au cimetière de Fell's Church.

Soudain, l'expression d'Elena changea légèrement.

— C'est Caroline qui vous a dit ça ?

— Pas qu'à moi, à toute la salle. Surtout aux journalistes.

Stefan lança un sourire ironique à Matt.

— J'imagine que tu ne mourras pas avant de t'être vengé.

— La vengeance ne me dit plus rien. Tout ce que je veux, c'est rentrer chez moi – je veux dire…

Il leva les yeux vers Mme Flowers d'un air affligé.

— Si vous pouviez vous sentir comme chez vous dans ma maison en l'absence de votre chère mère, j'en serais très heureuse, le rassura la vieille dame.

— Merci, répondit Matt. C'est exactement ce que je ressens. Mais Stefan… à ton avis, qu'est-ce que les journalistes vont raconter ?

— S'ils sont malins, rien du tout.

23

Assis dans la voiture à côté de Meredith qui dormait toujours, Sabre couché à leurs pieds, Matt écoutait, horrifié, tandis que les autres le mettaient au parfum pour Meredith. Après quoi, il leur raconta à son tour ses mésaventures à Fell's Church.

— Je vais faire des cauchemars sur Cole Reece pour le restant de mes jours, admit-il. En plus, même s'il a crié quand je lui ai flanqué l'amulette sur le front, le Dr Alpert a dit qu'il resterait contaminé. Comment voulez-vous qu'on lutte contre un truc aussi incontrôlable ?

Elena était consciente du fait que, indirectement, c'était à elle qu'il posait la question. Elle serra le poing, enfonçant ses ongles dans sa paume.

— J'ai bien essayé d'utiliser les Ailes de la Purification pour nettoyer la ville. J'ai même essayé si fort que j'ai eu l'impression que j'allais exploser. Mais ça n'a rien donné. Je n'ai aucun contrôle sur mes pouvoirs ! Je crois… que j'aurais bien besoin d'entraînement, comme Meredith. Mais comment je dois m'y prendre ? Où ? Avec qui ?

Un long silence s'insinua entre les passagers. Finalement, c'est Matt qui répondit :

— On avance tous à l'aveuglette. Il suffit de voir

cette salle d'audience ! Comment c'est possible qu'il y ait autant de loups-garous rien que dans cette ville ?

— Les loups aiment vivre en meute, expliqua calmement Stefan. Il semblerait que Ridgemont en abrite toute une communauté, répartis entre les différents cercles de la ville – les Ours, les Élans et les Lions. Tout ça pour pouvoir épier les seuls êtres qu'ils redoutent : les humains.

Une fois qu'ils furent arrivés à la pension, Stefan porta Meredith jusqu'à la chambre du rez-de-chaussée, où Elena vint la border. Ensuite, ils allèrent poursuivre la conversation dans la cuisine.

— Et leur famille ? Les épouses de ces loups-garous ? relança Elena.

Elle se mit à masser les épaules de Matt, devinant qu'il devait avoir les muscles extrêmement tendus à cause des menottes. Le contact doux de ses doigts apaisait ses ecchymoses, mais ses mains, plus vigoureuses, continuèrent de le malaxer un bon moment, jusqu'à ce que ses propres épaules commencent à protester violemment.

Stefan prit le relais.

— Laisse-moi faire, mon amour. Le méchant vampire connaît un remède miracle. C'est un traitement indispensable, ajouta-t-il à l'attention de Matt. Il va falloir que tu encaisses quelle que soit la douleur.

Toujours reliée à ses pensées, bien que la connexion ait été désormais plus faible, Elena le sentit anesthésier l'esprit de Matt puis s'attaquer à ses épaules noueuses comme s'il pétrissait une pâte ferme, diffusant dans le même temps ses pouvoirs de guérison.

Juste après, Mme Flowers leur servit de grandes

tasses fumantes d'infusion à la cannelle. Matt vida la sienne d'un trait, puis sa tête retomba un peu en arrière. Ses yeux étaient fermés, ses lèvres entrouvertes. Elena le sentit évacuer une immense vague de douleur et de tension. Alors elle serra les deux garçons dans ses bras, sans retenir ses larmes.

— Dire qu'ils m'ont cueilli juste devant chez moi, répéta Matt tandis qu'Elena reniflait. D'accord, ils ont fait ça dans les règles, mais il n'y en avait pas un pour constater le… *le chaos* autour de nous !

Mme Flowers revint vers lui, l'air sérieux.

— Mon petit Matt, vous avez vécu une journée épouvantable. Ce qu'il vous faut maintenant, c'est beaucoup de repos.

Elle jeta un œil à Stefan, l'air d'évaluer l'incidence qu'un donneur de moins pourrait avoir sur lui. Stefan la rassura d'un sourire. Matt, qui continuait de se faire masser les épaules, hocha la tête. Après quoi, il commença à reprendre des couleurs et un petit sourire se dessina même sur ses lèvres.

— Tiens, voilà mon meilleur pote, marmonna-t-il.

Moyennant quelques petits coups de tête, Sabre se fraya un chemin entre leurs jambes et arriva, pantelant, à ses pieds.

— Tu as une haleine du tonnerre, mon vieux. Mais tu m'as sauvé la vie ! On n'aurait pas une petite friandise à lui donner, madame Flowers ?

Matt tourna vers elle ses yeux bleus encore un peu dans le vague.

— J'ai exactement ce qui lui faut. Il me reste au frigo un demi-rôti qui a juste besoin d'être un peu réchauffé.

Elle mit le four en route et, quelques minutes plus tard, revint vers Matt.

— À vous l'honneur. N'oubliez pas d'enlever les os, sinon il pourrait s'étouffer.

Matt attrapa le gros morceau de rôti qui, réchauffé, dégageait une odeur délicieuse. C'est ainsi qu'il prit conscience du fait qu'il était affamé. Ses bonnes intentions s'évanouirent d'un coup.

— Dites, ça vous ennuie si je me fais un sandwich avant de lui en donner un bout ?

— Oh, mon pauvre garçon ! s'écria Mme Flowers. Comment n'y ai-je pas pensé plus tôt ? Évidemment, j'imagine qu'on ne vous a rien donné à manger là-bas.

Elle lui apporta du pain, ce qui suffit au bonheur de Matt : du pain et une tranche de viande, le sandwich le plus simple que l'on puisse imaginer, et pourtant si bon que c'en était presque gênant.

Elena essuya encore quelques larmes. Comment rendre deux êtres heureux avec quelque chose de tout simple ! Plus que deux, même : ils étaient tous heureux de voir Matt indemne et Sabre obtenir une récompense bien méritée.

L'imposant chien avait sagement suivi du regard toutes les allées et venues du rôti, sa queue balayant le sol dans un frottement continu. Cependant, quand Matt, qui en avait encore plein la bouche, lui tendit le gros morceau qui restait, l'animal pencha simplement la tête de côté en le fixant, l'air de dire : « Quoi, c'est pour moi ? »

— Mais oui, c'est pour toi. Vas-y, attrape, lui dit Mme Flowers avec fermeté.

Finalement, Sabre ouvrit son énorme gueule pour

s'emparer du morceau, sa queue frétillant à toute vitesse comme une pale d'hélicoptère. Sa posture était si explicite que Matt éclata de rire.

— Et tu le manges ici, avec nous, ajouta la vieille dame avec autorité.

Elle étala un grand tapis sur le sol de la cuisine.

La joie de Sabre n'avait d'égale que ses bonnes manières. Il lâcha le morceau de rôti sur le tapis, puis fit le tour des humains au petit trot, fourrant sa truffe humide ici dans une main, là contre une hanche ou sous un menton, avant de retourner auprès de son trophée pour le savourer.

— Je me demande si Sage lui manque, dit Elena tout bas.

— À moi oui, en tout cas, marmonna Matt dans sa barbe. Une aide surnaturelle ne serait pas de refus.

Pendant ce temps, Mme Flowers s'activait en cuisine pour préparer des sandwichs, qu'elle empaqueta avec d'autres aliments comme des paniers-repas pour l'école.

— Si l'un de vous se réveille cette nuit avec une petite faim, il aura de quoi faire, se réjouit-elle. Sandwichs au jambon, au fromage, au poulet-crudités, des petites carottes croquantes et une bonne part de tarte aux pommes.

Elena alla l'aider. Bizarrement, elle avait encore envie de pleurer. Mme Flowers lui tapota la main.

— On est tous, comment dire ?... *perturbés*, lui souffla-t-elle d'un ton grave. Si vous avez du mal à vous endormir tout à l'heure, ce sera probablement dû à un excès d'adrénaline, ajouta-t-elle pour tout le monde. Mon infusion va vous faire du bien. Et je pense qu'on peut faire confiance à nos compagnons à quatre pattes et au bouclier sur le toit pour nous protéger cette nuit.

Matt dormait presque debout, à présent.

— Madame Flowers… un jour… je vous revaudrai ça… mais là, je n'arrive plus à garder les yeux ouverts.

— En clair : tout le monde au lit ! annonça Stefan.

Il referma les doigts de Matt sur le sachet confectionné par Mme Flowers, puis le guida dans l'escalier. Elena emballa quelques provisions supplémentaires, embrassa Mme Flowers sur les deux joues et monta dans la mansarde.

Après avoir remis le lit en ordre, elle s'apprêtait à ouvrir un des sachets quand Stefan revint d'avoir couché Matt.

— Ça va aller pour lui, tu crois ? demanda-t-elle, inquiète. Je veux dire, tu penses qu'il ira mieux demain ?

— Physiquement, oui. J'ai soulagé une bonne partie de ses douleurs.

— Et psychologiquement ?

— C'est un coup dur pour lui. Il s'est pris la réalité de plein fouet. Au moment de son arrestation, il savait qu'il allait peut-être se faire lyncher, et tout ça sans qu'aucun d'entre nous soit au courant. Il pensait que, même si on le retrouvait, ça finirait en bagarre générale… et qu'on aurait du mal à l'emporter vu notre nombre et notre manque de moyens, question magie.

— Mais, grâce à Sabre, rien de tout ça n'est arrivé.

Elena examina d'un air pensif les sandwichs qu'elle avait posés sur le lit.

— Tu préfères quoi : poulet-crudités ou jambon ?

Silence. Elle mit toutefois un moment avant de prendre conscience de la question idiote qu'elle venait de poser et de lui lancer un regard désolé.

— Je… Oh, Stefan, excuse-moi, j'ai *oublié*. C'est que… cette journée a été si étrange. Je n'en reviens pas !

— Je suis flatté, plaisanta Stefan. Et toi, tu tombes de sommeil. Je ne sais pas ce que Mme Flowers a mis dans cette tisane, mais…

— Ça intéresserait sûrement le gouvernement, suggéra Elena. Pour leurs espions et tout. En attendant…

Elle tendit les bras, la tête en arrière, la gorge offerte.

— Non, mon amour. Tu as peut-être oublié ce que j'ai dit ce midi, mais pas moi. J'ai juré que j'allais reprendre la chasse, et je vais le faire.

— Tu vas me laisser toute seule ? protesta Elena, retrouvant tout à coup sa vigueur.

Ils se fixèrent sans un mot.

— Ne pars pas, insista-t-elle en écartant une mèche de son cou. J'avais tout prévu, de te donner mon sang et qu'on s'endorme dans les bras l'un de l'autre. Je t'en prie, reste, Stefan.

Elle savait à quel point il avait du mal à lui résister. Oui, elle était crasseuse et épuisée, oui, elle portait un jean déchiré et elle avait du noir sous les ongles. Peu importait. Elle était à ses yeux d'une beauté sans limites et exerçait sur lui une fascination sans fin. Il avait très envie d'elle. Elle le sentait à travers le lien qui les unissait, un lien qui commençait à se réveiller, à s'animer, à l'attirer vers elle.

— Mais, Elena…

Il essayait d'être raisonnable ! Pourtant il savait bien qu'elle refusait toute sagesse dans un moment pareil, non ?

— Juste là.

Elle tapota la zone tendre de son cou.

Leur lien crépitait maintenant comme une ligne à haute tension. Mais Stefan était têtu.

— Il faut que tu manges d'abord. Que tu gardes des forces.

Elena attrapa aussitôt le sandwich poulet-crudités et mordit dedans à pleines dents. Hmm… un régal. Il faudrait qu'elle pense à ramasser un bouquet de fleurs des champs pour remercier Mme Flowers. On prenait tellement bien soin d'eux ici. Il fallait qu'elle trouve un moyen de se rendre plus utile.

Stefan la regarda manger. Ça lui ouvrit l'appétit, mais c'est parce qu'il avait l'habitude de se nourrir à heures fixes et que, à l'inverse, il manquait d'exercice. Elena entendait toutes ses pensées, notamment qu'il était content de la voir se reprendre en main. Qu'avec elle il avait appris la discipline et que ça ne lui ferait pas de mal, pour une fois, de se coucher en ayant faim. Il veillerait son adorable Elena assoupie toute la nuit.

Certainement pas ! Elena fut horrifiée par cette idée. Depuis qu'il avait été emprisonné, la moindre allusion à une possible privation pour lui la terrifiait. Subitement, la bouchée qu'elle avait prise eut du mal à passer.

— Allez, viens… s'il te plaît, l'implora-t-elle.

Elle préférerait qu'il se décide de lui-même, mais, s'il s'obstinait, elle n'hésiterait pas à sortir les grands moyens pour le convaincre. Elle irait se laver les mains jusqu'à ce qu'elles soient parfaitement propres, se changerait pour enfiler une longue nuisette moulante et, entre deux baisers, caresserait ses canines rebelles du bout de la langue, tout doucement, au niveau des gencives, comme ça elle ne se couperait pas quand elles commenceraient à s'allonger. Et d'ici là Stefan aurait la tête qui tourne, il ne serait plus maître de lui mais totalement sous son charme.

Ça va! s'écria Stefan par télépathie. *Par pitié, arrête!*

— Non, je n'ai pas envie d'avoir pitié de toi. Ni que tu me laisses, répliqua Elena en lui tendant les bras.

Sa voix était douce, tendre et pleine de désir.

— J'ai envie de te serrer dans mes bras, que tu me serres dans les tiens, et qu'on reste comme ça pour toujours.

L'expression de Stefan changea. Il la regarda de la même façon que le jour où elle était venue le voir en prison, dans une tenue, disons, très différente de celle, répugnante, qu'elle portait à cet instant. « C'est... pour moi tout ça ? » avait-il bredouillé, l'air émerveillé.

À l'époque, il y avait des barbelés acérés entre eux. Mais là rien ne les séparait, et Elena voyait bien qu'il mourait d'envie de la rejoindre. Elle tendit encore un peu les bras, et alors il se blottit contre elle et la serra très fort, quoique avec une infinie douceur. Quand il relâcha un peu son étreinte et appuya son front contre le sien, elle comprit que dorénavant elle ne pourrait plus être fatiguée, triste ou effrayée sans repenser à cet instant, et c'est ce qui la ferait tenir pour le restant de ses jours.

En fin de compte, ils se glissèrent ensemble sur le

lit, se consolant mutuellement, échangeant des baisers doux et tendres. Petit à petit, Elena sentit le monde extérieur et tout ce qu'il comptait d'horreurs dériver de plus en plus loin. Comment se faisait-il que tout aille si mal alors qu'elle se sentait si bien ? Au final, Matt, Meredith, Bonnie et Damon seraient sûrement indemnes et heureux eux aussi. En attendant, chaque baiser la rapprochait du paradis, et elle savait que Stefan ressentait la même chose. Ils étaient si bien ensemble qu'elle était persuadée que bientôt l'Univers tout entier résonnerait de son bonheur, qui irradiait comme un jet de lumière pure et transformait tout ce qu'il touchait.

À son réveil, Bonnie constata qu'elle n'était restée inconsciente que quelques minutes. Elle se mit à trembler et, comme toujours dans ces cas-là, sembla incapable de s'arrêter. Sentant une vague de chaleur l'envahir, elle comprit que Damon essayait de la réchauffer. Mais en vain, les frissons persistèrent.

— Qu'est-ce qui t'arrive ?

Damon n'avait pas la même voix que d'habitude.

— Je n'en sais rien, soupira Bonnie.

Et c'était vrai.

— C'est peut-être à force d'avoir été suspendue dans le vide sans savoir si j'allais y passer. Je n'avais pas l'intention de crier, s'empressa-t-elle d'ajouter au cas où il croirait le contraire. Mais ensuite, quand ils ont parlé de me torturer…

Elle sentit une sorte de spasme secouer violemment Damon. Il la serrait trop fort.

— Te torturer ! C'est ce qu'ils ont menacé de faire ?

— Oui, tu sais, à cause de la sphère d'étoiles de

Misao. Ils savaient qu'elle avait été vidée ; ce n'est pas moi qui le leur ai dit. Mais j'ai bien été obligée d'avouer que c'était ma faute, alors ça les a mis en colère. Aïe, Damon, tu me fais mal !

— Alors ce serait à cause de *toi* qu'elle était vide ?

— Eh bien, c'est ce que je me suis dit. Tu n'aurais pas pu y arriver si je n'avais pas été soûle, et… mais qu'est-ce qui te prend ? Tu es en colère, toi aussi ?

Il la serrait si fort qu'elle ne pouvait plus respirer.

Lentement, elle sentit son étreinte se relâcher un peu.

— Un conseil, mon pinson. Quand on menace de te torturer et de te tuer, il serait peut-être plus… disons *opportun* de mentir et de faire porter le chapeau à quelqu'un d'autre. Surtout quand c'est la vérité.

— Je sais tout ça ! rétorqua Bonnie, indignée. Mais, de toute façon, ils allaient me tuer. Seulement, si j'avais mentionné ton nom, ils s'en seraient pris à toi aussi.

Cette fois, Damon la repoussa brutalement, et elle fut obligée de le regarder en face. Parallèlement, elle le sentit sonder subtilement ses pensées et n'y résista pas ; elle était trop intriguée par les cernes couleur prune qu'il avait sous les yeux.

— Tu ne comprends donc pas que c'est la base de l'instinct de conservation ?

Une fois de plus, elle eut le sentiment qu'il était fâché contre elle. Honnêtement, elle ne l'avait jamais vu comme ça, sauf une fois peut-être, se souvint-elle, quand Elena avait été « punie » pour avoir secouru lady Ulma à l'époque où celle-ci était une esclave. Il avait eu la même expression : si menaçante que même Meredith avait eu peur, et pourtant si rongée par la culpabilité que Bonnie aurait fait n'importe quoi pour le consoler.

Mais, aujourd'hui, il y avait forcément une autre explication. « Car tu n'es pas Elena, et il ne te traitera jamais comme elle. » Le souvenir de la chambre marron insalubre défila devant ses yeux et acheva de la convaincre : jamais il n'aurait laissé Elena dans un tel endroit. D'abord parce que Elena ne l'aurait pas laissé faire.

— Tu veux que j'y retourne ?

Bonnie prit soudain conscience du fait que ses réflexions étaient sottes et mesquines, surtout qu'il n'y avait encore pas si longtemps elle regrettait d'avoir quitté cette auberge sordide.

— Où ça ? répondit Damon, un peu trop vite.

Bonnie eut l'impression qu'il venait de visualiser la chambre marron à travers ses yeux.

— Pour quoi faire ? La logeuse m'a tout donné. J'ai tes vêtements et un paquet de sphères pour t'occuper au cas où une seule ne te suffirait pas. Mais qu'est-ce qui te fait penser que tu devrais y retourner ?

— Eh bien, parce que je sais que tu étais à la recherche d'une dame de haut rang et que je n'en suis pas une, expliqua simplement Bonnie.

— C'était dans l'unique but de redevenir un vampire. À ton avis, comment je fais pour te maintenir dans les airs en ce moment même ?

Cette fois, Bonnie en fut certaine : Damon lisait dans ses pensées et percevait toutes ses frayeurs, y compris celle qu'elle avait éprouvée en visionnant les deux sphères censurées et qui hantait toujours ses souvenirs. Il était bel et bien redevenu vampire. Mais le contenu de ces sphères était si odieux que sa carapace commença à se fissurer. Elle pouvait presque deviner ce qu'il ressentait à l'idée de l'avoir laissée seule avec ces visions, tremblant sous sa couverture chaque nuit.

Le nouveau vampire qu'il était, d'ordinaire si insensible, eut une réaction stupéfiante.

— Je suis désolé, Bonnie. Je n'ai pas réfléchi à l'impact que cet endroit aurait sur toi. Qu'est-ce que je peux faire pour que tu te sentes mieux ?

Bonnie cligna des yeux. Sérieusement, elle croyait rêver. Damon ne s'excusait *jamais*. C'était presque de notoriété publique. Et si par hasard il s'excusait, se justifiait ou parlait aussi gentiment à quelqu'un, c'était uniquement dans son propre intérêt. Cependant, une chose semblait vraie dans tout ça : Bonnie n'aurait plus à dormir dans la chambre sordide.

Cette perspective la fit presque rougir de joie.

— Est-ce qu'on pourrait redescendre ? En douceur ? suggéra-t-elle avec une soudaine audace. Pour tout t'avouer, j'ai vraiment le vertige.

Bien que surpris, Damon acquiesça :

— Ça doit pouvoir se faire. Autre chose ?

— Eh bien... je connais deux filles qui te donneront volontiers leur sang si... s'il nous reste un peu d'argent... et si tu peux les aider...

— Bien sûr qu'il nous en reste, rétorqua Damon un peu sèchement. J'ai même extorqué ta part à cette mégère d'aubergiste.

— Dans ce cas, je ne sais pas si tu te souviens du secret dont je t'ai parlé ?

— Si, très bien. Dans combien de temps penses-tu être suffisamment d'aplomb pour te mettre en route ?

24

Stefan se réveilla à l'aube. Il patienta jusqu'au petit déjeuner en contemplant simplement Elena, qui, même dans son sommeil, rayonnait d'un éclat intérieur, semblable à une flamme dorée luisant au cœur d'une bougie rose pâle.

À table, chacun était encore plus ou moins absorbé par ses souvenirs de la veille. Meredith montra à Matt la photo de son vampire de frère, Cristian, et Matt lui raconta brièvement les rouages internes du système judiciaire de Ridgemont, sans oublier de lui décrire à quoi ressemblait Caroline en loup-garou. Il était clair que la pension était le seul endroit où tous deux se sentaient en sécurité.

Quant à Elena, bien qu'elle se soit réveillée lovée dans les bras et les pensées de Stefan, le cœur encore léger du bonheur ressenti en s'endormant contre lui, elle était incapable de trouver un plan A, ni un B ou un Z, d'ailleurs. Néanmoins, les autres lui firent gentiment remarquer qu'il n'y avait qu'une chose sensée à faire.

— Stefan est le seul qui soit susceptible de raisonner les gosses autrement qu'avec des Post-it, affirma Matt en vidant une tasse de café bien noir préparé par Mme Flowers.

— Et peut-être le seul que Shinichi craigne, acquiesça Meredith.

— Et moi je ne sers à rien, ajouta tristement Elena.

Elle n'avait pas d'appétit. Elle s'était réveillée animée par un sentiment d'amour et de compassion envers toute l'humanité, et par un besoin impérieux de protéger la ville de son enfance, mais, comme chacun le laissait entendre, elle allait sans doute devoir passer la journée cachée dans le cellier. Il se pouvait que des journalistes leur rendent visite.

Ils ont raison, confirma Stefan en la regardant. *En toute logique, je suis le seul qui puisse découvrir ce qui se passe réellement à Fell's Church.*

Sur ce, il quitta la table avant tout le monde. Elena fut la seule à savoir pourquoi ; elle seule pouvait lire dans ses pensées, dans les limites de son champ télépathique.

Stefan était parti chasser. Il roula jusqu'à la nouvelle forêt, sortit de la voiture et finit par débusquer un lapin dans les broussailles. Il le manipula mentalement pour l'immobiliser et apaiser ses craintes. Puis, subrepticement, dans cette clairière mal abritée, il lui prit un peu de sang… *et faillit s'étrangler.*

Ce liquide immonde avait un goût de rongeur ! Le lapin n'en était pourtant pas un, si ? Un jour, il avait eu la chance d'attraper un rat dans sa cellule, et ça avait vaguement le même goût.

Mais, à présent, cela faisait des jours qu'il se nourrissait de sang humain. Qui plus est un sang riche et puissant, issu d'individus courageux, intrépides et, dans certains cas, doués de facultés paranormales, en d'autres termes *la crème de la crème*. Comment avait-il pu s'y habituer aussi vite ?

Ça lui faisait honte aujourd'hui, de penser à tout ce qu'il leur avait pris. Le sang d'Elena, en premier lieu, qui avait de quoi rendre fou n'importe quel vampire. Mais aussi celui de Meredith, qui avait le goût volcanique intense d'un océan primitif, et celui de Bonnie, un peu comme un bonbon télépathique. Et enfin celui de Matt, un sang vigoureux, cent pour cent américain.

Ils l'avaient nourri sans relâche, à heures fixes, et bien plus que ce dont il avait besoin pour survivre. Nourri jusqu'à ce qu'il commence à guérir, en redoublant d'efforts à mesure qu'ils constataient que ces derniers étaient payants. Ça avait continué comme ça pendant des jours, pour finalement s'achever avec Elena la nuit précédente, Elena dont les cheveux prenaient des reflets argentés et dont les yeux étaient d'un bleu presque éblouissant.

Ces reflets argentés… le ventre de Stefan se noua en y repensant, en se rappelant la dernière fois où il avait vu ses cheveux revêtir cet aspect. Elle était morte à l'époque. Vampire, certes, mais non moins morte.

Stefan laissa le lapin s'enfuir et fit un nouveau serment. Éviter à tout prix de transformer à nouveau Elena en vampire. Par conséquent, pas d'échange de sang significatif entre eux pendant au moins une semaine : qu'elle donne son sang ou qu'elle lui en prenne, dans les deux cas, ça risquerait de la faire basculer.

Il n'avait plus qu'à se réhabituer au goût du sang animal.

Il ferma les yeux un instant pour se remémorer l'horreur de sa première expérience. Les crampes. Les tremblements. La souffrance atroce que son corps tout entier lui avait fait endurer parce qu'il était en manque. La sensation que ses veines pourraient exploser à tout moment et cette douleur insupportable dans la mâchoire.

Il se releva. Il avait de la chance d'être en vie. Et encore plus d'avoir Elena à ses côtés. Il assumerait cette réadaptation, décida-t-il, mais sans en parler à Elena pour ne pas l'inquiéter.

Deux heures plus tard, Stefan revint à la pension en boitant légèrement. Matt, qui le croisa à la porte d'entrée, s'en aperçut tout de suite.

— Ça va, mon vieux? Tu devrais entrer et aller te mettre de la glace.

— Non, c'est juste une crampe, assura Stefan. Je manque d'exercice, c'est tout. Je n'ai pas trop eu l'occasion de me bouger quand j'étais… enfin, tu sais.

Il détourna les yeux, le visage empourpré. Tout comme Matt, qui fulmina en silence contre tous ceux qui avaient mis son ami dans cet état. Les vampires étaient plutôt résistants, mais il avait le sentiment, non, ce n'était pas un sentiment mais une certitude, que Stefan avait frôlé la mort dans cette prison. Une journée derrière les barreaux l'avait convaincu que plus jamais il ne voulait revivre ça.

Il suivit Stefan dans la cuisine, où Elena, Meredith et Mme Flowers étaient – pour changer – en train de boire une infusion.

Matt eut un pincement au cœur lorsqu'il vit Elena remarquer aussitôt la démarche malaisée de Stefan et se lever pour l'aider, et ce dernier la serrer dans ses bras et caresser ses cheveux d'un geste rassurant. Cependant, un détail l'intrigua: c'était lui ou les magnifiques cheveux dorés d'Elena avaient éclairci ? On aurait dit des reflets argentés, comme à l'époque où elle avait fui avec Stefan lorsqu'elle était sur le point de devenir un vampire. En tout cas, Stefan avait l'air d'examiner ça de près, tournant et retournant chaque mèche à mesure qu'il glissait la main dedans.

— Alors, ça s'est bien passé ? s'enquit Elena d'une voix tendue.

Stefan secoua la tête d'un air las.

— J'ai parcouru la ville de long en large, et chaque fois que je croisais un… une jeune fille qui se contorsionnait, qui se roulait par terre ou qui faisait le moindre geste décrit dans les journaux, j'ai essayé de l'influencer. Bon, je n'aurais pas dû perdre mon temps avec celles qui se roulaient par terre : impossible d'attirer leur attention. Mais, au final, le résultat est le même : onze filles, zéro touche.

Elena se tourna vers Meredith, agitée.

— Qu'est-ce qu'on fait maintenant ?

Mme Flowers se mit à fouiller activement dans les bottes d'herbes aromatiques qui pendaient au-dessus de sa cuisinière.

— D'abord, il vous faut une bonne infusion.

— Et du repos, ajouta Meredith en tapotant doucement la main de Stefan. Tu as besoin de quelque chose ?

— Eh bien… j'ai une nouvelle idée : la voyance. Mais, pour ça, j'ai besoin de la sphère de Misao. Ne vous inquiétez pas, je n'utiliserai pas son pouvoir. Elle va juste me servir de boule de cristal.

— Je te l'apporte, proposa Elena en se mettant debout d'un bond.

Matt sursauta légèrement puis regarda Mme Flowers tandis qu'Elena s'éloignait vers la porte du cellier. Elle appuya sur le panneau en bois, qui ne bougea pas d'un pouce. Mme Flowers se contenta de sourire avec bienveillance. C'est Stefan qui se leva, toujours en boitant, pour aller l'aider. Puis Matt et Meredith se levèrent à leur tour.

— Mme Flowers, vous êtes sûre qu'on fait bien de garder cette sphère dans le même coffre ? demanda Meredith au passage.

— Ma*man* dit qu'on est sur la bonne voie, confia la vieille dame sereinement.

Après quoi, tout alla très vite.

Comme s'ils avaient répété, Meredith appuya pile au bon endroit sur le panneau pivotant du cellier, Elena s'accroupit brusquement et, plus vite que jamais, Matt fonça comme un boulet de canon sur Stefan, une épaule rentrée ; et Mme Flowers s'activa comme une folle pour attraper de grandes gerbes d'herbes séchées et les étaler sur la table de la cuisine.

Alors Matt percuta Stefan de tout son poids et le fit trébucher par-dessus Elena, sa tête se rapprochant dangereusement du sol sans que personne la retienne. Meredith en remit une couche en se jetant sur lui de côté, et lui fit faire un salto avant prodigieux. Dès qu'il dégagea l'embrasure et se mit à dévaler les escaliers, Elena se releva, referma la porte et s'adossa contre elle avec Meredith, pendant que Matt criait d'un air affolé :

— *Comment voulez-vous empêcher un* kitsune *de sortir ?*

— Ça, ça devrait aider, haleta Mme Flowers.

Elle tapissa le pas de la porte avec des herbes odorantes.

— Et du fer… il nous faut du fer ! s'écria Elena.

Meredith, Matt et elle coururent vers le salon, où se trouvait un imposant garde-feu en fer à trois pans. Ils se débrouillèrent pour le pousser tant bien que mal jusqu'à la porte du cellier et le caler contre elle. À cet instant, un premier coup fracassant ébranla le panneau depuis l'intérieur, mais le garde-fou était solide, et le second coup fut tout de suite plus faible.

— Mais qu'est-ce qui vous prend ? Vous êtes devenus dingues ou quoi ? cria Stefan d'un ton plaintif.

Mais, alors que le petit groupe placardait des Post-it sur toute la porte, il changea brusquement de ton et se mit à jurer comme seul Shinichi savait le faire :

— *Vous allez le regretter, bande de vermines ! Misao va très mal. Elle n'arrête pas de pleurer. Vous le paierez de votre sang, mais pas avant d'avoir fait la connaissance de quelques amis très particuliers. Des spécialistes de la souffrance !*

Elena leva le menton, comme si elle entendait quelque chose. Matt la vit froncer les sourcils. Puis elle interpella le démon :

— Ne t'avise même pas de chercher Damon. Il est parti. Et, si tu tentes quoi que ce soit pour le retrouver, je te ferai frire la cervelle !

Un silence menaçant filtra du cellier.

— Doux Jésus, chuchota Mme Flowers. Et maintenant ?

Elena fit simplement signe aux autres de la suivre, et ils montèrent tous ensemble au dernier étage de la maison, dans la chambre de Stefan, en parlant à voix basse :

— Comment tu as su ?

— Tu as lu dans ses pensées ?

— Moi je n'ai pas compris tout de suite, reconnut Matt. Mais Elena faisait comme si la sphère de Misao était dans le cellier, alors que Stefan sait très bien qu'elle n'y est pas. C'est ma faute, ajouta-t-il, un peu coupable, c'est moi qui l'ai fait entrer.

— J'ai eu un doute dès qu'il s'est mis à me trifouiller les cheveux, avoua Elena en frissonnant de dégoût. Stefan et Da..., je veux dire, Stefan sait que j'aime uniquement qu'on les caresse doucement, et seulement aux pointes. Pas qu'on me les tripote comme ça ! Rappelez-vous toutes ses chansonnettes sur les chevelures dorées. Quel cinglé, celui-là. Bref, après, j'ai su au premier contact de ses pensées.

Matt avait honte. Dire qu'il s'était posé tout un tas de questions sur Elena, croyant qu'elle était peut-être en train de se transformer en vampire... Tout s'expliquait à présent.

— Moi c'est sa bague de lapis-lazuli qui m'a mis la puce à l'oreille, dit Meredith. Je l'ai vue à sa main droite quand il est sorti tout à l'heure. Quand il est revenu, il la portait à la gauche.

Les autres la dévisagèrent un moment sans rien dire. Alors elle haussa les épaules.

— Faire attention aux détails, ça fait partie de ce qu'on m'a appris.

— Bien vu, la félicita finalement Matt. Stefan serait incapable de la changer de doigt en plein jour.

— Et vous, madame Flowers, comment vous avez

su ? demanda Elena. À cause de notre attitude, peut-être ?

— Seigneur, non ! Vous êtes tous très bons comédiens. En fait, dès qu'il a franchi le seuil de la porte, ma*man* m'a hurlé dans les oreilles, à juste titre : « Qu'est-ce qui te prend de laisser un *kitsune* entrer chez toi ? » Alors j'ai su ce qui nous attendait.

— Et on l'a eu ! s'écria Elena, rayonnante. On l'a carrément pris au dépourvu ! J'ai presque du mal à le croire.

— Pourtant tu peux, répliqua Meredith avec un sourire ironique. Mais ne te fais pas d'illusions, ça ne va pas durer. Il va vite s'en remettre et réfléchir à un moyen de se venger.

Matt était préoccupé par un autre aspect du problème.

— Dans mon souvenir, tu as dit que Shinichi avait des clés qui peuvent le conduire n'importe où, n'importe quand. Dans ce cas, pourquoi il n'a pas simplement dit : « Amenez-moi à la pension où est cachée la sphère de ma sœur ? »

— Ces clés dont tu parles sont différentes de la clé des jumeaux, expliqua Elena, les sourcils froncés par la concentration. Ce sont des sortes de passe-partout et, autant que je sache, Shinichi et Misao ont toujours les deux modèles en leur possession. Je ne sais pas pourquoi il ne s'en est pas servi. En même temps, ça l'aurait trahi dès son arrivée.

— Pas s'il était entré directement par le cellier et s'il y était resté planqué, objecta Meredith. Et puis, peut-être qu'un passe-partout l'emporte sur la règle du « pas invité, pas le droit d'entrer » ?

— Ma*man* m'aurait quand même prévenue, intervint Mme Flowers. Et, de toute façon, il n'y a aucune serrure dans le cellier.

— Ça ne l'aurait pas dérangé, je crois, reprit Elena. À mon avis, il voulait juste nous montrer qu'il était rusé et qu'il pouvait facilement nous reprendre la sphère de sa sœur.

Avant que quelqu'un d'autre ne prenne la parole, Meredith tendit la main, ouvrant la paume pour révéler un petit objet luisant. Une clé en or incrustée de diamants, au contour très familier.

— C'est un des passe-partout ! s'écria Elena.

— Elle est tombée par hasard de sa poche de jean quand il a fait son salto, avoua Meredith d'un air innocent.

— Dis plutôt quand tu l'as envoyé valser au-dessus de ma tête, rectifia Elena. Je parie que tu lui as fait les poches !

— Donc, pour l'instant, Shinichi n'a aucun moyen de s'échapper ! récapitula Matt avec enthousiasme.

— Ni clé ni serrure, acquiesça Elena avec un sourire mutin.

— Il peut toujours s'amuser à se changer en taupe et creuser un chemin sous terre pour sortir du cellier, tempéra Meredith calmement. À condition qu'il ait son équipement de magicien sur lui. Je me demande… ajouta-t-elle, cette fois avec une pointe d'inquiétude, si Matt ne devrait pas confier à l'un de nous à quel endroit il a planqué la sphère. Juste… au cas où.

Matt vit toutes les paires de sourcils s'agiter autour de lui. Mais, subitement, il se rendit compte que Meredith avait raison, qu'il devait absolument dire à quelqu'un qu'il avait caché la sphère dans son placard. Le groupe, y compris Stefan, l'avait choisi ce matin-là en souvenir de la résistance acharnée dont il avait fait preuve face à Shinichi quand ce dernier s'était servi du corps de Damon comme d'un pantin pour le torturer, quelques mois auparavant. À l'époque, il avait prouvé qu'il préférait mourir dans d'atroces souffrances plutôt que de mettre ses amis en danger. Mais, si Matt venait à mourir dans l'instant, la sphère d'étoiles de Misao serait peut-être perdue à jamais pour le groupe. Or il était bien placé pour savoir qu'il n'était pas passé loin de dévaler les escaliers en même temps que Shinichi.

Un cri leur parvint du rez-de-chaussée.

— Salut tout le monde ! Vous êtes là ? Elena !

— Stefan !

Sans souci de dignité, Elena se précipita en bas et se jeta à son cou. En dépit de sa surprise, il parvint à la freiner dans son élan avant qu'ils ne tombent tous les deux.

— Qu'est-ce qui s'est passé ici ? murmura Stefan, méfiant.

Son corps vibrait considérablement, comme d'une envie irrésistible de se battre.

— Ça sent le *kitsune* dans toute la maison !

— Tout va bien, le rassura Elena. Suis-moi.

Elle le conduisit à l'étage, dans sa chambre.

— On l'a enfermé dans le cellier, ajouta-t-elle.

Stefan eut l'air perplexe.

— Qui ça ?

— Et on a barricadé la porte avec du fer, précisa Matt d'un ton triomphant. Avec des amulettes et des plantes partout. Et, bref, Meredith a trouvé sa clé.

— Quelle clé ? Mais de qui vous parlez ? Shinichi ?

Stefan se tourna vers Meredith, ses yeux verts écarquillés.

— Pendant mon absence ?

— C'est un peu un coup de chance. Sans le faire exprès, j'ai mis la main dans sa poche quand il a perdu l'équilibre et je suis tombée sur son passe-partout… à moins que ce ne soit une simple clé de maison ?

Stefan fixa la clé.

— Non, c'est bien ça. Elena le sait. Tu es incroyable, Meredith !

— Oui, c'est le passe-partout, confirma Elena. Je me souviens de sa forme… plutôt élaborée, hein ?

Elle prit la clé dans la main de Meredith.

— Qu'est-ce que tu vas…

— Autant la tester tout de suite.

Elena s'avança vers la porte de la chambre avec un petit sourire malicieux. Elle la referma, annonça à voix haute « Le salon au rez-de-chaussée », inséra la clé dans la serrure, puis rouvrit la porte, la franchit et referma derrière elle. Avant que quiconque n'ait le temps de faire un commentaire, elle réapparut, brandissant le tisonnier du salon en triomphe.

— Ça a marché ! s'écria Stefan.

— Incroyable, souffla Matt.

Stefan semblait presque fiévreux.

— Vous vous rendez compte de ce que ça signifie ? On a sa clé à disposition ! On peut aller où ça nous chante sans utiliser nos pouvoirs. Même au Royaume des Ombres ! Mais d'abord, tant qu'on l'a encore sous la main, on devrait s'occuper de Shinichi.

— Vous n'êtes pas en état de faire ça maintenant,

mon petit Stefan, s'opposa Mme Flowers en secouant la tête. Navrée de vous le dire, mais la vérité c'est que nous avons eu beaucoup de chance. Ce maudit *kitsune* a été pris par surprise tout à l'heure. Ce sera différent cette fois.

— Tant pis, il faut que j'essaie, insista calmement Stefan. Chacun d'entre vous, à un moment donné, a été tourmenté ou a dû lutter contre Shinichi, que ce soit par la force ou par la ruse, ajouta-t-il en inclinant légèrement la tête vers Mme Flowers. Moi j'ai souffert, mais je n'ai jamais eu l'occasion de me battre contre lui. Je veux tenter le coup.

— Dans ce cas, je viens avec toi, décréta Matt d'un ton tout aussi calme.

— On n'a qu'à se battre tous ensemble, approuva Elena. Pas vrai, Meredith ?

Cette dernière hocha lentement la tête en attrapant, l'air de rien, le tisonnier de la cheminée de Stefan.

— Oui. C'est peut-être un coup bas, mais… mieux vaut arriver en force.

— Moi je dis qu'il vaut mieux ça que de le laisser vivre et s'en prendre à d'autres gens. Alors on va s'en charger tous ensemble, répéta Elena avec fermeté. *Maintenant !*

Au moment où il allait se lever, Matt resta figé en plein élan, sous le choc. Simultanément, avec la grâce de deux lionnes en train de chasser ou de deux danseuses étoiles, les filles encerclèrent Stefan et firent tournoyer leur tisonnier respectif ; Elena le frappa à la tête et Meredith en plein dans l'aine. Stefan vacilla au premier coup et poussa un simple gémissement au second. Alors Matt éjecta Elena sur le côté, puis, pivotant avec autant de précision que s'il était sur un terrain de foot, il repoussa Meredith aussi loin que possible.

Stefan avait manifestement décidé de ne pas résister. L'imposteur qu'il était changea brusquement d'apparence. Misao, ses cheveux d'ébène aux pointes rouges entrelacées de feuillage, apparut devant eux. Horrifié, Matt fixa son visage défait et blême. Visiblement, elle était très mal en point, quoique toujours aussi rebelle. En revanche, il n'y avait pas une pointe de sarcasme dans sa voix, ce soir.

— Qu'est-ce que vous avez fait de ma sphère d'étoiles ? Et, si vous avez touché à *un* cheveu de mon frère… lâcha-t-elle d'un ton menaçant peu convaincant.

— Il est juste enfermé en lieu sûr, répliqua Matt sans même réfléchir.

Malgré toutes les atrocités qu'elle avait commises, il ne pouvait s'empêcher d'avoir pitié d'elle. Elle était désespérée et très malade, c'était indéniable.

— Ça, je le sais. Ce que j'allais dire, c'est que mon frère va tous vous tuer et pas par plaisir, mais de *rage*.

Cette fois, Misao parut misérable et effrayée.

— Vous ne l'avez jamais vu en rogne pour de vrai.

— Et toi, tu n'as jamais vu *Stefan* en rogne, rétorqua Elena. Du moins pas quand il avait tous ses pouvoirs.

Misao secoua la tête, l'air dépité. Une feuille séchée tomba de ses cheveux en voltigeant.

— Vous ne comprenez rien !

— Je doute qu'on en ait envie. Meredith, tu l'as fouillée ?

— Non, mais ça m'étonnerait qu'elle ait emporté l'autre…

— Matt, prends un livre pour t'occuper, enchaîna Elena. Je te préviendrai quand on aura fini.

Matt était peu enthousiaste à l'idée de tourner le dos à un *kitsune*, même faiblard. Toutefois, devant l'insistanoe de Mme Flowers, qui le regarda en hochant gentiment la tête, il obéit. Cependant, tourné ou pas, ça ne l'empêcha pas de tout entendre. Au bruit confus derrière lui, il devina que Misao était solidement maintenue et avait droit à une fouille minutieuse. Au début, les réactions des filles furent mitigées ; de simples murmures négatifs.

— Han-han… pas là… ni là… que d… *Hep !*

Un bruit de ferraille ricocha sur le plancher.

Matt se retourna en entendant Elena lui donner le feu vert :

— C'est bon, tu peux regarder. Elle était dans sa poche avant.

Elle se tourna vers Misao, qui avait l'air à deux doigts de s'évanouir.

— Désolée pour la fouille un peu brusque, on n'avait pas le choix. Mais cette clé… d'où est-ce que tu la sors, *bon Dieu* ?

Une tache rose apparut sur les joues de Misao.

— En parlant de lui… Ces clés viennent tout droit du paradis. Ce sont les deux dernières… et elles sont à nous ! C'est moi qui ai eu l'idée d'aller les voler à la Cour Céleste. Ça remonte… à longtemps.

À cet instant, ils entendirent un bruit de moteur au loin. La Porsche de Stefan. Dans le silence de mort qui suivit, ils aperçurent la voiture de sport par la fenêtre de la mansarde alors qu'elle bifurquait dans l'allée.

— Personne ne bouge, dit sèchement Elena. Et personne ne le fait entrer.

Meredith lui lança un regard perçant.

— Shinichi a peut-être eu le temps de s'échapper mais, de toute façon, il a *déjà* été invité.

— C'est ma faute, j'aurais dû vous prévenir… En tout cas, si c'est lui et qu'il s'en est pris à Stefan, il va comprendre ce que c'est quand moi je me mets en rogne. Bizarrement, je n'ai que ces mots en tête : Ailes de la Destruction. Et ça me démange de m'en servir.

Un silence glacial plomba la chambre.

Personne n'alla accueillir Stefan, mais très vite ils entendirent des pas précipités dans l'escalier. Stefan apparut sur le palier, entra en trombe dans sa chambre et se retrouva confronté à un mur d'individus le dévisageant avec méfiance.

— Qu'est-ce qui se passe ici ? lâcha-t-il en fixant Misao.

Meredith et Matt la tenaient fermement entre eux.

Elena s'avança vers lui… et l'enlaça pour l'embrasser de force. Au début il résista, mais finalement, petit à petit, il se laissa faire en dépit du nombre de spectateurs présents dans la pièce.

Quand Elena le relâcha enfin, elle se blottit simplement contre lui, essoufflée. Les autres étaient tous cramoisis de gêne. Pas moins que Stefan, qui la serra toutefois dans ses bras.

— Excuse-moi, murmura-t-elle, comme tu es déjà « rentré » deux fois… La première, c'était Shinichi. On l'a enfermé dans le cellier. Ensuite, c'était elle.

Sans regarder, Elena indiqua la jumelle tremblant de peur.

— Je ne savais pas comment être sûre que Shinichi n'avait pas réussi je ne sais comment à s'échapper…

— Et conclusion ?

— Aucun doute, c'est bien toi. Toujours prêt à m'ouvrir tes bras.

S'apercevant qu'elle tremblait, Matt lui laissa rapidement sa place pour qu'elle se pose, au moins deux minutes, tranquillement.

Mais leur tranquillité fut de courte durée.

— Je veux ma sphère ! brailla brusquement Misao. Il faut que je la recharge, sinon je vais continuer de m'affaiblir et alors… vous aurez ma mort sur la conscience.

— Comment ça, t'affaiblir ? Le fluide de la sphère s'évapore ou quoi ? s'étonna Meredith.

Matt repensa à la scène à laquelle il avait assisté dans son quartier, avant que les policiers de Ridgemont l'interpellent.

— Tu aurais volé des énergies vitales pour pouvoir la recharger ? demanda-t-il faiblement. Hier, par exemple ?

— Pas seulement. Depuis le début, depuis que vous m'avez pris ma sphère. Mais, pour l'instant, je n'y suis pas reliée… *Pas encore*.

— Tu n'aurais pas poussé ce pauvre Cole Reece à dévorer son cochon d'Inde vivant par hasard ? Et les autres enfants à incendier leur maison ?

La voix de Matt était de plus en plus âpre.

— Qu'est-ce que ça peut faire ? répliqua Misao d'un air renfrogné. Ce pouvoir est le mien. Ce sont mes idées, mes énergies, pas les vôtres. Vous ne pourrez pas m'empêcher de…

— Par contre, Meredith, empêche-la d'approcher de *moi*. Je connais Cole depuis tout petit. Je vais en cauchemarder toute ma vie…

Misao se ragaillardit comme une plante en train de se dessécher qu'on viendrait d'arroser.

— Cauchemarder, cauchemarder, chantonna-t-elle tout bas.

Personne ne réagit. Puis, d'un air prudent mais imperturbable, comme si elle avait le bâton de combat en main, Meredith intervint :

— Tu es une sale gosse, pas vrai ? Alors c'est à ça que tu carbures : aux mauvais souvenirs, aux cauchemars, à la peur de l'avenir ?

À l'évidence, Misao sécha. Elle ne voyait pas où était le piège. Ça revenait à demander à un ado lambda affamé s'il était tenté par une part de pizza et un soda. Elle ne comprenait même pas que ses goûts étaient nocifs, donc elle ne risquait pas de mentir.

— Tu avais raison tout à l'heure, reprit Stefan. On a bien ta sphère. La seule chose qui pourrait nous convaincre de te la restituer serait de nous rendre un service. De toute façon, en principe, on doit pouvoir te surveiller puisque c'est nous qui l'avons…

— Raisonnement typique. Dépassé, grogna Misao.

Silence de mort. Matt sentit son estomac se nouer violemment.

Depuis le début, ils misaient sur un raisonnement « typique ». Pour récupérer la sphère de Shinichi en forçant Misao à leur dire où elle se trouvait, leur but ultime étant de neutraliser Shinichi grâce à sa propre sphère.

— Vous ne comprenez toujours pas, ajouta Misao, à

la fois misérable et furieuse. Mon frère m'aidera coûte que coûte à recharger ma sphère. Mais ce qu'il a fait à cette ville… c'était pas juste pour s'amuser, c'était un ordre.

— J'ai failli te croire, murmura Elena.

Stefan, lui, redressa brusquement la tête.

— Un ordre ? Venant de qui ?

— *J'en... sais... rien !* hurla Misao. C'est lui qui les reçoit. Ensuite il me dit quoi faire. Mais, qui que ce soit, il doit être content à l'heure qu'il est. La ville est presque entièrement détruite. D'ailleurs, il pourrait me filer un coup de main, là !

Elle lança un regard noir au groupe, qui ne la quitta pas des yeux.

Sans prévoir qu'il allait dire ça, Matt prit une décision :

— Enfermons-la dans le cellier avec son frère. Quelque chose me dit qu'on devrait tous aller dormir dans la remise, cette nuit.

25

— Dans la remise et avec les murs recouverts de Post-it, ajouta Meredith. Si toutefois on en a assez. Il me reste un paquet, mais ça ne suffira pas pour tapisser toute une pièce.

— OK, approuva Elena. Qui a la clé de Shinichi ?

Matt leva la main.

— Elle est dans ma…

— Ne me dis rien ! le coupa Elena. Moi je garde celle de Misao. Il ne faut surtout pas qu'on les perde. Stefan et moi, on forme l'équipe un, vous la deux.

Rechignant, ils soutinrent Misao pour la faire sortir de la chambre de Stefan et descendre les escaliers. Elle n'essaya ni de s'enfuir, ni de se débattre ou de protester. Ça ne fit que renforcer la méfiance de Matt. Et, voyant Stefan et Elena échanger un coup d'œil, il comprit qu'ils partageaient son avis.

Mais qu'est-ce qu'ils pouvaient faire d'elle à part l'enfermer ? Humainement ou même cruellement, il n'y avait pas d'autre moyen pour qu'elle se tienne tranquille pendant plusieurs jours. Ils avaient sa sphère d'étoiles et, en théorie, c'était censé leur permettre de contrôler tous ses faits et gestes, mais elle avait raison, cette « théorie » semblait un peu dépassée, car en pratique elle n'aboutissait pas. Ils avaient déjà fait un essai : pendant que Stefan et Meredith la tenaient fermement, Matt était parti chercher la sphère là où il l'avait planquée, dans une boîte à chaussures sur la dernière tablette de sa penderie.

Elena et lui avaient tenté de manipuler Misao en lui mettant la sphère presque vide sous le nez, pour la forcer à révéler où Shinichi cachait la sienne, par exemple, et d'autres choses dans ce genre. Mais rien à faire, ça ne marchait pas comme ça.

— Peut-être que la règle ne s'applique pas quand une sphère contient aussi peu de fluide, finit par supposer Elena.

Au mieux, c'était un maigre réconfort.

Tandis qu'ils emmenaient leur prisonnière dans la cuisine, Matt songea que ça avait été vraiment une idée stupide de la part des *kitsune* de vouloir imiter Stefan. Surtout la seconde fois, alors que tout le monde était sur ses gardes, ça c'était encore plus bête. Sauf que Misao était loin de l'être.

Décidément, il avait un très mauvais pressentiment.

Elena ne le sentait pas du tout non plus. En observant les visages de ses amis, elle y perçut la même appréhension. Mais personne n'avait trouvé de meilleur plan. Ils ne pouvaient pas tuer Misao. Ils n'étaient pas des tueurs, capables de liquider de sang-froid une fille mal en point et soumise.

Partant du principe que Shinichi avait l'ouïe fine et qu'il les avait entendus marcher sur le plancher grinçant de la cuisine depuis le début, elle dut envisager qu'il savait – grâce à la télépathie, ou à la logique, peu importe – que Misao était juste au-dessus de lui. Elena n'avait donc rien à perdre à lui crier un message à travers la porte :

— Shinichi, on détient ta sœur ! Si tu veux la revoir, tiens-toi tranquille et ne nous pousse pas à la balancer dans l'escalier !

Seul le silence remonta du cellier. Elena s'en tint au fameux dicton : *Qui ne dit mot consent*. Au moins Shinichi ne hurlait pas des menaces, c'était déjà ça.

— OK, chuchota-t-elle.

Elle avait pris position juste derrière Misao.

— À trois, on la pousse de toutes nos forces.

— Attends ! s'interposa Matt sur un ton dérisoire, entre le chuchotement et le cri. Tu as dit qu'on ne la balancerait pas dans l'escalier.

— La vie est injuste, qu'est-ce que tu veux, répliqua-t-elle sombrement. Parce que tu crois que lui, il ne nous prépare pas une petite surprise ?

— Mais…

— Laisse tomber, Matt, intervint Meredith.

La main gauche armée de son bâton de combat, elle se tenait prête à pousser sur le panneau de droite pour ouvrir le cellier.

— Tout le monde est prêt ?

Ils hochèrent la tête. Elena était désolée pour Matt et Stefan, qui étaient les plus honnêtes et les plus sensibles d'eux tous.

— Un… chuchota-t-elle tout doucement, deux… *trois*.

À trois, Meredith actionna l'interrupteur dissimulé dans le panneau. Ensuite, les événements se déroulèrent au ralenti.

À deux, Elena avait déjà commencé à pousser Misao vers la porte. Et, à trois, les autres s'étaient joints à elle.

Mais la porte du cellier sembla mettre des heures à s'ouvrir. Et, entre-temps, tout bascula.

La verdure qui couronnait la tête de Misao déploya des brindilles dans toutes les directions. Une mèche surgit et s'accrocha autour du poignet d'Elena. Elle entendit Matt pousser un cri de rage et comprit qu'il s'était fait coincer lui aussi.

— Poussez-vous ! cria Meredith.

Elena la vit foncer avec son bâton et le planter brusquement dans le feuillage de Misao. La liane qui avait entaillé le poignet d'Elena tomba par terre.

Leurs derniers doutes à l'idée de balancer Misao dans l'escalier s'écroulèrent. Elena prit part à la mêlée pour essayer de la pousser dans l'embrasure, mais quelque chose clochait au sous-sol. D'une, c'était le noir complet en bas, et aussi… ça bougeait.

Il y avait quelque chose dans le cellier. Et pas qu'une seule.

Elena baissa les yeux et découvrit avec horreur un gigantesque asticot qui semblait avoir remonté tout l'escalier. Du moins, c'est la première chose qui lui vint à l'esprit en termes de comparaison ; peut-être que c'était une limace sans tête. La bestiole, translucide et noire, mesurait environ un mètre de long, mais elle était bien trop grosse pour qu'Elena puisse lui tordre le cou. On aurait dit qu'elle avait deux modes de déplacement : un qui était la méthode reptatoire du voûter-redresser, l'autre qui consistait simplement à se coller aux autres asticots. Ils jaillissaient au-dessus d'Elena comme une fontaine cauchemardesque.

Elle leva les yeux, et le regretta aussitôt.

Au-dessus de leurs têtes ondulait un cobra qui se glissa hors du cellier jusque dans la cuisine. Son corps était fait d'asticots agglutinés et, de temps à autre, l'un d'eux se détachait du lot. Il atterrissait au milieu du groupe, et on entendait inévitablement un cri.

Si Bonnie avait été là, elle aurait hurlé jusqu'à ce que les verres à vin dans le placard volent en éclats, pensa Elena avec agitation. Meredith essayait à la fois d'attaquer le cobra avec le bâton et d'attraper un Post-it dans sa poche de jean.

— Je m'occupe de l'amulette ! souffla Elena.

Elle plongea la main dans la poche de son amie. Ses doigts se refermèrent sur une petite liasse de papiers qu'elle extirpa triomphalement.

Pile au même moment, un gros asticot luisant lui tomba dessus. Elle faillit hurler de douleur quand elle sentit sa peau brûler et piquer furieusement au contact des petites pattes-dents-ventouses qui le maintenaient collé à elle. Elle tira au hasard un papier de la liasse – ce n'était pas un Post-it mais une amulette rédigée sur une petite fiche plutôt mince – et le plaqua sur la bestiole.

Aucun effet.

De son côté, Meredith continuait tant bien que mal à essayer de planter son bâton dans le corps du cobra. Voyant d'autres asticots dégringoler, Elena tourna la tête au dernier moment de sorte qu'ils tombèrent sur son col. Elle fit une nouvelle tentative avec une amulette : quand elle vit le bout de papier simplement partir à la dérive – les asticots avaient l'air gluants, mais ce n'était qu'une impression –, elle poussa un cri primal et arracha à deux mains les horribles choses collées à elle. Elles cédèrent, laissant sa peau couverte de marques rouges et son tee-shirt déchiré à l'épaule.

— Les amulettes ne fonctionnent pas ! cria-t-elle à Meredith.

Son amie se trouvait maintenant sous la tête dressée du cobra, qui oscillait, menaçant, le capuchon déployé, et elle s'acharnait à le frapper avec son bâton comme si elle voulait le transpercer.

— De toute façon, on n'en a pas assez ! répondit-elle à Elena d'une voix étouffée. Ces larves sont trop nombreuses. Mieux vaut courir !

— Tout le monde dehors ! cria Stefan une seconde plus tard. Ce truc va nous exploser à la figure !

— C'est justement ce que j'essaie de faire ! s'époumona Meredith.

Matt hurla comme un forcené :

— Où est Misao ?

La dernière fois qu'Elena l'avait vue, elle se jetait tête la première dans l'obscurité grouillante.

— Disparue ! s'exclama-t-elle. Et Mme Flowers ?

— Dans la cuisine, répliqua une voix dans son dos.

Elena tourna la tête et aperçut la vieille dame qui attrapait des fagots d'herbes à deux mains.

— OK, reculez tous ! cria Stefan. Je vais lui envoyer une décharge. Allez… vite !

Sa voix était cinglante. Tout le monde s'écarta, même Meredith.

Stefan leva les mains devant lui, paumes face à face embrassant le vide. Entre elles se forma soudain une boule rutilante d'énergie à l'état pur. Il tira à bout portant sur le cobra.

Il y eut une explosion et, tout à coup, ce fut un déluge d'asticots. Elena serra les dents pour se retenir de hurler. Leurs corps ovales et translucides s'écrasèrent sur le sol de la cuisine comme des prunes trop mûres ; d'autres rebondirent. Quand elle osa relever les yeux, elle vit une grande tache noire au plafond.

Dessous, tout sourire, se trouvait Shinichi.

Rapide comme l'éclair, Meredith tenta de l'atteindre. Mais le renard démoniaque était plus agile : il esquiva son coup de bâton ainsi que tous les suivants.

— Vous, les humains, êtes tous les mêmes. Tous des imbéciles. Quand viendra *minuit*, vous comprendrez à quel point !

Dans sa bouche, le mot « minuit » prit un accent d'apocalypse.

— En attendant, on a été suffisamment malins pour se rendre compte que tu n'étais pas Stefan ! répliqua Matt derrière lui.

Shinichi leva les yeux au ciel, l'air consterné.

— Oui, tout ça pour m'enfermer ensuite dans une petite pièce couverte d'un toit *en bois*. Vous n'êtes même pas foutus de vous rappeler que les *kitsune* contrôlent autant les plantes que les arbres ! Vous savez que tous vos murs sont infestés de malachs à l'heure qu'il est ?

Une flamme dansa dans ses yeux… puis il jeta un coup d'œil en arrière, en direction de la porte grande ouverte du cellier.

Plus terrifiée que jamais, Elena entendit Stefan hurler :

— Sortez tous de la maison ! Allez vous mettre à l'abri !

Elena et Meredith se regardèrent fixement, paralysées. Elles étaient chacune dans une équipe différente, mais semblaient incapables de se séparer. Brusquement, Meredith réagit et se précipita vers la cuisine pour aider Mme Flowers. Matt était déjà auprès d'elle.

D'un coup, Elena fut emportée à toute vitesse. Stefan la tenait et courait vers la porte d'entrée. Au loin, on entendit Shinichi rugir :

— *RAPPORTEZ-MOI LEURS OS !*

Un des asticots qu'Elena écarta d'un violent revers de bras éclata en plein vol et elle vit des formes sortir de son corps en rampant. Des malachs. Shinichi n'avait pas menti, comprit-elle. C'était des modèles réduits, comparés à celui qui avait englouti le bras de Matt et lui avait laissé de longues entailles quand il l'avait ressorti de force, mais des malachs quand même.

Elle s'aperçut que l'un d'eux était collé au dos de Stefan. D'un geste aussi furieux qu'imprudent, elle l'attrapa par une extrémité et l'arracha en tirant dessus avec acharnement alors même que Stefan suffoquait de douleur. Quand il se détacha, elle entrevit ce qui ressemblait à des douzaines de dents d'enfant au fond de sa gueule. Elle le balança contre un mur et ils foncèrent vers la sortie.

Là, ils faillirent percuter Matt, Meredith et Mme Flowers. Stefan ouvrit la porte brutalement et, quand ils furent tous sortis, Meredith la claqua derrière elle. Quelques malachs, encore au stade larvaire mais pourvus d'ailes, réussirent à se glisser dehors avec eux.

— À l'abri, OK, mais où ? lança Meredith. Il nous faut une planque vraiment sûre pour au moins deux jours.

Ni elle ni Matt n'avaient lâché Mme Flowers et, vu la vitesse à laquelle ils cavalaient, Elena devina qu'elle devait être aussi légère qu'une poupée de son. « Juste ciel ! Bonté divine ! » répétait sans cesse la vieille dame.

— Pourquoi pas chez moi ? proposa Matt. Le quartier craint, mais la maison était encore intacte la dernière fois que je l'ai vue, et ma mère est partie avec le Dr Alpert.

— OK, on va chez toi avec le passe-partout, décida Elena. Mais on va faire ça dans la remise. Pas question que je retouche à la porte de la maison.

Quand Stefan voulut la soulever, elle secoua la tête.

— Ça va aller. Cours devant et pulvérise tous les malachs que tu vois.

Ils arrivèrent sains et saufs jusqu'à la remise, excepté que maintenant une sorte de bourdonnement aigu qui ne pouvait venir que des malachs était à leurs trousses.

— Et maintenant, on fait quoi ? haleta Matt en aidant Mme Flowers à s'asseoir sur la vieille banquette.

Stefan hésita.

— Tu es sûr qu'on sera en sécurité chez toi ?

— On ne peut être sûr de rien. Mais en tout cas elle est vide, du moins en principe.

Dans l'intervalle, Meredith entraîna à l'écart Elena et Mme Flowers, qui découvrirent, épouvantées, ce qu'elle tenait à l'envers du bout des doigts.

— Quelle horreur… bafouilla Elena en voyant la larve.

— On dirait des dents de lait, non ?

Subitement, Mme Flowers sortit de sa torpeur.

— Oui, aucun doute. Et le fémur qu'on a trouvé dans le fourré…

— Un ossement humain, *a priori* rongé par un homme, mais pas par un adulte, vu les traces, dit Meredith.

— Et Shinichi qui a crié qu'on lui rapporte nos os… répéta Elena, la gorge nouée.

Elle jeta encore un œil à la larve.

— Trouve un moyen de te débarrasser de ce truc ! Il va se transformer en malach !

Meredith parcourut la remise des yeux d'un air désemparé.

— OK… laisse-le tomber par terre, je vais l'écraser.

Elena retint son souffle pour réprimer son envie de vomir.

Meredith lâcha la larve noire, translucide et grasse, qui explosa à l'impact. Elena tapa du pied dessus, sans toutefois parvenir à écraser le malach à l'intérieur, et il essaya de se carapater sous le lit. Le bâton de Meredith le coupa en deux de façon bien nette.

— Il faut qu'on parte d'ici tout de suite, lança Elena. On a un escadron de malachs qui nous attend dehors !

Matt se tourna vers elle.

— Quoi, comme celui qui…

— Plus petit, mais oui : le même genre que celui qui t'a attaqué, je crois.

— Bon, voici ce qu'on va faire, annonça Stefan d'une façon qui mit tout de suite Elena mal à l'aise. Quelqu'un doit aller au Royaume des Ombres pour retrouver Bonnie. Je suppose que ça ne peut être que moi, vu que je suis un vampire. Vous ne pourriez…

— Si, on pourrait, le coupa Meredith. On a ces clés, il suffit de dire « Emmenez-nous chez lady Ulma au Royaume des Ombres » ou bien « là où se trouve Bonnie ». Après tout, ça devrait marcher, non ?

— OK, acquiesça Elena. Toi, Matt et Mme Flowers, vous restez ici et essayez d'en savoir plus sur cette histoire de « minuit ». Vu l'intonation de Shinichi, ça ne présage rien de bon. Pendant ce temps, Stefan et moi on va chercher Bonnie.

— Ah non ! s'écria Stefan. Pas question que tu retournes là-bas.

Elena le fixa droit dans les yeux.

— Tu as promis, dit-elle lentement, indifférente aux personnes présentes dans la pièce. Promis que tu ne repartirais jamais à l'aventure sans moi. Quelle que soit l'urgence ou la cause. *Tu te souviens ?*

Stefan la regarda d'un air désespéré. Elle savait qu'il voulait la protéger, mais… quel monde était vraiment sûr à présent ? Les deux étaient livrés à l'horreur et au danger.

— Bref, reprit-elle avec un sourire sans joie. Voici la clé.

26

— Bon, tu sais comment t'en servir ? demanda Elena à Meredith. Tu enfonces la clé dans la serrure en même temps que tu formules ta destination à voix haute. Ensuite, tu ouvres la porte et tu la franchis. C'est tout.

— Allez-y en premier, ajouta Stefan. Faites vite.

— Je m'occupe de la clé, lança Meredith à Matt. Et toi de Mme Flowers.

C'est alors qu'Elena pensa à quelque chose qu'elle préféra partager uniquement avec Stefan. Étant donné leur proximité physique à cet instant, elle savait qu'il capterait ses pensées sans problème. *Stefan ! On ne va pas laisser Sabre à ces monstres !*

Non, ne t'inquiète pas, résonna la voix de Stefan. *Je lui ai montré le chemin jusque chez Matt, et je lui ai dit d'aller là-bas avec Serre et de protéger tous ceux qui allaient arriver.*

— Bon sang, j'allais oublier ! cria Matt au même moment. Sabre ! Il m'a sauvé la vie, je ne peux pas l'abandonner ici !

— On s'en est déjà occupé, le rassura Stefan.

— Il est parti devant, il sera bientôt chez toi. Et si jamais tu vas ailleurs il suivra ta trace, ajouta Elena en lui donnant une petite tape dans le dos.

Puis elle le poussa gentiment.

— Soyez sages !

— *La chambre de Matt Honeycutt à Fell's Church*, formula Meredith en enfonçant la clé sous la poignée.

Matt, Mme Flowers et elle franchirent la porte de la remise, qui se referma derrière eux.

Stefan se tourna vers Elena.

— J'y vais en premier, annonça-t-il, impassible. Mais je ne t'abandonne pas, je ne te laisserai pas seule ici.

— Jamais seule, jamais seule, chuchota-t-elle en imitant Misao et son « cauchemarder, cauchemarder ».

Soudain, elle eut une idée.

— Les bracelets d'esclave !

— Quoi ?… Ah oui, je me souviens, tu m'en as parlé. Mais à quoi ça ressemble, en fait ?

— À n'importe quel bracelet à double rang, si possible de la même couleur.

Elena inspecta tant bien que mal le fond de la remise où s'entassaient toutes sortes de meubles, ouvrant et refermant des tiroirs les uns après les autres.

— Allez, allez, un bracelet, vite ! On est censé pouvoir trouver n'importe quoi dans cette maison !

— Et pourquoi pas ces trucs que tu te mets dans les cheveux ? suggéra Stefan.

Elena tourna la tête vers lui et il lui lança un sachet d'élastiques en coton mous qu'il venait de trouver.

— T'es un chef ! Parfait, comme ça, je n'aurai même pas mal aux poignets ! Et en plus, il y en a deux blancs identiques.

Ils prirent position devant la porte, Stefan à la gauche d'Elena, près de l'ouverture, de façon à voir tout de suite ce qu'il y avait de l'autre côté avant de la franchir. Et, bien sûr, il lui tenait fermement le bras.

— *Là où se trouve notre amie Bonnie McCullough*, formula-t-il à son tour.

Il enfonça la clé et tourna la poignée. Puis, après avoir rendu la clé à Elena, il ouvrit la porte avec précaution.

Elena ne savait pas trop à quoi s'attendre. À un torrent de lumière, peut-être, tandis qu'ils traverseraient les deux dimensions. Ou bien un tunnel en spirale, des étoiles filantes. Une sensation de mouvement, au minimum.

En fait, c'est un nuage de vapeur qui l'accueillit. D'un coup, son tee-shirt et ses cheveux furent trempés.

Puis un cri.

— Elenaaaaaaa ! Tu es là !

Elle reconnut la voix, mais fut incapable de la localiser dans cette brume.

Finalement, elle discerna une immense baignoire au carrelage vert malachite et une fille apeurée qui entretenait un poêle à charbon au pied de la baignoire, pendant que deux jeunes domestiques munies de brosses à récurer et de pierres ponces se recroquevillaient contre le mur opposé.

Et dans le bain : mademoiselle Bonnie ! Visiblement, la baignoire était très profonde au milieu car elle n'arrivait pas à toucher le fond et n'arrêtait pas de faire des petits bonds hors de l'eau comme un dauphin couvert de mousse qui cherche à attirer l'attention.

— Te voilà, toi ! souffla Elena.

Elle se laissa tomber à genoux sur un épais tapis bleu pastel. Cette fois Bonnie fit un bond prodigieux et, l'espace d'un instant, Elena put serrer le petit corps plein de savon dans ses bras.

Puis Bonnie glissa à nouveau sous l'eau et resurgit en riant.

— Et là, c'est Stefan ? Oh, mais oui ! Stefan !

Stefan jeta un œil autour de lui, comme s'il essayait d'identifier les lieux. Puis, visiblement rassuré, il se tourna légèrement et lui fit signe.

— Dis-moi, Bonnie ? questionna-t-il, d'une voix assourdie par le bruit incessant des éclaboussements. Où est-ce qu'on est ?

— Dans la maison de lady Ulma ! Vous êtes en sécurité ici !

Bonnie lança un petit regard plein d'espoir à Elena.

— Et Meredith ?

Elena secoua la tête en repensant à toutes les choses qu'ils avaient apprises sur leur amie et que Bonnie ne savait pas encore. « En tout cas, ce n'est pas le moment d'en parler », décida-t-elle.

— Elle a dû rester à Fell's Church, pour protéger la ville.

Bonnie baissa les yeux, troublée.

— Ça ne s'arrange pas, là-bas, hein ?

— Non, tu peux le dire. Je te jure… c'est indescriptible. Matt et Mme Flowers sont avec elle. Désolée qu'elle n'ait pas pu venir.

— Ce n'est pas grave, je suis tellement contente de te voir ! Mais… ?!

Bonnie vit les petites marques de morsure sur le bras d'Elena et le sang sur son tee-shirt déchiré.

— Tu es blessée ? Attends, je sors du bain et on va… Ou plutôt non, toi, viens me rejoindre ! Il y a largement la place, de quoi réchauffer l'eau et plein de belles tenues ! Lady Ulma nous en a confectionné pour « le jour où on reviendrait » !

Adressant un sourire rassurant aux domestiques, Elena se déshabilla aussi vite qu'elle put. La baignoire, qui était assez grande pour six, était trop somptueuse pour qu'on s'en prive, raisonna-t-elle, et en toute logique elle se devait d'être propre pour aller saluer son hôtesse.

— Va te changer les idées, lança-t-elle à Stefan. Est-ce que Damon est ici ? demanda-t-elle en aparté à Bonnie, qui acquiesça d'un signe de tête. Damon est là aussi, chantonna-t-elle à Stefan. Si tu croises lady Ulma, dis-lui qu'Elena arrive mais qu'elle fait d'abord un brin de toilette.

Plutôt que de s'immerger d'un coup dans l'eau fumante d'un rose nacré, elle s'assit sur la seconde marche de la baignoire et se laissa doucement glisser.

Instantanément, elle fut baignée d'une chaleur délicieuse qui s'infiltra directement dans son corps, tirant sur des ficelles magiques qui détendirent tous ses muscles en même temps. La pièce embaumait divers parfums. Elle rejeta ses cheveux humides en arrière et vit Bonnie rire gentiment d'elle.

— Alors tu as fini par quitter ton trou et venir te vautrer ici dans le luxe pendant que nous on était morts d'inquiétude ?

Elena fut la première étonnée d'entendre sa voix monter dans les aigus sur la fin, transformant son affirmation en question.

— Non, on m'a arrêtée dans la rue et…

Bonnie s'interrompit.

— Bon… les premiers jours ont été un peu durs,

mais ça ne fait rien. Heureusement, on est allés chez lady Ulma en fin de compte. Tu veux une brosse pour te frotter le dos ? Du savon parfumé à la rose ?

Elena l'observa, les yeux mi-clos. Elle savait que Bonnie était prête à tout pour Damon. Y compris à le couvrir. Mine de rien, tout en s'amusant à tester les diverses brosses, les onguents et un choix de savons disposés sur une étagère à portée de main, elle commença sa petite enquête.

Stefan sortit de la pièce pleine de vapeur avant d'être trempé jusqu'aux os. Bonnie était indemne, et Elena heureuse. Il constata qu'il était entré dans une autre pièce, dans laquelle étaient agencées de nombreuses banquettes couvertes d'un tissu doux et spongieux. Dans quel but ? Se sécher ? Se faire masser ? Qui sait…

La pièce qu'il traversa ensuite était équipée de lanternes à gaz, qui étaient allumées suffisamment fort pour rivaliser avec l'éclairage électrique. Ici aussi il y avait des banquettes, trois au total – il n'avait toujours pas la moindre idée de leur fonction –, un grand miroir en pied et d'autres, plus petits, devant des fauteuils. Un lieu visiblement dédié au maquillage et aux soins de beauté.

Cette salle débouchait sur un couloir. Hésitant, il s'arrêta sur le seuil, déployant de délicates vrilles d'énergie dans différentes directions dans l'espoir de localiser Damon avant qu'il ne remarque sa présence dans la propriété. Le passe-partout avait prouvé qu'il pouvait outrepasser le fait qu'il n'ait pas été invité ici. Autrement dit, il pourrait peut-être aussi…

Subitement, il cessa son exploration et regarda fixement à l'autre bout du couloir, stupéfait. Il vit Damon qui arpentait la pièce du fond en discutant avec une personne, derrière la porte, que Stefan ne pouvait voir.

Alors Stefan remonta le couloir très lentement, à pas de loup, comme un rôdeur, et arriva devant la porte ouverte sans que son frère s'en aperçoive. Là, il constata que la personne à laquelle ce dernier parlait était une femme à la peau hâlée, vêtue d'une sorte de haut-de-chausses en daim et d'un chemisier, et dégageant le sentiment diffus d'être plus dans son élément en dehors de la civilisation que dedans.

— Prévoyez suffisamment d'habits chauds pour la fille. Elle n'est pas particulièrement robuste, vous savez…

— Dans ce cas, pourquoi l'emmener… et où, d'ailleurs ? l'interpella Stefan, appuyé contre le chambranle.

Pour une fois, juste une seule, il avait l'occasion de prendre son frère au dépourvu. Damon leva les yeux et sursauta comme un chat effarouché. Le voir réfléchir à toute vitesse sur l'attitude à adopter et choisir finalement celle de l'amabilité distraite fut un spectacle impayable. De l'avis de Stefan, personne au monde ne s'était jamais donné autant de mal pour s'approcher d'un fauteuil de bureau, s'asseoir et se forcer à prendre une posture décontractée.

— Tiens, tiens ! Mon frangin qui vient me rendre une petite visite ! Comme… c'est gentil. Et fort dommage, cela dit, car comme tu vois je suis sur le point de partir en voyage et il n'y a malheureusement pas de place pour toi.

À cet instant, la femme hâlée qui prenait des notes depuis le début, et qui s'était levée quand Stefan était entré dans la pièce, prit la parole :

— Oh non, monseigneur ! Les thurgs supporteront très bien le poids supplémentaire de ce gentilhomme. Ils ne sentiront sans doute même pas la différence. Si ses bagages sont prêts d'ici à demain, vous pourrez prendre la route dès l'aube, comme prévu.

Damon lui décocha son pire regard noir, version : « Boucle-la ou je t'étripe. » Elle la boucla. Serrant les dents, il reprit :

— Je te présente Pelat. Elle est chargée de coordonner notre petite expédition. Bonjour, Pelat. Et maintenant au revoir. Vous pouvez disposer.

— Vos désirs sont des ordres, monseigneur.

Pelat fit une petite révérence et s'en alla.

— Tu n'as pas l'impression d'abuser un peu avec tes « monseigneur » ? Et puis, c'est quoi cet uniforme ?

— Celui de capitaine de la garde de madame la princesse Jessalyn d'Aubigne, répondit froidement Damon.

— Tu as trouvé un boulot ?

— Disons plutôt un poste.

Damon grimaça un sourire.

— Et d'ailleurs, ce ne sont pas tes oignons.

— Je vois que tu as retrouvé tes canines, aussi.

— Pas tes oignons non plus. Cela dit, si tu as envie que je te tabasse et que je piétine ta dépouille, je serais ravi de te rendre service.

Son attitude était louche, se dit Stefan. Damon devrait déjà en avoir fini avec la phase sarcasmes et être en train de le cogner. Seule explication possible…

— Je viens de parler à Bonnie, lâcha-t-il.

Et c'était vrai, pour savoir où était son frère. Seulement, face à quelqu'un qui n'a pas la conscience tranquille, le bluff fait souvent des merveilles.

Damon s'empressa de répondre exactement ce que Stefan redoutait :

— Je peux tout t'expliquer !

— Bon sang, c'est pas vrai…

— Si seulement elle avait suivi mes consignes…

— Pendant que tu étais occupé à devenir le capitaine de la garde d'une princesse ? Et… on peut savoir où tu l'avais laissée ?

— En sécurité, tiens ! Mais, évidemment, il a fallu qu'elle sorte dans la rue et qu'elle aille dans cette boutique…

— Sidérant ! Elle a osé sortir dans la rue ?

Damon grinça des dents.

— Tu ne connais pas cet endroit… ni comment fonctionne la traite des esclaves. Tous les jours…

Stefan plaqua violemment les mains sur le bureau, cette fois furieux pour de bon.

— Elle a été enlevée par des *marchands d'esclaves* ? Pendant que toi tu étais en pleine débauche avec je ne sais quelle *princesse* ?

— La princesse Jessalyn n'est pas une débauchée, rétorqua Damon d'un ton glacial. Ni moi, d'ailleurs. Peu importe, tout ça s'est révélé utile puisque maintenant on sait où se trouve le Trésor des Sept Kitsune.

— Quel trésor ? Et qu'est-ce qu'on a à faire d'un trésor alors qu'une ville entière est en train d'être détruite par des *kitsune* ?!

Damon s'apprêta à répondre mais, au dernier moment, il se retint et observa plutôt son frère d'un air sceptique.

— Je croyais que tu avais parlé à Bonnie ?

— C'est exact, répliqua Stefan, impassible. Je lui ai dit bonjour.

Les petits yeux noirs de Damon s'enflammèrent. Stefan crut qu'il allait pousser un rugissement de fureur ou lui sauter dessus. Mais non, pas du tout.

— Tu ne comprends donc pas que c'est justement pour cette foutue ville que je fais tout ça ? se défendit Damon, la mâchoire toujours aussi crispée. Ce trésor inclut la plus grosse sphère d'étoiles, gorgée de pouvoirs. Son énergie suffira peut-être à elle seule à sauver Fell's Church. Tout au moins à enrayer sa destruction. Et peut-être même à la débarrasser de tous ses malachs et de Shinichi et Misao une bonne fois pour toutes. Est-ce une cause assez noble pour toi, frangin ? Un motif suffisant ?

— Mais emmener Bonnie…

— Eh bien, tu n'as qu'à rester avec elle ici, si tu veux ! Reste tant que tu veux ! Mais je te signale au passage que, sans elle, je n'aurais jamais pu organiser cette expédition et qu'elle est déterminée à partir. En plus, on ne repassera pas par ici au retour. Il doit bien exister un raccourci entre le Corps de Garde et la dimension terrestre. On ne survivrait pas au trajet retour de toute façon, donc t'as intérêt à croiser les doigts pour qu'il en existe un.

Stefan fut stupéfait. Il n'avait jamais entendu son frère parler avec une telle fougue d'une affaire impliquant des humains. Il allait lui répondre quand un cri de rage pure retentit derrière lui. Un cri effroyable et surtout inquiétant, car il connaissait cette voix plus que toute autre.

Elena.

27

Stefan se retourna brusquement et aperçut Bonnie, vêtue d'une simple serviette, essayant de force de retenir Elena, dans la même tenue, les cheveux mouillés et pas coiffés. Quelque chose l'avait fait sortir d'un bond de la baignoire et remonter le couloir en quatrième vitesse.

Il fut surpris par la réaction de Damon. Était-ce une lueur d'inquiétude dans ces yeux d'une obscurité sans fin, qui étaient restés de marbre face à des milliers de drames et de cruautés ?

Non, impossible.

Pourtant ça en avait tout l'air.

Elena n'était plus très loin. Sa voix résonnait distinctement dans le couloir, qui était assez spacieux pour produire un léger écho.

— *Damon ! Je te vois ! Ne bouge surtout pas, j'arrive... et je vais te tuer !*

Cette fois, Damon parut réellement angoissé. Il jeta un coup d'œil à la fenêtre, qui était entrouverte.

Dans l'intervalle, Bonnie avait renoncé et Elena courait avec des jambes de gazelle en direction du bureau. Stefan aperçut son regard incendiaire alors qu'elle passait devant lui en lui échappant des mains, notamment parce qu'il n'osa pas la retenir par sa serviette et que le reste de son corps était glissant.

Damon se leva brusquement de son fauteuil.

— *Comment as-tu osé ?* hurla-t-elle, face à lui. Te servir de Bonnie de cette façon… la manipuler, la droguer… tout ça pour prendre quelque chose qui ne t'appartenait pas ! Utiliser le peu d'énergie qui restait dans la sphère de Misao : qu'est-ce que tu croyais que Shinichi allait faire en l'apprenant, hein ? Il s'en est pris à *nous*, voilà ce qu'il a fait ! Et qui sait si la pension tient encore debout à l'heure qu'il est ?

Damon voulut protester, mais elle n'en avait pas fini :

— Et dire qu'en plus tu as eu le culot d'embarquer Bonnie au Royaume des Ombres. Et ne me dis pas que c'est un malheureux concours de circonstances, parce que l'accès était activé et que tu étais pressé : je m'en fous ! Tu n'aurais pas dû l'emmener, et tu le sais !

Cette fois, Damon se mit en rogne.

— Je…

Mais Elena le coupa sans hésiter :

— Et pour finir, après l'avoir entraînée ici, tu l'abandonnes. Tu la laisses seule, morte de peur, dans une chambre où elle a interdiction de regarder par la fenêtre, avec un lot de sphères que tu ne te donnes même pas la peine de visionner avant, qui sont affreusement choquantes et qui lui filent des cauchemars ! Espèce de…

— Si cette petite cruche avait eu le bon sens d'attendre gentiment…

— Pardon ? Qu'est-ce que tu viens de dire ?

— J'ai dit, si cette petite cruche avait eu le bon sens…

Stefan, qui était déjà en mouvement, ferma les

yeux un instant. Il les rouvrit juste à temps pour voir la gifle partir et pour sentir Elena y mettre toute sa force. Damon en eut la tête dévissée.

La première chose qui surprit Stefan, même s'il s'était justement préparé à cette éventualité, ce fut de voir la main de Damon se lever d'un coup, comme un cobra prêt à frapper. Il n'alla pas plus loin, mais Stefan avait déjà attrapé Elena à bras-le-corps pour la tirer en arrière, hors de portée.

— Lâche-moi ! s'écria-t-elle en se débattant. *Je vais le tuer ! Je te jure que je vais le faire !*

L'autre fait étonnant, indépendamment de la rage folle dont Stefan sentait l'aura d'Elena vibrer, c'était qu'elle était en train de l'emporter sur Damon, bien qu'il ait été mille fois plus fort qu'elle, en partie à cause de la serviette qui menaçait de tomber à tout instant. Elle avait acquis une technique bien à elle pour se battre contre des adversaires plus coriaces, du moins ceux capables de discernement. Elle se jetait délibérément sur la première pointe venue pour se faire mal et ainsi s'affaiblir, puis elle tenait bon. Finalement, Damon devrait choisir entre la laisser souffrir et renoncer.

Sauf que là, Elena se figea et tourna la tête en regardant derrière lui.

Stefan l'imita, et sentit une décharge électrique lui secouer tout le corps.

Bonnie se tenait juste derrière eux, les yeux rivés sur Damon, les lèvres crispées par l'angoisse et des larmes ruisselant de ses grands yeux.

Instantanément, avant même qu'il n'ait le temps de capter le regard implorant d'Elena, Stefan la relâcha.

L'état d'esprit de sa belle et la dynamique de la situation venaient d'être bouleversés.

Elena ajusta sa serviette et se tourna vers Bonnie, qui était entre-temps partie en courant dans le couloir. Elena la rattrapa à grandes enjambées et la prit dans ses bras, pas tant de force que par une sorte de magnétisme entre sœurs.

— Ne t'en fais pas pour ce *traître*.

Sa voix parvint aux autres très distinctement ; évidemment, c'était voulu.

— Ce type n'est qu'un…

Elena s'autorisa quelques jurons très créatifs.

Stefan n'en perdit rien, et remarqua qu'ils se terminèrent par des messes basses alors que les filles franchissaient la porte de la salle de bains.

Il jeta un coup d'œil en biais à son frère. Ça ne le dérangeait pas le moins du monde de se bagarrer avec lui sur-le-champ ; lui-même enrageait pour Bonnie. Mais Damon l'ignora, comme s'il n'était qu'un élément du décor, et continua à regarder dans le vide avec une expression de fureur glaciale.

À cet instant, Stefan entendit un bruit faible à l'autre bout du couloir, ce qui représentait une certaine distance. Ses sens aiguisés l'informèrent que la personne qui approchait était une femme d'importance, sans doute leur hôtesse. Il s'élança dans sa direction, afin qu'elle soit au moins accueillie par quelqu'un de décemment vêtu.

Au dernier moment, Elena et Bonnie apparurent devant lui, toutes deux en robes, longues pour être précis, lesquelles étaient à la fois simples et subtilement travaillées. Celle d'Elena était décontractée, d'un bleu lapis profond, et mettait en valeur la jolie masse de boucles dorées encore humides lui tombant sur les épaules. Bonnie portait un modèle plus court et plus léger : mauve, strié de fils d'argent sans motif particulier. Les deux tenues, comprit subitement Stefan, étaient étudiées pour produire autant d'effet au-dehors, sous le sempiternel crépuscule, qu'à l'intérieur, dans une pièce sans fenêtre ni lampe à gaz.

Il se souvint alors des récits qu'Elena lui avait faits à propos des créations de lady Ulma et en conclut que, quels que soient ses autres talents, leur hôtesse était déjà une véritable artiste en la matière.

Alors Elena, dans ses délicates sandales dorées, se mit à courir à toute allure, suivie par les petites pantoufles d'argent de Bonnie, et Stefan se mit à courir lui aussi, comme s'il redoutait un danger inconnu. Ils arrivèrent tous en même temps à l'autre bout du couloir, et Stefan constata que la femme qui se tenait devant eux était encore plus somptueusement vêtue que les filles. Elle portait une robe longue rouge foncé en soie grège, assortie à un imposant collier et à une bague de diamants et de rubis ; par contre, aucun bracelet.

Aussitôt, les filles lui firent une révérence avec autant de sérieux que de grâce. Stefan lui offrit son plus beau salut.

Lady Ulma tendit les mains à Elena, qui semblait dans tous ses états sans qu'il comprenne pourquoi. Cette dernière les agrippa, le souffle court et léger.

— Lady Ulma, vous êtes si… si svelte !…

Au même instant, le babillage d'un bébé se fit entendre. Le visage d'Elena s'illumina, et elle sourit à la femme en laissant échapper un petit cri d'émotion.

Une domestique, qui semblait encore plus jeune que Bonnie, déposa avec précaution un tout petit paquet, enrobé de dentelle et de batiste très fine, dans les bras de sa maîtresse. Elena et Bonnie clignèrent des yeux pour chasser quelques larmes, tout en contemplant l'enfant d'un air émerveillé et en balbutiant des petits bruits absurdes. Stefan ne fut pas surpris par leur réaction : elles avaient connu cette femme quand elle était encore une esclave meurtrie par les coups de fouet, qui essayait de ne pas perdre l'enfant qu'elle portait.

— Mais comment ça ? C'est… ? bafouilla Elena. Ça fait à peine quelques jours qu'on vous a quittée, pourtant ce bébé a déjà plusieurs mois…

— Quelques jours ? La séparation vous aurait paru si courte ? s'étonna lady Ulma. Pour nous, il s'est écoulé des mois. Mais le miracle continue, Elena ! Grâce à vous ! J'ai eu un accouchement très facile… magnifique ! Le Dr Meggar a affirmé que vous m'aviez sauvée à temps, avant que ma fille ne souffre de lésions dues aux violences que j'ai subies. Elle prononce déjà ses premiers mots ! C'est grâce à vous, Elena. Vous êtes merveilleuse !

À ces mots, la dame esquissa un mouvement, comme si elle allait s'agenouiller aux pieds d'Elena, mais cette dernière l'en empêcha aussitôt en la retenant par les mains.

— Non, lady Ulma, je vous en prie !

Stefan se glissa à toute vitesse près d'elle pour la soutenir.

— Je n'ai rien de magique, vous savez, dit doucement Elena. Stefan, dis-lui, toi !

Docilement, Stefan se pencha vers l'oreille de la grande dame.

— Elena est la personne la plus formidable que j'aie jamais rencontrée, fit-il semblant de chuchoter. J'ignore moi-même d'où elle tient cette force.

Elena poussa un cri de frustration inarticulé.

— Savez-vous comment j'ai appelé ma fille ?

Son visage, d'une beauté par ailleurs classique, était saisissant par ce qu'il dégageait d'aristocratique, avec son nez aquilin et ses pommettes saillantes.

— Non, répondit Elena en souriant, un peu perplexe.

Soudain, elle comprit.

— Oh, non ! Je vous en prie, lady Ulma, lui donner mon nom serait la condamner à une vie de désespoir et de terreur. N'incitez pas les autres à lui faire du mal alors qu'elle n'est encore qu'une enfant !

— Mais vous êtes mon héroïne…

Dès lors, Elena entreprit de la raisonner. Et, quand elle décidait quelque chose, il n'était pas question de la contredire.

— Lady Ulma, reprit-elle distinctement. Pardonnez-moi de m'immiscer dans vos affaires, mais Bonnie m'a parlé de…

Elle s'arrêta, hésitante. Lady Ulma termina à sa place :

— … des ennuis auxquels sont confrontées certaines filles courageuses et pleines d'espoir, pauvres ou asservies pour la plupart ? Ces filles qui se font appeler du nom des trois jeunes femmes les plus intrépides ayant jamais honoré notre monde ?

— Plus ou moins, acquiesça Elena en rougissant.

— Par contre, personne ne se fait appeler Damon ! lança joyeusement la jeune nourrice.

Stefan l'aurait embrassée.

— Lakshmi, c'est toi !

Elena serra dans ses bras l'adolescente au visage mutin.

— Je ne t'avais même pas reconnue ! Laisse-moi te regarder.

Elle la saisit par les épaules.

— Tu sais que, depuis la dernière fois, tu as dû prendre au moins trois centimètres ?

La jeune fille leva vers elle un visage épanoui.

Elena se retourna vers lady Ulma.

— Je vous le répète : je suis inquiète pour votre fille. Pourquoi ne pas l'appeler Ulma ?

La noble dame la regarda, les paupières mi-closes.

— Eh bien, voyez-vous, ma petite Elena, Helena, Aliena, Alliana, Laynie, Ella..., je ne souhaiterais à personne de s'appeler « Ulma », et surtout pas à mon adorable fille.

— Et pourquoi pas Adara ? suggéra tout à coup Lakshmi. J'ai toujours trouvé ce prénom très joli.

Tout le monde se tut, presque comme abasourdi.

— C'est... effectivement ravissant, dit finalement Elena.

— Et beaucoup moins risqué, commenta Bonnie.

— Et ça ne l'empêchera pas de déclencher une révolution si elle en a envie, ajouta Stefan.

Il y eut une pause. Chacun tourna la tête vers Damon, qui les avait rejoints et regardait par la fenêtre, le visage de marbre, dans l'attente de sa réaction.

Il finit par se retourner.

— Hm, oui, formidable… lâcha-t-il distraitement.

Il était clair qu'il ne savait pas du tout de quoi ils discutaient et que, de toute façon, ça ne l'intéressait pas.

— Allez, Damon ! Sois un peu plus convaincant ! intervint Bonnie. Comme ça, le vote sera unanime et lady Ulma n'hésitera plus !

En dépit de ses yeux encore gonflés, elle s'exprima gaiement.

« Décidément, pensa Stefan, c'est sans doute la fille la plus indulgente de tout l'Univers. »

— Dans ce cas, certainement, renchérit Damon avec indifférence.

— Il faut nous excuser, dit Elena. On traverse *tous* une période un peu dure, en ce moment.

— Je n'en doute pas, répondit lady Ulma avec le sourire de ceux qui ont connu la souffrance. Bonnie nous a parlé de la destruction de votre ville. J'en suis profondément peinée. Il est temps pour vous de reprendre des forces et de vous reposer. Je vais demander à ce qu'on vous montre vos chambres.

— Pardon, j'aurais dû vous présenter Stefan d'entrée de jeu, mais j'étais si contrariée que j'ai oublié, ajouta Elena. Stefan, je te présente lady Ulma, qui s'est montrée si bonne envers nous. Lady Ulma, eh bien… je pense que vous avez deviné qui est Stefan.

Elle s'approcha de lui sur la pointe des pieds et l'embrassa longuement. Son baiser fut même si appuyé que Stefan l'interrompit gentiment ; cette démonstration d'affection en public le gênait presque. Elena était vraiment en colère contre Damon. Si elle ne lui pardonnait pas, les incidents de ce genre ne feraient que se multiplier. Or, sauf erreur de sa part, Stefan sentait qu'elle serait bientôt capable d'invoquer les Ailes de la Destruction.

Quant à son frère, il n'envisagea pas une seconde qu'il soit prêt à pardonner qui que ce soit.

Après que les filles se furent de nouveau extasiées à voix basse devant le bébé, tous furent conduits dans des chambres somptueuses, chacune meublée avec un goût exquis jusque dans les moindres détails de la décoration. Toutefois, comme d'habitude, ils se réunirent tous dans une même chambre, qui se trouva être celle de Stefan.

Il y avait largement la place sur le lit pour qu'ils s'y assoient ou s'y affalent tous les trois. Damon leur avait faussé compagnie, mais Stefan était prêt à parier qu'il les écoutait secrètement.

— Bon, lança brusquement Elena avant de raconter à Bonnie tout ce qui s'était passé, de la visite de Shinichi et Misao à leur arrivée chez lady Ulma.

— En même temps… se retrouver subitement dépouillé de tous ses pouvoirs en un claquement de doigts…

Bien qu'elle ait eu la tête baissée, il n'était pas difficile de deviner à qui Bonnie pensait. Elle releva les yeux vers ses amis.

— Je t'en prie, Elena, ne sois pas fâchée contre Damon. Je sais qu'il s'est mal conduit mais… il est si malheureux…

— Ce n'est pas une excuse ! Et très franchement…

Non, Elena ! Surtout ne lui dis pas qu'elle devrait avoir honte d'être aussi tolérante envers lui ! Elle en souffre déjà !

— Je ne m'attendais pas à cela de lui, reprit Elena d'un ton à peine hésitant. Je suis certaine qu'il tient à toi. Il t'a même trouvé un surnom affectueux.

Bonnie fit la grimace.

— Tu es la première à dire que c'est idiot, les petits noms.

— Oui, mais plutôt quand il s'agit de noms comme, je ne sais pas moi… Imagine s'il t'appelait « mon bonbon » ou un truc du genre ?

Bonnie releva brusquement la tête.

— C'est plutôt ce joli bébé qu'il faudrait appeler comme ça !

Son visage s'éclaira d'un sourire aussi inattendu qu'un arc-en-ciel après l'orage.

— C'est vrai. Elle est vraiment mignonne, hein ? Je n'ai jamais vu un bébé aussi heureux de vivre. Ça me fait penser à Margaret, quand elle nous regardait avec ses grands yeux ronds… C'est tout le bonheur que je souhaite à Adara – si toutefois elle finit par s'appeler comme ça…

Stefan s'installa plus confortablement. Elena avait la situation en main, une fois de plus.

Il pouvait maintenant réfléchir à un autre aspect préoccupant : le « voyage » de son frère. Au bout de quelques minutes, il se remit à écouter la conversation des filles, notamment quand il entendit Bonnie parler d'un trésor.

— Ils n'ont pas arrêté de me harceler avec ça, mais je ne comprenais pas pourquoi puisque la sphère qui contenait ce récit était juste là. Seulement, en fait, bizarrement, l'histoire s'était effacée – Damon a vérifié. Shinichi allait me balancer par la fenêtre, et c'est là qu'il est venu à ma rescousse, et ensuite les Sentinelles m'ont aussi interrogée à propos de cette histoire.

— Bizarre, effectivement, commenta Stefan en se redressant, les sens en alerte. Raconte-moi la façon dont tu as vécu cette histoire; où tu te trouvais et tout.

— Eh bien, d'abord, j'ai vu une petite fille appelée Marit qui partait acheter une dragée, d'où mon excursion à la confiserie le lendemain. Ensuite je suis allée me coucher, mais impossible de fermer l'œil. Alors j'ai repris la sphère et c'est là que j'ai vu l'histoire du Trésor des Kitsune. Les récits s'affichent par ordre, donc c'était forcément juste après celui de la dragée. Et tout à coup je me suis retrouvée en pleine projection astrale, à planer au-dessus de la voiture d'Alaric avec Elena.

— Et, entre la première histoire et le moment où tu es allée te coucher, est-ce que tu as fait quelque chose de particulier?

Bonnie prit le temps de réfléchir, sa bouche en cerise pincée.

— J'ai dû éteindre la lampe à gaz. Chaque soir je la baissais pour qu'il ne reste qu'une petite lueur.

— Et est-ce que, voyant que tu n'arrivais pas à dormir, tu l'as rallumée pour reprendre la sphère?

— Euh… non. Mais ce ne sont pas des livres! On n'a pas besoin de lumière pour lire ces histoires.

— Je sais bien. Ce que je veux savoir, c'est comment tu as retrouvé la sphère dans la pénombre. Est-ce qu'il y en avait d'autres par terre, à portée de main?

Cette fois, Bonnie fronça les sourcils.

— Ben… oui. Il y en avait vingt-six. Plus deux autres horribles, mais que j'avais balancées dans un coin. Vingt-cinq étaient des mélos, hyper rasoir. Et, comme je n'avais pas vraiment d'étagères pour les ranger…

— Bonnie, tu veux que je te dise ce qui s'est passé, à mon avis ?

Elle acquiesça en clignant des yeux.

— Je pense que tu as effectivement lu un conte pour enfants et que tu es allée te coucher. Mais en réalité tu t'es endormie très vite, même si tu as rêvé que tu étais réveillée. Et ensuite tu as eu une prémonition…

Bonnie ronchonna :

— Encore ? Pourtant je n'avais personne pour m'écouter à ce moment-là.

— Justement. Tu avais besoin d'en parler à quelqu'un, et c'est ce qui t'a conduite – enfin, ton esprit – à Elena. Qui était elle-même en pleine projection et s'occupait de transmettre un message à Alaric. Elle aussi dormait, j'en suis certain.

Stefan lança un regard à Elena.

— Qu'est-ce que tu en dis ?

28

Elena acquiesça lentement :

— J'en dis que ça pourrait bien s'être passé comme ça. Au début, j'étais seule dans cette projection et, ensuite, j'ai vu Bonnie à côté de moi.

Bonnie se mordit la lèvre.

— Eh bien, moi… la première chose que j'ai vue c'était Elena, et on volait toutes les deux. J'étais un peu à la traîne derrière. Mais, Stefan, qu'est-ce qui te fait dire que je me suis endormie et que toute cette histoire de trésor n'était qu'un rêve ? Pourquoi tu ne crois pas à ma version ?

— Parce que je pense que ton premier geste aurait été de rallumer la lampe si tu avais vraiment été allongée dans le noir, les yeux grands ouverts. Sinon, tu aurais aussi bien pu tomber sur une des sphères mélos et « hyper rasoir » comme tu dis.

Bonnie se dérida enfin.

— Ça expliquerait pourquoi personne ne m'a crue, même quand j'ai précisé quelle sphère contenait cette histoire ! Mais pourquoi est-ce que je n'ai pas parlé du trésor à Elena ?

— Je ne sais pas. Mais parfois, quand on se réveille – et je pense que tu étais bel et bien réveillée quand tu as fait cette projection astrale –, on oublie le rêve qu'on vient de faire si quelque chose d'autre capte tout de suite notre attention. Et on ne s'en souvient que plus tard, si toutefois quelque chose nous y fait repenser.

Bonnie regarda au loin, l'air songeur. Stefan se tut, conscient qu'elle seule pourrait tirer tout ça au clair.

Finalement, elle hocha la tête.

— Je crois bien que tu as raison. La première chose à laquelle j'ai pensé au réveil, c'était la confiserie. Ensuite, je n'ai plus du tout repensé au rêve du trésor, jusqu'à ce que quelqu'un me demande si je connaissais une histoire à raconter. Et c'est tout de suite celle-là qui m'est venue à l'esprit.

Elena caressa distraitement le couvre-lit en velours, vert dans un sens et bleu dans l'autre.

— Je comptais interdire à Bonnie de prendre part à cette expédition… murmura-t-elle.

L'esclave qu'elle était ne portait pas le moindre bijou, excepté le pendentif de Stefan, qui était accroché à une fine chaîne autour de son cou.

— Mais, si on n'a pas le choix, je ferais bien d'aller parler à lady Ulma. Quelque chose me dit que le temps presse.

— N'oublie pas qu'il s'écoule différemment ici, ajouta Bonnie. On est censés partir demain matin.

— Dans ce cas, il faut vraiment que j'aille lui parler tout de suite.

Bonnie se leva d'un bond.

— Je viens avec toi.

— Attends, Bonnie.

Stefan posa doucement la main sur son bras.

— Il faut que je te dise : tu as été fantastique.

Il était conscient que ses yeux devaient briller à

cet instant, et il ne s'en cachait pas. C'était plus fort que lui, en dépit de tout, du danger, des Sentinelles, et même de la plus puissante de toutes les sphères, il brûlait d'enthousiasme.

Dans un élan impétueux, il la serra dans ses bras, la soulevant du lit et la faisant tourbillonner avant de finalement la reposer.

— Toi et tes prédictions !

Bonnie le regarda, tout étourdie.

— Damon aussi était dans tous ses états quand je lui ai parlé du Trésor des Kitsune.

— Et tu sais pourquoi ? Parce que tout le monde en a entendu parler, mais personne n'avait la moindre idée de son emplacement... jusqu'à ce que tu le découvres en rêve. Tu es sûre de savoir où il se trouve ?

— Si les prédictions sont exactes, oui.

Bonnie en était rouge de joie.

— Et tu penses comme moi que cette énorme sphère pourra sauver Fell's Church ?

— Je te parie tout ce que tu veux que oui !

— *Yee-haaa !* s'exclama Bonnie en brandissant le poing. Alors c'est parti !

*

— Donc, vous comprenez, ça signifie qu'il faut tout en double, expliqua Elena. Je ne vois pas comment on pourrait partir demain.

— Voyons, ma petite Elena, comme on a pu le constater il y a, quoi, onze mois de cela, avant votre départ, n'importe quelle besogne peut s'accomplir très vite moyennant assez de bras. Je suis aujourd'hui l'employeur permanent de toutes ces femmes auxquelles nous faisions appel à l'époque pour confectionner vos robes de bal.

Tout en parlant, lady Ulma prit les mensurations de la jeune fille d'un geste agile et gracieux. Après tout, elles n'avaient pas de temps à perdre, alors pourquoi ne faire qu'une chose quand on peut en faire deux à la fois ?

Elle jeta un œil à son ruban de couturière.

— Exactement comme la dernière fois. Il faut croire que vous menez une vie très saine.

Elena se mit à rire.

— Je vous rappelle que, pour nous, il ne s'est écoulé que quelques jours.

— Ah oui, c'est vrai, acquiesça lady Ulma en riant à son tour.

À cet instant, Lakshmi, qui s'occupait du bébé, assise sur un tabouret, fit une suggestion qu'Elena interpréta à juste titre comme une ultime tentative :

— Je pourrais venir avec vous. Je sais faire toutes sortes de choses utiles. Et je suis robuste…

— Lakshmi… la coupa gentiment lady Ulma.

Malgré sa voix douce, son autorité ne faisait aucun doute.

— Nous devons déjà doubler le volume de la garde-robe nécessaire pour équiper Elena et Stefan. Tu ne voudrais quand même pas prendre la place d'Elena, si ?

— Non, non, pas du tout, s'empressa de répondre la jeune fille. Ça va… j'ai compris : je veillerai bien sur la petite Adara pour que vous puissiez superviser tranquillement les créations.

— Merci, Lakshmi, dit Elena d'un ton chaleureux.

Au passage, elle nota que le prénom Adara semblait avoir été définitivement adopté.

— Bien, on ne peut pas élargir les habits de Bonnie pour qu'ils soient à votre taille, par contre on peut appeler du renfort et faire préparer toute une panoplie de vêtements pour toi et Stefan d'ici à demain matin. Que du cuir et de la fourrure pour que vous ayez bien chaud. On utilise les peaux des animaux de l'extrême Nord.

— Ce ne sont pas des bébés animaux qu'on a envie de caresser, d'ailleurs, fit remarquer Bonnie. Ce sont des sales bêtes féroces qu'on utilise pour l'entraînement, qui sortent peut-être de la dernière dimension du Royaume et attaquent tous les gens de la périphérie nord qui vivent ici. Quand ils se font finalement tuer, les chasseurs de primes vendent leurs peaux et leurs fourrures à lady Ulma.

— D'accord… on a compris, Bonnie.

Elena n'avait pas du tout envie de se lancer dans un discours en faveur des droits des animaux. En vérité, elle était encore très secouée par son attitude, ou plutôt sa réaction, envers Damon. Qu'est-ce qui lui avait pris ? Est-ce qu'elle avait juste eu besoin de se défouler ? Encore maintenant, elle éprouvait une sacrée envie de le gifler pour avoir abandonné sa pauvre Bonnie dans cet endroit sordide et pour… pour être parti avec son amie et… et pas avec elle !

Damon devait vraiment la détester désormais, conclut-elle. Soudain, elle eut la sensation que l'Univers tanguait sous ses pieds, comme si elle essayait de se maintenir en équilibre sur une chaise à bascule. Et Stefan ? Il devait forcément la prendre pour une femme dédaignée, une furie telle que les Enfers n'en connaissaient pas de pire. Comment pouvait-il être aussi gentil et aimant alors que n'importe quel être sensé saurait qu'elle était devenue folle de jalousie ?

Bonnie non plus ne comprenait pas. Elle était encore trop jeune. Même si, quelque part, elle avait grandi, d'une certaine façon… Elle avait gagné en bonté, en discernement. Elle fermait les yeux sur ce qui se passait volontairement, comme Stefan. Et ça… ça demandait de la maturité, non ?

Bonnie aurait-elle plus l'étoffe d'une femme qu'elle, Elena ?

— Je vais vous faire porter une collation dans vos chambres respectives…

Lady Ulma continuait de parler tout en maniant avec dextérité son ruban, autour de Stefan cette fois.

— Faites une bonne nuit de sommeil ; les thurgs et vos habits seront prêts demain matin.

Elle leur fit à tous un grand sourire.

— Est-ce que je pourrais… Enfin, est-ce que par hasard il vous resterait un peu de vin de Magie Noire ? bafouilla Elena. Avec l'excitation du départ… et comme je vais dormir seule dans ma chambre. Je voudrais vraiment me reposer. On part à l'aventure, vous comprenez ?

Tout ça n'était que des prétextes.

— Absolument. Je vais vous en procurer une bouteille…

Lady Ulma hésita, puis se ressaisit vite.

— Et si nous en buvions un verre ensemble avant d'aller nous coucher ? Dehors, la couleur du ciel ne change pas, ajouta-t-elle à l'attention de Stefan. Mais croyez-moi, il est assez tard.

Elena vida son premier verre d'une traite. La domestique dut la resservir aussitôt ; puis une seconde fois, un instant plus tard. Après quoi, elle sembla se détendre un peu. Mais la sensation de roulis ne la quitta jamais complètement et, bien qu'elle ait dormi seule dans sa chambre, Damon ne passa pas la voir pour la provoquer, la narguer ou la tuer, et encore moins pour l'embrasser.

*

Les thurgs, découvrit Elena, étaient des créatures semblables à deux éléphants en un. Ils avaient chacun deux trompes côte à côte et quatre défenses redoutables, ainsi qu'une large et longue queue recouverte d'écailles, comme des reptiles. Leurs deux petits yeux jaunes étaient placés de chaque côté de leur tête bombée, de sorte qu'ils pouvaient voir à trois cent soixante degrés et repérer les éventuels prédateurs. Si toutefois il existait un prédateur capable de venir à bout d'un thurg…

Elena imagina une sorte de félin à dents de sabre, un tigre énorme au pelage d'un blanc laiteux suffisamment fourni pour garnir quantité d'habits pour Stefan et elle.

D'ailleurs, elle était ravie de ses nouvelles tenues. Dans l'ensemble, c'étaient surtout des hauts-de-chausses portés avec une tunique, revêtus à l'extérieur d'un cuir doux, souple et imperméable, et tapissés d'une belle peau chaude à l'intérieur. Mais ça ne s'arrêtait pas là, sinon il ne s'agirait pas d'authentiques créations de lady Ulma. La doublure en fourrure blanche était réversible et amovible et permettait d'ajuster sa tenue en fonction du temps. Il y avait des tours de cou triple épaisseur, qu'on pouvait laisser flotter au vent ou enrouler comme une grosse écharpe autour du visage, du menton jusqu'aux yeux. La doublure dépassait au niveau des poignets pour former des mitaines impossibles à perdre. Les tuniques des garçons étaient droites et se fermaient avec des boutons, celles des filles étaient plus longues et légèrement évasées. Elles étaient joliment frangées, mais ni teintes ni décolorées, excepté celle de Damon qui, bien entendu, était en cuir noir avec une doublure couleur sable.

Un des thurgs porterait les voyageurs et leurs bagages. L'autre, plus farouche et d'apparence plus imposante, transporterait des pierres de combustion qui permettraient de cuire la nourriture des humains et le reste (à première vue, du foin rouge), dont les deux gigantesques créatures se nourriraient sur le chemin des Enfers.

Pelat leur montra comment les manœuvrer : une légère tape à l'aide d'un très long bâton, qui pouvait servir autant à gratter l'arrière de leurs oreilles d'hippopotame qu'à donner un petit coup sur cette zone sensible pour leur ordonner d'accélérer.

— Ce n'est pas risqué que Biratz transporte toute la nourriture ? demanda Bonnie. Je croyais que vous aviez dit qu'elle était imprévisible.

— Voyons, mademoiselle, je ne vous la confierais pas si j'avais le moindre doute, assura Pelat. Elle va être liée à Dazar par une corde, donc elle n'a rien d'autre à faire qu'à suivre le mouvement.

— On doit monter là-dessus ? s'étonna Stefan.

Il tendit le cou pour jeter un œil au petit palanquin fermé qui surmontait le dos de l'énorme animal.

— On n'a pas le choix, confirma Damon d'un ton catégorique. C'est ça ou faire tout le trajet à pied. Aucun recours à la magie n'est autorisé, et encore moins cette clé sophistiquée que vous avez utilisée pour arriver ici. En revanche, la télépathie fonctionne dans la dernière dimension du Royaume. Ces dimensions sont comme des strates, aussi plates que des plaques, et d'après Bonnie il y aurait une brèche à l'extrême nord, autrement dit pas très loin d'ici. La brèche n'est pas grande, mais elle l'est assez pour qu'on puisse la traverser. Si on veut arriver indemnes jusqu'au fameux Corps de Garde, on a besoin de ces thurgs.

Stefan haussa les épaules.

— OK. C'est toi qui sais.

Tandis que Pelat posait une échelle contre Dazar, lady Ulma, Bonnie et Elena versèrent quelques larmes, autant de tristesse que de joie, penchées au-dessus du nourrisson.

Elles les essuyaient encore quand le cortège s'élança.

La première semaine fut d'un ennui mortel. Ils restèrent assis, confinés dans le palanquin sur le dos du thurg appelé Dazar, le nez sur une boussole trouvée dans le sac à dos d'Elena, lequel était accroché au-dessus d'eux. En général, ils laissaient tous les rideaux de la cabine remontés, excepté celui qui donnait sur le flanc ouest, où le soleil bouffi rouge sang, trop vif pour être regardé depuis les hauteurs plus respirables de la ville, pesait continuellement sur l'horizon. Le panorama qui les entourait était affreusement monotone, presque fantasmatique : quelques arbres ici et là, mais surtout des kilomètres de collines arides à perte de vue. À moins d'être un chasseur, il n'y avait jamais rien d'intéressant à voir. Seul changement notable à mesure qu'ils remontaient vers le nord : la température. Elle rafraîchissait de plus en plus.

Ce confinement était difficile à supporter pour tout le monde. Damon et Elena avaient trouvé un terrain d'entente, du moins en apparence, qui consistait à s'ignorer royalement, ce qu'Elena n'aurait jamais cru possible. Damon lui facilita la tâche en se calant sur un cycle de sommeil différent de celui du reste du groupe, ce qui lui permettait de monter la garde tandis que les thurgs poursuivaient leur pénible avancée, jour et nuit. Et si par hasard il était debout en même temps qu'elle, il sortait de la cabine et continuait le voyage sur l'énorme cou du thurg. En parlant de cou, ils l'avaient tous deux aussi raide l'un que l'autre, se dit un jour Elena. Chacun avait sa fierté et aucun ne voulait céder.

Pendant ce temps, à l'intérieur du palanquin, les autres se mirent à inventer des petits jeux pour s'occuper, comme de tresser des poupées, des tapettes à mouches, des chapeaux ou des cravaches, avec les longs brins d'herbes sèches ramassés sur le bord de la route. Stefan, qui se révéla expert en tissage serré, fabriqua des tapettes et de larges éventails pour chacun d'entre eux.

Ils jouèrent aussi à différents jeux de cartes, se servant de petits bristols, comme ceux qu'on met sur une table pour indiquer la place des convives (lady Ulma s'était-elle imaginé qu'ils donneraient une réception en cours de route ?), qu'ils avaient préalablement marqués des quatre couleurs. Et, bien sûr, les vampires allèrent chasser. Parfois, ils ne revenaient pas avant un bon moment, étant donné que le gibier était rare. Les réserves de vin de Magie Noire fournies par lady Ulma les aidèrent à tenir le coup entre deux chasses.

Chaque fois que Damon faisait une incursion dans la cabine, on aurait dit qu'il s'incrustait dans une soirée privée et faisait un pied de nez aux invités.

Finalement, Elena craqua la première et demanda à Stefan de la transporter dans ses bras sur le dos de l'animal tant que la magie fonctionnait encore (regarder en bas ou escalader son flanc n'était vraiment pas envisageable). Elle prit place sur la selle à côté de Damon et rassembla son courage.

— Écoute, Damon, je comprends que tu sois en colère contre moi, c'est ton droit. Mais ne te défoule pas sur les autres. Surtout sur Bonnie.

— Encore un sermon ?

Damon lui lança un regard qui aurait transformé une flamme en stalagmite.

— Non, juste une… requête.

Elle ne pouvait se résoudre à parler de « négociation ».

Face à son absence de réaction et le silence devenant pesant, elle enchaîna :

— Pour nous… il ne s'agit pas de partir en quête d'un trésor juste pour l'appât du gain, par goût de l'aventure ou pour tout autre motif habituel. Notre but est de sauver Fell's Church.

— Du Crépuscule, dit une voix juste derrière elle. Sauver Fell's Church de l'Ultime Crépuscule.

Elena se retourna brusquement. Elle s'attendait à

voir Bonnie cramponnée à Stefan, mais elle ne vit que la petite tête de son amie dépasser du haut de l'échelle.

Oubliant son vertige, elle se mit debout sur le dos oscillant de l'animal, prête à redescendre son flanc côté soleil si Bonnie n'avait pas la place de s'asseoir sans risque sur la selle.

Mais il n'y avait pas hanches plus minces que celles de Bonnie, et la selle fut juste assez large pour eux trois.

— L'Ultime Crépuscule approche, répéta cette dernière.

Elena connaissait cette voix monocorde, ces joues blanches comme de la craie et ce regard vide. Bonnie était en transe, et très agitée aussi. Ça devait être urgent.

— Damon, chuchota Elena. Si je lui parle, ça risque d'interrompre sa transe. Tu veux bien la questionner par télépathie ?

Un instant plus tard, elle l'entendit projeter sa question.

Qu'est-ce que c'est, l'Ultime Crépuscule ? Il est censé se passer quoi, à ce moment-là ?

— C'est là que tout commence. Et, en moins d'une heure, c'est terminé. Ensuite… plus de crépuscules.

Pardon ? Comment ça, plus de minuits ?

— Plus à Fell's Church. Plus une âme pour voir la nuit.

Mais quand ?

— Cette nuit. Les enfants sont enfin prêts.

Les enfants ?

Bonnie se contenta de hocher la tête, l'air absent.

Il va arriver quelque chose aux enfants ?

Les paupières de Bonnie se mirent en berne. Elle ne semblait pas avoir entendu la question.

Elena eut besoin de s'agripper d'urgence. Subitement, elle trouva le bras que Damon avait tendu devant Bonnie pour lui prendre la main.

Bonnie, est-ce que les enfants vont faire *quelque chose cette nuit?* insista-t-il.

Les yeux tout à coup embués, la jeune fille inclina la tête.

— On doit y retourner. Il faut aller à Fell's Church!

Sans vraiment réfléchir, Elena lâcha la main de Damon et descendit l'échelle. Le soleil apparut différent, plus petit. Elle tira sur le rideau et faillit se cogner la tête contre Stefan alors qu'il le remontait pour la laisser entrer.

— Stefan, Bonnie est en transe et elle vient de dire que…

— Je sais. J'écoutais. Je n'ai pas eu le temps de la retenir quand elle est sortie de la cabine. Elle a sauté sur l'échelle et grimpé comme un écureuil. À ton avis, qu'est-ce qu'elle veut nous faire comprendre?

— Tu te souviens de la projection astrale qu'on a faite, elle et moi? La petite séquence d'espionnage d'Alaric? C'est ça qui va se passer à Fell's Church. Tous les enfants, tous en même temps, aux douze coups de minuit… C'est pour ça, il faut absolument qu'on rentre…

— Du calme, mon amour. Rappelle-toi ce que lady Ulma a dit: presque un an ici correspond à peine à quelques jours dans notre monde.

Elena hésita. Il avait raison sur ce point, elle ne pouvait pas le nier. Mais ça ne l'empêchait pas d'être frigorifiée…

Ce n'était pas une formule : tout à coup, elle prit conscience du fait qu'elle avait vraiment froid, et sentit une rafale glaciale tourbillonner autour d'elle et pénétrer son manteau en cuir comme un coup de machette.

— Il faut qu'on mette nos doublures. On ne doit plus être très loin de la brèche.

Ils tirèrent d'un coup sec sur les rideaux du palanquin pour tout bien fermer, puis s'empressèrent de fouiller dans le petit meuble de rangement astucieux fixé sur la croupe du thurg.

Les fourrures étaient si lustrées qu'Elena put facilement en glisser deux sous son cuir.

Ils furent interrompus par Damon, qui apparut avec Bonnie dans les bras.

— Elle a cessé de parler. Quand vous serez réchauffés, venez jeter un œil dehors.

Elena allongea son amie sur l'une des deux banquettes à l'intérieur du palanquin et l'emmitoufla sous une pile de couvertures, en bordant bien tout autour d'elle. Puis elle se débrouilla pour remonter là-haut.

L'espace d'une seconde, elle fut aveuglée. Non pas par l'astre revêche : il avait disparu quelque part, derrière des montagnes, laissant à leur sommet une traînée rose saphir. Mais par une immense étendue de blanc. Devant elle, à perte de vue, s'étirait une blancheur apparemment sans fin, mate et monotone, aux confins de laquelle une nappe de brouillard venait voiler ce qui se trouvait derrière.

— D'après la légende, à l'heure qu'il est, on devrait

se diriger vers le Lac Argenté de la Mort, souffla la voix de Damon derrière Elena.

Bizarrement, en dépit du froid intense, elle lui parut chaleureuse, presque amicale.

— Également connu sous le nom de Lac Miroir. Mais je ne peux pas me transformer en corbeau pour partir en éclaireur. Quelque chose m'en empêche. Et ce brouillard là-bas est totalement hermétique à toute exploration parapsychique.

Instinctivement, Elena regarda autour d'elle. Stefan était toujours à l'intérieur du palanquin, s'occupant sans doute encore de Bonnie.

— C'est ça que tu cherches ? Le lac ? À quoi il ressemble ? Enfin, j'imagine très bien ce qu'on peut appeler un « lac miroir », mais… pourquoi « de la mort » ?

— À cause des serpents de mer. Du moins, c'est ce qu'on dit, mais, en même temps, qui peut rapporter en avoir déjà vu ?

Damon observa Elena.

« Il a veillé sur Bonnie pendant qu'elle était en transe, se dit-elle en soutenant son regard. Et il me reparle enfin. »

— Des serpents de mer, tu dis ? répéta-t-elle en s'efforçant d'adopter elle aussi un ton amical.

On aurait dit qu'ils venaient de se rencontrer. Qu'ils repartaient à zéro.

— Pour ma part, j'ai toujours cru à l'existence du kronosaurus, confia Damon.

Il se tenait juste derrière elle à présent ; elle le sentait faire obstacle au vent glacial… Non, c'était plus que cela. Il générait un cocon de chaleur pour qu'elle s'y blottisse. Elena n'eut soudain plus aucun frisson. Pour la première fois depuis un bon moment, elle osa décroiser les bras, qu'elle tenait serrés contre sa poitrine.

Puis elle sentit deux mains vigoureuses glisser autour de sa taille et la chaleur devint intense. Damon était collé contre elle, et soudain elle eut vraiment très chaud.

— Damon, protesta-t-elle d'une voix plutôt mal assurée, on ne peut pas faire comme si…

— Regarde, il y a un rocher qui affleure là-bas. Personne ne nous verrait, suggéra le vampire dans son dos.

Elena fut choquée. Une semaine qu'il ne lui adressait plus la parole, et subitement… il lui sortait *ça* !

— Damon, je te rappelle que l'homme qui se trouve dans la cabine juste en dessous de nous est…

— Ton prince ? Dans ce cas, que dirais-tu d'un chevalier ? lui susurra-t-il à l'oreille.

Elena se raidit comme une statue. Mais Damon ajouta quelque chose qui ébranla toutes ses certitudes :

— Tu aimes bien la légende du roi Arthur, pas vrai ? Seulement, ici, Guenièvre c'est toi, ma princesse. Tu as épousé ton prince pas si charmant et un jour est arrivé un chevalier qui connaissait encore plus tes secrets, et il t'a tout de suite attirée…

— Il m'a forcée, riposta Elena.

Elle se retourna et croisa directement ses yeux sombres, alors même que sa raison lui criait de laisser tomber.

— Il n'a pas attendu que je réponde à son appel. Il s'est contenté… de prendre ce qu'il voulait. Comme le font les marchands d'esclaves. Je ne savais pas me défendre… *à l'époque*.

— Pas du tout. Tu as lutté de toutes tes forces. Je

n'ai jamais vu un humain résister autant. Mais, quand bien même, tu sentais l'appel de mon cœur. Ne dis pas le contraire.

— Damon… pourquoi là, maintenant… d'un coup ?

Il esquissa un geste, comme pour se détourner, mais se retourna finalement face à elle.

— Parce que demain nous serons peut-être morts, dit-il d'un ton impassible. Je voulais que tu saches ce que je ressentais pour toi avant que l'un de nous ne meure.

— Mais tu n'as rien dit de ce que tu ressentais pour moi ! Tu as parlé uniquement de ce que *tu crois* que je ressens pour toi. Je regrette de t'avoir giflé le jour de notre arrivée, mais…

— Tu as été splendide, la coupa Damon effrontément. Mais oublions ça, c'est du passé. Quant à ce que je ressens pour toi… un jour j'aurai peut-être l'occasion de te le prouver vraiment.

Une étincelle jaillit dans le cœur d'Elena : une fois de plus, ils se livraient à une joute verbale, comme ils l'avaient fait dès le premier jour de leur rencontre.

— Un jour ? Facile à dire. Pourquoi pas maintenant ?

— Tu le penses vraiment ?

— Comme si c'était mon genre de dire des choses que je ne pense pas.

Elle attendait plus ou moins qu'il s'excuse, qu'il s'exprime avec autant de simplicité et de franchise qu'elle l'avait fait avec lui. Mais au lieu de ça, avec une extrême douceur, et sans même jeter un coup d'œil autour de lui pour s'assurer que personne ne les regardait, Damon saisit le visage emmitouflé d'Elena, abaissa son écharpe juste en dessous de sa bouche et l'embrassa tendrement. Tendrement et assez longtemps pour qu'une petite voix en elle lui chuchote sans relâche que, oui, évidemment, elle avait entendu son appel et senti son aura la première fois qu'elle l'avait croisé. À l'époque, elle ignorait ce qu'était une aura ; et elle ne croyait pas à ces choses-là. Pas plus qu'aux vampires. À l'époque, elle n'était qu'une petite sotte ignorante…

Stefan !

Une voix cristalline tempêta dans son esprit, hurlant ces deux petites syllabes, et lui donna la force de s'écarter de Damon et de tourner à nouveau les yeux vers le palanquin. Il n'en filtrait pas le moindre signe d'agitation.

— Il faut que j'y retourne, dit-elle d'un ton brusque. Il faut que j'aille voir comment va Bonnie.

— Dis plutôt que tu veux aller voir comment va Stefan, rétorqua Damon. Tu n'as pas à t'inquiéter. Il dort à poings fermés. Tout comme notre petite Bonnie.

Elena se raidit à nouveau.

— Tu les as influencés ? À distance ?

Elle avait émis cette hypothèse à tout hasard, mais Damon esquissa un sourire en coin, comme pour la féliciter de sa perspicacité.

— Comment *oses*-tu ?

— À vrai dire, je n'en sais rien.

Damon se rapprocha d'elle, mais Elena détourna la joue, obsédée par un seul nom : *Stefan !*

Il ne peut pas t'entendre. Il est en train de rêver de toi.

Elena fut la première surprise de sa réaction.

Damon avait à nouveau capté son attention et ne la quittait plus des yeux. Quelque chose en elle se laissa attendrir par l'intensité de ce regard à la fois calme et insistant.

— Je ne suis pas en train de t'influencer, Elena. Je t'en donne ma parole, chuchota-t-il. Mais tu ne peux pas nier ce qui s'est passé entre nous la dernière fois que nous sommes venus dans ce Royaume.

Son souffle était maintenant posé sur ses lèvres, et Elena ne se déroba pas. Elle tremblait.

— Je t'en prie, Damon. Par égard pour… Je… non, *non* !

— Elena ? Elena, qu'est-ce qu'il y a ? Qu'est-ce qui ne va pas ?

J'ai mal… C'est tout ce qu'elle fut capable de lui répondre par la pensée. Une douleur atroce lui avait transpercé la poitrine, du côté gauche. Comme si on l'avait poignardée en plein cœur. Elle étouffa un hurlement.

Elena, dis-moi ce qui se passe ! Si tu n'y arrives pas par la pensée, parle-moi !

— Une douleur… crise cardiaque… marmonna-t-elle entre ses lèvres engourdies.

— Mais non, tu es en bonne santé et trop jeune pour ça. Fais-moi voir.

Damon déboutonna son haut. Elle le laissa faire. Elle n'était capable de rien, excepté de suffoquer.

— Mon Dieu, ce que j'ai mal !

La main chaude de Damon se glissa entre le cuir et la fourrure de sa tunique pour se poser en douceur à gauche du centre ; un simple caraco séparait les doigts tâtonnants de sa peau.

Elena, je vais soulager ta douleur. Fais-moi confiance.

Comme il prononçait ces mots, les élancements d'Elena se dissipèrent. En le voyant plisser les yeux, elle comprit qu'il avait absorbé sa souffrance pour l'analyser.

— Ce n'est pas une crise cardiaque, affirma-t-il un moment plus tard. Je suis formel. On dirait plutôt… que tu as reçu comme un coup de poignard. Mais c'est idiot. Enfin, bref… c'est fini.

Pour elle, la douleur avait disparu dès l'instant où il avait cherché à la protéger.

— Merci, souffla-t-elle.

Elle réalisa qu'elle s'était cramponnée à lui, terrifiée à l'idée d'être en train de mourir. Ou que lui meure.

Il lui adressa un vrai sourire, aussi sincère que rare.

— On est tous les deux indemnes. Ça devait être une simple crampe.

Son regard avait glissé sur les lèvres d'Elena.

— Est-ce que j'ai mérité un baiser ?

— Je…

Il l'avait rassurée, délivrée de sa souffrance. Comment pourrait-elle légitimement refuser ?

— Alors juste un, murmura-t-elle.

Une main vint soulever doucement son menton. Ses paupières voulurent se fermer, mais Elena se força à garder les yeux grands ouverts.

Alors que les lèvres de Damon effleuraient les siennes, la sensation du bras qui s'enroulait autour de sa taille lui parut quelque peu… différente. Il n'essayait plus de la retenir, mais semblait vouloir la réconforter. Et quand, de l'autre main, il se mit à caresser doucement la pointe de ses cheveux, une bouffée de chaleur la fit tressaillir.

Damon ne cherchait pas à la brusquer sous l'ardeur de son aura, qui, à cet instant, ne vibrait que de ses sentiments pour elle. Seulement, bien que sa transformation ait été récente, il possédait à la fois une force exceptionnelle et le savoir d'un vampire chevronné. Elena eut l'impression qu'elle venait de s'immerger dans une mer d'huile et d'être subitement happée par un violent courant sous-marin, face auquel toute résistance, toute négociation ou tentative de raisonnement était vaine. Elle n'avait d'autre choix que d'y céder et de croiser les doigts pour qu'il l'emporte, au final, vers des eaux plus clémentes où elle pourrait vivre et respirer. Sinon, elle se noierait... Mais même cette éventualité ne semblait pas si tragique maintenant qu'elle était au cœur de ce courant et qu'elle voyait la série de courts instants, enfilés comme des perles, qui le constituaient. Chacun d'eux brillait d'une petite lueur d'admiration que Damon avait pour elle, pour son courage, son intelligence, sa beauté. C'était comme si, de tous les gestes qu'elle avait faits, de tous les mots qu'elle avait prononcés, aucun ne lui avait échappé : il les avait tous enfouis dans son cœur, tel un trésor.

Mais on se disputait tout le temps à l'époque, pensa Elena en apercevant, dans le remous du courant, l'étincelle d'un jour où elle l'avait maudit.

Oui... mais je t'ai dit à quel point tu étais sublime quand tu es en colère. Comme une déesse venue refaire le monde.

C'est vrai, je veux changer les choses, remettre de l'ordre dans ce monde. Et pas seulement chez moi, mais aussi au Royaume des Ombres. Malheureusement, je n'ai rien d'une divinité.

Ce constat la frappa de plein fouet : elle n'était qu'une lycéenne qui n'avait même pas fini ses études, en partie à cause de l'individu qui l'embrassait fougueusement à cet instant.

Bon sang, mais pense à tout ce que tu apprends au cours de ce voyage ! Toutes ces choses que le reste du monde ignore ! souffla Damon dans son esprit. *Maintenant, concentre-toi sur ce que tu fais !*

Et Elena obéit. Elle se concentra, pas parce que Damon le lui demandait, mais parce que c'était plus fort qu'elle. Ses yeux se fermèrent peu à peu. Elle se rendit compte que, pour apaiser ce tourbillon, elle devait ne faire qu'un avec lui, sans y céder de gré ou de force, mais en répondant à ce courant de passion avec le ressenti de son propre cœur.

Dès qu'elle passa à l'acte, le courant sous-marin se transforma en vent et, au lieu de se noyer, elle se mit à voler. C'était même mieux que ça, mieux qu'un envol, qu'une danse, c'était ce à quoi son cœur avait toujours aspiré. Un sommet paisible, où rien ne pourrait jamais leur faire du mal ou les troubler.

Puis, au moment où elle était le plus vulnérable, la douleur réapparut, lui perforant la poitrine légèrement sur la gauche. Damon, si étroitement lié à ses pensées à cet instant, la perçut d'emblée. Une petite phrase lui traversa l'esprit, qu'Elena perçut distinctement : *Un coup de poignard dans le cœur est aussi efficace sur un humain que sur un vampire*. Et elle éprouva, en même temps que lui, la crainte d'une prémonition funeste.

Dans la petite cabine bringuebalante, Stefan dormait en tenant Bonnie contre lui, tous deux enveloppés dans un halo d'énergie protecteur. Elena, qui agrippait fermement l'échelle, se jeta à l'intérieur. Elle posa la main sur l'épaule de Stefan, qui se réveilla.

— Qu'est-ce qui se passe ? Elle se sent mal ? demanda-t-elle.

Elle se garda de formuler à voix haute la troisième question qui bourdonnait dans sa tête : *Tu es au courant ?*

Mais, quand les yeux verts de Stefan se levèrent vers elle, elle n'y perçut que de l'inquiétude. Visiblement, il ne cherchait pas à sonder ses pensées. Toute son attention se portait sur Bonnie. « Décidément, c'est vraiment un gentleman », se dit-elle pour la millième fois.

— J'essaie de la réchauffer, expliqua-t-il. Quand elle est sortie de transe, elle frissonnait. Quand les frissons se sont atténués, je lui ai pris la main, et elle était glacée jusqu'aux os. Alors j'ai généré une capsule de chaleur autour d'elle. Je suppose qu'après j'ai dû m'assoupir un peu. Au fait, ajouta-t-il, tu as trouvé quelque chose dehors ?

Oui, les lèvres de Damon, pensa Elena avec fièvre, mais elle s'efforça de faire abstraction de ce souvenir.

— On cherche le Lac Miroir de la Mort. Mais moi je n'ai vu que du blanc. De la neige et du brouillard à perte de vue.

Stefan hocha la tête. Puis il fit mine d'écarter plusieurs épaisseurs d'air et glissa une main à travers pour tâter la joue de Bonnie.

— Elle se réchauffe, constata-t-il en souriant.

Il lui fallut un bon moment pour être entièrement

rassuré. Quand il fut certain qu'elle allait mieux, il la sortit avec précaution de cette « capsule » d'air chaud qui l'enveloppait, l'allongea sur une des deux banquettes et vint s'asseoir à côté d'Elena sur l'autre.

Bonnie finit par pousser un soupir et par revenir à elle dans un clignement de paupières.

— Je crois que j'ai fait une petite sieste, dit-elle, manifestement consciente que l'heure avait tourné.

— Pas exactement, lui répondit Elena d'un ton rassurant.

Voyons voir, comment s'y prenait Meredith, déjà ?

— En fait, tu… tu as été prise d'une transe. Est-ce que tu t'en souviens ?

— Au sujet du trésor ?

— De son impact, surtout, précisa Stefan avec calme.

— Non… ça ne me dit rien.

— Tu as dit que ce serait l'Ultime Crépuscule, insista Elena.

Dans son souvenir, Meredith était toujours assez directe.

— On pense que tu parlais de Fell's Church, s'empressa-t-elle d'ajouter en voyant le regard terrifié de Bonnie.

— L'Ultime Crépuscule… sans lendemain, récita cette dernière. Je crois… j'ai entendu quelqu'un prononcer ces mots. Mais c'est tout.

Elle était aussi ombrageuse qu'un jeune poulain. Elena lui rappela que le temps s'écoulait différemment entre les deux dimensions, mais ça n'eut pas l'air de la consoler. Alors elle se tut et alla simplement s'asseoir près d'elle pour la prendre dans ses bras.

Elle n'arrêtait pas de penser à Damon, au point d'en avoir le tournis. Il l'avait pardonnée. Et c'était tant mieux, même s'il y avait mis le temps. Quoi qu'il en soit, le fond du message était qu'il était prêt à la *partager*. Ou du moins le prétendait-il, pour se faire bien voir d'elle. Cependant, connaissant Damon, si jamais elle se montrait consentante… il assassinerait peut-être Stefan. Une seconde fois. Après tout, c'était exactement la réaction qu'il avait eue quand Katherine lui avait fait part de ses sentiments partagés.

Elena était incapable de penser à Damon sans éprouver du désir. Et incapable de penser à lui sans penser à Stefan. Elle ne savait absolument pas quoi faire.

C'était le pire dilemme de sa vie.

29

— Eh, vous voyez ce que je vois ? cria Damon, perché sur le cou du thurg.

Elena, oui. En revanche, Bonnie et Stefan avaient les yeux fermés ; Bonnie était emmitouflée dans des couvertures et blottie contre Elena. Ils avaient abaissé tous les rideaux du palanquin, sauf un.

Regardant par cette unique fenêtre, Elena n'avait rien perdu du spectacle. Comme Damon, elle avait vu la façon dont le brouillard avait commencé à se densifier : d'abord une simple pellicule vaporeuse, ensuite des nappes plus épaisses et étirées, et enfin un manteau de brume les enveloppant tous. Elle avait l'impression qu'on les isolait délibérément, même du périlleux Royaume des Ombres. L'impression qu'ils passaient la frontière d'un lieu secret qu'ils n'étaient pas censés connaître, et encore moins traverser.

— Comment être sûr qu'on va dans la bonne direction ? cria Elena en voyant Stefan et Bonnie se réveiller.

— Les thurgs savent ce qu'ils font. Une fois qu'ils sont mis sur la voie, ils ne changent pas de cap à moins qu'on ne le leur ordonne ou que…

— Que quoi ?

— Qu'on n'arrive dans un endroit pareil.

On aurait dit un mirage, mais ni Stefan ni Elena

n'eurent envie d'y résister et, de toute façon, les thurgs s'étaient immobilisés.

— Reste ici, dit Elena à Bonnie.

Elle s'apprêta à sortir, mais resta figée en voyant la distance faramineuse qui la séparait du sol, toujours aussi blanc. Bon sang que ces créatures étaient énormes ! Stefan, lui, fut très vite à terre. Il tendit les bras vers elle.

— Saute !

— Tu ne veux pas remonter et me faire flotter jusqu'en bas, plutôt ?

— Non, désolé. Il y a un truc dans l'atmosphère qui bloque tous mes pouvoirs.

Elena ne chercha pas à réfléchir et se jeta dans le vide. Stefan la rattrapa sans problème. Elle se cramponna spontanément à lui, et fut aussitôt rassurée par le contact familier de ses bras.

— Viens voir ça, dit-il peu après.

Ils étaient arrivés dans un endroit où la terre s'arrêtait et où la brume se scindait, comme des rideaux retenus de chaque côté, révélant, droit devant eux, un lac. Un lac gelé, argenté, de forme presque parfaitement ronde.

— Ce serait le Lac Miroir ? hasarda Damon, la tête penchée de côté.

— J'ai toujours pensé que ce genre d'endroit n'existait que dans les contes de fées, répondit Stefan.

— Bienvenue dans le conte de Bonnie, alors.

Le lac en question formait une vaste étendue d'eau entièrement figée sous une épaisse couche de glace, du moins à première vue. On aurait effectivement dit un miroir, aussi net qu'un miroir de poche sur lequel on viendrait de souffler doucement pour l'essuyer et le faire briller.

— Mais, et les thurgs ? chuchota Elena.

Elle n'osait pas parler plus fort ; le silence des lieux était pesant, tout comme l'absence de bruits naturels : aucun chant d'oiseau ni bruissement de feuilles. Pas un buisson ni un arbre. Rien qu'une brume encerclant cette étendue de glace.

— Les thurgs ne vont pas pouvoir avancer là-dessus, répéta-t-elle un tout petit peu plus fort.

— Tout dépend de l'épaisseur de la glace, nuança Damon en affichant son fameux sourire tout en dents. Si c'est assez solide, ils ne feront pas de différence avec la terre ferme.

— Sinon ?

— Eh bien, sinon… À ton avis, ça flotte, un thurg ?

Elena lui lança un regard exaspéré et se tourna vers Stefan.

— Qu'est-ce que tu en penses, toi ?

— Je ne sais pas trop, avoua-t-il, hésitant. Ce sont des animaux plutôt robustes. On devrait interroger Bonnie.

Toujours emmitouflée dans des couvertures en peau qui commençaient à accumuler les morceaux de glace à force de traîner par terre, Bonnie observa le lac d'un œil sombre.

— L'histoire n'entrait pas dans les détails concernant ce passage. Ça disait juste que les deux gosses réussirent à descendre les paliers un à un, tout ça en passant plusieurs épreuves de courage et de… d'esprit… avant d'arriver à destination.

— Par chance, j'ai largement assez des deux pour

compenser, par rapport à mon frangin ! conclut Damon, toujours tout sourire.

— Ça suffit ! explosa Elena.

Face à son sourire narquois, elle se tourna vers Stefan, l'attira contre elle et l'embrassa. Elle savait que la scène n'échapperait pas à Damon : elle et Stefan enlacés, ce dernier à peine conscient de ce qui se disait autour d'eux. Ils n'avaient pas perdu le contact télépathique, c'était déjà ça. Et, par ailleurs, elle trouva fascinante la sensation chaude de ses lèvres, comparée à la fraîcheur ambiante. Elle jeta un rapide coup d'œil à Bonnie pour s'assurer qu'elle ne l'avait pas contrariée en rembarrant Damon, mais, au contraire, cette dernière eut l'air plutôt ravie.

« On dirait que plus je le repousse, plus elle est contente, constata Elena. Si c'est ce que je crois… on est mal. »

Stefan se ressaisit.

— Bonnie, en résumé, c'est à toi de décider. Oublie le courage ou la logique, sers-toi uniquement de ton intuition. Par où on va, d'après toi ?

Elle jeta un œil aux thurgs derrière elle, puis de nouveau au lac.

— Par là, répondit-elle sans hésiter.

Elle tendit le doigt droit devant elle, vers la rive opposée du lac.

— On ferait bien d'emporter du combustible et les sacs à dos contenant les rations de réserve, suggéra Stefan. Comme ça, au pire, on aura toujours le minimum vital.

— En plus, les thurgs seront moins lourds… au moins un petit peu, approuva Elena.

Il semblait criminel de charger un sac sur les épaules si frêles de Bonnie, mais c'est elle qui insista. Elena s'en prépara un rempli d'habits épais et chauds mais curieusement légers. Les autres portèrent des peaux, des provisions et… de la bouse séchée : les excréments des thurgs seraient dorénavant leur seul combustible.

Dès le départ, la traversée fut pénible. Elena n'avait vécu que deux expériences similaires sur des eaux gelées et avait tout lieu d'être méfiante, l'une d'elles ayant été désastreuse pour le pauvre Matt. Elle était prête à faire demi-tour à la première fissure, au moindre bruit indiquant que la glace pourrait céder.

Les thurgs, eux, semblaient avoir marché sur la glace toute leur vie. Leurs pattes pneumatiques pouvaient s'élargir de presque la moitié de leur taille, ce qui leur permettait de répartir leur poids d'un segment du lac au suivant.

La progression était lente, mais Elena ne la trouvait finalement pas si dangereuse. En fait, elle n'avait jamais vu de la glace aussi lisse et glissante. Ça lui donnait presque envie de patiner.

— Hé, regardez ! C'est cool !

Bonnie avait fait le même constat et n'avait pas hésité. Comme sur une piste olympique, elle patinait dans tous les sens, en avant, en arrière, sur le côté…

— On n'est pas là pour s'amuser ! lui cria Elena.

Au fond, elle mourait d'envie de l'imiter, mais elle avait trop peur de fatiguer la glace, d'y laisser ne serait-ce qu'une éraflure. En plus, Bonnie dépensait deux fois trop d'énergie.

Elle s'apprêtait à la héler une nouvelle fois, mais Damon la devança. Il balança à Bonnie d'un ton agacé toutes les remarques qu'elle venait de se faire, plus quelques-unes de son cru.

— On n'est pas en croisière, Bonnie ! On est là pour s'occuper du sort de ta ville.

— Comme si tu en avais quelque chose à faire, murmura Elena en lui tournant le dos.

Elle attrapa la main boudeuse de Bonnie, autant pour la consoler que pour qu'elles continuent côte à côte, au même rythme.

— Tu perçois des ondes surnaturelles dans le coin ?

— Non, aucune.

Mais, ensuite, l'imagination de Bonnie parut s'emballer.

— Cela dit, c'est peut-être ici qu'autrefois les mystiques des deux dimensions se réunissaient pour échanger leur savoir. Ou peut-être qu'ils se servaient de la glace comme d'un vrai miroir magique pour étudier des contrées lointaines et d'autres choses.

— Peut-être, répondit Elena, avec un petit sourire amusé.

Bonnie hocha la tête avec sérieux.

À cet instant, le bruit qu'Elena avait tant redouté se fit entendre.

Un grondement lointain aussi immanquable qu'incontestable.

Bonnie et Elena avançaient en se tenant à bout de bras pour éviter d'exercer une trop forte pression sur la glace, tandis que derrière elles les thurgs fermaient la marche, comme un troupeau de moutons sans meneur.

Semblable à une détonation, ce bruit était le signe indubitable que la glace avait brusquement cédé, et ce, à quelques mètres d'elles. Un autre fracas retentit, comme un coup de fouet, suivi d'un bruyant éboulement.

Elena sentit que ça venait de leur gauche, du côté de Bonnie.

— Fonce ! cria-t-elle. Patine aussi vite que tu peux. Et crie dès que tu aperçois la terre ferme.

Bonnie ne posa pas de questions. Elle s'élança comme une patineuse de vitesse aux jeux Olympiques, et Elena s'empressa de se retourner pour évaluer la situation.

C'était Biratz, le thurg femelle au sujet duquel Bonnie avait questionné Pelat. Une des énormes pattes de l'animal était prise dans la glace, et plus il se débattait, plus la glace se lézardait.

Stefan ! Tu m'entends ?

Pas très bien. Ne bouge pas, j'arrive.

Non, va surtout voir Biratz et essaie de l'influencer.

Qui ça ? Le thurg ?

Oui, calme-la, sors-la de l'eau, fais quelque chose. Elle est en train d'élargir le trou de glace dans lequel elle est, et ça ne va que compliquer les choses pour la tirer de là !

La réponse de Stefan mit un petit moment à lui parvenir. Elle comprit, *via* de faibles échos, qu'il communiquait par télépathie avec quelqu'un d'autre.

OK, mon amour, je m'occupe du thurg. Toi, va rejoindre Bonnie.

Il mentait. Du moins, il lui cachait quelque chose. C'était sûrement avec Damon qu'il avait parlé. Ils se battaient pour la protéger au lieu de chercher à se rendre utiles.

Un cri strident, pas si lointain, retentit. Bonnie avait un problème ? Ah non, elle avait atteint l'autre rive !

Elena ne perdit pas une seconde. Elle posa avec précaution son sac sur la glace et revint sur ses pas, patinant rapidement vers le thurg.

Prisonnière de la glace, l'énorme créature était totalement désespérée et impuissante. L'atout qui l'avait protégée contre les autres prédateurs du Royaume des Ombres, à savoir sa corpulence phénoménale, se retournait maintenant contre elle. Elena eut l'impression d'avoir la poitrine comprimée comme dans un corset.

Cependant, tandis qu'elle le regardait, l'animal se calma. Il cessa d'essayer de sortir sa patte arrière gauche de la glace, et donc de faire des remous autour de lui.

Plus ou moins en position accroupie, il tenta de maintenir ses trois autres pattes hors de l'eau. Problème : il se donnait trop de mal et n'avait rien à quoi s'accrocher, excepté des blocs de glace fragiles.

— Elena !

Stefan la rejoignit enfin.

— Reste à l'écart !

Au même instant, Elena aperçut non loin un petit objet qu'elle considéra comme un signe : la baguette dont Pelat s'était servie pour mettre les thurgs en branle.

Elle patina jusque-là et la ramassa, puis aperçut un second signe. Du foin rougeâtre et ce qui l'enveloppait à l'origine : une immense bâche, déployée derrière le thurg. Les deux mis bout à bout formaient une large voie qui n'était ni humide ni glissante.

— Elena !

— Ça va être du gâteau, Stefan, t'en fais pas !

Elle sortit une paire de chaussettes sèches de sa

poche, les enfila par-dessus ses bottes et accrocha la baguette à sa ceinture. Puis elle se lança dans le sprint de sa vie.

Les semelles de ses bottes en fourrure étaient recouvertes d'une sorte de feutre qui, avec l'aide des chaussettes, adhéra à la bâche et la propulsa en avant. Elle se laissa porter par son élan, regrettant vaguement que Meredith ne soit pas là pour le faire à sa place, tout en gagnant de plus en plus de terrain. Et soudain sa cible fut en vue : l'extrémité de la bâche et, derrière, de gros morceaux de glace flottants.

Cela dit, le thurg ne semblait pas impossible à escalader. Très bas de croupe, comme un dinosaure partiellement englué dans une mare d'asphalte, et redressé au niveau de l'épine dorsale. Si seulement elle arrivait à atterrir sur son dos et…

Décollage dans deux pas…

Un…

MAINTENANT !

Elena prit impulsion sur son pied droit, voltigea dans les airs pendant une durée qui lui parut interminable…

… et atterrit dans l'eau glacée.

Elle fut instantanément trempée de la tête aux pieds, et le choc thermique fut indescriptible. Comme un monstre aux mains remplies de tessons déchiquetés, l'eau gelée la saisit à bras-le-corps, l'aveugla avec ses propres cheveux et absorba tous les bruits de l'Univers.

Sans trop savoir comment, elle réussit à écarter les cheveux qui lui tombaient devant la bouche et les yeux. Elle s'aperçut alors qu'elle n'était qu'à quelques mètres sous la surface, et il ne lui en fallut pas plus pour donner un bon coup de talon, ressortir la tête de l'eau et aspirer une délicieuse bouffée d'air frais. Après quoi, elle fut prise d'une quinte de toux interminable.

« Et d'une », se dit-elle en songeant à la vieille croyance selon laquelle un noyé remonte toujours trois fois à la surface avant de toucher définitivement le fond.

D'ailleurs, bizarrement, elle ne coula pas. Elle ressentait bien une douleur sourde à la cuisse, mais pas au point de l'entraîner vers le fond.

Lentement, elle reconstitua la scène et devina ce qui s'était passé. Elle avait raté la croupe du thurg, atterri sur son épaisse queue reptilienne, et une de ses écailles en dents de scie lui avait entaillé la jambe. En dehors de ça, rien de cassé.

« Donc… maintenant… je n'ai plus qu'à escalader le thurg », supposa-t-elle mollement. Si elle était aussi longue à réagir, c'est parce qu'autour d'elle des icebergs dansaient sur l'eau et lui bouchaient la vue.

Levant une main gantée, elle tendit le bras vers l'écaille suivante. Certes, l'eau alourdissait ses vêtements, mais elle portait une partie de son poids. Elena réussit à se hisser sur une autre écaille, puis sur une autre encore. Ensuite vint la croupe de l'animal, et là, Elena dut redoubler de prudence car ses pieds n'avaient plus aucune prise. À défaut, elle chercha de quoi s'agripper d'une main et trouva une solution sur sa gauche : une sangle cassée de la bâche du foin.

Rétrospectivement… ce fut une mauvaise idée.

Pendant quelques minutes qu'elle considéra comme les pires de sa vie, un déluge de foin, de cailloux et de morceaux de vieux excréments s'abattit sur elle.

Quand ça s'arrêta enfin, elle regarda autour d'elle, éternuant et crachotant, et découvrit qu'elle était toujours sur le thurg. La baguette s'était rompue, mais il en restait un bout suffisamment grand pour lui être utile. Stefan ne cessait pas de lui demander si tout allait bien à voix haute et par télépathie. Bonnie, elle, faisait des allers-retours en patinant sur la glace telle la fée Clochette, et Damon jurait comme un charretier en l'adjurant de retourner sur la terre ferme et d'y rester.

Pendant ce temps, Elena continuait d'escalader petit à petit la croupe du thurg. Elle réussit à se contorsionner à travers le sac de provisions écrasé et arriva finalement tout en haut. Elle s'installa juste derrière la tête bombée de l'animal, à la place du cornac en quelque sorte.

Puis elle le chatouilla derrière les oreilles avec le bout de baguette.

— Elena ! cria Stefan.

Elena, mais qu'est-ce que tu fabriques ?

— Je sais pas trop ! J'essaie de sauver cette pauvre bête !

— Pas la peine.

Damon intervint d'un ton aussi calme et froid que l'étendue de glace qui les entourait.

— Oh, que si ! répliqua farouchement Elena.

Mais elle-même n'était pas sûre que l'animal aurait la force de s'en sortir.

— Si vous pouviez tirer sur sa bride, ça m'aiderait !

— Ça ne servira à rien ! cria Damon.

Il tourna les talons et disparut dans le brouillard.

— Je vais essayer ! lança Stefan. Balance-la !

Aussi fort que possible, Elena lança la bride pleine

de nœuds loin devant elle. Stefan courut presque jusqu'au bord du trou pour l'attraper avant qu'elle ne coule.

— Je l'ai ! cria-t-il en la brandissant d'un air triomphant.

— OK, maintenant tire ! Montre-lui dans quelle direction aller !

— À tes ordres !

Elena tapota Biratz derrière l'oreille droite. L'animal grogna un peu, mais sans plus. Elena voyait Stefan tirer de toutes ses forces sur la bride.

— Allez ! Fais un petit effort, marmonna-t-elle.

Décidant d'employer les grands moyens, elle lui donna une tape avec la baguette, cette fois beaucoup plus ferme.

Le thurg leva une de ses énormes pattes, la reposa sur la glace et recommença à se débattre. Alors Elena le stimula encore, d'un coup de baguette derrière l'oreille gauche.

L'instant était crucial. Si Elena arrivait à l'empêcher de pulvériser la glace, il aurait peut-être une chance de s'en tirer.

D'un mouvement hésitant, le thurg souleva sa patte arrière gauche et la tendit jusqu'à ce qu'elle touche la glace.

— C'est bien ! Continue ! l'encouragea Elena.

Maintenant, si Biratz voulait bien se projeter en avant…

Elena sentit la masse sous elle se soulever brusquement. Pendant de longues minutes, elle crut que la glace allait céder pour de bon. Mais l'animal se mit ensuite à osciller comme un pendule, comme pour s'équilibrer, et, avec un soulagement vertigineux, Elena comprit que c'était gagné.

— Doucement, voilà... Tout doucement, souffla-t-elle au thurg en le tapotant avec la baguette.

Alors, dans un mouvement à la fois lent et lourd, Biratz commença à avancer. Sa tête bombée se tendait de plus en plus devant elle à mesure qu'elle gagnait du terrain, mais elle freina subitement face à un mur de brouillard et la glace grinça sous son poids, prête à se fissurer. Toutefois, stimulé par Elena, l'animal poursuivit sa progression et, en trois ou quatre enjambées, il atteignit la terre ferme.

Soudain le thurg baissa la tête. Elena, le souffle coupé, fut projetée vers ses défenses pointues et recourbées. Par miracle, elle réussit à passer entre les deux et se dépêcha de descendre tant bien que mal en se laissant glisser sur les trompes de la créature.

— C'était vraiment inutile de te donner autant de mal...

Elle reconnut la voix de Damon quelque part derrière elle, dans le brouillard.

— ... et de risquer ta vie pour cette bête.

— Co-comment ça, in-inutile ? bégaya Elena.

Elle n'avait pas peur de lui, elle était frigorifiée.

— Ces thurgs vont de toute façon y passer. Ils ne survivront pas à la prochaine épreuve et, quand bien même ils y arriveraient, c'est un endroit où rien ne pousse. Ils vont mourir de faim, à petit feu. Avoue qu'il aurait mieux valu qu'ils soient engloutis pas la glace.

Elena ne dit rien ; elle n'avait qu'une réponse en tête : « Pourquoi ne pas me l'avoir dit plus tôt ? » Elle avait cessé de frissonner ; heureusement, car elle avait l'impression que son corps allait se désagréger à force de trembler.

« Mes vêtements », pensa-t-elle distraitement. C'était ça le problème. L'air extérieur ne pouvait décemment pas être plus froid que l'eau glacée. C'étaient ses vêtements mouillés qui la frigorifiaient autant.

De ses mains engourdies, elle déboutonna d'abord son manteau en cuir. Pas une fermeture Éclair, évidemment, des boutons. Autre problème de taille. Ses doigts ressemblaient à des hot dogs congelés et ne semblaient pas décidés à lui obéir. Mais elle se débrouilla toutefois pour défaire un à un les boutons et se débarrassa finalement du cuir, qui tomba dans un bruit lourd et sourd sur la glace, entraînant avec lui une partie de la doublure en fourrure. Beurk. Ça puait le chien mouillé…

Maintenant, il ne lui restait plus qu'à…

Impossible. Quelqu'un lui tenait les bras. Lui brûlait la peau. C'était agaçant mais, au moins, elle savait à qui appartenaient ces mains. Elles étaient à la fois fermes, douces et vigoureuses. En résumé, c'étaient celles de Stefan.

Lentement, elle leva sa tête dégoulinante pour lui demander de la lâcher.

Mais, là encore, impossible. Car le corps de Stefan était surmonté du visage de Damon… Elle savait que les vampires étaient capables de beaucoup de choses, mais pas d'intervertir leurs têtes.

— Stefan-Damon, arrêtez… suffoqua-t-elle, subitement prise d'un fou rire nerveux. Ça fait mal. C'est trop chaud !

— Chaud ? Mais tu es gelée !

Les mains brûlantes et adroites se mirent à lui frictionner les bras et à lui masser les joues. Elle se laissa faire car, pour elle, il allait de soi que, même si c'était le visage de Damon, c'étaient forcément les mains de Stefan.

— Tu as froid mais tu ne frissonnes pas, résonna une voix sinistre, semblable à celle de Damon.

— Sans doute parce que je me réchauffe, tu vois.

Pourtant, Elena n'avait pas vraiment la sensation d'être réchauffée. Elle se rendit compte qu'elle portait encore un vêtement en fourrure qui lui descendait aux genoux, sous son haut-de-chausses en cuir. Elle attrapa maladroitement sa ceinture.

— Je dirais plutôt que tu es en train de passer au stade de l'hypothermie. Et, à moins de te sécher et te réchauffer dans les minutes qui viennent, tu vas mourir.

Sans brutalité, une main lui souleva le menton et des yeux se plantèrent dans les siens.

— Elena, tu délires, là, tu comprends ce que je te dis ? Il faut qu'on trouve un moyen pour que tu te réchauffes, *et vite*.

Autant le concept de « se réchauffer » lui semblait aussi vague et lointain que la vie qu'elle menait avant de connaître Stefan, autant celui de « délirer », elle le comprenait parfaitement. En général, ce n'était pas très positif. Mais que faire à part en rire ?

— OK, Elena, attends-moi là. Je vais te trouver…

Il revint deux secondes plus tard ; pas assez vite pour empêcher Elena de baisser sa tunique jusqu'à la taille, mais avant qu'elle n'ait le temps d'enlever son caraco.

— Tiens.

Il l'aida à ôter complètement son habit trempé et l'enveloppa dans un manteau sec.

Au bout de quelques minutes, elle se remit à frissonner.

— Je préfère ça ! se réjouit la voix de Damon. Laisse-toi faire, Elena. J'essaie juste de te sauver la vie. Je ne vais rien tenter d'autre. Je t'en donne ma parole.

Elena fut stupéfaite. Pourquoi s'imaginerait-elle que Damon – car ça ne pouvait être que lui, en fait – veuille lui faire du mal ?

En même temps, il pouvait être tellement salaud parfois…

Et là, il était en train de la déshabiller…

Ah non ! Ça, il n'en était pas question. Elle n'allait certainement pas le laisser faire. Surtout sachant que Stefan ne devait pas être loin.

Mais, à ce stade, elle tremblait si fort qu'elle n'arrivait plus à articuler.

Maintenant qu'elle était en sous-vêtements, il la fit s'allonger sur plusieurs fourrures, en l'emmitouflant sous d'autres. Elena ne comprenait rien à ce qui se passait, mais ça commençait à lui être franchement égal. Elle avait l'impression de flotter dans les airs, hors de son corps, observant la scène sans grand intérêt.

Puis un corps la rejoignit sous les fourrures. Elle revint brusquement à la réalité et jeta un coup d'œil furtif au torse nu à côté d'elle. Alors elle sentit une masse compacte se glisser contre elle dans le sac de couchage improvisé, puis des bras chauds et fermes l'enlacer pour maintenir le contact.

À travers le brouillard, elle crut reconnaître la voix de Stefan :

— *Je peux savoir ce que vous faites ?*

30

— Mets-toi en sous-vêtements et glisse-toi de l'autre côté.

Le ton de Damon n'était ni agacé ni narquois.

— Elena est en train de mourir, ajouta-t-il brièvement.

Le dernier mot eut sur Stefan l'effet d'un électrochoc, bien qu'Elena n'ait pas été en mesure d'analyser davantage sa réaction. Il resta immobile, le souffle court, les yeux écarquillés.

— J'ai rassemblé du foin et du combustible avec Bonnie. Tout est prêt.

— Toi, tu t'es remué dans des habits chauds et secs. Elena, elle, a fait un plongeon dans l'eau glacée, et ensuite elle est restée sans bouger en haut de cet animal, exposée à tous les vents. J'ai envoyé l'autre thurg chercher du petit bois dans les arbres morts pour essayer de faire du feu. Maintenant, magne-toi de venir là-dessous, Stefan, et réchauffe-la, sinon je la transforme en vampire !

— Nnn, marmonna Elena.

Mais Stefan n'eut pas l'air de comprendre.

— Ne t'inquiète pas, lui souffla Damon. Il va venir te réchauffer. Tu ne seras pas obligée de redevenir un vampire pour l'instant. Un sacré prince que tu t'es choisi là ! ajouta-t-il, cette fois avec sarcasme.

Stefan se ressaisit et parla d'une voix calme mais tendue :

— Tu as essayé de l'envelopper dans une capsule de chaleur ?

— Évidemment, idiot ! Qu'est-ce que tu crois ? Mais, excepté la télépathie, la magie ne fonctionne pas au-delà du lac.

Elena avait perdu la notion de l'heure quand, subitement, elle sentit un corps familier collé à elle de l'autre côté.

Quelque part dans son esprit, une voix résonna : *Elena ? Dis-moi que tu vas bien. Peu importe ce que tu fabriques avec Damon, ce qui compte c'est que tu ailles bien. Rassure-moi, mon amour, c'est tout ce que je te demande.*

Elle fut totalement incapable de répondre.

Faiblement, des bribes de mots lui parvinrent : « Bonnie… au-dessus d'elle… tous s'entasser contre elle. »

Puis des sensations confuses stimulèrent son sens du toucher : un petit corps, presque léger comme l'air, en guise de couverture. Quelqu'un qui sanglote, des larmes tombant dans son cou. Et une chaleur diffuse de chaque côté.

« Je dors blottie contre les autres chatons, divagua-t-elle, somnolente. Peut-être qu'on va faire de beaux rêves. »

*

— Si seulement on avait un moyen de savoir comment ils vont, pesta Meredith entre deux va-et-vient.

— Si seulement eux savaient ce qui nous arrive, répliqua Matt avec lassitude.

Il colla une énième amulette en carton sur une fenêtre. Puis une autre.

— Vous savez, mes chéris, la nuit dernière j'ai rêvé que j'entendais un enfant pleurer, dit doucement Mme Flowers.

Meredith se retourna d'un coup, stupéfaite.

— Moi aussi. On aurait dit que ça venait de la véranda. Mais j'étais trop fatiguée pour me lever.

— Ça a peut-être une signification… ou pas.

La vieille dame fronça les sourcils. Elle faisait chauffer de l'eau pour leur préparer une infusion. L'électricité fonctionnait de façon sporadique. Un peu plus tôt dans la journée, Matt était retourné à la pension accompagné de Sabre pour récupérer les outils fétiches de Mme Flowers : plantes médicinales, compresses et cataplasmes. Il n'avait pas eu le cœur de lui dire dans quel état il avait trouvé la pension, ni ce que ces malachs d'asticots en avaient fait. Il avait fallu qu'il dégote un bout de planche dans le garage pour pouvoir franchir la distance qui séparait la cuisine de l'entrée. Il ne restait plus rien du deuxième étage, et plus grand-chose du premier.

Mais il n'avait pas croisé Shinichi, c'était déjà ça.

— Ce que je veux dire, c'est qu'il y a peut-être vraiment un gosse en train de pleurer dehors, reprit Meredith.

— Seul, en pleine nuit ? Je pencherais plutôt pour un des zombis de Shinichi, rétorqua Matt.

— Peut-être, et peut-être pas. Madame Flowers, est-ce que par hasard vous vous souvenez à quel moment vous l'avez entendu pleurer ? Juste après vous être endormie ou un peu avant de vous réveiller ?

— Voyons voir… Il me semble que c'était à chaque fois que je me réveillais, et autant vous dire que les personnes âgées ont le sommeil très léger.

— Moi c'était plutôt à l'aube, et en général je dors d'une traite, sans rêver, et je me réveille tôt.

Mme Flowers se tourna vers Matt.

— Et vous, mon petit Matt ? Vous les avez entendus, ces pleurs ?

Ces derniers jours, Matt s'était surmené volontairement pour essayer de dormir au moins six heures d'affilée la nuit.

— Il m'est arrivé d'entendre les gémissements du vent aux alentours de minuit, je crois.

— On dirait bien que nous avons affaire à un fantôme insomniaque, conclut la vieille dame calmement.

Elle leur servit à chacun une grande tasse d'infusion.

Matt vit Meredith la fixer d'un air inquiet ; mais elle ne connaissait pas Mme Flowers aussi bien que lui.

— Vous ne pensez pas sérieusement à un fantôme, devina-t-il.

— Non, en effet. Ma*man* n'en a pas parlé, et puis on est chez vous, ici, mon petit Matt. Cette maison ne renferme pas de terribles secrets et n'a pas été le théâtre d'un horrible meurtre par le passé, me semble-t-il. Attendez, on m'appelle…

Elle ferma les yeux et laissa Matt et Meredith savourer leur infusion. Puis elle les rouvrit et les regarda avec un sourire perplexe.

— Ma*man* dit qu'il faut « fouiller la maison pour

trouver le fantôme, et ensuite bien écouter ce qu'il a à dire ».

— OK, acquiesça Matt, impassible. Étant donné qu'on est chez moi, je suppose que c'est à moi de m'y coller. Mais quand ? Vous croyez que je dois me mettre un réveil en pleine nuit ?

— À mon avis, le mieux serait qu'on fasse le guet à tour de rôle, proposa Mme Flowers.

— Je suis d'accord, approuva aussitôt Meredith. Je prends le créneau du milieu, de minuit à quatre heures ; Matt, tu commences ; et vous, madame Flowers, vous n'avez qu'à assurer le dernier, à l'aube ; vous ferez une sieste dans l'après-midi si vous voulez.

Matt était mal à l'aise.

— Pourquoi on n'organise pas simplement deux rondes ? Vous en faites une ensemble, je m'occupe de l'autre.

— Pourquoi ? rétorqua Meredith. Mais parce qu'on n'a aucune envie d'être ménagées sous prétexte qu'on est des femmes, Matt. Et ne discute pas…

Elle brandit le bâton de combat.

— C'est moi qui ai la grosse artillerie.

Quelque chose faisait trembler la pièce, et Matt avec. Encore à moitié endormi, il glissa la main sous son oreiller et attrapa le revolver. Mais une autre main plus rapide s'en empara, et il entendit quelqu'un parler tout bas.

— Matt ! C'est Meredith ! Réveille-toi s'il te plaît !

Groggy, il chercha à tâtons l'interrupteur de sa

lampe de chevet. Une fois de plus, des doigts minces et fermes l'en empêchèrent.

— N'allume pas, chuchota Meredith. C'est très faible, mais suis-moi sans faire de bruit et tu les entendras. *Les pleurs.*

Cette fois, Matt se réveilla pour de bon.

— Maintenant ?

— Maintenant.

Faisant de son mieux pour marcher sans bruit dans la pénombre du couloir, il suivit Meredith jusqu'en bas, dans le salon.

— Chut. Écoute.

Il obéit. Effectivement, il entendit des sanglots et quelque chose comme deux ou trois mots. Mais pour lui, ça n'avait rien d'un fantôme. Il plaqua une oreille contre le mur pour mieux écouter. Les pleurs s'intensifièrent.

— Est-ce qu'on a une lampe de poche quelque part ?

— J'en ai même deux, les enfants. Mais cette heure de la nuit est très dangereuse, vous savez…

La silhouette de Mme Flowers se découpa dans l'obscurité.

— Passez-m'en une, s'il vous plaît, insista Matt. Je crois que notre fantôme n'a rien de surnaturel. Mais quelle heure est-il, au juste ?

— À peu près minuit quarante, répondit Meredith. Et qui te dit que ce n'est pas un fantôme ?

— Je crois que ça vient de la cave, expliqua Matt, et que c'est Cole Reece. Le gamin qui a mangé son cochon d'Inde.

Dix minutes plus tard, armés du bâton de combat, de deux lampes de poche et d'un bon chien de garde baptisé Sabre, ils avaient attrapé leur pseudo-fantôme.

— Je ne voulais pas vous déranger, pleurnichait Cole.

Il l'avait appâté en lui promettant des bonbons et une infusion « magique » qui l'aiderait à dormir pour le faire remonter de la cave.

— J'ai rien abîmé, je vous le promets.

Entre deux sanglots, il engloutissait les unes après les autres des barres de chocolat Hershey prises dans leurs provisions de secours.

— J'ai peur qu'il ne s'en prenne à moi. Parce que, depuis que vous m'avez collé ce Post-it sur le dos, je n'arrive plus à entendre sa voix dans ma tête. Ensuite je vous ai vus arriver ici…

D'un grand geste, il désigna la maison de Matt.

— Et comme il y avait toutes ces amulettes, je me suis dit que ce serait mieux que je vienne me réfugier ici. Sinon ça pourrait bien être mon dernier Crépuscule à moi aussi.

En dépit de ses bafouillages, la dernière phrase interpella tout de suite Matt.

— Comment ça… « ton dernier Crépuscule à toi *aussi* » ?

Cole le dévisagea, horrifié. En voyant les traces de chocolat autour de sa bouche, Matt repensa à la dernière fois qu'il avait vu ce garçon.

— Vous êtes au courant, non ? bredouilla ce dernier. Au sujet du Crépuscule ? Du compte à rebours ? Douze jours… onze jours… dix jours… avant l'Ultime Crépuscule ? Demain… ce sera le dernier… jour…

Il se remit à sangloter tout en fourrant une nouvelle barre de chocolat dans sa bouche. Il était affamé, c'était évident.

— Et on peut savoir ce qui va se passer lors du dernier Crépuscule ? demanda Meredith.

— Mais vous le savez, non ? C'est... c'est le moment où... *Vous savez.*

Cole semblait croire de façon exaspérante qu'on le testait.

Matt lui agrippa gentiment les épaules et, avec horreur, sentit les os du garçon sous ses doigts. Ce gosse était réellement affamé, pensa-t-il, et il lui pardonna d'avoir dévalisé leur stock de barres Hershey. Il croisa le regard de Mme Flowers, qui partit immédiatement à la cuisine.

Pour autant, Cole n'en dit pas plus ; il continua de marmonner de façon incohérente. À contrecœur, Matt s'efforça d'exercer une pression sur ces épaules si maigres.

— Plus fort, Cole ! On n'entend rien ! C'est quoi, cette histoire d'Ultime Crépuscule ?

— Mais vous savez bien ! C'est quand... tous les enfants... au signal, à minuit... recevront des couteaux ou des fusils. *Vous le savez.* Et après on ira dans la chambre de nos parents pendant qu'ils dorment et...

Cole s'interrompit encore, mais Matt remarqua que, sur la fin, il était passé de « les enfants » à « on » puis à « nos ».

Meredith prit le relais de son habituelle voix calme et posée :

— Les enfants vont tuer leurs parents, c'est ça ?

— Il nous a montré à quel endroit il fallait frapper. Ou bien où viser avec un fusil...

Matt en avait assez entendu.

— Tu peux rester ici… dans la cave, dit-il sèchement. Tiens, prends des amulettes. Colles-en sur toi si tu te sens menacé.

Il donna à Cole un paquet entier de Post-it.

— Mais surtout n'aie pas peur, ajouta Meredith.

Mme Flowers réapparut, une assiette de saucisses et de frites dans les mains. Dans n'importe quelle autre circonstance, l'odeur aurait mis Matt en appétit. Mais là…

— C'est comme ce qui s'est passé sur cette île japonaise, affirma-t-il. Shinichi et Misao ont provoqué un génocide. Et ils comptent faire la même chose ici.

— Je crois qu'il n'y a pas une minute à perdre, dit Meredith. En fait, c'est déjà le jour J… il est presque une heure trente du matin. Il nous reste moins de vingt-quatre heures. Soit on se tire de Fell's Church sur-le-champ, soit on se débrouille pour organiser une confrontation.

— Une confrontation ? Sans Elena, Damon ni Stefan ? On va se faire massacrer ! Rappelle-toi le shérif Mossberg.

— Je sais, mais il manquait un truc à Mossberg.

Elle lança le bâton de combat au-dessus d'elle, le rattrapa habilement, puis le ramena le long de son corps.

Matt secoua la tête.

— Shinichi te tuera quand même. Et si ce n'est pas lui, ce sera un gosse armé du semi-automatique trouvé dans le placard de son papa.

— Mais il faut bien qu'on fasse quelque chose !

Matt réfléchit, en dépit des élancements qui lui perforaient le crâne.

— Quand je suis allé chez Mme Flowers, j'ai aussi pris la sphère de Misao, avoua-t-il, tête baissée.

— Tu plaisantes ? Tu veux dire que Shinichi ne l'a toujours pas trouvée ?

— Apparemment non. Ça pourrait peut-être nous servir.

Matt regarda Meredith, qui regarda Mme Flowers.

— Et si on versait le reste de fluide à différents endroits de la ville ? suggéra la vieille dame. Une goutte ici, une là… On peut toujours essayer de demander au pouvoir de la sphère de protéger la ville. On ne sait jamais, peut-être qu'il nous entendra.

— C'est exactement pour ça qu'à la base on voulait récupérer les *deux* sphères des jumeaux, approuva Meredith. D'après la légende, c'est la sphère qui contrôle son propriétaire.

— C'est peut-être dépassé, comme raisonnement, mais je suis d'accord, acquiesça Matt à son tour.

— Alors on y va tout de suite.

Pendant que les filles attendaient, Matt partit chercher la sphère de Misao. Il ne restait vraiment qu'un fond de fluide à l'intérieur.

— Je parie qu'après l'Ultime Crépuscule Misao a l'intention de la remplir avec la force vitale de toutes les vies qu'elle aura volées d'ici là, fulmina Meredith.

— Eh bien, elle n'en aura pas l'occasion, dit Matt avec sang-froid. Une fois vidée, on la détruira.

— OK, mais on a intérêt à se magner. Et on devrait emporter des armes : un objet en argent plutôt long et lourd, un tisonnier par exemple. Les rejetons de Shinichi ne vont pas aimer mais… qui sait dans quel camp ils sont ?

31

Elena se réveilla pétrie de courbatures et de crampes. Pas étonnant, visiblement trois personnes l'écrasaient.

Elena, tu m'entends ?

Stefan ?

Oui, c'est moi. Tu es réveillée ?

J'ai des courbatures partout... et j'ai chaud.

Une autre voix les interrompit.

Donne-nous une minute et les courbatures disparaîtront.

Elena sentit Damon s'écarter et Bonnie prendre sa place.

En revanche, Stefan resta collé à elle encore un moment.

Je m'en veux, Elena. Je ne me suis même pas rendu compte de l'état dans lequel tu étais. Heureusement que Damon était là. Tu crois que tu pourras me pardonner ?

Malgré la chaleur, Elena se blottit davantage contre lui.

Oui, à condition que toi tu me pardonnes d'avoir mis tout le groupe en danger. C'est bien ce que j'ai fait, hein ?

Je n'en sais rien et je m'en fiche. Je sais juste que je t'aime.

Quelques minutes plus tard, Bonnie se réveilla.

— Hé ! Qu'est-ce que vous fabriquez dans mon lit ?

— On allait justement en sortir, répondit Elena en essayant de se lever d'une roulade.

Le monde était instable. *Elle* était instable. Et couverte de bleus, aussi. Mais Stefan la tenait et la redressa dès qu'elle commença à vaciller. Il l'aida à s'habiller sans lui donner l'impression d'être un bébé. Il examina son sac à dos, qui par chance était intact, puis il en sortit tous les objets lourds pour les mettre dans le sien.

Elena se sentit beaucoup mieux après avoir mangé un peu et vu les deux thurgs s'alimenter aussi, soit en étirant leur énorme double trompe pour casser des branches dans les arbres dépouillés, soit en creusant dans la neige pour trouver de l'herbe sèche. En fin de compte, il était clair qu'ils n'allaient pas mourir.

Elle savait que tout le monde l'observait pour décider si oui ou non elle était en état de repartir. Se dépêchant de finir sa timbale de thé, chauffé grâce à un tas de fumier, elle essaya de dissimuler le fait que ses mains tremblaient. Puis elle se força à manger encore un peu de viande séchée.

— Alors ? C'est quoi le programme maintenant ? lança-t-elle finalement de sa voix la plus enjouée.

Ça dépend. Comment tu te sens ? demanda tout de suite Stefan.

— J'ai un peu mal partout, mais ça va aller. J'imagine que vous vous attendiez tous à ce que j'aie une pneumonie, mais vous voyez, je ne tousse même pas.

Les yeux mi-clos, Damon lança un coup d'œil à son frère, puis il serra les mains d'Elena et la fixa attentivement. Elle ne voulait pas, n'osait pas le regarder en face, alors elle se focalisa plutôt sur Stefan, qui l'observait d'un air rassurant.

Finalement, Damon la relâcha.

— J'ai exploré les environs aussi loin que possible. Je suppose que toi aussi, ajouta-t-il à l'attention de Stefan. Elena est en forme : nez humide et aura rayonnante !

Stefan parut à deux doigts de lui en coller une, mais Elena lui prit la main pour l'apaiser.

— C'est vrai, je me sens bien, le rassura-t-elle. On est deux à être d'accord, alors on continue jusqu'à ce qu'on trouve le moyen de sauver Fell's Church.

— Je t'ai toujours fait confiance, acquiesça Stefan. Si tu te sens d'attaque, je te crois.

Bonnie se manifesta en reniflant doucement.

— Par contre, sois sympa, ne prends plus de risques, OK ? Tu m'as fichu la trouille.

— Je suis désolée, s'excusa Elena avec douceur.

Meredith lui manqua cruellement à cet instant. Sa présence leur serait d'un soutien immense à toutes les deux.

— Alors, on est repartis ? Quelle direction on prend ? Je suis complètement désorientée.

Damon se redressa.

— Je pense qu'il faut qu'on continue en ligne droite. Le chemin se rétrécit un peu plus loin… et qui sait ce qui nous attend après ?

Le sentier était effectivement escarpé, et brumeux aussi. Comme auparavant, une fine pellicule avait fini par s'amonceler et les aveugler. Elena laissa Stefan, avec ses réflexes de félin, passer devant elle tandis qu'elle agrippait son sac à dos. Derrière, Bonnie se cramponnait à elle comme un pot de colle. Au moment où Elena eut envie de crier tellement elle en avait assez d'avancer à l'aveuglette dans cette purée de pois, la brume commença à se dissiper.

Ils étaient arrivés au sommet d'une montagne.

Elena courut après Bonnie, qui était partie devant à la vue de cette percée d'air pur. Elle la rattrapa juste à temps, en la tirant en arrière par son sac à dos : un pas de plus et c'était le saut dans le vide.

— Pas question ! hurla Bonnie d'un ton hystérique.

Son cri déclencha un bruyant écho en contrebas.

— Pas question que je franchisse ça !

Le *ça* en question était un gouffre enjambé par un pont peu engageant.

Le haut des parois rocheuses était couvert de givre, mais quand Elena, agrippée aux pylônes en métal glacés du pont, se pencha un peu en avant, elle entraperçut, tout en bas, des strates glaciaires de bleu et de vert. Une bourrasque d'air froid lui fouetta le visage.

La distance qui séparait cette portion de terre de celle d'en face mesurait une centaine de mètres.

Des profondeurs indistinctes, son regard remonta jusqu'au pont, constitué de lattes en bois et juste assez large pour accueillir une personne à la fois. Il était porté ici et là par des cordes qui coulissaient sur les parois du gouffre, noyées à l'aide de poteaux en métal dans la roche gelée et aride.

Quant à sa trajectoire, elle promettait une splendide descente à pic s'achevant sur un brusque raidillon à l'autre extrémité. Rien que de regarder ce pont, on avait déjà l'impression d'être sur une mini montagne russe. À la différence qu'il n'y avait ni ceintures de sécurité, ni sièges, ni garde-fous de part et d'autre, ni guide en uniforme criant ses consignes : « Gardez bien les mains et les pieds à l'intérieur jusqu'à la fin du tour ! » Tout ce qu'il y avait, c'était un entrelacs de lianes, sur la gauche, qui formait un semblant de corde auquel s'accrocher.

— Écoutez, suggéra Stefan, on n'a qu'à se tenir les uns aux autres en avançant doucement, en file indienne...

Elena ne l'avait jamais entendu parler d'un air aussi calme et attentif.

— NON !

Bonnie cria avec une telle force, autant à voix haute que par la pensée, qu'Elena en fut presque assourdie.

— Non, non et NON ! Vous ne comprenez pas ! Je n'y arriverai JAMAIS !

Elle flanqua son sac à dos par terre.

Puis elle se mit à rire et pleurer à la fois, cédant à une violente crise de nerfs.

Impulsivement, Elena eut d'abord envie de lui lancer de l'eau fraîche à la figure. Ensuite elle eut surtout envie de se jeter à genoux près d'elle et de crier : « Moi non plus, je n'y arriverai pas ! C'est de la folie ! » Mais à quoi ça les avancerait ?

Quelques minutes plus tard, Damon commença à parler doucement à Bonnie, indifférent à son agitation. Stefan marchait de long en large, tournait en rond, tandis qu'Elena essayait de réfléchir au plan A malgré la petite voix agaçante qui chantonnait dans sa tête : *tu n'y arriveras pas, tu n'y arriveras pas, tu n'y arriveras pas.*

Tout ça n'était qu'une question de phobie. Ils pourraient probablement aider Bonnie à se débarrasser de ses craintes… disons, s'ils avaient un an ou deux devant eux.

Entre deux allées et venues, Stefan s'inquiéta pour Elena.

— Et toi, côté vertige, tu te sens comment ?

Elle préféra faire mine de rien.

— Je ne sais pas trop, mais je pense que ça va aller.

Il sembla rassuré.

— Tant qu'il s'agit de sauver Fell's Church.

— Exactement… mais c'est dommage que rien ne marche ici. J'aurais pu tenter d'utiliser mes pouvoirs pour voler… Enfin, en même temps, je n'arrive pas à les contrôler…

Pas de regrets, ce genre de magie ne fonctionne pas ici, répéta Stefan par la pensée.

Mais la télépathie, si. Toi aussi tu m'entends, pas vrai ?

La solution leur traversa l'esprit en même temps, et elle vit le visage de Stefan s'illuminer alors même qu'elle s'exclamait tout haut :

— Influence Bonnie ! Fais-lui croire qu'elle est funambule, une véritable artiste depuis qu'elle est toute petite. Mais fais aussi en sorte qu'elle ne prenne pas ça trop à la légère, histoire qu'elle ne nous éjecte pas dans le vide !

Quand son visage était lumineux comme ça… Stefan était sublime. Il la prit par les mains, la fit tourbillonner comme si elle était un poids plume, puis la souleva dans ses bras pour l'embrasser.

Encore.

Et encore, jusqu'à ce qu'Elena sente sa propre âme s'envoler, lui échapper.

Ils n'auraient pas dû faire ça devant Damon. Mais l'euphorie altérait son bon sens et elle ne pouvait pas résister.

Jusqu'ici, ils n'avaient pas encore essayé de sonder leurs pensées. Mais la télépathie était la seule chose qu'il leur restait, alors Stefan et Elena demeurèrent blottis un instant l'un contre l'autre, absorbés par cette sensation divine qui les fit rire et haleter tandis que des étincelles fusaient entre eux. Elle eut l'impression qu'une décharge considérable lui traversait tout le corps.

Elle finit par rompre leur étreinte, mais trop tard. Le regard intense qu'ils avaient échangé avait trop duré, et son cœur se mit à tambouriner, affolé : sans même tourner la tête, elle sentit le regard de Damon braqué sur elle. C'est à peine si elle réussit à chuchoter à Stefan :

— Tu leur dis ?

— Oui, je m'en occupe.

Stefan s'accroupit près de Bonnie, qui était toujours en larmes.

— Bonnie, regarde-moi, tu veux bien ? C'est tout ce que je te demande. Je te le promets, personne ne te forcera à franchir ce pont contre ta volonté. Tu peux même continuer de pleurer si tu en as envie, mais essaie juste de me regarder dans les yeux. Tu peux faire ça pour moi, s'il te plaît ? Parfait. Maintenant…

Son ton, et même l'expression de son visage, changea de façon très subtile, devenant plus convaincant… hypnotisant.

— Tu n'es pas du genre à avoir le vertige, n'est-ce

pas ? Tu es une acrobate capable de traverser le Grand Canyon sur une corde tendue entre deux falaises sans faire bouger une seule mèche de tes cheveux. Tu es la plus douée de toute ta famille, les funambules McCullough, et c'est déjà la plus grande famille de funambules du monde ! En ce moment même, tu dois choisir si oui ou non tu vas franchir ce pont en bois. Si tu le décides, tu passeras devant. C'est toi qui nous guideras.

Lentement, tandis qu'elle écoutait attentivement Stefan, Bonnie changea à son tour d'expression. Ses yeux gonflés plantés dans ceux du vampire, on aurait dit qu'elle était éclairée par une petite voix intérieure. Et finalement, quand Stefan eut fini, elle se releva d'un bond et se tourna vers le pont.

— OK, on y va ! s'écria-t-elle en ramassant son sac à dos.

Assise par terre, Elena la regarda fixement.

— Ça va aller, tu es sûre ? lui demanda encore Stefan. On va la laisser passer devant, il n'y a vraiment aucun risque de la voir tomber. Je serai juste derrière elle.

Il tourna la tête vers son frère.

— Elena va passer après moi et se tenir à ma ceinture. Je compte sur toi pour la tenir, surtout si tu vois qu'elle flanche.

— T'inquiète, je la tiendrai, rétorqua brièvement Damon.

Elena aurait bien prié Stefan de l'influencer elle aussi, mais tout alla très vite. Bonnie était déjà sur le pont, et ne s'arrêta qu'en entendant Stefan l'appeler.

Ce dernier jeta un œil dans son dos.

— Tu te tiens bien à moi, hein ?

Damon fermait la marche, comme prévu, agrippant d'une main ferme l'épaule d'Elena.

— Regarde droit devant toi, pas en bas. Et ne t'inquiète pas si tu sens que tu as des vertiges, je te rattraperai.

Malheureusement, ce pont en bois était sacrément instable et Elena s'aperçut très vite qu'elle ne faisait *que* regarder en bas, l'estomac retourné. Elle se cramponna de toutes ses forces à la ceinture de Stefan d'une main et à l'entrelacs de lianes de l'autre.

Ils arrivèrent à la hauteur d'une lame qui pendillait dans le vide, et celles qui encadraient le trou, avant et après, semblaient susceptibles de lâcher à tout moment.

— Faites gaffe ici ! lança Bonnie d'un ton amusé.

Elle enjamba le trou d'un bond.

Stefan posa le pied sur la première lame hasardeuse, allongea la jambe et se réceptionna sur la suivante.

Crac.

Elena ne hurla pas ; elle n'en était même plus capable. Elle ne pouvait pas regarder ; le bruit lui avait fait instinctivement fermer les yeux.

Et elle ne pouvait pas bouger non plus. Pas un orteil. Et encore moins un pied.

Elle sentit Damon la prendre par la taille. Des deux bras. Elle voulut se laisser porter, ainsi qu'ils l'avaient déjà fait bien des fois. Mais Damon lui chuchota à l'oreille des mots qui, comme par magie, dissipèrent les tremblements et les crampes dans ses jambes, et grâce auxquels elle réussit même à calmer cette respiration si saccadée qui lui faisait tourner la tête. Puis il la souleva, et elle sentit les bras de Stefan l'agripper.

Pendant un court instant, ils se retrouvèrent à la tenir tous les deux. Finalement, Stefan la porta et la déposa en douceur un peu plus loin, sur les lames solides.

Elle serait bien restée cramponnée à lui tel un koala à un arbre, mais il ne valait mieux pas, elle le savait ; elle risquerait de les faire tomber tous les deux. Alors, puisant dans des réserves dont elle ne soupçonnait même pas l'existence, elle trouva le courage de se tenir debout toute seule et tâtonna pour remettre la main sur la corde de lianes.

Puis elle releva la tête et chuchota aussi fort que possible :

— Vas-y. Il faut qu'on fasse de la place à Damon.

Stefan hocha la tête et l'embrassa sur le front. Un baiser bref mais protecteur. Puis il se retourna et avança vers Bonnie qui s'impatientait.

Derrière elle, Elena entendit, et sentit Damon enjamber le trou d'un saut leste, comme un chat.

Elle regarda encore Stefan, qui était de dos. Impossible de faire le tour de toutes les émotions qui l'assaillirent à cet instant : amour, terreur, admiration, excitation et bien sûr gratitude, c'était tout ça à la fois.

Elle n'osa pas jeter un œil à Damon, mais elle ressentait exactement la même chose pour lui.

— Plus que quelques pas… répétait-il sans cesse dans son dos.

Une petite éternité plus tard, ils se retrouvèrent sur la terre ferme, à l'entrée d'une grotte de taille moyenne. Elena se laissa tomber à genoux. Elle se sentait mal, nauséeuse, mais essaya toutefois de remercier Damon quand il passa à côté d'elle sur le sentier enneigé.

— Pas de quoi, tu étais devant moi, fallait bien que

je te fasse avancer, lâcha-t-il, laconique, aussi glacial que le vent. Si tu étais tombée, tu nous aurais peut-être tous fait basculer. Et figure-toi que je n'ai pas envie de mourir aujourd'hui.

— Qu'est-ce que tu viens de lui dire, là ?

Stefan, qui était hors de portée de voix, se pressa de revenir sur ses pas.

— Qu'est-ce qu'il t'a dit, Elena ?

Examinant sa paume pour en ôter des épines, Damon répondit sans même relever la tête :

— Je lui ai dit la vérité, c'est tout. Jusqu'à présent, Elena est un fardeau dans cette expédition. Espérons que, si toi tu arrives au bout, ils te laisseront franchir le Corps de Garde parce que, s'ils nous notent à la performance, autant dire qu'on est recalés d'office. Du moins, *l'un* de nous l'est, si tu préfères.

— Boucle-la ou je m'en charge ! éclata Stefan d'un ton qu'Elena ne lui connaissait absolument pas.

Elle le fixa.

On aurait dit qu'il avait pris dix ans en une seconde.

— Ne t'avise jamais de t'adresser encore à elle ou de parler d'elle de cette façon.

Damon observa son frère, les pupilles contractées.

— C'est ça, rétorqua-t-il simplement.

Et il s'éloigna d'un pas tranquille.

Stefan se pencha pour serrer Elena dans ses bras jusqu'à ce qu'elle cesse de trembler.

Voilà, les choses étaient très claires à présent, pensa cette dernière, saisie d'une rage glaciale. Damon n'avait aucun respect pour elle ; il n'en avait pour personne sauf lui. Elle ne pouvait empêcher Bonnie d'avoir des sentiments pour lui, ni empêcher Damon d'insulter Bonnie, ni empêcher cette dernière de tout lui pardonner. Mais *elle*, Elena, elle en avait fini avec Damon. Terminé ! Cette insulte serait la dernière.

Le brouillard se reforma tandis qu'ils pénétraient dans la grotte.

32

— Damon ne fait pas exprès d'être aussi mufle, lâcha brusquement Bonnie. C'est juste que… il a constamment l'impression qu'on est tous les trois ligués contre lui et…

— Peut-être, mais *qui* a commencé ? Même tout à l'heure, quand on était sur les thurgs ? rétorqua Stefan.

— Je sais bien. Mais il y a autre chose, insista Bonnie avec plus de douceur. Il n'y a que de la neige ici, que des rochers et de la glace, du coup il… je ne sais pas. Il est hyper tendu. Quelque chose ne tourne pas rond.

— Il a faim ! comprit subitement Elena.

Depuis la traversée du lac, les deux vampires n'avaient rien trouvé à chasser. Contrairement aux enfants *kitsune* du conte, ils ne pouvaient pas tenir le coup en se nourrissant d'insectes ou de souris. Certes, lady Ulma leur avait fourni quantité de vin de Magie Noire, seule denrée semblable à un ersatz de sang. Mais leur réserve commençait à s'épuiser et, bien entendu, ils devaient aussi prendre en compte le trajet retour.

Elena fut prise d'une envie irrésistible, et elle était persuadée qu'elle se sentirait mieux après.

— Stefan…

Elle le tira dans un recoin de la paroi escarpée, à l'entrée de la grotte, repoussa sa capuche et déroula son écharpe, juste de quoi découvrir un côté de sa gorge.

— Ne m'oblige pas à te supplier trop longtemps, ajouta-t-elle tout bas. Je ne pourrai pas attendre.

Stefan la regarda dans les yeux, comprit qu'elle était aussi sérieuse que déterminée, et embrassa une de ses mains emmitouflée sous une mitaine.

— On a laissé passer assez de temps maintenant, je pense. Non, en fait j'en suis sûr, sinon je ne prendrais pas ce risque, acquiesça-t-il.

Elle renversa la tête en arrière tandis qu'il se positionnait face à elle, dos au vent ; elle eut presque chaud. Elle sentit la petite douleur initiale, puis, dès qu'il se mit à boire, leurs esprits fusionnèrent comme deux gouttes de pluie sur le carreau d'une fenêtre.

Il ne lui prit qu'une petite quantité. Juste assez pour que la différence se lise dans ses yeux, où un ruisseau scintillant et plein d'entrain vint agiter les eaux calmes de ses prunelles vertes.

Ensuite, son regard s'apaisa à nouveau.

— Damon… murmura-t-il.

Il s'interrompit, gêné.

Qu'est-ce qu'Elena pouvait répondre à ça ? Je viens de rompre tous les liens avec lui ? Ils étaient censés s'entraider au cours de ce périple ; censés faire preuve de courage et d'esprit d'équipe. Un refus de sa part serait-il synonyme d'un nouvel échec ?

— Dis-lui de venir, dit-elle. Mais fais vite avant que je ne change d'avis.

Cinq minutes plus tard, Damon lui penchait la tête dans un sens puis dans l'autre avec une précision d'orfèvre. Brusquement, il se jeta sur elle et planta ses canines dans une veine saillante. Elena sentit ses propres yeux s'écarquiller.

Une morsure si douloureuse… autant dire qu'elle n'en avait pas enduré depuis l'époque où, dans son ignorance et son appréhension, elle s'était débattue de toutes ses forces.

Quant aux pensées de Damon, elles étaient barricadées derrière un mur d'acier. À défaut d'avoir le choix, Elena espéra au moins croiser le petit garçon qui l'habitait, cet enfant qui était devenu malgré lui le gardien de tous ses secrets, mais elle ne parvint même pas à faire fondre un tout petit peu le blindage de sa carapace.

Au bout d'environ une minute, Stefan les sépara, repoussant vivement son frère. Damon s'écarta de mauvaise grâce en s'essuyant la bouche.

— Ça va ? chuchota Bonnie à Elena d'un ton inquiet.

Cette dernière fouilla dans la boîte à pharmacie de lady Ulma à la recherche d'un bout de gaze pour étancher le sang des plaies encore à vif dans son cou.

— J'ai connu mieux, répondit-elle en remettant son écharpe.

Bonnie poussa un soupir.

— C'est Meredith qui devrait être ici ; elle, au moins, elle saurait quoi faire.

— Oui mais Meredith doit rester à Fell's Church. J'espère juste qu'ils tiendront le coup le temps qu'on revienne.

— Et moi j'espère qu'on n'aura pas fait tout ça pour rien, soupira Bonnie. Pourvu qu'on rapporte quelque chose qui puisse les aider…

De deux heures du matin à l'aube, Meredith et Matt allèrent verser d'infimes gouttes de fluide aux quatre coins de la ville, en « demandant » au pouvoir de la sphère de les aider, d'une façon ou d'une autre, à combattre Shinichi. Ces déplacements rapides d'un quartier à un autre leur permirent en prime de faire plusieurs rencontres inattendues… avec des enfants. Des vrais. Pas des dingues. Des enfants terrifiés par leurs frères et sœurs ou par leurs parents, qui n'osaient plus rentrer chez eux à cause des scènes d'horreur auxquelles ils avaient assisté. Meredith et Matt les avaient entassés dans le SUV d'occasion de Mme Honeycutt, et ramenés à la maison.

Au final, ils étaient plus d'une trentaine, âgés de cinq à seize ans, tous bien trop effrayés pour jouer, parler ou même demander quoi que ce soit. En revanche, ils avaient dévoré tout ce que Mme Flowers avait pu trouver qui ne soit pas périmé ou abîmé dans le réfrigérateur de Matt et dans les garde-manger des maisons voisines désertées.

Matt observa un moment une fillette d'une dizaine d'années qui enfournait du pain de mie avec une faim de loup. Des larmes coulaient sur ses joues crasseuses tandis qu'elle mastiquait et avalait une bouchée après l'autre.

— Tu crois qu'il y a une taupe parmi eux ? demanda-t-il discrètement à Meredith.

— J'en mettrais ma main à couper, répondit-elle tout aussi doucement. Mais qu'est-ce qu'on peut y faire ? Cole ne nous est d'aucune utilité. On n'a plus qu'à croiser les doigts pour que les gosses encore indemnes soient en mesure de nous aider quand les avortons de Shinichi se pointeront.

— À mon avis, la meilleure option face à des gosses possédés et peut-être armés, c'est de fuir.

Meredith hocha la tête distraitement ; Matt remarqua qu'elle trimbalait désormais son bâton de combat partout avec elle.

— On va les soumettre à un petit test auquel je viens de penser. Je vais leur flanquer un Post-it dans le dos et on verra bien ce qui se passe. Les gosses qui ont des choses à se faire pardonner risquent de devenir hystériques, et ceux qui sont simplement terrorisés y trouveront peut-être un peu de réconfort. Quant à ceux qui jouent double jeu, soit ils attaqueront, soit ils prendront la fuite.

— Je demande à voir.

Le test de Meredith ne révéla que deux taupes dans le groupe, un garçon de treize ans et une fille de quinze. Les deux se mirent à hurler et à courir partout dans la maison en poussant des cris sauvages avant de s'enfuir. Matt ne put rien faire pour eux. Quant le calme revint, et tandis que les plus grands réconfortaient les plus jeunes, Meredith et lui achevèrent de condamner les fenêtres et de glisser des amulettes entre les planches. Ils passèrent la matinée à explorer les environs pour trouver de la nourriture, à questionner les enfants au sujet de Shinichi et de l'Ultime Crépuscule, et à aider Mme Flowers à soigner les blessés. Ils firent en sorte qu'il y ait toujours au moins une personne pour monter la garde, mais, vu qu'ils n'avaient pas arrêté depuis une heure du matin, ils étaient tous épuisés.

À onze heures moins le quart, Meredith vint voir

Matt, qui était occupé à nettoyer les égratignures d'une petite tête blonde d'environ huit ans.

— Bon, je vais prendre ma voiture pour aller chercher les nouvelles amulettes de Mme Saitou, annonça-t-elle. En principe, elles devraient être prêtes à l'heure qu'il est. Ça t'ennuie si j'emmène Sabre ?

Matt secoua la tête.

— Non, laisse, je vais y aller. N'importe comment, je connais mieux les Saitou.

Meredith poussa un soupir qui, chez une personne moins raffinée, aurait pu être qualifié de grognement.

— Je les connais assez pour dire : « Pardon de vous déranger, Inari-Obaasan ; pardon, Orime-san, c'est encore nous, les enquiquineurs qui n'arrêtent pas de vous demander des tonnes d'amulettes anti-forces-du-mal, j'espère que ça ne vous ennuie pas trop ? »

Matt eut un petit sourire, et laissa le gamin filer avant de répliquer :

— Ça les ennuierait peut-être moins si tu prononçais correctement leurs noms. « Obaasan » signifie « grand-mère », d'accord ?

— Oui, je sais.

— Et « san » c'est juste un machin qu'on met à la fin d'un nom par politesse.

Meredith acquiesça.

— Le « machin qu'on met à la fin » s'appelle un suffixe honorifique.

— C'est ça, fais ta maligne avec tes mots savants, mais en attendant tu prononces mal leurs noms. On dit Orime pour la grand-mère d'Isobel et Orime pour sa mère. Donc Orime-Obaasan et Orime-san aussi.

Meredith poussa un soupir agacé.

— Écoute, Matt, Bonnie et moi on les a déjà vues plusieurs fois. La première fois, la grand-mère s'est présentée sous le nom d'Inari. Alors, je sais bien qu'elle est un peu loufoque, mais je pense qu'elle sait encore comment elle s'appelle, non ?

— Peut-être. Seulement, quand elle s'est présentée à *moi*, elle a dit qu'elle s'appelait Orime et que sa fille portait le même nom qu'elle. Rentre-toi ça dans le crâne.

— Bon, tu m'autorises au moins à aller chercher mon ordinateur portable ? Je l'ai laissé dans le salon de la pension…

Matt laissa échapper un petit rire étouffé ; on aurait presque dit un sanglot. Il vérifia que Mme Flowers n'était pas dans les parages.

— Dis plutôt qu'il est quelque part dans les entrailles de la Terre. Il n'y a *plus* de salon, tu saisis ?

Meredith resta interdite un instant, puis fronça les sourcils face à son regard sinistre. Ils étaient les deux amis de la bande les moins enclins à se disputer, mais ça, c'était de la théorie. En pratique, et en l'occurrence, ça sentait bel et bien la poudre entre eux ; l'odeur en était presque palpable.

— OK, trancha finalement Meredith. Dans ce cas, je vais aller là-bas et demander à parler à Orime-Obaa-san, et quand elles éclateront de rire je leur dirai que c'est ta faute.

Matt secoua la tête.

— Personne n'éclatera de rire parce que tu vas faire ça bien, exactement comme je t'ai dit.

— Écoute, Matt, j'ai lu tellement de choses sur Internet que je connais même le sens du prénom Inari.

Je suis tombée dessus quelque part. Et je suis certaine que j'aurais… fait le lien…

Sa voix s'estompa.

Quand Matt quitta le plafond des yeux pour la regarder, il sursauta. Elle était blême et respirait de façon saccadée.

— Inari… murmura-t-elle. Je connais ce mot, c'est sûr, mais…

Brusquement, elle serra le poignet de Matt si fort qu'il en eut presque mal.

— Matt, ton ordi, il est vraiment inutilisable ?

— Il s'est éteint avec la coupure de courant. À l'heure qu'il est, même le groupe électrogène est HS.

— Dis-moi que tu as accès à Internet de ton téléphone portable ?

L'urgence de son ton poussa Matt à reprendre son sérieux.

— Oui, mais la batterie est à plat depuis au moins vingt-quatre heures. Sans courant, je ne peux pas la recharger. Et ma mère a emporté le sien, elle ne peut pas vivre sans. Stefan et Elena ont dû laisser les leurs à la pension…

Il secoua la tête face au regard plein d'espoir de Meredith.

— Ou plutôt : dans ce qui reste de la pension.

— Il faut absolument qu'on trouve un téléphone ou un ordinateur qui marche ! C'est urgent ! insista Meredith d'un air désespéré. J'ai juste besoin d'une toute petite minute de connexion !

Elle se mit à faire les cent pas dans tous les sens ; à croire qu'elle essayait de battre un record du monde.

Matt resta à la fixer, complètement ahuri.

— Explique-moi pourquoi.

— Parce que ! J'en ai besoin ! Juste pour une minute !

Matt ne sut pas quoi faire à part continuer de la regarder d'un air perplexe.

— On peut toujours demander aux gosses ?

— Les gosses, mais bien sûr ! Il y en a sûrement un qui a un forfait ! Viens, il faut qu'on aille leur parler tout de suite.

Meredith s'interrompit dans son élan, ajoutant d'une voix assez rauque :

— Pourvu que je me trompe et que ce soit toi qui aies raison.

— Hein ?

Matt ne comprenait décidément rien de rien.

— J'ai dit : *Pourvu que je me trompe !* S'il y a un jour dans ta vie où tu dois faire une prière, Matt, c'est maintenant !

33

Elena attendait que le brouillard se dissipe. Il était apparu petit à petit, comme toujours, et à présent elle se demandait s'il se dissiperait un jour ou si, en fin de compte, c'était encore un test. Par conséquent, quand subitement elle se rendit compte qu'elle distinguait le tee-shirt de Stefan devant elle, elle bondit de joie. Depuis la traversée du pont, il n'y avait plus eu d'incidents. Tout se passait bien.

— Regardez ! lança Stefan.

Il attira Elena contre lui.

— Tu le vois, là-bas ?...

— Où ça ? s'écria Bonnie en arrivant à leur hauteur.

Damon les rejoignit tranquillement. Tournée vers Bonnie quand il arriva, Elena le vit faire une drôle de tête face à leur découverte.

Devant eux se dressait un édifice semblable à un châtelet ou à un corps de garde, surmonté de flèches transperçant les nuages bas qui planaient dans le ciel. Au-dessus des deux imposantes portes noires qui en fermaient l'accès semblable à une entrée de cathédrale, des inscriptions étaient gravées dans la pierre, mais Elena n'avait jamais vu des gribouillis pareils, quelle que soit la langue étrangère dans laquelle ils étaient écrits.

L'entrée était flanquée de murs d'enceinte noirs presque aussi hauts que les flèches. Elena jeta un œil à gauche, puis à droite, et s'aperçut qu'ils s'étiraient à perte de vue, jusqu'à se confondre au niveau du point de fuite. Sans magie, il serait impossible de les franchir en volant.

Ce que le petit garçon et la fillette de l'histoire avaient mis des jours à découvrir en longeant ces murs, eux étaient tombés directement dessus.

— C'est le Corps de Garde des Sept Trésors, n'est-ce pas, Bonnie ? cria Elena. C'est bien ça ? Regarde bien !

Les mains plaquées sur le cœur et les yeux grands ouverts, Bonnie hocha la tête, fascinée, et pour une fois elle ne trouva rien à dire. Son petit corps s'effondra à genoux dans la poudreuse. C'est Stefan qui répondit pour elle. Attrapant les deux filles dans ses bras, il les fit tournoyer joyeusement.

— C'est sûr, on y est !

— Oui, c'est sûr ! renchérit Elena.

Finalement, des larmes figées sur ses joues glacées, Bonnie l'experte confirma :

— Oui, c'est bien ça.

Stefan s'approcha pour murmurer à l'oreille d'Elena :

— Tu sais ce que ça signifie ? Si cet endroit est bien celui qu'on croit, tu sais où on se trouve, là ?

Elena s'efforça de ne pas tenir compte des picotements doux et chauds qui, au contact du souffle de Stefan dans son cou, montèrent en flèche de la plante de ses pieds partout dans son corps, et essaya plutôt de se concentrer sur la question.

— Lève les yeux.

Elle s'exécuta… et retint son souffle.

Au-dessus d'eux, au lieu d'une épaisse couche de brouillard ou d'un soleil pourpre qui n'en finissait jamais de se coucher, se trouvaient trois lunes. L'une d'elles, énorme, occupait peut-être un sixième du ciel avec sa surface miroitant de blanc et de bleu et ses contours voilés. Juste devant se dessinait une magnifique lune argentée d'une taille égale aux trois quarts de la première.

Enfin, une toute petite lune, blanche comme un diamant et gravitant haut sur la voûte, semblait garder volontairement ses distances avec les deux autres. Toutes à moitié pleines, elles répandaient une lumière diffuse, apaisante, sur la neige intacte qui les entourait.

— On est… dans les Enfers, comprit-elle, troublée.

— C'est exactement comme dans l'histoire, s'extasia Bonnie. Même les inscriptions. Même la quantité de neige !

— Exactement ? s'étonna Stefan. Même pour les phases de lune ?

— Exactement pareil.

Il hocha la tête.

— C'est bien ce que je pensais. Cette histoire est une prémonition que tu as reçue dans l'unique but de nous aider à trouver cette fameuse sphère d'étoiles.

— Qu'est-ce qu'on attend pour entrer, alors ? On perd du temps !

— OK, mais… que tout le monde ouvre l'œil. Ce n'est pas le moment de faire une erreur, avertit Stefan.

Ils franchirent le Corps de Garde des Sept Trésors dans l'ordre suivant : Bonnie, qui découvrit que les grandes portes noires s'ouvraient au simple contact de la main, mais qui, venant d'une vive lumière, fut aveuglée en entrant ; Stefan et Elena, main dans la main ; et Damon, qui attendit dehors pendant un bon moment dans l'espoir, supposa Elena, d'être considéré comme une « tierce personne », indépendante du groupe.

Dans l'intervalle, les autres eurent une agréable surprise, comme ils n'en avaient pas eu depuis qu'ils avaient subtilisé les passes aux *kitsune*.

— Sage ! cria Bonnie d'une voix stridente, dès que ses yeux se furent ajustés à la pénombre. Regarde, Elena, c'est Sage ! Comment tu vas ? Qu'est-ce que tu fais ici ? C'est si bon de te revoir !

Elena cligna des yeux jusqu'à ce que l'intérieur sombre de la salle octogonale apparaisse de façon distincte. Elle contourna l'unique meuble qui l'occupait, un grand bureau au centre.

— Sage, j'ai l'impression que ça fait une éternité ! Tu sais que Bonnie a failli être vendue comme esclave ? Tu étais au courant pour son rêve prémonitoire ?

L'éminent vampire n'avait pas changé d'un pouce. Le corps bronzé, extrêmement bien bâti, à l'image d'un Titan, torse et pieds nus, jean noir, longues torsades enchevêtrées de cheveux bronze et regard mystérieux de la même couleur, tantôt d'acier, tantôt doux comme celui d'un agneau.

— *Mes petits chatons*, murmura Sage en français, comme il aimait parfois le faire. Vous m'avez épaté ! J'ai suivi votre périple de loin. Le gardien du Corps de Garde n'a pas beaucoup de distractions et n'a le droit de quitter cette forteresse sous aucun prétexte, mais je dois dire que vous avez été très courageux et amusants. *Je vous félicite*, ajouta-t-il encore dans sa langue de prédilection.

Il baisa d'abord la main d'Elena, puis celle de Bonnie, avant d'embrasser Stefan sur les deux joues, à la française. Puis il reprit la garde sur son siège.

Bonnie grimpa sur lui comme un vrai chaton.

— Alors c'est toi qui as pris tout le pouvoir de la sphère de Misao ? demanda-t-elle, à genoux sur ses cuisses. Je veux dire, toi qui l'as à moitié vidée ? Pour revenir ici ?

— Oui, c'était moi. Mais Mme Flowers a dû voir mon…

— Je ne sais pas si tu es au courant, mais Damon a utilisé le reste pour réactiver l'accès au Royaume, le coupa Bonnie.

Elle se mit à débiter à toute vitesse :

— Je suis tombée avec lui alors qu'il ne voulait pas que je vienne, du coup j'ai failli être vendue comme esclave. Ensuite Stefan et Elena sont venus me chercher tellement ils étaient inquiets et, en chemin, Elena a failli tomber du pont, et on n'est pas sûrs que les thurgs s'en sortent vivants ! Et puis, à Fell's Church, il paraît que l'Ultime Crépuscule approche, mais on ne sait pas si…

Stefan et Elena échangèrent un long regard éloquent.

— Bonnie, si tu permets, on a une question urgente à poser à Sage.

Stefan se tourna vers Sage.

— Est-ce que tu crois qu'on peut sauver Fell's Church ? Et si oui, *à temps* ?

— Eh bien, si je ne m'abuse, d'après le vortex temporel, c'est encore possible, mais vous n'avez pas une minute à perdre. Juste le temps de trinquer avec un bon verre de vin pour vous souhaiter bonne chance. Mais, après ça, il ne faudra pas traîner !

Elena se sentait comme une boule de papier mâché qu'on viendrait de défroisser. Elle prit une profonde inspiration. Tout n'était donc pas perdu. Cette perspective lui permit de retrouver ses bonnes manières.

— Et toi, Sage, raconte-nous comment tu t'es retrouvé coincé ici ? Ce n'est quand même pas nous que tu attendais, si ?

— Hélas, non, mes amis... Mon affectation à ce poste est une sanction. J'avais reçu une convocation impériale que je ne pouvais ignorer.

Il poussa un soupir avant de poursuivre :

— Disons que je n'ai plus la cote. Alors désormais je suis l'ambassadeur des Enfers, comme vous le voyez.

Il balaya la pièce d'un geste nonchalant.

— *Bienvenue.*

Elena avait conscience du temps qui s'écoulait, conscience que de précieuses minutes leur échappaient. Mais Sage comptait peut-être les aider ?

— Tu es vraiment obligé de rester enfermé ici ?

— Oui, inévitablement. Jusqu'à ce que mon *père*...

Il prononça ce mot d'un ton brutal et rancunier.

— ... revienne sur sa décision et m'autorise à rentrer à la Cour des Enfers ou, mieux, à m'en aller loin d'ici pour ne jamais revenir... au moins jusqu'à ce que quelqu'un ait pitié de mon sort et y mette fin.

Il scruta le groupe d'un air interrogateur.

— Sabre et Serre sont indemnes ?

— Ils l'étaient la dernière fois qu'on les a vus, acquiesça Elena.

Ça la démangeait de passer aux choses sérieuses.

— Bon, approuva Sage en posant sur elle un regard bienveillant. Avant de commencer, il faudrait que le groupe soit au complet.

Elena jeta un coup d'œil à l'entrée, puis à Stefan.

— Damon, *mon poussin* ! lança Sage à voix haute et par télépathie. Tu veux bien rejoindre tes camarades ?

Il y eut un long silence, puis les portes s'ouvrirent et Damon apparut, la mine sombre. Il ne fallait pas s'attendre à ce qu'il réponde poliment à l'accueil amical de Sage.

— Je ne suis pas venu pour bavarder, rétorqua-t-il plutôt. Je veux trouver la sphère à temps pour sauver Fell's Church. Contrairement à tout le monde, je n'ai pas oublié ce foutu bled.

— Très bien, reprit Sage, l'air vexé. Étant donné que vous avez tous réussi les épreuves, chacun à votre façon, vous avez maintenant un droit de regard sur les trésors. Vous avez même le droit de réutiliser vos pouvoirs, bien que je ne sois pas certain que cela vous aide. Tout dépend du trésor que vous cherchez. En tout cas, félicitations !

Tout le monde, excepté Damon, eut l'air embarrassé.

— Bon, je dois d'abord vous montrer chacune des sept portes avant que vous fassiez votre choix. Je vais essayer de faire vite, mais attention : une fois le trésor choisi, seule la porte qui y correspond s'ouvrira.

Elena serra la main de Stefan tandis que, une par une, les portes se revêtaient d'une lueur argentée.

— Derrière vous se trouve la porte par laquelle vous êtes entrés dans cette salle, nous sommes bien d'accord ? continua Sage. À côté…

Une porte s'illumina, révélant une caverne improbable. Improbable à cause des pierres précieuses qui jonchaient le sol ou dépassaient des parois. Des montagnes de rubis, de diamants, d'émeraudes et d'améthystes… chaque pierre grosse comme le poing. Il y en avait à la pelle, il suffisait de se baisser pour les ramasser.

— C'est somptueux, mais… ce n'est pas ça. C'est sûr ! affirma Elena en agrippant Bonnie par l'épaule.

La porte suivante se mit à briller progressivement, d'un éclat de plus en plus vif à chaque seconde, au point qu'elle sembla s'effacer.

— Et voici le paradis des *kitsune*, soupira Sage.

Elena écarquilla les yeux. Face à elle apparut une belle journée ensoleillée dans le jardin le plus luxuriant qu'elle ait vu de toute sa vie. Au second plan, une petite cascade se déversait dans un ruisseau longeant une colline herbue, tandis qu'au premier plan se trouvait un banc en pierre, juste assez large pour deux, à l'ombre d'un arbre qui ressemblait à un cerisier en fleur.

Portées par une brise légère, des fleurs voltigeaient et faisaient bruire d'autres cerisiers et pêchers à proximité, engendrant une pluie de pétales clairs comme l'aurore. Bien qu'Elena n'ait observé l'endroit qu'un bref instant, il lui paraissait déjà familier. Il suffirait d'un pas…

— Non !

Elle dut retenir Stefan par le bras, alors qu'il s'apprêtait lui aussi à pénétrer dans le jardin.

— Quoi ? bafouilla-t-il.

Il secoua la tête comme si on venait de le tirer d'un rêve.

— Je ne sais pas ce qui m'a pris, dit-il en recouvrant ses esprits. J'avais l'impression d'entrer dans un lieu que je connaissais depuis toujours…

Sa voix s'estompa :

— Sage, continue s'il te plaît.

La porte suivante s'éclaira aussitôt, présentant des kilomètres de galeries tapissées de bouteilles de vin de Clarion Lœss. Au loin, Elena distingua un vignoble aux grappes abondantes pendant lourdement dans le vide, des raisins qui ne verraient jamais la lumière du jour avant d'être transformés en un élixir fameux.

Chacun étant déjà en train de savourer un verre offert par Sage, ils n'eurent aucun mal à résister à l'alléchant spectacle.

Dès que la porte suivante s'éclaira, Elena eut le souffle coupé. Le soleil était au zénith. Dans un champ qui s'étirait à perte de vue poussaient d'immenses rosiers à longues tiges, dont les fleurs étaient d'un noir velouté.

Stupéfaite, Elena s'aperçut que tout le monde fixait Damon qui s'était avancé d'un pas, presque involontairement, semblait-il. Stefan tendit le bras pour lui barrer la route.

— Je n'ai pas bien vu, mais je crois que ce sont les mêmes roses… que celle que j'ai accidentellement détruite, affirma Damon.

Elena se tourna vers Sage.

— C'est vrai ?

— Tout à fait, acquiesça le vampire, l'air contrarié. Ce sont toutes des roses de minuit, noir d'ébène, comme celle qui se trouvait dans le bouquet de votre ami *kitsune*. Mais celles-ci sont toutes « pures ». Seul un *kitsune* a le pouvoir de leur jeter un sort, comme celui d'annuler la malédiction d'un vampire, par exemple.

Un soupir de déception gagna tous ses auditeurs, mais Damon, lui, parut encore plus affligé. Elena allait intervenir, pour dire qu'ils ne devraient pas faire subir ça à Stefan, mais en fin de compte elle se remit à écouter Sage qui décrivait déjà la porte suivante, et fut elle-même prise d'un soudain intérêt, purement égoïste.

— Je suppose qu'on pourrait l'appeler « la fontaine de la jeunesse et de la vie éternelles », expliqua Sage.

Elena aperçut une fontaine très ornée dont le jet effervescent au sommet formait un arc-en-ciel. De petits papillons multicolores voletaient tout autour, se posant sur les feuilles de la tonnelle qui l'entourait délicatement de son feuillage.

À défaut d'avoir Meredith à leurs côtés pour trancher avec son habituel sang-froid, Elena planta ses ongles dans ses paumes et prit les devants.

— C'est pas ça. Suivante ! s'écria-t-elle aussi vite et aussi fermement que possible.

Sage poursuivit ; elle s'efforça d'être attentive.

— Voici la *radhika* royale, qui d'après la légende fut dérobée à la Cour Céleste il y a de cela des millénaires. Cette fleur change constamment d'apparence.

Elena le croyait sur parole, mais lorsqu'elle vit la *radhika* effectivement s'animer, elle en resta muette d'admiration.

Une dizaine de tiges volubiles, surmontées de splendides fleurs d'arum blanc, frémirent doucement. Aussitôt après apparut une grappe de violettes aux feuilles de velours où luisait une goutte de rosée. L'instant suivant, elle vit éclore à la tête de ces mêmes tiges de magnifiques gueules-de-loup mauves, sans que la goutte de rosée ait bougé. Elle n'eut pas le temps de réprimer son envie de s'approcher pour humer la fleur que celle-ci se transforma en un bouquet de roses rouges sublimes, en pleine floraison. Et, quand les roses se firent plantes exotiques au feuillage doré, bien qu'elle n'ait jamais rien vu de tel, Elena dut se faire violence pour détourner les yeux.

Après s'être cognée contre le torse de Sage, elle s'efforça de se ressaisir et de réfléchir de façon pragmatique. Minuit approchait… et pas sous la forme d'une rose. Fell's Church avait besoin de toute l'aide possible et imaginable et elle, elle était là à admirer des fleurs.

D'un geste brusque, Sage la souleva dans ses bras.

— Quelle tentation, surtout pour l'amant d'une beauté comme vous, *belle damoiselle* ! Quelle règle absurde de vous empêcher de cueillir un simple bouton ! Mais sachez, ma petite Elena, qu'il existe quelque chose de plus grand et de plus pur que la beauté. Vous en portez le nom. En grec ancien, Elena signifie la *lumière*. L'Ultime Crépuscule, cette nuit éternelle, va vite tomber, et la beauté ne pourra rien y faire ; ce n'est qu'une bagatelle, un accessoire vain en temps de catastrophe. Mais la lumière, Elena, peut vaincre les ténèbres ! J'y crois, tout comme je crois en votre courage, votre honnêteté, votre cœur aimant et bon.

Sur ce, il déposa un baiser sur son front et la reposa.

Elena resta sans voix. S'il y avait une chose dont elle était persuadée, c'était qu'elle ne pourrait vaincre à elle seule les forces du mal qui les menaçaient.

— Mais tu n'es pas seule, chuchota Stefan.

Elle s'aperçut qu'il était juste à côté d'elle et qu'il devait lire en elle comme dans un livre ouvert, qu'elle devait projeter ses pensées aussi clairement que si elle les exprimait tout haut.

— On est tous avec toi, confirma Bonnie d'une voix deux fois plus imposante que son gabarit. Et on n'a pas peur des ténèbres.

Le silence se fit, alors que chacun s'efforçait de ne pas regarder Damon.

— Je ne sais pas comment on a pu me persuader de prendre part à ce délire, et je me le demande encore, lâcha ce dernier. Toujours est-il que ce n'est pas maintenant que je vais renoncer.

Sage se tourna face à la dernière porte, qui s'éclaira aussitôt. Cela dit, pas beaucoup. On aurait dit le dessous ombragé d'un très grand arbre. Mais, chose curieuse, rien ne poussait à cet endroit. Ni fougères, ni broussailles, ni semis, ni même les plantes rampantes et les mauvaises herbes d'habitude omniprésentes. Il y avait bien quelques feuilles mortes au sol, mais sinon que de la terre.

— Une planète peuplée d'une seule entité vitale : l'Arbre Supérieur, englobant tout un univers. Sa cime recouvre tout, excepté les lacs naturels d'eau douce nécessaires à sa survie.

Elena examina attentivement ce paysage crépusculaire.

— On est si près du but, murmura-t-elle. Peut-être qu'à nous tous… nous pourrons y trouver la sphère qui sauvera notre ville ?

— Est-ce la porte que tu choisis ? questionna Sage.

Elle interrogea le groupe du regard. Tous semblaient attendre sa confirmation.

— Oui. Sans hésiter, décida-t-elle. Mais il faut agir vite.

Elle esquissa un geste, l'air de chercher un endroit où poser sa coupe de vin, et celle-ci disparut comme par enchantement. Elle remercia Sage d'un sourire.

— Je ne suis absolument pas censé vous aider, dit ce dernier, mais si vous avez une boussole…

Elena en avait une. Elle pendillait toujours à son sac à dos parce qu'elle essayait constamment de la lire pour s'orienter.

Sage la lui prit des mains et traça délicatement un trait dessus. Quand il lui rendit la boussole, Elena découvrit que l'aiguille indiquait non plus le nord, mais le nord-est.

— Suivez la flèche, conseilla Sage. Elle vous guidera jusqu'au tronc de l'Arbre Supérieur. Si je devais chercher la cachette d'une sphère d'étoiles, je partirais dans cette direction. Mais méfiez-vous ! D'autres ont emprunté ce chemin avant vous. Leurs cadavres ont servi d'engrais à l'Arbre.

C'est à peine si Elena avait entendu ce qu'il venait de dire. Elle était déjà terrifiée à l'idée de fouiller toute une planète à la recherche d'une sphère. Bien sûr, ce monde n'était peut-être pas si grand…

Qui sait s'il n'est pas aussi petit que le diamant de lune que tu as aperçu dans le ciel des Enfers ?

Cette voix dans sa tête lui parut familière, et en même temps pas tant que ça. Elle jeta un coup d'œil à Sage, qui lui sourit d'un air complice. Puis elle regarda autour d'elle. Tout le monde semblait attendre son signal pour partir.

Alors elle s'élança.

34

— On vous a nourris et soignés du mieux qu'on a pu…

Dans la cave de Matt, Meredith contempla tous les visages tendus, effrayés et si jeunes qui étaient tournés vers elle.

— Maintenant, je vous demande juste une chose en échange.

Elle fit un gros effort pour prendre un ton plus ferme :

— J'aimerais savoir si l'un d'entre vous sait où je peux trouver un téléphone portable qui a une connexion Internet ou un ordinateur encore en état de marche. Si quelqu'un a la moindre idée, ou même si vous croyez savoir où on pourrait en trouver un, je vous en supplie, dites-le-moi.

La tension était palpable entre Meredith et chacun des enfants aux traits tirés.

Heureusement que Meredith était quelqu'un d'assez équilibré au fond. La vingtaine de mains qui se levèrent aussitôt avaient de quoi donner le tournis.

— Ma maman en a un. Et mon papa aussi, murmura la plus jeune des enfants, âgée de cinq ans.

Meredith hésita avant de répondre :

— Quelqu'un connaît bien cette fillette ?

Elle n'eut pas le temps de compléter sa question qu'une fille plus âgée précisa :

— Elle voulait juste dire que ses parents en avaient un avant que le pyromane arrive.

— Est-ce que ce pyromane, comme tu dis, s'appelle Shinichi ?

— Ouais. Parfois il faisait flamber les pointes rouges de ses cheveux jusqu'à son crâne.

Meredith classa cette information dans la case des *choses qu'elle espérait de tout son cœur, par pitié, ne jamais voir de sa vie.*

Puis elle secoua la tête pour chasser cette vision.

— Réfléchissez, je vous en prie. J'ai seulement besoin d'un téléphone portable avec Internet qui ait de la batterie. D'un ordinateur, portable ou non, qui fonctionne encore, grâce à un groupe électrogène ou je ne sais quoi. Mais j'en ai besoin maintenant. Quelqu'un a une idée ?

Les mains étaient toutes baissées à présent. Un garçon, qu'elle identifia comme un des frères Loring, âgé de peut-être dix ou onze ans, prit la parole :

— Le pyromane a dit que les portables et les ordinateurs, c'était mal. C'est à cause de ça que mon frère s'est battu à coups de poing avec mon père. Il a jeté tous les téléphones de la maison dans les toilettes.

— OK, bon, merci. Mais est-ce que l'un d'entre vous sait où il y a un portable ou un ordi en état de marche au moment où on parle ? Ou un groupe électrogène ?…

— Bien sûr, mon petit. Moi j'en ai un.

La voix provenait du haut des escaliers. Mme Flowers apparut, vêtue d'un jogging propre.

Bizarrement, elle avait son volumineux sac à main avec elle.

— Vous aviez… avez… un groupe électrogène ? bafouilla Meredith, le cœur serré.

Quel gaspillage ! Et si une catastrophe arrivait, tout ça parce qu'elle n'avait pas fini de lire ses propres recherches ? Les minutes filaient et, si tous les habitants de Fell's Church mouraient ce soir, ce serait sa faute. Uniquement sa faute. Elle ne pourrait pas vivre avec ce poids sur la conscience, elle le savait.

Toute sa vie, elle avait essayé d'atteindre un état de sérénité, de concentration et d'équilibre qui était l'aspect positif de toutes ces techniques de combat qu'on l'avait contrainte à apprendre. À force, elle était devenue assez douée, fine observatrice, enfant sage et même bonne élève, malgré le rythme de vie infernal et extravagant qu'elle menait aux côtés d'Elena et de sa clique. Elena, Caroline, Bonnie et elle étaient inséparables, liées comme les cinq doigts de la main, et encore aujourd'hui Meredith avait parfois la nostalgie de cette époque insouciante, où leur préoccupation majeure consistait à mettre au point des farces élaborées dont personne ne pâtissait vraiment, excepté les idiots qui leur tournaient autour comme des fourmis à un pique-nique.

Mais, maintenant qu'elle y réfléchissait, une question la laissait profondément perplexe. *Qui était-elle ?* Une Hispano-Américaine qui portait le prénom gallois de la meilleure amie de fac de sa mère. Une chasseuse de vampires avec des canines de chaton, la jumelle d'un vampire et une ado dont la bande d'amis comprenait Stefan, un vampire ; Elena, un ex-vampire ; et peut-être un troisième vampire à l'heure qu'il était, même si elle avait du mal à considérer Damon comme un « ami ».

En conclusion, elle était une fille qui faisait de son mieux pour rester sereine, concentrée et équilibrée dans un monde devenu dingue. Une fille qui n'était pas encore remise de ce qu'elle avait appris au sujet de sa propre famille, et qui avait à présent le vertige à l'idée que ses terribles soupçons se confirment.

Stop ! Arrête de réfléchir ! Il faut que tu dises à Mme Flowers que sa maison a été détruite.

— Madame Flowers… à propos de la pension… je dois vous dire quelque chose…

— Et si vous utilisiez d'abord mon BlackBerry, ma petite Meredith ?

La vieille dame descendit prudemment les escaliers de la cave, regardant où elle mettait les pieds, et à son arrivée le groupe d'enfants s'ouvrit sur son passage comme la mer Rouge devant les Hébreux.

— Vous avez un… ?

Meredith la dévisagea, sidérée. Mme Flowers venait de fouiller dans son énorme sac à main et lui tendait à présent un petit appareil tout noir, plutôt épais.

— Il a encore de la batterie.

Meredith recueillit le téléphone dans ses mains tremblantes comme si c'était une sainte relique.

— Je viens de l'allumer, il marche. Même l'accès à Internet !

Mme Flowers semblait assez fière d'elle.

Quant à Meredith, elle était déjà complètement absorbée par le petit écran grisâtre vieillot. Elle était tellement sous le choc et excitée qu'elle en oublia presque pourquoi elle en avait besoin. Mais son corps, lui, savait. Ses doigts se refermèrent sur l'appareil et ses pouces se mirent à faire un pas de deux sur le mini clavier. Elle alla directement sur la page de son moteur de recherche préféré et entra le mot « Orime ». Elle obtint plusieurs pages d'occurrences, la majorité en japonais. Alors, les genoux tremblants, elle entra le mot « Inari ».

6 530 298 résultats.

Elle cliqua sur le tout premier lien, qui l'amena sur une page Web avec une définition. Les mots-clés semblaient fondre sur elle à toute vitesse, comme des vautours.

Inari [...] divinité japonaise shinto de la croissance du riz [...] et [...] des renards. L'entrée d'un sanctuaire élevé en son honneur [...] deux statues de kitsune [...] un mâle et une femelle [...] portant chacun une clé ou un bijou dans la gueule ou la patte [...]. Ces esprits sont les serviteurs et les messagers d'Inari. Ils exécutent ses ordres [...]

L'article comprenait aussi une photo représentant deux statues de *kitsune* sous la forme de renards. Chacun avait une patte posée sur une sphère d'étoiles.

Trois ans plus tôt, Meredith s'était cassé la jambe lors d'un séjour au ski avec ses cousins dans les Blue Ridge Mountains. Elle avait percuté un arbuste de plein fouet. Ce n'étaient pas ses talents de karatéka qui auraient pu lui sauver la mise à la dernière minute ; elle savait qu'en skiant en dehors des pistes damées elle risquait de tomber sur n'importe quoi : poudreuse, neige trafolée, ornières verglacées. Et, évidemment, sur des arbres. Des forêts, même. Elle avait un niveau avancé en ski, mais là elle allait trop vite et regardait dans la mauvaise direction, si bien que, au lieu de le contourner, elle avait foncé droit sur le tronc.

À présent, elle éprouvait la même chose. La même sensation que lorsqu'on se réveille après une collision frontale avec un arbre. État de choc, vertiges et nausées, qui au départ furent pires que la douleur mais que Meredith pouvait supporter. En revanche, les élancements dans sa tête, l'horrible sentiment qu'elle avait commis une grosse erreur et qu'elle allait fatalement la payer, ça c'était insoutenable. De plus, savoir que pour l'heure ses jambes ne la portaient plus lui faisait un effet atroce. C'étaient aussi les mêmes questions vaines qui tournaient maintenant en boucle dans son inconscient. Comment ai-je pu être aussi bête ? Est-ce que par miracle ce ne serait qu'un mauvais rêve ? Par pitié, dites-moi que je peux tout recommencer d'un coup de baguette magique ?

Elle prit subitement conscience du fait que Mme Flowers et leur protégée de seize ans, Ava Wakefield, la soutenaient chacune par un bras. Le portable était par terre, sur le sol bétonné de la cave. Elle avait dû perdre connaissance. Plusieurs des plus jeunes enfants appelaient Matt au secours.

— Non, ça va, je… je peux me relever toute seule…

Tout ce qu'elle voulait, c'était refermer les yeux et échapper à ce désastre. Laisser ses jambes se dérober et son esprit se vider… pour fuir.

Mais il n'en était pas question. Elle avait accepté le bâton de combat de son grand-père ; accepté la mission qu'il lui avait confiée. Si quelque chose de surnaturel cherchait à nuire à Fell's Church pendant son tour de garde, c'était à elle de gérer. L'ennui, c'est qu'elle était de garde vingt-quatre heures sur vingt-quatre, sept jours sur sept.

Matt descendit bruyamment les escaliers, portant dans les bras le petit Hailey, un garçon de sept ans, qui était sans cesse secoué par des absences épileptiques.

— Meredith !

L'incrédulité dans sa voix était manifeste :

— Qu'est-ce qui se passe, nom de Dieu ? Qu'est-ce que tu as trouvé sur le Net ?

— Approche... murmura Meredith.

Une multitude de petits détails lui revinrent en mémoire, des détails qui auraient dû l'interpeller, déclencher des sonnettes d'alarme dans son cerveau. Alors que Matt était déjà à côté d'elle, elle repensa à la toute première description de Bonnie au sujet d'Isobel Saitou :

« Un peu timide, du genre réservé, assez difficile à connaître. Et... sympa. »

Et que dire de leur première visite chez les Saitou ? Le monstre qu'était devenue la douce, timide et gentille Isobel : une déesse du piercing, suintant le sang et le pus par tous les pores. Quand elles avaient voulu monter à dîner à sa grand-mère, Meredith avait remarqué sans vraiment en tenir compte que la chambre de la jeune fille était située juste en dessous de celle de la vieille femme aux airs de poupée. Après avoir vu Isobel dans cet état de délabrement physique et mental, elle avait présumé que, quelle que soit sa source, l'influence maléfique qui régnait dans cette maison essaierait forcément de se propager à l'étage et, bizarrement, elle s'était inquiétée pour la pauvre vieille dame. Mais cette force pouvait tout aussi bien se propager dans l'autre sens : Jim Bryce n'était peut-être pas responsable de la contamination d'Isobel, après tout. C'était peut-être *elle* qui lui avait transmis le malach, et lui qui l'avait transmis à Caroline et à sa sœur.

Et ce jeu d'enfants ! Cette comptine cruelle qu'Obaasan, Inari-Obaasan, leur avait fredonnée : « Renard et tortue faisaient la course... » Et ces mots qu'elle avait ajoutés : « Un *kitsune* est impliqué dans tout ça. » Elle s'était moquée d'elles, amusée à leurs dépens ! Réflexion faite, la première fois qu'elle avait entendu le mot *kitsune*, c'était dans la bouche d'Inari-Obaasan.

S'ajoutait à tout ça une dernière cruauté notable, que Meredith avait à l'époque excusée en pensant simplement qu'Obaasan avait une très mauvaise vue. Ce soir-là, Meredith était dos à la porte de la chambre, tout comme l'était Bonnie ; leur attention était fixée sur la « pauvre vieille grand-mère décrépite ». En revanche, Obaasan, elle, était face à la porte, et elle était la seule qui avait pu voir, qui avait *forcément* vu, Isobel s'approcher de Bonnie sans faire de bruit. Au moment où l'horrible comptine avait suggéré à cette dernière de regarder derrière elle... Isobel était là, accroupie, prête à lécher le front de Bonnie avec sa langue fourchue...

— Mais pourquoi ? marmonna Meredith, absorbée dans ses réflexions. Comment ai-je pu être aussi bête ? Pourquoi n'ai-je rien vu venir ?

Matt lui avait pris le BlackBerry des mains ; il lut la

page Web ouverte puis resta figé, ses yeux bleus écarquillés.

— Tu avais raison, dit-il au bout d'un moment.

— J'aimerais tellement avoir tort...

— Meredith, Shinichi et Misao sont les messagers d'Inari... Si cette vieille dame se révèle être Inari, alors on s'est trompés de cible depuis le début, on a couru comme des fous après de simples exécutants...

— Ces foutues amulettes ! lâcha Meredith d'une voix étranglée. Celles qu'Obaasan nous a fabriquées ? Elles sont sûrement inutiles, truquées ! Et à tous les coups ces balles qu'elle a bénites ne servent à rien ; à moins qu'elle ne les ait *réellement* bénies... par perversion et goût du jeu. Isobel est venue me voir pour changer tous les caractères que sa grand-mère avait décryptés sur les jarres. Elle a dit qu'Obaasan était presque aveugle. Elle a laissé une larme sur le siège passager. Je n'arrivais pas à comprendre ce qui avait pu la faire pleurer !

— Et moi je ne comprends toujours pas ! explosa Matt. Si Isobel est la descendante d'un monstre, pourquoi aurait-elle pleuré ? Et pourquoi les Post-it fonctionnent ?

— Parce que c'est la mère d'Isobel qui les fabrique, intervint calmement Mme Flowers. Mon petit Matt, je doute fort que cette vieille dame ait un quelconque lien de parenté avec la famille Saitou. En tant que divinité, ou ne serait-ce que puissante sorcière portant le nom d'une divinité, et sans aucun doute en tant que *kitsune* elle-même, elle a sûrement emménagé chez les Saitou pour se servir d'elles. Mme Saitou et sa fille n'ont pas eu d'autre choix que de jouer la comédie, de peur de ce qu'Obaasan pourrait leur faire si elles n'obéissaient pas.

— Mais… ? Attendez, quand Tyrone et moi on a déterré ce fémur du fourré, vous avez pourtant bien dit que les amulettes des Saitou étaient d'une efficacité remarquable ? Et vous avez aussi suggéré qu'on fasse appel à elles pour déchiffrer les inscriptions sur les jarres quand on a reçu les photos d'Alaric, non ?

— Pour ce qui est de la confiance que je porte aux Saitou, je dois dire que je suis un peu partagée, admit Mme Flowers. Je ne pouvais pas savoir que cette Obaasan était le mal en personne… Il n'en reste pas moins que la mère et la fille sont pleines de bonnes intentions et nous ont été d'une aide considérable, tout en prenant énormément de risques.

Meredith avait un goût de bile dans la bouche.

— Mais Isobel aurait pu nous sauver ! Il lui suffisait de dire : « Ma grand-mère est un imposteur. En vérité c'est un démon ! »

— Ma chère Meredith, si vous saviez comme les jeunes sont ingrats. Cette Inari occupait sans doute déjà leur maison quand Isobel était enfant. Tout ce qu'elle sait, c'est que la vieille femme est un tyran qui porte le nom d'une divinité. Elle a peut-être aussi assisté à des démonstrations de pouvoir ; d'ailleurs je me demande bien ce qui a pu arriver au mari d'Orime pour qu'il retourne vivre au Japon, si tant est qu'il soit effectivement reparti là-bas. Si ça se trouve, il est mort depuis longtemps. Bref, Isobel grandit et devient une adolescente timide, calme, introvertie… et terrifiée. On n'est pas au Japon, ici ; elle n'avait pas d'autres prêtresses à qui se confier. Et vous avez vu comme moi le résultat quand elle s'est tournée vers quelqu'un d'extérieur à la famille, son petit ami Jim Bryce.

— Et après vers nous, enfin vers toi et Bonnie, ajouta Matt en regardant Meredith. Elle a lancé Caroline sur vous comme un chien dressé à l'attaque.

Sans trop savoir où ça allait les mener, ils se mirent tous les trois à parler de plus en plus vite :

— On doit partir là-bas tout de suite, décréta Meredith. Shinichi et Misao sont peut-être ceux qui vont déclencher l'Ultime Crépuscule, mais c'est Inari qui tire les ficelles. Et qui sait ? C'est peut-être elle aussi qui distribue les sanctions. On ignore la taille de sa sphère d'étoiles…

— Et où elle la cache, ajouta Mme Flowers.

— Vous devriez rester ici avec les enfants, s'empressa de suggérer Matt. Ava est digne de confiance et… où est Jacob Lagherty ?

— Ici, répondit un garçon non loin.

Il devait avoir un peu plus de quinze ans et mesurait la même taille que Matt, mais paraissait plus dégingandé.

— OK. Ava, Jacob, vous êtes dorénavant en charge des enfants sous la supervision de Mme Flowers. On va vous laisser Sabre.

Bonne pâte, le chien avait beaucoup de succès auprès des enfants et se montrait d'une patience exemplaire, même quand les plus jeunes lui tiraient la queue.

— Vous écoutez bien Mme Flowers et…

— Mon petit Matt, je ne vais pas rester ici. Mais Sabre et Serre seront sûrement à la hauteur pour ce qui est de les protéger.

Matt dévisagea la vieille dame. Meredith devina facilement ce qu'il pensait: Mme Flowers, sur qui ils avaient toujours pu compter jusqu'ici, songeait-elle à aller se cacher quelque part? Elle les abandonnait?

— J'ai besoin que l'un de vous deux me conduise chez les Saitou très vite, mais l'autre peut rester avec les enfants.

Meredith fut à la fois soulagée et inquiète. Visiblement, Matt aussi.

— Madame Flowers, ça va être un vrai combat là-bas. Vous pourriez être blessée ou facilement prise en otage…

— C'est aussi le mien, mon petit Matt. Ma famille a vécu à Fell's Church pendant des générations, depuis l'époque des pionniers. Je crois que je suis destinée à ce combat depuis ma naissance. Et ce sera certainement le dernier de ma longue existence.

Meredith l'observa en silence. Dans la pénombre de la cave, Mme Flowers semblait subitement différente. Sa voix n'était plus la même. Même son corps frêle paraissait se transformer, s'affermir, se redresser.

— Mais comment est-ce que vous allez vous défendre? questionna Matt.

— À l'aide de ceci. Ce charmant jeune homme, Sage, me l'a laissé, accompagné d'un petit mot pour s'excuser d'avoir utilisé la sphère d'étoiles de Misao. J'étais plutôt douée pour le manier du temps de ma jeunesse.

De son volumineux sac à main, elle sortit et déroula un objet pâle, long et mince qu'elle fit brusquement tournoyer et claquer d'un coup sec sur le sol dans un angle vide du sous-sol. Il atteignit une balle de ping-pong, s'enroula autour et la rapporta dans la main tendue de Mme Flowers.

Un fouet. Un fouet entièrement constitué d'un matériau argenté. Et sans aucun doute magique. Même Matt eut l'air effrayé.

— Et si on demandait à Ava et Jacob d'apprendre aux enfants à jouer au ping-pong pendant notre absence ? Il faut vraiment qu'on se mette en route, mes chéris. Il n'y a pas une minute à perdre. Un drame terrible est sur le point de se produire. C'est ma*man* qui le dit.

Restée muette jusque-là, Meredith se senait aussi hébétée que Matt.

— Moi aussi j'ai une arme, dit-elle.

Elle ramassa son bâton de combat.

— Je vais me battre, Matt. Ava, à toi de veiller sur les enfants.

— Comptez sur moi aussi, intervint Jacob.

Et, comme pour leur témoigner son soutien, il s'empressa d'ajouter :

— Ce ne serait pas une hache accrochée au mur là-bas, près de la chaudière ?

Matt courut la décrocher. À sa tête, Meredith devina une fois de plus ce qu'il se disait : « Génial ! Une bonne grosse hache bien lourde, un peu rouillée mais encore bien tranchante. » Si les *kitsune* les attaquaient encore avec des lianes ou des branches, il avait maintenant de quoi se défendre.

Mme Flowers remontait déjà les escaliers de la cave. Meredith et Matt échangèrent un rapide coup d'œil, puis se précipitèrent à sa suite.

— On part avec le SUV de ta mère. Tu prends le

volant, je monte à l'arrière. Je me sens encore un peu… disons… fatiguée, je crois.

Meredith n'aimait pas reconnaître ses faiblesses, mais il valait mieux ça plutôt que d'avoir un accident.

Matt acquiesça, s'abstenant avec bienveillance de commenter la raison de son malaise. Elle n'arrivait toujours pas à croire qu'elle ait pu être aussi aveugle depuis le début.

— Matt, mon petit, pour une fois, oubliez le Code de la route, se contenta de dire Mme Flowers.

35

Elena avait l'impression de marcher à l'ombre de cette canopée depuis des siècles. Il ne faisait pas froid dans cet endroit, mais frais. Il ne faisait pas noir non plus, mais sombre. Au lieu de la lumière crépusculaire que répandait l'énorme soleil écarlate du Royaume des Ombres, ils avançaient sous une semi-obscurité permanente. C'était troublant de fouiller constamment le ciel du regard sans jamais apercevoir la lune ou *les* lunes, ou l'éventuelle planète qui brillait peut-être là-haut. De ciel, il n'y en avait pas, c'était plutôt un enchevêtrement de branches visiblement très lourdes et enlacées de façon assez complexe pour occuper tout l'espace au-dessus d'eux.

Était-il absurde de sa part d'imaginer qu'ils étaient peut-être sur cette lune, ce tout petit point brillant comme un diamant visible depuis l'extérieur des Enfers ? L'astre n'était-il pas trop petit pour avoir une atmosphère et une véritable force de gravité ? Pourtant Elena avait remarqué qu'elle se sentait plus légère ici et que même les enjambées de Bonnie semblaient assez longues. Et si… ? Elle raidit les jambes, lâcha la main de Stefan et sauta.

Le saut fut long, mais loin de l'élever à la hauteur de l'entrelacs de branches. Et elle n'atterrit pas parfaitement non plus. Ses pieds glissèrent sur un terreau de feuilles millénaire, et elle dérapa sur trois bons mètres avant de pouvoir s'immobiliser en enfonçant ses doigts et ses talons dans le sol humide.

— Elena ! Tout va bien ?

Elle entendit Stefan et Bonnie l'appeler dans son dos, ainsi que le ton impatient de Damon :

— Ça va pas ou quoi ?

— J'essayais de comprendre où on est en testant la pesanteur de cet endroit, se justifia-t-elle.

Elle se releva et frotta son jean pour enlever les feuilles qui y étaient collées, morte de honte. Bon sang ! Elle en avait jusque dans le dos et même sous son tee-shirt. Ils avaient laissé la plupart de leurs fourrures derrière eux, au Corps de Garde, sous la surveillance de Sage, et elle n'avait pas de quoi se changer. Quelle idée stupide ils avaient eue, se dit-elle avec colère. Gênée, elle tenta d'avancer tout en remuant les épaules pour faire tomber les feuilles encore coincées sous son haut.

— Attendez deux secondes, lança-t-elle. Les garçons, vous voulez bien vous retourner ? Bonnie, tu peux m'aider, s'il te plaît ?

Bonnie ne se fit pas prier, mais, même à deux, Elena fut stupéfaite du temps qu'il leur fallut pour enlever ce magma répugnant de son dos.

La prochaine fois que tu as besoin d'un avis scientifique, pose plutôt la question, commenta la voix dédaigneuse de Damon par télépathie.

— Je dirais que ça représente environ quatre cinquièmes de la pesanteur de la Terre, et il se pourrait bien qu'on soit sur une lune, ajouta-t-il tout haut. Ce qui ne nous avance pas à grand-chose. Si Sage ne nous avait pas aidés avec le coup de la boussole, on n'aurait aucune chance de trouver le tronc de l'Arbre, du moins pas à temps.

— Sans compter que l'idée que la sphère d'étoiles soit cachée près du tronc n'est qu'une hypothèse, dit Elena. Il faut continuer d'ouvrir l'œil !

— Mais on cherche quoi, exactement ?

Fut un temps où Bonnie aurait posé cette question d'un ton plaintif. À présent, elle était plus calme.

— Eh bien…

Elena interrogea Stefan du regard.

— Je suppose qu'elle sera brillante, non ? Surtout dans cette pénombre ?

— Dans cette pénombre vert camouflage, acquiesça ce dernier, ça devrait ressembler à un éclat vif, légèrement changeant.

— Mais imaginons une chose…

Damon revint sur ses pas avec grâce en arborant son sourire éclatant, qu'il effaça une fois à leur hauteur.

— Si on ne suit pas les conseils de Sage, on ne trouvera jamais le tronc. Si on essaie d'avancer au hasard, on ne trouvera jamais rien, y compris notre chemin pour rentrer. Et alors non seulement les habitants de Fell's Church mourront, mais nous tous aussi, et dans cet ordre. D'abord, les deux vampires que nous sommes perdront leurs bonnes manières pour cause d'inanition…

— Pas Stefan ! protesta Elena.

— Tu es aussi odieux que Shinichi avec ses pseudo-révélations ! tempêta Bonnie.

Damon eut un sourire en coin.

— Si j'étais aussi odieux que lui, mon petit pinson, tu serais déjà percée comme une vulgaire briquette de jus de raisin, ou bien je serais resté tranquillement assis avec Sage à savourer un verre de vin…

— Bon, ça ne rime à rien, Damon, le coupa Stefan.

Damon fit semblant de compatir.

— Tu as peut-être des petits problèmes côté canines… mais pas moi, frangin.

Cette fois, il sourit assez longtemps pour que tout le monde puisse admirer ses crocs pointus.

Stefan n'allait pas tomber dans le piège.

— Non seulement ça ne rime à rien, mais en plus tu nous retardes…

— Faux, cher frangin. Quelqu'un parmi nous excelle dans l'art de parler et de marcher en même temps.

— Damon, arrête ! Ça va, maintenant ! s'énerva Elena.

Elle essuya son front brûlant d'une main glacée.

Continuant de marcher à reculons, il la regarda en haussant les épaules.

— Il suffisait que tu le demandes, railla-t-il en appuyant légèrement sur le « tu ».

Elena ne répliqua pas. Elle se sentait fébrile.

L'expédition ne consistait pas seulement à avancer droit devant eux. Fréquemment, d'énormes monticules de racines noueuses leur barraient le chemin et les obligeaient à escalader. Parfois Stefan devait même sortir la hache de son sac à dos pour leur frayer un passage.

Elena en était venue à haïr plus que toute cette semi-obscurité verdâtre. Sa vue lui jouait des tours à cause de la pénombre, tout comme le bruit étouffé de leurs pas sur le sol parsemé de feuilles lui donnait des hallucinations auditives. Plusieurs fois elle s'était arrêtée, et Stefan aussi à un moment, pour souffler aux autres qu'ils n'étaient pas seuls ici, que quelqu'un les suivait.

Chaque fois, ils s'étaient tous figés pour écouter. Mentalement, Stefan et Damon avaient sondé les environs le plus loin possible à l'aide de vrilles de pouvoir, à la recherche d'une présence étrangère. Mais soit l'intrus était si bien caché qu'il était invisible, soit il n'existait tout simplement pas.

Finalement, alors qu'Elena avait l'impression qu'elle marchait depuis des siècles et que ça n'en finirait jamais, Damon s'arrêta brusquement. Juste derrière lui, Bonnie retint son souffle. Elena et Stefan se dépêchèrent de les rejoindre.

Face à ce qu'elle découvrit, Elena devint fataliste.

— Je crois qu'on a raté le tronc… et qu'on est arrivés au bout, articula-t-elle d'une voix mal assurée.

S'étirant à perte de vue sous ses yeux se trouvait l'obscurité de l'espace constellée d'étoiles. Étoiles auxquelles faisaient de l'ombre une gigantesque planète et deux énormes lunes, l'une miroitant d'éclats bleus et blancs, l'autre argentée.

Stefan lui tenait la main, tout aussi fasciné qu'elle, et à la simple caresse de ses doigts elle sentit des picotements lui remonter le bras et descendre jusque dans ses genoux, subitement flageolants.

— Levez le nez, leur lança Damon d'un ton caustique.

Elena obéit… et eut le souffle coupé à son tour. Pendant une fraction de seconde, ce fut comme si son corps n'avait plus aucune amarre. Stefan et elle se blottirent instinctivement l'un contre l'autre. Puis elle commença à prendre conscience du spectacle.

— C'est de l'eau, comprit-elle. Un de ces lacs d'eau douce dont Sage a parlé. Et sans un clapotis en surface. Pas le moindre souffle d'air.

— Pourtant j'ai quand même bien l'impression qu'on est sur la plus petite des trois lunes, ajouta Stefan.

Il regarda son frère d'un air faussement innocent.

— Dans ce cas, c'est qu'il y a quelque chose d'*extrêmement* lourd au cœur de cette lune riquiqui qui génère ces quatre cinquièmes de pesanteur dont je parlais et qui lui permet de conserver son atmosphère, ce qui est complètement absurde, mais quelle importance ? On est arrivés ici en passant par les Enfers. Qui a dit que la logique s'appliquait ici ?

Les yeux mi-clos, il observait Elena…

Tout à coup, une voix retentit :

— *Où est la troisième ? La grave ?*

Elena eut la sensation que ça venait de derrière eux. Elle se retourna en même temps que les autres, quittant des yeux la lumière vive des lunes pour la semi-obscurité. Tout se mit à vaciller devant elle.

La grave Meredith, la rieuse Bonnie ;
Et Elena aux cheveux d'or.
Un chuchotement puis un silence…
Elles complotent, mais je m'en moque…
Tout ce que je veux c'est Elena…
Elena aux cheveux d'or…

— Tu peux toujours courir ! hurla Elena. De toute façon, ce poème est complètement déformé ; je m'en souviens, je l'ai appris par cœur au lycée. Et puis tu n'es qu'un cinglé !

En dépit de sa colère et de son angoisse, elle songea à Fell's Church. Si Shinichi était *ici*, pouvait-il provoquer l'Ultime Crépuscule *là-bas* ? Ou bien suffisait-il d'un geste amorphe de Misao pour tout déclencher ?

— Peut-être, mais je finirai par t'avoir, Elena aux cheveux d'or, répliqua le *kitsune*.

Stefan et Damon avaient dégainé les armes.

— C'est là que tu te trompes, Shinichi, lança Stefan. Plus jamais tu ne toucheras à un cheveu d'Elena.

— Je n'ai rien à perdre à essayer. Vous m'avez pris tout le reste.

Le cœur d'Elena se mit à battre la chamade. « S'il y a quelqu'un parmi nous avec qui il est susceptible de parler sérieusement, c'est bien moi », s'encouragea-t-elle.

— Tu ne devrais pas être en pleins préparatifs pour l'Ultime Crépuscule, Shinichi ? demanda-t-elle d'un ton aimable.

Intérieurement elle tremblait, redoutait de l'entendre répliquer que tout était déjà fini à Fell's Church.

— Elle n'a pas besoin de moi. Elle n'a pas voulu protéger Misao. Alors pourquoi je l'aiderais ?

Elena resta sans voix. Qui ça, elle ? En dehors de Misao, qui d'autre, quelle femme était impliquée dans tout ça ?

Damon avait armé son arbalète d'un carreau court et lourd. Mais Shinichi continua de se perdre en palabres :

— Misao était comme paralysée. Elle avait mis tout

son pouvoir dans sa sphère d'étoiles, voyez-vous. Elle ne riait plus, elle ne chantait plus, elle ne préparait plus aucun complot avec moi. Elle restait juste assise… sans bouger. Finalement, elle m'a demandé qu'on fusionne. Elle pensait qu'on ne ferait plus qu'un, de cette façon. Alors son corps s'est désintégré et a fusionné avec le mien. Mais ça n'a rien changé. Aujourd'hui… c'est à peine si je l'entends. Je suis revenu chercher ma sphère d'étoiles. J'ai utilisé tout son fluide pour voyager entre les dimensions. Si j'arrive à intégrer ma sœur dans ma sphère, elle guérira. Alors je retournerai la cacher, mais pas au même endroit. Je la cacherai encore plus loin, dans un endroit où personne ne pourra jamais la trouver.

Il fixa son regard sur ses interlocuteurs.

— Donc, quelque part, je suppose qu'on est deux à vous parler en ce moment : Misao et moi. Pourtant je me sens si seul… je n'ai aucun contact avec elle.

— Ne t'approche pas d'Elena, répéta Stefan, impassible.

Damon regardait d'un air sombre le reste du groupe, tout en réfléchissant aux paroles de Shinichi : « Je la cacherai encore *plus loin*… »

— Vas-y, Bonnie, continue d'avancer, ajouta Stefan. Toi aussi, Elena. On vous rejoint.

Elena laissa Bonnie partir devant, avant de répondre à Stefan par la pensée : *Il faut qu'on reste groupés, on n'a qu'une boussole !*

Fais attention, Elena ! Il pourrait t'entendre !

Fermez-la, ajouta Damon, impitoyable.

— Ne vous fatiguez pas, les interrompit Shinichi. Qu'est-ce que vous croyez ? Je peux lire toutes vos pensées, sans exception. Franchement, je ne croyais pas que vous étiez aussi bêtes.

— Pas autant que toi ! riposta Bonnie avec feu.

— Ah vraiment ? Dans ce cas, si vous êtes si intelligents, est-ce que vous avez résolu mes petites énigmes ?

— C'est vraiment pas le moment, rétorqua Elena.

Erreur. Shinichi reporta de nouveau son attention sur elle.

— As-tu raconté à tes amis ce que tu pensais du sort de la reine Guenièvre, Elena ? Non ? C'est bien ce que je pensais. Tu n'en as pas eu le courage. Je vais le faire à ta place, alors. D'accord ? Je vais l'expliquer tel que tu l'as écrit dans ton journal.

— Non ! C'est impossible, tu n'as pas pu lire mon journal ! De toute façon, ça ne tient plus aujourd'hui !

— Voyons voir… que je me souvienne exactement des mots que tu as employés.

Shinichi prit un ton narratif :

— Cher Journal, une des énigmes de Shinichi était ce que je pensais du sort de la reine Guenièvre. Tu sais, l'épouse du roi Arthur dans la légende, et le chevalier Lancelot dont elle est secrètement éprise ? Eh bien, voilà à quoi ça me fait penser : beaucoup d'innocents sont morts et ont souffert parce que trois égoïstes, un roi, une reine et un chevalier, n'ont pas été capables de régler la situation de manière civilisée. Ils ne comprenaient pas que plus on aime, plus on finit par aimer l'amour. Mais ces trois égoïstes n'ont pas su gérer cet appel des sentiments et simplement partager entre eux…

— La ferme ! hurla Elena. Tais-toi !

Tiens, tiens ! s'exclama Damon en silence. *J'ai comme une impression de déjà-vu.*

Et moi donc.

À sa voix, Stefan semblait mal à l'aise.

Ne l'écoutez pas ! leur lança Elena. *Tout ça n'est plus vrai aujourd'hui. Stefan, je serai à toi pour l'éternité, et je l'ai toujours été. En attendant, il faut qu'on se débarrasse de cette ordure et qu'on trouve ce maudit tronc d'arbre d'urgence !*

— On faisait ça aussi avec Misao, à l'époque, commenta Shinichi. On parlait en privé sur une fréquence à part. Tu es sans conteste une grande manipulatrice, Elena, pour avoir réussi jusqu'ici à les empêcher de s'entretuer par amour pour toi.

— Cette fréquence à part, comme tu dis, ça s'appelle *la vérité* ! répliqua-t-elle. Et, question manipulation, je n'arrive pas à la cheville de Damon. Maintenant soit tu te bats, soit tu nous fous la paix ! On est pressés !

— Me battre ?

Shinichi eut l'air de réfléchir à cette idée. Et alors, plus rapide que son ombre, il se jeta sur Bonnie. Les deux vampires, persuadés que sa cible était Elena, furent pris au dépourvu, mais Elena, qui avait vu la lueur dans son regard tourné vers leur amie sans défense, était déjà passée à l'offensive. Le démon recula à toute vitesse, mais elle eut toutefois le temps de lui agripper la jambe. Alors elle comprit qu'elle avait une occasion en or de lui faire perdre l'équilibre. Elle lui asséna un coup de tête dans la rotule tout en lui plantant violemment son couteau dans le pied.

Pardonne-moi, Bonnie, pensa-t-elle, devinant quelle allait être la réaction de Shinichi : sans doute la même que lorsqu'il s'était servi de son pantin Damon pour torturer Matt et Elena qu'il retenait en otages, sauf que là, il n'aurait pas besoin d'une aiguille de pin pour canaliser la douleur. Une énergie maléfique irradia directement de ses mains dans le petit corps de Bonnie.

Cependant, il y avait un facteur dont il n'avait pas tenu compte. Quand il avait manipulé Damon pour qu'il s'attaque à Matt et à Elena, il avait eu le bon sens de ne pas s'approcher pendant qu'il mettait leurs corps au supplice. Cette fois, il avait attrapé Bonnie et la tenait serrée contre lui. Or Bonnie était une excellente médium, elle aussi, surtout quand il s'agissait de projeter ses pensées. Dès qu'elle ressentit la première décharge de douleur, elle poussa un hurlement et la retourna contre lui.

Comme un boomerang. Elle n'en souffrit pas moins pour autant, mais toutes les douleurs que Shinichi lui infligeait il les ressentait aussi, et même doublement car, dans son angoisse, Bonnie les amplifiait. Elena décida de tout miser sur cette tactique. Si elle avait visé sa jambe, c'était parce qu'elle savait que sa rotule ne ferait pas le poids contre son violent coup de tête, et d'ailleurs elle avait tout de suite entendu un craquement à l'intérieur de son genou. Étourdie, elle s'appliqua à remuer le couteau qu'elle lui avait planté dans le pied et qui le transperçait maintenant de part en part.

Mais tout ceci n'aurait jamais marché si elle n'avait pas eu le renfort de deux vampires extrêmement agiles. Vu que Shinichi ne vacilla pas d'un poil et vu la position dans laquelle elle était, il suffisait d'un geste au renard pour lui rompre le cou.

Stefan n'était qu'à une fraction de seconde d'eux. Il

saisit Elena avant même que le *kitsune* n'ait le temps d'évaluer correctement la situation.

— Lâche-moi, haleta Elena.

Elle était déterminée à aider Bonnie.

— Je veux récupérer mon couteau ! prétexta-t-elle.

Il fallait à tout prix qu'elle convainque Stefan de la laisser retourner se battre.

— Où est-ce qu'il est ?

— Dans son pied, tiens !

Il se retint d'éclater de rire.

— Ton couteau est très bien où il est ! Prends un des miens, plutôt.

Quand vous aurez fini de bavarder, on pourra peut-être s'occuper de lui couper la queue, intervint froidement Damon.

À cet instant, Bonnie perdit connaissance, mais tous ses circuits télépathiques restèrent actifs et dirigés contre Shinichi. Damon était passé à l'offensive, peu soucieux du bien-être de leur amie tant qu'il pouvait atteindre le *kitsune* à travers elle.

Avec la rapidité d'un cobra, Stefan se jeta sur une des queues qui s'agitaient dans le dos du démon, preuve de son extraordinaire pouvoir. La majorité étaient translucides et entouraient comme un bouclier sa véritable queue, au centre : celle, en chair et en os, que tout renard possédait.

À la première entaille, une des queues fantômes tomba par terre et se désintégra. Il n'y eut aucune effusion de sang, mais Shinichi hurla de douleur et de rage.

Dans l'intervalle, Damon l'attaqua de front, sans pitié. Dès que Stefan eut détourné l'attention du *kitsune*, son frère lui entailla les deux poignets à une vitesse fulgurante. Puis il lui porta un coup au corps juste au moment où Stefan, qui tenait Elena contre sa hanche comme un bébé, tailladait une autre queue fantôme.

Elena se débattait. Elle avait très peur que Damon ne tue Bonnie pour atteindre Shinichi. Et puis, elle n'allait pas continuer à se laisser trimbaler comme un vulgaire balluchon ! Ce chaos sans nom la faisait réagir avec ses tripes : protéger Stefan, Bonnie, Fell's Church. *Et abattre l'ennemi.* Les nerfs à vif, c'est à peine si elle s'aperçut qu'elle venait de mordre l'épaule de Stefan.

Il grimaça un peu et finit par céder.

OK ! Récupère Bonnie et... vois si tu peux la soulager.

Il la lâcha juste au moment où Shinichi se retournait et canalisait directement sur lui cette énergie redoutable qui, sur Terre, avait foudroyé de douleur Matt et Elena.

Elena sauta sur l'occasion pour arracher la silhouette inerte de Bonnie des bras du *kitsune*.

Les paroles de Stefan résonnaient dans sa tête : *Récupère Bonnie et... vois si tu peux la soulager.*

Première étape réglée ; elle tenait Bonnie dans ses bras. D'instinct, elle sentit que les deux instructions de Stefan en impliquaient une troisième : *Écarte-la de Shinichi. C'est un otage inestimable pour lui.*

Elena se surprit à avoir une féroce envie de hurler. Il fallait coûte que coûte qu'elle protège son amie, mais cela signifiait laisser son bon et loyal Stefan à la merci de Shinichi. Elle s'éloigna tant bien que mal en portant le corps si léger de Bonnie et jeta encore un coup d'œil à Stefan. Il fronçait les sourcils d'un air concentré à cet instant, et non seulement il n'était pas terrassé de douleur mais en plus c'était lui qui menait la danse !

Cependant, Shinichi ne se laissait pas impressionner. Sa tête était littéralement en feu. Les pointes écarlates de ses cheveux noirs s'étaient embrasées, comme pour exprimer de façon on ne peut plus concrète son hostilité et l'évidence de sa victoire. Il s'autocouronnait d'une guirlande de flammes, d'un halo infernal.

La fureur d'Elena laissa place à un déluge de sueurs froides dans le dos face au spectacle exceptionnel qui s'ensuivit : deux vampires attaquant côte à côte, parfaitement synchrones. Leur assaut illustrait autant la sauvagerie brute de rapaces ou de loups que l'extraordinaire beauté de deux créatures se mouvant comme un seul homme. À leurs regards lointains, on comprenait que c'était une lutte à mort. Au froncement de sourcils de l'un ou au sourire vicieux de l'autre, on devinait lequel venait d'être frappé par les salves de douleur du démon. Mais, aujourd'hui, Shinichi n'était pas en train de jouer avec la vie de pauvres humains. Ses adversaires étaient des vampires dont les corps cicatrisaient presque instantanément, des vampires qui s'étaient récemment nourris, et pas de n'importe qui : d'elle, Elena. L'incroyable force de son sang décuplait à présent leurs pouvoirs.

« Autrement dit, c'est un peu comme si je me battais avec eux, pensa-t-elle. Je les aide à ma façon. » Cela devrait satisfaire la violence que ce combat où tous les coups étaient permis suscitait en elle. Intervenir et risquer de gâcher le synchronisme imparable avec lequel Stefan et Damon malmenaient Shinichi serait un sacrilège, surtout sachant que Bonnie était toujours inanimée dans ses bras.

« En tant qu'humaines, on est des fardeaux pour eux, se dit-elle. Et Damon ne se gênerait pas pour me le dire, quand bien même je voudrais juste gifler Shinichi. »

Allez, Bonnie, accroche-toi. Cramponne-toi à ma voix, je t'emmène plus loin.

Elena prit son amie sous les bras et recula dans la pénombre verdâtre qui s'étirait dans toutes les directions. Elle trébucha sur une racine et se retrouva assise par terre, où elle décida de rester, considérant qu'elles étaient suffisamment à l'écart.

Elle installa Bonnie sur ses genoux. Puis elle posa les mains autour de son petit visage en forme de cœur et pensa aux choses les plus apaisantes qu'elle pouvait imaginer. Un plongeon aux cascades de Warm Springs. Un bain chaud chez lady Ulma suivi d'un massage à quatre mains, confortablement installée sur une banquette dans une salle embaumant le parfum fleuri de l'encens. Un câlin avec Sabre dans le salon douillet de Mme Flowers. Le luxe d'une grasse matinée dans son propre lit, ses parents et sa sœur à ses côtés.

Cette dernière pensée arracha un soupir de tristesse à Elena, et une larme tomba sur le front de Bonnie. Cette dernière ouvrit les yeux dans un battement de cils.

— Ah non, je t'interdis d'être triste, chuchota-t-elle. Elena, tu m'entends ?

— Oui. Je te tiens et personne ne pourra plus te faire de mal. Tu te sens mieux ?

— Un peu. Mais, tu sais, j'ai entendu tes pensées et ça m'a fait beaucoup de bien. J'ai tellement envie d'un long bain et d'une pizza. Et de tenir la petite Adara dans mes bras. Dire qu'elle parle déjà… Elena ? Tu ne m'écoutes pas !

Elena était effectivement ailleurs. Elle regardait le dénouement du combat entre Stefan, Damon et Shinichi. Les vampires tenaient maintenant le *kitsune* à terre et se le disputaient comme deux oisillons se battant pour un ver de terre. Ou plutôt comme deux bébés tigres, car Elena n'était pas certaine que les oiseaux feulaient.

— Oh, berk, c'est immonde !

Bonnie, qui avait suivi le regard d'Elena, détourna les yeux et enfouit la tête dans son épaule. « Je te comprends, pensa Elena. Il n'y a vraiment aucune sauvagerie en toi, n'est-ce pas ? De la malice, oui, mais aucune soif de sang. Et c'est tant mieux. »

Bonnie se redressa brusquement, cognant le menton d'Elena au passage, et pointa le doigt vers le lointain.

— Hé ! Tu vois ce que je vois ?

Ce qu'elle voyait, c'était une lumière très vive, qui augmenta quand les vampires s'installèrent tous deux sur le corps de Shinichi et le mordirent simultanément.

— Reste ici, dit Elena d'une voix un peu pâteuse.

Et pour cause : quand Bonnie lui avait cogné le menton, elle s'était mordu la langue. Elle repartit en courant auprès de Stefan et de Damon et les frappa violemment à la tête. Elle devait à tout prix capter leur attention avant qu'ils ne soient complètement happés par l'appel du sang frais.

Sans surprise, Stefan fut le premier à s'écarter et il aida Elena à arracher Damon à son ennemi vaincu.

Ce dernier se mit à grogner en faisant les cent pas, sans jamais quitter des yeux Shinichi, qui se redressa lentement. Elena remarqua des traînées de sang un peu partout, et c'est là qu'elle la vit, coincée dans la ceinture de Damon, noire à bout écarlate et lustrée : la véritable queue de Shinichi.

La violence en elle s'évanouit sur-le-champ. Soulagée, elle eut d'abord envie d'enfouir son visage contre l'épaule de Stefan, mais en fin de compte elle leva les yeux vers lui dans l'attente d'un baiser. Il ne se fit pas prier.

Puis elle recula, de sorte qu'ils formèrent un triangle autour du *kitsune*.

— Ne t'avise plus de nous attaquer, lâcha Damon, faussement cordial.

Shinichi haussa mollement les épaules.

— Vous attaquer ? À quoi bon ? Même si je meurs, vous aurez tout perdu à votre retour. Les enfants sont *programmés* pour tuer.

Soudain, son ton se fit plus véhément :

— J'aurais préféré qu'on n'ait jamais mis les pieds dans cette satanée ville… et qu'on ait désobéi à ses ordres ! Je n'aurais jamais dû laisser Misao toute seule avec elle ! On aurait mieux fait de…

Il se tut brusquement. Même plus que ça, remarqua Elena. Il se figea net, les yeux exorbités.

— Non, chuchota-t-il presque en gémissant. Non, ce n'est pas ce que je voulais dire ! Je vous assure ! Je ne regrette rien…

Elena eut l'étrange impression que quelque chose approchait d'eux à une vitesse phénoménale, si vite qu'elle eut à peine le temps d'ouvrir la bouche avant que Shinichi soit touché. Il fut tué sur le coup, mais personne d'autre ne fut blessé.

Le *kitsune* s'écroula face contre terre.

— Pas la peine, dit doucement Elena en voyant Stefan s'approcher du corps. Il est mort. On peut même dire qu'il s'est suicidé.

— C'est-à-dire ? s'étonnèrent en chœur les deux frères.

— Je ne suis pas experte en la matière, c'est plutôt Meredith, mais je me souviens qu'un jour elle m'a raconté qu'il n'existait que trois moyens de tuer un *kitsune :* détruire sa sphère d'étoiles, lui tirer dessus avec une balle bénite ou… par le « péché du regret ». À l'époque, on ne savait ni l'une ni l'autre de quoi il s'agissait ; c'était avant qu'on aille au Royaume des Ombres. Là, je crois qu'on vient d'avoir une explication assez concrète.

— Si je comprends bien, quand on est un *kitsune*, on n'a pas le droit aux regrets ? Dur… commenta Stefan.

— Tu parles, se moqua sèchement Damon. Cela dit, si ça s'était appliqué aux vampires, tu serais sûrement mort pour de bon quand tu t'es réveillé dans le caveau familial.

— Et même avant, répondit Stefan, l'air absent. J'ai regretté de t'avoir porté le coup mortel au moment même où je mourais. Tu dis toujours que je suis rongé par la culpabilité, mais, pour effacer ce moment, je serais prêt à donner ma vie.

Il y eut un long silence, qui sembla durer des heures. Entre-temps, Damon reprit la tête du cortège et seule Bonnie pouvait voir son visage.

Elena agrippa Stefan par la main.

— On a encore un espoir ! lui souffla-t-elle. Avec

Bonnie, on a vu quelque chose briller par là-bas ! Viens vite !

Ils s'élancèrent en courant, passant devant Damon et attrapant la main de Bonnie sur leur lancée.

— Maintenant que Shinichi est mort… s'étonna cette dernière, est-ce qu'on a vraiment besoin de retrouver sa sphère ou la plus grosse sphère ayant jamais existé, ou même le foutu trésor caché dans cet endroit horrible ?

Fut un temps où elle aurait pleurniché, pensa une fois de plus Elena. Aujourd'hui, quelle que soit la douleur qu'elle éprouvait, elle courait.

— Oui, il faut qu'on la trouve, confirma Stefan. Vu ce qu'il a dit, Shinichi n'était pas au sommet de la hiérarchie. Lui et sa sœur travaillaient pour quelqu'un, une femme apparemment. J'ignore qui c'est, mais elle est peut-être en train de lancer l'assaut sur Fell's Church au moment où on parle.

— La chance vient de tourner, acquiesça Elena. On ne connaît pas le visage de notre ennemi.

— Mais, quoi qu'il arrive…

— … les jeux sont faits.

36

Sur le chemin de la maison des Saitou, Matt enfreignit quasiment toutes les règles du Code de la route. Meredith se tenait penchée entre les deux sièges avant, autant pour garder un œil sur le décompte des minutes avant minuit indiqué par la pendule à affichage numérique du tableau de bord que pour observer la transformation progressive de Mme Flowers.

— Madame Flowers, vous… vous changez à vue d'œil.

— Je sais, ma chérie. Je le dois en partie au petit cadeau que Sage m'a fait et en partie à ma volonté : je veux revenir à l'époque où j'étais dans la fleur de l'âge. Je crois que ce soir sera mon dernier combat, et je suis prête à y consacrer l'énergie qui me reste. Fell's Church doit à tout prix être sauvé.

— Pourtant… les gens d'ici… n'ont pas toujours été très… très sympas avec vous… bafouilla Matt.

— Les gens d'ici sont comme partout ailleurs, répondit calmement la vieille dame. Tant qu'on les considère comme on aimerait qu'ils nous considèrent, tout va bien. C'est seulement quand je me suis laissée aller à devenir une femme solitaire et aigrie, qui n'a jamais vraiment accepté d'avoir dû transformer sa maison en pension pour arriver à joindre les deux bouts, que les gens ont commencé à me traiter de… eh bien, au mieux, de vieille sorcière cinglée.

— Dire qu'en plus on vous a causé tous ces ennuis, soupira Meredith.

— Au contraire, mon enfant : vous avez été mon salut. Ça a commencé avec Stefan, mais, comme vous pouvez l'imaginer, il ne voulait pas m'expliquer toutes les petites différences qui le caractérisaient, et je me méfiais de lui. Cela dit, il était toujours très cordial et respectueux envers moi. Quant à Elena, elle était un vrai rayon de soleil, et Bonnie amenait de la vie et des rires dans la maison. Et, le jour où j'ai enfin laissé tomber mes préjugés et mes soupçons, vous en avez fait autant. Je n'en dirai pas plus sur vous pour ne pas vous mettre mal à l'aise, mais sachez que vous m'avez fait un bien fou.

Matt brûla un énième stop et s'éclaircit la voix, comme pour dire quelque chose. Puis, tandis que le volant oscillait légèrement entre ses mains, il se racla la gorge une seconde fois mais sans trouver ses mots.

Meredith prit le relais :

— Je crois que, ce que Matt et moi on veut vous dire, c'est que… en fait… on tient beaucoup à vous et on n'a aucune envie que vous soyez blessée ce soir. Ce combat…

— C'est le combat de ma vie. Si je me bats, c'est pour tous mes souvenirs. Quand j'étais petite et qu'on faisait construire la pension – enfin, ce n'était qu'une maison à l'époque –, j'étais très heureuse. Toute ma jeunesse a été heureuse. Et maintenant que j'ai vécu assez longtemps pour devenir une vieille dame, eh bien… en dehors de vous, les enfants, il ne me reste que peu d'amies, telles que Sophia Alpert et Orime Saitou. Ce sont toutes les deux des guérisseuses et, chacune à leur manière, elles sont très douées. Nous discutons souvent des différentes façons d'utiliser mes plantes.

Matt fit claquer ses doigts.

— Voilà aussi pourquoi je ne comprenais pas ! s'exclama-t-il. Le Dr Alpert a dit que vous et Mme Saitou étiez des femmes bien. Je pensais qu'elle parlait de la vieille Mme Saitou…

— Qui n'est *pas* une Saitou, rectifia Mme Flowers presque brutalement. J'ignore quel est son vrai nom… C'est peut-être bien Inari, une divinité devenue démon. Il y a dix ans, je n'ai pas compris pourquoi Orime avait soudain changé, pourquoi elle était tout à coup plus renfermée. À présent je me rends compte que ça coïncide avec l'époque où sa soi-disant mère a emménagé avec elle. J'avais beaucoup d'affection pour la petite Isobel, mais, du jour au lendemain, elle s'est montrée très distante avec moi, et ça n'avait rien à voir avec une quelconque crise d'adolescence. Aujourd'hui, je comprends mieux. Et je suis déterminée à me battre pour elles, pour vous et pour cette ville qui vaut vraiment la peine d'être sauvée. La vie humaine est un trésor très précieux, et… On est arrivés !

Matt venait de bifurquer dans la rue des Saitou. Meredith prit le temps d'observer la silhouette sur le siège passager.

— Madame Flowers !

Son cri de surprise poussa Matt à tourner la tête à son tour, et ce qu'il découvrit le fit accrocher une Volkswagen Jetta garée le long du trottoir.

— Madame… Flowers ?

— Garez-vous, s'il vous plaît, Matt. Vous n'êtes plus obligé de m'appeler madame Flowers désormais. Je suis à nouveau la Théophilia que j'étais à l'époque, celle que mes amis appelaient Théo.

— Mais… comment… pourquoi… ?

— Je vous l'ai dit. J'ai senti que l'heure était venue. Sage m'a laissé un cadeau qui a permis cette transformation. Un ennemi a surgi contre lequel nos forces réunies ne pourront rien. Je le pressentais déjà à la pension. C'est le moment que j'attendais. L'ultime combat contre l'ennemi juré de Fell's Church.

Meredith sentit son cœur faire des bonds comme s'il essayait de sortir de sa poitrine. Surtout, rester calme. Calme et rationnelle. Ce n'était pas la première fois qu'elle était confrontée à la magie. Elle savait à quoi s'attendre et quel effet ça faisait. Seulement… bien souvent, elle avait été trop occupée à rassurer Bonnie ou trop soucieuse de lui venir en aide pour prendre conscience de ce qui se passait sous ses yeux.

Aujourd'hui, elle était seule avec Matt, qui avait l'air sidéré, abasourdi, car ce tour de magie-*là* dépassait l'entendement. On aurait dit qu'il était sur le point de craquer.

— Matt ? le secoua Meredith. Matt !

Ses yeux bleus, à la fois affolés et sombres, se tournèrent lentement vers elle.

— Ils vont la tuer, Meredith ! Shinichi et Misao, tu ne sais pas de quoi ils sont capables…

— Viens. On va tout faire pour les en empêcher.

Dans le regard de Matt, la stupeur s'estompa.

— Tu as raison. Allons-y.

— C'est parti.

Ils sortirent de la voiture pour rejoindre Mme Flowers ou plutôt… Théo.

Cette dernière avait des cheveux longs qui lui descendaient presque jusqu'à la taille ; leur extrême blondeur prenait des reflets argentés sous le clair de lune. Son visage était… électrisant. Il respirait la jeunesse ; la jeunesse, la fierté et une détermination inébranlable, sous une beauté en apparence classique.

Bizarrement, ses vêtements aussi avaient changé pendant le trajet. Au lieu d'un manteau couvert de Post-it, elle portait une longue robe blanche sans manches qui formait une petite traîne dans son dos. En termes de style, ça rappelait un peu à Meredith la robe de sirène qu'elle avait portée pour un bal au Royaume des Ombres. Cependant, cette robe n'avait fait que mettre en valeur la sensualité de Meredith. Alors que là, Théo était… absolument sublime.

Quant aux amulettes… Les petits bouts de papier avaient disparu comme par magie, c'était le cas de le dire, mais pas les inscriptions : les caractères avaient triplé de taille, se transformant en une gigantesque fresque qui ornait toute la robe blanche. Théo était littéralement enveloppée dans un écrin ésotérique haute couture.

Et, quoique fine comme un roseau, elle était très grande. Plus que Meredith, que Matt ou que Stefan, quel qu'ait été l'endroit où se trouvait ce dernier à cet instant. Non seulement elle avait considérablement grandi, mais la traîne de sa robe effleurait à peine le sol. La pesanteur n'avait plus aucune prise sur elle. Le fouet dont Sage lui avait fait cadeau était enroulé et attaché à sa taille, brillant de reflets argentés comme sa chevelure.

Matt et Meredith claquèrent en même temps les portières du SUV ; Matt avait toutefois laissé le moteur tourner au cas où un démarrage d'urgence s'imposerait.

Ils passèrent devant le garage et s'avancèrent vers l'entrée de la maison. Se fichant de faire bonne figure ou de donner l'impression d'être calme et maîtresse d'elle-même, Meredith essuya ses mains moites sur son jean, l'une après l'autre. C'était le premier et vraisemblablement l'unique vrai combat qu'elle mènerait avec l'arme de la famille. L'heure était à la performance, non aux apparences.

Toutefois, à l'instar de Matt, elle se figea net quand elle vit la silhouette qui apparut au pied du perron. Ils ne reconnurent aucune des Saitou. Des lèvres écarlates s'entrouvrirent, des mains délicates se levèrent au-dessus d'eux et un rire diabolique retentit derrière ces mains.

Ils restèrent un moment sans réagir, fixant avec fascination cette femme entièrement vêtue de noir. Elle était au moins aussi grande que Théo, aussi svelte et aussi gracieuse, et tout autant que cette dernière elle flottait au-dessus du sol. Cependant, ce qui stupéfia surtout Matt et Meredith, c'était le fait que ses cheveux étaient identiques à ceux de Shinichi et de Misao, mais dans le sens inverse. Alors que ceux des jumeaux étaient noirs sur la longueur et rouge foncé aux pointes, la femme avait des cheveux rouge foncé longs à n'en plus finir et bordés de noir. Sans compter qu'au sommet de son crâne émergeaient deux petites oreilles noires pointues et que, derrière elle, s'étirait une longue queue lustrée rouge à pointe noire.

— Obaasan ? haleta Matt, incrédule.

— Inari ! rétorqua Meredith d'un ton brusque.

La charmante créature ne leur accorda pas même un regard. Elle dévisageait Théo avec mépris.

— La petite sorcière minable d'une petite ville minable, ricana-t-elle. Dire que vous avez épuisé tous vos pouvoirs juste pour être de taille face à moi. À quoi bon ?

— Mes pouvoirs sont limités, c'est vrai, acquiesça Théo. Mais si vraiment cette ville est si insignifiante, pourquoi vous a-t-il fallu autant de temps pour la détruire ? Pourquoi avoir laissé faire les autres sans intervenir, Inari ? Remarquez, vos prédécesseurs étaient peut-être tous vos pions ? Katherine, Klaus, ce pauvre Tyler… n'est-ce pas, déesse des *kitsune* ?

Inari s'esclaffa, une main sur la bouche ; le même rire diabolique qu'à leur arrivée, à mi-chemin entre le ricanement et le gloussement puéril.

— Je n'ai pas besoin de pions ! Shinichi et Misao sont mes fidèles serviteurs, comme le sont tous les *kitsune*. Si je leur ai accordé un peu de liberté, c'était pour qu'ils se fassent la main. Notre prochain objectif sera de dévaster des métropoles entières !

— Pour ça, il faudra d'abord que vous détruisiez Fell's Church, répliqua Théo, le visage de marbre. Et comptez sur moi pour vous en empêcher.

— Vous n'avez donc toujours pas compris, hein ? Vous n'êtes qu'une humaine, quasi dépouillée de tous ses pouvoirs ! Alors que moi je détiens la plus puissante des sphères d'étoiles ! Je suis une déesse !

Théo baissa la tête, puis la releva en regardant Inari droit dans les yeux.

— Vous voulez que je vous dise ce que je crois,

Inari ? Je crois qu'en vérité vous êtes arrivée au terme d'une longue existence, longue mais pas éternelle. Je crois aussi que vos forces ont beaucoup diminué, à tel point que, pour revêtir cette apparence, vous devez utiliser une grande quantité du pouvoir de votre sphère, où qu'elle soit cachée. Vous êtes une femme très, très vieille, et vous avez monté les enfants contre leurs parents et vice versa à travers le monde parce que vous êtes jalouse de leur jeunesse. Vous en êtes même venue à envier Shinichi et Misao, et, par vengeance, vous les avez laissés souffrir.

Matt et Meredith échangèrent un regard ébahi. Inari se mit à respirer bruyamment, mais ne trouva rien à répliquer.

— Vous avez même fait mine de retomber en enfance pour pouvoir vous comporter comme une gamine. Mais rien de tout ça ne vous a satisfaite car, la triste vérité, c'est qu'en dépit de tous vos pouvoirs vous êtes bel et bien arrivée au terme de votre existence. C'est notre destin à tous, Inari, et aujourd'hui c'est votre tour.

— Menteuse !

L'espace d'un instant, la déesse *kitsune* parut plus belle et plus radieuse que jamais. Mais Meredith comprit très vite pourquoi. Sa chevelure écarlate avait commencé à s'embraser, encadrant son visage d'une lueur rouge vacillante. Elle répliqua d'un ton plus venimeux que jamais :

— Pensez ce que vous voulez, mais sachez que je vais vous faire subir à tous les trois les pires souffrances du monde. À commencer par vous, sorcière !

Terrorisés, Matt et Meredith étouffèrent un cri : les cheveux d'Inari s'étaient mis à se tresser tout seuls et formaient d'épaisses torsades tels des serpents qui flottaient autour de son visage, la faisant ressembler à la mythique Méduse.

Le cri qu'ils avaient réprimé était une erreur : ils avaient attiré l'attention d'Inari sur eux. Toutefois, elle ne leur fit rien.

— Vous sentez ce doux fumet qui embaume l'air ? leur lança-t-elle simplement. C'est l'odeur d'un sacrifice par le feu ! À mon avis, le résultat sera *oishii*. Traduction : fameux ! Au fait, vous aimeriez peut-être parler à Orime ou à Isobel une dernière fois, tous les deux ? Malheureusement, j'ai bien peur qu'elles ne puissent se joindre à nous…

Le cœur battant, Meredith sentit sa gorge se nouer encore plus fort quand elle se rendit compte que la maison des Saitou venait de prendre feu. On aurait dit que plusieurs petits foyers s'embrasaient et elle fut terrifiée par le sous-entendu d'Inari. La déesse *kitsune* avait-elle déjà réglé le sort de la mère et de la fille ?

— Non, Matt ! s'écria-t-elle en le retenant par le bras.

Il avait foncé tête baissée sur l'immense femme hilare, dont il essayait d'attraper les pieds à défaut de pouvoir l'attraper elle, or chaque seconde comptait à présent.

— Viens m'aider à les sortir de là !

Théo se chargea de couvrir leurs arrières. Dégainant son fouet, elle le fit tournoyer au-dessus de sa tête et claquer avec précision sur les mains levées d'Inari, laissant une entaille sanglante sur l'une d'elles. La déesse maléfique se retourna vers elle, folle de rage, et Matt et Meredith en profitèrent pour détaler.

— Par la porte du jardin ! lança Matt.

Ils longèrent la façade et virent un peu loin une barrière en bois, mais sans porte. Meredith envisagea aussitôt de la franchir en se servant de son bâton comme d'une perche.

— Grimpe ! suggéra plutôt Matt d'une voix haletante en joignant les mains à mi-hauteur. Je vais te faire la courte échelle !

Meredith n'hésita pas. D'un bond, elle prit appui sur les doigts emboîtés et, propulsée comme une fusée, elle fit de son mieux pour se réceptionner en souplesse sur le haut de la barrière avant de sauter de l'autre côté. Elle entendit Matt escalader tant bien que mal derrière elle et se mit à courir. Soudain, une épaisse fumée noire commença à l'encercler. Elle recula de trois mètres.

— Matt, fais gaffe à la fumée ! Baisse-toi et bouche-toi le nez ! Reste à l'extérieur, comme ça tu pourras les aider quand je les ferai sortir !

Que Matt les suive ou non, elle décida d'appliquer ses règles et s'accroupit en retenant son souffle. Puis elle ouvrit brièvement les yeux pour essayer de trouver la porte de derrière.

Elle crut avoir un arrêt cardiaque en entendant tout à coup le bruit d'une hache fendant le bois, et ce à plusieurs reprises. Elle rouvrit les yeux et comprit que Matt ne l'avait finalement pas écoutée. C'était tant mieux, car il avait trouvé la porte de la maison. Son visage était noir de suie.

— C'était fermé à clé, justifia-t-il en levant la hache.

Si tant est qu'il lui en soit resté, l'optimisme de Meredith se disloqua comme la porte quand elle jeta un coup d'œil à l'intérieur et n'aperçut que des flammes.

« Ce n'est pas possible, paniqua-t-elle en silence. Si les Saitou sont bien ici, elles sont réellement en train de rôtir et peut-être même déjà mortes. »

Mais au fond, qu'est-ce qui lui faisait dire ça ? La logique ou la peur ? Elle ne pouvait pas renoncer maintenant. Elle s'avança d'un pas dans la fournaise.

— Isobel ! Madame Saitou ! Où êtes-vous ?

Un cri étouffé se fit entendre.

— Ça vient de la cuisine ! Je crois que c'est Mme Saitou, Matt ! S'il te plaît, va la chercher !

Cette fois, Matt obéit.

— Surtout ne va pas trop loin, Mer' !

Meredith aurait bien suivi ce conseil, mais elle n'avait pas le choix. Elle se souvenait où était la chambre d'Isobel. Juste en dessous de celle de sa pseudo-grand-mère.

— Isobel ! Tu m'entends ?

Sa voix était rauque et voilée par la fumée ; Isobel était peut-être inconsciente ou dans l'impossibilité de répondre, asphyxiée. Meredith ne pouvait pas s'arrêter à ça. Alors elle se glissa à genoux et se mit à ramper au ras du sol, où l'air était un peu plus respirable.

OK. Elle y était : la chambre d'Isobel. Elle n'avait aucune envie de toucher la poignée à main nue, alors elle l'enroula dans le pan de son tee-shirt. Impossible de tourner le bouton. La porte était verrouillée. Sans chercher à comprendre pourquoi ou comment, elle se releva un peu, pivota sur elle-même et donna un coup de pied arrière dans la porte, juste à côté de la poignée. Le bois se fendit. Encore un coup et, dans un craquement perçant, elle s'ouvrit en grand.

Meredith avait la tête qui tournait un peu à présent,

mais il fallait qu'elle inspecte la pièce. Elle entra en deux grandes enjambées et…

Assise sur son lit dans la chambre enfumée, étouffante mais par ailleurs scrupuleusement rangée, se tenait Isobel. En s'approchant, Meredith s'aperçut, horrifiée, qu'elle était ligotée à la tête de lit en laiton avec du gros ruban adhésif. Elle la libéra en deux coups de bâton. Puis, chose étonnante, Isobel se mit à gigoter, levant son visage noirci vers elle.

Là, la fureur de Meredith atteignit des sommets. On avait aussi bâillonné Isobel pour l'empêcher d'appeler au secours. Avec une grimace de compassion car elle savait que ça allait être douloureux, elle attrapa le bout de ruban adhésif et l'arracha d'un coup sec. Isobel ne cria pas ; au lieu de ça, elle inspira à fond plusieurs fois un air pourtant enfumé.

S'avançant en chancelant vers le placard, Meredith s'empara de deux tee-shirts blancs visiblement identiques et revint vers Isobel. Un grand verre d'eau était posé sur la table de nuit. Elle se demanda un instant s'il avait été mis là exprès pour ajouter au supplice d'Isobel, mais n'hésita pas à s'en servir. Elle lui en fit boire une gorgée, en prit une à son tour puis aspergea chaque tee-shirt. Elle en plaqua un sur sa bouche et Isobel l'imita, se couvrant la moitié du visage avec le tissu mouillé. L'attrapant par la main, Meredith la guida alors vers la sortie.

La suite fut un long calvaire consistant à ramper, s'agenouiller et suffoquer sans qu'à aucun moment les filles se lâchent la main. Meredith crut ne jamais en voir le bout. Plus elles avançaient, plus c'était pénible. Son bâton était un poids insupportable à traîner, mais elle refusait de l'abandonner sur place.

Il est précieux, d'accord, mais est-ce qu'il vaut la peine de risquer ta vie ? la tourmenta une petite voix intérieure.

« *La mienne*, non, se dit-elle. Seulement qui sait ce qui nous attend quand je sortirai avec Isobel dans l'obscurité glaciale ? »

Tu n'arriveras même pas jusque-là si tu meurs à cause d'un... vulgaire objet.

« Ce n'est pas un vulgaire objet ! » Tant bien que mal, elle se servit justement du bâton pour déblayer des débris fumants qui leur barraient le passage. « Il appartenait à grand-père quand il avait encore toute sa tête. Et, comme par hasard, il est pile à la taille de ma main. Ce n'est pas un *simple* objet ! »

Fais ce que tu veux, lâcha finalement la voix avant de s'estomper.

Toujours accroupie, Meredith continuait à enjamber les débris. Malgré la fumée qui lui comprimait les poumons, elle était persuadée qu'elle arriverait à temps à la porte de derrière. Elle savait qu'en principe il y avait une buanderie pas très loin, sur sa droite. Elles devraient pouvoir s'y réfugier un moment.

Mais, subitement, quelque chose se cabra dans la pénombre et s'écroula sur sa tête. Il fallut un long moment à son esprit engourdi pour mettre un nom sur l'objet qui l'avait assommée : un énorme fauteuil.

Pour une raison ou pour une autre, elles étaient allées trop loin. Elles se trouvaient dans le salon.

Une vague de terreur submergea Meredith. Elles avaient trop avancé, mais elles ne pouvaient absolument pas sortir par-devant et débarquer au beau milieu du combat que Théo et Inari devaient être en train de se livrer. Pas le choix, il fallait qu'elles rebroussent chemin et, cette fois, qu'elles trouvent coûte que coûte la buanderie, leur passeport pour la liberté.

Meredith fit demi-tour, entraînant Isobel dans son sillage en espérant qu'elle la suivrait sans poser de questions.

En chemin, elle abandonna son bâton sur le sol en feu du salon.

Elena reprit son souffle entre deux crises de larmes, tout en se laissant guider par Stefan. Il courait, les tenant elle d'une main et Bonnie de l'autre. Damon était devant, parti en éclaireur.

« On ne doit plus être très loin maintenant, se répétait-elle sans arrêt. Je suis sûre et certaine comme Bonnie d'avoir vu cette lumière… »

À cet instant, tel un phare se dressant au large, Elena la vit à nouveau.

« Elle est énorme, c'est ça le problème. Je n'arrête pas de croire qu'on n'est plus très loin parce que je n'ai aucune idée de la taille qu'elle fait en réalité. Plus on se rapproche, plus elle grossit. En même temps, tant mieux, parce qu'on va avoir besoin d'un maximum de pouvoirs. Mais on a intérêt à faire vite, sinon tous les pouvoirs de l'Univers n'y changeront rien. Il sera trop tard. »

Shinichi avait laissé entendre qu'ils arriveraient de toute façon trop tard. Oui, mais Shinichi était un menteur-né.

Soudain, au pied d'une branche basse…

Oui, c'était bien elle : la plus grosse sphère d'étoiles de l'Univers.

37

Meredith perçut enfin autre chose que de la fumée ou des flammes. La vision fugitive d'un chambranle… et la sensation d'un souffle d'air frais. Nourrie par cet espoir, elle fonça avec Isobel vers la porte donnant sur le jardin.

Dès qu'elles eurent franchi le seuil, elle sentit avec bonheur une pluie d'eau froide sur son corps et, quand elle tira Isobel sous le jet, la jeune fille poussa le premier cri intentionnel de tout leur périple : un merci inarticulé, noyé dans les sanglots.

Matt vint la soutenir à deux mains, soulageant Meredith d'un poids alors qu'elle se relevait lentement. Cette dernière fit trois pas, chancelante, puis retomba à genoux. Ses cheveux étaient en feu ! Au moment où le souvenir de ce qu'elle avait appris petite lui revenait en mémoire – se jeter à terre et rouler sur soi-même pour étouffer les flammes –, elle sentit une nouvelle douche d'eau froide. Le jet du tuyau l'aspergea des pieds à la tête, et elle se retourna plusieurs fois pour savourer intégralement cette sensation de fraîcheur, jusqu'à ce que la voix de Matt la ramène à la réalité :

— C'est bon, il n'y a plus de flammes.

— Merci… mille fois, Matt.

— Pas de quoi. Avec cet aller-retour jusqu'aux

chambres, c'est toi qui as fait le plus dur. Faire sortir Mme Saitou, c'était plutôt facile : l'évier de la cuisine était rempli d'eau, donc dès que je l'ai détachée de la chaise où elle était ligotée on s'est aspergés et on a filé dehors.

Meredith sourit, puis jeta un rapide coup d'œil inquiet autour d'elle ; dorénavant, elle se sentait responsable d'Isobel. À son grand soulagement, elle vit que la jeune fille était blottie dans les bras de sa mère.

Tout ça n'avait tenu qu'à un dilemme absurde entre un objet, si précieux qu'il ait été, et une vie. Heureuse du choix qu'elle avait fait, elle contempla les Saitou. Elle pourrait faire fabriquer un nouveau bâton de combat, alors que la vie d'Isobel était irremplaçable.

— Isobel m'a dit de te donner ça.

Elle se tourna vers Matt, le paysage qui les entourait métamorphosé sous la lumière rougeoyante, et resta interdite quand elle découvrit ce qu'il lui tendait. Le bâton de combat.

— Elle a dû le traîner de l'autre main… Bon sang, Matt, elle était presque morte quand je suis arrivée…

— Oui, mais elle est têtue. Et j'en connais une autre.

Meredith n'était pas certaine de comprendre ce qu'il voulait dire par là, mais elle savait une chose avec certitude :

— On ferait bien de retourner voir ce qui se passe devant. Je doute que les pompiers interviennent, et en plus…

— Je m'occupe d'elles. Va voir si la voie est libre.

Meredith s'enfonça dans le jardin, qui était hideusement illuminé par la maison à présent engloutie par les flammes. Par chance, le chemin qui longeait la façade était encore épargné. Elle ouvrit le portail d'un petit coup de bâton. Matt la suivait de près, aidant Mme Saitou et sa fille à marcher.

Meredith passa en vitesse devant le garage en feu, puis s'arrêta net. Elle entendit un cri horrifié dans son dos mais se dit que ce n'était pas le moment d'essayer de rassurer qui que ce soit, pas le moment de réfléchir.

Au plus fort de leur combat, les deux femmes étaient trop occupées pour s'apercevoir de sa présence, mais il était clair que Théo avait besoin d'un coup de main. Avec les serpents déchaînés et fumants qui frémissaient sur sa tête, Inari avait vraiment tout de la terrible Méduse. Se servant de ses torsades écarlates comme d'un lasso, elle arracha violemment le fouet argenté des mains de Théo pour l'agripper à la gorge et l'étrangler. Théo s'efforça désespérément d'écarter la liane enflammée de son cou, en vain.

Inari eut un rire démoniaque.

— Alors, on souffre, misérable sorcière ? Dans quelques secondes, c'en sera fini de vous et de votre pauvre ville ! L'heure de l'Ultime Crépuscule a enfin sonné !

Meredith lança un regard entendu à Matt ; il ne leur en fallut pas plus.

Matt passa devant elle et courut jusqu'aux deux rivales. Puis il se pencha en plaçant les mains en coupe.

Alors Meredith piqua un sprint et usa de ses dernières forces pour bondir et prendre appui sur les mains de Matt. Brandissant son bâton de combat, elle monta en flèche dans les airs et trancha d'un coup net le serpent de cheveux qui étranglait Théo.

Après quoi, ce fut la chute libre et Matt fit de son mieux pour la réceptionner. Meredith atterrit plus ou moins dans ses bras, et leur attention fut aussitôt captée par la suite de l'affrontement.

Théo, couverte de bleus et de sang, tapa sur un pan de sa robe pour éteindre une dernière flamme, puis tendit le bras vers son fouet, qui revint aussitôt dans sa main. Tout à coup, Inari cessa toute résistance. Agitant les bras dans tous les sens, l'air terrifié, elle poussa un cri abominable ; un cri empreint d'une telle souffrance que Meredith en eut le souffle coupé.

C'était le cri de l'agonie.

Sous leurs yeux, elle reprit progressivement l'apparence d'Obaasan, redevenant la petite vieille rabougrie et inoffensive qu'ils connaissaient. Lorsque son corps ratatiné s'écroula, il était déjà raide et inerte, et son visage figé dans une expression malveillante leur glaça le sang.

Isobel et sa mère s'approchèrent du cadavre, en exprimant leur soulagement par des sanglots. Meredith leur jeta un coup d'œil avant de lever les yeux vers Théo, qui se laissa flotter lentement jusqu'à eux et reposa les pieds sur la terre ferme.

— Merci, dit-elle en souriant faiblement. Vous m'avez sauvé la vie… une fois de plus.

— À votre avis, qu'est-ce qui lui est arrivé ? demanda Matt en montrant Inari du menton. Pourquoi Shinichi ou Misao ne sont-ils pas venus en renfort ?

— Parce qu'à mon avis ils sont déjà morts. Vous ne croyez pas ?

La voix douce de Théo contrastait avec le rugissement des flammes.

— Quant à Inari… quelqu'un a sans doute détruit sa sphère d'étoiles. Fort heureusement d'ailleurs, car je n'aurais jamais pu la vaincre seule.

— Quelle heure est-il ? s'écria brusquement Meredith.

Elle courut vers le vieux SUV, dont le moteur tournait toujours. La pendule du tableau de bord affichait 00:00.

Minuit pile.

— Vous croyez que les habitants sont sains et saufs ? souffla Matt.

Théo tourna la tête et regarda au loin vers le centre-ville. Elle resta silencieuse pendant presque une minute, comme à l'écoute de quelque chose. Finalement, alors que toute cette tension avait mis les nerfs de Meredith à rude épreuve, Théo se retourna vers eux.

— Ma chère ma*man*, grand-ma*man* et moi-même ne faisons qu'une, désormais. Je sens la présence d'enfants qui ne comprennent pas ce qu'ils font avec un couteau ou un revolver à la main… Ils sont dans la chambre de leurs parents, pétrifiés et incapables de se souvenir comment ils ont atterri là… Et les parents, cachés dans les placards, encore fous de terreur quelques minutes plus tôt, voient les armes tomber à terre et leur progéniture s'effondrer à genoux… en larmes et abasourdie.

— Alors on a réussi, comprit Matt. C'est grâce à vous, Théo.

— Quelqu'un d'autre… loin d'ici… a largement contribué à cette victoire, répondit cette dernière avec sagesse. Je sais que la ville va mettre du temps à cicatriser ses plaies, mais le principal c'est qu'aucun enfant n'a tué ses parents cette nuit, aucun parent n'a tué ses petits. L'interminable cauchemar d'Inari et de son Ultime Crépuscule est terminé.

Crasseuse et trempée, Meredith sentit quelque chose enfler dans sa poitrine, de plus en plus, jusqu'à ce qu'en dépit de son légendaire sang-froid elle ne puisse plus se retenir.

Elle explosa de joie.

Matt se mit à crier avec elle. Il était tout aussi sale et débraillé, mais ça ne l'empêcha pas de lui attraper les mains pour l'entraîner dans une danse de la victoire et la faire tourbillonner à toute vitesse.

C'était si bon de se lâcher enfin et de chahuter comme des gosses. À force de toujours afficher un calme exemplaire, de toujours se comporter en adulte, Meredith était peut-être passée à côté de l'essence même du bonheur, qui au fond semblait toujours avoir quelque chose d'enfantin.

Matt n'avait aucun mal à exprimer ses émotions, quelles qu'elles soient : puériles, réfléchies, rebelles, joyeuses. Meredith se surprit à admirer cette qualité chez lui, songeant en parallèle qu'elle n'avait pas porté un *vrai* regard sur lui depuis longtemps. Une vague inattendue de sentiments la submergea. Et, à son regard, elle comprit qu'il ressentait la même chose pour elle, comme s'il ne l'avait jamais réellement regardée jusqu'à ce jour.

C'était l'instant T… le moment où, en principe, les héros s'embrassent. Meredith l'avait si souvent vu dans des films et lu dans des romans que ça lui paraissait presque évident.

Seulement, c'était la vraie vie, là, pas une fiction.

Et quand l'instant T approcha, Meredith se surprit à tendre les bras vers Matt et lut dans ses yeux qu'il pensait exactement la même chose à propos de cet hypothétique baiser.

Il y eut un moment de flottement…

Puis, d'un large sourire, Matt lui fit comprendre qu'il savait quelle était la meilleure chose à faire. Ils se jetèrent au cou l'un de l'autre et s'étreignirent un long moment. Ils finirent par s'écarter, le sourire aux lèvres, complices. Ils savaient qui ils étaient : très différents, et en même temps très proches. Ils étaient amis, et Meredith croisa les doigts en espérant que ce serait pour la vie.

Meredith se tourna vers Théo et eut un pincement au cœur, le premier depuis qu'elle avait compris qu'ils avaient sauvé Fell's Church. Théo était à nouveau en pleine métamorphose. Ce fut surtout son regard qui la troubla.

Après avoir rajeuni, et alors qu'elle faisait face à deux jeunes gens dans la fleur de l'âge, Théo vieillissait à vue d'œil, des rides creusaient ses joues et ses cheveux argentés recouvraient leur blancheur d'origine. Elle redevint finalement une vieille dame emmitouflée dans un imperméable couvert de petits bouts de papier.

— Madame Flowers !

Elle, ils pouvaient l'embrasser sans retenue. Meredith lui sauta au cou avec émotion. Matt se joignit à elle pour soulever le corps frêle de leur sauveuse au-dessus de leurs têtes. Ils la portèrent en héroïne jusqu'aux Saitou mère et fille, qui regardaient les dernières flammes dévorer leur maison.

Gênés, ils reposèrent Mme Flowers par terre.

— Je suis désolée pour votre maison… murmura Meredith.

— Merci pour tout, répondit Isobel d'une voix nouée.

Puis elle se retourna.

Meredith fut refroidie. Elle regretta aussitôt ses débordements de joie, mais Mme Saitou s'empressa de la rassurer :

— Vous savez, ce jour est à marquer d'une pierre blanche dans l'histoire de notre famille. Cette très vieille *kitsune* – oui, j'ai toujours su ce qu'elle était – a tyrannisé des innocents durant des centaines d'années. Au cours des trois derniers siècles, c'est ma lignée familiale de *miko samouraï* qu'elle a terrorisée. Aujourd'hui, mon mari va enfin pouvoir revenir.

Meredith la dévisagea avec stupeur.

Mme Saitou hocha la tête.

— Inari l'a banni parce qu'il avait osé la défier. Depuis qu'elle est née, je crains pour la vie de ma fille. Il ne faut pas lui en vouloir ce soir : elle a du mal à exprimer ce qu'elle ressent.

— Je connais ce sentiment, acquiesça doucement Meredith. Je vais aller discuter un peu avec elle, si vous êtes d'accord.

S'il y avait un jour dans sa vie où elle se sentait capable d'expliquer à quelqu'un quel bonheur on ressentait à laisser parler son cœur, c'était bien maintenant.

38

Damon s'était agenouillé derrière une grosse branche cassée. Stefan prit une fille sous chaque bras et, d'un bond, rejoignit son frère.

Elena observa l'énorme tronc d'arbre qui leur faisait face. Et encore, « énorme », le mot était faible. Cela dépassait tout ce qu'elle avait imaginé Et pour case : à eux quatre, ils n'auraient même pas pu en faire le tour en se tenant les mains. Dire que, depuis le début, elle s'imaginait errer pendant des heures dans une forêt d'arbres aussi grands que des gratte-ciel où, à n'importe quel « étage » et sans aucune certitude, était peut-être cachée la plus grosse sphère d'étoiles du monde.

En fin de compte, il ne s'agissait que d'un chêne centenaire dressé au centre d'une sorte de cercle magique, dont le tronc mesurait une vingtaine de mètres de diamètre et sur les branches duquel aucune feuille morte ne s'était aventurée. Son écorce était un peu plus pâle que le terreau qu'ils avaient foulé depuis le début et scintillait même par endroits. Dans l'ensemble, Elena fut soulagée.

Sans compter que la sphère d'étoiles était pour ainsi dire à portée de main. Elena avait redouté, entre autres choses, qu'elle ne soit perchée trop haut et inaccessible, qu'elle ne soit prisonnière d'un enchevêtrement de racines ou de branches, et qu'aujourd'hui, après des centaines, voire des milliers d'années, elle ne soit impossible à extraire. Mais non, il n'en était rien. La plus grosse sphère d'étoiles du monde était là, de la taille d'un gros ballon de plage, nichée en toute liberté dans la première fourche de l'Arbre.

Elena se mit à réfléchir à toute vitesse. Ils avaient réussi, ils avaient trouvé la fameuse sphère. Bien. Maintenant, combien de temps leur faudrait-il pour retourner auprès de Sage ? Machinalement, elle jeta un coup d'œil à sa boussole. Surprise, elle vit que l'aiguille pointait à présent vers le sud-ouest, autrement dit en direction du Corps de Garde. Précaution typique de Sage. Si ça se trouve, ils n'auraient pas à repasser toutes les épreuves sur le chemin du retour et, une fois là-bas, ils pourraient utiliser leur passe magique pour rentrer à Fell's Church. Ensuite… Eh bien, ils confieraient la sphère à Mme Flowers, elle saurait sûrement quoi faire.

Au pire, il suffirait peut-être qu'ils fassent du chantage à cette mystérieuse femme, qu'ils lui proposent la sphère en échange de son départ définitif. Cela dit, est-ce qu'ils pourraient vivre avec l'idée qu'elle puisse récidiver dans d'autres villes ?

Tout en s'interrogeant, Elena déchiffrait l'expression de ses amis : émerveillement d'enfant sur le visage en forme de cœur de Bonnie ; regard observateur et minutieux de Stefan ; sourire de convoitise de Damon.

Chacun examinait à sa façon cette récompense durement gagnée.

Elena, elle, n'avait pas trop envie de s'attarder. Les choses n'allaient pas se faire toutes seules. Sous leurs regards ébahis, la sphère se mit à briller, irradiant de couleurs si vives et incandescentes qu'elle en fut à moitié aveuglée. Une main devant les yeux, elle entendit Bonnie retenir son souffle.

— Quoi ? s'étonna Stefan, se protégeant aussi les yeux.

Il allait sans dire que les siens étaient beaucoup plus sensibles à la lumière que ceux d'un humain.

— Quelqu'un est en train de s'en servir en ce moment même ! s'exclama Bonnie. Quand une sphère devient lumineuse de cette façon, c'est qu'elle émet de l'énergie. Quelqu'un qui se trouve très loin est en train d'utiliser son pouvoir.

— En clair : ça se corse dans ce qu'il reste de cette bonne vieille bourgade de Fell's Church ! railla Damon.

L'air absorbé, il fixait les branches au-dessus de lui.

— Ne parle pas de Fell's Church comme ça ! C'est chez nous, là-bas. Et maintenant on a enfin le moyen de sauver la ville.

Elena voyait d'ici, pour ainsi dire au sens propre, les images qui traversaient l'esprit de Bonnie : des familles se serrant dans les bras les uns des autres ; des voisins échangeant à nouveau des sourires ; la ville tout entière s'attelant à sa reconstruction.

Ainsi naissent parfois les pires tragédies. Un groupe d'individus en total désaccord mais ayant pourtant le même objectif. Le doute s'installe, les soupçons avec. Et parfois, surtout, l'incapacité à prendre le temps de discuter pour parvenir à un accord.

Stefan fit cependant cet effort, bien qu'encore aveuglé par la luminosité de la sphère.

— Pas de précipitation. Il faut réfléchir à la façon dont on va la prendre…

Bonnie se moqua gentiment.

— Mais non ! Je peux grimper là-haut aussi vite qu'un écureuil. Il suffit qu'un costaud la rattrape quand je la ferai tomber. Je sais bien que je ne pourrai pas redescendre avec, je ne suis pas folle ! Allez, les gars, on y va !

C'est ainsi que le drame se produisit. Autant de personnalités que de raisonnements et, en plus, une fille imprudente et facétieuse qui ne savait pas anticiper quand il le fallait.

Elena, qui aurait bien aimé avoir le bâton de combat de Meredith à cet instant, ne vit même pas le malheur arriver ; elle regardait Stefan qui clignait des yeux pour accommoder sa vue.

Bonnie grimpa sur le tronc avec la souplesse dont elle s'était vantée, jusqu'en haut de la branche morte. Elle leur fit même un petit salut amusé juste avant de sauter dans le cercle lumineux qui entourait l'Arbre.

Les fractions de seconde s'étirèrent ensuite à l'infini. Elena eut l'impression que ses yeux s'écarquillaient au ralenti, tout en sachant pertinemment qu'elle les ouvrait d'un seul coup. Elle vit Stefan tendre tranquillement le bras devant elle pour essayer d'agripper la jambe de Bonnie, tout en étant consciente qu'il tentait de la retenir à la vitesse de l'éclair. Elle perçut même la réaction instantanée de Damon et son habituel ton dédaigneux : *Fais pas ça, petite sotte !*

Toujours au ralenti, les genoux de Bonnie fléchirent sous l'impulsion tandis qu'elle se jetait dans le vide.

Mais elle n'atteignit jamais le sol. De façon inexplicable, une silhouette noire atterrit à sa place, et ce à une vitesse fulgurante comparée au ralenti du film d'horreur auquel Elena assistait. Bonnie fut aussitôt projetée en dehors du cercle lumineux, beaucoup trop vite pour qu'Elena ait le temps de suivre sa trajectoire, et un bruit lourd se fit entendre, trop furtif pour qu'elle ait le temps de l'associer à sa chute effective.

Puis, assez distinctement, elle reconnut la voix de Stefan, qui avait pris un ton funeste :

— *Damon !*

Une pluie de formes minces et sombres, semblables à des lances, s'abattit sur eux. Encore une image que ses yeux eurent à peine le temps d'imprimer. Quand son regard s'ajusta enfin, Elena s'aperçut qu'il s'agissait de longues branches tordues déployées à intervalles réguliers autour du tronc comme des pattes d'araignée, comme de longs harpons ayant pour fonction soit d'emprisonner un éventuel intrus, tels les barreaux d'une cellule, soit de l'immobiliser au sol sur l'étrange sable qui le tapissait.

« Immobiliser », le mot était bien choisi, songea-t-elle. Il la rassura. Son sens n'avait rien d'irrévocable, lui semblait-il. Alors qu'elle fixait les épines des branches, qui, elles, avaient pour fonction de maintenir définitivement la proie capturée, elle pensa à l'agacement de Damon si jamais l'une d'elles avait perforé le cuir de son manteau. Il les maudirait, et Bonnie ferait comme si de rien n'était…

Elena était maintenant assez près pour voir que les choses n'étaient pas aussi simples. La branche, qui avait concrètement la taille d'un javelot, avait transpercé l'épaule de Damon, ce qui devait lui faire un mal de chien ; une goutte de sang avait même giclé au coin de sa bouche. Mais, le pire, c'est qu'en la voyant il avait tout de suite fermé les yeux, il l'avait *repoussée*. En tout cas, c'est comme ça qu'elle l'interprétait. Damon les excluait volontairement, soit parce qu'il était en colère, soit à cause de sa douleur à l'épaule. Elena n'avait pas oublié le mur d'acier auquel elle s'était heurtée la dernière fois qu'elle avait tenté de communiquer mentalement avec lui… Mais bon sang ! Il ne voyait donc pas qu'il leur fichait la trouille à fermer les yeux comme ça ?

— Ouvre les yeux, Damon, dit-elle en rougissant.

De façon intuitive, elle savait que c'était exactement ce qu'il attendait d'elle. Décidément, c'était le pire manipulateur de tous les temps.

— Je te dis d'ouvrir les yeux !

Elle commençait à en avoir sa claque de son petit jeu.

— Pas la peine de faire le mort, personne n'y croit ! Et, de côté-là, on a eu notre dose !

Elle s'apprêtait à le secouer violemment quand elle sentit quelqu'un la soulever par le bras, et Stefan entra dans son champ de vision.

Il souffrait, ça se voyait, mais pas autant que son frère. Alors elle tourna la tête vers Damon, prête à l'insulter, mais Stefan s'interposa durement :

— Elena, arrête ! Il ne peut *pas* ouvrir les yeux !

L'espace d'un instant, ces mots lui semblèrent totalement absurdes. Non seulement confus, mais aussi insensés. Ensuite, elle dut affronter ce que ses yeux s'évertuaient à lui montrer.

La branche n'avait pas « immobilisé » l'épaule de

Damon. Elle lui avait transpercé la poitrine, légèrement à gauche.

À l'emplacement précis du cœur.

Des bribes de mots lui revinrent en mémoire. Des mots que quelqu'un avait prononcés un jour, sans qu'elle puisse se rappeler *qui* dans l'immédiat. « On ne se débarrasse pas d'un vampire aussi facilement. Seul un coup en plein cœur peut nous tuer... »

Damon ? Mourir ? Non, il y avait forcément erreur sur la personne...

— Ouvre les yeux, bon sang !

— *Il ne peut pas, Elena !*

Sans pouvoir l'expliquer, elle avait la conviction intime que Damon n'était pas mort. Pas étonnant que Stefan n'en ait pas conscience ; cette conviction, elle la tenait d'une vibration indistincte sur une fréquence privée entre elle et Damon.

— Dépêche-toi, donne-moi ta hache ! lança-t-elle à Stefan d'un ton désespéré.

Elle semblait tellement sûre d'elle qu'il la lui tendit sans broncher et, quand elle lui demanda de maintenir la branche en patte d'araignée de part et d'autre de Damon, il obéit sans poser de questions. Moyennant plusieurs coups acharnés, elle sectionna la branche, dont la circonférence était si grosse qu'elle n'aurait pas pu enrouler ses doigts autour. Stimulée par une puissante montée d'adrénaline, Elena sentit que Stefan était assez intimidé et respectueux pour ne pas interférer.

Quand elle eut terminé, la grosse branche morte tomba à ses pieds : désolidarisée du tronc, elle ressemblait maintenant à un pieu.

Lorsqu'elle se mit à tirer de toutes ses forces dessus

pour l'enlever de la poitrine de Damon, Stefan s'interposa pour de bon, horrifié.

— Elena, arrête ! Tu sais que je ne te mentirais pas ! Ces branches sont destinées à ça. Aux intrus, aux vampires. Je t'en prie, mon amour... *Regarde*.

Il lui montra une autre des branches araignées ancrée dans le sable et les épines qui la recouvraient. On aurait dit de petites dents dressées vers le haut, comme des pointes de flèches préhistoriques.

— Ces branches sont faites pour tuer, insista Stefan. Et, si tu continues à tirer dessus, au final tout ce que tu obtiendras... ce seront des morceaux de son cœur.

Elena se figea. Elle n'était pas sûre de comprendre, pas sûre de le vouloir, et préférait ne même pas essayer, de peur de mettre des images sur les mots. Mais peu importait.

— Je vais trouver un moyen de détruire cette foutue branche, s'acharna-t-elle.

Elle regarda Stefan, sans toutefois réussir à distinguer le vert originel de ses yeux sous la luminosité verdâtre.

— Tu vas voir. Je vais invoquer le pouvoir des Ailes et dissoudre ce... ce truc de *barbare*.

Elle ne manquait pas de qualificatifs pour décrire le pieu, mais s'efforça de garder son sang-froid.

— Elena.

Stefan chuchota son nom comme s'il arrivait à peine à le prononcer. Malgré la pénombre, elle voyait très bien les larmes qui coulaient sur ses joues.

Il continua en silence.

Elena, regarde-le. Regarde ses yeux fermés. Cet Arbre est un tueur cruel, dont le bois ne ressemble à aucun autre. Je n'en avais jamais vu, mais j'en avais déjà entendu parler. Il... il est en train de se propager. De gangrener l'intérieur de son corps.

— L'intérieur ? répéta bêtement Elena.

Artères, veines, nerfs... tout ce qui est relié à son cœur. Damon est... bon sang, Elena, regarde ses yeux !

Stefan s'agenouilla près de Damon et lui souleva doucement les paupières.

Elena poussa un hurlement.

Au fond de ces pupilles insondables, qui avaient contenu une infinité de ciels étoilés, subsistait une lueur non pas étoilée mais verdâtre. La lueur des Enfers.

Stefan lança un regard à la fois angoissé et compatissant à Elena. Puis, d'un geste délicat, il referma les yeux de son frère – *pour toujours*, lut-elle dans ses pensées.

Peu à peu, tout devint étrange, comme dans un rêve. Plus rien n'eut de sens.

Stefan posa avec précaution la tête de Damon sur le sol ; il renonçait, le laissait partir. Malgré l'absurdité et la confusion du moment, Elena, elle, savait qu'elle ne pourrait jamais s'y résoudre.

C'est alors qu'un miracle se produisit. Elle entendit une voix dans sa tête qui n'était pas la sienne.

Tout ça est plutôt inattendu. Pour une fois, j'ai agi sans réfléchir. Et voilà comment je suis récompensé...

C'était une vibration très faible, sur la fréquence privée qui la liait à Damon.

Elle s'écarta de Stefan, qui essayait de la réconforter, et tomba à genoux, agrippant Damon à deux mains par les épaules.

Je le savais ! Tu n'es pas mort, c'est impossible !

S'apercevant qu'elle avait les joues trempées de larmes, elle les essuya d'un revers de manche.

Tu m'as fichu une de ces trouilles, Damon ! Ne me refais jamais un coup pareil !

Ça, je crois que je peux t'en donner ma parole, plaisanta-t-il d'un ton différent de celui qu'elle lui connaissait. Un ton à la fois sérieux et fantasque.

En échange, j'ai quelque chose à te demander, Elena.

Oui, bien sûr, tout de suite, bafouilla-t-elle. *Attends, laisse-moi juste relever mes cheveux pour dégager mon cou. La dernière fois, ça a marché dans cette position, quand on portait Stefan sur sa paillasse pour le sortir de la cellule...*

Non, ce n'est pas ce que je te demande, la coupa Damon. *Pour une fois, mon ange, il ne s'agit pas de ton sang. Je veux que tu me promettes de faire tout ton possible pour être courageuse. Si ça peut t'aider, sache que de ce côté-là les femmes sont plus fortes que les hommes. Elles sont moins lâches quand il faut affronter... ce genre de situations.*

Elena n'aimait pas du tout la tonalité de ce discours. Prise de vertige, elle sentit ses lèvres s'engourdir, puis le reste de son corps. Il n'y avait pas de quoi être courageux. Damon supportait très bien la douleur en temps normal. Elle allait invoquer le pouvoir des Ailes pour détruire ce bois qui l'empoisonnait. Ce serait peut-être douloureux, mais ça lui sauverait la vie.

Je t'interdis de parler comme ça, reprit-elle d'un ton brusque, oubliant toute la douceur qui s'imposait dans un moment pareil. Tout était si flou dans sa tête qu'elle n'arrivait même pas à se souvenir pourquoi la douceur s'imposait, pourtant il devait bien y avoir une raison. Quoi qu'il en soit, elle eut toutes les peines du monde à se concentrer, puisant dans ses dernières forces pour invoquer un pouvoir dont elle ignorait jusqu'au nom. Purification ? Est-ce que ça détruirait le bois ou effacerait simplement le sourire malicieux de Damon ? Elle ne risquait rien à essayer de toute façon, et sans tarder d'ailleurs, car la pâleur de Damon commençait vraiment à l'affoler.

Hélas, même la formule pour invoquer les Ailes de la Purification lui échappa.

Subitement, un énorme frisson, une sorte de convulsion, secoua Damon. Elena entendit une voix brisée dans son dos :

— Mon amour… tu dois le laisser partir. Le retenir ne fait qu'augmenter son agonie.

Cette voix, elle la connaissait. C'était celle de Stefan. Or Stefan ne lui mentirait pas. Elle devait l'écouter…

L'espace d'un instant, elle hésita, mais ensuite une rage folle la saisit, une fureur qui la fit hurler de tout son être.

— *Je ne peux pas l'abandonner !* Nom d'un chien, Damon, bats-toi ! Laisse-moi t'aider ! Tu sais que mon sang est particulier. Il te redonnera des forces. Alors prends-le !

Elle palpa maladroitement ses poches à la recherche de son couteau. Son sang avait des vertus magiques. Peut-être que, si elle lui en donnait assez, Damon aurait la force de lutter contre les fibres qui continuaient de se répandre à l'intérieur de son corps.

Elle s'entailla la gorge sans hésiter. Inconsciemment

peut-être, elle évita le pire, la lame ne laissant qu'une petite entaille dans sa carotide, mais c'était vraiment un coup de chance ; elle n'avait absolument pas réfléchi à son geste.

Elle écarta le bras qui tenait le couteau, et le sang jaillit brusquement. Un sang rouge vif, qui avait la couleur de l'espoir, même dans cette semi-obscurité.

— Tiens, Damon, bois ! Prends tout ce que tu veux, tout ce qu'il te faut pour guérir !

Elle chercha la meilleure position possible, entendant sans l'entendre derrière elle le cri étouffé de Stefan, qui était horrifié par son geste, et sentant sans en tenir compte sa main qui l'agrippait.

Mais Damon ne but rien. Pas même le sang grisant de sa princesse des ténèbres et… comment est-ce qu'il disait, déjà ? *Un sang qui était comme du propergol comparé au sang lambda de la plupart des autres filles.* Ce sang ne faisait que couler sur ses lèvres closes et se répandre sur ses joues blêmes, imprégnant sa chemise noire et formant une auréole sur le cuir de son manteau.

Non…

Damon, s'il te plaît, gémit Elena en silence. *Je t'en supplie, bois. Fais-le pour moi, Elena. On va y arriver. On va s'en sortir, toi et moi.*

Damon ne réagit pas. Le sang débordait de sa bouche qu'elle tenait ouverte et continuait de se répandre sur ses joues. Elle avait l'impression qu'il le faisait exprès, pour la torturer, comme s'il lui disait : « Ah tu voulais que je renonce au sang humain ? Eh bien, tu vois, c'est chose faite ! Pour l'éternité. »

Par pitié, non…

Elena était maintenant en proie au pire vertige de sa

vie. Les événements extérieurs se déroulaient vaguement autour d'elle, comme une mer qui ballotterait doucement un nageur dans la houle. Son attention était entièrement fixée sur Damon.

Il y eut toutefois une chose dont elle prit conscience dans son étourdissement. Le courage dont elle serait capable : Damon s'était trompé à ce sujet. Un tsunami de larmes remonta du plus profond d'elle. Repoussant encore Stefan, elle céda à sa douleur et s'écroula sur le corps en sang de Damon, la joue contre la sienne.

Une joue diablement froide. Même en dépit du sang brûlant qui le recouvrait, le visage de Damon était glacé.

Elena ne sut jamais à quel instant précis sa crise de nerfs commença. Elle se mit à hurler et à pleurer, tout en frappant mollement Damon et en le maudissant. Jusqu'ici, elle ne l'avait jamais insulté à proprement parler, jamais en face. Si elle hurlait si fort, ce n'était pas juste de désespoir mais pour le réveiller, pour qu'il trouve un moyen de se battre.

Finalement, elle en vint aux promesses, même si, en son for intérieur, elle savait qu'elle ne faisait que se mentir à elle-même. Promis, elle trouverait une solution pour le guérir ; d'ailleurs elle sentait déjà le pouvoir des Ailes enfler en elle : elle serait en mesure de le sauver d'un instant à l'autre !

N'importe quoi, plutôt que de regarder la réalité en face.

— Damon, je t'en prie…

Sorte d'interlude entre deux cris, la voix rauque et voilée d'Elena résonna tout doucement :

— Damon, je ne te demande qu'une chose : serre

ma main. Je sais que tu peux le faire. Serre juste une de mes mains.

Mais rien, aucune pression, ni sur l'une ni sur l'autre. Juste du sang qui devenait visqueux.

En revanche, un petit miracle se produisit à nouveau, qui lui permit d'entendre une dernière fois Damon, de façon à peine audible, par la pensée.

Elena ? Non... ne pleure pas, ma belle. Ce n'est pas aussi atroce que le dit Stefan. Je ne ressens pas grand-chose, excepté... tes larmes. Sèche-les, mon ange... s'il te plaît.

Ces quelques mots réussirent à apaiser un peu Elena. Il avait appelé son frère « Stefan », et non « frangin ». Mais elle avait plus important à penser dans l'immédiat. Il avait encore une sensibilité au niveau du visage ! C'était une information capitale, précieuse. Elle s'empressa de prendre les joues ensanglantées entre ses mains et lui déposa un baiser sur les lèvres.

Je viens de t'embrasser... Tu as senti ?

Infiniment, acquiesça Damon. *Je vais... l'emporter pour toujours. Ce baiser fait partie de moi à présent... Tu comprends ?*

Non, Elena n'avait pas envie de comprendre. Elle embrassa ses lèvres froides, presque gelées, encore et encore.

Elle voulait lui donner plus. Un souvenir agréable auquel se raccrocher.

Damon, tu te souviens de notre première rencontre ? C'était au lycée, après la fermeture, quand je prenais les mesures pour les décorations de la Maison Hantée. Tu as surgi de la pénombre comme un fantôme et, avant même de connaître ton nom, j'ai failli te laisser m'embrasser.

Elle fut surprise par la rapidité de sa réaction :

Je m'en souviens très bien... et je... j'ai été très surpris car tu étais la première fille que je n'arrivais pas à influencer. On s'est bien amusés tous les deux... pas vrai ? On a partagé des bons moments, non ? Un jour on est allés à une fête... et on a dansé ensemble. Ça aussi, je vais l'emporter avec moi.

En dépit de son vertige, Elena eut alors une pensée très nette : *Ne joue plus avec lui.* S'ils étaient allés à cette fête, c'était uniquement pour sauver Stefan.

C'est vrai, admit-elle. *On s'est bien amusés. Tu es un bon danseur. Dire qu'on a dansé la valse !*

Je regrette... d'avoir été si dur dernièrement, ajouta-t-il lentement, de façon confuse. *Dis-le. À Bonnie. Dis-lui ça...*

Je lui dirai. Maintenant je vais encore t'embrasser... Tu sens ?

Question purement rhétorique. Aussi, quand elle entendit sa réponse languissante, elle eut un choc :

Est-ce qu'un jour j'ai promis... de te dire toute la vérité ?

Oui, mentit Elena instantanément. Elle avait besoin d'entendre cette vérité de sa bouche.

Eh bien... sincèrement... j'en suis incapable. Je crois que... je ne sens plus mon corps. Je me sens bien, au chaud, je n'ai plus mal nulle part. Et... c'est drôle, j'ai presque l'impression de ne pas être seul. Et ne te moque pas !

Mais tu n'es PAS seul, Damon ! Bon sang, tu le sais, non ? Je ne te laisserai jamais seul.

La gorge nouée, Elena chercha un moyen de l'en persuader. Au moins pour quelques secondes encore…

Bon, je vais te confier un secret, souffla-t-elle. *Je ne le dirai jamais à personne d'autre que toi. Tu te souviens du motel où on a passé la nuit au cours de notre virée ? Tout le monde, même toi, s'interrogeait sur ce qui s'était passé cette nuit-là...*

Quel motel... ? Quelle virée ? Damon semblait de plus en plus lointain à présent. *Ah oui... ça me revient. Le lendemain matin... trou noir.*

C'est parce que Shinichi t'a volé tes souvenirs, confia Elena dans l'espoir que ce nom odieux ranimerait quelque chose en lui. Mais en vain. Tout comme le *kitsune*, Damon en avait maintenant fini avec la vie.

Je t'ai tenu dans mes bras, mon amour, exactement comme ça... enfin, presque. Toute la nuit. Tu ne voulais qu'une chose : ne pas te sentir seul.

Face au long silence qui s'installa, la panique commença à gagner Elena, s'emparant de ce qui lui restait de force et de lucidité, de tout ce qui n'était pas déjà engourdi en elle.

Alors elle entendit ces derniers mots, très lentement :

Merci, Elena... Merci de m'avoir confié ce précieux secret.

De rien. Maintenant je vais te dire quelque chose d'encore plus précieux, Damon. Personne n'est seul. Pas vraiment. Personne n'est jamais seul.

Tu es là... si rassurante... je n'ai plus à m'inquiéter...

Oui, car je serai toujours là. Personne n'est seul, je te le promets.

Elena, je commence à me sentir très bizarre. Je n'ai pas mal, mais... il faut que je te dise... même si tu le sais déjà... la raison pour laquelle je suis tombé amoureux de toi... tu ne l'oublieras pas, d'accord? Ni moi?

T'oublier? Comment veux-tu que je t'oublie?

Damon continua, et elle comprit subitement qu'il ne l'entendait plus, même par la pensée.

Tu t'en souviendras? Promis? Souviens-toi juste que... un jour... une fois dans toute ma vie, j'ai aimé vraiment. Promets-moi de ne pas oublier que... je t'ai aimée... pour donner un sens à ma vie...

Puis Damon se tut.

Alors le vertige qui saisit Elena devint insoutenable. Elle avait conscience de continuer à perdre beaucoup de sang, beaucoup trop vite. Conscience qu'elle n'avait plus les idées claires. Une nouvelle tempête de larmes l'agita. Au moins, maintenant, elle ne crierait plus. À quoi bon? Et sur qui? Damon était parti. Il s'était enfui... sans elle.

Elle voulut le rejoindre. Rien de tout ça n'était réel, il ne comprenait donc pas? Quel que soit le nombre de dimensions existant dans l'Univers, elle n'imaginait pas un monde sans Damon. Elle ne saurait pas vivre sans lui.

Il n'avait pas le droit de lui faire ça.

Sans réfléchir ni hésiter, elle s'immergea au tréfonds de son esprit, brandissant ses pouvoirs de médium comme une épée pour trancher les filaments de bois qui l'entravaient. Et, enfin, elle se retrouva plongée dans la partie la plus intime de son être... où un petit garçon, symbole de son inconscient, avait un jour été enchaîné pour monter la garde devant un gros rocher dans lequel Damon enfermait ses sentiments.

Il devait être si effrayé, pensa-t-elle. À aucun prix, on ne pouvait pas le laisser s'en aller avec cette peur…

Voilà, il était là. Damon enfant. Comme toujours, elle reconnut dans cette bouille ronde le jeune homme aux pommettes saillantes que Damon deviendrait, et dans ses grands yeux noirs, le futur regard ténébreux et insondable.

Mais, bien qu'il n'ait pas souri, l'expression de l'enfant était ouverte et accueillante, comme l'ancien Damon n'aurait jamais pu l'être. Quant aux chaînes… elles avaient disparu. Tout comme le gros rocher.

— Je savais que vous viendriez, murmura le petit garçon.

Elena le prit dans ses bras.

« Du calme, se dit-elle pour contrôler son émotion. Respire, Elena. Il n'est pas réel. C'est un vestige de l'âme de Damon, de la partie la plus reculée de son esprit. Mais quand même : il est si jeune, encore plus que Margaret, et si tendre ! Quoi qu'il arrive, par pitié, fais en sorte qu'il ne découvre pas ce qui est en train de se passer. »

Cependant, les grands yeux noirs qui se levèrent vers elle n'étaient pas dupes.

— Je suis si heureux de vous voir, murmura l'enfant. Je pensais ne plus jamais avoir l'occasion de vous parler. Mais il m'a laissé des messages pour vous. Vous savez *qui*. Je crois qu'il n'arrivait plus à parler ni à penser. Alors il me les a confiés.

Elena n'eut aucun mal à comprendre. S'il y avait un seul endroit que le bois n'avait pas contaminé, c'était cette ultime zone de son cerveau, la partie la plus primitive. Damon pouvait encore communiquer avec elle, à travers cet enfant.

Avant même de pouvoir lui répondre, elle vit des larmes embuer les yeux de l'enfant puis son petit corps se convulser, et il se mordit la lèvre très fort, sans doute pour s'empêcher de crier, devina-t-elle.

— Tu as mal ?

Elle s'efforça de croire le contraire, voulut y croire coûte que coûte.

— Pas tant que ça.

C'était faux, elle le sentait. Cependant, l'enfant n'avait toujours pas versé une seule larme. Même enfant, Damon avait sa fierté.

— J'ai un message spécial pour toi, reprit-il. Il m'a demandé de te dire qu'il serait toujours près de toi. Tu ne seras jamais seule. Personne ne l'est vraiment.

39

Elena serra l'enfant contre elle. En dépit de son état confus et désorienté, Damon avait compris. Tout le monde était lié à quelqu'un. Personne n'était seul.

— Il m'a demandé autre chose, aussi. Il voulait que vous me teniez comme ça, dans vos bras… si jamais je m'endormais.

Noirs comme du velours, les yeux du garçon scrutèrent le visage d'Elena.

— Vous voulez bien ?

Elena s'efforça de ne pas craquer.

— Bien sûr. Je serai là, promit-elle. Je te tiendrai.

— Mais vous ne me lâcherez pas, hein ?

— Jamais.

S'il se sentait en confiance, ce n'était pas le moment de l'effrayer. Ce petit bout de Damon, si fragile et si innocent, aurait peut-être droit à sa part d'éternité. Elle avait entendu dire que les vampires ne se réincarnaient pas de la même façon que les humains. Ceux qui vivaient dans la plus haute strate du Royaume des Ombres, aventuriers ou coureurs de dots, étaient toujours « en vie » ou bien condamnés à vivre là-bas comme des prisonniers par la Cour Céleste.

— Je serai toujours près de toi, promit encore Elena. Pour l'éternité.

Le corps du garçon fut secoué par une nouvelle convulsion. Elle vit des larmes perler au bout de ses cils et une goutte de sang glisser à la commissure de ses lèvres.

— J'ai d'autres messages, ajouta-t-il avant qu'elle n'ait le temps de parler. Je les connais par cœur, mais…

Du regard, il semblait implorer son pardon.

— … ils sont pour les autres.

Qui ça ? se demanda d'abord Elena, perplexe. Puis elle comprit. Stefan et Bonnie. D'autres êtres chers à Damon.

— Je peux les leur transmettre… de ta part, proposa-t-elle après une hésitation.

Il lui fit un petit sourire, le premier, du coin des lèvres.

— Il m'a aussi laissé quelques facultés de télépathie. Je les ai économisées au cas où j'aurais besoin de vous appeler.

Farouchement indépendant jusqu'au bout, pensa-t-elle.

— Alors, vas-y.

— Le premier est pour mon frère Stefan.

— Tu vas pouvoir lui parler directement, donne-moi juste une minute, dit Elena.

Elle se cramponna au petit garçon qui habitait l'âme de Damon, consciente que c'était la dernière chose qu'elle pouvait faire pour lui. Elle pouvait sacrifier quelques précieuses secondes pour que Stefan et Bonnie puissent eux aussi lui faire leurs adieux. Dans un effort considérable pour se réadapter à la réalité extérieure, à son vrai corps, en dehors de l'esprit de Damon, elle revint à elle dans un battement de paupières, clignant des yeux pour qu'ils s'accommodent.

Elle vit le visage de Stefan, blême et affligé.

— Est-ce qu'il est… ?

— Pas encore. Mais ça ne va pas tarder. Si tes pensées sont claires, il peut encore les lire comme si tu les exprimais à voix haute. Il a demandé à te parler.

— À moi ?

Stefan se pencha lentement et posa la joue contre celle de son frère. Elena referma les yeux pour le guider dans l'obscurité jusqu'à une petite lueur encore brillante. Elle ressentit l'étonnement de Stefan en la retrouvant là-bas, tenant toujours le petit garçon aux cheveux bruns dans ses bras.

Elena n'avait pas envisagé qu'elle continuerait d'entendre chaque mot que ce dernier prononcerait, ni que ses messages seraient formulés avec des mots d'enfant.

— Tu dois penser que j'ai été vraiment bête, commença le petit garçon.

Stefan sursauta. Il n'avait jamais vu ni entendu cet enfant qui incarnait son frère.

— Pas du tout, répondit-il lentement, l'air fasciné.

— Pourtant cette réaction ne lui… ne *me* ressemblait pas vraiment, tu sais.

— Je trouve ça horriblement triste…

La voix de Stefan était mal assurée.

— … de ne jamais vous avoir vraiment connus, ni toi ni lui.

— S'il te plaît, ne sois pas triste. C'est ce qu'il m'a demandé de te dire. Que tu ne devais avoir ni peine… ni crainte. D'après lui, c'est un peu comme de s'endormir, et un peu comme de s'envoler.

— Je… je m'en souviendrai. Merci… grand frère.

— Je crois que c'est tout. Je sais que tu sauras protéger les filles…

Le petit garçon eut une nouvelle convulsion, beaucoup plus forte, qui lui coupa le souffle.

Stefan s'empressa de lui répondre :

— Promis. Je m'occuperai de tout. Tu peux partir tranquille, maintenant.

Elena sentit le chagrin lui crever le cœur, mais sa voix demeura calme :

— Pars, mon frère. Envole-toi.

À travers leur lien mental, Elena perçut une nouvelle présence ; Bonnie venait d'agripper l'épaule de Stefan. Il se redressa aussitôt pour lui laisser la place. Leur amie sanglotait, mais Elena vit que, dans sa douleur, elle avait eu une idée merveilleuse. Bonnie avait coupé une longue mèche d'Elena à l'aide d'une dague. Puis elle avait fait de même avec une de ses boucles blond vénitien et les avait déposées, l'une dorée et ondulée, l'autre rousse et bouclée, sur le torse de Damon. Dans cet univers sans fleurs, c'était tout ce qu'ils pouvaient faire pour honorer sa mémoire et, en quelque sorte, être avec lui pour toujours.

Bonnie s'adressa alors à Damon dans un torrent de larmes :

— Damon, je t'en prie, pardonne-moi. Je ne savais pas… je n'aurais jamais pensé que… que quelqu'un serait blessé. Tu m'as sauvé la vie. Mais maintenant je… je refuse que tu t'en ailles ! Je refuse de te dire adieu !

Bonnie ne comprenait pas qu'elle parlait à un très jeune enfant, s'aperçut Elena. Mais Damon avait confié à ce dernier un message qu'il devait lui répéter.

— Pourtant, je suis *censé* te dire au revoir.

Pour la première fois, le petit garçon parut mal à l'aise.

— Et je… je suis censé te demander pardon. Il a dit que tu comprendrais. Sinon… je sais pas ce qui arrivera…

Un autre spasme terrible ébranla son petit corps. Elena le serra fort, se mordant la lèvre jusqu'au sang, et fit de son mieux pour protéger l'enfant contre sa propre émotion. Alors elle vit l'expression de Bonnie changer du tout au tout, passant des larmes du repentir au choc de l'angoisse, puis à la prudence du sang-froid. Comme si elle était devenue adulte en un claquement de doigts.

— Évidemment que je comprends. Et je te pardonne, mais… tu n'as rien fait de mal. Je suis une vraie imbécile d'avoir…

— Non. Pour nous, tu n'es pas une imbécile, la coupa l'enfant, l'air considérablement soulagé. Merci de ton pardon. Je suis censé t'appeler par un surnom spécial, aussi, mais je…

Il s'affaissa contre l'épaule d'Elena.

— Je crois que… je commence à avoir sommeil…

— « Pinson » ? demanda prudemment Bonnie.

Le visage livide du petit garçon s'illumina.

— Oui, c'est ça. Vous avez deviné. Vous êtes tous si… gentils et si intelligents. Merci… c'est moins pénible grâce à vous… Je peux vous dire une dernière chose ?

Elena allait lui répondre quand une secousse terrifiante rompit le lien qui l'unissait à Damon et la ramena brusquement à la réalité. L'Arbre-Araignée avait rabattu violemment ses dernières branches, les prenant au piège avec le corps de Damon entre deux murs de barreaux.

C'était bien la dernière chose à laquelle Elena s'attendait. Elle n'avait ni plan ni la moindre idée de comment récupérer la sphère d'étoiles pour laquelle Damon était mort. Soit cet Arbre était doué d'une intelligence autonome, soit il était programmé pour avoir des réflexes défensifs extrêmement efficaces, ce qui, l'un dans l'autre, revenait à peu près au même. C'était la preuve flagrante que bien des gens avaient tenté d'obtenir cette sphère et y avaient laissé la vie, leurs os broyés et réduits à ce sable qui tapissait le sol.

D'ailleurs, se dit Elena, je me demande comment ça se fait qu'on soit encore en vie à l'heure qu'il est, surtout Bonnie. Cette dernière était entrée dans le cercle lumineux de l'Arbre, en avait été éjectée grâce à Damon, puis s'en était approchée de nouveau, ce dont Elena aurait dû l'empêcher, sauf qu'ils étaient tous obnubilés par Damon. Pourquoi l'Arbre ne l'attaquait-il pas une nouvelle fois ?

Stefan essaya de se montrer fort, de prendre le contrôle de la situation, de tirer quelque chose de ce désastre si pétrifiant qu'Elena elle-même ne pouvait rien faire d'autre que de rester assise, sans bouger. À nouveau en larmes, Bonnie étouffa des cris déchirants.

Entre les deux murs circulaires de barreaux, un réseau de branches se tissa, bien trop étroit pour qu'ils puissent se faufiler à travers, même Bonnie. Le groupe fut isolé de façon infaillible de tout ce qui se trouvait en dehors du cercle de sable, et tout autant de la sphère d'étoiles.

— La hache ! cria Stefan. Lance-moi…

Mais Elena n'en eut pas le temps. Une radicelle s'enroula autour de l'outil et l'emporta à toute vitesse dans les branches hautes.

— Je suis désolée, Stefan ! J'ai été trop lente !

— Non, c'est ce truc qui a été trop rapide !

Retenant son souffle, Elena attendit le coup de grâce, celui qui les tuerait tous. Voyant qu'il ne tombait pas, elle comprit une chose. L'Arbre était non seulement intelligent, mais aussi sadique. Ils allaient rester prisonniers de cet endroit, loin de leurs provisions, et mourir à petit feu de soif et de faim, ou devenir fous à force de voir les autres mourir les uns après les autres.

Le mieux qu'elle ait pu espérer était que Stefan les tue toutes les deux, elle et Bonnie, mais même lui ne s'en sortirait pas vivant. Les branches continueraient de s'abattre sur lui aussi souvent que l'Arbre le jugerait nécessaire, jusqu'à ce que ses os tombent en poussière et rejoignent ceux de ses prédécesseurs.

Pour Elena, l'idée qu'ils finissent tous coincés ici et que Damon soit mort *pour rien*, fut le comble de l'insoutenable. Depuis des semaines, elle sentait la rage monter en elle, nourrie ici par l'histoire d'un gosse innocent dévorant son animal de compagnie, là par une créature se délectant de la souffrance des autres. Au final, avec la mort de Damon, cette rage était devenue trop violente pour être contenue.

— Stefan, Bonnie : restez bien à l'écart des branches ! Ne les touchez surtout pas !

— C'est ce qu'on fait ! Mais qu'est-ce que tu… ?

— Je ne peux plus me retenir ! Il faut que je…

Elle n'arrivait plus à réfléchir. Cette pénombre

insupportable la rendait folle, lui rappelait la pointe d'épingle de vert dans les pupilles de Damon, l'odieux halo vert de l'Arbre.

Elle avait parfaitement cerné le sadisme de la créature. Du coin de l'œil, elle distingua une silhouette sombre étendue par terre… comme une poupée de chiffon. Sauf que ce n'était pas une poupée, c'était Damon. Son cœur farouche et indomptable était anéanti à jamais. Il devait être loin à l'heure qu'il était… de ce monde comme des autres.

Son visage était couvert de sang. Il ne dégageait ni sérénité ni dignité. *L'Arbre lui avait tout pris.*

Alors Elena disjoncta pour de bon.

Poussant un cri primal, déchirant et rauque qui remonta du plus profond de son être, elle attrapa à pleines mains une des branches qui avaient massacré Damon, qui avaient tué cet être si cher à ses yeux et qui voulaient les tuer, elle et les deux autres personnes qu'elle aimait plus que tout au monde.

Elle ne pensait plus à rien, n'était plus capable de réfléchir. Guidée par son instinct, elle se cramponna à la branche et laissa exploser sa rage, celle d'un cœur meurtri et vengeur.

Ailes de la Destruction !

Elle les sentit s'arquer dans son dos, semblables à de la dentelle d'ébène cousue de perles noires, et eut un instant l'impression d'être une déesse meurtrière déterminée à exterminer toute trace de vie.

La pénombre verdâtre qui les entourait devint subitement d'un noir mat. Excellent choix. Cette couleur plairait à Damon, pensa Elena avec rage. Puis elle se ressaisit, sentant son pouvoir enfler, ce pouvoir qui allait lui permettre de détruire l'Arbre et cet univers infâme qu'il recouvrait. Dévastée par la violence qui l'agitait, elle ne résista pas et le laissa se déployer entièrement. Aucune souffrance physique n'était comparable à son chagrin, à la douleur d'avoir perdu Damon. Même la torture n'était pas à la hauteur de ce qu'elle éprouvait.

Les énormes racines de l'Arbre se cabrèrent sous leurs pieds comme dans un tremblement de terre, et soudain…

Un fracas assourdissant retentit tandis que le tronc de l'Arbre Supérieur se déracinait et explosait dans le ciel comme une fusée et se désintégrait en plein vol. Les pattes d'araignée qui les emprisonnaient disparurent tout simplement. Dans un coin de sa tête, Elena eut la vague impression qu'à une distance très éloignée la même destruction s'opérait, saccageant toute forme de végétation pour la réduire en fragments de matière restant en suspens dans les airs.

— La sphère d'étoiles ! s'écria Bonnie avec angoisse, dans le silence sinistre.

— Disparue !

Stefan rattrapa Elena alors qu'elle s'écroulait à genoux, ses ailes noires sublimes se fanant au même instant avant de s'effacer totalement.

— De toute façon, on n'aurait jamais pu la récupérer. Cet Arbre la protège depuis des milliers d'années. Une mort lente, c'est tout ce qu'on aurait trouvé ici.

Elena se retourna vers Damon. Son pouvoir avait épargné le pieu qui lui perforait le cœur et lui rongeait le corps ; dans quelques secondes, ce bout de bois serait le dernier vestige de l'Arbre dans ce monde. Elle osait à peine espérer qu'il puisse subsister une étincelle de vie en Damon à présent, mais le petit garçon avait voulu leur parler une dernière fois et elle ferait tout son possible pour lui donner cette chance, quitte à en mourir elle aussi.

Sentant à peine les bras de Stefan qui l'étreignaient, elle replongea au cœur des pensées de Damon. Cette fois, elle sut exactement où aller.

Par miracle, elle retrouva l'enfant, qui était manifestement à l'agonie. Les joues baignées de larmes, il essayait de pleurer en silence, les lèvres à vif à force d'avoir été mordues. Les Ailes de la Destruction n'avaient rien pu contre le bois qui le gangrenait ; il avait déjà fait ses ravages funestes et il n'y avait aucun moyen d'inverser le processus.

— *NON !*

Elena prit l'enfant dans ses bras. Une larme coula sur sa main. Elle le berça, lui murmura à l'oreille, sans réfléchir à ce qu'elle disait :

— Dis-moi ce que je peux faire.

— Vous êtes revenue…

Ce fut sa seule réponse. Et pour cause, il ne voulait rien d'autre. C'était un enfant très simple, *au fond*.

— Je serai toujours là. Je ne t'abandonnerai jamais.

Cette phrase n'eut pas l'effet escompté par Elena. Le petit garçon haleta, essaya de sourire, mais un spasme terrible le fit se tordre de douleur et tout son corps se cambra.

Elena comprit qu'à cause d'elle l'inévitable se transformait en un lent supplice.

Elle reformula :

— Je te tiendrai jusqu'à ce que tu me dises d'arrêter, d'accord ?

Il hocha la tête ; sa voix trahissait pleinement sa souffrance à présent.

— Vous voulez bien que je ferme les yeux ? Juste… un moment ?

Contrairement à lui, Elena savait ce qui se passerait si elle arrêtait de s'acharner et le laissait s'endormir. Mais elle ne supportait plus de le voir souffrir. Plus rien ni personne ne comptait à part lui à cet instant, et tant pis si elle risquait d'être emportée avec lui dans la mort.

Elle prit soin de reprendre une voix calme :

— Si on fermait tous les deux les yeux ? Pas pour longtemps, ne t'inquiète pas, mais disons… un petit moment ?

Continuant de bercer le petit corps, elle sentit encore la vie palpiter faiblement en lui… Ce n'était pas vraiment une pulsation, juste une petite vibration. Apparemment, il n'avait toujours pas fermé les yeux, il luttait encore.

Il se battait pour elle. Rien que pour elle.

Approchant les lèvres de son oreille, Elena chuchota :

— On va fermer les yeux ensemble, d'accord ? À trois…

Le soulagement de l'enfant fut évident.

— D'accord. Ensemble. Je suis prêt. Tu peux compter.

— Un.

Tout ce qui importait à présent, pensait Elena, était de le tenir dans ses bras et de rester calme.

— Deux…

— Elena ?

Elle sursauta. L'enfant ne l'avait jamais appelée par son prénom…

— Oui, mon ange ?

— Je… t'aime. Pas seulement à cause de lui. Je t'aime *aussi*, c'est tout.

Bouleversée, elle enfouit son visage dans les cheveux du garçon.

— Je t'aime aussi, bonhomme. Tu l'as toujours su, n'est-ce pas ?

— Oui… toujours.

— Tu le savais, alors tout est bien… Maintenant on va fermer les yeux, juste pour un moment. *Trois.*

Elle attendit le dernier soubresaut, puis la tête de l'enfant tomba en arrière. Cette fois, il avait fermé les yeux et l'ombre de sa souffrance avait disparu. Son visage dégageait non pas de la sérénité, mais simplement de la douceur et de la gentillesse, et Elena visualisa parfaitement à quoi aurait ressemblé le visage adulte de Damon avec cette expression.

Soudain, le petit corps commença à s'évaporer dans ses bras. Quelle idiote ! Elle avait oublié de fermer les yeux avec lui. Bien que Stefan ait stoppé l'hémorragie dans son cou, elle se sentait de plus en plus faible. Qui sait, si elle aussi fermait les yeux… elle ressemblerait peut-être à Damon ? Elle était si heureuse qu'il ait pu partir en douceur.

L'obscurité serait-elle bienveillante envers elle aussi ?

Tout était calme désormais. Il était temps de ranger ses jouets et de tirer les rideaux. Temps d'aller se coucher. Une dernière étreinte et puis… plus rien. Ses bras agrippaient maintenant le vide.

Plus de souffrance ni de résistance. Elle avait fait de son mieux. Et l'enfant n'avait pas eu peur, c'était toujours ça.

Il était temps d'éteindre la lumière. De fermer les yeux à son tour.

L'obscurité l'accueillit avec bienveillance. Elle s'y glissa volontiers.

40

Au bout d'une petite éternité passée à se laisser bercer dans la douceur de l'obscurité, quelque chose poussa Elena à revenir vers la lumière. La vraie. Et non l'horrible pénombre verdâtre de l'Arbre. Même à travers ses paupières fermées, elle sentit sa chaleur. Un soleil vif. Où était-elle, déjà ? Aucun souvenir.

Peu importait. Elle était mieux là dans le noir et au calme, semblait lui souffler sa petite voix intérieure. Mais c'est alors qu'un nom lui revint en mémoire.

Stefan.

Il était… ?

Il était l'homme… qu'elle aimait, oui. Mais il n'avait jamais compris que cet amour n'était pas exclusif. Qu'elle pouvait être amoureuse de Damon sans que cela enlève un centième de l'amour qu'elle éprouvait pour lui. Et que son manque de compréhension avait été si déchirant et douloureux qu'elle s'était parfois sentie tiraillée, comme s'il existait deux Elena en elle.

Avant même d'ouvrir les yeux, elle prit conscience qu'elle était en train de boire. Du sang. Le sang d'un vampire qui n'était pas Stefan. Ce sang avait un goût particulier, unique. À la fois intense, corsé et épais.

Ouvrant brusquement les yeux, elle essaya de se concentrer sur ce que ses sens – odorat, toucher et vue – lui révélèrent de la personne qui était penchée au-dessus d'elle.

Elle ne s'expliqua pas sa déception quand, lentement, elle comprit qu'il s'agissait de Sage, qui la tenait d'une main douce mais ferme contre son cou et son torse nu, hâlé et chauffé par les rayons du soleil.

Elle était allongée sur le dos – dans l'herbe, d'après ce que ses mains percevaient – et, bizarrement, sa tête était froide. Très froide.

Froide et en sueur.

Elle arrêta de boire et essaya de se redresser. La main qui la tenait s'affermit. Elle entendit la voix de Sage et sentit son pouls s'accélérer.

— Ma petite Elena, vous devez boire davantage… Vos cheveux sont encore pleins de cendres.

Des cendres ? Quelles cendres ? Se couvrir la tête de cendres n'était-il pas un signe de… ? Mais non, qu'est-ce qui lui prenait de penser à ça ? C'était comme si un trou de mémoire l'empêchait de comprendre… quelque chose. Quoi qu'il en soit, personne n'allait lui dire ce qu'elle avait à faire.

Elle réussit à se redresser.

Au premier coup d'œil, elle devina où elle se trouvait. Au paradis des *kitsune*. Derrière elle coulait un petit ruisseau qu'elle avait entraperçu en ouvrant les yeux, et dans lequel ses cheveux étaient encore étalés il y a un instant. Stefan et Bonnie les lui avaient apparemment lavés ; l'eau qui stagnait autour était noire comme de la suie. Tous deux avaient le visage encrassé : pour Stefan, une grosse trace noire sur la pommette et, pour Bonnie, des traînées gris clair sous les yeux.

Des larmes. Bonnie avait pleuré. Et elle pleurait encore d'ailleurs, de petits sanglots qu'elle essayait de réprimer. Maintenant qu'elle y regardait de plus près, Elena remarqua les paupières gonflées de Stefan et comprit que lui aussi avait pleuré.

Incapable de parler, elle se laissa retomber doucement dans l'herbe, fixant du regard Sage, qui s'essuya furtivement les yeux. Elle avait mal à la gorge, pas seulement à l'intérieur, comme si elle était nouée de larmes et qu'elle avait le souffle coupé, mais à l'extérieur aussi. L'image d'elle s'entaillant d'un coup de couteau défila devant ses yeux.

— Est-ce que je suis... un vampire ? murmura-t-elle entre ses lèvres engourdies.

— Pas encore, répondit Sage d'une voix mal assurée. Mais, avec Stefan, nous vous avons donné beaucoup de sang. Vous allez devoir être très prudente dans les jours qui viennent. Vous êtes *limite*, ajouta-t-il en français.

Voilà pourquoi elle était dans cet état. Damon devait jubiler ; il espérait sûrement qu'elle achèverait sa transformation. Spontanément, elle tendit la main vers Stefan. Elle voulait le rassurer.

— Ne t'en fais pas, ça va aller, souffla-t-elle. Je t'en prie, ne sois pas triste.

Cependant, elle se sentait vraiment mal, autant que le jour où elle l'avait vu à l'agonie en prison.

Non... c'était pire que ça... parce qu'à cette époque elle avait encore de l'espoir, contrairement à aujourd'hui où elle n'en avait plus. Ni espoir ni rien. Elle avait l'impression d'être vide, comme une coquille : solide en apparence, mais vide à l'intérieur.

— Je vais mourir, je le sais… Vous allez tous me faire vos adieux, là, c'est ça ?

À ces mots, même Sage finit par céder aux larmes. Ce fut Stefan qui répondit, l'air toujours aussi hagard, avec ses traces de suie sur les joues et les bras, ses cheveux et ses vêtements trempés :

— Non, Elena, tu ne vas pas mourir. Sauf si tu le décides.

Elle ne l'avait jamais vu dans cet état. Pas même en prison. Son ardeur, cette petite flamme intérieure qu'il ne montrait quasiment à personne d'autre qu'à elle, avait disparu.

— Sage nous a sauvés, ajouta-t-il avec lenteur et précaution, comme si ça lui coûtait de parler. Ces cendres qui tombaient… Bonnie et toi seriez mortes si vous aviez dû en respirer davantage. Mais Sage a fait apparaître une porte d'accès au Corps de Garde juste devant nous. Je la voyais à peine tellement j'avais de cendres dans les yeux.

— Des cendres, répéta Elena à voix basse, songeuse.

Ça lui évoquait vaguement quelque chose mais, une fois de plus, sa mémoire flancha. À croire qu'on lui avait fait un lavage de cerveau pour qu'elle oublie tout. Mais non, c'était ridicule.

— Cette pluie de cendres, elle venait d'où ?

Elle s'aperçut que sa voix était rauque, voilée… comme si elle avait trop crié à un match de foot.

— Tu as utilisé les Ailes de la Destruction, expliqua Stefan en la fixant de ses yeux gonflés. Tu nous as sauvés. Mais tu as détruit l'Arbre… et la sphère d'étoiles s'est désintégrée.

Les Ailes de la Destruction. Elle avait dû piquer une colère terrible, forcément, pour en arriver là. Alors c'était ça, elle avait détruit un monde… Elle était donc une criminelle.

Maintenant, la sphère était perdue. Et Fell's Church avec. Oh, bon sang. Damon allait être furieux. Elle avait tout fait de travers, *tout*. À côté d'elle, Bonnie pleurait, le regard au loin.

— Je suis désolée, chuchota Elena, consciente que c'était insuffisant.

Pour la première fois, elle regarda autour d'elle d'un air malheureux.

— Damon ne veut plus me parler, c'est ça ? À cause de ce que j'ai fait ?

Stefan et Sage échangèrent un regard qui lui donna un frisson glacial.

Elle voulut se lever, mais ses jambes en décidèrent autrement. Ses genoux étaient bloqués. Elle baissa les yeux, contempla ses habits trempés et sales, et quelque chose comme de la boue coula de son front. De la boue ou du sang coagulé, plutôt.

Bonnie se manifesta. Toujours en larmes, elle parla, d'une voix grave qu'Elena ne lui reconnut pas et qui la vieillissait beaucoup :

— Elena, il te reste des cendres dans les cheveux, on n'a pas tout enlevé. Sage a dû d'abord te faire une transfusion d'urgence.

— Je vais le faire…

Elena se mit à genoux. Puis, dans une contorsion, elle se pencha vers le ruisseau et plongea brusquement la tête dans l'eau glacée. En dépit du choc thermique, elle entendit vaguement les exclamations des autres à la surface, et notamment la frayeur de Stefan qu'elle perçut par la pensée : *Elena, tu es sûre que ça va ?*

Non, répondit-elle. *Mais ne t'inquiète pas, je ne vais pas me noyer. Je me lave juste les cheveux. Peut-être que Damon daignera me voir si je suis présentable. Peut-être qu'il voudra quand même rentrer à Fell's Church avec nous pour se battre.*

Attends, je vais t'aider à te relever.

Elena n'avait plus de souffle, alors elle ressortit la tête de l'eau et la rejeta en arrière d'un mouvement vif malgré le poids de ses cheveux trempés. Puis elle fixa Stefan.

— Pourquoi ? balbutia-t-elle, subitement paniquée. Pourquoi est-ce qu'il est parti ? Il est en colère… contre moi ?

— Stefan.

C'était Sage ; à sa voix, il semblait abattu.

Fixant le vide comme une bête traquée, Stefan émit une petite protestation très faible.

— L'influence ne marche pas, déclara Sage. Elle finira par se souvenir de tout… d'elle-même.

41

Stefan resta figé et muet pendant un long moment. Le cœur d'Elena se serra. La peur qui assombrissait le visage du vampire s'empara d'elle. Elle s'approcha, lui prit les mains et constata qu'il tremblait.

Mon amour, ne pleure pas, lui souffla-t-elle. *Il est sûrement encore temps de sauver Fell's Church. C'est impossible autrement. Ça ne peut pas se terminer comme ça. En plus, Shinichi est mort ! On va pouvoir s'occuper des enfants, rompre leur envoûtement...*

Elle s'arrêta. Bizarrement troublée par l'écho du mot « envoûtement ». Son esprit commença... à s'embrouiller. Tout devint irréel à nouveau. Dans moins d'une minute, elle serait incapable de...

Elle se ressaisit brusquement, le souffle court.

— Tu m'as influencée, comprit-elle.

Elle fut la première surprise par la colère de son ton.

— Oui, acquiesça Stefan tout bas. Cela fait une demi-heure que j'essaie.

Qu'est-ce qui t'a pris ?

— J'arrête... tout de suite.

— Moi aussi, ajouta Sage, épuisé.

Lentement, l'Univers bascula et Elena se souvint alors de ce que tout le monde essayait de lui cacher.

Les cheveux ruisselants, elle se leva en poussant un

cri guttural, telle une nymphe vengeresse. Elle lança un regard à Sage. Puis à Stefan.

Alors ce dernier lui prouva autant la force de son courage que celle de son amour pour elle. Il lui avoua ce qu'elle savait déjà :

— Damon est mort, Elena. Je te demande pardon. Pardon de t'avoir empêchée de rester plus longtemps avec lui. De m'être immiscé entre vous. Je ne savais pas… je n'avais pas compris à quel point vous vous aimiez. Maintenant, si.

Il enfouit son visage dans ses mains.

Elle voulut le prendre dans ses bras. Protester, le rassurer. Lui dire qu'elle l'aimait tout autant, infiniment. Mais son corps s'engourdit et l'obscurité menaça de l'engloutir à nouveau… Elle eut juste le temps de tendre les bras avant de s'effondrer dans l'herbe. L'instant d'après, ils étaient tous les trois allongés là, chacun pleurant à sa manière : Elena à la mesure de ce nouveau choc ; Stefan désenchanté comme elle ne l'avait jamais vu ; et Bonnie les yeux secs, mais son petit corps en proie à un abattement dévastateur.

Le temps ne comptait plus. Elena voulait pleurer chaque instant de la douloureuse mort de Damon, et aussi tous ceux de son existence. Tant de choses avaient été gâchées. Elle ne pouvait s'y résoudre et ne souhaitait qu'une chose : pleurer jusqu'à ce que son esprit sombre à nouveau dans l'obscurité bienveillante.

Sage décida qu'il était temps d'intervenir.

Il la saisit pour la relever et la secoua par les épaules. La tête d'Elena se renversa brusquement d'avant en arrière.

— Votre ville est en ruine ! cria-t-il, comme si

c'était leur faute. L'Ultime Crépuscule va engendrer un désastre qu'il est peut-être encore temps d'éviter. Eh oui, Elena, j'ai vu tout ça dans vos pensées quand j'ai essayé de vous influencer. La petite ville de Fell's Church est déjà dévastée et, vous, vous ne voulez même pas vous battre pour elle !

Elena eut comme un électrochoc, qui court-circuita sa torpeur, sa froideur extrême.

— Si, je vais me battre ! hurla-t-elle. Je donnerai tout jusqu'à la mort, jusqu'à ce que je neutralise les auteurs de ce désastre !

— Et comment comptez-vous arriver là-bas à temps, hein ? D'ici à ce que vous retourniez d'où vous venez, il sera trop tard !

Stefan s'approcha, comme toujours prêt à soutenir et défendre Elena.

— Dans ce cas, je te préviens, Sage : tu as intérêt à trouver une solution pour qu'on arrive à temps !

Elena le fixa, interdite. Non, Stefan ne pouvait pas avoir dit ça. Ce ton menaçant ne lui ressemblait pas ! Il ne fallait pas qu'il change, elle ne le laisserait pas faire.

— Pas la peine de vous battre ! J'ai encore le passe-partout dans mon sac à dos et la magie fonctionne à l'intérieur du Corps de Garde.

Stefan et Sage se toisaient d'un air féroce. Elle voulut s'interposer mais, au premier pas qu'elle fit, l'Univers autour d'elle se remit à basculer lentement. Pourvu que Sage ne se jette pas sur Stefan… elle n'aurait pas la force de le défendre.

Mais, contre toute attente, Sage rejeta subitement la tête en arrière et partit d'un violent éclat de rire. Comme un coup de tonnerre à mi-chemin entre le rire et le cri, aussi sinistre qu'un hurlement de loup. Elena sentit le petit corps tremblant de Bonnie la serrer dans un élan de réconfort mutuel.

— Qu'à cela ne tienne ! tempêta Sage, cette fois avec une lueur sauvage dans les yeux. C'est vrai, au fond : rien ne m'empêche de tenter le *diable*, pas vrai ?

Il s'esclaffa encore.

— Après tout, c'est moi le gardien des lieux, et j'ai déjà enfreint les règles en vous laissant franchir plusieurs portes.

Stefan empoigna le vampire par les épaules et le secoua comme un prunier.

— De quoi tu parles ? On n'a pas le temps de discuter !

— Mais si, mon ami ! On a tout le temps. Ce qu'il vous faut, c'est la puissance de feu des cieux pour sauver Fell's Church et réparer les dégâts. Pour tout effacer, et faire comme si rien n'était jamais arrivé. Et peut-être…

Cette fois, Sage s'adressa ouvertement à Elena en la regardant dans les yeux :

— Je dis bien « peut-être », annuler les événements de ce jour.

Elena ressentit de brusques picotements sur chaque parcelle de sa peau. Son corps tout entier se mit à son écoute, penché vers lui, pleine d'espérance, tandis que ses yeux s'écarquillaient, fixés sur la seule autre question qui comptait.

— Oui, confirma Sage d'un ton aussi doux que triomphant. Ils peuvent accorder une seconde vie aux morts. Ils ont ce pouvoir. Ils peuvent ressusciter ce petit tyran de Damon de la même façon qu'ils l'ont fait avec vous, ma chère Elena.

Stefan et Bonnie s'empressèrent de rattraper Elena en voyant ses jambes se dérober sous elle.

— Mais pourquoi est-ce qu'ils feraient ça pour nous ? gémit-elle, la gorge serrée.

Elle refusait de s'autoriser le moindre soupçon d'espoir, pas avant d'avoir tout compris.

— En échange de ce qui leur a été volé il y a des millénaires, répondit Sage. Ce Corps de Garde dans lequel vous vous trouvez n'est rien moins qu'une des forteresses de l'Enfer, vous savez. Les Sentinelles n'ont pas accès à cet endroit. Elles ne peuvent pas forcer ces portes et exiger le trésor qu'elles renferment… à savoir les Sept Trésors des Kitsune, enfin, *six* maintenant.

Ne pas céder. Surtout ne pas espérer. Pourtant Elena s'entendit éclater de rire avec ironie sans pouvoir résister.

— Et comment est-ce qu'on est censés leur rendre un jardin ou même un champ de roses noires ?

— En leur proposant de redevenir propriétaires des terres sur lesquelles se trouvent ce jardin et ce champ.

Refuser d'y croire… même si les deux corps de part et d'autre d'Elena commençaient à s'agiter.

— Et qu'est-ce qu'on fait de la Fontaine de la Jeunesse et de la Vie Éternelles ?

— Rien. Cela dit, j'ai ici plusieurs récipients qui n'attendent que de partir à la décharge. Menacer de répandre au hasard ne serait-ce qu'un gallon d'eau de cette fontaine sur votre planète… serait dévastateur pour eux. Et bien entendu, ajouta Sage, je sais quels genres de pierres précieuses dotées de pouvoirs magiques leur feraient le plus envie. Allez, poussez-vous, je vais ouvrir toutes les portes en même temps ! On prend tout ce qu'on peut : dépouillez toutes les pièces !

Son enthousiasme était contagieux. À moitié de dos, retenant son souffle, Elena ouvrit grand les yeux dans l'attente de voir le premier éclat filtrer d'une porte.

— Attends !

Le ton de Stefan se durcit subitement. Bonnie et Elena, serrées dans les bras l'une de l'autre, se figèrent.

— Et… ton père : qu'est-ce qu'il fera quand il découvrira que tu es derrière tout ça ?

— Il ne me tuera pas, si c'est ce que tu crains, rétorqua Sage, reprenant son air farouche. Il se pourrait même que ça l'amuse autant que moi et qu'on s'en paie une bonne tranche ensemble, demain.

— Et sinon ? Écoute, Sage, je crois que Damon n'aurait pas voulu que…

Sage se retourna brusquement et, pour la première fois depuis qu'elle le connaissait, Elena fut convaincue de toute son âme qu'il était bien le fils de son père. On aurait même dit que ses yeux avaient changé d'aspect, l'iris jaune comme une flamme et les pupilles rétractées à la manière de celles d'un chat. Sa voix, encore plus dure que celle de Stefan, évoquait de l'acier se fendant en éclats.

— Ce qui se passe avec mon père ne regarde que moi ! Reste ici, si ça te chante. De toute façon, il n'a que faire des vampires ; pour lui, ils sont déjà maudits ! Mais moi, je ferai tout ce qui est en mon pouvoir pour ramener Damon.

— Quel que soit le prix à payer?

— *Au diable* le prix!

Stupéfaite, Elena vit Stefan agripper Sage par les épaules pendant un instant, puis le serrer de toutes ses forces dans ses bras.

— Je voulais juste en avoir la certitude, dit-il finalement en recouvrant son calme. Merci, Sage.

Puis il tourna les talons, s'avança vers la *radhika* royale et, d'un geste sec, l'arracha de terre.

Le cœur battant, Elena se précipita pour rassembler les récipients et autres bouteilles que Sage lançait depuis l'embrasure d'une neuvième porte, qui était apparue entre la caverne et le champ de roses noires. Puis elle s'empara d'un bidon et d'une bouteille d'eau dont les bouchons étaient intacts. Les deux étaient en plastique, heureusement, car, alors qu'elle traversait la salle en direction de la fontaine, elles lui glissèrent des doigts. Ses mains tremblaient à ce point; tout du long, elle continua d'adresser une prière monotone à qui voudrait bien l'entendre là-haut. *Pitié, pitié, pitié*...

Une fois à la fontaine, elle remplit les deux récipients et les reboucha. Puis elle s'aperçut que Bonnie était restée figée au beau milieu du Corps de Garde. Elle semblait aussi perplexe qu'effrayée.

— Bonnie?

— Sage? bafouilla cette dernière. Comment est-ce qu'on va apporter tout ça à la Cour Céleste pour négocier avec eux?

— Ne t'en fais pas. Je suis certain que des Sentinelles nous attendent déjà dehors pour nous arrêter. Elles nous conduiront à la Cour.

Bonnie ne cessa pas de trembler pour autant, mais

elle acquiesça en silence et s'empressa d'aider le vampire à récupérer des bouteilles de vin de Magie Noire… pour les fracasser une à une par terre.

— C'est juste pour le symbole, railla Sage. Histoire de montrer aux puissances célestes ce qu'on fera de cet endroit si elles refusent notre marché. Fais attention à ne pas entailler ces jolies mains, petite Bonnie.

À cet instant, Elena crut entendre Bonnie protester, mais les murmures grondants de Sage la rassurèrent très vite. Quoi qu'il arrive, elle était bien décidée à ne pas céder – ni à l'espoir, ni au désespoir. Elle avait une tâche à accomplir, un *plan* en tête. Elle avait des projets personnels pour la Cour Céleste.

Quand les filles eurent pillé tout ce qu'elles pouvaient et rempli à ras bord leurs sacs à dos, que Stefan se fut vu remettre deux fines mallettes noires contenant les contrats officiels, et que Sage eut balancé sur ses épaules deux gros sacs pleins à craquer qui lui donnaient des airs de Père Noël croisé avec un superbe Hercule bronzé aux longs cheveux, le petit groupe jeta un dernier regard à la salle du Corps de Garde ravagée.

— Bien, lança Sage. L'heure est venue d'affronter les Sentinelles.

Comme toujours, il avait vu juste. Dès l'instant où ils sortirent avec leur butin, deux escadrons distincts de Sentinelles vinrent les cueillir. Les premières étaient celles qui ressemblaient vaguement à Elena : sveltes et blondes aux yeux bleu marine. Celles des Enfers, visiblement plus âgées que leurs consœurs, étaient des femmes au corps souple, à la peau foncée, presque d'ébène, et dont les cheveux frisés formaient une étroite coiffe au-dessus de la tête. Derrière elles rutilaient des aéronefs à la carrosserie dorée.

L'une des femmes à la peau noire s'avança, l'air fier.

— Vous êtes en état d'arrestation, pour avoir extrait de leur sanctuaire des trésors appartenant de plein droit à la Cour Céleste et dont il était convenu qu'ils seraient conservés ici, selon les lois de nos royaumes respectifs.

Les quatre prévenus n'eurent plus qu'à se cramponner aux parois des bolides dorés, ainsi qu'à leur butin illégitime.

La Cour Céleste était un lieu… divin. D'un blanc éclatant percé de touches de bleu. Des minarets. Une grande distance séparait le portail fortement gardé où Elena avait découvert un troisième type de Sentinelles – des femmes aux cheveux roux coupés court et aux yeux bridés verts et perçants – du palais principal, qui semblait englober toute une cité.

Mais le véritable choc culturel, c'est en entrant dans la salle du trône qu'elle l'eut. Même en rêve, jamais elle n'avait vu de salle aussi vaste et aussi somptueuse. Aucun bal ni gala au Royaume des Ombres n'aurait pu la préparer le moins du monde à un tel spectacle. Le plafond de cathédrale semblait entièrement tapissé d'or, autant que la double rangée de colonnes majestueuses qui défilaient à la verticale d'un mur à l'autre. Le sol était constitué de carreaux aux motifs complexes, vert malachite et lapis-lazuli tacheté d'or, dont les joints eux-mêmes étaient vraisemblablement couverts d'or, en quantité qui plus est. Les trois fontaines dorées au cœur de la salle (celle du centre était la plus imposante et la plus élaborée) diffusaient dans l'air non pas de l'eau, mais des pétales de fleurs au parfum délicat, qui scintillaient comme des diamants au sommet de leur trajectoire avant de retomber doucement en virevoltant. Des fenêtres sans tain aux couleurs vibrantes, telles qu'Elena, de mémoire, n'en avait jamais vu de sa vie, projetaient des faisceaux arc-en-ciel semblables à une bénédiction des cieux sur chaque mur, réchauffant par ailleurs les gravures dorées et austères de la salle.

On les fit asseoir sur des petits sièges confortables, à quelques mètres en retrait d'une grande estrade drapée d'une magnifique étoffe brodée d'or. Les trésors furent étalés devant eux, tandis que des domestiques en habits fluides bleu et or apportaient les objets un par un à l'actuel triumvirat au pouvoir.

Ce trio de dirigeants était constitué d'une femme de chaque groupe de Sentinelles : une blonde, une brune, une rousse. Leur place respective sur l'estrade leur assurait une certaine distance et une indéniable supériorité vis-à-vis des requérants. Toutefois, canalisant son pouvoir dans ses yeux, Elena n'eut aucun mal à voir qu'elles étaient assises chacune sur un trône doré orné de joyaux d'une beauté exquise. Elles s'entretenaient à voix basse, admirant la *radhika* royale, qui avait l'apparence de pieds-d'alouette bleus à cet instant. Puis la brune sourit et pressa un de ses domestiques de lui rapporter un pot rempli de terre, dans lequel la plante pourrait continuer de s'épanouir.

Sans vraiment les voir, Elena fixa les autres trésors. Un gallon d'eau de la Fontaine de la Jeunesse et de la Vie Éternelles. Six bouteilles de vin de Magie Noire intactes, et au moins autant de tessons de verre éparpillés autour. Rivalisant avec les fenêtres sans tain, un arc-en-ciel flamboyant de pierres précieuses grosses comme le poing, certaines encore à l'état brut, d'autres déjà facettées et polies, dont la plupart avaient aussi été gravées à la main de mystérieuses inscriptions dorées ou argentées. Deux grandes mallettes noires bordées de velours contenant chacune un rouleau de papyrus et de papier jaunis par le temps, à côté desquels étaient disposées, à plat, une rose noire parfaite pour l'un et une simple branche de feuillage vert clair pour l'autre. Ces documents scellés par un poinçon de cire craquelé, Elena savait ce que c'était : les titres de propriété du champ de roses noires et du paradis des *kitsune*.

Cela semblait presque trop de voir tous ces trésors réunis, pensa-t-elle. Emblème des Sept Trésors des Kitsune – enfin, *six* désormais –, n'importe lequel de ces objets suffisait pour négocier un monde contre un autre. Un seul brin de la *radhika* royale, qui était déjà en train de se transformer en orchidée blanche à cet instant et d'être rempotée comme il fallait, était infiniment précieux ; tout autant qu'une tige de ces roses noires comme du velours qui avaient la faculté de contenir le plus puissant des sortilèges. La moindre pierre précieuse piochée dans le trésor de la caverne aurait de quoi faire rougir l'Étoile d'Afrique et le Jubilé d'Or. Un simple détour par le paradis des *kitsune* et une journée devenait une éternité parfaite. Une seule gorgée de cette eau effervescente pouvait prolonger une vie humaine aussi longtemps que celle du plus ancien des Anciens…

Bien entendu, il aurait dû y avoir aussi la plus grosse sphère d'étoiles au monde, débordant d'un mystérieux fluide, mais Elena espérait que les Sentinelles fermeraient les yeux à ce sujet.

Comment ça, elle *espérait*? Consternée, elle secoua la tête. Espérer, pour l'instant, il n'en était pas question. Elle n'osait pas. Pas une seconde.

Elle avait déjà résolu le code couleur des Sentinelles. Les blondes étaient très professionnelles ; l'impatience était leur seul défaut. Les brunes semblaient être les plus conciliantes ; peut-être car leur tâche était moins difficile aux Enfers ? Les rousses aux yeux verts étaient tout simplement des garces. Hélas pour eux, la jeune femme qui siégeait sur le trône central en était une.

— Bonnie ? chuchota Elena.

La gorge serrée, Bonnie répondit tout bas en reniflant :

— Oui ?

— Je t'ai déjà dit à quel point j'aimais tes yeux ?

Bonnie lui lança un regard appuyé de ses grands yeux marron, avant de céder discrètement à un fou rire nerveux. Du moins, au début, cela ressemblait à un rire, mais très vite elle enfouit son visage contre l'épaule d'Elena et se contenta de trembler en silence.

Stefan serra la main d'Elena.

— Elle a vraiment fait de son mieux… pour toi. Elle… elle l'aimait aussi, tu sais. Je ne m'en étais même pas rendu compte. Je crois que… j'ai juste été aveugle sur toute la ligne.

Il passa l'autre main dans ses cheveux déjà ébouriffés. Il faisait très jeune à cet instant ; on aurait dit un petit garçon puni pour avoir fait quelque chose de mal sans que personne l'ait mis en garde avant. Elena se souvint de lui dans le jardin de la pension, alors qu'elle dansait, perchée sur ses pieds. Puis elle revit la scène dans la mansarde, où il avait embrassé ses mains écorchées, et elle avait senti son cœur cogner jusque dans ses poignets. Elle aurait aimé le rassurer, lui dire que tout finirait bien, que ses yeux pétilleraient de nouveau, mais elle ne pouvait pas prendre le risque de lui mentir.

Tout à coup, elle eut l'impression d'être une très vieille dame, dont la vue et l'ouïe auraient considérablement baissé, à laquelle le moindre mouvement causait de terribles douleurs et qui se sentait frigorifiée. Comme si chacune de ses articulations, chacun de ses os étaient recouverts de givre.

Finalement, quand tous les trésors, y compris un passe-partout doré étincelant serti de diamants, eurent été apportés aux jeunes femmes sur les trônes pour qu'elles les aient en main, les soupèsent, les examinent et débattent entre elles, une femme à la peau foncée et au regard chaleureux s'avança vers le groupe.

— Vous pouvez à présent approcher les Juges Suprêmes. Sachez qu'elles sont très impressionnées, souffla-t-elle. Ça n'arrive pas souvent.

Sa voix était aussi douce que la caresse d'une aile de libellule.

— Soyez humbles dans vos propos, faites profil bas, et vos désirs les plus chers devraient être entendus.

Elena sentit son cœur faire un bond prodigieux, si bien qu'elle aurait pu sauter sur la jeune femme pour la retenir en agrippant sa robe, mais heureusement Stefan la tenait avec fermeté. Bonnie releva la tête avec espoir, et Elena dut à son tour la contenir.

Ils s'avancèrent, telle l'humilité faite homme,

jusqu'à l'emplacement de quatre coussins écarlates qui contrastaient avec l'étoffe tissée d'or qui revêtait le sol. Autrefois, Elena aurait refusé de s'abaisser. Aujourd'hui, elle s'estimait heureuse d'avoir un support moelleux sur lequel s'agenouiller.

Leur proximité avec les souveraines lui permettait maintenant de voir que ces dernières portaient chacune sur la tête un diadème en métal serti d'une pierre précieuse différente qui pendait sur leur front.

— Nous avons examiné votre requête, annonça la brune.

Le solitaire de son diadème en or blanc projeta sur le visage ébloui d'Elena des reflets lilas, rouges et bleu roi.

— Oui, ajouta-t-elle en riant, nous savons déjà ce que vous voulez. Même une Sentinelle des rues devrait vraiment être très mauvaise dans son travail pour l'ignorer. Vous voulez retrouver votre ville… comme neuve. Que les bâtiments calcinés soient reconstruits. Que les victimes de la peste malach soient ressuscitées, leurs âmes à nouveau protégées d'une enveloppe charnelle et leurs souvenirs…

— Mais, avant cela, n'avons-nous pas une affaire à régler ? interrompit la blonde en agitant la main. Cette fille, Elena Gilbert, n'est peut-être pas la mieux placée pour parler au nom du groupe. Si elle devient une Sentinelle, elle n'a rien à faire avec les requérants.

La rousse rejeta la tête en arrière comme une pouliche nerveuse, un mouvement brusque qui fit étinceler son diadème en or rose et chatoyer son rubis.

— Soit, continue, Ryannen. Décidément, tes critères de recrutement sont d'une médiocrité…

Sans relever, la blonde à l'air sérieux se pencha en avant, ses cheveux en partie retenus par son diadème d'or jaune au pendentif en saphir.

— Qu'en dis-tu, Elena ? J'ai conscience que notre première rencontre fut assez… regrettable. Crois-moi, j'en suis navrée. Mais tu étais bien partie pour devenir une Sentinelle à part entière lorsque nous avons reçu d'En Haut l'ordre de te procurer un nouveau corps pour que tu puisses reprendre ta vie d'humaine.

— Vous avez fait ça ? s'étonna Elena. Mais oui, évidemment, pourquoi je pose la question…

Son ton était aussi doux que modéré et flatteur.

— Vous avez tous les pouvoirs. Mais… notre première rencontre ? Je ne me souviens pas…

— Tu étais trop jeune, et tu as juste entraperçu l'un de nos aéronefs doubler à toute allure la voiture de tes parents. C'était censé être un accident mineur, ne faisant qu'une seule victime apparente : toi. Mais, au lieu de ça…

Bonnie plaqua brusquement une main sur sa bouche. Contrairement à Elena, elle avait tout de suite compris. La « voiture » de ses parents… ? La dernière fois qu'Elena avait été réunie avec son père, sa mère et la petite Margaret… c'était le jour de l'accident. Jour où elle avait distrait son père qui était au volant…

« Regarde comme c'est joli, papa… ! »

S'en était suivi l'impact.

Elena abandonna toute humilité et cessa de faire profil bas. Elle leva la tête et son regard croisa des yeux bleus tachetés d'or qui ressemblaient beaucoup aux siens. Elle avait conscience d'afficher un air glacial et dur.

— Vous avez *tué mes parents* ?

— Mais non ! protesta la brune. C'est une opération qui a mal tourné. Nous devions juste traverser la dimension terrienne quelques minutes. Seulement, de façon assez inattendue, ton don s'est manifesté et… tu nous as vues. Au lieu d'un accident ne provoquant qu'une victime, à savoir toi, ton père a tourné la tête vers nous sans le savoir et…

Lentement, sa voix s'estompa face au regard incrédule d'Elena.

Bonnie regarda au loin, dans le vide, un peu comme si elle était en transe.

— Shinichi, souffla-t-elle. Cette énigme bizarre dont il parlait… comme quoi l'un de nous serait un assassin et que ça n'avait aucun rapport avec le fait d'être un vampire ou avec une euthanasie…

— J'ai toujours considéré que c'était moi, murmura Stefan. Ma mère ne s'est jamais vraiment remise de son accouchement. Elle est morte peu après ma naissance.

— Mais ça ne fait pas de toi un assassin ! s'écria Elena. *Alors que moi, si !*

— C'est bien pour cette raison que je te posais la question, reprit la blonde. Notre mission de l'époque a échoué, mais tu comprends à présent que nous cherchions uniquement à te recruter, n'est-ce pas ? C'est la méthode classique. Grâce à nos gènes, nous sommes les mieux armées pour contrer les démons les plus détraqués. Les forces traditionnelles n'ont aucun effet sur eux…

Elena réprima une violente envie de hurler. De pousser un cri. De quoi, elle l'ignorait : colère, angoisse, incompréhension, culpabilité ? En tout cas, *un cri*. Tous ces plans. Ces machinations. La façon dont elle avait mené à la baguette les garçons qui la chahutaient à l'époque sombre de sa vie… tout était une question de gènes. Mais… ses parents… pour quelle raison étaient-ils morts, au juste ?

Stefan se leva, la mâchoire crispée, le regard incendiaire. Son visage n'exprimait aucune douceur. Il pressa la main d'Elena dans la sienne, et elle entendit ses pensées : *Si tu veux te battre, je te suis.*

Voyons, mes amis.

Tournant la tête, Elena vit Sage les regarder. Sa voix télépathique était reconnaissable entre mille.

On ne peut pas les attaquer sur leur territoire et espérer l'emporter. Même pour moi, c'est impossible. En revanche, vous pouvez le leur faire payer ! Elena, ma belle, l'âme de vos parents a sans aucun doute trouvé un nouveau foyer à l'heure qu'il est. Il serait cruel de les rappeler à leur ancienne vie. Mais exigeons des Sentinelles qu'elles exaucent n'importe lequel de vos souhaits. Demandez-leur tout ce que vous voulez ! Nous vous soutiendrons.

Elena réfléchit. Elle jeta un coup d'œil aux Sentinelles, puis aux trésors devant elle. Elle tourna ensuite la tête vers Bonnie et Stefan, qui attendaient sa décision, validant du regard les propos de Sage.

Alors elle s'adressa d'un ton calme aux Sentinelles :

— Vous allez le payer *cher*. Et que je ne vous entende pas me répondre que c'est impossible. En échange de tous ces trésors que nous vous rendons et du précieux passe-partout… je veux récupérer mon ancienne vie. En fait, non : je veux une *nouvelle* vie et laisser l'ancienne derrière moi. Je veux être Elena Gilbert, avoir obtenu mon diplôme de lycéenne, et tant qu'on y est avec une excellente moyenne, juste au cas où, et je veux intégrer la fac de Dalcrest. Je veux me réveiller dans la maison de ma tante Judith au petit matin et que personne ne se soit aperçu de mon absence pendant presque dix mois. Et je veux que, pendant tout ce temps, Stefan ait vécu tranquillement à la pension et que tout le monde l'accepte comme mon petit ami. Et je veux aussi que tout ce que Shinichi, Misao et la personne pour laquelle ils travaillaient ont fait soit annulé et effacé des mémoires. Je veux que cette personne qui leur donnait des ordres *meure*. Et que tout ce que Klaus a fait à Fell's Church soit annulé aussi. Je veux qu'on me rende Sue Carson ! Et Vickie Bennett ! Je veux que tout le monde ressuscite !

— Même M. Tanner ? s'étonna tout bas Bonnie.

Elena comprit tout de suite le pourquoi de sa question. Si M. Tanner n'avait pas été retrouvé mystérieusement vidé de son sang, Alaric Saltzman n'aurait jamais mis les pieds à Fell's Church. Une image de lui, après son dernier voyage astral, lui revint en mémoire : ses cheveux blond-roux, ses yeux noisette et rieurs. Elle songea à Meredith et à la promesse de leurs fiançailles.

Au fond, de quel droit se prenait-elle pour Dieu ? Qui était-elle pour décider qu'untel meure parce qu'il était détestable et détesté, et qu'untel vive parce qu'il était son ami ?

42

— Aucun problème, affirma la blonde Ryannen. Nous pouvons faire en sorte que votre M. Tanner repousse une prétendue attaque de vampires et que le lycée fasse appel à Alaric Saltzman pour mener l'enquête. Idola, Susurre, c'est d'accord ? lança-t-elle respectivement à la rousse et à la brune.

Elena se sentit soudain mal. Bien que consciente du fait que sa marge de manœuvre était extrêmement serrée, elle écouta à peine la réponse de la femme. Sa gorge se noua et des larmes embuèrent ses yeux.

— Et, en échange du passe, je veux…

Stefan lui serra la main. Elle s'aperçut que ses trois amis s'étaient levés à ses côtés. Sur chaque visage, on pouvait lire la même chose : une détermination sans faille.

— Je veux qu'on nous rende Damon.

Elle ne s'était pas entendue parler sur ce ton depuis le jour où on lui avait annoncé la mort de ses parents. Si elle avait eu une table devant elle, elle aurait plaqué ses poings serrés dessus et fait de son mieux pour se dresser, menaçante, au-dessus des trois femmes. En l'occurrence, elle se contenta de se pencher vers elles en poursuivant d'une voix grave et grinçante :

— Si vous acceptez et si vous le ramenez à la vie

exactement dans l'état où il était avant de franchir le Corps de Garde, vous récupérerez le passe et les trésors. Si vous refusez… vous perdrez *tout*. Ce n'est pas négociable, compris ?

Elle planta son regard dans les yeux verts d'Idola. Elle refusa de voir la brune Susurre baisser la tête et se frotter le front du bout des doigts en décrivant des petits cercles. Pas question qu'elle accorde un seul coup d'œil à la blonde Ryannen, qui observait Elena sans ciller, visiblement passée en mode diplomatique. Elena préféra fixer ouvertement ces yeux verts sous leurs sourcils volontaires. Idola soupira d'un air vexé, en secouant la tête.

— Bien ! Apparemment, on vous a très mal préparée à cet entretien.

Coup d'œil à Susurre.

— Dans l'ensemble, tout ce que vous exigez constitue une rançon très… conséquente. En avez-vous conscience ? Comprenez-vous que cela implique de changer les souvenirs de tous les habitants de Fell's Church et à des kilomètres à la ronde, et ce sur une période de dix mois ? Que cela signifie modifier tous les articles publiés sur les événements de cette ville, et autant vous dire qu'il y en a un paquet, sans parler des autres médias ? Cela signifie aussi solliciter trois âmes humaines et leur redonner corps et chair. Je ne suis même pas sûre que nous ayons suffisamment de personnel…

— Mais si, interrompit Ryannen en posant la main sur le bras d'Idola. Les femmes de Susurre ont peu à faire en Enfer. Quant à moi, je dois pouvoir te prêter environ trente pour cent de ma main-d'œuvre… Après tout, on va devoir soumettre une pétition à la Cour Supérieure pour ces âmes…

— D'accord, reprit Idola. Ça ne va pas être simple, mais nous allons peut-être pouvoir nous entendre… si toutefois vous ajoutez le passe aux trésors. Car, en ce qui concerne votre ami, c'est impossible. Nous n'avons pas le pouvoir de ressusciter les êtres sans vie. Nous ne négocions pas avec les vampires. Une fois morts, ils le restent.

— Ça, c'est vous qui le dites ! explosa Stefan en s'avançant devant Elena. Qu'est-ce qui nous vaut d'être plus maudits que toutes les autres créatures ? Et comment savez-vous que c'est impossible ? Est-ce que vous avez déjà essayé, au moins ?

Idola la rousse eut un geste de mépris, mais Bonnie intervint à son tour, d'une voix tremblante :

— C'est ridicule. Vous avez le pouvoir de reconstruire une ville, de tuer la personne qui se cachait pendant tout ce temps derrière Shinichi et Misao, mais vous êtes incapable de ramener un malheureux petit vampire à la vie ? Vous avez bien ressuscité Elena !

— La mort d'Elena en tant que vampire lui a permis de devenir la Sentinelle qu'elle était censée être à l'origine. Quant à la personne qui donnait des ordres aux deux *kitsune*, c'était Inari Saitou, que vous connaissiez sous le nom d'Obaasan, et elle est déjà morte, grâce à vos amis à Fell's Church, qui l'ont vaincue, et grâce à vous, qui avez détruit sa sphère d'étoiles.

— Inari ? balbutia Bonnie. Vous voulez dire la grand-mère d'Isobel ? C'était sa sphère que l'Arbre protégeait ? C'est impossible !

— Et pourtant c'est la vérité, confirma Ryannen.

— Elle est vraiment morte ?

— Oui, après un long combat qui a failli coûter la vie à vos amis. Mais ce qui l'a vraiment achevée, c'est la destruction de sa sphère.

— Donc, reprit doucement Susurre la brune, si on suit ce raisonnement… d'une certaine manière, votre Damon est mort pour empêcher qu'un massacre comme celui qui a eu lieu sur cette île japonaise ne se reproduise à Fell's Church. Il répétait sans cesse qu'il était descendu aux Enfers dans cet unique but. Ne pensez-vous pas qu'il serait… satisfait ? En paix ?

— En paix ? cracha Stefan avec amertume.

Sage poussa un grognement derrière lui.

— Mesdames, il est évident que vous n'avez jamais connu Damon Salvatore, lâcha-t-il avec hargne.

Son ton, plus sonore et d'une certaine façon plus menaçant, poussa finalement Elena à détacher ses yeux d'Idola. Elle tourna la tête…

… et vit l'immense salle envahie par les ailes déployées de Sage.

Elles ne ressemblaient en aucun point aux ailes éphémères d'Elena, elles faisaient partie intégrante de lui. Leur texture semblait à la fois veloutée et écailleuse, et, ainsi déployées, elles s'étiraient d'un bout à l'autre de la pièce et touchaient le majestueux plafond doré.

Il était magnifique, sa peau et ses cheveux contrastant avec ces gigantesques ailes à la surface parcheminée et douce. Toutefois, il suffit à Elena d'un regard vers lui pour comprendre qu'il était temps de jouer sa carte maîtresse. Elle pivota vers Idola et la regarda droit dans les yeux.

— Depuis le début, nous vous proposons tout un trésor et un passe…

— Que les *kitsune* nous ont volés il y a des siècles, précisa Susurre en levant vers elle ses yeux sombres.

— Et vous affirmez que cela ne suffit pas pour ramener Damon à la vie ? ironisa Elena, impassible.

Elle faisait tout pour empêcher sa voix de trembler.

— Oui, quand bien même ce serait votre unique requête.

Ryannen rejeta une mèche blonde dans son dos.

— Que vous dites, lâcha Elena. Mais qu'en serait-il… si j'ajoutais à votre cagnotte un second passe ?

Il y eut un bref silence, et le cœur d'Elena se mit à battre à tout rompre tant elle était terrifiée. Ce silence n'était pas celui qu'elle escomptait. Il n'y eut aucun cri de surprise, aucun regard interloqué entre les trois souveraines, aucune incrédulité sur le visage.

— Si vous faites allusion à l'autre clé que vos amis avaient sur Terre, elle a été confisquée dès l'instant où ils l'ont cachée, rétorqua finalement Idola d'un ton suffisant. C'était un bien volé, qui nous appartenait.

« Elle vit au Royaume des Ombres depuis trop longtemps, pensa Elena. Tout ça n'est qu'un jeu pour elle. »

Idola se pencha vers elle comme pour lui confirmer qu'elle voyait juste.

— Cela n'est pas possible, un point c'est tout, répéta-t-elle d'un ton catégorique.

— Oui, c'est impossible, ajouta brusquement Ryannen. Nous ne savons pas ce que les vampires deviennent. Nous ne les revoyons jamais une fois qu'ils sont morts. L'explication la plus simple est qu'ils disparaissent comme ça, d'un coup.

Elle fit claquer ses doigts.

— *Vous dites n'importe quoi !*

Elena était consciente qu'elle venait de hausser le ton, et pas qu'un peu.

— Je ne vous crois pas une seconde !

Plusieurs voix s'élevèrent indistinctement autour d'elle, formant une clameur de contradictions, un peu comme un poème surréaliste :

Impossible. C'est tout bonnement IMPOSSIBLE ! *(Je vous en prie...)* Non ! Votre Damon est parti, et demander *où* revient à demander où va la flamme d'une bougie quand on souffle dessus. *(Mais vous ne pourriez pas au moins essayer ?)* Où est donc passée votre gratitude ? Tous les quatre, vous devriez être reconnaissants que vos autres souhaits puissent être exaucés. *(À condition que vous nous rendiez les deux passes...)* Nous n'avons pas le pouvoir de ressusciter Damon ! Vous devez à tout prix convaincre Elena d'accepter la réalité. Vous l'avez déjà bien trop dorlotée ! *(Mais quel risque y a-t-il à essayer ?)* Ça suffit ! Si vous tenez vraiment à le savoir, Susurre nous y a déjà forcées. Nos efforts n'ont rien donné ! Damon est MORT ! Son âme est introuvable dans les espaces célestes ! Tel est le sort des vampires, tout le monde le sait !

Elena baissa la tête, fixant ses mains dont les ongles étaient cassés et toutes les articulations en sang. Une fois de plus, le monde extérieur devint irréel. Aux prises avec son chagrin, elle repensa à ce qu'Idola venait de dire. Depuis le début, les trois souveraines savaient. Sans rien dire, elles avaient tenté de retrouver l'esprit de Damon, en vain. Il était… introuvable.

Subitement, elle commença à étouffer. Ça manquait d'air dans cette salle. Tout l'espace était occupé par ces trois Sentinelles puissantes qui n'avaient toutefois pas le pouvoir de sauver Damon, ou du moins qui s'en fichaient trop pour essayer encore.

Sans comprendre ce qui lui arrivait, Elena sentit sa gorge enfler, et sa poitrine à la fois gonfler et se comprimer. Le moindre battement de cœur se mit à vibrer en elle avec violence, comme si son corps voulait la secouer jusqu'à la mort.

À la mort. Elle imagina une main brandir un verre de vin de Magie Noire pour trinquer.

Alors elle comprit que le moment était venu de prendre position, de tendre les bras d'une manière précise et de prononcer en silence des mots tout aussi précis. L'incantation nécessitait d'être formulée à voix haute uniquement à la fin…

… lorsque le temps se suspend.

Idola (un nom idéal pour quelqu'un qui s'idolâtrait, pensa Elena), Ryannen et Susurre la fixèrent bouche bée, bien trop sous le choc pour remuer ne serait-ce qu'un doigt, tandis que d'une voix calme et impassible elle prononçait ces mots :

— *Ailes de la Destruc…*

Ce fut une simple recrue, une des femmes de troupe de Susurre, qui sortit du rang à la dernière minute. Elle bondit de l'estrade et, à une vitesse surhumaine, plaqua une main sur la bouche d'Elena pour étouffer la dernière syllabe et ainsi empêcher la vaste salle aux reflets verts, bleus et dorés d'être pulvérisée, empêcher des métaux en fusion de s'écouler comme des rigoles de lave, empêcher la fontaine de pétales et les fenêtres sans tain de voler en éclats.

Plusieurs paires de bras s'emparèrent d'Elena, qui se débattit comme une bête sauvage, luttant bec et ongles pour s'échapper. Mais elle finit par être maîtrisée et clouée au sol. Elle reconnut la voix grave et rageuse de Sage et celle de Stefan qui, entre deux cris télépathiques désespérés, plaidait sa cause :

— Vous voyez bien qu'elle n'est toujours pas dans la réalité ! Elle ne sait même pas ce qu'elle fait !

Elena reconnut ensuite les voix des Sentinelles, beaucoup plus fortes :

— Elle a voulu nous tuer tous !

— Ces ailes… je n'ai jamais rien vu d'aussi meurtrier !

— Dire que ce n'est qu'une humaine ! Trois mots et elle aurait pu nous anéantir !

— Si Lenea ne s'était pas jetée sur elle…

— En même temps, il fallait s'y attendre : elle a détruit une lune ! Toute vie dessus a disparu et une pluie de cendres continue de tomber !

— Là n'est pas la question ! Le problème est qu'elle ne devrait absolument pas avoir le pouvoir des Ailes ! Il faut la neutraliser !

— Tu as raison : qu'on lui rogne les ailes sur-le-champ !

Elena reconnut les deux dernières voix comme étant celles de Ryannen et d'Idola. Elle continua à se débattre mais fut plaquée à terre de façon si violente qu'elle se retrouva à lutter uniquement pour aspirer un peu d'air et ne fit que s'épuiser.

Alors on commença à lui rogner les ailes. Tout alla très vite, mais Elena se sentit quand même terriblement humiliée. La douleur la plus vive, c'est au cœur qu'elle la ressentit. Dans sa rage, son caractère fier et entêté avait rejailli ; maintenant c'était la honte qui l'assaillait en sentant chacune de ses paires d'ailes lui être arrachées l'une après l'autre. Ce furent d'abord les Ailes de la Rédemption, aux grandes pennes multicolores. Puis les Ailes de la Purification, blanches et irisées comme des toiles d'araignée couvertes de givre. Les Ailes du Vent, un duvet de chardon couleur miel. Les Ailes du Souvenir, violettes et bleu nuit. Puis les Ailes de la Protection, vert émeraude et or, celles qui avaient protégé ses amis contre l'attaque sauvage de Blodeuwedd lors de leur premier séjour au Royaume des Ombres.

Et pour finir les Ailes de la Destruction, d'immenses arches d'ébène aux bords aussi délicats que de la dentelle.

Elena s'efforça de garder le silence au début. Mais, une fois que les deux premières paires d'ailes furent tombées à ses pieds, sous la forme d'ombres qu'elle seule peut-être pouvait distinguer, elle entendit quelqu'un haleter et, peu après, prit conscience que c'était elle. Et le coup de ciseaux suivant lui arracha un cri irrépressible.

S'ensuivirent un bref silence puis, subitement, une immense cacophonie. Elena entendit Bonnie pousser des cris de lamentation funèbre, Sage hurler et Stefan, son doux Stefan, blasphémer et maudire les Sentinelles. Elle devina à sa voix étouffée qu'il se débattait, essayait tant bien que mal de s'approcher d'elle.

Sans savoir comment, il y arriva, au moment même

où les délicates mais meurtrières Ailes de la Destruction étaient arrachées à son corps et à son esprit, et s'abattaient comme deux grandes ombres par terre. Il tomba à pic car bizarrement, alors qu'Elena était enfin inoffensive depuis que le pouvoir des Ailes s'était réveillé en elle, les Sentinelles semblèrent soudain effrayées. Ces femmes puissantes et dangereuses reculèrent, et seul Stefan fut là pour la rattraper dans ses bras avant qu'elle ne s'écroule.

Abasourdie, hébétée, elle était redevenue une jeune fille de dix-huit ans comme les autres. À l'exception du sang qui coulait dans ses veines. Les Sentinelles voulaient l'en priver aussi, pour le purifier disaient-elles. Les trois souveraines et leurs troupes s'étaient déjà regroupées, formant un triangle multicolore infranchissable, pour exercer leur magie sur elle.

— Arrêtez ! vociféra Sage.

Affaissée contre l'épaule de Stefan, Elena l'aperçut indistinctement, ses ailes de velours noires toujours déployées d'un mur à l'autre et jusqu'au plafond. Bonnie se cramponnait à lui comme une aigrette de pissenlit solitaire.

— Vous avez déjà réduit son aura pour ainsi dire à néant, rugit-il. Si vous « purifiez » la totalité de son sang, cette pauvre petite mourra... et renaîtra. Vous aurez fait d'elle un vampire, mesdames. Est-ce bien ce que vous souhaitez ?

Susurre eut un mouvement de recul. Pour quelqu'un qui gouvernait un royaume aussi dur et inflexible, elle paraissait presque trop gentille. « Ça ne l'a pas empêchée de me mutiler », pensa Elena, remuant les épaules pour les soulager. *Elle ignorait peut-être à quel point ce serait douloureux*, hasarda vaguement une petite voix en elle.

Puis toutes les pensées d'Elena se rassemblèrent, stimulées par une sensation inattendue. À la fois chaudes et rafraîchissantes, de minuscules gouttelettes coulèrent dans sa nuque. Pas du sang, non. C'était infiniment plus précieux que ce que les Sentinelles lui avaient pris. Les larmes de Stefan.

D'un mouvement brusque, elle essaya de se redresser et de se tenir sans aide sur ses deux jambes. D'abord chancelante, elle finit par trouver l'équilibre. C'est seulement lorsqu'elle voulut lever le bras pour essuyer les joues de Stefan qu'elle vit à quel point elle était instable. Sa main tremblait si violemment qu'on aurait presque dit qu'elle le faisait exprès, comme un enfant ferait une mauvaise blague. Incontrôlable et maladroit, son pouce se posa sur la joue de Stefan avec force, assez pour le faire grimacer. Elle le regarda d'un air désolé, trop secouée pour pouvoir parler.

— Ce n'est rien, mon amour. Tout va bien, répéta-t-il plusieurs fois. Ça va aller, tout finira bien.

Il s'essuya les yeux d'une main ferme et, pendant tout ce temps, il n'eut d'yeux et de pensées que pour elle.

Elle le savait car, à l'inverse, quand ses pensées furent happées ailleurs, elle le sentit tout de suite.

La rousse entra dans son champ de vision, troublé par de nouvelles larmes. Une chevelure rousse et des yeux verts perçants, bien trop près d'elle. Alors Elena comprit l'agitation intérieure de Stefan : rien, dans ce monde ou un autre, ne comptait plus qu'elle.

— Si vous touchez encore à un seul de ses cheveux, sale garce, je vous égorge ! lâcha-t-il, cinglant.

Chacun de ses mots retentit comme un copeau de fer glacial rebondissant sur le carrelage.

Elena fut tellement surprise que ses larmes se figèrent sur ses joues. Stefan ne parlait pas de cette manière aux femmes. Ni même Damon, *avant*. Les mots continuèrent de résonner dans le silence soudain de la salle aux allures de cathédrale. Tout le monde recula autour d'eux.

Y compris Idola.

— Vous croyez peut-être que, parce qu'on est des Sentinelles, on ne vous fera aucun mal ? commença-t-elle avec une moue dédaigneuse.

Stefan la coupa sèchement :

— *Au contraire*, je crois plutôt que, parce que vous êtes des Sentinelles, vous vous permettez de jouer les moralisatrices et de tuer en toute impunité.

Le rictus de mépris sur ses lèvres à cet instant fut bien plus impérieux et terrifiant que celui d'Idola.

— Sans l'intervention de Sage, vous auriez tué Elena, avouez-le ! Soyez maudites, ajouta-t-il, les dents serrées.

Il mit tant de conviction dans ces deux derniers mots qu'Idola recula encore d'un pas.

— C'est ça, ralliez toutes vos petites troupes. Ça ne m'empêchera pas de vous tuer si je le décide. J'ai bien tué mon propre frère, au cas où vous l'auriez oublié.

— Certes, mais… c'était après avoir vous-même reçu un coup mortel.

Susurre s'était interposée entre eux pour essayer de calmer le jeu.

Stefan haussa les épaules. Il la dévisagea avec autant de mépris qu'il en avait manifesté pour sa consœur.

— J'avais encore l'usage de mon bras à ce moment-là, rétorqua-t-il. J'aurais pu décider de lâcher mon épée ou me contenter de le blesser. Au lieu de ça, j'ai choisi de lui planter ma lame en plein cœur.

Montrant les dents, il leur fit un sourire clairement hostile.

— Aujourd'hui, je n'ai même pas besoin d'une arme.

— Stefan… parvint enfin à murmurer Elena.

— Je sais. Elle est plus faible que moi et tu veux que je l'épargne. C'est bien pour ça qu'elle est encore en vie, mon amour. C'est même la seule raison.

Elena leva des yeux horrifiés vers lui tandis qu'il ajoutait d'une voix qu'elle seule put entendre :

Il y a certaines choses que tu ignores à mon sujet, Elena. J'espérais que tu n'aurais jamais à les découvrir. Notre rencontre et l'amour que j'ai pour toi me les avaient presque fait oublier.

Ces mots réveillèrent quelque chose en elle. Du coin de l'œil, elle observa la nébuleuse de Sentinelles autour d'eux et aperçut tout à coup des boucles rousses en suspens dans les airs. Bonnie. Elle se débattait. Mollement, mais pour la bonne raison que quatre Sentinelles, deux blondes et deux brunes, la soulevaient à l'horizontale en la tenant chacune par un bras ou une jambe. Sous le regard d'Elena, Bonnie sembla recouvrer ses forces et se débattit plus violemment. Alors Elena commença à entendre quelque chose. Un son très faible et lointain, qui ressemblait presque à… son nom. C'était comme un chuchotement de branches ou le grincement des roues d'un vélo :

Lay... nah... ééé... lay...

Elena se concentra pour essayer de capter correctement ce son. Elle essaya désespérément d'agripper la syllabe suivante, mais celle-ci n'arriva jamais. Elle essaya même un tour qu'hier encore elle aurait trouvé facile : canaliser son énergie vers le siège de ses pensées. Sans résultat non plus. Elle tenta alors la télépathie.

Bonnie, tu m'entends ?

Sur le visage de son amie, pas la moindre réaction.

Elena avait perdu le contact avec elle.

Elle vit alors Bonnie en prendre conscience aussi, et ses forces la quitter. Tourné vers le ciel, son visage afficha un désespoir absolu, d'une tristesse indescriptible et, d'une certaine manière, d'une pureté et d'une beauté tout aussi inexprimables.

On ne se laissera pas faire ! Jamais ! jura Stefan d'un ton féroce. *Je t'en donne ma...*

Non ! le coupa Elena, redoutant par superstition que cette dernière phrase ne leur porte la poisse. Si Stefan faisait un serment, veiller à ce qu'il ne le rompe pas pourrait avoir des conséquences irréversibles, obligeant peut-être Elena à devenir un vampire ou un esprit.

Stefan se tut, et elle comprit qu'il avait lu dans ses pensées. Quelque part, savoir qu'il avait tout entendu, que le lien entre eux était intact, l'apaisa. Non pas qu'il l'espionnait, non ; c'était elle qui avait projeté ses pensées. Elle n'était donc pas seule. Une fille comme les autres, peut-être, n'ayant plus aucun pouvoir, ni ailes, ni sang particulier, mais elle n'était pas seule. Elle se pencha vers lui, appuyant le front contre son menton.

Personne n'est seul. C'est ce qu'elle avait dit à Damon. Damon Salvatore, cet être qui n'existait plus. Mais qui lui arracha un dernier mot, un dernier cri :

Damon !

Il les avait quittés quatre dimensions plus loin. Mais elle sentit Stefan la soutenir, amplifier la transmission de ce mot, le lancer comme une dernière balise à travers la multitude de mondes qui les séparaient de son corps froid et sans vie.

Damon !

Il n'y eut pas la plus petite lueur de réponse. Bien sûr que non.

Elena se sentit ridicule.

Mais subitement elle fut saisie par quelque chose de plus fort que le chagrin, que l'apitoiement, et même plus fort que la culpabilité. Damon n'aurait pas voulu qu'elle quitte cet endroit portée par quelqu'un, même par Stefan. *Surtout* par Stefan. Il aurait voulu qu'elle ne montre aucun signe de faiblesse à ces femmes qui l'avaient amputée et humiliée.

Stefan. Son amour, et non son amant, qui dorénavant était prêt à l'aimer chastement jusqu'à la fin de ses jours.

La fin… de ses jours ?

Tout à coup, elle fut contente que Stefan soit le seul à pouvoir lire dans ses pensées et qu'il les ait protégés de boucliers psychiques dès l'instant où il l'avait prise dans ses bras. Elle se tourna vers Ryannen, qui la regardait… l'air méfiant mais toujours aussi sérieuse.

— Si ça ne vous fait rien, j'aimerais m'en aller à présent.

Elle ramassa son sac à dos et le balança sur son épaule d'un geste volontairement arrogant. Une vive douleur se réveilla sous le poids de la bandoulière quand celle-ci se cala à l'endroit où la plupart de ses ailes avaient poussé, mais elle resta de marbre.

Bonnie, qu'on avait reposée à terre depuis qu'elle avait cessé toute résistance, lui emboîta aussitôt le pas. Stefan avait laissé son sac au Corps de Garde ; il posa avec douceur une main sur le coude d'Elena, non pas pour la retenir ou la guider, mais pour lui montrer qu'il était là pour elle. Les ailes de Sage se rétractèrent.

— Comme vous l'aurez compris, pour la restitution de ces trésors – qui sont les nôtres de droit, mais qu'il nous était défendu de récupérer – nous allons accéder à votre requête, à l'exception de cette imposs…

— J'ai compris, répondit Elena avec impassibilité.

— C'est bon, on a compris, renchérit Stefan plus brutalement. Faites-le, c'est tout.

— C'est déjà en cours.

Les yeux bleu nuit tachetés d'or de Ryannen croisèrent ceux d'Elena, d'un air qui n'était pas totalement antipathique.

— Le mieux, s'empressa de préciser Susurre, serait que vous nous laissiez vous endormir et vous renvoyer dans votre ancienne… nouvelle habitation. Le temps que vous vous réveilliez, tout sera achevé.

Elena s'efforça de garder un air imperturbable.

— Vous voulez m'envoyer dans Maple Street ? demanda-t-elle en regardant Ryannen. Dans la maison de tante Judith ?

— Oui, dans votre sommeil.

— Je ne veux pas être endormie.

Elena se blottit contre Stefan.

— Ne les laisse pas m'endormir.

— Personne ne t'obligera à quoi que ce soit, la rassura-t-il d'un ton sans appel.

Sage manifesta son soutien d'un grognement, et Bonnie dévisagea Ryannen d'un regard dur.

Cette dernière inclina la tête.

Elena se réveilla.

Il faisait sombre, et elle avait dormi. Impossible de se souvenir avec précision de quelle façon elle s'était endormie, mais une chose était sûre : elle n'était pas sur le palanquin ni dans un sac de couchage.

Stefan ? Bonnie ? Damon ? pensa-t-elle machinalement, mais cette tentative de télépathie lui fit un drôle d'effet. On aurait presque dit qu'elle était restreinte, limitée à ses propres pensées.

Est-ce qu'elle était dans la mansarde de Stefan ? Il devait faire nuit noire dehors, car elle n'arrivait même pas à distinguer le contour de la trappe qui donnait sur le belvédère.

— Stefan ?

Différentes informations commencèrent à affluer par bribes dans son esprit. D'abord une odeur aussi familière qu'inconnue. Elle était allongée sur un grand lit confortable, qui n'était ni une des extravagances en soie et velours de lady Ulma, ni un des matelas de plumes plein de bosses de la pension. Est-ce qu'elle était dans une chambre d'hôtel ?

Tandis que les questions se bousculaient dans son

esprit, des petits coups secs se firent entendre. Des phalanges sur une vitre.

Le corps d'Elena prit le pouvoir. Sa main repoussa d'un coup le dessus-de-lit et elle se précipita à la fenêtre, évitant mystérieusement les obstacles sans même y penser. D'un geste brusque elle écarta les rideaux, dont, bizarrement, elle connaissait l'emplacement, et son cœur qui semblait prêt à exploser comme une grenade porta un nom à ses lèvres :

— Da… !

Puis le monde se figea et bascula au ralenti. La vue de ce visage farouche, inquiet, aimant et pourtant étrangement frustré de l'autre côté de la vitre, à la fenêtre du second étage, fit remonter tous ses souvenirs.

Tous, sans exception.

Fell's Church était sauvé.

Et Damon, mort.

Lentement elle pencha la tête, jusqu'à ce que son front heurte le carreau froid.

43

— Elena ? Tu veux bien me faire entrer ? dit doucement Stefan. Il faut que tu m'invites pour qu'on puisse… discuter.

Le faire entrer ? Mais c'était déjà fait. Il était déjà dans son cœur. Elle avait dit aux Sentinelles que tout le monde devrait l'accepter comme son petit ami depuis presque un an.

Soit, peu importe.

— Entre, Stefan, répondit-elle à voix basse.

— Je ne peux pas. La fenêtre est fermée de l'intérieur.

D'un air hébété, elle enleva la sécurité et lui ouvrit. L'instant d'après, des bras vigoureux et rassurants l'enveloppèrent d'une étreinte aussi passionnée que désespérée. Mais, presque aussitôt, ces bras retombèrent, la laissant seule et frigorifiée.

— Stefan ? Qu'est-ce qui se passe ?

Ses yeux s'étant ajustés à l'obscurité et à la lumière des étoiles qui filtraient par la fenêtre, elle le vit hésiter.

— Je ne peux pas continuer… Ce n'est pas moi que tu désires, lâcha-t-il d'une traite, la gorge serrée. Mais je voulais que tu saches que Meredith et Matt ont Bonnie. Ils s'occupent d'elle, je veux dire. Tout le monde va bien, Mme Flowers aussi. J'ai pensé que…

— Les Sentinelles m'ont endormie ! Je leur avais pourtant dit que je ne voulais pas !

— Tu t'es endormie toute seule, mon am… Elena. Pendant qu'on attendait qu'elles nous renvoient chez nous. On t'a tous veillée : Bonnie, Sage et moi.

Il continua d'un ton étrange, presque protocolaire :

— Mais j'ai pensé que… eh bien, que tu aurais peut-être envie de parler ce soir. Avant… que je parte.

Il posa le doigt sur ses lèvres pour les empêcher de trembler.

— Tu as promis que tu ne me quitterais jamais ! s'écria Elena. Quelle que soit l'urgence ou la cause !

— C'était avant que je comprenne…

— Mais tu n'as toujours pas compris ! Est-ce que tu as la moindre idée de…

Il lui couvrit brusquement la bouche d'une main et s'approcha pour lui parler à l'oreille.

— Mon am… Elena. On est chez toi. Ta tante…

Elena écarquilla les yeux, même si bien sûr, inconsciemment, elle s'en doutait depuis le début. Cette odeur familière. Ce lit… c'était le sien, et le dessus-de-lit, celui qu'elle adorait, doré et blanc. Les obstacles qu'elle avait su éviter dans le noir, les petits coups à la fenêtre… elle était chez elle.

Comme un grimpeur qui viendrait d'escalader une paroi à première vue impraticable et qui a failli tomber dans le vide, Elena eut une gigantesque montée d'adrénaline. Et grâce à ça, ou peut-être, tout simplement, à l'amour qui la submergea, elle atteignit enfin ce à quoi elle avait si maladroitement tenté d'accéder. Elle sentit son âme grandir, se répandre hors de son corps… et entrer en contact avec celle de Stefan.

Elle fut épouvantée par l'affliction qui régnait dans son esprit et qu'il dissimula à la hâte, et honteusement touchée par la vague d'amour qui déborda de toutes parts à son contact.

Stefan... Dis-moi juste que... que tu peux me pardonner. Juste ça. Je ne pourrai pas vivre sans ton pardon. Peut-être que nous serons à nouveau heureux ensemble... si tu m'accordes un peu de temps.

Je suis déjà heureux avec toi. Et on a tout le temps qu'on veut, la rassura-t-il.

Mais l'idée noire qui voila les pensées de Stefan et qu'il chassa brusquement n'échappa pas à Elena. Lui, il avait tout le temps qu'il voulait. Alors qu'elle...

Étouffant un rire nerveux, elle s'agrippa à lui.

Où est mon sac à dos ? Est-ce qu'elles l'ont gardé ?

Non, il est là, près de ta table de nuit.

Stefan tendit le bras dans l'obscurité et souleva le gros sac rêche, lourd et malodorant. Elena y plongea une main d'un geste frénétique, tout en continuant d'agripper Stefan de l'autre.

Génial ! Elle est toujours là !

Stefan eut aussitôt un doute... qui fut confirmé dès qu'elle sortit la bouteille en plastique et la posa contre sa joue. Elle était glacée, bien que la nuit ait été douce et moite. À l'intérieur, le liquide pétillait et scintillait comme aucune eau ordinaire ne pourrait le faire.

Je n'en avais pas l'intention, se justifia Elena, subitement inquiète qu'il n'ait pas envie d'être le complice d'une voleuse. *En tout cas, pas au début. Sage nous a dit de mettre l'eau de la fontaine en bouteilles. J'ai déniché un bidon et cette petite bouteille, et sans vraiment réfléchir j'ai planqué la seconde dans mon sac ; et j'aurais volontiers mis le bidon aussi, mais il ne rentrait pas. Après, je n'y ai pas repensé jusqu'à ce qu'elles me prennent mes ailes et mes pouvoirs.*

Heureusement, pensa Stefan, *parce que, si les Sentinelles l'avaient découverte... Oh, mon amour !* Il la serra dans ses bras de toutes ses forces. *Voilà pourquoi tu as subitement eu envie de partir et de continuer à vivre !*

— Elles ont anéanti presque tout ce qu'il y avait de magique en moi, murmura Elena. Je vais devoir faire avec, mais, si elles m'avaient laissée faire, si j'avais suivi mon raisonnement, alors pour le salut de Fell's Church…

Elle s'interrompit, prenant brusquement conscience de ses actes. Ce n'était pas un simple vol qu'elle avait commis. Elle avait essayé d'utiliser une arme meurtrière sur un groupe de personnes innocentes, du moins pour la plupart. Le pire, c'est qu'une part d'elle-même savait que Damon aurait compris ce geste de pure folie, alors qu'elle n'était pas certaine que Stefan le puisse un jour.

— Tu n'es pas obligé de me transformer en… *tu sais*, se remit-elle à chuchoter avec frénésie. Une gorgée ou deux de cette eau et nous pourrions être ensemble pour toujours. Pour l'éternité, Stefan…

Elle s'arrêta, essayant de reprendre son souffle et son calme.

Stefan saisit ses mains qui tenaient le bouchon.

— Elena…

— Je ne pleure pas, Stefan, je suis juste heureuse. Ensemble pour toujours, tu comprends ? Nous pourrions être réunis… pour l'éternité.

— Elena, mon amour.

Sa main resta ferme, l'empêchant d'ouvrir la bouteille.

— Tu... tu n'en as pas envie, c'est ça?

De son autre main, il attira Elena contre lui. Elle blottit sa tête au creux de son cou, et Stefan posa le menton sur sa cascade de cheveux.

— J'en ai envie plus que tout. Je suis juste... sous le choc, je crois. Depuis que j'ai...

Il s'arrêta, puis se reprit.

— Puisqu'on a tout le temps qu'on veut, cela peut attendre demain, suggéra-t-il d'une voix étouffée. Comme ça, tu as le temps de réfléchir. Cette bouteille contient assez pour quatre ou cinq personnes. C'est à toi de décider qui en boira, mon amour. Mais pas maintenant. Ce soir, j'aimerais que...

Brusquement submergée de joie, elle comprit.

— Tu penses à... Damon.

Bon sang, que c'était dur de prononcer ne serait-ce que son nom. Elle avait presque l'impression de commettre un crime, et pourtant...

Quand il pouvait encore communiquer avec nous, je veux dire par la pensée, il m'a dit ce qu'il souhaitait, souffla-t-elle à Stefan.

Ce dernier remua un peu dans l'obscurité, mal à l'aise, mais resta silencieux.

Avant de... partir, il ne souhaitait qu'une chose : qu'on ne l'oublie pas. C'est tout. Et ceux qui se souviendront le plus de lui, c'est toi et moi. Et Bonnie aussi.

Elle continua à voix haute :

— Je ne l'oublierai jamais. Et, tant que je serai de

ce monde, je ne laisserai jamais ceux qui l'ont connu l'oublier.

Elle avait conscience d'avoir parlé trop fort, mais Stefan n'essaya pas de la faire taire. Il frissonna brièvement puis la serra à nouveau contre lui, le visage enfoui dans ses cheveux.

Je me souviens quand Katherine lui a demandé de la rejoindre... dit-il. *Quand on s'est retrouvés tous les trois dans la crypte d'Honoria Fell. Je me souviens de ce qu'il lui a répondu. Et toi?*

Elena sentit leurs âmes fusionner tandis que chacun revoyait la scène à travers les yeux de l'autre.

Bien sûr que je m'en souviens.

Stefan poussa un soupir mi-triste, mi-amusé.

Je me souviens, par la suite, avoir essayé de veiller sur lui à Florence. Il faisait n'importe quoi, ne cherchait même pas à influencer les filles dont il se nourrissait.

Nouveau soupir.

Je crois qu'à cette époque il voulait se faire prendre, en finir. Il n'arrivait même pas à me regarder en face quand il me parlait de toi.

C'est moi qui ai demandé à Bonnie de vous retrouver. J'ai fait en sorte qu'elle vous ramène tous les deux ici, acquiesça Elena.

Des larmes s'étaient remises à couler sur ses joues, mais en douceur, très lentement. Les yeux fermés, elle sentit un sourire se dessiner sur ses lèvres.

Tu sais, il y a autre chose dont je me souviens, ajouta Stefan d'une voix qui trahit son étonnement. *Ça remonte à l'enfance, je devais avoir trois ou quatre ans, pas plus. Mon père avait un foutu caractère, sur-*

tout depuis la mort de ma mère. À l'époque, il était constamment en colère, il buvait beaucoup, et Damon s'interposait toujours entre nous. Il se débrouillait pour le provoquer et, au final, c'était lui que mon père tabassait à ma place. Comment ai-je pu oublier ça ?

Tu veux que je te dise pourquoi ?

Songeuse, Elena se remémora la frayeur qu'elle avait éprouvée quand Damon était redevenu humain, sans compter la fois où il s'était interposé entre elle et les vampires qui voulaient la punir au Royaume des Ombres.

Il avait le don de savoir exactement quoi dire, quelle attitude adopter et comment réagir... pour se mettre à la place des autres.

Elle sentit Stefan rire doucement, avec ironie.

Un don, tu dis ?

Moi j'en serais incapable, et pourtant je sais y faire avec la plupart des gens, ajouta-t-elle. *Sauf avec lui. Je n'ai jamais réussi à le cerner totalement.*

C'est vrai... Au fond, Damon était presque toujours bienveillant envers les plus vulnérables. D'ailleurs, il a toujours eu ce faible pour Bonnie...

Il s'interrompit, comme s'il avait peur de s'être aventuré trop loin, sur un terrain sacré.

Mais Elena était lucide et sereine à présent. Elle était heureuse qu'en fin de compte Damon soit mort pour sauver Bonnie, preuve indubitable de ses sentiments pour elle. Pour sa part, Elena aimerait toujours Damon et ne laisserait jamais rien entacher cet amour.

D'une certaine manière, elle avait le sentiment que le fait d'être assise là avec Stefan dans son ancienne chambre, à évoquer à voix basse leurs souvenirs de

Damon, était le meilleur hommage qu'ils pouvaient lui rendre. Elle décida qu'elle en ferait autant avec les autres le lendemain.

Finalement, elle s'assoupit dans les bras de Stefan, bien après minuit.

44

Sur la plus petite lune des Enfers tombait une fine pluie de cendres. Une pluie qui avait déjà déposé un manteau de poudre grise sur deux corps étendus et déjà engorgé le moindre ruisseau. Une pluie qui asphyxiait la lumière du soleil, enveloppant la surface de cette lune dans un crépuscule sans fin.

Mais ce n'était pas tout.

Infiniment petites, des gouttelettes opalines tombaient aussi dans un tourbillon de couleurs, comme pour essayer de compenser la laideur de la grisaille ambiante. Ces gouttes étaient vraiment minuscules, mais il y en avait des milliers, qui n'en finissaient pas de tomber à l'endroit précis où reposait autrefois la plus vaste réserve de pouvoir à l'état brut des trois dimensions.

À cet endroit gisait un corps, qui n'était pas tout à fait un cadavre. Aucun battement de cœur, ni souffle, ni activité cérébrale ne l'animait. Cependant, quelque part à l'intérieur résonnait une lente pulsation, qui s'accélérait très légèrement à mesure que les gouttelettes de fluide entraient à son contact.

Cette pulsation ne tenait qu'à une chose : un souvenir. Celui d'une fille aux yeux bleus et aux cheveux dorés, et d'un visage en forme de cœur aux grands yeux marron. Et le souvenir d'une saveur, aussi : les larmes de deux cœurs purs. Elena. Bonnie.

L'une dans l'autre, elles formaient ensemble quelque chose qui ne ressemblait ni vraiment à une pensée, ni à une image, mais qui, par les mots, pouvait se traduire ainsi :

Elles m'attendent. Et aujourd'hui je sais qui je suis.

Une détermination farouche s'éveilla.

Et, après plusieurs heures qui avaient semblé durer des siècles, quelque chose remua sous les cendres.

Un poing serré.

Puis un nom se révéla à lui-même.

Damon.

PAPIER À BASE DE FIBRES CERTIFIÉES

Le Livre de Poche s'engage pour l'environnement en réduisant l'empreinte carbone de ses livres. Celle de cet exemplaire est de :
800 g éq. CO_2
Rendez-vous sur www.livredepoche-durable.fr

Composition réalisée par Maury-Imprimeur SA

Achevé d'imprimer en novembre 2021 en France par
La Nouvelle Imprimerie Laballery
58500 Clamecy (Nièvre)
N° d'impression : 110819
Dépôt légal 1re publication : juin 2015
Édition 03 – décembre 2021

LIBRAIRIE GÉNÉRALE FRANÇAISE
21, rue du Montparnasse – 75283 Paris Cedex 06

51/7780/5